安徽师范大学中国诗学研究中心学术专刊

安徽师范大学文学院高峰学科建设经费资助项目

刘学锴文集

第十卷

古典文学名篇鉴赏及其他

安徽师范大学出版社
ANHUI NORMAL UNIVERSITY PRESS

·芜湖·

图书在版编目(CIP)数据

古典文学名篇鉴赏及其他 / 刘学锴著 . —芜湖 : 安徽师范大学出版社 , 2020.12
(刘学锴文集 ; 第十卷)

ISBN 978-7-5676-4978-1

Ⅰ . ①古… Ⅱ . ①刘… Ⅲ . ①中国文学 – 古典文学 – 文学欣赏 Ⅳ . ①I206.2

中国版本图书馆 CIP 数据核字(2020)第 260219 号

古典文学名篇鉴赏及其他

GUDIAN WENXUE MINGPIAN JIANSHANG JI QITA

刘学锴◎著

责任编辑 : 胡志立
特约校对 : 侯宏堂
装帧设计 : 丁奕奕
责任印制 : 桑国磊
出版发行 : 安徽师范大学出版社
　　　　　芜湖市北京东路 1 号安徽师范大学赭山校区　　　邮政编码 : 241000
网　　址 : http://www.ahnupress.com
发 行 部 : 0553-3883578　5910327　5910310(传真)
印　　刷 : 安徽新华印刷股份有限公司
版　　次 : 2020 年 12 月第 1 版
印　　次 : 2020 年 12 月第 1 次印刷
开　　本 : 700 mm × 1000 mm　1/16
印　　张 : 42.5
字　　数 : 740 千字
书　　号 : ISBN 978-7-5676-4978-1
定　　价 : 220.00 元

目　录

古典文学名篇鉴赏

诗

《诗经》

蒹　葭 ……………………………………………… 3

葛　覃 ……………………………………………… 6

淇　奥 ……………………………………………… 8

鸡　鸣 ……………………………………………… 10

东方未明 …………………………………………… 12

宋　玉

九　辩 ……………………………………………… 15

曹　植

杂诗六首（其一）………………………………… 25

杂诗六首（其二）………………………………… 26

杂诗六首（其三）………………………………… 28

谢灵运

岁　暮 ……………………………………………… 30

王　融

　同沈右率诸公赋鼓吹曲二首（其一）・・・・・・・・・・・・・・・・33

谢　朓

　和王中丞闻琴・・・・・・・・・・・・・・・・・・・・・・・・・・・・・・・・・・・・・・・35

沈　约

　临高台・・・37

柳　恽

　捣衣诗・・・39

杨　素

　山斋独坐赠薛内史二首（其一）・・・・・・・・・・・・・・・・・・・・41

李　密

　淮阳感秋・・43

南朝乐府民歌

　神弦歌·青溪小姑曲・・・・・・・・・・・・・・・・・・・・・・・・・・・・・・・45

　子夜四时歌·秋歌・・・・・・・・・・・・・・・・・・・・・・・・・・・・・・・・・・46

　西曲歌·作蚕丝（二首）・・・・・・・・・・・・・・・・・・・・・・・・・・・48

北朝民歌

　敕勒歌・・・50

唐　庚

　栖禅暮归书所见二首・・・・・・・・・・・・・・・・・・・・・・・・・・・・・・・55

惠　洪

　崇胜寺后有竹千余竿独一根秀出人呼为竹尊者因赋诗・・・・・・57

　题李愬画像・・58

古典文学名篇鉴赏及其他

谒狄梁公庙 ……………………………………………… 61

韩 驹

题湖南清绝图 …………………………………………… 63

和李上舍冬日书事 ……………………………………… 65

登赤壁矶 ………………………………………………… 67

曾 几

三衢道中 ………………………………………………… 69

苏秀道中自七月二十五日夜大雨三日秋苗以苏喜而有作 …… 70

寓居吴兴 ………………………………………………… 71

发宜兴 …………………………………………………… 73

李弥逊

东岗晚步 ………………………………………………… 75

春日即事 ………………………………………………… 76

云门道中晚步 …………………………………………… 77

陆 游

望江道中 ………………………………………………… 79

新夏感事 ………………………………………………… 80

上巳临川道中 …………………………………………… 81

宴西楼 …………………………………………………… 83

春 残 …………………………………………………… 84

江楼醉中作 ……………………………………………… 85

范成大

画工李友直为余作冰天桂海二图冰天画使北虏渡黄河时桂海画游

佛子岩道中也戏题 ……………………………………… 87

乙未元日用前韵书怀今年五十矣 ……………………… 88

杨万里

和仲良春晚即事五首(其三、其四、其五) ·················· 90

舟过谢潭三首 ··· 93

明发房溪二首 ··· 94

泊平江百花洲 ··· 96

五更过无锡县寄怀范参政尤侍郎 ····························· 97

宿池州齐山寺即杜牧之九日登高处 ·························· 98

池口移舟入江再泊十里头潘家湾阻风不至 ················ 99

过松源晨炊漆公店六首(其五) ······························· 101

南溪早春 ··· 103

戴复古

庚子荐饥三首 ·· 104

梦中亦役役 ·· 106

寄韩仲止 ··· 107

大热五首(其一) ··· 108

柴 望

越王勾践墓 ·· 110

月夜溪庄访旧 ·· 111

和通判弟随亨书感韵 ··· 112

元好问

论诗三十首(其四) ·· 114

论诗三十首(其十二) ··· 116

于 谦

石灰吟 ·· 118

古典文学名篇鉴赏及其他

钱谦益

　　金陵后观棋 ·························122

王士禛

　　再过露筋祠 ·························124

　　江　上 ···························126

　　秦淮杂诗(其一) ····················127

　　真州绝句(其四) ····················128

黄景仁

　　癸巳除夕偶成 ·······················130

龚自珍

　　己亥杂诗(其五) ····················132

岑　霁

　　蘋　花 ···························134

词　曲

张志和

　　渔歌子(西塞山前白鹭飞) ···············136

温庭筠

　　菩萨蛮(南园满地堆轻絮) ···············141

　　菩萨蛮(宝函钿雀金鸂鶒) ···············142

　　更漏子(柳丝长) ····················144

　　望江南(梳洗罢) ····················146

韦　庄

　　浣溪沙(惆怅梦余山月斜) ···············150

浣溪沙(夜夜相思更漏残)⋯⋯⋯⋯⋯⋯⋯⋯⋯⋯⋯⋯152

毛文锡

醉花间(休相问)⋯⋯⋯⋯⋯⋯⋯⋯⋯⋯⋯⋯⋯⋯154

鹿虔扆

临江仙(金锁重门荒苑静)⋯⋯⋯⋯⋯⋯⋯⋯⋯⋯156

欧阳炯

南乡子(路入南中)⋯⋯⋯⋯⋯⋯⋯⋯⋯⋯⋯⋯⋯158

江城子(晚日金陵岸草平)⋯⋯⋯⋯⋯⋯⋯⋯⋯⋯159

孙光宪

思帝乡(如何)⋯⋯⋯⋯⋯⋯⋯⋯⋯⋯⋯⋯⋯⋯⋯161

浣溪沙(蓼岸风多橘柚香)⋯⋯⋯⋯⋯⋯⋯⋯⋯⋯162

冯延巳

鹊踏枝(几日行云何处去)⋯⋯⋯⋯⋯⋯⋯⋯⋯⋯164

李 璟

摊破浣溪沙(手卷真珠上玉钩)⋯⋯⋯⋯⋯⋯⋯⋯166

李 煜

望江南(多少恨)⋯⋯⋯⋯⋯⋯⋯⋯⋯⋯⋯⋯⋯⋯168

长相思(云一缅)⋯⋯⋯⋯⋯⋯⋯⋯⋯⋯⋯⋯⋯⋯169

虞美人(春花秋月何时了)⋯⋯⋯⋯⋯⋯⋯⋯⋯⋯170

寇 准

踏莎行 春暮(春色将阑)⋯⋯⋯⋯⋯⋯⋯⋯⋯⋯172

范仲淹

苏幕遮(碧云天)⋯⋯⋯⋯⋯⋯⋯⋯⋯⋯⋯⋯⋯⋯174

晏　殊

浣溪沙(一曲新词酒一杯)·················176

浣溪沙(一向年光有限身)·················177

蝶恋花(槛菊愁烟兰泣露)·················178

踏莎行(小径红稀)·····················180

清平乐(红笺小字)·····················181

诉衷情(芙蓉金菊斗馨香)·················182

张　先

一丛花令(伤高怀远几时穷)···············184

欧阳修

采桑子(群芳过后西湖好)·················186

采桑子(平生为爱西湖好)·················190

浪淘沙(五岭麦秋残)···················192

渔家傲(近日门前溪水涨)·················193

生查子(去年元夜时)···················194

南歌子(凤髻金泥带)···················196

蝶恋花(庭院深深深几许)·················198

踏莎行(候馆梅残)·····················200

晏几道

临江仙(梦后楼台高锁)·················205

蝶恋花(醉别西楼醒不记)·················209

浣溪沙(二月和风到碧城)·················210

李之仪

卜算子(我住长江头)···················212

苏　轼

满江红　寄鄂州朱使君寿昌(江汉西来) ·················· 214

水调歌头　快哉亭作(落日绣帘卷) ···················· 218

秦　观

减字木兰花(天涯旧恨) ···························· 222

虞美人(碧桃天上栽和露) ·························· 223

南歌子(玉漏迢迢尽) ····························· 224

临江仙(千里潇湘接蓝浦) ·························· 225

行香子(树绕村庄) ······························ 227

浣溪沙(漠漠轻寒上小楼) ·························· 228

贺　铸

踏莎行(杨柳回塘) ······························ 233

周邦彦

浣溪沙(雨过残红湿未飞) ·························· 235

玉楼春(桃溪不作从容住) ·························· 236

朱敦儒

采桑子　彭浪矶(扁舟去作江南客) ···················· 239

采桑子(一番海角凄凉梦) ·························· 240

李清照

永遇乐(落日熔金) ······························ 242

南歌子(天上星河转) ····························· 244

吕本中

南歌子(驿路侵斜月) ····························· 246

古典文学名篇鉴赏及其他

朱淑真

清平乐(风光紧急) ……………………………… 248

蝶恋花(楼外垂杨千万缕) ……………………… 249

严 蕊

卜算子(不是爱风尘) …………………………… 251

陆 游

鹊桥仙(华灯纵博) ……………………………… 254

鹊桥仙(一竿风月) ……………………………… 255

姜 夔

鹧鸪天　元夕有所梦(肥水东流无尽期) ……… 257

陈 亮

念奴娇　登多景楼(危楼还望) ………………… 260

刘辰翁

西江月　新秋写兴(天上低昂似旧) …………… 263

柳梢青　春感(铁马蒙毡) ……………………… 264

盍西村

【越调·小桃红】　江岸水灯(万家灯火闹春桥) …… 268

【越调·小桃红】　客船晚烟(绿云冉冉锁清湾) …… 269

【越调·小桃红】　杂咏(杏花开候不曾晴) ……… 270

查德卿

【仙吕·寄生草】　感叹(姜太公贱卖了磻溪岸) …… 272

【中吕·普天乐】　别情(鹧鸪词) ……………… 274

【越调·柳营曲】　金陵故址(临故国) ………… 275

9

文

祖君彦

    为李密檄洛州文 ·· 278

魏 徵

    十渐不克终疏 ·· 303

李 善

    上文选注表 ·· 310

陈子昂

    与东方左史虬修竹篇序 ······································ 314

张 说

    贞节君碣 ·· 317

任 华

    送宗判官归滑台序 ·· 321

王 维

    山中与裴秀才迪书 ·· 323

殷 璠

    河岳英灵集序 ·· 326

独孤及

    仙掌铭(并序) ·· 330

韩 愈

    杂 说(四) ·· 334
    师 说 ·· 336

柳宗元

　　永州铁炉步志 ·············· 340

　　送薛存义序 ··············· 342

李商隐

　　上河东公启 ··············· 345

　　祭小侄女寄寄文 ············· 349

王安石

　　答司马谏议书 ·············· 352

　　同学一首别子固 ············· 355

　　伤仲永 ················· 358

　　泰州海陵县主簿许君墓志铭 ········ 361

李商隐诗歌鉴赏

李商隐

　　隋　宫(乘兴南游不戒严) ········· 367

　　吴　宫 ················· 369

　　瑶　池 ················· 371

　　龙　池 ················· 373

　　咏　史(北湖南埭水漫漫) ········· 374

　　南　朝(地险悠悠天险长) ········· 375

　　富平少侯 ················ 376

　　行次西郊作一百韵 ············ 378

　　重有感 ················· 381

　　赠别前蔚州契苾使君 ··········· 383

　　柳 ··················· 385

泪 …………………………………………………………………… 386

细 雨 ……………………………………………………………… 388

忆 梅 ……………………………………………………………… 389

无 题(八岁偷照镜) …………………………………………… 390

无 题(照梁初有情) …………………………………………… 392

无题二首(凤尾香罗薄几重;重帏深下莫愁堂) ……………… 394

柳枝五首(有序) ………………………………………………… 398

日 高 ……………………………………………………………… 401

河阳诗 ……………………………………………………………… 403

日 射 ……………………………………………………………… 406

正月崇让宅 ………………………………………………………… 408

夕阳楼 ……………………………………………………………… 409

宫 妓 ……………………………………………………………… 411

宫 辞 ……………………………………………………………… 412

花下醉 ……………………………………………………………… 414

谒 山 ……………………………………………………………… 415

日 日 ……………………………………………………………… 417

滞 雨 ……………………………………………………………… 418

骄儿诗 ……………………………………………………………… 419

偶成转韵七十二句赠四同舍 …………………………………… 423

韩愈、王安石、苏轼文鉴赏

12　**韩 愈**

感二鸟赋 …………………………………………………………… 433

原 道 ……………………………………………………………… 436

送石处士序 ……………………………………………………… 443

南海神庙碑 ···························· 448

御史台上论天旱人饥状 ···················· 454

王安石

上仁宗皇帝言事书(节选) ··················· 458

上时政疏 ···························· 464

本朝百年无事札子 ······················ 467

伯　夷 ····························· 473

读孟尝君传 ··························· 476

与马运判书 ··························· 479

上人书 ····························· 481

度支副使厅壁题名记 ····················· 485

祭欧阳文忠公文 ························ 487

苏　轼

答秦太虚书 ··························· 492

答谢民师书 ··························· 498

李君山房记 ··························· 503

韩文公庙碑 ··························· 508

方山子传 ···························· 514

祭欧阳文忠公文 ························ 518

与王元直 ···························· 522

赠别王文甫 ··························· 524

学术论文十二篇

《长生殿》的主题思想到底是什么？ ·············· 531

选本也应该百花齐放 ····················· 539

知人论世 ·· 545

几点有关古典文学研究的建议 ····························· 548

王昌龄七绝的艺术特色 ··································· 554

谈谈《李商隐诗歌集解》的编撰工作 ····················· 558

开拓心灵世界的诗人——李商隐 ·························· 564

古代诗人研究的新尝试与新探索

    ——评董乃斌著《李商隐的心灵世界》 ················· 572

我和李商隐研究 ··· 577

温庭筠文笺证暨庭筠晚年事迹考辨 ····················· 590

《温庭筠全集校注》撰后记 ······························ 604

唐诗名篇异文的三个典型案例 ··························· 611

附　录

诗家总爱西昆好,今喜有人作郑笺

    ——刘学锴教授访谈录 ····························· 623

刘学锴:唐诗的知音 ····································· 642

刘学锴著述年表、简历、兼职、获奖情况 ················· 646

总后记 ·· 663

古典文学名篇鉴赏

诗

《诗经》

兼　葭

　　兼葭苍苍〔一〕，白露为霜。所谓伊人〔二〕，在水一方〔三〕。溯洄从之〔四〕，道阻且长；溯游从之〔五〕，宛在水中央。

　　兼葭萋萋〔六〕，白露未晞〔七〕。所谓伊人，在水之湄〔八〕。溯洄从之，道阻且跻〔九〕；溯游从之，宛在水中坻〔一〇〕。

　　兼葭采采〔一一〕，白露未已〔一二〕。所谓伊人，在水之涘〔一三〕。溯洄从之，道阻且右〔一四〕；溯游从之，宛在水中沚〔一五〕。

　　芦苇苍苍密匝匝，晶晶露水凝霜花。我的人儿我的爱，河水那边像是她，逆流而上去找她，道路崎岖长又长。顺流而下去找她，宛然在那水中央。

　　芦苇苍苍密又密，露珠未干清滴滴。我的人儿我的爱，她在河边水草地。逆流而上去找她，道路险阻诚难登。顺流而下去找她，像在河心小沙坪。

　　芦苇密密片连片，晶晶露珠还未干。我的人儿我的爱，她在河水那一岸。逆流而上去找她，道路险阻弯又弯。顺流而下去找她，像在河心小沙滩。

（袁梅译）

3

（注）（释）

〔一〕蒹：荻，形状像芦苇。葭（jiā）：芦苇。苍苍：茂盛的样子。

〔二〕伊人：那人。指心中所思念的人。

〔三〕一方：那一边。

〔四〕溯洄：逆着弯曲的河道向上走。

〔五〕溯游：顺流而下。

〔六〕萋萋：茂盛的样子。

〔七〕晞（xī）：干。

〔八〕湄（méi）：水和草的交接处，即河岸。

〔九〕跻（jī）：升高。

〔一〇〕坻（chí）：水中高地，小沙洲。

〔一一〕采采：茂盛鲜明的样子。

〔一二〕已：止，干。

〔一三〕涘（sì）水边。

〔一四〕右：迂回弯曲。

〔一五〕沚（zhǐ）：水中小沙滩。

也许是"秦俗强悍，乐于战斗"的缘故，《秦风》中的一些篇章往往激荡着一种西北边鄙的慷慨悲壮的声音，"修我戈矛，与子同仇"成为它的典型音调。这首表现男女恋情的《蒹葭》，却脱尽黄土高原的粗犷沉雄气息，将人们带到充满水乡泽国情调的渺远空灵、柔婉缠绵境界之中。它是《秦风》中引人注目的别调，也是古代爱情诗的绝唱。

诗一开头就展现出一幅清虚旷远的河上秋色图：深秋清晨，秋水淼淼，芦苇苍苍，露水盈盈，晶莹似霜。这境界，在渺远清莹之中略带凄清的色彩，对于诗中所抒写的执着寻求、可望难即的爱情，是很好的烘托。接着出现了抒情主人公在河畔徜徉凝望的身影。"所谓伊人，在水一方。"心之所存与目之所望在这里融而为一。从下面的描写看，"在水一方"并不一定实指具体的方位与地点，它只是隔绝不通的一种象征。因此这两句不妨看作望穿秋水，不见伊人踪影的抒情主人公心灵的叹息。接下来四句，是抒写对"伊人"执着而又艰难的寻求，和渺然难即的空虚怅惘。"道阻且长"，既是逆流沿岸而上的实写，又是追求艰难的象征。那"宛在"二字更透露出伊人之所

4

在，不过如虚无缥缈的仙山楼阁，虽望之似有，实渺茫难即。

第二、三章，时间从首章的白露初凝到"白露未晞""白露未已"，逐渐向前推移，而在水"之湄""之涘"的伊人仍然渺不可即。反复艰难的追寻，所得到的仍是空虚怅惘。随着诗章的回环往复，向往追寻的感情愈来愈强烈，追寻不得的怅惘也愈来愈深刻。尽管每次追寻的结果都归于失望渺茫，但继之而起仍是执着不已的追寻。

跟《诗经》中多数情诗内容往往比较具体实在者不同，这首诗的意蕴特别空灵虚泛。它不但没有具体的事件、场景，甚至连主人公是男性抑或女性都难以确指。全篇着意渲染一种渺远虚惘的境界气氛，一种执着缠绵而又略带感伤的情调，一种向往追寻而渺茫难即的意绪。它表现的不是具体的爱情故事和场景情节，而是抒情主人公心灵的追求与叹息。由于它脱略了爱情生活的具体形迹，只表现一种渺茫中的追寻，因此比起《诗经》中另外一些情诗，显然要纯粹得多，是一种感情的提纯与升华。从这点说，它似乎比较接近后世某些纯然抒情的文人爱情诗，而与热烈坦率而有时不免涉于粗鄙的民间情歌有别。

由于它表现的是一种比较抽象的意绪，又不是采取直抒的方式，而是借助秋水蒹葭、伫立凝望、反复追寻、渺茫难即的情境来表现，因此诗中的境界就带有象征意味。如果坐实为解，则明明"在水一方"的伊人，何以逆流、顺流而寻都杳远难即，就相当费解；而作象征看，则所谓"溯洄""溯游""道阻且长""宛在水中央"等等，不过是反复追寻及追寻之艰难、渺远的一种象征，理解起来毫无滞碍。王国维将这首诗与晏殊的《蝶恋花》"昨夜西风凋碧树，独上高楼，望尽天涯路"相提并论，认为"最得风人情致"，可能也跟它们共同具有的象征色彩有关。钱锺书先生则更博举中外作品，认为此篇所赋，即企慕之象征。写爱情而越过写实，进入象征领域，这在多缘事而发的古代抒情诗中并不多见。这首诗境界之高远，即与象征色彩有关。

感情的性状既如此纯粹虚泛，感情的表达又接近象征，这首表现渺茫追寻的情诗遂具有引发不同联想的多重意蕴。一般读者固然可以从诗中所描绘的情景唤起相似的爱情体验，具有较高艺术素养的读者则可从诗中所描绘的象征性境界产生更丰富深远的联想，唤起某种更广泛的人生体验。不妨说，它的表层意蕴与深层意蕴都是耐人反复涵咏的。

葛覃

葛之覃兮〔一〕，施于中谷〔二〕，维叶萋萋〔三〕。黄鸟于飞〔四〕，集于灌木，其鸣喈喈。

葛之覃兮，施于中谷，维叶莫莫〔五〕。是刈是濩〔六〕，为絺为绤〔七〕，服之无斁〔八〕。

言告师氏〔九〕，言告言归〔一〇〕。薄污我私〔一一〕，薄浣我衣〔一二〕。害浣害否〔一三〕？归宁父母〔一四〕。

长长的葛藤，山沟沟里延伸，叶儿密密层层。黄雀飞飞成群，聚集在灌木林，叽叽呱呱不停。

长长的葛藤，山沟沟里蔓延，叶儿阴阴一片。葛藤割来煮过，织成粗布细布，穿起来舒舒服服。

告诉我的保姆，我告了假要走娘家。洗洗我的内衣，洗洗我的外褂。该洗的是啥，甭洗的是啥？我就要回家看我爹妈。

（余冠英译）

注释

〔一〕覃：延长。

〔二〕施（yì）：蔓延。

〔三〕维：发语词。萋萋：茂盛的样子。

〔四〕于：语助词。

〔五〕莫莫：茂密状。

〔六〕濩（huò）：煮。煮葛取其纤维织布。

〔七〕絺（chī）：细葛布。绤（xì）：粗葛布。

〔八〕斁（yì）：厌。

〔九〕言：语助词。师氏：保姆。

〔一〇〕告、归：告假回家。

〔一一〕薄：句首助词，有时含有"勉力"之义。污：搓揉去污。私：内衣。

〔一二〕浣（huàn）：洗濯。衣：外衣。

〔一三〕害：同"曷"，哪些。

〔一四〕归宁：女子回娘家探亲。"宁"是慰安的意思。

这是一首欢快的女子归宁之歌。在古代，已婚女子回娘家，几乎像是她们的一个节日。不但可以和久别的亲人团聚，而且可以在熟悉的旧时环境中重温少女时代的生活，包括陶醉于大自然和诗意劳作的欢愉。尽管这首诗所写的是归宁前的情景，但这种对归宁的强烈向往却是全诗的灵魂，也是理解这首诗的一个关键。

首章描绘出美好的山间景象：长满茂密叶子的葛藤蜿蜒伸展，叽叽呱呱的黄雀上下飞鸣，聚集在灌木林上。这景象，动静相间，声色并茂，朴素和谐，生机盎然，呈现出一片绿意和生命活力。接下来一章，在这幅图景上出现了劳动者的身影。一群少女一边割着葛藤，一边唱着歌儿："葛藤割来煮过，织成粗布细布，穿起来舒舒服服。"宛转的歌声与黄雀的鸣叫汇成一片，少女的身影与山间的翠绿融为一体。这该是多么令人陶醉流连的景象啊！

可是，这美丽的自然与诗意的劳作跟末章的归宁却似乎不搭界。说是因黄鸟聚鸣而兴家人团聚之想吧，前两章描写的重点显然在葛不在鸟（第二章根本没有写到鸟）；说是写采葛治葛吧，跟末章的归宁更毫无干涉。其实，前两章次第映现的，乃是女主人公心之所忆（这并不排斥有眼前景的触发），是脑海中所浮现的少女时代在娘家跟女伴们上山采葛的情景。那简直是无忧无虑的少女时代生活的缩影，是青春与快乐的象征。因此保留在心中的记忆永远那样亲切而鲜明。一想到这种永远令人怀恋的情景，就情不自禁地涌起迫切的回娘家的念头。于是，就水到渠成地引出了末章。

末章是女主人公向公婆丈夫告假后跟保姆说的话，也是她心中唱起的欢快的歌。跟上两章回忆往昔时比较舒缓的调子不同，这一章是在急切的口吻中透出无限欢畅激动的感情。尽管同样是四言句式，但语助词"言""薄""害"的频频重叠，却使本来比较平缓的四言句显得节短势促，活现出女主人公那种迫不及待的心情和不加掩饰的激动喜悦。诗的节奏韵律与女主人公跃动的心律相应。读到最后，可以感到，她的心也似乎飞起来了，这首欢快的歌也就在唱出"归宁父母"的主题，到达最高潮时戛然收束。

7

淇 奥

瞻彼淇奥〔一〕，绿竹猗猗〔二〕。有匪君子〔三〕，如切如磋，如琢如磨〔四〕。瑟兮僩兮〔五〕，赫兮咺兮〔六〕，有匪君子，终不可谖兮！〔七〕

瞻彼淇奥，绿竹青青〔八〕。有匪君子，充耳琇莹〔九〕，会弁如星〔一〇〕。瑟兮僩兮，赫兮咺兮，有匪君子，终不可谖兮！

瞻彼淇奥，绿竹如箦〔一一〕。有匪君子，如金如锡，如圭如璧〔一二〕。宽兮绰兮〔一三〕，猗重较兮〔一四〕，善戏谑兮，不为虐兮〔一五〕。

河湾头淇水流过，看绿竹多么婀娜。美君子文采风流，似象牙经过切磋，似美玉经过琢磨。你看他庄严威武，你看他光明磊落，美君子文采风流，常记住永不泯没。

河湾头淇水流清，看绿竹一片菁菁。美君子文采风流，充耳垂宝石晶莹，帽上玉亮如明星。你看他威武庄严，你看他磊落光明，美君子文采风流，我永远牢记心铭。

河湾头淇水流急，看绿竹层层密密。美君子文采风流，论才学精如金锡，论德行洁如圭璧。你看他宽厚温柔，你看他登车凭倚。爱谈笑说话风趣，不刻薄待人平易。

（程俊英译）

注释

〔一〕淇：卫国水名。奥（yù）：水曲。

〔二〕猗猗：茂盛葱绿的样子。

〔三〕匪：通"斐"，文采。

〔四〕切、磋、琢、磨：整治骨器、象牙、翠玉、美石的不同工艺。

〔五〕瑟：庄重。僩（xiàn）：威武。

〔六〕赫：光明。咺（xuān）：盛大。

〔七〕谖（xuān）：忘。

〔八〕青青（jīng）：茂盛的样子。

〔九〕充耳：古代贵族冠上垂在耳际用来塞耳的玉。琇：宝石。

〔一〇〕会（kuài）：皮帽的缝合处。弁（biàn）：皮帽。

〔一一〕箦：积，茂密。

〔一二〕圭：长方形的玉版，上尖。璧：圆形中有孔的玉器。贵族朝会时，手持圭璧。

〔一三〕宽：宽厚。绰：温柔。

〔一四〕猗：通"倚"。重较：古代车上横木两端伸出的弯木。

〔一五〕虐：刻薄伤人。

　　《卫风·硕人》，是著名的女性美的赞歌。无独有偶，《卫风》的头一篇《淇奥》，则是一曲男性美的赞歌。诗中赞美的对象，《诗序》认为是西周末期到东周初年的卫武公，而且具体指出这首诗是东周初年武公"入相于周"时写的。这在古书上很难找到确证。而且"入相"时的武公，已是年过九十的耄耋老翁，恐怕不大适宜于再作为男性美的典型来歌唱，跟诗中"绿竹猗猗"的比兴，"充耳琇莹，会弁如星""善戏谑兮"的描写也很难吻合。似乎只能说，诗中赞美的，是位贵族身份的男子。

　　这首诗三章，每章九句，各分三层。第一层两句以淇水岸边的绿竹起兴，从"猗猗"到"青青"到"如箦"，描绘出它的成长过程。绿竹的形象，既使人联想到君子"虚心直节"的内质之美，也令人想见君子挺秀清朗的风姿之美。第二层三句，赞美君子的文采才华和品德修养。这种美，主要是由积学进修、不断自我磨砺而得，体现为从"如切如磋，如琢如磨"到"如金如锡，如圭如璧"的过程；也跟精美的装饰形成的风采分不开，即所谓"充耳琇莹，会弁如星"。第三层四句，赞美君子的风度、气质、性格之美。前两章反复盛赞其庄严威武、光明正大的气度，并以"终不可谖兮"的唱叹作结，第三章则变换笔法，于最后两句揭示出一种别具魅力的男性美："善戏谑兮，不为虐兮。"作者把它安排在这种关键的位置上，正显示出对这种美的重视和别有会心。

　　如果跟《硕人》所描绘的女性美作简单对照，就会明显发现《淇奥》所赞美的男性美在着眼点上偏重内质之美。《硕人》中盛赞的是女子的手、肤、领、齿、首、眉、目之美和整体的"硕""颀"，亦即外在的容貌身材之美。

即便像"巧笑倩兮，美目盼兮"这种"传神写照"的描写，所表现的也依然是与内美没有必然联系的外在情态美。而《淇奥》却没有一处描绘到男子的形貌之美，即使偶或涉及其装饰、车乘（重较），也不在衬托其容颜，而在渲染其风采气度。全诗所盛赞的，是男性的文采才华、品德修养、气度性格之美，也就是内质之美与内美之外现。这种美，主要来自后天的积学素养、切磋磨砺，而不是像"硕人"之美那样，主要依仗先天的生理条件。何以同属贵族，对男女的审美着眼点有重内质与重外美的区别，这可能跟男性成为社会政治、经济、文化生活的中坚，而女性逐渐沦为男性附属物的历史进程密切相关。诗中所赞的男性美，正是使男子得以成为社会生活中坚的才华品德气度。

　　《淇奥》所赞美的，又是一种成熟的男性美。从绿竹"猗猗"到"如箦"，从切磋琢磨到"如金如锡，如圭如璧"，这刻意表现的过程，正反映出末章所达到的才是男性美的最高境界。这是一种在不断磨砺中去除了杂质斑点，达于既精纯又温润的完美境地的品格素养之美，文采斐然之美（圭璧上有花纹）。如果说，女性美的魅力在青春姣好的容颜不免有些片面，那么男性美的魅力在于品德素养气度性格的成熟，则是千真万确的。

　　《淇奥》所赞美的，又是一种富有幽默风趣的男性美。诗中在反复强调男子庄严威武、光明正大的气度的同时，特意在"曲终奏雅"处赞美"善戏谑兮，不为虐兮"的性格美。一味的庄重威严，不免成为冷若冰霜的严厉与不近人情的矜持，貌似富于男子气概，实则缺乏魅力。必须在"瑟兮僩兮，赫兮咺兮"的同时，"善戏谑"而又"不为虐"，才是最富男性魅力的性格组合。这种既富阳刚之气，又有幽默感的性格美，至今犹为女士所醉心，《淇奥》在表现男性美方面的成功也就可见一斑了。

鸡 鸣

鸡既鸣矣，朝既盈矣〔一〕。匪鸡则鸣〔二〕，苍蝇之声。
东方明矣，朝既昌矣〔三〕。匪东方则明，月出之光。
虫飞薨薨〔四〕，甘与子同梦〔五〕。会且归矣〔六〕，无庶予子憎〔七〕。

"听见鸡叫唤啦，朝里人该满啦。""不是鸡儿叫，那是苍蝇闹。"

"瞅见东方亮啦，人儿该满堂啦。""不是东方亮，那是明月光。"

"苍蝇嗡嗡招瞌睡儿，我愿和你多躺会儿。""可是会都要散啦，别叫人骂你懒汉啦！"

（余冠英译）

注释

〔一〕朝：朝堂。盈：满。

〔二〕匪：通"非"。则：之。

〔三〕昌：盛，形容人多。

〔四〕薨薨（hōng）：虫飞声。当即指上文"苍蝇之声"。

〔五〕甘：乐。子：你，指妻子。

〔六〕会：朝会。归：指官吏散朝归家。

〔七〕无庶：庶几无。予：与。子憎：憎子。

这首诗的题材和写法都相当新颖独特。它写的是一对夫妇床第间的私房话，全篇都由对话组成。在《诗经》中，通篇都是人物对话的还有一篇《女曰鸡鸣》，所写情景与此类似，但重点在表现夫妇间琴瑟般的和谐，此篇则重在表现夫妻间对参加朝会的矛盾态度。而在这似乎不一致的对话中却又溢出一分令人解颐的幽默情趣来。这一点，或许正是这首诗独特的艺术魅力所在。

首章写妻子之"催"与丈夫之"推"。鸡啼喔喔，蝇飞嗡嗡，声音本不相似。这显然违反生活常识的回答，正活现出丈夫是在半睡半醒的迷糊状态中半真半假地找一个不成其为借口的借口。妻子对此似乎予以默认。一、二章之间的空隙正是沉默中流逝的时间。次章已从"鸡鸣"推移到天明，妻子以"朝既昌矣"再次催促，丈夫则以"月出之光"来搪塞。这自然也是明知故说。这一催一推的结果，仍是妻子默认，时间继续流逝。三章开头两句，像是丈夫在迷糊状态下一半是装傻、一半是温爱的痴话、情话。妻子这会似乎真正有些着急了，因为时间已经推移到"会且归矣"。但情急中流露的也还是温爱，怕他因为留恋床第而遭人议论。

从毛传起，许多注家都认为这是一首"刺"诗：或以为讽刺国君荒淫怠政，或以为讽刺官吏留恋床第。详味诗情诗趣，不如说它是一首表现夫妇情爱的诗更为切当。表面上看来，丈夫留恋床第，妻子催促上朝，态度有别；实际上，丈夫是半真半假地寻找借口，妻子是半嗔半爱地迁就默许。三章之间的无字处，有时间的推移，也有温柔缠绵的情意，所谓"无字处皆诗也"。作者对这对夫妻，也许有那么一点小小的调侃（通过人物对话透露出来），但正是这种善意的调侃，溢出一种富于人情味的幽默情趣。钱锺书先生在谈到这首诗时说："莎士比亚剧中写情人欢会，女曰：'天尚未明；此夜莺啼，非云雀鸣也。'男曰：'云雀报曙，东方云开日出矣。'女曰：'此非晨光，乃流星耳。'可以比勘。"情事如此相似，正说明东西方的有情人心同此理，也证明这首《鸡鸣》是以幽默情趣来写男女情爱，而不是严肃的政治讽刺。汉儒用那套功利主义的美刺理论来解说情诗，不免把诗情诗趣都破坏了。这首诗纯写夫妇床第私语，不但人物声口毕现，而且富于谐趣，全篇风格，不妨用"昵而不亵"一语来概括。

东方未明

东方未明，颠倒衣裳〔一〕。颠之倒之，自公召之〔二〕。
东方未晞〔三〕，颠倒裳衣。倒之颠之，自公令之〔四〕。
折柳樊圃〔五〕，狂夫瞿瞿〔六〕。不能辰夜〔七〕，不夙则莫〔八〕。

东方无光一片暗，颠颠倒倒把衣穿。忙里那晓颠和倒，公爷派人来喊叫。

东方不见半点光，颠颠倒倒穿衣裳。颠来倒去忙不办，公爷派人来叫喊。

编篱砍下柳树条，疯汉瞪着眼儿瞧。哪能好好过一宵，不是早起就是晚睡觉。

（余冠英译）

注 释

〔一〕衣：指上衣。裳：下身的衣服。

〔二〕公：王公贵人，官府。召：召唤。

〔三〕晞：破晓。

〔四〕令：命令。

〔五〕樊：篱笆。这里用作动词。圃：菜园。

〔六〕狂夫：指前来催促的公差。瞿瞿（jù）：瞪目而视的样子。

〔七〕辰：时，守时不失。

〔八〕夙：早。莫：通"暮"。

　　这首诗书写劳动者对奴隶主贵族频繁不已的劳役的怨愤。全篇采用纯粹的"赋"法，但并没有对劳役的繁重艰苦展开正面铺写，而是在"不夙则莫"的长期劳役生活中截取一个具有典型意义的瞬间——"东方未明"时监工催促奴隶早起的情景，加以集中描写；在这个瞬间，又抓住"颠倒衣裳"和"狂夫瞿瞿"两个细节加以突出渲染。这两层集中，把劳役的沉重压迫和奴隶的不满怨愤都凝聚起来了。

　　一开头就展现出在一片昏黑中奴隶们仓皇起身的情景。"颠倒衣裳"这个生动而富表现力的细节，不仅显示了奴隶在统治者淫威面前囚犯式的本能行动反应——几乎是一听到吆喝便紧张慌乱地摸黑起身，而且瑟瑟缩缩地胡乱穿衣，这才弄得颠倒衣裳，不分上下；而且可以想见监工狐假虎威、一连声地穷凶极恶的吆喝喊叫。三、四两句不妨看作奴隶们的心理反应：这颠三倒四不像人过的日子是谁造成的呢？"自公召之"而已。第三句表面上是重复上一句的"颠""倒"，实际上内涵已经发生了由实到虚的变化。前后对照，正活现出一个行动上慑于淫威、内心充满怨愤的被奴役者形象。第二章从文义上看，是对首章的同义重复。但在情绪表达上，却是在反复渲染中强化。连章吟诵，仿佛可以听到被奴役者越来越强烈的怨愤。文字的更换与句式的变化带给读者的正是这种加强感。

　　第三章不再采用重章叠句的结构方式。这是由于诗情发展到这里，需要对"劳者歌真事"的"事"作一个明确的交待，并且就势对全篇作一收束。这"事"便是"折柳樊圃"，而催逼奴隶去干"事"的监工此刻正横眉竖眼地瞪视着奴隶。"狂夫瞿瞿"，是奴隶眼中的监工形象。虽只极俭省地画了一双瞪得溜圆的眼睛，却传神地描绘出了凶神恶煞般的形象，不妨说，这就是靠皮鞭和棍棒维持生产秩序的奴隶制生产方式的象征。面对如此凶狠的"狂夫"，奴隶内心激起的是更大的怨愤。"不能辰夜，不夙则莫"，透露出起早摸黑地服劳役，绝不是一天两天，而是成年累月。这个收束，一方面扩大延伸了"东方未明"的时间，另一方面又深化了奴隶内心的怨愤。收得干脆、有力。

到这里也就可以明白作者何以集中写"东方未明"的瞬间情景。奴隶们白天被迫进行超强度的劳作，只望晚上能睡个囫囵觉，但奴隶主却连这点起码的要求也不予理睬。成年累月的积愤便在这未明即被催起的瞬间爆发。而通过这瞬间的爆发，又正可窥见奴隶成年累月的超强度劳动和非人生活。这正是集中的妙用。

宋 玉

九 辩

悲哉！秋之为气也。萧瑟兮草木摇落而变衰。憭栗兮若在远行〔一〕，登山临水兮送将归。沆瀁兮天高而气清〔二〕，寂寥兮收潦而水清〔三〕。憯凄增欷兮薄寒之中人〔四〕，怆恍懭悢兮去故而就新〔五〕。坎廪兮贫士失职而志不平〔六〕，廓落兮羁旅而无友生〔七〕，惆怅兮而私自怜。燕翩翩其辞归兮，蝉寂漠而无声。雁廱廱而南游兮〔八〕，鹍鸡啁哳而悲鸣〔九〕。独申旦而不寐兮，哀蟋蟀之宵征。时亹亹而过中兮〔一〇〕，蹇淹留而无成〔一一〕。

悲忧穷戚兮独处廓，有美一人兮心不绎〔一二〕。去乡离家兮徕远客，超逍遥兮今焉薄？〔一三〕专思君兮不可化，君不知兮其奈何！蓄怨兮积思，心烦憺兮忘食事〔一四〕。愿一见兮道余意，君之心兮与余异。车既驾兮朅而归〔一五〕，不得见兮心伤悲。倚结轸兮长太息〔一六〕，涕潺湲兮下沾轼。忼慨绝兮不得，中瞀乱兮迷惑〔一七〕。私自怜兮何极，心怦怦兮谅直〔一八〕。

皇天平分四时兮，窃独悲此凛秋。白露既下百草兮，奄离披此梧楸〔一九〕。去白日之昭昭兮，袭长夜之悠悠。离芳蔼之方壮兮〔二〇〕，余萎约而悲愁。秋既先戒以白露兮，冬又申之以严霜〔二一〕。收恢台之孟夏兮〔二二〕，然欿傺而沉藏〔二三〕。叶菸邑而无色兮〔二四〕，枝烦挐而交横〔二五〕。颜淫溢而将罢兮〔二六〕，柯彷彿而萎黄〔二七〕。萷櫹椮之可哀兮〔二八〕，形销铄而淤伤〔二九〕。惟其纷糅而将落兮〔三〇〕，恨其失时而无当。揽骐辔而下节兮〔三一〕，聊逍遥以相羊〔三二〕。岁忽忽而遒尽兮，恐余寿之弗将。悼余生之不时兮，逢此世之俇攘〔三三〕。澹容与而独倚兮〔三四〕，蟋蟀鸣此西堂。心怵惕而震

15

荡兮，何所忧之多方。仰明月而太息兮，步列星而极明。

　　窃悲夫蕙华之曾敷兮，纷旖旎兮都房。何曾华之无实兮[三五]，从风雨而飞扬！以为君独服此蕙兮，羌无以异于众芳。闵奇思之不通兮[三六]，将去君而高翔。心闵怜之惨凄兮，愿一见而有明[三七]。重无怨而生离兮[三八]，中结轸而增伤[三九]。岂不郁陶而思君兮[四〇]，君之门以九重。猛犬狺狺而迎吠兮，关梁闭而不通。皇天淫溢而秋霖兮，后土何时而得漧！[四一]块独守此无泽兮[四二]，仰浮云而永叹。

　　何时俗之工巧兮，背绳墨而改错。却骐骥而不乘兮，策驽骀而取路。当世岂无骐骥兮，诚莫之能善御。见执辔者非其人兮，故駶跳而远去。凫雁皆唼夫粱藻兮[四三]，凤愈飘翔而高举。圜凿而方枘兮，吾固知其鉏铻而难入[四四]。众鸟皆有所登栖兮，凤独遑遑而无所集。愿衔枚而无言兮，尝被君之渥洽[四五]。太公九十乃显荣兮，诚未遇其匹合。谓骐骥兮安归？谓凤凰兮安栖？变古易俗兮世衰，今之相者兮举肥。骐骥伏匿而不见兮，凤凰高飞而不下。鸟兽犹知怀德兮，云何贤士之不处？骥不骤进而求服兮，凤亦不贪馁而妄食[四六]。君弃远而不察兮，虽愿忠其焉得？欲寂漠而绝端兮，窃不敢忘初之厚德。独悲愁其伤人兮，冯郁郁其何极！[四七]

　　霜露惨凄而交下兮，心尚幸其弗济；霰雪雰糅其增加兮[四八]，乃知遭命之将至。愿徼幸而有待兮，泊莽莽与野草同死[四九]。愿自直而径往兮，路壅绝而不通；欲循道而平驱兮，又未知其所从。然中路而迷惑兮，自压按而学诵[五〇]。性愚陋以褊浅兮，信未达乎从容。窃美申包胥之气盛兮[五一]，恐时世之不固[五二]。何时俗之工巧兮，灭规矩而改凿。独耿介而不随兮，愿慕先圣之遗教。处浊世而显荣兮，非余心之所乐。与其无义而有名兮，宁处穷而守高。食不媮而为饱兮[五三]，衣不苟而为温。窃慕诗人之遗风兮，愿托志乎素餐[五四]。蹇充倔而无端兮[五五]，泊莽莽而无垠。无衣裘以御冬兮，恐溘死不得见乎阳春。

　　靓杪秋之遥夜兮[五六]，心缭悷而有哀。春秋逴逴而日高兮^[五七]，然惆怅而自悲。四时递来而卒岁兮，阴阳不可与俪偕。白日晼晚其将入兮，明月销铄而减毁。岁忽忽而遒尽兮，老冉冉而愈弛。心摇悦而日幸兮，然怊怅而无冀^[五八]。中憯恻之凄怆兮，长太息而增欷。年洋洋以日往兮，老嵺廓而无处^[五九]。事亹亹而觊进兮^[六○]，蹇淹留而踌躇。

何泛滥之浮云兮，猋壅蔽此明月！忠昭昭而愿见兮，然霠曀而莫达^[六一]。愿皓日之显行兮，云蒙蒙而蔽之。窃不自料而愿忠兮，或黭点而污之^[六二]。尧舜之抗行兮^[六三]，瞭冥冥而薄天。何险巇之嫉妒兮^[六四]，被以不慈之伪名？彼日月之照明兮，尚黯黮而有瑕。何况一国之事兮，亦多端而胶加。被荷裯之晏晏兮^[六五]，然潢洋而不可带^[六六]。既骄美而伐武兮^[六七]，负左右之耿介。憎愠怆之修美兮^[六八]，好夫人之慷慨。众踥蹀而日进兮^[六九]，美超远而逾迈^[七○]。农夫辍耕而容与兮^[七一]，恐田野之芜秽。事绵绵而多私兮，窃悼后^[七二]之危败。世雷同而炫曜兮^[七三]，何毁誉之昧昧！今修饰而窥镜兮，后尚可以窜藏。愿寄言夫流星兮，羌倏忽而难当。卒壅蔽此浮云兮，下暗淡而无光。

尧舜皆有所举任兮，故高枕而自适。谅无怨于天下兮，心焉取此怵惕！乘骐骥之浏浏兮，驭安用夫强策？谅城郭之不足恃兮，虽重介之何益！^[七四]邅翼翼而无终兮，忳惛惛而愁约。生天地之若过兮，功不成而无效。愿沉滞而不见兮，尚欲布名乎天下。然潢洋而不遇兮，直怐愗而自苦^[七五]。莽洋洋而无极兮，忽翱翔之焉薄？国有骥而不知乘兮，焉皇皇而更索？宁戚讴于车下兮^[七六]，桓公闻而知之。无伯乐之善相兮，今谁使乎誉之？罔流涕以聊虑兮，惟着意而得之。纷忳忳之愿忠兮，妒被离而障之^[七七]。愿赐不肖之躯而别离兮，放游志乎云中。乘精气之抟抟兮^[七八]，骛诸神之湛湛^[七九]。骖白霓之习习兮^[八○]，历群灵之丰丰。左朱雀之茇茇兮，右苍龙之躣躣。属雷师之阗阗兮，通飞廉之衙衙^[八一]。前轻辌之锵锵兮^[八二]，后辎乘之从从。载云旗之委蛇兮，扈屯骑之容容。计专专之不可化兮，愿推遂而为臧。赖皇天之厚德兮，还及君之无恙〔八三〕。

（注）（释）

〔一〕憭（liáo）栗：凄怆。

〔二〕泬（xuè）寥：空旷清朗貌。

〔三〕寂寥：清澄平静貌。潦：积水。

〔四〕憯（cǎn）凄悲伤。增欷：加重伤感。中（去声）人：袭人。

〔五〕怆（chuàng）怳：失意貌。圹垠（kuǎng lǎng）：义同"怆怳"。

〔六〕坎廩：坎坷不平。

〔七〕廓落：空寂貌。友生：朋友。

〔八〕雍雍（yōng）：鸣声和谐貌。

〔九〕鹍鸡：一种像鹤的鸟。啁哳：形容声音繁杂细碎。

〔一〇〕亹亹（wěi）：行进貌。

〔一一〕蹇（jiǎn）：发语词。

〔一二〕绎：通"怿"，喜悦。

〔一三〕超：远。逍遥：游荡无依貌。薄：到，止。

〔一四〕烦憺（dàn）：忧烦惊愕。

〔一五〕朅（qiè）：离去。

〔一六〕结轖：车厢左右及前面的横木。

〔一七〕瞀（mào）乱：精神昏乱。

〔一八〕怦怦（pēng）：忠诚谨慎貌。谅直：诚实正直。

〔一九〕奄（yǎn）：忽然。离披：凋落分散貌。楸：楸梓。一种早凋的落叶乔木。

〔二〇〕芳蔼：芳菲繁盛，指花卉盛开。

〔二一〕申：加上。

〔二二〕恢台：广大而生机繁盛的样子。孟夏：初夏。

〔二三〕然：乃。歛傺（kǎn chì）：陷落止息。沉藏：埋藏。

〔二四〕菸邑（yū yì）：枯萎貌。

〔二五〕烦挐（rú）：纷乱。

〔二六〕颜：指树木的外表。淫溢：过分。罢：通"疲"。

〔二七〕彷彿：模糊黯淡貌。

〔二八〕莤（xiāo）：枝干萧疏空秃。横槮（xiāo sēn）树木高耸貌。

〔二九〕淤伤：受伤而淤血。此指树木内部受到损伤。与"形销铄"相对。

〔三〇〕惟：思。纷糅：错杂众多貌。

〔三一〕揽：拿着。騑（fēi）：车两旁的马。此泛指驾车的马。节；按节缓行。

〔三二〕相羊（cháng yáng）：同"徜徉"。

〔三三〕伄（kuāng）攮：纷扰不安。

〔三四〕澹：心情枯寂淡漠。容与：闲散貌。

〔三五〕曾：通"层"。

〔三六〕闵：同"悯"，伤。

〔三七〕有明：有所表白。

〔三八〕重：难。无怨：犹无罪。

〔三九〕结轸（zhěn）：郁结悲痛。

〔四〇〕郁陶：精神积聚郁结。

〔四一〕后土：大地。漧：通"干"，干燥。

〔四二〕块：孤独貌。无：通"芜"。无泽：荒芜的泽地。

〔四三〕凫：野鸭。唼（shà）：水鸟或鱼聚食声。粱藻：粟米和水草。

〔四四〕鉏铻（jǔ yǔ）：不合。

〔四五〕被：蒙受。渥洽：厚恩。

〔四六〕餧：同"喂"。

〔四七〕冯（píng）：愤懑。

〔四八〕雾糅：雪盛貌。

〔四九〕泊莽莽：置身荒野的样子。

〔五〇〕压按：压抑克制。学诵：指学《诗》。

〔五一〕申包胥：春秋时楚国大夫。楚昭王十年，吴兵攻破楚郢都，申包胥到秦国求救，在秦廷上哭了七天七夜，终于使秦哀公感动而发兵。

〔五二〕固：应作"同"。形近而误。

〔五三〕媮：同"偷"，苟且。

〔五四〕素餐：此谓仿效诗人遗风，在俭朴生活中寄托自己的志向。

〔五五〕充倔：满怀委屈。倔，通"屈"。

〔五六〕靓：通"静"。杪（miǎo）秋：深秋。

〔五七〕逴逴（chuō）：愈行愈远的样子。

〔五八〕怊（chāo）怅：惆怅。

〔五九〕嵺廓：空虚貌。

〔六〇〕觊（jì）：企图。

〔六一〕霭曀（yīn yì）：天色阴暗貌。

〔六二〕黕（dǎn）点：污垢。这里用作动词。

〔六三〕抗行：高尚的德行。

〔六四〕险巇：这里指险恶的小人。

〔六五〕荷裯（dāo）：荷叶制的短衣。晏晏：轻柔貌。

〔六六〕潢（huàng）洋：空荡不贴身的样子。带：系上带子。

〔六七〕伐武：夸耀勇武。

〔六八〕愠恽（wěn lún）：诚忠而不善言词的样子。

〔六九〕蹀蹀（qiè dié）：小步行进貌。

〔七〇〕逾迈：远行。

〔七一〕容与：悠闲的样子。

〔七二〕后：指国君。

〔七三〕雷同：指小人彼此倡和，众口一词。炫曜：日光迷乱。

〔七四〕重介：坚厚的盔甲。

〔七五〕怐愗（kòu mào）：愚昧。

〔七六〕宁戚：春秋时卫人，传说他夜叩牛角而歌，为齐桓公所赏识，用为卿。

〔七七〕被离：披离，散布貌。

〔七八〕精气：指充塞于天地间的元气。抟抟：聚集成团貌。

〔七九〕湛湛：深厚密集的样子。

〔八〇〕习习：飞动貌。

〔八一〕通：开路。飞廉：风神。衙衙（yú）：行进貌。

〔八二〕轻辌（liáng）：轻便的卧车。锵锵：车铃声。

〔八三〕恙：病。二句谓仰仗上天厚德，祝愿楚王健康长寿。

宋玉是屈原所开创的楚骚文学传统优秀的继承者，又是新的文学传统——寒士"悲秋"的感伤主义传统的创始人。这两方面，都集中体现在他的长篇骚体抒情诗《九辩》中。《九辩》原是远古的乐曲，传说夏启从天帝那里将它和《九歌》偷下了人间，这在屈原的《离骚》《天问》中都提到过。王夫之说："九者，乐章之数。凡乐之数，至九而盈。……辩，犹遍也，一阕谓之一遍。盖亦效夏禹《九辩》之名，绍古体为新裁"（《楚辞通释》）。看来《九辩》本是由多数音调组成的大型乐曲，宋玉不过是借它为题来抒发自己的思想感情，写成骚体诗的新制。朱熹根据文义将《九辩》分成九章，为后代一些研究者所沿用。但这和题名中的"九"并没有什么关系。

　　汉代王逸认为宋玉是屈原的弟子，《九辩》是宋玉"闵惜其师忠而被逐"之作。这个说法在《九辩》本身和其他更早的文献材料上都找不到任何根据，大概只是一种臆测。不过这篇长达二百五十多句，一千七百余字的抒情巨构，从规模体制、思想内容到语言风格，都有意学习摹仿屈原的《离骚》和《九章》中的一些作品则是明显的事实。它继承了屈原作品对楚国昏暗混乱政治现实揭露批判的精神，像君主的昏聩弃贤，谗佞的蔽主嫉贤，时俗的工巧背道，群小的蹀躞竞进，都有比较具体的反映。其中像"猛犬狺狺而迎吠兮，关梁闭而不通"，"既骄美而伐武兮，负左右之耿介。憎愠怆之修美兮，好夫人之慷慨"等诗句，对谗臣昏主的抨击就相当尖锐，感情也比较激烈。特别是像"农夫辍耕而容与兮，恐田野之芜秽。事绵绵而多私兮，窃悼后之危败"，"谅城郭之不足恃兮，虽重介之何益"一类感慨和议论，渗透深刻的危机感，是屈原作品中比较少见的。但这些揭露抨击，往往跟作者对楚王那种既怨艾又深刻依恋，既不满又感恩戴德的缠绵卑顺的声音混杂在一起，显得不大和谐。而诗人那些"耿介不随""穷处守高"的表白又往往与叹老嗟卑、"恐溘死不得见乎阳春"的忧伤纠结在一起，从而使诗中抒情主人公的形象缺乏人格美的光辉。孤立地看，《九辩》中揭露现实政治的内容自有它的社会政治价值，但如果和《离骚》联系比较，就会明显感到它往往是重复屈原的声音而缺乏作者独特的审美感受。有些地方甚至露出了生硬模仿的痕迹，如篇末放游云中的一段描写便是对《离骚》末段的机械仿制，但由于缺乏尖锐的内心矛盾和强烈的爱国激情作基础，缺乏丰富的想象力，这个结尾不免显得平庸甚至有些造作。

　　《九辩》中真正感人而且具有永久审美价值的正是宋玉自己的声音。这就是长诗开宗明义揭出的"贫士失职而志不平"的呼声，或者说，是贫士的"悲秋"之慨。《九辩》的内容尽管相当纷繁，包括社会政治的揭露、个人命运的感喟、自然景物的描绘等各方面，但它的核心内容则是贫士失职的悲

21

慨。由于个人失意的悲怨不平，引出了对君主的思念怨恨，引出了对楚国昏暗政局的揭露，"悼余生之不时兮，逢此世之佅攘"，正说明个人的不幸遭遇是他揭露时政的主要出发点与动因。而深秋的自然景物，一方面是诗人对个人命运、现实政治怨愤不平感情的触媒，另一方面又是诗人表达上述感情的凭借。自然、社会、人生，这三方面就是围绕个人失意悲怨这条感情主轴线展开描写的。这正是《九辩》整体艺术构思的基本特点。

悲秋，是《九辩》贯串全篇的主旋律。诗人把他对于社会与人生的感受，集中通过对深秋典型景物的描写来加以表达。诗一开头就凌空起势，集中抒写对秋气的悲凉感受。这种悲秋意绪，跟诗人因"失职""羁旅"而引起的孤子凄凉、空虚怅惘之情水乳交融，汇为一体。在以下各段中，或者直接描写秋天霜露摧残草木的凋伤景象，以抒写自己生不逢时之感；或者通过对深秋长夜孤寂情景的描写，来抒写迟暮无成之悲；或者借助"皇天淫溢而秋霖兮，后土何时而得漧"的环境描绘来象征包围着自己的恶劣时代环境；或者用霜露交下、霰雪雰糅的景象来象征愈来愈悲惨的境遇和命运。这一切直接的"悲秋"描写，都深深地蕴含着诗人对时代社会和个人命运的悲慨。而诗中那些并没有直接描绘秋气秋色，表面上仅仅是抒写诗人对现实政治和人生命运感受的段落，也往往渗透萧瑟悲凉的秋意。像"悲忧穷戚兮独处廓，有美一人兮心不绎"，"心怵惕而震荡兮，何所忧之多方"，"变古易俗兮世衰，今之相者兮举肥"一类抒情，都使人自然联想到形成这种感情的"凛秋"式的社会环境。正如陆时雍所说的那样："举物态而觉哀怨之伤人，叙人事而见萧条之感候。"（《读楚辞语》）

《九辩》描写秋气秋色的突出特点，是紧密结合抒情，展开淋漓尽致的铺叙渲染和细致入微的描绘刻画。古代诗歌中的景物描写，在以《诗经》为代表的四言诗中，绝大多数是作为比兴出现的。屈原的《九歌·湘夫人》"袅袅兮秋风，洞庭波兮木叶下"这极富情韵的秋景描写，也是以极简淡的笔墨点染出一片具有远神的意境。只是到了宋玉的《九辩》，才第一次在诗歌中以大量篇幅对自然景物展开淋漓尽致的描绘刻画。诗的首段，在凌空而来的"悲哉！秋之为气也"这强烈的抒情之后，紧接着是一个从总体上描绘秋天景物典型特征的长句："萧瑟兮草木摇落而变衰。"情因景生，景中含情，一下子就摄取了秋气肃杀凄凉的神魂。接下来两句，又用"远行"和"送归"时那种凄怆的感受来形况秋气所给予人的凄神寒骨之感。王夫之称开头四句为千古绝唱，可能正着眼于它是一种勾魂夺魄的传神之笔。然后，又分别从天上、地下描绘秋的空旷寂寥。"天高而气清""收潦而水清",都突出了秋色之清朗莹洁,但这"清"给予人的却是"寒"的心理感受——"憯凄增欷兮薄寒之中人"。在这一连串出色的描绘渲染之后,失职贫士的"不平""廓落""惆怅"之感便显得鲜明可触,与萧瑟凄清的秋色秋景融为一片。但诗人意犹未足,紧接着又用燕雁南归、秋蝉寂默、鹍鸡悲鸣、蟋蟀夜行等一系列带有鲜明季节特征和渗透凄清孤寂感的物象,谱写成一阕悲秋的奏鸣曲,将仕途失意、羁泊异乡的寒士那种为寂寥凄清的环境气氛所包围、通宵不寐的情景生动地展现出来。像这种前呼后应、反复渲染的写景方式,为以前诗歌中所未见。它使读者也仿佛受到了秋气的轮番侵袭,从而引起强烈的心灵震颤。诗的第三段,写凛冽肃杀的秋气对树木的摧残,则以刻画的细致著称:

> 叶菸邑而无色兮,枝烦挐而交横。颜淫溢而将罢兮,柯仿佛而
> 萎黄。萷櫹椮之可哀兮,形销铄而瘀伤。

一连六句,从树木的枝、叶、柯、颜、内质、外形等各方面刻画它们受到严霜摧残后不同的形状、态势、颜色,可以说是对"萧瑟兮草木摇落而变衰"这幅秋景的每一局部的工笔细描。加以连用六个相同的句式,一气蝉联而下,这种刻画给读者的印象便更加强烈。由于这种铺叙刻画和抒情主人公"窃独悲此凛秋""悼余生之不时"的感情结合在一起,因此并不使人感到琐细与堆砌,而是感到诗人对秋天景物观察的细致和感受的敏锐,感到诗人悲秋情绪的强烈。

《九辩》在当时是否可以被之管弦,现在已无从考证,但它极富音乐美却是稍加诵读便容易领略的。它的句式长短不一,灵活多变,"兮"字在句中的位置也经常变化,读来别有一种参差错落的音律之美。诗中大量运用声情兼胜的连绵词,借以表达低回伤感、哀怨缠绵的悲秋意绪,像首段连用"萧瑟""憭栗""沉寥""寂寥""憯凄增欷""怆恍㤰悢""坎廪""廓落""惆怅"等一系列连绵词,刻意制造秋气所给予人的凄寂悲凉感受。语言的声韵本身就带有一种伤感呜咽的情调,很好地表达了诗人的凄伤心态。

"摇落深知宋玉悲。"(杜甫《咏怀古迹》)宋玉悲秋,代表了当时新兴的士阶层中一部分落拓不遇的士人的不平之鸣,表现了他们对时代社会、人生命运和大自然的悲凉感受。从宋玉开始,逐渐形成了一个借助凄清萧瑟的

自然景物抒写牢落不遇之感的感伤主义传统，所谓"遵四时以叹逝"，"悲落叶于劲秋"（陆机《文赋》），正是对它的准确概括。中国古代诗歌，感士不遇是最普遍的主题，借景抒情是最主要的艺术手段。这两方面，宋玉的《九辩》都有着深远的影响。

《九辩》虽以"绮靡以伤情"（《文心雕龙·辨骚》）为特点，但"其词激宕淋漓，异于风雅"（王夫之《楚辞通释》），感情的状态和表达方式都显然不同于《诗经》式的温厚和平、内含收敛、一唱三叹，而是一种不得其平的淋漓激宕、外露倾泄、尽情尽致的风格，这正是"楚声"的特点。它那大段的铺叙渲染、反复切至的抒情和一气直下的铺排句式，都加强了激宕淋漓的气息。不过，与《离骚》比较，《九辩》显然大大减弱了浪漫主义的奇情异采和丰富想象力，而变得比较现实了，更多的是面对现实社会和人生而发的凄怆感伤。正如鲁迅所指出的那样："《九辩》……虽驰神逞想，不如《离骚》，而凄怨之情，实为独绝。"（《汉文学史纲要》）

曹 植

杂诗六首（其一）

　　高台多悲风，朝日照北林。之子在万里，江湖迥且深。方舟安
可极，离思故难任。孤雁飞南游，过庭长哀吟。翘思慕远人，愿欲
托遗音。形影忽不见，翩翩伤我心。

　　曹植《杂诗六首》，同载于《文选》。它们并非同时同地所作的内容有密
切关联的组诗，其中有直接自我抒怀之作，有比兴寓言体，也有代言体。正
如李善所说："不拘流例，遇物即言，故云'杂'也。"

　　这一首是登高怀远之作，所怀对象可能是诗人的异母弟曹彪。约写于黄
初三年（222）秋。在这前一年，曹丕加紧了对曹植的政治迫害，借故将他
治罪，曹植几遭杀害。后来虽因卞太后的回护而仅贬爵，但处境已非常孤
危。曹植与曹彪年岁相仿，又都爱好文学，情谊原就深笃。这时曹植为鄄城
王（在今山东濮县），曹彪为吴王，相隔遥远。相似的政治处境，使他们在
阻隔中更增深切的怀念之情。诗就是在这种特定的政治背景和忧伤苦闷的心
情下写成的。

　　开头两句，陡直起势，以朴质刚劲的语言和高亢浏亮的音节描绘出一种
阔远悲凉的境界。高台独上，透出处境的孤子；悲风扑面，更烘托出心境的
骚屑和悲凉。这挟带着霜威寒意的悲风似乎给朝日映照下的北林也染上了一
种惨淡的色调。"北林"暗切《诗经》"郁彼北林"的字面，隐含"未见君
子，忧心钦钦"的意蕴，逗起下文怀远之情。这两句仿佛只是直书即目所
见，却情与景浃，渲染出一片悲凉肃杀的气氛，令人自然联想到诗人所处的
时代环境和政治环境，这就使它带上了某种象征色彩。沈德潜说曹植诗"工
于起调"，这两句正是典型的例证。它不仅在内容上是对全诗的提示逗引，
而且在气氛上笼罩全篇，使读者一开头就进入了悲壮苍凉的境界。

　　三、四句便由"高台"望远和"北林"引到怀人的主题上来。"江湖迥
且深"不仅使"万里"远隔更具形象感和地域特点（所怀对象远在江南），

而且突出了它的无法度越。这里所表现的阻隔感,自不单纯由于地理的因素,其深层意蕴中更包含了政治人事方面的复杂背景,因此诗人才深沉地感慨"方舟安可极,离思故难任"了。难以禁受的"离思"中正含有政治上受压抑受阻隔的痛苦。以上六句,从"高台"远望引出"万里""江湖""方舟"的想象,写出离思的难堪,层层相生,一气旋折,显得自然流走,毫不着力。

"孤雁"以下,由高台远望转为仰视,由离思难任引出托寄音书的想望。"孤雁"与前"悲风","南游"与前"万里"分别相应。这失群的孤雁,既是进一步触发"慕远"思绪的外物,又像是诗人孤子凄伤身世境遇的一种象征,似赋似兴似比,特具神味。雁虽失群哀鸣,毕竟还能南翔觅侣,自己却江湖阻隔,欲去不能;即使托雁传音,也无从实现。面对孤鸿翩然远逝的寥廓高天,不免更增孤独与伤感。从闻雁增悲,到欲寄音书,最后到形影不见,"离思"在层层波折中变得更加强烈了。

跟感情表达迸涌而出的《赠白马王彪》不同,这首怀念曹彪的诗,感情的抒发偏于内含收敛,委婉含蓄。但读来却感到字里行间蕴含着一种深沉的阻隔感、孤独感和难以明言的痛苦忧愤。作者似乎有意使感情的流露有所抑制,但正是这种感情状态从反面透露了诗人处境的孤危,曲折反映了残酷的政治迫害对诗人心灵所造成的创伤。这种表面比较温婉和平、内里痛苦忧愤的美学风格,别具一种令人心摧的感染力。张戒认为"高台多悲风""明月照高楼"等篇,"温润清和","辞不迫切而意已独至"(《岁寒堂诗话》),可谓深得诗味!

杂诗六首(其二)

转蓬离本根,飘飖随长风。何意回飙举,吹我入云中。高高上无极,天路安可穷!类此游客子,捐躯远从戎。毛褐不掩形,薇藿常不充。去去莫复道,沉忧令人老。

在建安诗歌中,转蓬(蓬草秋枯,被风吹起)是一个新鲜而富于时代特征的象征性意象。由于"世积乱离",征战频繁,广大人民流离转徙、漂泊异乡,这遇风拔离本根、到处飘转的飞蓬,就成了游子、征夫和一切不能掌握自己命运的漂泊者绝妙的象征。曹植诗中，这一意象更融铸着他特殊的生活经历和身世遭遇之感，显示出特有的个性色彩。他的《吁嗟篇》通篇以转蓬作为象喻，抒写他"初封平原，转出临菑，中命鄄城，遂徙雍丘，改邑浚仪，而末将适于东阿"（《迁都赋》）的长期播迁生活和痛苦心情。这首《杂诗》也描写了转蓬的形象，但它的主题和表现手法却与《吁嗟篇》有别。把它们加以对照比较，可以看出诗人在运用同一诗歌意象时所显示出来的创造精神。

诗的前六句，写转蓬遇风长久飘荡的情景。"长风"未停，更遇"回飙"，使飘飘无定的蓬草吹入高空，远离本根。"何意"二字，语调沉痛悲愤，在出乎意料的口吻中含有不由自主的悲慨。天高无极，天路难穷，飘荡的命运也就永无休止了。六句三层，感情逐层加强。但跟《吁嗟篇》对转蓬的淋漓尽致描绘相比，这六句显然是粗线条的，几乎可以看作《吁嗟篇》的一个提纲。因为《吁嗟篇》的主旨就是抒写诗人的流离播迁之痛，不作淋漓尽致的描写，就不足以充分表现长期播迁所历的身心痛苦。而这首诗对转蓬的描写，主要是为了引出下文的类比联想，它本身并不是诗的主体形象。前六句在全篇中的作用，相当于一个兼有象喻意义的比较繁复的起兴。就"兴"的要求来看，这样的描写已经相当充分了。

"类此游客子，捐躯远从戎。"这正是"转蓬"所兴起和象喻的对象。"类此"二字，透露了由物到人的类比联想过程。或以为"游客子"是诗人自指，但诗中明明说这是"捐躯远从戎"的士兵，其非自指显然。不过，诗人在长期辗转播迁的生活中"连遇瘠土，衣食不继"（《迁都赋》），"食裁糊口，形有裸露"（《转封东阿王谢表》）的困窘情况，使他对从戎客子"毛褐不掩形，薇藿常不充"的艰苦生活有较深切的体察则是事实。或者说，是在对征戍之士生活的描写中融进了自身的生活体验。曹操的《却东西门行》也有类似的描写："田中有转蓬，随风远飘扬。长与故根绝，万岁不相当。奈何此征夫，安得去（离）四方？戎马不离鞍，铠甲不离傍。冉冉老将至，何时返故乡？"同样以转蓬兴起和象喻征夫。曹植这首诗的构思可能受到它的启发。对征夫之苦，只有"毛褐"两句作直接描写，这是因为上文写转蓬，已充分表现其远离乡土、辗转飘荡之苦，这里用简笔对其生活之苦稍作点染，两层痛苦便都得到表现了。喻体与本体内容不重复，各侧重表现一面，手法相当经济。这跟《吁嗟篇》中"当南而更北，谓东而反西。宕宕当何依，忽亡而复存。飘飘周八泽，连翩历五山"这种尽情的渲染也有明显区别。

"去去莫复道，沉忧令人老。"乐府中常以"弃置莫复陈"一类套语作结，这两句却是貌似落套而实具深味。好像是刚刚接触到本题（征人的痛苦）就马上掉开煞了尾，透露出诗人心中痛苦积郁得太多，不愿或害怕更多地接触到这个话题。是因为征戍之士的苦难而联想到整个乱离多难的时世？还是因征夫的飘蓬和贫困联想到自身的境遇？或者更进而想到一切无法掌握自己命运的人们？诗人没有明言，也不愿明言。仅以"沉忧令人老"一语了之。这种无言的沉痛，和《吁嗟篇》结尾"愿为中林草，秋随野火燔。糜灭岂不痛，愿与株荄连"的尽情竭言的沉痛，可谓异曲而同工。丁晏评道："结语换韵，如变徵声"（《曹集诠评》），这是深得结语声情的独到体会。

杂诗六首（其三）

西北有织妇，绮缟何缤纷！明晨秉机杼，日昃不成文。太息终日夜，悲啸入青云。妾身守空闺，良人行从军。自期三年归，今已历九春。飞鸟绕树翔，嗷嗷鸣索群。愿为南流景，驰光见我君。

与上首恰成对应，这首《杂诗》写一位良人从军、久守空闺的思妇。起四句写她无心纺织。"绮缟何缤纷"是形容织机旁的精美织物散乱不整的样子，暗示其心绪的纷乱。"明晨"二句说她清晨开织，日斜尚未成纹，用民歌中常见的夸张手法对其无心纺织作进一步渲染。这四句暗用《诗·大东》"跂彼织女，终日七襄，虽则七襄，不成报章"，但化古雅为通俗，与全篇乐府民歌式的风调浑为一体。接着，又从她的行动写到终夜叹息、悲啸，这不仅是由于丈夫从军，独守空闲，而且蕴含着自己的处境、心情无人同情与理解这种更深一层的痛苦。终夜叹息，又复谁知？唯有悲啸入云，一抒苦闷。

以上六句，是用第三人称对织妇作客观描写，"妾身"以下转为第一人称作织妇自我抒情口吻。讲述故事的人讲到动情处往往不知不觉化身为故事主人公，这里的转换正跟这相似。丈夫外出从军，自己以三年为期，已经够长久的了，不料一去竟达九年，依然杳无信息。这当中思妇所经历的艰困、痛苦、思念、期待和失望的折磨不难想见。虽只淡淡说出，却不可轻轻放过。

"飞鸟绕树翔，嗷嗷鸣索群。"两句紧接着写外物对织妇的触动。鸟儿绕树飞翔，鸣叫着觅侣归巢，这景象在思妇心中勾起的不仅有对爱情的渴望，对丈夫的思念，更有对自身命运的悲叹——人反不如禽鸟的感慨。外物与自身、愿望与现实之间的巨大反差，促使历尽身心痛苦的思妇激发出天真的幻想：真希望自己能化作南流的阳光，飞驰着去会见九年远戍不归的亲人！最后两句，是女主人公感情的发展高潮与归宿，更是感情的升华。良人从军九年不归，"空闺"是难以独守的。正像《古诗十九首》"青青河畔草"一首中的思妇所慨叹的那样，"荡子行不归，空床难独守"。这种发自内心的直率声音固然也令人同情，却总让人感到缺乏人性美的光彩。而这首诗"愿为南流景，驰光见我君"的想象却既表现了怀思的强烈，又体现了女主人公对爱情的忠贞。它跟"荡子行不归，空床难独守"在审美感受上的不同层次，其原因主要在感情是否得到升华。

　　曹植的《七哀诗》也写了一位"君行逾十年"的"宕子妻"的深切怀思，结尾处写道："愿为西南风，长逝入君怀。"与本篇结句构思、手法类似，而取象不同，各臻其妙。"愿为西南风，长逝入君怀"的想象以柔婉缠绵见长，与全篇明月流光般的情调非常和谐；而"愿为南流景，驰光见我君"的想象则以新奇浪漫见称，带有更多的热烈气息和明朗色彩。这和全篇那种比较强烈的感情也是一致的。后来唐代张若虚的《春江花月夜》"此时相望不相闻，愿随月华流照君"的想象，显然受到过它的启发，而改"南流景"为"月华"，整个情调又向柔婉靠近了。

谢灵运

岁 暮

殷忧不能寐，苦此夜难颓。
明月照积雪，朔风劲且哀。
运往无淹物，年逝觉已催。

用精细工致的笔法描绘南方山川奇秀之美，是大谢诗的主要特色。有趣的是，他的两联最出名的警句却并不以工笔细描见长，而是以"自然"见称。"池塘生春草，园柳变鸣禽"（《登池上楼》）一联，固然是作者自诩"有神助"的得意之句，本篇的"明月"一联更被诗论家推为"古今胜语"的代表。钟嵘《诗品序》说："至于吟咏情性，亦何贵于用事？'思君如流水'，既是即目；'高台多悲风'，亦惟所见；'清晨登陇首'，羌无故实；'明月照积雪'，讵出经史？观古今胜语，多非补假，皆由直寻。"这段话不仅表达了钟嵘论诗的一个重要观点，也道出了"明月"一联的高妙之处——直寻，即对生活（包括自然景象与社会人事）的直接真切感受，以及由此形成的诗歌的直接感发力量。

这是一首岁暮感怀诗，时间又是在寂静的长夜。在这"一年将尽夜"，诗人怀着深重的忧虑，辗转不寐，深感漫漫长夜，似无尽头。诗的开头两句，以夜不能寐托出忧思之深，用一"苦"字传出不堪禁受长夜难眠的折磨之状。但对"殷忧"的内涵，却含而不宣。《诗·邶风·柏舟》有"耿耿不寐，如有隐忧"之句，谢诗这一联当化用其意，但"殷忧"的具体内涵自然根于诗人的生活、遭际与思想性格。谢灵运是一个自视很高而性格褊激的贵族文人。刘宋王朝建立后，"朝廷唯以文义处之，不以应实相许。自谓才能宜参权要，既不见知，常怀愤愤。"后来不仅受到徐羡之的排挤，出为永嘉太守，而且因自己的"横恣"与统治集团内部的倾轧而遭杀身之祸。这首诗据"年逝觉已催"之句，当作于其晚年（他死时年仅四十九岁），诗中所谓"殷忧"，除了下文已经明白揭出的"运往""年逝"之悲外，可能还包含

"曹曹衰期迫，靡靡壮志阑"（《长歌行》）之慨，和"晚暮悲独坐，鸣鹥歇春兰"（《彭城宫中感岁暮》）之忧。总之，它并非单纯的对自然寿命的忧虑，而是交织着人生追求、社会人事等多方面矛盾的复杂思绪。用"殷忧"来概括其深重复杂的特点，是非常切当的。

三、四两句是殷忧不寐的诗人岁暮之夜所见所闻。明月在一般情况下，是色泽清润柔和的物象，诗中出现明月的意象，通常也多与恬静悠闲的心态相联系；即使是忧愁，也常常是一种淡淡的哀伤。但明月映照在无边的皑皑积雪之上的景象，却与柔和清润、恬静悠闲完全异趣。积雪的白，本就给人以寒凛之感，再加以明月的照映，雪光与月光相互激射，更透出一种清冷寒冽的青白色光彩，给人以高旷森寒的感受，整个高天厚地之间仿佛是一个冷光充溢、冰雪堆积的世界。这是一种典型的阴刚之美。这一句主要是从色感上写岁暮之夜的凛寒高旷之象，下一句则转从听觉感受方面写岁暮之夜所闻。"朔风"之"劲"，透出了风势之迅猛、风声之凄厉与风威之寒冽，着一"哀"字，不仅如闻朔风怒号的凄厉呜咽之声，而且透出了诗人的主观感受。两句分别从视、听感受上写出岁暮之夜的高旷、萧瑟、寒凛、凄清，作为对冬夜的即景描写，它确实是典型的"直寻"，完全是对眼前景直接而真切的感受。由于它捕捉到了冬夜典型的景物与境界，给人的印象便十分深刻。但这两句的真正妙处，却不仅仅是直书即目所见，而是由于它和殷忧不寐的诗人之间存在一种微妙的契合。诗人是在特定的处境与心境下猝然遇物，而眼前的景象又恰与自己的处境、心境相合，情与境合、心与物惬，遂不觉而描绘出"明月照积雪，朔风劲且哀"的境界。明月映照积雪的清旷寒冽之境象，似乎正隐隐透出诗人所处环境之森寒孤寂，而朔风劲厉哀号的景象，则又反映出诗人心绪的悲凉与骚屑不宁。在这样一种凄寒凛冽的境界中，一切生命与生机都受到沉重的压抑与摧残，因而它也不妨看作是诗人所处环境的一种象征。

五、六句即由"积雪""朔风"的摧抑生机而生："运往无淹物，年逝觉已催。"运，即一年四季的运转。随着时间的运行，四季的更迭，一切景物都不能长留，人的年岁也迅速消逝。值此岁暮之夜，感到自己的生命也正受到无情的催逼。这两句所抒发的岁月不居、年命易逝之慨，是自屈原的"日月忽其不淹兮，春与秋其代序。惟草木之零落兮，恐美人之迟暮"的慨叹以来，历代诗人一再反复咏叹的主题。大谢诗中，这种人命易逝的感慨也经常出现，成为反复咏叹的基调。这首诗则比较集中地抒写了这种感情。由于这

31

种迟暮之感与诗人的"壮志"不能实现的苦闷及"鸣鹫歇春兰"的忧虑联系在一起，更重要的是由"明月"二句所描绘的境界作为烘托，这种感慨并不流于低沉的哀吟，而是显得劲健旷朗、沉郁凝重。

　　皎然《诗式》说："'池塘生春草'，情在言外，'明月照积雪'，旨寓句中，风力虽齐，取兴各别。"这两联虽同具自然、直寻的特点，但同中有异。"池塘"句的妙处必须结合上下文，特别是久淹病榻、昧于节候，褰帘临眺，忽见池塘春草已生的特殊背景方能领会，妙在于不经意中突然有所发现与领悟，皎然说它情在言外是十分切当的。而"明月"一联虽亦即目所见，但它本身已构成一个带有象征色彩的意境，能引发读者对诗人处境、心态的丰富联想，故说"旨寓句中"。同时，"池塘"一联纯属天籁，"明月"一联却是锤炼而返于自然，"照"字、"劲"字、"哀"字都有经营锤炼功夫。只不过这种锤炼并不露雕琢之痕罢了。许学夷《诗源辩体》说："五言至灵运，雕刻极矣，遂生转想，反乎自然。……观其以'池塘生春草'为佳句，则可知矣。""明月"一联正体现为由雕刻而返于自然的又一例证，但它距"池塘生春草"式的天籁似乎尚隔一尘。

王 融

同沈右率诸公赋鼓吹曲二首（其一）

巫 山 高

想象巫山高，薄暮阳台曲。

烟霞乍舒卷，蘅芳时断续。

彼美如可期，寤言纷在瞩。

怃然坐相思，秋风下庭绿。

　　《巫山高》，乐府《鼓吹曲辞·汉铙歌》曲名。《乐府解题》曰："古辞言江淮水深，无梁可度，临水远望思归而已。若齐王融'想象巫山高'，梁范云'巫山高不极'，杂以阳台神女之事，无复远望思归之意也。"按《乐府诗集》所收虞羲、刘绘、梁元帝、费昶、王泰、陈后主等南朝诗人同题之作，亦皆咏巫山神女事，与古辞抒写远道之人思归情绪者不同。可见其时诗人已将《巫山高》作为一般诗题对待。王融此首，系与沈约（即题内沈右率）、谢朓、刘绘等人同时所赋。

　　前四句写想象中巫山的美丽景象。《巫山高》一类题目，作者大都并未亲临其地，而是根据《高唐》《神女》诸赋的描写，加以想象。本篇首句即以"想象"二字点醒通首所写巫山景象，均为心之所想，而非目之所击。这首诗意境的特点，也正与"想象"密切相关。巫山的出名，在于阳台梦雨的传说，因此在首句点出"巫山高"的基础上，即把想象集中到"阳台曲"上，使下文的想象围绕着这个美丽的传说展开。冠以"薄暮"二字，固然与《高唐赋序》中神女自述："旦为朝云，暮为行雨，朝朝暮暮，阳台之下"有关，同时也是为了渲染一种朦胧迷离的气氛，使想象中的景象变得更加具有诱惑力。三、四两句紧接着具体想象阳台的美好景象：美丽的彩霞乍舒乍卷，或隐或现；蘅芷的芳馨时断时续，隐约可闻。这里化用了《高唐赋序》中"其上独有云气，崒兮其上，忽兮改容，须臾之间，变化无穷"的描写，和《楚辞·九歌·山鬼》中"被石兰兮带杜蘅，折芳馨兮遗所思"的想象，其作用主要不是绘景，而是暗示神女的形迹。那卷舒变幻的云霞，像是神女的彩裳在飘动，那时断时续的蘅芷芳香，像是神女散发的幽香。这种貌似绘景，实为暗示象征的写法，使这两句所显示的境界变得空灵缥缈，迷离惝恍，有一种是耶非耶，何姗姗其来迟之致，暗寓想望、期待之意。这就自然引出下两句来。

"彼美如可期，寤言纷在瞩。"楚怀王与襄王（一说宋玉）都说自己梦遇神女。《高唐赋序》中形容朝云之状有云："湫兮如风，凄兮如雨，风止雨霁，云无处所。"《神女赋序》则云："（襄）王曰：晡夕之后，精神恍忽，若有所喜，纷纷扰扰，未知何意。目色仿佛，乍若有记，见一妇人，状甚奇异，寐而梦之，寤不自识。罔兮不乐，怅然失志，于是抚心定志，复见所梦。"都是恍忽梦遇，醒后杳然。这两句正是有感于梦境之虚幻，而希望变梦为真，说如果神女真正可以遇到，那就不只是相逢于梦中，而是醒来时也纷然在目。这是由热烈想望、殷切期待而产生的心理。"纷在瞩"形容想象中神女显现于目前的骇目动心之情状，真切而生动。

尽管诗人希望神女"寤言纷在瞩"，但毕竟只是一种虚无缥缈的愿望，彼美踪迹杳然。在怅然失意中独坐相思，但见秋风飘然而至，吹动庭院中的绿枝。诗写到"秋风下庭绿"，悠然而止，极富韵外之致。它透露出诗人独坐相思忽遇秋风动绿时那种恍若有遇却又怅然自失的心理状态。那"下庭绿"的秋风，宛若神女飘然而至的身影，实则不过一时的错觉而已。

诗通过想象与对眼前景的幻觉式感受，写出诗人那种歆慕、期待而又怅惘的心理，也烘托出神女缥缈的身姿面影。整个境界，迷离惝恍，空灵飘忽，既符合所写对象神女的特点，也充分体现出想象中境界的特点。宋玉的《高唐》《神女》二赋，虽有美丽的神话传说和出色的描写，但赋的整体不免有些板滞堆砌，此诗将赋中最富诗意的描写加以想象加工，创造出极富文采意想之美的诗境，这种提炼精粹、化赋为诗的艺术手段，值得借鉴。

谢 朓

和王中丞闻琴

凉风吹月露，圆景动清阴。

蕙风入怀抱，闻君此夜琴。

萧瑟满林听，轻鸣响涧音。

无为澹容与，蹉跎江海心。

这是一首描写音乐的诗。王中丞，可能指王思远。沈约有《应王中丞思远咏月》诗，王中丞即王思远，曾为御史中丞。琴音古雅清澹，在诸乐中俨然有高士林泉风致。这首闻琴诗，重点不在具体细致地描摹琴音，而是着意渲染"闻琴"的环境气氛，和诗人的主观感受。这是本篇构思的显著特点。

开头两句写凉夜景物。时届秋令，入夜凉风吹拂，枝头暗凝的露水滴沥有声，一轮圆月高悬中天，投下皎洁的清光。两句写秋夜凉风月露，着意渲染清凉感和宁静感。"吹""动"两个动词，是描写动态的，却以动衬静，更显出了秋夜的静谧。也只有在这种宁静的环境中，才能听到月光下露水的轻微滴沥之声。这两句不仅写出对秋夜凉风月露的视觉、听觉与触觉感受，而且透出心理上的清润与宁静，这正是"闻琴"的适宜环境气氛与心理状态。

第三句进一步写到秋夜中弥漫的香气。蕙是香草，蕙风实即首句所谓凉风，此处不从触觉而从嗅觉感受着眼，故说"蕙风"。不说蕙风吹送芬芳，而说"入怀抱"，不仅把蕙风写得极有灵性与感情，仿佛知道诗人有听琴的雅兴，而多情地投入怀抱，而且写出了诗人那种愉悦感与陶醉感。古代有焚香鼓琴的习惯，这"蕙风入怀抱"正像是大自然布置的最佳"闻琴"环境气氛。

第四句方才正面点到本题："闻君此夜琴。"由于前三句已经从不同角度将秋夜的清凉、静谧、芬芳描绘得极富诱惑力，有未闻琴而心先谐适、陶醉之感，因此这句只轻轻一点，就能使人对如此良夜闻琴产生美好的联想，达到以不写写之的效果。

35

　　五、六两句，正面写"闻琴"。全篇中写琴声的只有这两句，如一味着力刻画，反而难以尽致传神。诗人采取虚涵的笔法，着重传达琴声所给予自己的主观印象和它的神韵意境，说琴声如秋风之萧瑟，满林传遍其飒飒秋声又如涧水轻鸣，发出淙淙作响的清韵。这里将摹声、造境与传神结合起来，不仅使人对琴声的萧瑟清雅有真切的感受，而且由此产生林泉幽胜的美好联想，写得极富画面美、音乐美和诗歌意境美。由"林""涧"又自然逗出下文。

　　最后两句是"闻琴"引起的感慨，也是全篇的归结。琴声把人们带到一个远离尘嚣、充满林下风致、山水清音的境界，使人神远心驰，更增隐逸之想，因此告诫自己不要再容与迟延，以致耽误了归隐江海的时间，消磨了隐逸的意兴。

　　全诗境界，可用一"清"字概括。"闻琴"的客观环境气氛是清凉、清静，散发着蕙风清香的；琴声是如林风涧音，极富清韵的；所引起的又是清逸的隐居意兴。全篇便在这"清"的境界中达到和谐的统一。

　　在写法上，此诗与中唐描写音乐的名篇《琵琶行》《李凭箜篌引》《听颖师弹琴》等多从实处见工者不同，纯从虚处传神，即前面提到的着重烘托渲染环境气氛和传达主观印象感受，不作具体细致的刻画。这种写法，往往能给人以更多的联想。我们从孟浩然的"荷风送香气，竹露滴清响。欲取鸣琴弹，恨无知音赏"（《夏日南亭怀辛大》）中似乎可以看到这种写法的影响。

沈 约

临高台

高台不可望，望远使人愁。
连山无断绝，河水复悠悠。
所思竟何在？洛阳南陌头。
可望不可见，何用解人忧。

《临高台》，汉鼓吹铙歌十八曲之一。《乐府解题》曰："古辞言：'临高台，下见清水中有黄鹄飞翻，关弓射之，令我主万年。'若齐谢朓'千里常思归'，但言临望伤情而已。宋何承天《临高台》篇曰：'临高台，望天衢，飘然轻举凌太虚'，则言超帝乡而会瑶台也。"按《乐府诗集》所收魏文帝曹丕《临高台》，即《乐府古题》所谓古辞，而谢朓、王融、简文帝、沈约、陈后主、张正见、萧悫诸作，或言高台望远之情，或写崇台眺望之景，可见齐梁以来诗人已将《临高台》视同诗题了。沈约此作，抒写高台望远而不见的愁绪，是六朝诗人此题中写得比较好的一篇。

一开头就从反面着笔。"高台"本以望远，而反说"不可望"，起势突兀，给人以悬念。紧接着，用顶针格重复上句末尾"望"字，对提出的悬念加以解释——"望远使人愁"。两句一纵一收，一开一合，有顿挫波澜，同时又显得流畅自如，富有气势。以下就紧紧围绕"望远使人愁"这个主意来写。

"连山无断绝，河水复悠悠。"三、四两句写高台远望所见：重重叠叠的山岭，一直往远处绵延伸展，不见断绝；悠长不断的河水，也一直向前方蜿蜒流去，不见尽头。登高所见的山河阔远之景，本当使人神远，但由于所思念的人远在"连山""河水"之外，那重叠的连山便反而遮断了望远的视线，那悠悠的河水也更牵引着自己的悠悠念远之情了。两句大处落笔，写景浑括，景中寓情，令人想见诗人极目山河时那种瞻望弗及的空寂感和惆怅感，不言愁而愁绪自见。

仿佛是为了解释读者心中的疑问，接下来两句又用自问自答的方式对所思者之所在作了明白的交待："所思竟何在?洛阳南陌头。"身在江南，而对方则远在洛阳，则不但距离遥远，而且南北隔绝了。这两句如作一般叙事看，不过如上文所说，交待所思者之所在而已，妙在于自问自答中流露出一种难以排解的忧思和无可奈何的情绪，而摇曳有致的格调又加强了这种忧伤无奈的情感。七、八句就在上六句的写景、抒情、叙事的基础上作一总收："可望不可见，何用解人忧?"望远本为解忧，但望而不见，反增离愁，则不如不望了。这一联正反应首联"不可望""使人愁"，首尾贯通。

诗的意思极明白单纯，不过抒写高台望远不见的愁思，也没有刻意经营的警句，完全是素朴的家常语，但读来却感到有一种真挚的情思流注盘旋于字里行间，而且能明显感到抑扬开合的节律和情感的起伏流动。沈约是新体诗的倡导者，但他的佳作如《别范安成》及本篇倒相当典型地体现了汉魏古诗情感朴质真挚，情味隽永的特点。这说明，一种新的诗歌理论及体制从倡导到成熟需要一个较长的过程，而旧的体制与写法运用起来往往更加得心应手。

沈约生活的时代，南北对峙已经延续一个多世纪。诗中所说的远在"洛阳南陌头"的所思者，究竟是实有其人还是虚拟，究竟是写实还是象喻，恐怕很难肯定。有意思的是，梁简文帝的《临高台》中也出现了"洛阳道"的意象，诗云："高台半行云，望望高不极。草树无参差，山河同一色。仿佛洛阳道，道远难别识。玉阶故情人，情来共相忆。"与沈作对照，似乎可以悟出所思的"情人"多少带有虚拟象征的意味。但所指为何，就难以妄测了。

柳恽

捣衣诗

行役滞风波，游人淹不归。
亭皋木叶下，陇首秋云飞。
寒园夕鸟集，思牖草虫悲。
嗟矣当春服，安见御冬衣？

柳恽以《江南曲》"汀洲采白蘋，日暖江南春"之句闻名后世。他的这首同赋闺怨的少年成名作《捣衣诗》中"亭皋木叶下，陇首秋云飞"一联，也是不可多得的佳句。古人在裁制寒衣前，要将纨素一类衣料放在砧石上，用木杵捶捣，使其平整柔软。捣衣的劳动，最易触发思妇怀远的感情，因此捣衣诗往往就是闺怨诗的异名。六朝这类诗甚多，谢惠连的《捣衣诗》就曾受到钟嵘的称赞，其中有句云："檐高砧响发，楹长杵声哀。微芳起两袖，轻汗染双题（额）。"可见古代捣衣的具体情景。

捣衣往往为了裁缝寄远。因此诗一开头便从感叹行人淹留不归写起："行役滞风波，游人淹不归。"古代交通不便，南方水网地区，风波之险常是游子滞留不归的一个重要原因。女主人公想象丈夫久久不归的原因是由于风波之阻，正反映出特定的地域色彩。两句中一"滞"一"淹"，透出游子外出时间之久与思妇长期盼归之切，而前者重在表现客观条件所造成的阻碍，后者重在表达思妇内心的感受，在相似中有不同的侧重点。

三、四两句写深秋景色。上句是思妇捣衣时眼中所见之景。亭皋，水边平地，暗切思妇所在的江南。"木叶下"化用《楚辞·九歌·湘夫人》"袅袅兮秋风，洞庭波兮木叶下"意境，暗透思妇在秋风起而木叶下的季节盼望游人归来而"目眇眇兮愁予"的情景。下句是思妇心中所想之景。陇首，即陇头，系游人滞留之地。陇首或陇头的意象，在南北朝诗赋中常与游子的飘荡相联系，此处即泛指北方边塞之地。思妇由眼前"亭皋木叶下"的深秋景象，联想起丈夫所在的陇首一带，此刻也是秋云飘飞的时节了，想象中含有

39

无限思念与体贴。"秋云飞"的意象，不但明点秋令，而且象征着游子的飘荡不定（浮云常被用作游子的象喻）。这一片飘荡无依的"秋云"，什么时候才能回到自己的故乡呢？两句一南一北，一女方一男方，一实景一悬想，不但对仗工整，形象鲜明，而且由于意象富于蕴涵，能引发多方面的联想。表面上看，似单纯写景，而思妇悲秋叹逝、怀念远人的感情即寓其中，意绪虽略带悲凉，而意境疏朗阔远。《梁书》本传说："恽少工篇什，为诗云：'亭皋木叶下，陇首秋云飞'，王元长（融）见而嗟赏。"可见它在当时就被视为警语佳句。

五、六句由第四句的驰神远想收归眼前近景："寒园夕鸟集，思牖草虫悲。"在呈现出深秋萧瑟凄寒景象的园圃中，晚归的鸟儿聚集栖宿；思妇的窗户下，唧唧的秋虫在断续悲鸣。"寒"点秋令，也传出思妇凄寒的心态；夕鸟之集，反衬游人不归；草虫悲，正透出思妇内心的悲伤。所见所闻，无不触绪增悲。

最后两句是思妇的内心独白。眼下已是木叶纷飞的深秋，等到裁就寒衣，寄到远在千里之外的陇首塞北，那里已是春回大地，应当穿上春装了，哪里能及时见到我寄去的御寒的冬衣呢？这一设想，不仅显示了南北两地的遥隔，而且透露出思妇对远人的体贴与关切，将捣衣的行动所包含的深情密意进一步表现出来了。

诗题为"捣衣"，但跟前面所引的谢惠连的《捣衣诗》具体描绘捣衣劳动的写法不同，除结尾处略点寄衣之事外，其他六句几乎不涉捣衣本题，表面上看似有些离题。实则首联揭出游人之淹滞远方，为捣衣之由，中间两联写景，为捣衣时所见所想，仍处处关合题目。只是本篇旨在抒写捣衣的女子对远人的思念、体贴，对捣衣劳动本身则不作正面描写。这种构思，使诗的意境更为空灵，也更富抒情色彩。

杨 素

山斋独坐赠薛内史二首（其一）

居山四望阻，风云竟朝夕。深溪横古树，空岩卧幽石。日出远岫明，鸟散空林寂。兰庭动幽气，竹室生虚白。落花入户飞，细草当阶积。桂酒徒盈樽，故人不在席。日暮山之幽，临风望羽客。

在隋代诗人中，杨素是拔乎齐、梁余风的作者。《隋书》本传说他"词气宏拔，风韵秀上"，他的诗每于整炼精警之中透出一种朴质劲健的气质，已经开唐代风骨、声律兼备诗风之先声。这首《山斋独坐赠薛内史》便是体现他诗歌风格的代表作。原诗二首，这是第一首。薛内史，即隋代著名诗人薛道衡，他在隋初曾官内史舍人，与杨素经常诗歌唱酬。道衡集中有《敬酬杨仆射山斋独坐诗》，即酬杨素此篇。

题为"山斋独坐赠薛内史"，诗的主体部分（前十句）即具体描绘山斋独坐所见的景物，后四句方点出怀念薛内史之意。开头两句总写山居环境。"四望阻"是说四面都有高山围绕，阻挡望远的视线，见出山间自成一幽静的天地。"风云竟朝夕"则写出山中从早到晚风云变幻屯聚，见出这山间虽幽静而不单调死寂。这两句境象阔大，气势沉雄，以之总揽全局，便显得器宇不凡，与琐屑刻画之作有别。三、四句写到山中的溪、树、岩、石，分别用深、古、空、幽来形容，传出一种幽深宁静的境界，特别是"横""卧"两个动词，更透出这里人迹罕至，任树木自生自倒的情景，和那份世外桃源式的悠闲意趣。五、六句转笔写日出时景色，扣首联中"朝"字。太阳升起，对面的远山上映照着朝晖，显得非常明亮；鸟儿纷纷离开夜间栖宿的树林，林间显得一片空寂。上句写山，下句写林；上句写色，下句写声，两句都体现出一个动态的过程，而一"明"一"寂"，色调上正好互相调剂，使山间虽幽寂而不致阴暗。而对动态过程的描写，又体现出"独坐"者静观的特点。七、八句视线由户外而户内，直接写到自己居住的"山斋"：种植着兰花的庭院内浮动着一缕缕幽香，围绕着竹子的房舍显现出一片空明。"虚

41

白"语本《庄子·人间世》："虚室生白。"这里既形容室内空寂明亮，也透出主人心境的清静。"动""生"两个动词，动中显静，更见幽寂。九、十两句进一步写庭院内的花草。落花入户而飞，见情态之悠闲，山斋之美好；细草当阶而积，见庭院之幽寂，山居之清静，而静观花、草的山斋主人心境之悠闲可见。

以上十句，由总而分，由远而近，由外而内，由山而斋，从各个不同的方面写出山居环境景物的幽静美好和诗人独坐观物时心态的悠闲空寂，概括地说，就是境之幽、人之独。山间景色之幽美，希望有人共赏；山斋独坐的孤寂，希望有知己相对。这就自然引出"桂酒徒盈樽，故人不在席"的感慨，最后归结为"临风望羽客"的热烈期盼。"日暮"应前"夕"，并暗示"山斋独坐"自日出到日暮的过程，"山之幽"重点题内"山斋"，首尾照应，浑然一体。

诗中有不少着意刻画的字句，但由于能创造出幽寂而含生意的境界，并不显得雕琢。前十句着重写景，而景中寓情；后四句着重抒情，而情中有景，情景的结合也处理得比较好。起联阔大沉雄，结尾悠然不尽，使全篇的境界显得不局狭，"词气宏拔，风韵秀上"之评，移作对此诗起结的评语，显得特别恰当。

李 密

淮阳感秋

金风荡初节，玉露凋晚林。此夕穷途士，郁陶伤寸心。野平葭苇合，村落藋藜深。眺听良多感，徙倚独沾襟。沾襟欲何为？怅然怀古意。秦俗犹未平，汉道将何冀？樊哙市井屠，萧何刀笔吏。一朝时运合，万古传名谥。寄言世上雄，虚生真可愧。

李密是隋末农民起义的一位著名领袖，出身贵族。炀帝大业九年（613），参预杨玄感起兵反隋，失败后被捕，不久在押送途中逃脱，"去之淮阳（今河南淮阳），岁饥，削木皮以为食。变姓名为刘智远，教授诸生自给，郁郁不得志，哀吟泣下"（《新唐书·李密传》）。这首题为"淮阳感秋"的五言古诗，当是他流亡蛰居淮阳期间所作。刘仁轨《河洛记》曰："密来往诸贼帅之间以举大计，莫肯从者，因作诗言志。"所述作诗背景，大体相合。

诗分前后两段，每段各八句。九、十两句是前后段的过渡。前段主要写淮阳秋景。起二句总写金风摇荡，玉露凋林的景象，明点题内"秋"字。一"荡"字不仅传出秋风摇扬之状，而且兼含荡涤之意，连同下句"凋"字，将金风玉露的肃杀之气形象地表现出来。"初节"，指初秋。金风摇荡，初秋时节尚存的绿叶等随之被荡涤，林木显得萧疏，故云"荡初节""凋晚林"。后一句为杜甫《秋兴》"玉露凋伤枫树林"所本，杜句固然青出于蓝，李句也写得充满秋意。三、四句从自然景物之肃杀凋伤转入人事，贴到自身。当时作者参预杨玄感反隋失败，被捕逃亡，处境艰苦，故自称"穷途士"；郁陶，这里是心思郁结的意思。由肃杀的秋景联想到自己的穷困处境，故忧思郁结。两句已透出"感"秋之意，"伤"字更明点"感"字。五、六句又勒回写眺望中的秋景：田野平旷，但见蒹葭芦苇，四处围合；村落之中，唯见藜藋纵横，杂草丛生。两句写出田野荒芜、村落残破的荒凉景象，"合""深"二字，更透出杳无人迹的情景，杜句"城春草木深"的"深"字似亦从"藋藜深"脱化。这正是隋朝末年中原地区在酷重赋役压榨下千里萧条景

43

象的真实写照，足以印证"岁饥，削木皮以为食"的记载。七、八两句又收回到"感"字，说明眺听之间，无不使自己徘徊伤感，独自泣下。以上八句，情、景相间，"秋""感"相浃，前四句犹因自然景象而兴感，后四句则因现实社会的残破荒凉而增悲，在重复中有递进。

九、十两句用顶针格紧承上文，以设问引出"怅然怀古意"，转入后段。所谓"怀古"，实即"感"的进一步发展。"秦俗"暗喻隋末乱世，"汉道"隐指重建之清朝。作者有感于乱世末俗尚未荡涤，盛时明代尚不可望，这正是他之所以"郁陶伤寸心""徒倚独沾襟"的原因。但又转念，当"秦俗"未平，"汉道"何冀之时，如樊哙、萧何等人，虽或出身市井屠者，或为刀笔小吏，一旦与时运相遇，却做出改朝换代、重建明时的大事业，万古流传其不朽之名声，因此感到自己虽生此乱世，但只要奋起图王，仍可像樊哙、萧何做出一番事业。"寄言世上雄，虚生真可愧。"这是他感秋伤时最后引出的结论，也是他对自己人生观的明确表述。这"世上雄"自然泛指隋末群雄，也显然包括自己。这八句纯粹抒感，以"怀古"抒伤时之慨，表乘时奋起之怀。

这是一位有雄图大志的人物在乱世中面对秋景引发的联想与感慨。古代有不少不得志于世的士人，想在乱世中一显身手，一展宏图。这种乘乱奋起的思想在一部分士人中相当有代表性。诗写得沉郁苍凉，透出特有的时代气氛，与初唐魏征的《述怀》是一类作品，骨力也不相上下。

南朝乐府民歌

神弦歌·青溪小姑曲

开门白水，侧近桥梁。
小姑所居，独处无郎。

《青溪小姑曲》是《神弦歌十八首》之一。《神弦歌》属清商曲辞，是南
朝民间娱神的祀歌，性质类似《楚辞·九歌》，其中颇有神灵相悦或人神恋
爱的内容。据《晋书·夏统传》，当时祭神，多用"有国色，善歌舞"的女
巫，神弦歌可能就是由女巫来唱的。青溪，水名，源出建业（今南京市）钟
山。青溪小姑，即青溪水神。相传汉末秣陵尉蒋子文战死，被吴孙权封为中
都侯，立庙钟山，遂为钟山神。其第三妹亦投水死，为青溪神，这首祀歌就
是为她而作的。

前两句写青溪小姑庙的环境：庙门前面，是一溪清水；庙的近旁，紧靠
着一座小桥。在江南地区，这几乎是随处可见的极平常的景色，但一经民歌
作者似不经意的点染，却透出了青溪小姑的风采神韵。"白水"不仅写出青
溪水之莹澈，而且也使人联想到小姑那清纯莹洁的风神、清朗秀美的外表，
以及柔情似水的性格。"白水"从写景角度说，可说是素朴到不能再素朴的
白描，但同时又蕴含丰富的象征意味。与此相映成趣，《神弦歌·白石郎曲》
写白石神之"艳"，也是以"积石如玉"来形容的。这大约正反映出水乡人
们的审美意识：以白皙为美，以晶莹清秀为美。

第二句"侧近桥梁"，也是别有含义的。桥梁是交通要津，人来人往，
但紧靠桥梁的神庙里的青溪小姑，却由此显得格外孤清寂寞。这层意蕴，在
第二句中还是隐而不露的，须要跟三、四两句联系起来方能体味出来。

第三句"小姑所居"，是承上启下之句。既总括上面二句，又引出下面
的"独处无郎"。小姑庙虽然就在车水马龙的桥边，小姑塑像虽然在天天接
受着来往人们的瞻仰和少男少女的仰慕，但她却是个未嫁少女的身份，只能
孤独地站立着、静默着，在渡口边、桥梁上的一片喧嚷声中，更觉冷清不

45

堪。如此美丽纯洁的女神，处境却如此凄清，这怎能不引起多情的少男少女们的同情呢？"独处无郎"，就是在这种心情下的深切叹息。在这叹息的瞬间，原本相去霄壤的人与神变得接近了。青溪女神被涂抹上了浓厚的人间色彩，仿佛她只是一位芳心久郁的水乡女郎，人们只是为她的天生丽质而惋惜、为她没有情郎相伴而抱憾。这一句是全诗的结穴，是诗的含蕴的集中体现。

这首小诗才四句，语言也极为朴素，内中却有一个水乡环境，一个引人遐想的少女形象，有一股淡淡的哀伤流动着：有景、有情、有人（人化的神）。这一切都包括在区区十六字中，古代民歌手的高度凝练的创作技巧，实在令人赞叹。

诗中所描绘的青溪小姑形象及其居处环境，带有明显的江南水乡色彩，让人一读之后就浮现出清流、溪桥、古庙的画面。而青溪小姑形象所显示的那种孤寂的美，对后代诗人又有明显的影响，其中最显著的当推李商隐。从"神女生涯原是梦，小姑居处本无郎""青溪白石不相望"的诗句中，从"白石岩扉碧藓滋，上清沦谪得归迟。一春梦雨常飘瓦，尽日灵风不满旗"的圣女祠环境气氛描写中，都或隐或显可以看到《青溪小姑曲》的影子，只不过义山诗把民歌的朴素单纯变得更加缥缈朦胧罢了。

子夜四时歌·秋歌

秋风入窗里，罗帐起飘扬。
仰头看明月，寄情千里光。

读这首民歌，绝大多数读者都会自然联想起大诗人李白那首脍炙人口的《静夜思》："床前明月光，疑是地上霜。举头望明月，低头思故乡。"显然，后者从构思、造境、取象、用语，乃至五言四句的体制，都受到前者的启示与影响。但比起《静夜思》的流传广远、妇孺皆知来，这首"秋歌"便不免显得有些寂寞。其实，论情思的悠远、境界的优美，这首民歌是极为出色的。

这是一首思妇怀远之歌。背景是月明的秋夜。秋天萧瑟凄清的环境气氛，往往最易触发离人孤子凄凉的情怀和怀念远人的思绪，夜晚则更使这种情怀思绪在寂静中变得难以禁受，而月明人千里，又使怀远之情更加悠远。可以说，由秋、夜、明月所组成的环境，对于怀远的闺人来说，是具有典型性的。

诗的第一句"秋风入窗里"，以朴素本色的口语写出日常生活中极平常的景象。"秋风"这一意象所特具的萧瑟感和时序迁易感（所谓"秋风萧瑟天气凉"），给思妇带来的怅触是不难想见的。尤其是"入窗里"三字，仿佛将秋风那股萧瑟寒凉之气也带进了室内，弥漫于整个闺房。虽未明写思妇的感触，但由此引起的凄寂感固可意会。紧接着第二句，仿佛又只是写极平常的风起帐飘的景象。但罗帐的意象本与夫妇爱情生活密切相关，罗帐飘扬的动象，更往往具有这方面的暗示。可是，如今当秋风入窗，罗帐飘扬之时，这个室内却显得分外空寂，往日双方深情密意、鱼水谐合的象征物——罗帐，由于人在千里之外，此刻竟成为触绪生悲的媒介物了。这就自然引出了三、四两句。

"仰头看明月，寄情千里光。"由瞥见风飘罗帐到仰头看月，视线由室内移向室外。这本是思妇不假思索而自至的目光转换，但在"看月"的过程中，却不由自主地产生联翩浮想。明月光照千里，分隔两地的离人都能看到它，而且把它看作传递相思的凭借。在"仰头看明月"的过程中，思妇已经思扬千里，心飞向远方的亲人；但"隔千里兮共明月"，双方空间的遥隔又使相思之情更为强烈。由此，又进一步产生"寄情千里光"的愿望：既然彼此同在一轮明月的光照之下，想必也能托此"千里光"将自己的相思之情寄给千里之外的远人吧！这想象极新奇，也极自然而优美。引起思绪的外物（明月），在女主人公感情的酿化下，此刻竟成了寄情的载体。曹植《七哀诗》有"愿为西南风，长逝入君怀"的诗句，是女主人公想象身化轻风，入君之怀；这里却是想象托明月之光以寄千里相思之情，可谓同工异曲。由于明月的光波柔和清亮似水，在形态、质感上与女子相思怀远的柔情有相似之处，因此把它作为"寄情"的载体实在是再自然不过的了。

全篇只写了秋风、罗帐和明月这三种物象，但是由于它们作为诗歌意象，各具有丰富的内涵和特定的色彩，都与思妇怀远之情有着关联，因此就共同组成了一个情调优美、意境悠远的艺术境界。它有一般民歌的清新明朗、朴素自然，却跟它们在表情上比较发露有别，显得非常含蓄。除末句"寄情千里光"直接点明"情"字外，全篇几乎看不到任何直接抒情的字句，只写客观物象与女主人公的行动。让读者透过秋风入窗、罗帐飘扬、仰头看

47

月等景象、行动去体味其中的感情内涵。从这方面看，它可能经过文人的润色，或者竟是文人的仿作。

比较起来，李白的出蓝之作《静夜思》，意象显得更为集中（只写明月），构思也更为精致（由"疑霜"而绾合月光与望月、思乡）。但这首民歌创境取象之优美，情思之缠绵悠远却为太白之作不能代替。可谓各具胜场。

西曲歌·作蚕丝（二首）

春蚕不应老，昼夜常怀丝。
何惜微躯尽，缠绵自有时。

绩蚕初成茧，相思条女密。
投身汤水中，贵得共成匹。

《作蚕丝》，乐府《清商曲辞·西曲歌》名。《乐府诗集》共收四首，引《古今乐录》说："《作蚕丝》，倚歌也。"倚歌无舞，是一种"悉用铃鼓，无弦有吹"的伴奏歌曲。这四首都是借蚕丝的生成、制成为象喻的热烈缠绵的情歌，这里选的是其中的第二、三两首。

前一首一、二两句用春蚕的昼夜怀丝双关女子对情人的日夜"怀思"。这本来是南朝民歌中运用得最普遍的谐音双关隐喻。但把春蚕的怀丝与"不应老"联系起来，却是此诗的独创，显得意新语警。作者以为：春蚕本不应老，只是由于昼夜抽丝而变得形体消瘦，显得"老"了。上句为果，下句是因。象喻女子因为日夜思念情人，而变得形容憔悴。古有"相思令人老"的说法，民歌中也常有"为郎憔悴"一类的话头，但赋予这种意思以春蚕昼夜怀丝的鲜明形象，却不能不说是一种前所未有的成功象喻。因为读者从这个象喻中所联想到的，不仅仅是形体的憔悴瘦损，而且是那种"为伊消得人憔悴"的执着精神。三、四两句，便是这种精神的进一步发展与升华。

"何惜微躯尽，缠绵自有时。"从"老"到"微躯尽"，从"怀丝"到"缠绵"，这是一个发展的过程。春蚕昼夜不停地吐丝，将自己的身躯一层层地缠绕起来，最后缠绵交织的茧织成了，自己的生命也就终结了（其实蚕茧织成后还会化为蛹与蛾，但古人习惯上认为春蚕丝尽之日就是生命终结之时）。民歌作者从这一现象生发联想，将蚕吐丝成茧这一动物的自然本能升华为一种自觉的殉情精神。缠绵，即指缠绵交织的丝茧，用以隐喻爱情的理想。明说蚕为了织成缠绵的丝茧，哪里会吝惜自己的微躯，实喻女子为了实现爱情的理想境界，不惜以身相殉。"何惜"，表示一种坚定决绝的态度；"自有时"，则透露一种坚定的信念，茧成而躯尽，这是具有悲剧色彩的；但明知如此，还是决心以身相殉，以实现"缠绵"的爱情理想。正是在这种具有悲剧色彩的殉情精神中，折射出爱情理想的动人光辉。

后一首前两句写蚕茧初成之日，采桑女子的相思之情也日益深密。条女，即采桑女、蚕女。从采桑、养蚕到成茧，是蚕桑劳动从开始到收获的过程，也是蚕女的爱情从萌生到成熟的过程。看到丝缕层层密密的蚕茧，蚕女的相思之情也如蚕丝之纠结缠绕，不能自己。两句由物到人，以丝谐"思"，联系自然。三、四句进一步写为相思之情所缠绕的蚕女对"成匹"的渴望与追求。茧成后要煮茧缫丝，即将茧放到滚开的汤水中去煮，使茧丝在缫丝过程中容易离解。由于从一粒蚕茧上抽出的丝细而易断，因此缫丝时往往将几根茧丝同时抽出，合并而成生丝。这正是诗中所说的"投身汤水""成匹"。作者巧妙地利用煮茧缫丝的工艺设喻，表现女子为了实现"成匹"的理想，不惜赴汤蹈火，作出最大的牺牲。跟上首的"何惜微躯尽，缠绵自有时"一样，这里所表现的也是一种为了追求爱情理想不惜以身相殉的精神。但尽管这两首诗都带有悲剧色彩，却不给人以悲观绝望之感。在"何惜微躯尽，缠绵自有时"，"投身汤水中，贵得共成匹"的表白中，我们所感受到的，不是对生活与爱情的绝望，而是对爱情理想的执着追求，对实现理想的坚定信念和为爱情而献身的巨大精神力量。

从实际的劳动生活中生发联想，自然设喻，是民歌的特色。这两首诗在象喻的生活化和妙合天然方面，为后世许多文人诗所望尘莫及，也为南朝其他许多民歌单纯运用谐音双关，不顾形象的完整与优美者所不及。春蚕的形象在这里既具有女性的温柔，更具有女性的执着，既体现出爱情的缠绵，更显示出感情的炽烈。喻体与本体都给人以美感。缺乏真切的劳动生活体验，就生发不出这种巧妙的联想，创造不出如此出色的象喻，更不要说升华出这样优美的诗境了

49

北朝民歌

敕勒歌

　　敕勒川，阴山下。天似穹庐，笼盖四野。天苍苍，野茫茫，风吹草低见牛羊。

　　不管你是不是见到过北方苍茫辽阔、一望无际的大草原，接触过淳朴浑厚、豪爽粗犷的北方游牧民族，体验过他们逐水草而居的放牧生活，并且聆听过慷慨天然、雄浑豪放的草原牧歌，只要一吟诵起这首一千多年前的敕勒族民歌，就会感到有一股强烈的草原生活气息向你迎面扑来，不仅像是走进了苍茫无际的大草原，而且似乎能听到北方游牧民族的心声脉动，感受到他们的生活风貌和精神风貌。这首短小的民歌就是这样地以它苍茫阔大的意境和慷慨天然的风调显示出千古常新的艺术魅力，令人陶醉留连，一读难忘。

　　题目中"敕勒"，是古代北方的一个种族，是匈奴族的后代，大约在北齐时移居到朔州（现在的山西省北部）一带。《敕勒歌》原是敕勒族用鲜卑语唱的民歌。宋代郭茂倩编著的《乐府诗集》把它收入《杂谣歌辞》一类。据《乐府诗集》所引《乐府广题》的有关记载说：北齐神武帝高欢，攻打周玉璧的时候，在士卒死伤近半、自己犯病的情况下，曾让人歌唱这首民歌，用来安定军心，激励斗志。由此可知《敕勒歌》的声情该是很雄壮的。我们现在见到的虽然是这首歌的汉译，但依然能体味出原作的意境风貌。神武帝伐周是在东魏孝静帝武定四年（546），因此这首民歌的产生应该在这之前。

　　开头两句，大处着眼，勾勒出敕勒人所生活的地区的广阔背景。"敕勒川"的"川"字，是平川的意思，敕勒川，就是敕勒人居住的大草原，大约在今天内蒙古自治区的土默旗一带。阴山，是横亘在内蒙古自治区境内的一条大山脉，起自河套西北，东边与内兴安岭相接。古代这一带是北方游牧民族活动的地区。"敕勒川，阴山下"这两句，起势磅礴，将敕勒人生活的大草原与东西绵亘千里的阴山放在同一广阔的空间背景下，巍峨、绵长的山脉与广阔的平川相互映衬，构成了气势宏阔、富于立体感的画面，使人一下子就进入了一个无限高远辽阔的境界。

在这样高远辽阔的境界中，举目遥望，所见到的唯有寥廓天空与苍茫大地。因此，接下来两句，就集中描绘天空与大地："天似穹庐，笼盖四野。"穹庐，是北方游牧民族居住的圆形帐篷，现在的蒙古包就是古代穹庐的遗风。古人本来就有天圆地方的想象，认为天正像一个大圆盖，笼罩在四方的大地上。在一望无际的大草原上，视野极为广阔辽远，举目四望，但见平川无垠，一直向远处延伸，最后与遥远的天边相接。因此天似圆盖笼罩大地的视觉感受便特别突出。但这里民歌的作者并没有用圆盖来形容天空，而是用了个极为新颖的比喻："天似穹庐，笼盖四野。"这个比喻的妙处，绝不仅仅是它的贴切与形象，更主要的是它所具有的特定的民族、地域色彩和浓郁的草原生活气息。真正高妙的比喻往往是即景取譬，妙合天然，而不是搜索枯肠、刻意追求而得。游牧民族生活的大空间是天空与草原，小空间则是圆形的帐篷，而穹庐与天空又是这样出奇地相似。因此，当他们目接高远的天空时，就自然联想到朝夕栖息的穹庐，而涌出"天似穹庐"的比喻了。这个比喻，由于跟北方游牧民族的生活习俗、居住条件及审美情趣紧密联系，因此一读到它，就仿佛置身于北方大草原，感受到游牧民族特殊的生活气息，似乎连这里的天空也带上了游牧民族的色彩。如果把它改成"天似圆盖"，尽管也不失为贴切形象，但上面所说的这一切特殊的色彩、气息和情趣就几乎荡然无存了。用"穹庐"比况天空，是以小喻大，似乎把本体缩小了，实际上读者的感受倒是这个比喻的另一方面：生活在大草原上的游牧民族幕天席地的伟岸形象和宏阔的心胸气魄。试想，如果不是有阔大宏伟的心胸气魄，能够把寥廓高天视为"穹庐"吗？

如果说，三、四两句是从整体上来描绘"天"和"四野"浑为一体的形象，那么五、六两句就在此基础上进一步分别描绘"天"和"野"。"苍苍"，是形容天的青苍之色，也是描绘它的高远寥廓；"茫茫"，是形容地的广远无边，也是描绘它的迷茫空旷。"天苍苍，野茫茫"，两句相对成文，互相映衬，描绘出了大草原天地的无限辽阔苍茫。"苍苍"与"茫茫"，在色调上也相互映衬，大地的迷茫衬出了天空的青苍高远；天空的青苍也衬出了大地的广阔无垠。仔细体味，可以看出，三、四两句"天似穹庐，笼盖四野"虽然写天地浑然一体的整体形象，实际上侧重于写天；五、六两句"天苍苍，野茫茫"虽然天、地分写并列，侧重点是表现地之辽阔。这说明在反复渲染中各有不同的重点。最后一句，便由"野茫茫"完全过渡到写四野上来。

四野茫茫，空阔无边。午一看去，仿佛除了笼盖在它之上的苍天和生长在原野上的牧草以外，便一无所有。但是，空阔的草原并不空无。民歌的作者最后又描绘了这样一幅活动着的图景："风吹草低见牛羊。"由于四野空阔，无遮无拦，草原上的雄风便显得分外强劲；风起处，那茂密的牧草便像波浪一样，高低起伏，显现出了一群群正吃草的牛羊。牛羊都是相当高大的动物，要风吹草低，才能显露出它们的身躯，可见牧草长得高而茂密；而这又反过来暗示出牛羊的肥硕健壮。民歌的作者只是写他熟悉的生活，未必有意为文，但"风吹草低见牛羊"这个活动着的画面，却真实而生动地展示了大草原水草丰美、牛羊兴旺的丰饶景象。前面六句写敕勒川的地理位置，写敕勒川高远的天空和辽阔的草原，都是静态的景物，虽然境界非常雄浑阔大，但总缺乏一点活跃的生命气息和人间生活情调。这最后一句所展示的活动着的图景，给整个大草原增添了生动活跃的生命气息和游牧生活的欢乐情调。有了这一句，这一望无际的敕勒川才不是万古荒原，而是敕勒人生活的摇篮。可以说，它为这首草原的颂歌添上了最动人的乐句。

这是一首游牧民族歌唱自己摇篮的深情颂歌。北方游牧民族生活的大草原，在内地人们的眼里，不免感到过于空旷甚至荒凉。因此，在历代诗人笔下，描绘北方边塞的荒寒往往成为一种常调。即使在鼎盛的唐代前期，也不例外。但是，在生于斯、聚于斯、长于斯、老于斯的草原民族眼中，这片阴山脚下的平川不仅无比广远辽阔，而且无比丰饶美好。民歌的作者正是以这片广远辽阔的土地的主人公所特有的眼光和审美情趣，生动地描绘并深情地礼赞了大草原的壮美风光，展现了他们的生活环境和劳动生活。一开头的"敕勒川，阴山下"，就端出了草原主人的气度，当仁不让地把这片丰饶广阔的草原归之于敕勒人。接着，在"天似穹庐，笼盖四野"的描写中，又显示出游牧民族特有的眼光、习俗与情趣；而"风吹草低见牛羊"的画面，更表现了与草原自然风光美融为一体的游牧民族的劳动生活美。即便是"天苍苍，野茫茫"这样的描写，也同样透露出敕勒人对生活摇篮的自豪，展示出他们像草原一样宽广的心胸和精神境界。这是一种纯粹的颂歌，只有豪情，没有悲感，也没有遗憾。从歌中可以感受到草原民族那种浑厚淳朴、刚健豪放的气质。在中华民族的文艺史上，用这种审美情趣来表现北方大草原之壮美，有文字记录流传下来的，这还是第一次。它确实称得上是一首歌咏游牧民族生活与环境的绝唱。

由于所描绘的对象是广远辽阔的大草原，所表现的感情又是粗犷豪放的，因此在表现手法上就以粗线条的勾勒和总体式的描绘为主要特点，而不去对细部进行工致的刻画描绘。作者先是全景式地展示了阴山脚下一望无际的敕勒草原，然后便集中力量对这片大草原的"天"和"野"进行大笔渲染。"穹庐"笼盖四野的比喻，"苍苍""茫茫"的形容，都是把对象作为一个整体，从高远阔大处落笔，以传达草原的精神风貌为目的，不顾及草原上的其他琐细事物。也只有这样的大笔勾勒与濡染，才能充分显示草原的无限宽广。最后一句，在全篇中近乎一个特写镜头，但它同样不是用工致的细描，而是一种随意挥洒的写生。这种以粗犷雄放的笔法描写北国风光的艺术表现方式，由于切合对象本身的特点，确实取得了传达对象精神气韵的效果。

中国古代诗歌，自从慷慨悲凉的建安诗歌成为过去以后，朴质刚健之风逐渐衰微，柔靡绮丽之风日益滋长。尽管南方文学在艺术技巧方面有长足的进步，但不能掩盖其内质的贫弱。在这种情况下，《敕勒歌》以及其他一批粗犷雄放的北方民歌（其中不少是少数民族民歌）的出现，确实为文学发展带来了刚健清新的气息，为汉民族的文学注入了北方游牧民族的新鲜血液。在继北朝的民族大融合之后，唐代的统一为南北文风交流创造了良好的条件。《敕勒歌》一类北方民歌显然对气势壮大、情调昂扬的盛唐之音的形成起过积极的作用。特别是在岑参、高适、王昌龄、王之涣等一大批边塞诗作者的优秀作品中，《敕勒歌》的精神、风调、意境、语言和表现手法的影响更为显著而深刻。在"黄沙碛里客行迷，四望云天直下低""黄河远上白云间，一片孤城万仞山""青海长云暗雪山，孤城遥望玉门关"一类歌唱中，不是分明可以听到《敕勒歌》的回响吗？

金代著名诗人兼诗论家元好问在他的《论诗三十首》之七中说："慷慨歌谣绝不传，穹庐一曲本天然。中州万古英雄气，也到阴山敕勒川。"诗中所说的"穹庐一曲"，指的就是《敕勒歌》。元好问不满诗风的柔靡绮艳，因此在这首论诗绝句中慨叹情调慷慨豪放、出语天然的歌谣久绝不传，呼唤刚健朴质的民族精神在诗歌中的复兴。只不过他站在"中原"本位上，不免把事情的因果弄颠倒了，认为是中原刚健豪放的万古英雄之气，影响到阴山敕勒川下的少数民族，才出现了《敕勒歌》。其实情况正相反，应当是"阴山敕勒英雄气，也到中原汉家川。"一首民歌，竟引起一代诗论家如此注意，并且给予这样高的评价，它的审美价值和在文学史上的意义也就可想而知了。

在中国文学史上，由于种族和地域背景的不同，南北方的文学、汉族与少数民族的文学向来具有不同的色彩与气质。《敕勒歌》可以说相当典型地代表了北方少数民族文学特有的气质：朴质、雄健、淳厚、自然。特别是它所展现的无限广阔的空间，更是内地特别是南方文学中很少见到的。它和"杏花春雨江南"式的柔婉细腻的南方文学可以说是两种风格截然不同的文学。从这一点说，《敕勒歌》一类作品对于丰富中华民族的文学宝库，促进华夏文学的风格多样化，确实起着不可忽视的作用。一曲天然万古传，《敕勒歌》确实是可以传之万古的。

唐 庚

栖禅暮归书所见二首

雨在时时黑，春归处处青。
山深失小寺，湖尽得孤亭。

春着湖烟腻，晴摇野水光。
草青仍过雨，山紫更斜阳。

唐庚和苏轼是同乡，身世遭遇也有些相似，人称"小东坡"。苏轼曾谪居惠州数年，唐庚因受知于张商英，张罢相后他也被贬惠州多年。这两首五绝就是他贬惠期间所作。题内"栖禅"，是惠州的一座山。诗写游栖禅暮归所见景物。

第一首起句写岭南春天特有的气候景象：刚下过一阵雨，天色似乎明亮了一些；但旋即又阴云漠漠，酝酿着另一阵雨。这变幻不定、时雨时停、时明时暗的天容和欲下未下的雨意，只用一个白描句子，便真切形象地表现出来。"在"字是个句眼，读来却感到自然浑成，不见着意的痕迹。

次句"春归处处青"，由天容写到野色。春回大地，处处一片青绿之色。"归"既可指归去，也可指归来，这里用后一义，传出喜悦之情；缀以"处处青"三字，欢欣之情更溢于言表。作者《春归》云："东风定何物？所至辄苍然。""所至"句亦即"春归处处青"的意思。不过《春归》诗强调春风的作用，本篇则泛言春归绿遍。结合上句体味，似暗示这种时下时停的春雨有滋润万物的作用。

第三句"山深失小寺"，正面点到栖禅山。句中"小寺"，当即栖禅寺。题曰"暮归"，则栖禅寺在白天游览过程中已经去过，这里说"失小寺"，当是暮归回望时，因为山峦重叠，暮霭朦胧，已不复见日间所游的小寺。山深、寺小，故用"失"字表达。这里透出了诗人对日间所历胜景的留恋，也隐约流露了一丝怅然若失的意绪。

末句"湖尽得孤亭"，与上句相对。上句是回望所见，下句是前行所遇。湖，指惠州丰湖，在城西，栖禅山即在丰湖之上。诗人在暮归途中，信步走到丰湖尽头，忽然发现有一座孤亭，不觉感到喜悦。三、四句连续，一方面是恍然若失，一方面却是欣然而遇，这中间贯串着诗人的"暮归"行程。

第二首起句"春着湖烟腻"，紧承上首结尾，仍写丰湖。春天来了，湖上缭绕着一层带有浓重湿意的烟霭，给人一种化不开的粘腻之感。句末的"腻"字固然是刻意锤炼，表现了春日南方卑湿之地的烟雨迷蒙，"着"字也同样是着意经营。春天，仿佛将它的灵魂与生命附着于湖烟之上，使湖烟也变得粘腻了。

次句"晴摇野水光"，写田野上的水流或湖塘在春天晴光的照映下，波光粼粼，摇曳不定。"摇"字不仅富于动态感，而且透出诗人的一份愉悦感。随着水光的摇动，诗人的心似乎也荡漾着一片春天的晴光。

"草青仍过雨"，第三句又回到天气的变幻。草色青绿，一片春意，而时停时下的雨在行程中又掠过了一阵。经过雨的洒洗，草色显得更青了。"仍"，再、又的意思。

"山紫更斜阳。"傍晚时分，烟霭凝聚，山色显得青紫，紫由返照而来，王勃《滕王阁序》有"烟光凝而暮山紫"之句，可与此参证。雨后斜阳的返照，使暮山更增添了姿媚和色泽。"更"字与上句"仍"字相应，突出斜阳的作用。

这两首诗，前首由天气写到山容湖景，后首由湖景写到变幻的天气和绿野紫山。"暮归"是所写景物的贯串线索。两首在写法上都明显偏于实写刻画，与唐代绝句多主空灵蕴藉有明显不同。两首均用对起对结格式。一句一景。表面上看，似乎各自独立，不相连属。实际上，所写景物不但为春日所共有，而且带有岭南地区春天晴雨变幻以及"暮归"这个特定时间的特征。因此，尽管各个画面之间没有明显的过渡与联系，但这些图景给读者总的感受是统一的。读者不但可以从中看到岭南春归时烟腻水摇、草青山紫的美好春色，而且可以感受到诗人对此的喜悦之情。这种以刻画实境为主、一句一景、似离实合的写景手法，在杜甫入蜀后的不少绝句中可以遇到。

惠　洪

惠　洪

惠　洪

惠　洪

崇胜寺后有竹千余竿独一根秀出
人呼为竹尊者因赋诗

高节长身老不枯，平生风骨自清癯。
爱君修竹为尊者，却笑寒松作大夫。
未见同参木上座，空余听法石於菟。
戏将秋色分斋钵，抹月批风得饱无？

惠　洪

崇胜寺后有竹千余竿独一根秀出
人呼为竹尊者因赋诗

高节长身老不枯，平生风骨自清癯。
爱君修竹为尊者，却笑寒松作大夫。
未见同参木上座，空余听法石於菟。
戏将秋色分斋钵，抹月批风得饱无？

　　惠洪，俗姓彭，字觉范，是北宋后期诗僧、诗评家。这是一首赞美修竹的诗。崇胜寺，所在未详。据吴曾《能改斋漫录》："黄太史（庭坚）见之喜，因手书此诗，故名以显。"看来可能是诗人大观中入京前的作品。

　　首联赞美修竹的节高风清。"长身"正点题内"一根秀出"，"高节"从"长身"来，而含义双关。风骨清癯，既写秀竹外形的颀长清峻，更传出其内在的美质与风神。这一联写修竹，形神兼备。"自"字强调其风骨天然生成，值得玩味。

　　颔联拍合题内"竹尊者"的称谓，以寒松对衬，进一步赞扬修竹的高节与风骨。秦始皇在泰山遇暴风雨，休于松树下，遂封其树为五大夫。"寒松作大夫"用此典故。修竹、寒松，本来都是高洁坚贞品格的象征，但现在修竹虽仍风骨凛然，作为隐君子的化身一向受到人们的喜爱，而寒松却接受了大夫的称号，成为尘俗中的官宦而受到人们的讥笑。寒松与修竹出处的不同，更衬托出修竹的风清骨峻。"尊者"系梵文Arya的意译，指僧人德智兼备者。这里说"爱君修竹为尊者"，似有以修竹隐指高僧之意，观后两联其意更明。

　　"未见同参木上座，空余听法石於菟。""同参木上座"，指共同参拜木莲花座上的佛。修竹虽被呼为"尊者"，却非真僧，故说"未见同参"。佛经故事中有老虎听法的故事（於菟，即虎的别称），这里说"空余听法石於菟"，谓"行尊者"亦未听法。自唐代后期南宗禅流行，重顿悟而不重渐修，诗人

57

暗示这位"行尊者"也是这一流僧人。

"戏将秋色分斋钵，抹月批风得饱无？"抹月批风，谓用风月当菜肴，是文人表示家贫无可待客的戏言（细切叫抹，薄切叫批），苏轼《和何长官六言次韵》："贫家何以娱客，但知抹月批风。"可参证。末联说，如果戏将修竹的一片秋色——深绿的竹色分给僧人的斋钵，不知道这"抹月批风"的秀色能否饱人饥肠？言外之意是说，这秀竹之秋色虽可悦目怡情，却未必真可餐。语意幽默。

语句枯淡，不施涂泽，意境清雅，而骨子颇硬，并时有诙谐的风趣。这是此诗的特色，也正是后来江西派所追求的境界。无怪江西派开山祖黄庭坚见而喜，以致手书此诗了。

题李愬画像

淮阴北面师广武，其气岂止吞项羽？君得李祐不敢诛，便知元济在掌股。羊公德化行悍夫，卧鼓不战良骄吴。公方沉鸷诸将底，又笑元济无头颅。雪中行师等儿戏，夜取蔡州藏袖里。远人信宿犹未知，大类西平击朱泚。锦袍玉带仍父风，拄颐长剑大梁公。君看鞬櫜见丞相，此意与天相始终。

《题李愬画像》是诗人赞颂中唐名将李愬的一篇七古。李愬为唐德宗时西平郡王李晟之子，元和十二年（817）任唐、随、邓节度使，翌年曾率军雪夜袭破蔡州，生擒吴元济，封凉国公。后又历任武宁、昭义、魏博等地节度使。

起首两句，撇开题目，从楚、汉相争时的史事着笔。淮阴，指淮阴侯韩信。他击破赵军，俘虏了赵国的谋士广武君李左车，解其缚而师事之，并问广武君攻燕伐齐之计。广武君献计，韩信采纳，遂平燕、齐，项羽势孤。两句叙其事，并参以议论。说"其气岂止吞项羽"，言外意谓，韩信此举充分显示其远略和大将风度，岂止消灭一个项羽而已。用反诘语气，更显得气势充沛。

紧接着三、四两句，揽入本题，引出李愬事。李愬奉命讨伐淮西藩镇吴元济，俘获了淮西大将李祐，"诸将素苦祐，请杀之，愬不听，以为客……

令佩刀出入帐下，署六院兵马使。……由是始定袭蔡之谋矣"（《新唐书·李愬传》）。两句是说，李愬俘获李祐而不加诛，从此吴元济的命运已落掌股之中，胜利可期。这件事足以说明李愬的政治远略和大将风度。说"不敢诛"，正见李愬此举是经过周密考虑的。一、二句与三、四句，时代远不相及，事情的性质与结局却很相似，二者并写对映，用历史的类比突出了李愬的形象。

"羊公德化行悍夫，卧鼓不战良骄吴。"羊公，指西晋名将羊祜。他都督荆州军事，出镇襄阳。在镇十年，开屯田，储军粮，作一举灭吴的准备。平日则与吴将陆抗互通使节，各保分界，绥怀远近，以收江汉及吴人之心。"德化""卧鼓"即指上述情事。这两句又举史事作类比，说羊祜用德化手段来对待凶悍的吴国武夫，卧鼓不战，目的正是为了使吴人骄而不备。暗示李愬在淮西之战中所推行的也正是这种德化政策。他对待丁士良、吴秀琳、李祐、董重质等降将，可以说都是施行一贯的"德化"政策。这两句分别承上启下。

"公方沉鸷诸将底，又笑元济无头颅。"沉鸷，形容深沉勇猛。据史载，李愬代袁滋为随、唐、邓节度，讨吴元济，"以其军初伤夷，士气未完，乃不为斥候部伍。或有言者，愬曰：'贼方安袁公之宽，吾不欲使震而备我。'乃令于军曰：'天子知愬能忍耻，故委以抚养。战，非吾事也。'……蔡人以尝败辱霞寓等，又愬名非夙所畏者，易之，不为备。愬沉鸷，务推诚待士，故能张其卑弱而用之。"这正是采用羊祜卧鼓不战以骄吴的策略，也是李愬"沉鸷"性格的具体表现。当他示敌以弱，不露声色的时候，心里正在嗤笑吴元济恃强而骄，不加戒备，马上就要掉脑袋了。两句承上，进一步揭示李愬深于谋略，沉鸷勇猛的性格，这和前面所强调的德化政策，从不同的侧面表现了李愬的深谋远略。

接下来四句，写平蔡战役的神速秘密。李愬雪夜入蔡州，是军事上攻其不备的大胆行动。"始发，吏请所向，愬曰：'入蔡州取吴元济！'士失色。……黎明，雪止，愬入驻元济外宅，蔡吏惊曰：'城陷矣！'元济尚不信，曰：'是洄曲子弟来索褚衣尔。'"这正是所谓"等儿戏""藏袖里"了。大胆而果决的行动实际上是建筑在谨慎周密的调查判断基础上，而在不明就里的人看来，不免等同儿戏了。这里的"等儿戏"，正是极赞其取胜之轻松不费力。如此神速秘密，"远人信宿犹未知"，宜乎称之为"藏袖里"了。李愬的父亲李晟（封西平王，故称"西平"）在德宗时平定朱泚之乱，直击泚所盘踞的宫苑，"披其心腹"，用兵韬略与李愬袭蔡颇为相似。这里于叙述平蔡之役后顺带一笔，正所以见李愬韬略得自家传，故用兵有乃父之风。这就进一步突出了名将后代李愬的形象。这几句夹叙夹议，突出赞颂了李愬的历史功绩——夜袭蔡州，以及在这一战役中所表现出来的杰出的军事才能。

"锦袍玉带仍父风，挂颐长剑大梁公。"两句落到画像上，赞美画中的李愬锦袍玉带，俨然具有其父西平王的仪容风度；身上佩着挂颐长剑，又正像当年的唐朝功臣梁国公狄仁杰。"仍父风"承上"大类西平"，衔接圆转自然，狄梁公是诗人崇敬的兴唐功臣，《谒狄梁公庙》诗有"使唐不敢周，谁复如公者"之句，这里将李愬与其父西平王及狄仁杰并提，正表明在诗人心目中，他们的功绩是后先辉映的。

"君看鞬橐见丞相，此意与天相始终。"丞相，指裴度。裴度当时以同平章事（宰相）身份都督诸将讨伐吴元济。史载李愬破蔡后，"乃屯兵鞠场以俟裴度，至，愬以橐鞬（盛弓箭的器具，这里指背着弓箭袋）见，度将避之。愬曰：'此方废上下久矣，请以示之。'度以宰相礼受愬谒，蔡人耸观。"最后两句，抓住"鞬橐见丞相"这一典型事例，突出表现了李愬不居功自傲、善识大体的政治品质，表明了他对朝廷的赤胆忠心和政治远见，为李愬的形象增添了光彩照人的一笔。"此意与天相始终"，这里所盛赞的"意"正是李愬的忠贞与远见。

这首诗在构思上有一个显著的特点，即运用历史的类比来突出主人公李愬的形象。全篇四层，每一层都以古人古事作类比映衬（韩信师广武、羊祜行德化、西平击朱泚、狄仁杰挂颐长剑的形象）。这种类比，由于与主人公的行事非常相似，因而对主人公的形象和性格起着有力的衬托映照作用。这种方法作为整体的艺术构思的主要手段，在全篇中贯串始终。像这样有意识地运用历史类比手法，在诗歌中还不多见。诗用论赞体，议论的成分很浓，但由于能以议论驱驾史事，议论本身又挟带着浓郁的抒情色彩，读来并不感到抽象枯燥。全诗雄健稳当，有碑版文字气息，所以陈衍评论说："抵段文昌一篇碑文，不啻过之。"（《宋诗精华录》）

谒狄梁公庙

九江浪粘天，气势必东下。万山勒回之，到此竟倾泻。如公廷净时，一快那顾藉！君看洗日光，正色甚闲暇。使唐不敢周，谁复如公者？古祠苍烟根，碧草上屋瓦。我来春雨余，瞻叹香火罢。一读老范碑，顿尘看奔马。斯文如贯珠，字字光照夜。整帆更迟留，风正不忍挂。

惠
洪

这首五言古诗，是诗人拜谒唐朝名臣狄仁杰祠庙后所作。狄仁杰曾贬彭泽令，诗中提到"九江"，庙当即在彭泽县。仁杰在睿宗时封梁国公，故称"狄梁公"。

开头四句，从狄梁公庙所在地——彭泽一带的长江起兴。长江九派，巨浪汹涌，用一"粘"字，形象地描绘出远浪与天相连的壮阔景象。这白波九道流雪山的气势，必然要浩荡东下，尽管在九江一带有重叠的山峦将它勒回，但到了此地，竟奔泻而下，不可阻遏了。"必"字、"竟"字，正写出长江冲决一切阻拦，奔腾东下的气势。这四句点题，并兴起下文。

"如公廷净时，一快那顾藉！"五、六两句由眼前奔泻的长江联想到狄仁杰的"廷净"。狄仁杰立朝以正直敢言见称。史载，武后"欲以武三思（武则天侄）为太子，以问宰相，众莫敢对。仁杰曰：'臣观天人未厌唐德。比匈奴犯边，陛下使梁王三思募勇士于市，逾月不及千人。庐陵王（武则天子，即中宗李显）代之，不浃日，辄五万。今欲继统，非庐陵王莫可。'后怒，罢议。……后匿王帐中，召见仁杰语庐陵事。仁杰敷请切至，涕下不能止。""后将造浮屠大像，度费数百万。……仁杰谏……后由是罢役。"这两句所概括的正是上述一类情事。这种为国家利益无所顾忌、犯颜直谏的态度，表现出政治家的刚决与勇敢精神。用万山不能勒回、奔泻千里的长江来比拟，实在是最确当不过的了。

"君看洗日光，正色甚闲暇。"接下来两句，进一步形容狄仁杰的政治家风度。"洗日光"，似指君主接受谏净，两句谓狄仁杰看着洗日重光，态度庄重而安详，绝无躁急自诩的表现。

61

九、十两句，是对狄仁杰功绩的总结性评赞，也是整个上段的收束。把问题提到"使唐不敢周"的高度，可谓无以复加。意思是说，狄仁杰使武则天建立的周政权，终于败亡，而使唐朝得以复兴，"唐不敢周"，实际上是"周不敢唐"。下边再补上一句"谁复如公者"，更将狄仁杰的功绩提到所有卫唐功臣之上。这两句的句法也劲健有力，与内容相适应，上句造语尤生新奇劲。

以上十句为一段，赞颂狄仁杰的品格功绩。以下转到"谒庙"。"古祠"四句，描绘祠庙荒寂景象。古老的祠庙笼罩在一片苍烟之下，碧绿的春草已经长上了屋瓦，更显出祠庙的冷落荒凉。诗人来时，虽当春雨洗绿的生机蓬勃的季节，但瞻望庙宇，香火久废，不禁嗟叹不已。这里蕴含着对世俗不重前贤的感喟以及对前贤身后寂寞的伤感。"春雨""碧草"，点缀物色，益见荒寂。

"一读老范碑，顿尘看奔马。斯文如贯珠，字字光照夜。"老范碑，当是庙中所立由范仲淹撰写的狄仁杰碑文。顿尘，停顿的灰尘；奔马，奔驰的马匹，似是借况碑刻上超逸奔腾的文字。四句写谒庙所见范碑，赞美其虽尘埋日久，而字体超逸，文笔精妙，光采可以照夜。赞范碑，实际上也是赞狄仁杰。

结尾两句，写谒庙后迟留不忍离去的情景：帆已经整治好，但临行之际，迟留不去。尽管风正，却不忍把帆挂起来。这个细节，进一步渲染了诗人的崇敬追思之情，增强了结束语的抒情气氛。

韩 驹

题湖南清绝图

故人来从天柱峰，手提石廪与祝融。两山坡陀几百里，安得置
之行李中？下有潇湘水清泻，平沙赤岸摇丹枫。渔舟已入浦溆宿，
客帆日暮犹争风。我方骑马大梁下，怪此物象不与常时同。故人谓
我乃绢素，粉精墨妙烦良工。都将湖南万古愁，与我顷刻开心胸。
诗成画往默惆怅，老眼复厌京尘红。

这是一首题画诗，画的名称是《湖南清绝图》。画面上展现的湖南山水
风景，有衡山诸峰，有潇湘之水。可以想见，这是缩千里于尺幅的艺术
概括。

起二句先交待画的来历。湖南境内的衡山，有七十二峰，最大者五：芙
蓉、紫盖、石廪、天柱、祝融。韩愈《谒衡岳庙遂宿岳寺题门楼》："紫盖连
延接天柱，石廪腾掷堆祝融。"可以约略想见天柱、石廪、祝融诸峰的峻险
奇伟。诗人的一位老朋友刚从湖南回来，带回一幅《湖南清绝图》，上面画
着衡山诸峰。如果照直交待叙说以上事实，不免平淡寡味。现在用"来从天
柱峰"点明故人来历，已给人以平地见山，突兀而起之感；紧接着更故作惊
人之笔，说他"手提石廪与祝融"，更觉奇趣横生，警动不凡。两句制造了
悬念，吸引读者以极大的兴趣注视着下文。

"两山坡陀几百里，安得置之行李中？"坡陀，是不平坦的意思。展现在
诗人眼前的，是巉岩不平、绵亘百里的奇峰叠嶂，然而这广袤的山峦却又怎
能安放在这小小的行李之中呢？上句是以画为真，以虚为实；下句却又疑真
为幻，疑实为虚。这虚实真幻的感受，不但突出了画艺的高妙传神，而且由
于只加暗示而不说破，将悬念推进一层，造成了戏剧性的效果。这些地方，
都可以看出，诗人努力将平常的事物化为新奇的意趣。

接下来四句，是对画面上景物的进一步描写。前四句由交待画的来历带
出了画上的峰峦，这几句换笔写水。先上后下，先山后水，符合赏山水画时

63

的自然顺序。山峰之下，有清莹的潇湘之水在静静流泻，水边，是白色的平沙，赭色的江岸，岸边的丹枫正在秋风中摇曳。在浦口的港湾内，渔舟已经停泊下来，而江面上的客船却还在趁着日暮顺风行驶。这四句叙写画中景物，层次分明，色彩丰富，动静相间，错落有致。"泻"字"摇"字"争"字，分别传出水、枫、舟的动态，它们与表现静态的"清""平""赤""丹""宿"等字互相映衬，组成一幅鲜明和谐的潇湘秋暮图景。"已""犹"两个虚字，彼此呼应，细致地表现出同一时间、空间范围内景物的不同情状，使人有亲临其境之感。

写到这里，已经把画面上的山水佳胜大体上再现出来了，下面乃转笔写到自己的感受，并顺势点明以上所见原是一幅绢本山水画。大梁，指北宋都城汴京，是作者客游之地，此处点出，暗逗结尾处的感慨。"怪此物象不与常时同"，是说画上的物象（山、水、舟、枫等）与平常所见到的真山真水并不完全相同，而是又似又不似，即经过艺术概括、高于自然原型的山水艺术形象。到这里，前面所设的悬念涣然冰释，翻过头去，却更感到画家的粉精墨妙，艺术高超，也感到诗人对此画描叙形容的真切和笔意的腾挪超妙。

"都将湖南万古愁，与我顷刻开心胸。"这两句进一步写到画的意境以及它的艺术感染力。湖南的九疑、苍梧、潇湘，与远古时代舜及娥皇、女英的悲剧性传说有密切关系，因此这一带的山水也好像凝聚了万古不消的悲愁。但这凄愁而清绝的山水却别具一种动人的神韵，它使看画的诗人顷刻间心胸开阔。这是对湖南山水以及这幅意境清迥的图画的高度赞美。

"诗成画往默惆怅，老眼复厌京尘红。"清绝的湖南山水，唤起了诗人对美好自然的热烈向往，促使他援笔为诗，抒写心灵的感受。但诗成之际，故人已经携画离去，清迥绝俗的山水佳胜已不复见，展现在昏花老眼之前的，依然是那熙熙攘攘的京城红尘，不禁暗自惆怅，若有所失。"京尘红"暗暗化用陆机"京洛多风尘，素衣化为缁"诗句。这一结，既与开头的故人携画而来遥相呼应，缴清了画的来踪去迹，更将画中可望而不可即的清绝之境与眼前尘嚣纷扰的现实环境作了鲜明对照，表达了诗人厌弃尘俗、向往自然的意趣。结得自如、完密而又富于余蕴。全篇清新明畅，具有散文化的风格，却又富于诗的韵味。

和李上舍冬日书事

北风吹日昼多阴，日暮拥阶黄叶深。

倦鹊绕枝翻冻影，飞鸿摩月堕孤音。

推愁不去如相觅〔一〕，与老无期稍见侵。

顾藉微官少年事，病来那复一分心？

韩
驹

(注)(释)

〔一〕推愁：叶庭珪《海录碎事》卷九引庾信《愁赋》（此赋倪璠注《庾
开府全集》未收）："攻许愁城终不破，荡许愁门终不开。何物煮愁能得熟？
何物烧愁能得然？闭门欲驱愁，愁终不肯去。深藏欲避愁，愁已知人处。"
这篇赋在宋代很流行，许多诗人都用到它。但是否确出庾信之手，尚难断
定。韩驹"推愁不去"语即此赋中"闭门"二句。

这是一首和作。上舍，即上舍生的简称，宋代太学生之一。熙宁四年
(1071) 分太学为上舍、内舍、外舍，上舍是最高一级。李上舍，名未详，
《冬日书事》是李的原唱。据吴曾《能改斋漫录》记载，这首诗是作者因坐
苏氏学"自馆职斥宰分宁县时"所作。分宁属江西洪州，即今修水县，是江
西诗派创始人黄庭坚的家乡。

首联写冬日的气候物色。北风劲吹，日色昏黄，白昼也显得阴晦无光。
到了日暮时分，被风刮落的黄叶，已经深深地堆积起来，拥满了阶前。这是
一幅黯淡凄寒的冬暮图景。凄厉的北风，阴霾的天色，昏黄的太阳，满阶的
黄叶，处处显出萧飒残败的景象。而北风则在这里起着主要作用。"拥"字
用得生动形象，与"深"字紧密配合，画出落叶满阶，紧贴阶前的情景。陆
游曾指出"韩子苍（韩驹的字）喜用'拥'字，如'车骑拥西畴'、'船拥清
溪尚一樽'之类"（《老学庵笔记》卷九），所举两例都不如"拥阶"的
"拥"字用得精彩。因此李彭有《建除体赠韩子苍》云："平生黄叶句，摸索
便知价。"一字锤炼，使全句也为之增色添价了。

颔联续写冬夜倦鹊、飞鸿的活动："倦鹊绕枝翻冻影，飞鸿摩月堕孤

65

音。"这一联刻画极工。上句化用曹操《短歌行》句："月明星稀，乌鹊南飞。绕树三匝，何枝可依。""倦"字不但传出觅枝的乌鹊困惫的情态，而且表现出其长时间求栖息却无枝可依的处境。月夜朦胧，只能仿佛窥见乌鹊的身影，而冬夜凛冽的寒气，却使它在翻飞绕枝时显出瑟缩寒噤之态，故说"翻冻影"。这三字可说是字字着意锤炼，意新语奇，把冬夜的凛寒和倦鹊的孤凄传神地表现出来了。下句说飞鸿高翔，掠过清冷的月亮，投下了一声悲切的哀鸣。"摩"字、"堕"字，一从视觉，一从听觉，也都是着力刻画之笔。特别是"堕"字，不但描绘出声音的自高而下，而且传出听者心惊情凄的感受。这一联写"倦鹊"与"飞鸿"，固然是冬日即景书事，但已明显融有诗人的身世之感。甚至不妨说，它们也就是在贬谪中的诗人孤孑无依的身世的一种象征。随着时间由昼至夜的推移，凄冷的色彩更浓，主观抒情的成分也愈见突出，这就由借景抒情过渡到后半的直接抒怀，引出下联的"愁"字来。

"推愁不去如相觅，与老无期稍见侵。"前两联写气候物色，倦鹊飞鸿，实际上都已蕴含诗人的愁绪，这里便写到"推愁"。主观上想排遣愁绪，但愁却像是故意来寻找自己，硬是摆脱不掉。"如相觅"，将推而不去的"愁"拟人化了，这就使直接抒情带有生动的形象性。下句是说，自己跟老并没有订立期约，而老却渐渐地来临了。这又是与主观愿望相违的现象。"老"的见侵，正是"愁"不能推的结果，上下句之间存在着因果关系。

"顾藉微官少年事，病来那复一分心？"末联承第六句，进一步抒写老来心境，说眷念微官，是少年时的情事，如今老病交加，怎能再为此挂心呢？后两联表面上和冬日景物没有直接关系，实际上，这"愁""老""病"都与寒冬衰暮有着内在的联系。

这首诗抒写了一个困顿失意的士人在阴冷凄寒的冬日愁病交侵的境遇与心情。全篇由景中含情到借景作比，再发展为直接抒情，情感的表现越来越显露，而衰飒的趋向也越来越明显。贺裳指出此诗"词气似随句而降"（《载酒园诗话》），是符合诗境特点的。诗工于刻画，骨格瘦劲。潘德舆说"倦鹊"一联，"纯是筋骨，然皆语尽意中，唐人不肯为者"（《养一斋诗话》），其实这正是典型的宋调。

登赤壁矶

缓寻翠竹白沙游，更挽藤梢上上头。

岂有危巢尚栖鹘？亦无陈迹但飞鸥。

经营二顷将归老，眷恋群山为少留。

百日使君何足道，空余诗句在江楼。

韩驹

此篇题目一作《游赤壁示何次仲》，题下自注云："时守黄州。"据张邦基《墨庄漫录》记载："靖康初，韩子苍知黄州，颇访东坡遗迹。常登赤壁，而赋（指东坡前、后《赤壁赋》）所谓栖鹘之危巢者不复存矣，悼怅作诗而归。"吴曾《能改斋漫录》也有类似的记载，而且录存了何次仲的和诗："儿时宗伯寄吾州，讽诵高文至白头。二赋人间真吐凤，五年溪上不惊鸥。蟹尝见水人犹怒，鹘有危巢孰敢留？珍重使君寻古迹，西风怅望古城楼。"

起联叙述登赤壁矶的过程。开始时缓步寻胜，漫步于赤壁矶旁的沙滩、竹林，接着又挽着藤梢，一步步地攀登到赤壁矶的上头。从"寻"到"挽"，点明"登"字。上句意态悠闲容与，下句句法即显出着力之迹，与内容相应。

颔联写登赤壁矶后所见。苏轼《后赤壁赋》云："予乃摄衣而上，履巉岩，披蒙茸，踞虎豹，登虬龙，攀栖鹘之危巢，俯冯夷之幽宫。"这两句暗用苏轼赋意，说登上矶顶，已经不复见往日栖鹘的危巢，也看不到从前苏轼谪贬黄州时留下的陈迹，只见江鸥飞翔而已。两句于写景中寓怀慕前贤之情与世事沧桑之感。"岂有""亦无""尚""但"，开合相应，将上述情感强化了，读来自有一种空廓虚无之感。苏轼作前、后《赤壁赋》在元丰五年（1082），离韩驹靖康初知黄州时，不过四十余年，而昔贤的陈迹已不复存，世事变化之速也就不难想见了。当时金人正不断南扰，北宋国势岌岌可危，"岂有危巢"云云，可能还融有某种现实感慨。

"经营二顷将归老，眷恋群山为少留。"颈联写登赤壁矶所感。《史记·苏秦列传》："使吾有洛阳负郭田二顷，吾岂能佩六国相印乎？""经营二顷"本此。出句承上人事沧桑之慨而兴归隐之心，说要经营田园以便返乡终老；对句稍转，说由于眷恋这里山川风物的壮美，不能不为之少留时日，"群山"

即包括眼前的赤壁，一纵一收，仍拍合到本题上来。苏轼《游金山寺》说："江山如此不归山，江神见怪惊我顽。我谢江神岂得已，有田不归如江水。"与韩诗都是登临览胜而兴归欤之思，而一则言"江山如此不归山"之非，一则曰"眷恋群山为少留"，思致有别，而各具情理。

"百日使君何足道，空余诗句在江楼。"据吴曾《能改斋漫录》，韩驹守黄州，"三月而罢，因游赤壁"，所以自称"百日使君"。使君，是州郡地方长官的代称。尾联收到诗人自身和眼前的江楼。对比苏轼那样的一代文豪，自己这区区"百日使君"自然更不足道了，离开黄州之后，留下来的只有题在江楼上的诗句而已。这是因前贤的遭遇而联及自己的遭遇，由已有的变化而推及后来的变化。这一结，将前面因思贤访旧而引起的空廓虚无之感进一步强化了。"空余诗句"，自谦中复透出对自己诗才的自负。所以这空廓虚无中仍有一种欣慰之感。

曾 几

三衢道中

梅子黄时日日晴，小溪泛尽却山行。
绿阴不减来时路，添得黄鹂四五声。

这是一首纪行写景的绝句，抒写诗人对旅途风物的新鲜感受。三衢，即衢州（治所在今浙江衢县），因境内有三衢山而得名。

首句点季候和天气。梅子黄时，正值江南初夏季节。这段时间，常常阴雨连绵。柳宗元《梅雨》："梅实迎时雨"，赵师秀《约客》："黄梅时节家家雨"，均可证。这里说"日日晴"，一方面是强调今年黄梅季节天气的特殊，另一方面则是以天气的晴和，为下文写旅途风物的清新张本。

次句"小溪泛尽却山行"，明点"道中"。衢州地当浙江上游，境内多山，所以道途兼有水陆。这句是说，泛舟小溪，溯流而上，当不能再行进时，便舍舟登陆，循着山间小路继续前行。"却"字含有转折意味，它把诗人由水转陆时的新鲜喜悦感细微隐约地表现出来了。这句叙行程，"山行"二字启下三、四两句。这首诗写的就是"三衢道中"所见所闻。

"绿阴不减来时路，添得黄鹂四五声。"读到这里，才知道诗人在不久前，已经循着与这次相反的方向，经过三衢道中一次，这次是沿原路回去。绝句贵简，诗人不去追述"来时路"的情景，只顺便在这里点出，并与这次返程所见所闻构成对照，以突出此次旅途的新鲜感受，在构思和剪裁上都颇见匠心。山路上，夹道绿阴，似乎和不久前来时所见没有什么两样，但绿阴丛中，时而传来几声黄鹂的鸣啭，却是来时路上未曾听到过的。这"不减"与"添得"的对照，既暗示了往返期间季节的推移变化——已经从春天进入初夏，也细微地表达出旅人归途中的喜悦。本来，在山路上看到绿阴繁翳，听见黄鹂鸣啭，可以说是极平常的事，如果单就这一点着笔，几乎没有什么动人的诗意美，但一旦在联想中织进了对"来时路"的回想和由此引起的对比映照，这就为本来平常的景物平添了诗趣。这首纪行诗，看似平淡无奇，

69

读来却耐人寻味，其原因即在此。

苏秀道中自七月二十五日夜大雨三日
秋苗以苏喜而有作

一夕骄阳转作霖，梦回凉冷润衣襟。
不愁屋漏床床湿，且喜溪流岸岸深。
千里稻花应秀色，五更桐叶最佳音。
无田似我犹欣舞，何况田间望岁心！

这是一首充满轻快旋律和酣畅情致的喜雨诗。题内"苏秀道中"，指从苏州到秀州（今浙江嘉兴市）的路上。这年夏秋间，久晴不雨，秋禾枯焦。至七月二十五日夜间止，大雨三日，庄稼得救。诗人欢欣鼓舞，写了这首七律。曾几于高宗绍兴年间曾为浙西提刑，这首诗可能作于浙西任上。

首联从夜感霖雨突降写起，紧扣诗题。久晴亢旱，一夜之间，似火骄阳却忽然转化为人们企盼已久的甘霖。夜间梦醒，感到一股凉冷之意，这才发现雨已经下了多时。"一夕""转"，说明事出意外而又久为人们所企盼。正因为是梦回之际忽感霖雨已降，炎氛全消，才特别具有一种意外的兴奋喜悦。"润"字不仅传出那种浸透全身的生理上的舒适感、清凉感，而且传出心理上的熨帖感、喜悦感。一夕秋霖仿佛将诗人的心田也滋润得复苏了。

"不愁屋漏床床湿，且喜溪流岸岸深。"颔联正写"喜"字。"屋漏床床湿"，用杜甫《茅屋为秋风所破歌》"床头屋漏无干处"而小加变化，"溪流岸岸深"用杜甫《春日江村》成句（杜诗这一联的出句是"农务村村急"）。一联之内，两用杜句，表情达意却极为自然贴切，不但表现了熟练的文字技巧，而且由于杜诗本身所包蕴的关怀民生疾苦的精神，连带着使这一联也表现出一种体恤民艰的崇高感情。而杜诗沉郁，此诗流利，又各具特色。这说明曾几学杜，重在精神而不单纯袭其形貌。《诗人玉屑》云："唐人诗喜以两句道一事，茶山（曾几号）诗中多用此体。"这一联用的正是两句道一事的流水对，贴切地表现了诗人轻松喜悦的感情。"不愁""且喜"，一反一正，开合相应；"床床""岸岸"，叠字巧对，读来自有无穷的兴味。

"千里稻花应秀色，五更桐叶最佳音。"颈联承"且喜"句，进一步作酣畅淋漓的抒情。出句用唐代殷尧藩《喜雨》诗成句，想象"大雨三日"对解除旱象、"秋苗以苏"的作用。在诗人眼前，映现出一幅千里平畴、一片青绿的生机勃勃的画面。"应"字表明，这一画面是诗人意中之象，从而更见其喜悦之情。对句收归眼前，直抒"听雨"之喜。秋雨梧桐，易使人产生凄清之感，常被词人用来抒写离情别恨，如温庭筠《更漏子》："梧桐树，三更雨，不道离情正苦，一叶叶，一声声，空阶滴到明。"李清照《声声慢》："梧桐更兼细雨，到黄昏，点点滴滴，这次第，怎一个愁字了得！"这里却一反这类悲秋伤离的情调，把雨落梧桐的潇潇声响当作最美妙的音乐来欣赏。说"五更"，可见诗人梦回以后，一直怀着欣喜之情听雨而彻晓未眠，不言"喜"字，而喜情自见。"最"字更突出了喜情的横溢。方回《瀛奎律髓》评此诗说："三、四已佳，五、六又下得'应'字、'最'字有精神。"两句一出之想象，一为眼前实境；一诉之视觉，一诉之听觉，相互配合，共同传达出诗人的心态、心声。"五更"句尤显得新颖脱俗。

　　写到这里，诗人的欣喜之情已经抒发得很酣畅，似乎已达到最高潮，末联却就势转进一层作结："无田似我犹欣舞，何况田间望岁心！"上句承前六句作一总束，以"犹"字作势逗下；下句以"何况"承接转进，引出"田间望岁心"，使"无田"者的欢欣鼓舞之情成为"田间望岁心"的有力映衬，突出了广大农民对这场甘霖的狂喜之情，反过来又进一步表现了诗人与农民同喜乐之心。纪昀评道："精神饱满，一结尤完足酣畅。"（纪批《瀛奎律髓》）由于感情的真挚勃发，虽直抒尽致，却弥觉神完气足。

　　律诗因格律的限制，一般都趋于精练凝重。这首七律却写得特别流畅轻快，有如行云流水，读来几乎感觉不到格律的束缚。这种轻快的风格正与内容、感情相适应，显出活泼生动的风姿。

寓居吴兴

相对真成泣楚囚，遂无末策到神州。
但知绕树如飞鹊，不解营巢似拙鸠。
江北江南犹断绝，秋风秋雨敢淹留？
低回又作荆州梦，落日孤云始欲愁。

这是诗人客居吴兴（今浙江湖州）时写的一首抒怀诗。

首联慨叹徒作楚囚相对，无计克服神州。《世说新语·言语》："过江诸人，每至美日，辄相邀新亭，藉卉饮宴。周侯（周颛）中坐而叹曰：'风景不殊，举目有山河之异。'皆相视流泪。惟王丞相（王导）愀然变色曰：'当共戮力王室，克服神州，何至作楚囚相对！'"楚囚，用《左传·成公九年》钟仪南冠而絷，作郑人所献之楚囚事。这里说"真成泣楚囚"，含有始料所未及的意味。意思是说，自己原先根本没有料想到今天徒作楚囚相对而泣，尽管忧念国事，却拿不出任何有效的办法去克服神州，重到中原。这一联重笔突起，感慨无端，"真成""遂无"，开合相应，顿挫有力，表达出诗人忧心国事而又无策解除国难的苦怀。陆游《追感往事》说："不望夷吾（管仲的字）出江左，新亭对泣亦无人。"可见在当时连这样真诚地忧念国事的士大夫也并不是很多。

"但知绕树如飞鹊，不解营巢似拙鸠。"颔联转写自己的处境与生性。出句用曹操《短歌行》："月明星稀，乌鹊南飞。绕树三匝，何枝可依。"说自己流离失所，无所栖托，正如绕树的飞鹊。对句用拙鸠不善营巢事。《禽经》："鸠拙而安。"张华注："鸠，鸤鸠也。《方言》云：'蜀谓之拙鸟，不善营巢，取鸟巢居之，虽拙而安处也。'"说自己正如本善营巢的拙鸠，不懂得为自己营建一个安乐窝。这一联一方面写出了自己南来后辗转流寓、无所栖托的处境，另一方面又表明了自己拙于营私、羞于"求田问舍"的习性，自伤自谦中含有自负之情与讽世之意。

"江北江南犹断绝，秋风秋雨敢淹留？"颈联承起联，进一步抒写忧国之情。上句说宋金之间仍然存在严重的对峙局面，江南江北，断绝音讯，"犹"字表明这种局面已非一日。下句说南宋当今的局势，正如凄冷的气候，秋风秋雨，凄其萧瑟，令人忧伤，自己又岂能长久淹留吴兴呢？这一联格调清疏轻快，表达的感情却沉重忧伤。这种风格，正是曾几的典型作风，尤其表现于他的七律中。

"低回又作荆州梦，落日孤云始欲愁。"低回，这里含有徘徊流连的意思。荆州梦，似指依托有力者。汉末文人王粲离开长安，至荆州依刘表。这里说"荆州梦"，正与上文"绕树如飞鹊"相应。两句说，自己徘徊流连，不知所之，又梦想依托有力者以避乱，然而这只是一梦而已，反视自身，正如日暮时分的一片孤云，无依无靠，不由愁从中来。结句似从李白《送友人》"浮云游子意，落日故人情"化出。这里的"落日孤云"和颈联的"秋风秋雨"，都不必是眼前实景，而是带有某种象喻之义。全篇以家国之慨始，以身世之叹结，隔联相承。起得突兀，结得低回不尽。

发宜兴

曾
几

老境垂垂六十年，又将家上铁头船。
客留阳羡只三月，归去玉溪无一钱。
观水观山都废食，听风听雨不妨眠。
从今布袜青鞋梦，不到张公即善权。

曾几在绍兴十二年（1142）将近六十岁时，曾客居宜兴数月，作有《宜兴邵智卿天远堂》《游张公洞》等诗。本篇是他离开宜兴时所作。他在《宜兴邵智卿天远堂》诗中说："问君许作邻翁否？阳羡溪边即买田。"看来并未实现久居阳羡（即宜兴）的愿望。

"老境垂垂六十年，又将家上铁头船。"首联自叙年将六十而又有挈家远行之举，扣诗题"发宜兴"。垂垂，是渐近的意思，常与"老"连用。铁头船，指船头包有铁皮的船。以垂暮之年而又携家奔波道途，生活之不安定与老境之可伤不难想见。"又"字凄然，包蕴了宋室南渡以来一系列播迁流离、羁旅行役之苦。

"客留阳羡只三月，归去玉溪无一钱。"李商隐《奠令狐公文》有"故山峨峨，玉谿在中"之语。这里疑即以"玉溪"为故乡的代称。又，信州（今上饶）玉山县前有玉溪，见《方舆胜览》，此"玉溪"或指其上饶的寓居，则"归去"系指归上饶。"一钱"用杜诗"囊中恐羞涩，留得一钱看"。颔联出句承上，说自己客居宜兴时日之短，见生活之不安定；对句启下，说自己虽归故山，而囊空如洗，见生活之清贫与作吏之清廉。陆游《曾文清公墓志铭》说："平生取与，一断以义，三仕岭外，家无南物。"足资参证。

颈联承"归去"，设想回到故居后的情景："观水观山都废食，听风听雨不妨眠。"曾几南渡后曾先后寓居上饶、山阴，这里说的"观水观山"之地，未详所指，当指山水幽胜之乡。回去之后，闲居无事，但以观水赏山为务，遇到山水佳胜之处，恐不免因此废食。这里流露了对归隐之地清绝山水的神往，也透露出对赋闲生活的怅惘之情。表面上看，作者颇为闲适，实际上是

73

故作排遣。下句的风雨，显系代指时势。"忧愁风雨"，本来是曾几这样的爱国士大夫的夙心，但却说"听风听雨不妨眠"，似乎与己漠不相关，言外自含"安危大臣在，不必泪长流"（杜甫句）一类感慨。所谓"不妨"，正是虽不应如此，却不得不如此的意思。这一联语调轻松，意态闲逸，骨子里却隐含一缕无可奈何之情。陈衍《宋诗精华录》评论说："茶山诗长处，有手挥目送之乐，如此诗第三段是也。"似乎只看到轻松闲适的一面，尚未联系作者身世。

"从今布袜青鞋梦，不到张公即善权。"布袜青鞋梦，指出世隐居之想与遨游山水之愿。杜甫《奉先刘少府新画山水障歌》："若耶溪，云门寺，吾独胡为在泥滓，青鞋布袜从此始。"此用其辞意。张公，指宜兴境内的胜迹张公洞。作者《游张公洞》诗说："张公洞府未着脚，向人浪说游荆溪（即宜兴）。"可见其风景的幽胜。善权，指善卷洞，在宜兴西南螺岩山上，与张公洞同为宜兴境内两个古洞，唐人已有纪游诗，至今犹为游览胜地。末联再回应题目，说从今以后，如果作徜徉山水之梦，不是到张公洞，就是到善卷洞。对即将离开的宜兴表露了眷恋的情绪。

这首诗题为"发宜兴"，但除首、尾两联照应、回抱题目外，主要部分（颔、颈两联）却是想象归家后的情景。诗人所要抒发的，是由"发宜兴"所引起的身世之感，"纪行"并非主体，述怀才是中心。诗的整体构思正是围绕着述怀这个中心的。

曾几是南宋初年著名诗人，曾因触忤秦桧去职。在写这首诗的头一年十二月，名将岳飞被秦桧以"莫须有"的罪名杀害，抗金形势发生巨大逆转。结合这一特定的历史背景，诗中所抒写的那种身世境遇之慨便不难得到进一步的理解了。

李弥逊

东岗晚步

饭饱东岗晚杖藜，石梁横渡绿秧畦。

深行径险从牛后，小立台高出鸟栖。

问舍谁人村远近，唤船别浦水东西。

自怜头白江山里，回首中原正鼓鼙！

李弥逊是南宋初年主张抗金、反对和议的一位重要人物。他和主战派名相李纲是好朋友，不仅政治倾向一致，也多有诗歌唱和。高宗朝，他反对秦桧向金人求和，被罢黜归田，隐居连江（今属福建）西山。这首诗就是归隐期间所作。题内"东岗"，当是西山东面的山岗。

"饭饱东岗晚杖藜，石梁横渡绿秧畦。"起句明点"东岗晚步"，次句紧接着勾画出一幅清新而饶有生意的图景：石桥一座，横跨小河，两边秧畦一片嫩绿。这景色，看似平常，却有画意。"横渡"，指桥横越两岸，但也暗藏"晚步"者的行踪。

"深行径险从牛后，小立台高出鸟栖。"颔联由田畴而登岗，具体描写"东岗晚步"时"深行"与"小立"的情景：在山间险峻小路上行走，谷深道狭，只能跟在牛的后面，小心翼翼，缓缓前行。走过险径，来到一座高台，稍事休息，登台四望，觉得栖鸟的树梢都在脚下。两句一写径险，一状台高，一写动态，一写静态，造句拗折而对仗工整，体现出宋诗生新瘦硬的风格。"牛后"一词出自战国谚语"宁为鸡口，勿为牛后"，本是比喻之词，这里作实词来用，尤为新俏，前所未有。上句见涉险的怵惕之状，下句见登高的旷远之怀，刻画入微。

"问舍谁人村远近，唤船别浦水东西。"颈联转写登岗所见的情景：暮色苍茫中，远远近近，散布着几处村落，不知是谁，在向路人打听某家的住处；在水的这一边，有人在呼唤停泊在对岸的渡船（别浦，指河流入水的汊口）。这两句所写景物，都带有浓郁的村野田园情调，色调淡雅，诗情充溢。

75

而且"问舍""唤船",也是薄暮时分特有的景色。颔联以语句的生新与境界的奇险引人注目,颈联则是以语句的自然与境界的优美动人遐想。"问舍谁人"与"村远近"之间,"唤船别浦"与"水东西"之间,有一个短暂的停顿,读来但觉风神悠远。站在岗头遥望,"问舍"云云,只能从人的行动上想象得之,这就无形中透露出,诗人是把望中所见之景作为图画来看的。

以上三联,围绕"晚步",从渡梁、登岗到遥望,移步换形,展示出一幅幅具有不同特点的清新画面,总的情趣都是愉悦的。尾联却突作转折,以感慨收束:"自怜头白江山里,回首中原正鼓鼙!"东岗的景色固然美好,但诗人却从眼前的如画江山,联想到战火方酣的中原故土,深深感到自己发白身闲,无法拯救国家的命运,不由得感慨伤怀。这种尾联逆转作收的写法,使诗的前六句与后两句形成鲜明的对照,更加突出了诗人身处江湖而心系国事的胸襟,使这首写景诗的品格也连带着提高了。末句"回首中原正鼓鼙",方点即收,不着议论,尤显得感慨无穷。

春日即事

小雨丝丝欲网春,落花狼藉近黄昏。
车尘不到张罗地,宿鸟声中自掩门。

这首诗大约是作者因反对和议而落职失势后所作。题为"春日即事",说明这是因春日所见所闻有感而作。

首句"小雨丝丝欲网春",写暮春时节的丝丝细雨,连续不断,相互交织,像是张开了一面弥天大网,要把即将逝去的春天网住。说雨丝如同网丝,将漫天丝雨想象成弥天大网,这还是比较平常的联想与比拟,但说雨丝"欲网春",则是诗人的独特想象。"无边丝雨细如愁"(秦观《浣溪沙》),这春日的丝雨,本来就容易唤起人们春光将逝的寂寞惆怅,而含愁的思绪与"小雨丝丝"之间又存在某种形象上、意念上的联系。因此,由雨丝之网——愁绪之网,进一步联想到它"欲网春",就非常自然了。从这个意义上说,似乎不妨把"小雨丝丝"看作是诗人伤春愁绪的外化。

丝雨虽欲网春,但春毕竟网留不住。眼前所见,唯有"落花狼藉近黄昏"的景象而已。落花狼藉,是风雨摧残的结果,也是春天消逝的标志。春残，加上日暮，景象更加凄黯，诗人的寂寞惆怅也更深了。

第三、四句转到诗人自身的处境："车尘不到张罗地，宿鸟声中自掩门。"西汉翟公做廷尉的高官时，宾客阗门；等到失势废官，宾客绝迹，"门外可设雀罗"。这里用"张罗地"借指自己闲居之所，既表现门庭的冷落，更含对趋炎附势的世态的慨叹。"宿鸟"应上"黄昏"。宿鸟声在这里恰恰反托出了张罗地的冷寂。"自掩门"的"自"字，传出了一种空廓无聊赖的意味，暗示像这样寂寞自处、与外界隔绝已非一日。这里虽不免流露出空寂落寞之感，但同时又含有对炎凉世态的不屑之意。如果将作者失势的原因（反对和议，触忤秦桧）与诗中所抒写的情景联系起来体味，则后两句所蕴含的感慨便更深了。

诗的前幅写春残日暮的景象，后幅写闲居生活的冷寂，而从"丝网"联想到"鸟罗"，从"黄昏"过渡到"宿鸟""掩门"，上下承接得很自然。

云门道中晚步

层林叠嶂暗东西，山转岗回路更迷。
望与游云奔落日，步随流水赴前溪。
樵归野烧孤烟尽，牛卧春犁小麦低。
独绕辋川图画里，醉扶白叟杖青藜。

这是作者寓居山阴（今浙江绍兴）期间写的一首山水田园诗。题内"云门"，是山阴县南若耶溪上一座山名。若耶溪长数十里，溪上有六座寺庙，云门寺为其冠。云门道上，是山阴风景佳胜之处。

首联总写云门道中所见，点明题中"晚步"。一路上，到处是密密层层的树林和重重叠叠的山峦。由于山多林密，到了傍晚时分，从东到西，望去一片幽暗微茫；加以山岗回绕，道路曲折，更增添了游人的迷茫之感。"山转岗回"，正点"晚步"，"路更迷"与上句"暗东西"，暗藏"晚"字。这一联将云门道中山林幽深的概貌和作者的活动情形大致写出，以下两联便转入具体的描叙。

"望与游云奔落日，步随流水赴前溪。"这一联从主体活动的角度着笔，出句与对句以"望"与"步"分别领起。傍晚的游云，向着苍茫的落日奔驰

77

屯集，诗人的目光，也随着游云奔驰的方向，一直投向正在西沉的落日；清澈的流水，正潺潺流淌，诗人的脚步，也紧随流水的方向直到前溪。这一联不但句法新颖工巧，意思也比较新鲜。它不但含有"目力所及比脚力所及来得阔远"（钱锺书《宋诗选注》）这样一层前人诗中很少表现过的意蕴，而且显示了诗人引领遥望苍茫落日的身影与由此引起的阔远襟怀，透露了诗人随潺潺流水曲折前行的欢快轻松情绪。是写景、抒情、纪行紧密结合，辞意新颖不落俗套的佳句。

颈联"樵归野烧孤烟尽，牛卧春犁小麦低"，侧重从客观景物的角度着笔。上句写望中远山景色：傍晚时分，樵夫砍柴归来，远山上的野火渐渐熄灭，最后一缕孤烟也冉冉散尽了。下句写近处田野景色：薄暮时分，困乏的耕牛偃卧在犁边，田里的小麦还显得很低（透露出季节正当早春）。这一联将农事活动与自然景物融为一体，有远景，有近景，有动景，有静景，写景既紧扣"晚"步特点，又传出一种静谧安详的气氛。造语也清新可喜。

"独绕辋川图画里，醉扶白叟杖青藜。"尾联总收。"辋川"在陕西蓝田县，唐代诗人宋之问、王维在那里置有别业，风景极为优美。王维有《辋川集》二十首，分咏辋川景物，并画过《辋川图》。这里把云门道中的风景比作辋川画图，说一位白发苍苍的老叟喝醉了酒，正扶着一根青藜杖，独自绕着这优美得如同辋川图画的云门道中漫步。"辋川图画"，是对云门道中风景的总概括，也是诗人的总感受。在这个总背景上，织进了图画中的主体人物——"醉扶白叟杖青藜"。末联笔意之妙，不仅在于把诗人自己织进了这幅山阴版的"辋川图画里"，使自己成为与这幅天然图画融为一体的画中人，而且还在于出现了一个画外的自我。诗人仿佛具有分身术，跑到画外欣赏起这幅有自己在内的《云门道中晚步图》了。这种笔意，显然和山水画的发展以及由此产生的对山水画鉴赏活动的发展很有关系。这说明，到宋代，不但诗与画的结合更加密切，而且将绘画鉴赏也融进了诗歌创作。欧阳修的《醉翁亭记》的主角是"苍颜白发，颓然乎其中"的太守，也就是作者自己。但他却特意用一种虚拟的第三人称写法来描叙，造成了作者在画外欣赏《醉翁游宴图》的艺术效果。在这一点上，本篇的构思与其有相似之处。这首诗描绘晚步所见景物，笔法本是主实的；有此一结，化实为虚，不但笔法有了变化，诗境也添了空灵的意味。

陆 游

望江道中

吾道非耶来旷野，江涛如此去何之？
起随乌鹊初翻后，宿及牛羊欲下时。
风力渐添帆力健，橹声常杂雁声悲。
晚来又入淮南路，红树青山合有诗。

　　宋孝宗乾道元年（1165）夏，诗人由镇江通判调任隆兴府（今江西南
昌）通判，溯江西上。本篇是船经望江（今属安徽）道中时所作。据末句，
诗人到望江一带，已是"红树青山"的秋天了。

　　起联从眼前的江道发兴，起得劲健有力。《史记·孔子世家》："孔子知
弟子有愠心，乃召子路而问曰：诗云'匪兕匪虎，率彼旷野。'吾道非邪？
吾何为至于此？"首句即用此典。浩渺江波，茫茫旷野，一身孤子，仆仆道
途，伤心国事，无力回天，不免产生"吾道非耶"的感叹。《论语·微子》：
"滔滔者，天下皆是也，而谁以易之？"次句就眼前景色起兴，暗用其意。意
思是：鸟兽不可与同群，我怎能避世？这一联正是由景及情，抒发了诗人的
悲愤心情。陆游由镇江通判调任隆兴府通判，与他坚主抗战，"力说张浚用
兵"有关。因此，他在调离前线的途中，产生"吾道非耶"和"滔滔皆是"
之慨。自己过去的道路难道真的走错了吗？将来又究竟奔向何方？这正是诗
人苦闷、寂寞和忧愤心声的流露。经史典故和散文化句法的运用，加强了苍
古劲拔的气势。

　　颔联转笔写旅途中的早起晚宿："起随乌鹊初翻后，宿及牛羊欲下时。"
乌鹊初翻，暗用曹操《短歌行》"月明星稀，乌鹊南飞。绕树三匝，何枝可
依"诗意；"牛羊欲下"，用《诗·王风·君子于役》："日之夕矣，羊牛下
来。"两句形容自己在道途中，每天乌鹊刚飞起，天尚未大亮时就动身出发；
傍晚牛羊快要归家的时分才停船宿岸。这里写出了道途的辛苦，也隐透出无
所依托的处境和外出行役的孤子。句法上一下六，新颖工巧。

颈联由概述道路起宿转而描绘"望江道中"现境："风力渐添帆力健，橹声常杂雁声悲。"风力渐渐增强，风帆显得饱满，帆力也大多了；在轧轧的橹声中，常常杂有一两声孤雁的悲鸣。出句意兴稍为上扬，对句又转向下抑，扬抑之间，显示出诗人心潮的起伏变化。"雁声悲"，既透露孤子之感与征行之苦，又暗示时令已到秋天，逗下"红树青山"，针线细密，过渡自然。上下句分别叠用"力"字、"声"字，句法浑圆。

"晚来又入淮南路，红树青山合有诗。"淮南路，宋代十五路之一，熙宁间分为东西二路。淮南西路辖境相当于安徽凤阳、和县以西，湖北黄陂、河南光山以东的江北淮南地区。这里当指属于淮南西路的望江道中一带。尾联瞻望前路，满眼红树青山，正可吟咏以自遣。这时诗人的心境平静下来，意绪稍稍振起，诗的情调也转为平缓。

新夏感事

百花过尽绿阴成，漠漠炉香睡晚晴。
病起兼旬疏把酒，山深四月始闻莺。
近传下诏通言路，已卜余年见太平。
圣主不忘初政美，小儒唯有涕纵横。

这首七律，据末联"圣主初政美"之语，当作于孝宗即位之初，时间约为隆兴元年（1163）夏，时诗人自临安返山阴故里，借居云门寺。

首联写"新夏"景物：争芳竞艳的百花，已纷纷落尽，换以一片绿阴。缕缕炉香，在寂静中袅袅升起，诗人这时正在晏然静卧。两句写出初夏景色的特征，在充满生机的一片绿意中透出日长无事的闲静。诗人高卧晚晴，更显示出心态的平静。那静默中袅袅升起的炉烟便是这种心态的外化。

"病起兼旬疏把酒，山深四月始闻莺。"颔联分承"睡晚晴"与"绿阴成"，说自己病愈之后，难得喝酒；屈指算来，已有二十来天。所居的云门寺一带，山深林密，物候稍迟，直到四月，才头一次听到黄莺的鸣啭。上句写病后疏懒之态，下句带有春意尚存的欣喜。白居易《大林寺桃花》："人间四月芳菲尽，山寺桃花始盛开。长恨春归无觅处，不知转入此中来。""山深"句似亦微有此意，而山中与世相隔的意蕴也隐见言外。这一联初读时，上下句似不相涉，细味方感到其风调意境之美。一个患病新愈，有相当一段时间与外界没有接触的人，当他在"百花过尽绿阴成"的新夏，听到只有春天才有的流莺鸣啭，内心的欣喜是难以言喻的。谢灵运《登池上楼》写"卧疴"初起之际适遇"池塘生春草，园柳变鸣禽"的景色，与放翁此联的神味有相似处。

第三联转叙时事，正点题内"感事"："近传下诏通言路，已卜余年见太平。"上句指孝宗即位之初下诏求直言事。在古代，君主广开言路（即使是极有限的）被视为政治清明的标志，因此，引出了下句，庆幸自己在暮年得见天下承平了。而这种心情，又透露出人们对高宗朝秦桧当权误国的不满。诗人时年三十九，已说"余年"，固然是旧时文人喜欢言老的习气，但也反映出现实政治对他的长期压抑。"近传"切上"山深"，与下"已卜"紧相呼应，表现出一种急切的期待和由衷的欣喜。

"圣主不忘初政美，小儒唯有涕纵横。"这一联上承"近传下诏"句，圣主指孝宗。他即位之初，锐意恢复，颇有振作气象，如诏中外士庶陈时政缺失，复胡铨官，追复岳飞官并以礼改葬，起用张浚等等，故诗人誉为"初美政"，并希望"圣主"不要忘记，意思是说，要坚持实行美政，不要改变。这一句微含讽谏之意。从诗人的欣喜之情可以看出他的念念不忘国事之心。

清代诗评家方东树《昭昧詹言》评这首诗说："前半新夏，后半感事。情真语朴，意境绝佳。"前半流美圆转，特具风调之美；后半直接抒感，诚挚之情溢于言表，方氏以"情真语朴"来概括，是很确切的。

陆游

上巳临川道中

二月六夜春水生，陆子初有临川行。溪深桥断不得渡，城近卧闻吹角声。三月三日天气新，临川道中愁杀人。纤纤女手桑叶绿，漠漠客舍桐花春。平生怕路如怕虎，幽居不省游城府。鹤躯苦瘦坐长饥，龟息无声惟默数。如今自怜还自笑，敛版低心事年少。儒冠未恨终自误，刀笔最惊非素料。五更欹枕一凄然，梦里扁舟水接天。红蕖绿荄梅山下，白塔朱楼禹庙边。

81

乾道三年（1167）春，诗人在隆兴府通判任上，被主和派以"交结台谏，鼓唱是非，力说张浚用兵"的罪名弹劾免职。二月初，他从南昌出发取道陆路，经临川、玉山等地回家乡山阴。三月初三（即题中"上巳"），到达临川（今江西抚州）城外，准备去拜访一位名叫李浩（字德远）的朋友。这首七古就是其时所作。

起两句点明时令、行役。"二月六夜春水生"，用杜甫《春水生二绝》成句，这里只是大致交待出行时正遇春水初生的时节，次句正点题目。

接下来第三句"溪深桥断不得渡"，承首句"春水生"。溪、桥，当指盱水（即抚河）及河上的桥梁（是入临川城必经的桥）。因为溪深桥断，不能渡河入城，故而在城外客舍投宿，晚间睡卧中可以听到附近城头上吹角的声音。隔河听角，又是晚上，对近在咫尺的临川不得一睹风貌，更激起对它的想象。这是借此为下文作势。以上四句，总提"临川行"。

"三月三日"四句，转笔正面描绘上巳日临川道中情景。"三月三日天气新"，用杜甫《丽人行》成句，如同己出。"愁杀人"，形容春光的美好动人。"纤纤女手桑叶绿，漠漠客舍桐花春"，即具体描绘"愁杀人"的道中风景。"桐花春"，指桐花逢春开放。桐花红色，与呈青灰色的客舍相映；桑叶深绿，与纤纤素手相映。这风光，在温煦旖旎中带有轻淡的客愁。

"平生"四句，从临川道中所见转抒所感。"平生怕路如怕虎"，比喻新颖，与下句"幽居不省游城府"联系起来，为自己画出一幅厌弃尘俗的幽栖高士图。"鹤躯苦瘦坐长饥，龟息无声惟默数"两句，则进一步从外形的清瘦与平居的静默两方面显示了高士的形象。坐，因的意思，《鹤躯》句意谓：因长饥而苦瘦。

"如今自怜还自笑，敛版低心事年少。儒冠未恨终自误，刀笔最惊非素料。"这几句大体上是从杜甫《莫相疑行》诗意化来，而翻出新意。"如今"二字，应上"平生"，折转到对当前处境的抒写，仍属道中所感。诗人感慨自己如今为了生计，不得不俯首低心，屈节事人，"年少"，当是指诗人的顶头上级。想来既可悲，又复可笑，因为这完全违背了自己的高洁本性。儒冠终误身（"儒冠"句化用杜诗"儒冠多误身"），我并不悔恨；在幕府中以刀笔为业（指任通判之职），与素愿相违，这才最为惊心。"未恨""最惊"，两相对映，感情浓烈。

"五更欹枕一凄然，梦里扁舟水接天。红蕖绿芰梅山下，白塔朱楼禹庙边。"最后四句，以梦想归隐作结。"五更欹枕""梦里"，遥应篇首"卧闻"；"梅山"，指梦里家山开遍梅花。禹庙在山阴，是诗人的家乡。这四句转出归隐之想，一结悠然，意境绵邈。"红""绿""白""朱"等色彩字叠用，更具清丽之致。戴第元说："结是唐人七古正调，用对结尤老。"(《唐宋诗本》评语)

陆游前期的七古，虽然也学杜甫（像这一首甚至屡用杜甫成句），但风格婉丽而不遒劲。他到达南郑前线以后，诗风起了变化，诗中才有纵横驰骤的气势。

宴西楼

西楼遗迹尚豪雄，锦绣笙箫在半空。
万里因循成久客，一年容易又秋风。
烛光低映珠帷丽，酒晕徐添玉颊红。
归路迎凉更堪爱，摩诃池上月方中。

这首七律作于淳熙元年（1174）诗人以蜀州通判摄理知州期间。这年六月，他有事至成都，在西楼宴饮后，有感而作此诗。

首联紧扣题目，从宴饮的场所——西楼着笔。首句先以"豪雄"二字虚点一笔，次句进一步就此着意渲染："锦绣笙箫"，描绘其豪华壮美、歌管竞逐，暗藏题内"宴"字；句末缀以"在半空"三字，则西楼耸立天半的形象宛然在目。

"万里因循成久客，一年容易又秋风。"颔联从宴饮现境触发自己久客无成的感慨。因循，这里有时日蹉跎，一事无成的意思。万里作客，光阴虚度，忽然又到了秋风萧飒的季节。陆游从乾道六年（1170）入川，任夔州通判；八年入王炎幕，赴南郑前线；同年冬入剑门，先后在成都、蜀州、嘉州等地任职。到写这首诗时，首尾已达五年，确实是"万里""久客"了。这一联从表面看，似乎只是抒写留滞异乡的客愁和时序更迭的悲叹，实际上所包蕴的内容要深广得多。陆游怀着报国的雄心壮志，到了南郑前线，但未到一年，就因王炎去职而离幕入川。此后几年，一直无所作为。蹉跎岁月，壮志销磨，这对于像他这样的爱国志士，精神上是最大的折磨。"因循""容易""成""又"，感叹成分很浓。清代吴焯说，这两句"语轻而感深"（《批校剑南诗稿》），确有见地。

"烛光低映珠幡丽，酒晕徐添玉颊红。"颈联折归现境，续写西楼宴饮：烛光低低地映照着穿着盛装的女子，衬托得她们更加俏丽；酒晕渐渐扩散加深，使得她们的玉颊更加红艳。两句意境温馨旖旎。由于有颔联饱含悲慨的抒情在前，这一联所透露的便不是单纯的沉醉享乐，而是透出了无可奈何的悲凉颓放情绪。它使人感到，诗人醉宴西楼，置身衣香鬓影之中，只不过是为了缓和精神的苦闷而已。

"归路迎凉更堪爱，摩诃池上月方中。"摩诃池，故址在成都市旧县城东，为隋将萧摩诃所筑。宴罢归途，夜凉迎面，摩诃池上，明月方中。宴饮笙歌，驱散了心头的愁云惨雾，对此佳景，更生赏爱之情。至此，诗情振起，以写景作结。

春　残

石镜山前送落晖，春残回首倍依依。
时平壮士无功老，乡远征人有梦归。
苜蓿苗侵官道合，芜菁花入麦畦稀。
倦游自笑摧颓甚，谁记飞鹰醉打围！

本篇作于淳熙三年（1176）春暮，时陆游五十二岁，任成都府路安抚司参议官兼四川制置使司参议官，实际上是闲职。春残日暮，触景增慨，写下这首七律。

"石镜山前送落晖，春残回首倍依依。"石镜山在今浙江临安。首句所写，是诗人对往日情事的回忆。遥送落晖，当日就不免有年近迟暮、修名不立之慨；今日回首往事，更添时光流逝、年华老大之感。句法圆融而劲健。

"时平壮士无功老，乡远征人有梦归。"颔联承上"春残""回首"，抒写报国无门之叹和思念家乡之情。陆游从军南郑，本图从西北出兵，恢复宋室河山，但不到一年即调回成都，从跃马横戈的壮士变为驴背行吟的诗人。如今忽忽又已四年，功业无成，年已垂暮，因此有"壮士无功老"的感慨。宋金之间自从隆兴和议（1164）以来，不再有大的战事，所谓"时平"，正是宋室用大量财物向金人乞求得来的苟安局面，其中包含着对南宋当权者不思振作的不满。既然无功空老，则何必远客万里，思乡之情也就倍加殷切，故说"乡远征人有梦归"。"无功"与"有梦"相对，情味凄然。

"苜蓿苗侵官道合，芜菁花入麦畦稀。"颈联宕开写景，紧扣"春残"，写望中田间景象。暮春时节，正是苜蓿长得最盛的时候，故有"苗侵官道合"的景象。芜菁一称蔓菁，开黄花，实能食。司空图《独望》诗有"绿树连村暗，黄花入麦稀"之句，陆诗"芜菁花入麦畦稀"化用司空诗意。两句所描绘的这幅暮春图景，一方面透出恬静和平的意致，另一方面又暗含某种寂寥的意绪。

"倦游自笑摧颓甚，谁记飞鹰醉打围！"尾联总收，归到"倦游"与"摧颓"。末句拈出昔日"飞鹰醉打围"的气概，似乎一扬；而冠以"谁记"，重重一抑，顿觉感慨横溢，满怀怆然。昔年的雄豪气概不过更增今日的摧颓意绪罢了。

"春残"，在这首诗里是触景增慨的契机；既是自然景象，又兼有人生的象征意味。通过对春残景物的描写，诗人把情、景、事，过去和现在，自然与人事和谐地结合起来。

江楼醉中作

淋漓百榼宴江楼，秉烛挥毫气尚遒。
天上但闻星主酒，人间宁有地埋忧？
生希李广名飞将，死慕刘伶赠醉侯。
戏语佳人频一笑，锦城已是六年留。

本篇是淳熙四年（1177）诗人在成都时所作，时诗人五十三岁。在这前一年，诗人因积极主战而遭当权者之忌，被言官指斥为"燕饮颓放"，免去了知嘉州的任命，于是他干脆自号"放翁"。这首《江楼醉中作》，正是以"燕饮颓放"的方式发抒内心愤郁的一曲醉歌。

"淋漓百榼宴江楼，秉烛挥毫气尚遒。"淋漓，这里形容喝酒尽兴之状。榼（kē），盛酒的器具。起联正点题面，说自己江楼宴饮，尽兴百榼，醉中秉烛挥毫，赋诗抒慨，意气十分遒劲。两句放笔直抒，意态豪纵，活现出放翁的自我形象。次句应题内"醉中作"。"尚"字传出顾盼自赏之状。

"天上但闻星主酒，人间宁有地埋忧？"颔联因醉酒而发抒内心的深沉忧愤。星主酒，指酒旗星。《后汉书·孔融传》李贤注引融与曹操书云："天垂酒星之耀，地列酒泉之郡。"地埋忧，语出仲长统《述志诗》："寄愁天上，埋忧地下。"两句说，只听说过天上有专门主管酒的酒星，哪里听说过人间有埋藏忧愁的地方呢？这表面上似乎是为自己的醉酒辩解，实际上却是借此表明：自己之所以"燕饮颓放"，正是由于忧愤填膺，又无地可埋忧的缘故。上句是宾，用"但闻"放开一步；下句是主，用"宁有"这样的反诘语勒转。

"生希李广名飞将，死慕刘伶赠醉侯。"汉代名将李广，屡败匈奴，匈奴称为"汉之飞将军"。西晋刘伶嗜酒。皮日休《夏景冲澹偶然作》之二："他年谒帝言何事？请赠刘伶作醉侯。"颈联貌似平列"生希""死慕"，实则有因果关系：正因为"报国欲死无疆场"，生作李广无望，所以只能逃于醉乡，慕刘伶之死赠醉侯了。语气颇多感慨。这一联与上联交错相应，互相发明。

尾联回到"江楼"宴席现境："戏语佳人频一笑，锦城已是六年留。"佳人，指宴席上陪侍的歌伎。陆游从乾道八年（1172）冬离南郑到成都，至此已首尾六年，所以说"锦城已是六年留"。这句下有自注说："退之诗云：'越女一笑三年留。'"这本是极言女子的魅力，能使远客逗留三年；这里说"戏语""一笑"，明显是宴席间的戏谑调笑之词。但它的内在涵义，却是忧愤自己投闲置散，报国无路，无可奈何地白白销磨了六年光阴。

这首诗写淋漓醉饮，写死慕刘伶，写戏语佳人，貌似颓放，但其实质却是对报国功业的追求和对现实处境的不满。即使是颓放的内容，也每每通过雄豪道劲的诗句表现出来。纵怀醉歌中含有深沉的愤郁。这种诗风，是他入剑门以后，由于理想抱负不能实现而逐步形成的。前人评这首诗，或赞其"造句雄杰"（方东树《昭昧詹言》），或赞其"裁对工整"（陈衍《宋诗精华录》），似尚未涉及其精神实质。

范成大

画工李友直为余作冰天桂海二图
冰天画使北虏渡黄河时桂海
画游佛子岩道中也戏题

许国无功浪着鞭，天教饱识汉山川。
酒边蛮舞花低帽，梦里胡笳雪没鞯。
收拾桑榆身老矣，追随萍梗意茫然。
明朝重上归田奏，更放岷江万里船。

这首诗作于孝宗淳熙元年（1174），当时作者知静江府、广西经略安抚使。一位名叫李友直的画工，为范成大画了《冰天》《桂海》两幅画。《冰天》画乾道六年（1170）诗人为祈请国信使出使金国渡黄河时的情景，《桂海》画游佛子岩道中的情景（佛子岩距桂林十里，一山突起，山腰有上、中、下三洞）。诗人读画后，触动身世之感，题了这首诗。

"许国无功浪着鞭，天教饱识汉山川。"首联因《冰天》《桂海》二图所展示的生平行踪兴感。"着鞭"用西晋刘琨书信中语："吾枕戈待旦，志枭逆虏，常恐祖生先吾着鞭。"诗人回顾平生所历，感慨自己虽然以身许国，却没有能建立功勋，只不过枉自驱驰南北而已。这大概是上天故意让自己饱览汉家的山川吧。上句先一抑，下句紧接着似乎一扬，但这扬的背后却隐藏着更深的感愤和悲哀。许国无功，南北驱驰，只落得饱识山川，这仿佛是对自己生平抱负的一种嘲弄。"天教饱识"四字，自嘲中含有事与愿违的深悲。

"酒边蛮舞花低帽，梦里胡笳雪没鞯。"颔联承"饱识汉山川"，分写南、北所历，出句写南方宴饮歌舞场景：在酒筵歌席旁边，歌儿舞女们跳起了具有南方蛮风的舞蹈，帽上簪的红槿花随着舞姿而低昂。对句回忆出使金国途中情景：在胡笳悲鸣声中，出使的队伍在行进，路上的积雪淹没了马鞯（垫马鞍的鞯子）。这种情景，如今追忆起来，真像在梦里一样了。这两幅图景，一为桂林现境，一为使金往事，但都是由读画而产生的联想。前者在土风蛮俗的描绘中透出热烈的气氛，后者在北国冰天雪地的描绘中显出旅途的艰辛。而字里行间，又都隐含着"许国无功"的感喟。

"收拾桑榆身老矣，追随萍梗意茫然。"桑榆喻指晚景，萍梗喻指行踪无定。颈联由平生所历进而感慨萍梗浪迹、桑榆晚景，说自己年事已高，真该收拾桑榆，准备归隐了，多年来浮萍泛梗式的浪迹天涯，现在回想起来，真是意绪茫然。这一联用接近散文的句法抒写倦游思归之情，在"身老矣""意茫然"的叹喟中，显然也含有"许国无功"的感愤。

"明朝重上归田奏，更放岷江万里船。"尾联承"收拾桑榆"进一步点明"归田"本旨，说不久要向皇帝重上请求归隐的奏章，放船岷江，直下万里，回到自己的故乡。范成大写这首诗的时候（淳熙元年冬），已经接到改官四川制置使（使府在成都）的朝命，因而设想自己从成都乘船归乡；他的故乡在平江府（治今苏州），故说"更放岷江万里船"（暗用杜诗"门泊东吴万里船"句意）。

全诗以"许国无功"为核心，以《冰天》《桂海》两幅画为触动联想、引起感慨的媒介，从回顾平生南北驱驰的经历，到感叹身世飘萍、年纪老大，到表明归田本意，表现了一个有报国之志的正直士大夫的人生历程和心灵历程。

乙未元日用前韵书怀今年五十矣

浮生四十九俱非，楼上行藏与愿违。
纵有百年今过半，别无三策但当归。
定中久已安心竟，饱外何须食肉飞？
若使一丘并一壑，还乡曲调尽依稀。

淳熙元年（1174）除夕，诗人写了一首七律，题为《甲午除夜犹在桂林念致一弟使虏今夕当宿燕山会同馆兄弟南北万里感怅成诗》，用非、违、归、飞、稀为韵。第二天（即乙未元日），诗人依前首韵脚，写了这首七律。

"浮生四十九俱非，楼上行藏与愿违。"起联因元日而行年五十抒感。《淮南子·原道篇》说："故蘧伯玉年五十，而知四十九年非。""四十九俱非"本此。楼上行藏，用《三国志》刘备责许汜语："君求田问舍，言无可采，如小人欲卧百尺楼上，卧君于地，何但上下床之间耶？"意指远大的抱负。这一联慨叹自己年届五十，过去四十九年但觉其非。平生抱负，原很远大，如今检点一下行止，却深感事与愿违。所谓"四十九俱非"，是牢骚语。"知非"是婉辞，"愿违"才是实质。

"纵有百年今过半，别无三策但当归。"颔联分承一、二句，抒写年老当归的感喟，说人生纵有百年之寿，自己如今已过了一半；既然不能像董仲舒那样，以贤良对天人三策，为皇帝所赏识重用，自然只能告老还乡了。"别无三策"是谦辞，"但当归"是愤语。

"定中久已安心竟，饱外何须食肉飞？"定，指入定，佛家坐禅时进入寂静的状态。颈联说自己久已如坐禅入定，心境清静安闲，不动名利之念；但求温饱，即已满足，此外何必更求富贵飞腾呢？这一句乃化用曹操评吕布语"饥则为用，饱则扬去"（见《三国志·陈登传》），而另出新意。这表面上是表明自己知足不辱，实际上却含有不得已的苦衷。说"久已安心竟"，正透露出未能真正忘情。这一联造语新颖，富于理趣，贺裳《载酒园诗话》赞其"有新趣"。

"若使一丘并一壑，还乡曲调尽依稀。"一丘一壑，用《汉书·叙传》："若夫严子者……渔钓于一壑，则万物不奸其志；栖迟于一丘，则天下不易其乐。"尾联承上"当归"之意与知足之旨，说假如自己能有一丘一壑可以归隐，那么，依稀的还乡曲调尽奏无妨（尽，听任之意）。言下之意是，既无归隐之处，听到还乡曲调，难免惆怅。

纪昀评这首诗道："纯作宋调，语自清圆，虽不免于薄。"所谓"宋调"，有生涩瘦硬与圆熟平滑二种。范成大的这首诗，接近于后一种，清新流利，是其所长，浅易滑熟，是其所短。

杨万里

和仲良春晚即事五首（其三、其四、其五）

其三

欲与东风说，休吹堕絮飞。

吾行正无定，魂梦岂忘归？

花暖能醺眼，山浓欲染衣。

只嫌春已老，此景也应稀。

其四

贫难聘欢伯，病敢跨连钱？

梦岂花边到，春俄雨里迁。

一犁关五秉，百箔候三眠。

只有书生拙，穷年垦纸田。

其五

笋改斋前路，蔬眠雨后畦。

晴江明处动，远树看来齐。

我语真雕朽，君诗妙斫泥。

殷勤报春去，恰恰一莺啼。

90

　　这是一组和友人原题的诗作。仲良，张材的字，当时任零陵司法参军，作者任零陵丞，他们是同僚。"即事"，是就眼前景物情事抒感的意思。诗作于孝宗隆兴元年（1163）春天。原题五首，这里选三首。

　　首章抒惜春之情。首联因眼前杨花于东风中飘荡的晚春景象发兴，说自己想跟春风讲讲，别再把柳絮吹得到处飞舞飘落了。起用拟人化手法，调子飘忽轻灵，透出惜春心理。"堕絮"是春天消逝的标志，所以说"休吹"。首句用"欲与"作势，诗情显得摇曳有致。

"吾行正无定，魂梦岂忘归？"柳絮的飘荡无定，触发诗人对于自身处境遭际的联想，又由己身的飘荡无定进而联想到回乡的殷切愿望，所以有此二句。这就由上联的惜春转到羁旅之感和思归之念，而晚春景物正是触发这种感情的契机。两句似对非对，意致流宕，"正""岂"二字着意强调。

"花暖能醺眼，山浓欲染衣。"颈联回笔，续写晚春景物：花开得正繁艳，给人以暖融融的感觉，花色花光，几乎使人们的眼睛也受到了醺染；山色正浓，连人们的衣裳也几乎被染绿了。两句设色秾艳，用字精警。"暖"字以触觉通于视觉，与"红杏枝头春意闹"的"闹"字同一机杼，"醺"字则进一步将"暖"的感觉加以落实，使花的"暖"意更加突出。

"只嫌春已老，此景也应稀。"花暖山浓，春色固然繁艳动人，只是春光已老，这样的景色也越来越少了。这一联上承颈联，就势转回到"惜春"主旨上来，首尾相应。

这一首写惜春之情，但没有这类诗中通常具有的衰飒感伤情调，而是充满对美好晚春景色的赏爱流连，格调也清新明快。

次章抒贫病拙滞之情，仍扣"春晚"景物来写。起联"贫难聘欢伯，病敢跨连钱"，说自己家贫难以买酒（欢伯，酒的代称），身病不敢骑马（连钱，毛色青白相杂的马，即连钱骢），因而无法出游赏春。"贫""病"二字点醒全篇主旨。

次联"梦岂花边到，春俄雨里迁。"紧承起联，说不仅不能外出游赏，而且连梦也没有到过花边，而春天却转瞬间就在风雨中消逝了。身不能出游，照说梦总可到花边，现在梦亦根本不能到，足见贫病已断绝了自己的美好梦想，而春天却在不知不觉中很快消逝。上句用反问语加以强调，下句用慨叹语加以渲染，将自己那种惋惜遗憾、怅然若失的心理和盘托出。

"一犁关五秉，百箔候三眠。"一犁，指春雨浸湿泥土的深度有一犁头那样深。十六斛为一秉，"五秉"指庄稼丰收。百箔，指众多的蚕箔（帘）。蚕上簇前需经初眠、二眠、三眠，至大眠方作茧。两句意谓，当这晚春季节，一犁春雨关系到庄稼的丰收，百家的蚕箔都在安排等待蚕的三眠。这联从自己的"贫""病"宕开，转从老百姓的农桑生产着笔，仍紧扣"春晚"，目的是反跌出尾联。

"只有书生拙，穷年垦纸田。"垦纸田，义近于"笔耕"，但这里含有自嘲无能的意味。苏易简《文房四谱》引《语林》："以洪笔为锄耒，以纸札为良田，以玄墨为稼穑，以礼义为丰年。""纸田"盖出于此。这一联承上翻转作结，慨叹自己一介书生，拙于生理，一年到头只知道以文墨为事，无补于生计。"拙"字回应篇首"贫""病"。

这一首侧重写自身处境。中间两联略点春晚景物情事，主要意思在首尾两联。颔联是首联的延伸，颈联是尾联的衬托。

第三章又以描绘晚春景物为主。首联写庭园中晚春雨后景色：一场春雨过后，竹笋到处钻出地面，使书斋前整齐的道路也改变了形状，变得弯斜而不规则；蔬菜得到雨水的滋润，长得很快，舒展地贴伏在菜畦里。两句写春晚景物，清新而有生气，略无衰飒气息。"改"字、"眠"字，似不着力，却真切，精确不移。

"晴江明处动，远树看来齐。"起联写近处景物，这一联转写远望之景；在晴日照映下，远处的江水有一段反射出明亮的光波，仿佛看得出江水的缓缓流动；远处的一片树木，看来显得非常整齐。上句见天气之晴和与视线之清晰，下句见视界之阔远，用笔细腻，写景真切。

颈联从春晚佳景拍合到诗歌唱酬上："我语真雕杇，君诗妙斫泥。"雕杇，用《论语》孔子斥宰予"朽木不可雕"事，这里谦指自己的和诗写得很拙陋，不能改作润色；斫泥，用《庄子》郢匠运斤成风故事，比喻仲良原唱艺术技巧的高妙入神。这一联明点题内"和"字，同时也为整个组诗作一总的收束。

"殷勤报春去，恰恰一莺啼。"尾联承"君诗"句，景、事双关，表面上是说流莺恰恰啼鸣，殷勤报春之去；实际上则以流莺之啼喻仲良的原唱——《春晚即事》。用流莺的鸣啼喻诗歌创作，向有其例，如李商隐《流莺》："巧啭岂能无本意，良辰未必有佳期"即是。

这组诗是杨万里早期作品，造句用语，间有生硬凑泊之处，如"一犁"句及"欢伯""纸田"等语，但已显露出特有的风格和技巧。一是格调清新明朗，写春晚景物而无衰飒之气，抒贫病之情而不陷于伤感。二是转接活脱迅疾，给人一种奇趣，像这三首中的"吾行"一联，"梦岂"一联，都是显例。所以陈衍评道："语未了便转，诚斋秘诀。"(《宋诗精华录》)

古典文学名篇鉴赏及其他

舟过谢潭三首

风头才北忽成南，转眼黄田到谢潭。
仿佛一峰船外影，褰帏急看紫巉岩。

夹江百里没人家，最苦江流曲更斜。
岭草已青今岁叶，岸芦犹白去年花。

碧酒时倾一两杯，船门才闭又还开。
好山万皱无人见，都被斜阳拈出来。

杨万里

《舟过谢潭》，是孝宗淳熙七年（1180）诗人从家乡吉州赴提举广东常平茶盐任途中所作。

第一首写在疾驶的舟中所见。诗人这次赴广州，是溯赣江而上，越大庾岭入今广东境，再沿浈水（今北江）至真阳、广州。开头两句，写风向由向北忽而转成向南，顺风行驶，舟行迅疾，转眼间已经由黄田到了谢潭（黄田、谢潭，当是赣江上游地名）。两句中"才""忽""转眼"等词语迭见，表现出客观物象的瞬息变化以及它们间的相互关系，生动地显示出船行的迅疾与舟中人意外的喜悦及轻快感。

接下来两句，写在疾驶的舟中忽然瞥见山峰的情景——"仿佛一峰船外影，褰帏急看紫巉岩。"巉岩，本来形容岩石险峻，不生草木，这里指代峻险突兀的峰峦。舟行中忽然仿佛瞥见船外有一座山峰的影子，掀帘急看，那突兀险峻的紫色峰峦已经扑到了眼前。这里突出表现的仍是船行的迅疾。上句还是仿佛若有所见的缥缈峰影，下句却已是巉岩突兀在目，从仿佛瞥见到"褰帏急看"，不过瞬息间而已。这里利用同一物象在短时间内所引起的不同视觉感受，既透露出船行之快，也表现出旅人的突兀新奇感。

第二首写荒江舟行所见草青芦白的景象。起两句写夹江百里的荒寂与江流的弯曲。赣江上游，地当大庾岭北，相当荒僻，"百里没人家"的情景自是纪实。正因为荒寂无人，江流又弯弯曲曲，就更感到寂寞难耐，故说"最苦"。

93

　　三、四两句，转写寂寞旅程中所偶然发现的两种异时而并存的自然景象："岭草已青今岁叶，岸芦犹白去年花。"诗人这次南行，是在春天。山岭上朝阳的一面，今年春天的草叶已经返青泛绿，而近岸的水边，芦苇还残留着去年秋天开的白花。春草秋芦，异时而生，在通常的概念与印象中，是不可能同时出现在一个地方、一个画面上的。但大自然中却真实存在这种新故相映的景物。诗人敏锐地发现了，并感受到大自然毕竟丰富多彩，于是将它们毫不费力地描绘出来，不加任何说明，因为它们本身就含有无限的诗趣。

　　第三首写船行过程中欣赏斜阳映山的景色。"碧酒时倾一两杯，船门才闭又还开。"这两句意态安闲从容，画出在缓缓舟行中边饮酒边观赏景色的情景。"才闭又还开"，暗示一景刚过，一景旋来，启下两句。

　　"好山万皱无人见，都被斜阳拈出来。"中国古代山水画，常用力描绘山的皱褶，这里用"万皱"来形容"好山"，正是将画法移于诗，用画笔来表现山之美。不过，这两句着重表现的却是"斜阳"对美的发现所起的作用。在平常情况下，"好山万皱"是不易被注意的，但在斜阳映照之下，山的每一皱褶毕露无遗，它的美充分显示了出来。"拈"有拈取之义，用在这里，显得新颖生动。

　　钱锺书曾指出杨万里诗擅长写生，"如摄影之快镜：兔起鹘落，鸢飞鱼跃，稍纵即逝而及其未逝，转瞬即改而当其未改；眼明手捷，踪矢蹑风"。这几首旅途即景之作正是绝妙的写生。它的成功，主要是善于捕捉转瞬即逝、不为一般人所注意的自然景物，用浅切明快的语言生动地表现出来，特别是像一、三两首的后两句，这种快速写生的特长体现得最为显著。这一类诗，往往能给读者以新颖的美感。

明发房溪二首

山路婷婷小树梅，为谁零落为谁开？
多情也恨无人赏，故遣低枝拂面来。

青天白日十分晴，轿上萧萧忽雨声。
却是松梢霜水落，雨声那得此声清？

《明发房溪》，在本集中收在《南海集》，当是淳熙七年（1180）赴广州提举广东常平茶盐任途中所作。

第一首写路边的梅花。前两句写梅花的寂寞。"婷婷"，是美好的样子。山路旁一小树梅花，正在盛开，呈现出动人的意态。可是生长在这荒僻的地方，又有谁注意到呢？在寂寞中开花，又在寂寞中零落，这就是它的处境和命运。这两句的内容、意境与王维《辛夷坞》"木末芙蓉花，山中发红萼。涧户寂无人，纷纷开且落"相近，但王诗含蓄内敛，杨诗则外露直致。

三、四两句转写梅花的"多情"："多情也恨无人赏，故遣低枝拂面来。"这里所描写的实际上只是梅枝拂面这样一个细节。但在诗人的想象中，这正是寂寞开无主的山梅多情的表现，它多么希望有人见赏啊。三句点"多情"、点"恨"，四句说"故遣"，这山梅就被人格化了，变成了有情之物。诗人在山梅身上发现了多情而又无人见赏的幽谷佳人的形象与个性，或者说，是诗人把这样一种形象与个性赋予了路边的山梅。不用说，这山梅中有诗人自己的影子。

第二首写松梢霜水的清韵。首句先写天气的晴朗，次句突作意外的转折："轿上萧萧忽雨声。"这就出现了波澜，构成了悬念，逗出下两句。

"却是松梢霜水落，雨声那得此声清？"抬头仔细观察，这"雨声"原来并非自天而降，而是从松梢滴落。这才知道，适才的"雨声"乃是松梢凝霜融化后滴落的霜水声。霜既洁白晶莹，松梢也是清洁无尘，松梢上的霜水自然极"清"，不但晶莹澄澈，而且还带着泠泠清韵。诗人虽然只写其声之"清"，但在读者的感觉印象中，这松梢霜水却具有清声、清色、清质等一切清纯的美。按一般绝句的写法，一、二两句构成悬念之后，三、四两句只要加以解释就可以了。但诗人却把晴日雨声的谜底在第三句直接挑明，然后又在这基础上，回过头去将"霜水"声与一般的"雨声"作比较，逗出第四句来。这就使诗意多了一层曲折，诗境也显得更为深邃。陈衍说："他人诗，只一折，不过一曲折而已；诚斋则至少两曲折。他人一折向左，再折又向左；诚斋则一折向左，再折向左，三折总而向右矣。"（《陈石遗先生谈艺录》）这段精到的评论很可以用来说明这首小诗的艺术构思。

杨万里

泊平江百花洲

吴中好处是苏州，却为王程得胜游。
半世三江五湖棹，十年四泊百花洲。
岸傍杨柳都相识，眼底云山苦见留。
莫怨孤舟无定处，此身自是一孤舟。

这首七律是光宗绍熙元年（1190）诗人从临安赴建康（今江苏南京）江东转运副使任途次所作。平江，府名，治所在今江苏苏州，百花洲是当地的一个沙洲。

开头两句交待自己与苏州的因缘。平平叙事，颇有民歌风味。读来似乎是庆幸自己因王程之便而得游赏吴中佳胜，实际上却是为下文翻出感慨作势。"王程"二字已微露端倪。王程，谓为王事（公事）奔走的旅程，用法甚新。

"半世三江五湖棹，十年四泊百花洲。"杨万里于绍兴二十年（1150）中进士，初授赣州司户，继调永州零陵丞，以后历任内外官职，奔走于江湖间，到写这首诗时，已经半世（指一个人的半生）之多；十来年间，因王程所经，曾四次泊舟于百花洲畔。这一联用秀朗工整之笔概括了自己的漂泊羁旅的生活，其中含有身世之感，但调子并不沉重，毋宁说还带有一点悠然自赏的意味。从眼前的胜游回顾半世以来的行踪，从眼前的百花洲联想到所历的三江五湖，时间、空间都延伸扩大了。这一联在对仗上句法上有两个明显的特点，一是多用数目字成对，如"半"对"十"，"三"对"四"，"五"对"百"。二是上下句的句法并不同（下句的"泊"是动词，与上句的"江"为名词不同，五湖棹与百花洲也有所不同，平仄也不调）。这样一种对仗，表现出诗人的巧思，具有一种轻快流利、拗折错落的美感。

"岸傍杨柳都相识，眼底云山苦见留。"颈联承"四泊百花洲"，突出自己对这一带风物的熟悉。明明是诗人认得岸旁杨柳、依恋眼底云山，却故意将景物拟人化，从对面写来，说成是岸旁杨柳都认得自己，眼底云山也依依挽留。这样写，既饶情致，又不落套。诗人对此间风物的深情也更进一层地得到表现。

"莫怨孤舟无定处，此身自是一孤舟。"尾联承"半世三江五湖棹"，从眼前泊岸的孤舟兴感，说别再埋怨孤舟漂泊不定，将自己载往三江五湖，要知道，自己原就是一只不系的孤舟呵！上句先放开一步，下句却透过一层，揭示了事情的底蕴。这个结尾，将"四泊百花洲"所引起的感触与联想凝聚到一点上：身如孤舟，漂泊无定，从而点明了全诗的主旨。

杨万里的诗，活泼自然，富于新意，思想感情则每每不够深沉。这首抒写旅途感受的诗，思想深度原很有限，它的特点仍在轻快清新、洒脱自然。不但颔、颈两联对仗有如行云流水，一气舒卷，就连尾联的直抒人生感慨也显得轻松自如，毫不凝重。这种清畅流易的格调正是杨诗风格的一个显著特点。

五更过无锡县寄怀范参政尤侍郎

苏州欲见石湖老，到得苏州发更早。
锡山欲见尤梁溪，过却锡山元不知。
起来灵台在何许？回首惠山亦何处？
人生万事不可期，快然却向常州去。

这首诗编在《朝天续集》，作于光宗绍熙元年（1190）。题内"范参政"，指曾任参知政事的范成大；"尤侍郎"，指曾任礼部侍郎的尤袤。这诗是作者路过无锡寄怀范、尤之作。

"苏州欲见石湖老，到得苏州发更早。"石湖老，指范成大。他晚年退居故乡吴郡（今江苏苏州）石湖，号石湖居士。开头两句追述"过无锡"以前的情事：原想路过苏州时去拜访石湖老人，可是到了苏州却因为出发比预期更早而未果。这里揭示出主观愿望和客观情况的矛盾。

接下来两句，揽入本题："锡山欲见尤梁溪，过却锡山元不知。"锡山，即无锡的别称；尤梁溪，指尤袤（梁溪是无锡城西水名，源出惠山，这里以其居地称之）。作者走的是水路，晚间行船，五更时过无锡，或因酣睡未醒，所以船虽已过其地而并不知。苏州欲见石湖而未能，无锡欲见梁溪而又错过。两处与预期的目的相左，正为结尾的感慨蓄势。以上四句，两两相对，"苏州""锡山"重复，"梁溪""石湖"相对，轻松洒脱中见出巧思。两处

"欲见"而未见，引出"寄怀"。

"起来灵台在何许？回首惠山亦何处？"灵台，疑指苏州城西南的灵岩山；惠山，在无锡城西，为江南名山。两句分承一、二句与三、四句，说五更后起来，不但苏州灵岩早已不知何所，就连无锡惠山也回首渺然了。这里透出一种怅然若失之感，是在两处"欲见"而未见的基础上再作一番渲染，使结尾的感慨更显得水到渠成。这两句也相对成文，笔致摇曳生姿。

"人生万事不可期，怏然却向常州去。"第七句总束上文，发抒感慨，点明主旨；第八句是感慨的余波，既续点行程，又留下不尽的余味。从旅途中两次预期的行动没有实现，引申为"人生万事不可期"，似乎有些小题大做，实际上很可能是诗人胸中先就郁积了这一段感慨，旅途中的情事不过触发了这种感慨而已。

短篇七古，与长篇之纵横驰骤、开合变化、淋漓酣畅、雄奇豪放者不同，这首七古写得疏朗、洒脱，仿佛略不经意。全诗只八句，但前四句却像是长篇七古的开头，似乎下文还有一大段酣畅淋漓的描绘和抒情。而作者却在稍加渲染之后突然收笔。这样一种开头放，收尾急，中间几乎等于空白的写法，构成了这首短篇七古特有的韵味，使读者在感到突兀之余，去涵泳玩索寓于轻松流畅中的人生感喟。

宿池州齐山寺即杜牧之九日登高处

我来秋浦正逢秋，梦里重来似旧游。
风月不供诗酒债，江山长管古今愁。
谪仙狂饮颠吟寺，小杜倡情冶思楼。
问着州民浑不识，齐山依旧俯寒流。

这首诗编在《江东集》，是作者在建康任江东转运副使期间出行今皖南一带时所作。池州，今安徽池州市，唐代诗人杜牧曾于其地任刺史，作《九日齐山登高》诗，诗题中"齐山寺"，当即后世为纪念杜牧而建。

"我来秋浦正逢秋，梦里重来似旧游。"起联点明来秋浦（即池州）的时间和自己对这里的向往。首句叠用"秋"字，格调清爽流利，表现出轻松喜悦的心情；次句说自己早就向往秋浦，魂梦中曾到此地；这次来到池州，宛如梦中重来，游历故地了。以实为梦，以新游为旧游，写出对此地的亲切感情。

"风月不供诗酒债，江山长管古今愁。"风月，指自然风景，与下句"江山"对文义近。颔联就池州美好的江山风月抒发感慨。出句说这里的自然胜景老是不能偿付诗酒之债，言下之意是，诗人们为这里的美好景物所吸引，经常把它作为灵感的源泉和诗材的渊薮，以致供不应求。本来是平常的意思，用这样的方式表达，便倍觉新颖而隽永。对句说，此间壮美的江山，古往今来，长久地牵系着诗人有感于国运盛衰、人事代谢的愁怀。说"长管"，正见盛衰代谢的古今相续。这一联将江山风月与古今人事相联系，有风景不殊而人事已非之感，于是引出下一联。

"谪仙狂饮颠吟寺，小杜倡情冶思楼。"颈联承上"诗酒"，分咏李白、杜牧在池州活动的两处遗迹。被称为谪仙人的李白以豪饮著称，他曾到过池州，作有《秋浦歌十七首》诸作；杜牧作过池州刺史，他的生活放荡不羁，多有抒写艳情之作，故说"倡情"。两句是说，李谪仙往年狂饮之处，后来建造了颠吟寺，杜牧之昔日冶游之处，后来建造了冶思楼。这一联概括池州胜迹，造语工巧而自然。

"问着州民浑不识，齐山依旧俯寒流。"两位大诗人当日的文采风流，如今问起当地州民，竟浑然不晓，只有那诗人登临过的齐山，依旧俯视着寒流。春秋时，齐景公曾登牛山，北望临淄，想到人生难免一死，不由泣下沾襟。杜牧生性旷达，反其意而作《九日齐山登高》，说："古往今来只如此，牛山何必泪沾衣！"而今，登齐山的古人固然长已矣，即便是他们身后之名，也已寂然。可见，不仅"千秋万岁名，寂寞身后事"，而且死后之名是否能"千秋万岁"，也大为靠不住。此联暗用杜牧诗意，翻进一层，一结苍茫悠远。

池口移舟入江再泊十里头潘家湾阻风不至

北风五日吹江练，江底吹翻作江面。大波一跳入天半，粉碎银山成雪片。五日五夜无停时，长江倒流都上西。计程一日二千里，今逾滟滪到峨眉。更吹两日江必竭，却将海水来相接。老夫早知当陆行，错料一帆超十程。如今判却十程住，何策更与阳侯争？水到峨眉无去处，下梢不到忘归路。我到金陵水自东，只恐从此无南风。

这是一首描绘长江狂风巨浪的七言古诗，作于《宿池州齐山寺即杜牧之九日登高处》之后。作者由池口（秋浦河入长江的浦口）移舟入长江复归建康途中，遇大风浪，受阻，因作此诗。题内"十里头""潘家湾"，是池口附近的地名。

一开头就濡染大笔，铺写长江的大风巨浪。起二句着重写风："北风五日吹江练，江底吹翻作江面。"一写持续时间之长，一写风力之猛。将江水比作匹练，使"吹翻"的形容有了形象上的根据，增加了真切感。次句是高度夸张之笔，但由于上句有"北风五日"作势，读者便不难从这夸张的形容中想见万里长江如巨大的匹练，不断搅动翻卷的惊心动魄情景以及巨浪滔天、江底水竭的伟观。次句正面写风，而浪之高之险也自寓其中。

接下来两句进一步写巨浪的起落。"大波一跳入天半"，写巨浪喷涌的气势，突出来势的迅猛和浪头的高耸，其飞跃入空的情状如在目前："粉碎银山成雪片"，写巨浪跌落的奇景，突出其变幻的迅疾与景象的瑰奇，其瞬息变化的情状鲜明可感。两句一用白描，一用比喻，都妙于形容，令人有目不暇接之感。

"五日五夜无停时，长江倒流都上西。"从这两句开始，转笔专写逆风推浪，长江倒流的情景。如果说，前四句还只是在眼前景的基础上加以夸张渲染，那么从这以下便完全进入想象的领域。这是本篇诗思的一大转换。长江从九江到建康这一段，作西南——东北流向，因而"北风五日吹江练"的结果，便引起"长江倒流都上西"的奇观。——这当然是想象与夸张。"长江倒流"正有力地表现了这"五日五夜无停时"的巨风神奇的力量。

"计程一日二千里，今逾滟滪到峨眉。"诗人继续驰骋想象，并用极认真的里程计算来作极度的夸张：长江不但倒流，而且流速达到一日二千里；五日北风劲吹，则最初的浪头如今已经越过滟滪堆（在瞿塘峡），到达峨眉山下了（古代以岷江为长江正源）。明明在现实中是不可能产生的现象，读来却令人感到真实而生动。

"更吹两日江必竭，却将海水来相接。"顺流的长江有许多支流活水不断补充，而倒流的长江却是越流越枯。这就逼出更加奇特的想象：再刮两天风，这条倒流的长江必然水枯流竭，那就反而要让海水倒流进来与它相接了。本来是万里长江东入海，现在却是海水入江向西流了。尽管想象奇特，甚至似乎荒唐，然而按照作者的思路发展，却自合情理。

"老夫早知当陆行，错料一帆超十程。如今判却十程住，何策更与阳侯争？"阳侯，是传说中的水神。这四句在上文奇思幻想之后宕开一笔，插写阻风后的心理，使文势稍作顿挫。其中有原先的错料，有如今的追悔，有面对风涛险阻的无可奈何，将遇风受阻后的心情用诙谐的口吻生动地表现出来。

"水到峨眉无去处，下梢不到忘归路。"这两句又遥承上文"今逾滟滪到峨眉"，再发奇想：倒流的江水，到了峨眉山下就无处可去了（因为前面没有大海，水流无所归宿），而且后续的倒流江水接不上来，前面倒流的江水将来即使要回去，也会忘了归路。在诗人的想象中，这条倒流的长江前无归宿、后无退路，简直无所适从了。想入非非，出人意表，却又让人处处感到这种推想的合乎逻辑。

"我到金陵水自东，只恐从此无南风。"结尾两句，掉笔写想象中回到金陵后的情景：将来回到金陵，江水当然也恢复东流了，只担心经此一场"北风五日"的巨大变异，此后就再也没有南风了。"无南风"遥应篇首，进一步显示了"北风"的威力。

这首诗除开头四句正面描绘长江风浪外，其余均从想象着笔。陈衍《宋诗精华录》评此诗说："写逆风全就江水西流着想。惊人语，乃未经人道矣。"这里指出了此诗艺术构思的特点和独创性。长江西流，实际上是不可能出现的夸张想象，是违反常理的。诗人却偏要执着于这一想象，并进行层层的引申与推衍，生发出一系列奇特的想象，构成特有的谐趣。这可能正是这首诗引人重视的一个重要原因。

过松源晨炊漆公店六首（其五）

莫言下岭便无难，赚得行人错喜欢。

正入万山圈子里，一山放出一山拦。

本篇收在《江东集》，原为六首，这是第五首，是绍熙三年（1192）诗人在建康江东转运副使任上外出纪行之作。松源、漆公店，当在今皖南

杨万里

101

山区。

诗的内容很平常，读来却有一种新鲜感。它的佳处，就在于作者善于从日常生活里人们习见的现象中，敏感地发现和领悟某种新鲜的经验，并用通俗生动而又富于理趣的语言表现出来，能给人以某种联想与启示。

第一句当头喝起。"莫言下岭便无难"，这是一个富于包孕的诗句。它包含了下岭前艰难攀登的整个上山过程，以及对所历艰难的种种感受。正因为上山艰难，人们便往往把下岭看得容易和轻松。开头一句，正像是针对这种普遍心理所发的棒喝。"莫言"二字，像是自诫，又像是提醒别人，耐人寻味。

第二句申说、补足首句。"赚得行人错喜欢。""赚"字富于幽默的风趣。行人心目中下岭的坦易，与它实际上的艰难正成鲜明对比，因此说"赚"——行人是被自己对下岭的主观想象骗了。诗人在这里只点出而不说破，给读者留下悬念，使下两句的出现更引人注目。

"正入万山圈子里，一山放出一山拦。"三、四两句，承"错喜欢"，对第二句留下的悬念进行解释。本来，上山过程中要攀登多少道山岭，下岭过程中也相应地会遇到多少重山岭。但历尽上山艰难的行人登上最高峰后，往往因兴奋喜悦而一心只顾享受下岭的坦易轻快，忘记了前面还有一系列山岭需要跨越。因此，当缺乏思想准备的行人下了一个山头，又遇到一个山头，发现自己正处在万山围绕的圈子里，这才恍然大悟：下岭的路程照样要遇到一系列的艰难险阻。山本无知，"一山放出一山拦"的形容却把山变成了有生命有灵性的东西。它仿佛给行人布置了一个迷魂阵，设置了层层叠叠的圈套。而行人的种种心情——意外、惊诧、厌烦，直至恍然大悟，也都在这一"放"一"拦"的重复中透露出来了。

然而，这首诗之所以讨人喜欢，却并不仅仅由于所直接抒写的这点内容和意趣，而且由于所描绘的现象，所抒写的体验，具有某种典型性，容易使人联想起生活中的类似现象，唤起类似的体验。例如，人们往往对最艰巨的行程比较有思想准备，而对走过这段行程后还会出现的艰难缺乏思想准备；只知道人们习知的艰难，而不懂得人们常常忽略的另一种艰难；这首诗似乎可以引起这方面的思索。

南溪早春

还家五度见春容，长被春容恼病翁。

高柳下来垂处绿，小桃上去末梢红。

卷帘亭馆醺醺日，放杖溪山款款风。

更入新年足新雨，去年未当好时丰。

杨万里

本篇编在《退休集》，是作者晚年退职家居期间所作。据首句，诗当作于宁宗庆元五年（1199）春。（作者退职家居，在光宗绍熙五年[1194]。）

首联扣合题目，概述还家五年来的景况。春容的鲜妍与病翁的衰老适成对照，所以说"春容恼病翁"。叹老中隐藏着不服老的情绪。这正是诗人虽年已衰暮，却仍然热爱早春景色的原因。以下两联，即写衰翁眼中的春容。

"高柳下来垂处绿，小桃上去末梢红。"颔联写柳绿桃红的早春景色。早春柳枝返绿时，总是首先从下垂的枝条末梢部分开始，故说"垂处绿"；而小桃花初绽时，也总是首先从上伸的枝条末端开始，故说"末梢红"。"下来""上去"，分写柳条、桃枝的特点；"垂处绿""末梢红"，则正是它们在春天到来时的显著变化。这两句观察细致，造语新颖，紧扣题目"早春"，写出"动人春色不须多"的特点。

卷帘亭馆醺醺日，放杖溪山款款风。颈联写"衰翁"在早春时节静居亭馆与步游溪山的感受。在华美的亭馆中，珠帘高卷，浓盛的日光映射着，满室充满了温煦的春晖和薰人的春意；拄着拐杖，在溪山郊野间放步漫游，迎面吹来了徐徐的春风。这一联将早春的暖日和风与"衰翁"居室及出游的活动结合起来写，传出了融怡的春意。"醺醺""款款"使人感到舒适欲醉。

"更入新年足新雨，去年未当好时丰。"末联转笔，以春雨兆丰年收结。进入新年之后，新雨下得很足，看来今年肯定是个丰收年景，相比之下，去年虽丰收，恐怕还算不上最好的年景，"更入新年"点"早春"。这个结尾，说明"衰翁"所醉心的并不仅仅是美好的"春容"，而且关切着民生荣悴。从艺术表现角度看，可能失之平直；但从思想内容看，却转出新意。

以衰翁写早春，本极易流于颓唐。这首诗的一个好处，正在于无颓唐之态，春天的色彩、活力、希望，都表现得相当充分。

103

戴复古

庚子荐饥三首

饿走抛家舍，纵横死路歧。
有天不雨粟，无地可埋尸。
劫数惨如此，吾曹忍见之？
官司行赈恤，不过是文移！

去岁未为歉，今年始是凶。
谷高三倍价，人到十分穷。
险淅矛头米，愁闻饭后钟。
新来慰心处，陇麦早芃芃。

杵臼成虚设，蛛丝网釜鬵。
啼饥食草木，啸聚斫山林。
人语无生意，鸟啼空好音。
休言谷价贵，菜亦贵如金！

"庚子"是宋理宗嘉熙四年（1240）。此时连续发生饥荒，浙东一带出现了"饿走抛家舍，纵横死路歧"的惨象。诗人有感于此，写了这组诗。题内"荐"字，是接连的意思。

第一首着重写饥荒的严重和官府赈济的徒具虚文。首联描绘出一幅惨绝人寰的荒年图景：因为连续的灾荒，许多人被迫抛家别舍，离乡背井，外出逃生，村庄里只剩下空落落的房舍。饿死的人到处都是，横七竖八地躺在道路上。上句写"走"（逃荒），下句写"死"，这怵目惊心的景象，令人联想起柳宗元《捕蛇者说》中那一大段描绘农村饥荒情景的文字。散文可作淋漓尽致的描写，诗（特别是近体律诗）尚简练，只能概括出之，但惨不忍睹之状已可想见。

"有天不雨粟，无地可埋尸。"颔联承上"饿""死"进一步抒慨。埋怨天不雨粟，似乎无理，实际上这是用典。战国末年，燕太子丹被质于秦，秦王称"天雨粟，马生角"乃得归（见《史记·刺客列传》）。这里反用其意，强烈地表现出在死亡线上挣扎的饥民的心理状态。在他们看来，下雨等于下粟，久旱不雨，则真是天不雨粟了。说"无地可埋尸"，则死者塞途的情景可想。这是极力渲染饥荒的惨象，也是为下边的抒情作铺垫。

"劫数惨如此，吾曹忍见之？"颈联就前两联所描绘的情景直接抒感。从"惨如此""忍见之"可见作者的愤激之情已抑制不住，喷薄而出了。惨象如此，凡有恻隐之心的人都会尽力援助灾民。但是司牧民之职的官吏毫无所动，把事关民命的赈恤以一纸公文敷衍了事。真是毫无心肝！颈联的直抒感慨于是引出了尾联二句。

"官司行赈恤，不过是文移！"上二句，作者的感情已发抒殆尽，似已无话可说。此二句一笔收回，再说眼前荐饥之事。语气看似趋于平缓，实际上是诗意加深一层，骨子里极为沉痛。"官司"句一扬，仿佛给人以希望；下句"不过"云云，重重一抑。扬抑之间，作者的悲愤之情也就披露无遗。

第二首着重写民生的困穷。首联说，与今年之凶相比，去岁的歉收简直算不了什么，正点题内"荐饥"二字。颔联具体写今年之"凶"：谷价猛涨三倍，人民已到了山穷水尽的地步。这一联直陈其事，然而其中蕴含着强烈的感情，所以不假修饰，脱口而出。

颈联转写度荒："险淅矛头米，愁闻饭后钟。"矛头淅米，出《世说新语·排调》："桓南郡与殷荆州语次……作危语。桓曰：'矛头淅米剑头炊。'"这里是形容米很少，只能在矛头这样大的地方来淘洗。"饭后钟"用王播事。《唐摭言》："王播少孤贫，尝客扬州惠照寺木兰院，随僧斋餐。诸僧厌怠，播至，已饭矣。"寺僧鸣钟进食，"饭后钟"即餐毕鸣钟，闻钟而往，已不得食。这里说"愁闻饭后钟"，是暗示由于饥荒，连寺院也不布施了，只能空自听到饭后钟罢了，这一联连用二典，将饥民穷极无聊的情景表现得相当深刻而生动。

"新来慰心处，陇麦早芃芃。"芃芃，这里形容麦子的茂密。尾联由"愁"转"慰"，仍写度荒。说新近总算有了让人安慰的情况，田垄上的新麦早已长得一片茂密，看来吃青苗有希望了。然而，这种"慰心"，不过是

"医得眼前疮，剜却心头肉"罢了。在"慰心"的后面是辛酸的眼泪。

第三首在描绘荒年情景的同时道出了它的严重后果。起联说，因为闹饥荒，春米的木杵和石臼都成了无用之物，大锅小釜蛛网尘封。暗示这一带的百姓断炊已久，到处呈现出一片死寂的凄凉景象。

"啼饥食草木，啸聚斫山林。"饥民以草木为食，而平地草木亦尽，有些人就啸聚山中，砍伐林木，除此之外，还有什么办法呢？只有坐以待毙了。

"人语无生意，鸟啼空好音。"幸存的人展转挣扎，讲起话来有气无力，了无生意；春天鸟儿的啼啭，本来是很悦耳动听的，可是此时又有谁来欣赏呢？只能是空为好音而已。上句写残存者的奄奄一息，下句写他们失去了生活乐趣。两句纯用白描，却真切而深刻。

"休言谷价贵，菜亦贵如金！"荒年连续，饥民无食，引起谷价踊贵，菜价如金。钱锺书《宋诗选注》说："古书里常说荒年的饥民'面有菜色'，这里说连菜都吃不到。"这是很能发明诗意的。这一首的写法是起联先描绘出荒年断炊的凄凉景象，以下三联，分别从不同方面揭示出它的严重后果。

这三首诗，用浅切的语言，写出了饥荒年景的惨象和人民面临的绝境，写得深刻感人，是南宋末期反映社会现实的优秀诗篇。

梦中亦役役

半夜群动息，五更百梦残。天鸡啼一声，万枕不遑安。一日一百刻，能得几时闲？当其闲睡时，作梦更多端。穷者梦富贵，达者梦神仙。梦中亦役役，人生良鲜欢。

这首五言古诗用通俗浅切的语言表现了一个以前诗人很少写过的题材——"梦中亦役役"，抒写了诗人对人生的感受。役役，是劳苦不休的意思。

人生的辛苦寡欢，特别是为追逐名利而营营不休，苏轼在词中曾不止一次地表示过对它的厌倦："世路无穷，劳生有限，似此区区长鲜欢"（《沁园春》），"长恨此身非我有，何时忘却营营"（《临江仙》）。但还都只是写醒时的区区营营，而戴复古这首诗，却进一步写到了"梦中亦役役"，这就把"人生良鲜欢"的主旨表达得更为深刻充分。因为这意味着，为追逐名利而营营不已已经侵入到"闲睡时"，整个人生就没有片刻安闲了。

全诗十二句，分为前后两段。前段六句着重写日间醒时的营营役役，后段六句着重写夜间睡时的营营役役，前后相连贯，逼出"人生良鲜欢"的主旨。从内容上看，醒时与睡时的役役，同样是为了表现人生的鲜欢，后者是前者的发展与深化；从艺术表现上看，前者的作用是为了衬垫后者。值得注意的是，诗人写醒时的役役，并不作详尽描叙，而是从五更梦残、万枕不安着笔，用概括虚涵的写法将醒时的纷纷扰扰一笔笼罩，留待梦时具体写出。梦中的役役，也只用"穷者梦富贵，达者梦神仙"两句概括，梦中所追求的正是日间所追求的反映。

这首诗基本上是叙述议论，没有多少具体的描写，议论的成分尤重。但由于议论的明快畅达、语言的朴素通俗，读来并不感到枯燥乏味，而是觉得亲切平易，意新理惬，容易使人联想到白居易的诗风。

寄韩仲止

何以涧泉号？取其清又清。
天游一丘壑，孩视几公卿。
杯举即时酒，诗留后世名。
黄花秋意足，东望忆渊明。

韩淲，字仲止，自号涧泉，是南宋著名词人韩元吉的儿子，在当时颇有诗名，与赵蕃并称，即所谓"信上二泉"（韩仲止和赵蕃都是信州上饶人。赵蕃号章泉）。辛弃疾寓居上饶期间，与韩、赵二人交往颇密，现存稼轩词中有怀念或酬和他俩的词作多首。

"何以涧间泉号？取其清又清。"首联从韩仲止自号涧泉说起。这种从所赠寄的对象姓名、字号上做文章的写法，诗中多有，如李商隐《赠司勋杜十三员外》："杜牧司勋字牧之，清秋一曲杜秋诗"即其例。这种写法，运用得当，易见亲切与清畅；运用不当，则易成滑调。这两句用自问自答方式，语调亲切活泼，内容却严肃郑重。诗人另有《挽韩仲止》诗云："雅郑不同俗，休官二十年。隐居溪上宅，清酌涧中泉。"可见韩仲止为人确属清高绝俗、不慕荣利。

颔联承"清"字，颂其品格胸襟之清高："天游一丘壑，孩视几公卿。"

天游，语出《庄子·外物》："心有天游。"（郭象注："游，不系也。"）义近"天放"，即一任自然的意思。"一丘壑"出《汉书·叙传》："栖迟于一丘，则天下不易其乐。"这里指幽栖之地。这一联说韩仲止委心任运，游于山林丘壑之间，而自得其乐；把名公巨卿看得如同孩童一样，根本不把他们放在眼里。两句画出一位清高绝俗、不慕荣华的高士形象。

颈联转写韩仲止高士风度的另一面："杯举即时酒，诗留后世名。"两句从《晋书·张翰传》"使我有身后名，不如即时一杯酒"化出，赞赏韩仲止嗜酒能诗，既能充分享受现世的生活乐趣，又能留后世不朽的声名。这是赞美他的才华，更是歆羡他的生活态度与生活作风。饮酒赋诗，向来被看作高士的一种标志。有此一联，韩仲止的形象便显得更丰满了。

"黄花秋意足，东望忆渊明。"尾联因上联的"诗""酒"与眼前的"黄花"产生联想，结出"寄"字。庭院里的菊花开得正茂盛，呈现出一片傲霜的"秋意"，面对黄花的劲节，不由得延颈东望，想念这位嗜酒能诗、具有黄花风神品格的陶渊明式的高士。

这首诗从"涧泉"的名号发兴，紧紧围绕"清"字，对韩仲止的清高品格作了多方面的描写，语言风格也清新明快，与内容相适应。尾联以"忆渊明"回抱"清"字，一截便住，有悠然不尽之致。

大热五首（其一）

天地一大窑，阳炭烹六月。万物此陶镕，人何怨炎热？君看百谷秋，亦自暑中结。田水沸如汤，背汗湿如泼。农夫方夏耘，安坐吾敢食？

古代诗歌中，描写酷热炎蒸的诗不少，戴复古的这一首却颇有新意。

开头两句，把天地比作一座炽热的大窑，把暑热炎蒸比作充满阳光的炭火在猛烈燃烧。这比喻形象、贴切，却不算新鲜，因为《庄子》中即有"今以天地为大炉"的说法，贾谊《鵩鸟赋》"天地为炉兮，造化为工；阴阳为炭兮，万物为铜"更直接为戴诗所本。"烹"字生动地展现出暑热犹如炭火的烹烧，给人以炎威灼人之感，现在浙江南部方言中犹有"烹窑热"这样的形容语。

按这两句所写的情况，人是不能不"怨炎热"的。但三、四两句却突然转出新意："万物此陶镕，人何怨炎热？"此，指天地这座大窑。这里突出强调了"炎热"之功：陶镕万物，使之成长。这一转折，从大处高处着眼，把人的"怨"从个人范围中解脱出来。在全篇中，这是一个关键。有此一转，下面的内容便如顺水之舟，乘流直下了。

"君看百谷秋，亦自暑中结。"五、六两句，进一步发挥"万物此陶镕"这一主旨。暑热，正是庄稼生长结实的重要条件。这个事实极平常，但从来写暑热的诗人却很少想到这一点。这不能不说是与人民的生活比较隔膜的缘故。反过来，也就说明戴复古对生活有较深的体验。"百谷秋"的"秋"字，是个动词，指秋天谷物的成熟收获。

七、八两句因"百谷秋"而联想到农夫的劳动，转出另一层新意："田水沸如汤，背汗湿如泼。"这两句写六月水田劳动的辛苦，虽然是寻常语，却非有实际体会者不能道，与唐人李绅的"锄禾日当午，汗滴禾下土"可以后先媲美，都是本色的语言。汤，指开水。由于前面讲了"百谷""暑中结"，这里续写炎夏艰苦的田间劳动，就使人进一步领悟这"暑中结"并不单纯指自然条件，而是应该包括农夫的暑中劳动。

这就自然引出最后两句："农夫方夏耘，安坐吾敢食？"这一类的话，在白居易、韦应物等人的作品中，已经见过，但由于戴复古是从苦热这样一个新的角度说的，读来仍感新鲜。

北宋诗人王令《暑旱苦热》的后半说："昆仑之高有积雪，蓬莱之远常遗寒。不能手提天下往，何忍身去游其间！"气魄的雄大超过了许多诗人，也为戴复古此诗所不及；但戴诗却比王诗更接近现实生活。至于民胞物与的精神，则又是两首诗共同的思想基础。

将气候描写与悯农的内容结合起来，前代诗人不乏其例，但将它们和理趣结合，则是戴复古此诗的特点。

柴 望

越王勾践墓

秦望山头自夕阳，伤心谁复赋凄凉？
今人不见亡吴事，故墓犹传霸越乡。
雨打乱花迷复道，鸟翻黄叶下宫墙。
登临莫向高台望，烟树中原正渺茫。

越王勾践墓，在今浙江绍兴。这是一首吊古伤今之作。

"秦望山头自夕阳，伤心谁复赋凄凉？"秦望山在绍兴东南，为这一带众峰之冠，相传因秦始皇登山以望南海而得名。首联点出勾践墓所在之地，兴起吊古之情。眼前这苍苍的景象最易触动兴亡之感，何况孽子孤臣，系心故国，能不肠断心伤？首句着一"自"字，次句着"谁复"二字，与"伤心""凄凉"等字面相应，更显示伤心人无可告语的寂寞与悲哀。

颔联承"夕阳""凄凉"，正面抒写吊古之思："今人不见亡吴事，故墓犹传霸越乡。"这里的"亡"字是被消灭的意思，言被越国所消灭。亡吴与霸越的兴亡历史足以引起人们的深思。昔日勾践卧薪尝胆，生聚教训，终于灭吴以雪耻。南宋小朝廷偏安一隅，不思报仇，使亡吴之事终于不能在当世再现。今日在此霸越之乡，俯仰今古，真是痛何如哉！"不见""犹传"，前后相应，曲折地表达了诗人的沉痛之情。

"雨打乱花迷复道，鸟翻黄叶下宫墙。"这一联专就越王勾践墓抒情。吊古诗多结合眼前景抒写今昔沧桑之感。这两句中的"雨打乱花""鸟翻黄叶"正是眼前实景，而"复道""宫墙"则是想象中的越国宫殿之景。雨打乱花，落红纷纷委地，这里也许是当年越宫的复道吧，可是现在再也无从辨认了。飞鸟翩翩，黄叶飘零，这落叶所坠之处也许就是昔日的宫墙吧，现在也只能想象了。这一联紧承"传"字，将现境与想象融合交织，抒写了今昔的沧桑之感。霸越已成陈迹，霸越的历史恐怕也很难重演了。这正是诗人在深情缅怀中蕴含的感慨。哀悼霸越，实际上是在哀悼南宋。

"登临莫向高台望，烟树中原正渺茫。"向，临、在的意思。尾联遥承篇首"伤心""凄凉"，推开一层作结，说切莫登临高台，北望故国，因为中原大地，正在一片烟树迷茫之处。言外含有恢复中原之事渺茫无期，远望故国，不过徒增伤心而已。

月夜溪庄访旧

山山明月露，何处认梅花？
石室冷疑水，溪流白是沙。
清吟幽客梦，华发故人家。
相见即归去，已应河汉斜。

柴望是宋末遗民诗人，宋亡后，自称"宋遗臣"。这首五律，作于宋亡后，收在《天地间集》，内容是写月夜溪庄访故人的经过与感受。

"山山明月露，何处认梅花？"一开头就展现出一个清寒皎洁的环境。在这样的环境中，到哪里去寻认高雅绝俗的梅花呢？诗人此行，是为访旧，非为寻梅，这里说"何处认梅花"，不仅是指梅花与友人的居处有关，而且是以梅花喻友人的品格高洁，风神洒落。这就使"月夜溪庄访旧"之行带上了某种象征和比喻的色彩，眼前这清莹的环境也更引人遐想了。这一联点题内"访"字。

"石室冷疑水，溪流白是沙。"颔联描绘寒月映照下的溪庄内外景色，正点题内"月夜溪庄"。石室，指故人幽居。清冷的月光笼罩着石室，看上去像是浸满了一泓寒水；庄外溪流，月光映带，望去好似一片白沙。两句写月夜溪庄，一派幽冷的色调。

"清吟幽客梦，华发故人家。"颈联进一步写到溪庄主人，即诗人所寻访的故人。清吟幽客、华发故人所指相同。两句语意融贯，说在故人家里，看到对方已是满头华发，在寒夜清吟声中，这位幽雅的高人似乎正沉浸在缥缈的梦境中。上一联烘托溪庄环境，此联直接描写主人风神。

"相见即归去，已应河汉斜。"尾联写访罢而归。以上三联，写的都是目接之现境，这一联则转为想象中归去之境，意谓与友人相见之后就动身返

111

回，预计到家时已经是河汉西斜的黎明。用笔的这一变化，使诗境灵动起来，留下了不尽的余味。

这首诗意境清迥幽冷，语言明洁省净。写景是为了写友，写友也就是写己，即景即友即己，三者融为一体。所表现的意境正是遗民们离世高蹈、洁身自好的精神。

和通判弟随亨书感韵

风沙万里梦堪惊，地老天荒只此情。
世上但知王蠋义，人间唯有伯夷清。
堂前旧燕归何处？花外啼鹃月几更？
莫话凄凉当日事，剑歌泪尽血沾缨。

这是作者在南宋亡后写的一首伤悼故国的七律。他的弟弟随亨写了一首题为"书感"（内容当亦抒写故国沦亡之痛）的诗，这是和《书感》原韵之作。通判，是州郡官吏，地位略次于州府长官。

"风沙万里梦堪惊，地老天荒只此情。"起联以沉痛之情、隐约之词抒写亡国之恨，正点题目"书感"。风沙万里，隐指恭帝德祐二年（1276），临安沦陷，皇帝、太后、妃嫔等尽被元人俘虏北去。地老天荒，极言时间的久远。两句是说，回想当年，国破家亡，三宫北去，跋涉于万里风沙，言念及此，梦魂堪惊；天荒地老，此恨难消。此联揭示主旨，涵盖全篇。

"世上但知王蠋义，人间唯有伯夷清。"颔联连用两个忠义、高洁之士的故实，来曲折表达自己的民族气节。王蠋义，事见《战国策·齐策》。燕破齐，燕将乐毅听说齐国的王蠋是著名的贤者，命令军队环绕王蠋居处三十里不许入内，备礼拜访，请他到燕国去，蠋辞谢不往。燕人劫之，蠋遂自缢。齐大夫听说此事，叹道："蠋布衣也，义不北面于燕，况在位禄者乎？"伯夷清，用伯夷、叔齐于殷亡后避居首阳山，义不食周粟事。孟子曾赞扬伯夷是"圣之清者"。这两句是说，只有像王蠋那样不屈节事燕，方可称义；像伯夷那样不食周粟，方可称清。"但知""唯有"，强调的意味很重，言外隐然含有对许多靦颜事新朝的宋朝士大夫的强烈不满。诗人当时的身份是在野的布衣，元朝都城正好在燕国故地，用王蠋义不事燕的典故来表示自己的气节，正相切合。

"堂前旧燕归何处？花外啼鹃月几更？"颈联借"旧燕""啼鹃"来表达故国之思与亡国之痛。出句化用刘禹锡《乌衣巷》："旧时王谢堂前燕，飞入寻常百姓家。"国破家亡，故家旧族的堂前燕子，现在又归向何处呢？言外有无所依托的意蕴。对句用望帝失国、魂化啼鹃故事，不但暗示亡国之痛，而且更深月明，花外啼鹃，更渲染了一种凄厉的气氛。这啼鹃，也不妨看作诗人的化身。文天祥《金陵驿》："山河风景元无异，城郭人民半已非。满地芦花和我老，旧家燕子傍谁飞？从今别却江南路，化作啼鹃带血归。"也用旧燕、啼鹃来抒写家国之痛，意蕴与这一联近似，可以互参。

"莫话凄凉当日事，剑歌泪尽血沾缨。"复国无望，空余长恨。往事凄凉，何堪回首！剑歌泪尽，热血沾缨，为之奈何！抒写亡国之痛极为深切感人。

元好问

论诗三十首（其四）

一语天然万古新，豪华落尽见真淳。

南窗白日羲皇上，未害渊明是晋人。

以连章七绝论诗，杜甫《戏为六绝句》首开其端，此后制作者代不乏人。金代元好问的《论诗三十首》则是这一七绝论诗系列中最杰出的篇什。它选择汉魏迄宋末若干有代表性的诗家及其诗作加以评论，相当系统地表述了其诗歌主张及美学观点，篇幅与内容都较杜甫《戏为六绝句》更为宏富。而且在运用七绝这种体制来论诗方面，更为驾驭从容，潇洒自如，具有诗的情韵和诗人的特有气度。既是卓越的诗论，又是高妙的诗章。据诗人自注，这组诗作于金宣宗兴定元年（1217），当时他住在三乡（今属河南洛宁）。本篇是其中的第四首，专论陶诗，借以表达其崇尚自然的诗歌主张。

自然，是陶诗最突出的美学特质。首先体现在诗歌语言上。在陶诗中，那种仿佛脱口而出，不假雕琢，而又情味隽永的诗句几乎比比皆是。像"有风自南，翼彼新苗"，"相见无杂言，但道桑麻长"，"采菊东篱下，悠然见南山"，"及时当勉励，岁月不待人"等诗句，都达到了一种"胸中自然流出"的境界。元好问用"一语天然万古新"这句诗，高度概括并热情赞美了陶诗语言这种妙绝万古的"天然"美学特征。天然，即自然生成，与人工造作、雕琢斧凿相对。但陶诗的"天然"，却非单纯的肆口而出，而是在朴素自然的诗句中蕴蓄着浓郁的诗情和理趣，经得起反复咀嚼，久而弥新，因此说"万古新"。"一语"与"万古"的对照，"天然"与"新"的映发，既显示了陶诗之"天然"的高度美学价值，又表露了作者的激赏赞美之情。

次句由表及里，进一步揭示出"天然"诗风的内在本质。豪华，此处特指华丽的辞藻，自然也包括刻意雕镂文饰的手段。真与淳，不只是指诗歌内容（思想感情）的真率、淳厚，更是指它所包含与体现的陶渊明的人格理想和社会理想。陶渊明强调自己"质性自然"，崇尚抱朴含真，他说："羲农去我久，举世少复真。汲汲鲁中叟，弥缝使其淳。"可见所谓"真淳"，正是指一种类似上古时代的合乎自然的淳朴真率的人性。陶诗的内在审美价值，正是表现了这种真淳的人性之美。元好问认为，要表现"真淳"的人性美，靠"豪华"的辞藻和雕琢的手段只能是南辕北辙。雕琢伤真，华侈失淳。只有"落尽""豪华"，方能显现出人的"自然"质性——真淳。这里所表述的，正是"天然"诗语与"真淳"质性和谐统一的观点。

　　陶渊明一方面慨叹"羲农去我久"，"真风告逝，大伪斯兴"，另一方面又仍然在追求那种似乎可望而不可即的上古之民的"傲然自足"境界。他在《与子俨等疏》中充满诗情地宣称："五六月中，北窗下卧，遇凉风暂至，自谓是羲皇上人。"《归去来兮辞》也说："倚南窗以寄傲。"这是他所追求的生活情趣，也体现了一种生活理想与社会理想。元好问化用陶句，赞美陶潜，说陶潜高卧南窗，追踪羲皇上人的境界，并不妨碍他是晋代的人。这里颇有弦外之音。在某些人看来，那种自然质朴的诗风及其所体现的"真淳"人性，似乎只能产生在远古的羲皇之世，到了后世，风俗大变，诗也踵事增华，不可能再出现那种诗风。元好问则认为关键在于诗人是否有高逸的生活理想与情趣。陶渊明虽然生活在"大伪斯兴"，举世少真的晋代，却并不碍其追求抱朴含真、傲然自足的精神境界。有此境界，方能有"天然""真淳"之诗。如果说，第二句揭示了"天然"诗风的内在本质，那么三、四两句则进一步揭示了这种诗风形成的原因。这里所显示的，正是诗风、人格和精神追求的统一。

　　论诗崇尚自然，是元好问诗论的一个重要观点。除本篇外，他在这组诗的第七、第二十九首也都有类似的表述："慷慨歌谣绝不传，穹庐一曲本天然"，"池塘春草谢家春，万古千秋五字新。"值得注意的是，那两首都单纯从语言风格与表现手法着眼，而本篇却由表及里，穷本溯源，从语言风格到人格、精神境界，真正揭示了陶诗美学特质的底蕴，可以说是一曲真正的陶渊明的知音之歌。

论诗三十首（其十二）

望帝春心托杜鹃，佳人锦瑟怨华年。
诗家总爱西昆好，独恨无人作郑笺。

正像李商隐的诗长期以来难得确解一样，元遗山这首评论李商隐诗的绝句，其真意也长期没有为人们所理解。

李商隐《锦瑟》诗云："锦瑟无端五十弦，一弦一柱思华年。庄生晓梦迷蝴蝶，望帝春心托杜鹃。沧海月明珠有泪，蓝田日暖玉生烟。此情可待成追忆，只是当时已惘然。"由于元诗首句与李诗第四句字面全同，次句也明显化用李诗首联，因此人们很容易把元诗前两句看成对《锦瑟》诗的撮述。第三句中的"西昆"，本指宋初标榜学李商隐的"西昆体"作者杨亿、刘筠、钱惟演等人的酬唱之作（有《西昆酬唱集》），这里实际上指李商隐的诗。第四句中"郑笺"本指汉代经学大师郑玄为《诗经》作的笺注，这里泛指精确的笺注解说。从字面看，后两句的意思是：诗人们虽然都喜爱李商隐的诗歌，只可惜没有人为它作精确的笺解。

如果这首诗的内容仅仅是慨叹义山诗虽好而难解，那就很难称得上是"论"诗之作，而且与《论诗三十首》其他各首迥不相伴。试看其评刘琨："可惜并州刘越石，不教横槊建安中"；论陶潜："一语天然万古新，豪华落尽见真淳。"都能用精练的语言从总体上揭示出其诗歌风貌特征，为什么在论及义山诗时却只能徒叹缺乏解人呢？联系《锦瑟》诗和义山整个诗歌创作来考察，就会豁然开朗，明白遗山此诗实际上是巧妙地借用义山诗语来评论其诗歌创作，表现了他对义山诗整体风貌的切实把握。

义山诗的基本特征，是多寓托身世之感，伤时之情，渗透浓重感伤情调。而《锦瑟》正是用概括、象征的手段集中抒写华年身世之感的典型诗例。它的首、尾两联点出这首诗是闻瑟而追忆华年，不胜惘然之作，颔、腹两联则推出四幅象征性图像来形况瑟的各种音乐境界和诗人华年所历的各种令人惘然的人生境界与心灵境界。而"望帝春心托杜鹃"一句，正是通过望帝魂化杜鹃，泣血悲啼，寄托不泯的春心春恨这一象征性图景，来表达哀怨凄迷的瑟声和诗人的心声，象喻自己的春心春恨（美好的愿望与伤时忧国、感伤身世之情）都"托"之于如杜鹃啼血般哀怨凄楚的诗歌。那倾诉春心春恨的望帝之魂——杜鹃，不妨视为作者的诗魂。明乎此，就不难明白，元好问于《锦瑟》诗中首拈此句，正是要借此概括义山诗的基本特征，连下句实际意思是：李商隐这位"佳人"（即才人），正是要借"锦瑟"（可以包括《锦瑟》这首诗，但在这里已经泛化为其整个诗歌创作）来抒写华年身世的悲怨，他的满腔春心春恨都寄寓在杜鹃啼血般的诗歌中了。这里不仅概括揭示了其诗歌内容的基本特征——怨华年，而且显示了其情调的感伤哀怨和工于寄托。妙在这种概括与揭示，完全是就地取材，利用现成的义山诗句与诗语，而且连带着运用了原句中的象征手法。因此显得妙合天然，毫不费力。这种即以其人之诗，评论其人诗风的高妙手段，在论秦观诗的那首论诗绝句中也有出色的表现："'有情芍药含春泪，无力蔷薇卧晚枝。'拈出退之《山石》句，始知渠是女郎诗。"以后的诗评家、词论家也每多采用这种手段。

　　理解了前两句，后两句的弦外之音也就不难听出。诗人实际上是慨叹许多爱好义山诗的人们并没有真正懂得它的底蕴，而自己独得其秘的含意也就隐见言外。元好问已经为李商隐的诗（包括《锦瑟》在内）作了"郑笺"。只不过它并非对义山诗的具体解说，而是对义山诗整体风貌的宏观把握，根据这种宏观把握，笺注家当然还可以作出许多切实具体的微观解说。可惜这首诗的真意没有得到人们的理解，以致这位李商隐诗的真知音的真知灼见被历史尘封了七百多年。

于 谦

石灰吟

千锤万凿出深山，烈火焚烧若等闲。
粉骨碎身浑不怕，要留清白在人间。

在中国文学史上，有一批闪耀着夺目的思想光辉，流传众口的优秀作品，它们的作者并不是著名的诗文家或词人，而是政治家、军事家或其他方面的杰出人物。他们的诗词散文，往往是其襟怀、品格、气节和情操的自然流露，或者是其斗争生活的真实纪录。他们并不刻意为文，更没有想到以文传世，但他们用真实的思想感情乃至鲜血与生命凝成的少量文字，却与他们的英名一起流芳百世，成为教育一代又一代青少年和仁人志士的不朽篇章。像大家熟知的黄巢的《菊花》诗，范仲淹的《岳阳楼记》，岳飞的《满江红》（怒发冲冠）词，文天祥的《正气歌》《指南录后序》等，就是这一系列作品中最杰出的代表。于谦的这首《石灰吟》，也属于这一其人其文都并存不朽的光辉系列中的作品之一。

于谦生活于公元1398—1457年，字廷益，明代浙江钱塘（今杭州市）人。明成祖永乐十九年进士及第，任监察御史，并先后做过河南、山西两省的巡抚近二十年，在任上平反冤狱，救济灾民，很得民心。明英宗正统十四年（1449），北方的强敌蒙古瓦剌贵族也先率领军队入侵，宦官王振挟持英宗率军亲征，在土木堡（现在的河北省怀来县东面）战败，英宗被俘。史称"土木之变"。事变后，于谦从兵部右侍郎升任兵部尚书，拥立景帝。他坚决反对南迁，调集重兵，亲自指挥督战，在北京城外击退瓦剌军队。第二年（景泰元年），也先因为无隙可乘，被迫释放英宗，与明王朝订立和议。于谦认为和议并不可靠，又努力整顿京营军制，创立团营，加强训练。景泰八年（1457），宦官曹吉祥、将领石亨、官僚徐有贞等乘景帝病危，发动政变，废掉景帝，拥立英宗复辟。于谦被诬以谋逆罪，遭杀害。万历年间终于得到昭雪，谥"忠肃"。著有《于忠肃公集》。在明代，他和抗击倭寇入侵的名将戚继光一样，都称得上是民族英雄。

《石灰吟》是于谦少年时代的作品，当时他才十七岁。但从这首诗里，已经可以看出他那坚贞正直的品格和不畏任何艰险的精神，预示着这位风华正茂的少年在以后的人生历程中，将以怎样的姿态去迎接种种严酷的考验，谱写出一曲新的人间正气歌。

这是一首托物寓志的七言绝句。题为《石灰吟》，其实就是借吟咏石灰来抒怀言志。第一句"千锤万凿出深山"，是写采凿石灰原料的过程。制作石灰的原料石灰岩（又叫青石），产于深山。古代全靠采凿工人一锤锤、一凿凿敲凿锤打而得。但作者这里用"千锤万凿"的字眼，却主要不是为了强调采凿的辛苦艰难，而是以此暗喻，这人格化的"石灰（岩）"，在它"出山"之前，就已经经受了"千锤万凿"的敲打考验。这里，固然包括封建知识分子在入仕前黄卷青灯、寒窗苦读的艰苦经历，但更主要是指在人事上、生活上受到的种种考验。过去把读书人离家求仕，参与社会政治生活叫做"出山"，这里的"出深山"用的正是这个比喻义。作者在另一首托物寓志之作《咏煤炭》七律尾联说："但愿苍生俱饱暖，不辞辛苦出山林。"正可与这一句对照起来赏读。

第二句"烈火焚烧若等闲"，进一步写到石灰的烧制过程。石灰岩耐火难熔，在石灰窑里烧制时，需要九百度以上的高温才能锻炼成功，而锻炼成功后仍然保持着原来的形状。这真是"烈火焚烧若等闲"了。作者巧妙地借石灰岩耐高温这一特点，用石灰的烧制过程比喻人的"成材"过程。"烈火焚烧"显示了考验的酷烈，而"若等闲"则反衬出了它对严酷考验的大无畏精神。

"粉骨碎身浑不怕，要留清白在人间。"三、四两句进一步写石灰的使用过程和应用价值。烧制成的块状石灰俗称生石灰，须加水后分解成白色粉末状的熟石灰才能使用，所以说"粉骨碎身"。浑不怕，是都不怕的意思。熟石灰颜色洁白如雪，为人间提供多种用途，故说"要留清白在人间"。从比喻象征的意义上说，这两句乃是前两句所显示的"石灰精神"的进一步发展与升华。"石灰"之所以经受"千锤万凿"的锤打而"出山"，经受"烈火焚烧"的酷烈考验，就是为了煅烧成功，为人间所用。作者从石灰在使用过程中的形状（粉末）、颜色（青白）上展开联想，把它的功用跟自己的人生价值、人生理想、人格追求联结在一起，豪迈地宣称，自己毕生所追求的，就是为人间留下"清白"的人格。为了实现这一理想的人格，即使像石灰那

于谦

119

样，"粉骨碎身"，也在所不辞，毫无畏惧！从"千锤万凿"到"烈火焚烧"，再到"粉骨碎身"，这是人格化的"石灰"在生命的历程中经受的考验不断升级、越来越严酷的过程，也是"石灰精神"——为了在造福人间的同时实现理想的人格，而不畏打击、不畏艰险、勇于自我牺牲的精神不断发展升华的过程。诗的最后一句，使石灰的功用与理想人格的实现融为一体，气概豪迈、语气坚决，一种凛然正气贯注其间，确实是掷地作金石声的。

"诗言志"，这是我国古代诗歌源远流长的优良传统。这首诗，正是"言志"的典型篇章。对于这类典型的"言志"之作，人们不但以思想内容与艺术形式相统一的观点进行评价，而且往往用"志"与"行"相统一的观点加以衡量。从某种意义上说，这也是对作品所抒发的"志"的真实程度的一种检验。古代"言志"的作品中，也有不少由于作者"志"与"行"的分离甚至对立，被历史无情地淘汰了。于谦的这首《石灰吟》，之所以流传至今，一个重要的原因，就是他用自己的行动实践了诗中所言之志："粉骨碎身浑不怕，要留清白在人间。"

作为一位十七岁少年的言志抒怀之作，诗在艺术上自然不能说是非常成熟的，但它却具有自己独有的素质和优点。

首先是选材的新颖独特。托物寓志，从屈原的《橘颂》以来，逐步形成了一种以崇高、幽洁、芬芳的事物象征比喻人的品格怀抱的传统，青松、翠柏、劲竹、幽兰、黄花……构成了一个托物寓志的象征体系。但历代相因，用来寓志的象征物不免逐渐流于凝固化、类型化、雷同化，令人有屡见不鲜的落套之感。作者所选取的却是在前代诗歌中几乎没有被人注意到过的事物——很不起眼的、不登大雅之堂的"石灰"。他的另一首《咏煤炭》的七律，选取的也是类似的题材，寓托的则是作者造福于民的博大胸襟。石灰与煤炭，跟传统的青松、翠柏之类的象征物似乎相去天壤，与封建士大夫、志士仁人的高风亮节、高标逸韵似乎风马牛不相及。但作者却正是从这平凡的日常使用的与劳动生产和人民生活直接关联的事物身上发现了可贵的品格，并以之象征志士仁人的精神品质。这种从平凡的事物身上发现崇高美的审美实践，不但透露了封建社会后期某些封建士大夫民主意识的萌芽和思想观念的变化，也显示了与之相应的美学观念的某种更新。托物寓志诗在选材上的这种变化，有着重要的意义。

其次是构思上以"石灰"的生产与使用过程作为主线，把石灰的采凿、烧制到制成运用的过程，跟人的"出山"、锻炼、成材到为社会奉献中实现人生价值、完成理想的人格追求紧密结合在一起。其中，"千锤万凿""烈火焚烧""粉骨碎身""要留清白"都各有不同层次、内涵的象征含义。绝句篇幅短小，托物寓志往往只取一点集中表现，像本篇这样采取连锁结构，递进象征比喻的构思方式，似不多见。应该说在这方面也是比较有新意的。

再次，风格的朴挚厚重也是这首诗的一个特点。一般少年人的言志抒怀之作，由于阅历较浅，往往容易流于单纯抒发豪情，甚至流于浮浅。这首诗却显得特别朴挚厚重。它只是朴朴实实抒发自己的思想感情和人生态度，既不像有些托物寓志的诗那样故意闪烁其词，也不像有些这类作品那样，故作豪语，缺乏实在的内蕴。这首诗给人的感觉是，在直截明快之中自有一种对人生历程的严峻思考。诗人好像在未出山之前，就对整个人生历程中将要遇到的种种严峻考验乃至牺牲，都作了思想准备，并且把这一切作为在完成理想人格的历程中必然遇到的考验。因此，诗中所抒写的感情志向便显得深沉而厚重。对于一位少年诗人来说，这是非常难能可贵的。

于
谦

钱谦益

金陵后观棋

寂寞枯枰响泬寥，秦淮秋老咽寒潮。
白头灯影凉宵里，一局残棋见六朝。

以棋局喻政局，诗中常见。杜甫《秋兴八首》之四："闻道长安似弈棋，百年世事不胜悲。"即其例。本篇沿用了这一传统构思，但诗中那种凄黯寒寂的色调和历史空幻感，却带着诗人所处时代的特有色彩。

这首诗写于顺治四年（1647）。诗人先已作《观棋绝句六首为任幼青作》，后来又写六首，故题为《金陵后观棋》。金陵是六朝故都，又是南明弘光朝的都城，二者之间很容易构成历史的类比与联想。

首句正面写观棋。枰（píng）指棋盘；泬（xuè）寥，空旷萧条的样子。值得注意的是，诗人似乎更注重从听觉感受来渲染一种空寂的弈棋的气氛，而不是主要从视觉感受写"观棋"。"枰"而曰"枯"，已透出一种枯寂萧疏之感，再冠以"寂寞"，更显出了它的冷落。使人感到，在这空旷萧条的秋天虚空中，只有棋子声在发出寂寞冷落的声响。

次句点明时地，渲染更大的氛围。秦淮河沿岸，是六朝金粉繁华之地，也是明朝上层官僚贵族纵情声色的享乐场所。可是现在春色已去，繁华不再，满眼一片残秋的萧条衰败景象，连石头城下拍打城郭的江潮也带着一阵阵寒意，听来像是在悲咽一样。"秋"而曰"老"，于萧瑟凄清之外又益以衰败凋残；"潮"而曰"寒"，不仅上应"秋"字，且传出一种凄寒寂寞之感。"咽"字尤为遒炼。深秋水落，潮势转小，故变往昔之澎湃为幽咽，这是从客观物象说；寒潮断续，拍打空城，听来如同悲咽，则更透出了听潮者悲凉的主观感情。这句意境从刘禹锡《金陵五题·石头城》"潮打空城寂寞回"化出，而刘诗较浑成含蓄，此则重叠渲染，用力刻画，虽较刻露，但给人的感受则较强烈。其中又融化了姜夔《扬州慢》词"渐黄昏，清角吹寒，都在空城"的意境，几乎是象征性地显示了金陵繁华、秦淮金粉的消逝，透出了江南一带遭受兵燹后残破凄凉的景况。它不是直接的比喻，而是意在象外，从诗境中隐现出一个凄凉冷落的时代氛围。作为弈棋的大背景，这句的描写刻画更加强了空寂凄凉感，使联想向末句过渡。

第三句又从远处的大背景拉回到下棋的室内。这句写了三种事象。一是下棋的人，已是白发萧骚，意态颓唐。二是相伴的惟有黯淡的残灯。说"灯影"，不但如见光影摇曳之状，且连弈棋人的形影相吊亦一并写出。三是时间正在"凉宵里"（此处本应用"寒"，因避复而改用"凉"）。此时、此境、此人，不由得不使诗人由眼前的棋局联想到时局政局，引出点睛的末句："一局残棋见六朝。"残局是围棋术语，指一局的最后阶段。此时大势已定，无法挽回。"三百年间同晓梦"，那纷纷更迭的六朝固然极像眼前的残局，那无可挽回、终于迅速覆亡的南明弘光政权，不也正像眼前的一局残棋吗？

钱谦益是明朝旧臣，曾官吏部侍郎，在南明弘光朝任礼部尚书，后来金陵城破，降清后授礼部侍郎。这个被史家认为丧失民族气节的上层士大夫，其感情存在着矛盾。一方面趋事新朝，以保禄位；另一方面对明朝政权又不无眷恋与惋惜。这种身为"贰臣"而又兼有"遗老"感情的矛盾情绪，在这首诗中也有所流露。诗中把这场"残局"写得那样凄凉冷落，就反映了他当时的心态。但此诗更值得寻味之处，却是在凭吊"残棋"中所流露出来的历史空幻感。中国的封建社会经历了多次改朝换代，到明朝灭亡、清朝代兴之际，已经露出了下世的光景。一种"四海变秋气"的整个氛围浸润着诗人的心灵，使他从眼前的又一局残棋中感受到了历史变更的空幻。诗中那种浓重的寂寞空虚而凄凉的氛围感，正是诗人内心深处历史空幻感的外在表现。六朝覆亡的局面在不断重复，整个封建社会也变得越来越不可收拾，成为"一局残棋"了。

再过露筋祠

翠羽明珰尚俨然，湖云祠树碧于烟。

行人系缆月初堕，门外野风开白莲。

这首诗写于顺治十七年（1660）夏秋间，当时诗人在扬州作推官。这年三月，作者到扬州就职途经在高邮的露筋祠，曾作五律《露筋祠》一首，所以此篇题为"再过"。

王象之《舆地纪胜》记载："露筋祠去高邮三十里，旧传有女子夜过此。天阴蚊盛，有耕父田舍在焉。其嫂止宿。姑曰：'吾宁死不肯失节'，遂以蚊死，其筋见焉。"如果按实叙写这位因担心莫须有的失节而宁愿被蚊子活活咬死的女子的言行而加赞美，尽管可能得到封建末世标榜程朱道学的人击节叹赏，却未必能引起一般读者的赞赏，更谈不上给人以善的陶冶和美的愉悦，因为这一生活素材本身包含着在当时看来也未免迂腐和残酷的内容。诗人在面对这一素材时，有意避开了这方面的内容，而将这位女子的守节行为加以抽象化，升华为一种高洁的品格情操，借以寄托自己的情怀和审美情趣。这是此诗取得成功的一个关键。

首句写祠中所供奉的女子塑像。翠羽，翡翠的尾羽，也叫翠翘，是妇女的头饰。明珰，用珠玉串成的妇女耳饰。俨然，是端庄的样子。这里诗人以局部见全体，只写"翠羽明珰"，而女子整体的仪容风姿之美自可想见。"尚俨然"三字，用虚涵之笔写出塑像的严肃端庄风仪，以与下面的象征性描写相应。写露筋祠，自然要正面写到祠的主人，但诗人对此并不作琐细的描写刻画，而是轻点即止，留下四分之三的篇幅，从环境气氛和景物上加以烘染，以收到虚处传神的效果。

次句从祠内移笔于祠外。祠临高邮湖，一望无际的湖水，湖上的云彩，祠边的树林，构成一个碧绿的世界。用"碧于烟"来形容，显出碧色之浓密，又带有几分缥缈的情致。由于是在月夜，祠外碧绿的世界显得有些朦胧，用"碧于烟"来形容，正符合特定的时间。这句虽也显示了祠边祠外风景的优美，但在诗中不过是衬笔。它的主要作用还是为了用一片烟碧衬托下文的白莲。

第三句点出"行人系缆"，正点题内"过"字。从实际顺序看，系缆泊舟之事在前，入祠瞻仰神像之事在后，瞥见门外白莲之事又在其后。现在把"行人系缆"放到第三句来补叙，固然是为了避免平铺直叙，同时也是使它成为连接前后幅的纽带，起到点醒特定情景的作用。"月初堕"这个时间，已过半夜，接近黎明，正是白莲悄然开放之时，也是显示它的风神情韵最适宜的时间背景。

"门外野风开白莲。"祠门外，平野上的清风在拂晓前轻轻掠过，湖边晶莹洁白的莲花就在这静谧的环境中悄悄开放了。这是写景，但又带有明显的象征色彩。它仿佛是小姑高洁风神的一种象征，也是诗人所向往的高洁境界的象征。这种象征，由于并非刻意搜求设喻，而是境与情合，一时伫兴而就。显得不即不离，有意无意，特具天然的风致韵味。

后两句所描绘的意境，显系点化陆龟蒙《白莲》诗境。陆诗后幅云："无情有恨何人觉，月晓风清欲堕时。"在用晓月清风的特定时间与环境来烘托白莲的风神方面，王士禛显然受了陆诗的启发，他自己也明白说过是"似其意"，但陆诗的重点是在慨叹白莲在这种清冷寂寥的环境中开放，"有恨无人觉"，寄托了不被欣赏与理解的寂寞苦闷；而王诗则是以这种清寂的环境烘染白莲的特有风神情致，寄托了对高洁品格与境界的向往。一慨一赞，主旨情调都有区别。在用轻灵不着迹的笔触描绘白莲风神上，两诗有其一致性；但陆诗第三句明白点出旨意，王诗则通体含蕴不露，又有所不同。

诗到清代，意境、意象、语言和构思因袭前人的现象屡见不鲜，这是五七言诗已趋衰落的一种标志，王士禛的许多诗，在上述各方面也都可以发现它的承袭。但他往往能于熟中求新，在点化前人诗境诗语的基础上道出自己的某些新鲜感受，这正是他的一些诗读来似曾相识却又有一定新鲜感的原因。

江 上

吴头楚尾路如何？烟雨秋深暗白波。

晚趁寒潮渡江去，满林黄叶雁声多。

这首七绝作于顺治十七年（1660）八月，写深秋渡江所见景色。据王丹麓《今世说》记载："阮亭（士禛号）为同考（当时作者充江南乡试考试官），至白门（指南京）。夜鼓柁行大江中，漏下将尽，始抵燕子矶。王兴发欲登，会天雨新霁，林木萧飒，江涛喷涌，与山谷相应答。从者顾视色动，王径持束炬以往，题数诗于石壁，从容屐步而还。翌日诗传白下，和者凡数十家。"对照这段有关此诗创作素材的记载，可以看出诗人的审美趣向对素材的取舍与提炼加工的影响。

首句"吴头楚尾"，习惯上指春秋时吴、楚两国邻接地区，大体上相当于今江西省北部之地，这里实际上是指长江下游的扬州、南京一带。这句点行程，以咏叹起。"路如何"三字，故作问语，以增摇曳之致，并将读者的注意力引向下面所展现的渺远境界。

次句正面描绘"江上"景色。"秋深"点时令，为全篇定下一个统一的色调。江面上，烟雨迷蒙，笼罩着逐渐向远处伸展的渺渺白波。这句的色调是一片灰暗迷蒙。不但"烟雨""暗""白波"等词语，甚至连"秋深"的"深"字也似乎染上了一种灰蒙蒙的色调。"暗"字还透出了一种动态，让人感到江面上似乎越来越幽暗。整个境界在烟雨朦胧、白波森森中透出了深秋的黯淡凄寒和江上的渺远情调，诗人目接此境时情怀的黯然和神远亦隐约可见。

第三句叙事，点出傍晚渡江。薄暮潮涨，正是趁潮溯江而上的时候。"寒潮"实即上句"白波"，用"寒"字渲染，不但回应"秋深"，且传出一种凄寒萧瑟的感受。

末句转写渡江后所见所闻"秋深"景象。"满林黄叶"与"雁声多"，一诉之视觉，一诉之听觉，正见目之所接，耳之所闻，无非萧瑟凄寒的秋色秋声。"黄叶"与"寒潮""烟雨""白波"，颜色虽然有别，又都统一于共同的萧瑟凄寒色调。经此句重笔渲染，一幅完整的江上秋色图遂生动地展现在读者面前。

整首诗通过反复描绘渲染，表现出一种秋深时节江上烟雨朦胧的渺远景界，和凄寒萧瑟的景象。诗人对这种景象，既感到有些凄黯，又感到悠然神远。或者说，它所要表现的正是诗人对这种凄黯而渺远的境界的神往，只不过表现得极为含蓄而已。整首诗恰似一幅淡远的南宗水墨画，情与景和景物之间，都呈现出高度的和谐。而首句抒情，第三句叙事，二、四两句写景，又使全诗浓密疏淡相间，显得比较空灵清疏。

从前面所引的记载看，诗人此行所见所闻，本有壮阔飞动，令人心动的景象，但经过诗人特有的审美情趣与眼光的过滤，"江涛喷涌，与山谷相应答"之壮景已排除出此诗之外，只剩下了"林木萧飒"之景，而且连时间也集中在傍晚的朦胧黯淡中了。从这里正可窥见诗人的审美好尚对生活素材的选择与加工作用。

秦淮杂诗（其一）

年来肠断秣陵舟，梦绕秦淮水上楼。
十日雨丝风片里，浓春烟景似残秋。

《秦淮杂诗》是诗人在顺治十八年（1661）客居金陵，馆于秦淮布衣丁继之家时所作的组诗，共二十首，本篇是第一首。丁氏年轻时曾习声伎，对明末秦淮风月繁华情景非常熟悉。明亡后，秦淮往昔繁华已成旧梦，不免触动诗人的感慨惆怅。根据丁氏所述和自己见闻，写了这组带有感伤前朝旧事情味的诗篇。

前两句以"年来"总领，"肠断秣陵舟"与"梦绕秦淮水上楼"，文则对举，意实相类。肠断，形容极度思念。与下句"梦绕"义同。秦代曾改金陵为秣陵，但这里的"秣陵舟"却并非泛指金陵的舟船，而是特指"秦淮水中舟"，即载着秦淮旧院佳丽，在桨声灯影中笙歌作乐的画舫轻舟。它和"秦淮水上楼"（即秦淮歌妓所居的楼院），一水一陆，正构成秦淮风月繁华的立体图景。诗人之所以"年来肠断"，"梦绕"于此，固然由于这是封建士大夫留连陶醉的销金窝和温柔乡，同时也因其中积淀了他们对前朝繁华的某种惋惜追恋心情。由此便隐逗出末句的特殊感受来。

后两句以"十日"总领，与前两句"年来"相应。这个"十日"当指诗

127

人徜徉秦淮河上的大致时日，也是"浓春"时节的十日。"雨丝风片"语出《牡丹亭·惊梦》："雨丝风片，烟波画船。"形容细雨如丝，微风似片，这正是江南春天最为柔美的典型风光。说"雨丝风片里"，则人在"烟波画船"之中的意思也自然包括。浓春，即春意最浓的时节。烟景，指春天烟霭轻笼的艳丽风景，所谓"阳春烟景""烟花三月"，都离不开这个"烟"字。浓春之时，置身江南烟景之中，雨丝风片之下，本当感受到它的明媚艳丽，可是在诗人的感觉中，这浓春的秦淮烟景，竟萧条冷落得像是"残秋"。"浓春"与"残秋"，是两个对立的极端。诗人这种感觉上的强烈反差，与其说是客观的自然景物所引起的，不如说是秦淮风月繁华的衰歇在诗人心中引起的怅惘感伤在观赏景物时所投射的阴影。这里隐含着对前朝繁华旧事消逝的哀惋伤悼，也带有一丝人事沧桑变化的感伤，但表现得特别空灵蕴藉，不露痕迹。只是从总体印象着笔，丝毫不涉及具体的政治人事，仿佛只是对自然风光的一种特殊感受。但读者从中却可以联想到笼罩在秦淮风月繁华旧地的那种冷落萧条的整个氛围。它的好处就在纯从虚处着笔，空际传神。这正符合王士禛所提倡的"不着一字，尽得风流"的诗歌主张。

"浓春烟景似残秋"这个名句，实系仿效秦观《浣溪沙》词"晓阴无赖似穷秋"的构思。秦词写春天早晨，阴雨轻寒，竟似深秋，只是对天气的一种特殊感受，经王士禛点化后，却揉进了人事变化的感喟，这也是一种继承基础上的创造，仿效基础上的创新。

真州绝句（其四）

江干多是钓人居，柳陌菱塘一带疏。
好是日斜风定后，半江红树卖鲈鱼。

《真州绝句》五首，是康熙元年（1662）诗人任扬州推官时写的一组描绘真州风物的小诗。真州，今江苏仪征县，在扬州西南，紧靠长江北岸，是当时由扬州到金陵的通道。这一首写真州城南江边一带傍晚的风景风情，极饶诗情画意。诗人自己在《渔洋诗话》中就提到，此诗后幅"江淮间多写为画图"。

首句以清疏随意之笔轻起，点出这幅诗意画所描绘的地点——江干，以及它的特征——多是钓人居。以垂钓为业，正是江边人家本色。此诗所写，也正是与"钓人居"密切相关的风物风情。故此句虽似不经意道出，却隐逗末句，笼盖全篇。

次句由"钓人居"而展衍到附近的景物。在钓户附近，是杨柳成行的道路和种着菱藕的池塘。"一带疏"三字，画出了疏疏落落的人家和柳陌菱塘相间的景象，显出了虽处江北却带有江南情调的地域特征，也透出了渔家兼营农业的生活特点。这句景物、笔意同样萧疏有致，随意点染，为三、四句作衬。

第三句用"好是"领起，点出江干风物最具有诗情画意的时分——日斜风定后。傍晚时分，长江风浪渐渐稳定，整个境界显得平静而悠闲，渔钓人家结束了一天的劳动，才会出现第四句所描绘的生活场景，欣赏自然景色的人也才会更加注意到这种优美的风物风情——"半江红树卖鲈鱼"。

这是全诗着意经营的精彩点眼。红树，点明季节正在秋天；鲈鱼，也是秋天上市的美味。妙在"半江"二字，既符合所描绘的地方限于江干一带，更透出了碧江红树相映成趣的绚丽景色，使人感到那半江碧水似乎都被岸边的红树染红了。再加上那家家户户，在结束了一天渔钓劳动之后，在江边悠闲而惬意地"卖鲈鱼"的情景，更构成一幅色彩鲜丽，富于水乡生活气息而又不乏悠闲情趣的风物风情画。比起他的那首《江上》，虽同写秋天江上景色，这一首的色调要明朗鲜丽得多。晚秋江干之景，全无萧瑟清冷的情调，而是在绚丽之中溢出了一股令人留连陶醉的诗意和生活气息。在王士禛的写景绝句中，这是情调比较健康明朗的一首。全句虽着意经营，但出语仍有萧散自然之致，故全篇风格仍显出高度的和谐统一。

王士禛

黄景仁

癸巳除夕偶成

千家笑语漏迟迟，忧患潜从物外知。
悄立市桥人不识，一星如月看多时。

年年此夕费吟呻，儿女灯前窃笑频。
汝辈何知吾自悔，枉抛心力作诗人。

这两首七绝，是乾隆三十八年癸巳除夕（已入1774年），诗人从安徽学政幕府返回故里阳湖（今江苏武进）过年时作。这一年诗人二十五岁。

前首写一种隐约深潜的忧患感。首句写除夕的热闹气氛：千家万户，欢聚一室，笑语喧哗，共度一年中最为热闹欢乐的节日。冬夜漫漫，漏声迟迟，时间就在"千家笑语"中默默流逝。"漏迟迟"三字，既烘托出除夕在守岁过程中千家万户的欢乐无忧，又暗透了清醒而孤独的诗人在耳闻千家笑语和迟迟更漏的情况下浮动萦绕的思绪，兼有双重作用。

次句接写自己在上述情景下产生的忧患。物外，指具体的事象物象之外，犹所谓冥冥之中。就在这千家笑语、无忧无患的除夕之夜，诗人却隐隐约约地从冥冥之中感觉到了某种深刻忧患的预兆，产生了一种模糊的天下将要发生变故的预感。说"潜从"，正因为它深藏于耳目所不能接的"物外"，是一种来自社会历史深层的讯息。鲁迅诗"于无声处听惊雷"，内容实质固与黄诗大异，而其敏感捕捉到来自深层的讯息则类似。

这种忧患感既隐约模糊，又深刻强烈，迫使敏感的诗人去思索、探寻其底蕴。"悄立市桥人不识"，这里所展现的正是一个避开千家笑语，独自静立于市桥之上沉思默想的诗人形象。说"人不识"，意在显示自己那种异于常人的清醒、孤独与忧思不为人所理解，颇有举世皆醉而我独醒的意味。

"一星如月看多时"，这是对沉思默想中诗人神情心态的传神描写。一颗明亮的星吸引了他的目光，但目虽长久专注于如月的明星，心则驰骛于物外冥冥之域，沉思默想，不觉时间之推移。这句写景，似有象征，实则并无寓意，它不过是对一个有潜在忧患感的诗人沉思默想时既专注而又恍惚的神情的描写。如刻意以求"一星如月"的象征涵义，不免全失语妙。

这种"潜从物外知"的"忧患"，是一种比一般的具体忧患深广得多的忧患。它并非单纯的个人命运的忧患，局部问题的忧患，甚至并不完全是对清王朝命运的忧患，而是一种对封建末世总体危机的预感。诗人生活的时代，表面上还是所谓"盛世"，但从整个封建社会的行程看，却已到了衰朽的阶段。隐藏在表面繁荣昌盛下的一系列深刻的危机以及由此形成的整个社会氛围，敏感的作家是会感受到的。曹雪芹是如此，与他大体同时的黄景仁也是如此。"忧患潜从物外知"正表现了当时敏感的作家对"遍布华林"的"悲凉之雾"的深切感受。而这种潜深的忧患的内容与实质又是他们所无法明确认识的，因此诗中所表现的忧患感自然带有隐约模糊，可以感知，却无法明白表述的特征。

后两句的构思似从冯延巳词"独立小桥风满袖，平林新月人归后"化出。但冯词的忧患要轻淡得多，远不如黄诗深潜而强烈，这自然是由于所处时代不同的缘故。

第二首是对自己"枉抛心力作诗人"的感慨。除夕例必赋诗，赋诗则必苦心构思推敲，短吟长呻，故说"年年此夕费吟呻"，隐逗末句"枉抛心力作诗人"。看到自己这副吟诗入魔、拈须沉吟之状，不解事的小儿女们每每在灯前偷偷暗笑。这"窃笑频"三字不但画出了小儿女在父亲面前既天真顽皮，又有几分畏惧的情态，而且透出了诗人对儿女的亲切之情。这种苦心经营的努力和灯前窃笑的温馨又正成为下两句愤激语的一种反衬。

"汝辈何知吾自悔，枉抛心力作诗人。"小儿女只感到父亲对吟诗的执着与费神，却并不了解诗人的内心痛苦。所谓"自悔"，当然不是真正的后悔，而是对"吟诗作赋北窗里，万言不值一杯水"的现实的愤激。诗人怀才不遇，生活穷困。"全家都在风声里，九月寒衣未剪裁"，正是他穷愁潦倒生活的真实写照。社会对诗人的冷漠和诗人命运的多蹇，才使他发出如此愤激的感慨。"枉"字下笔很重，其中凝聚了诗人的切身生活体验和对社会的不平。

此诗末句直接从唐温庭筠诗《过蔡中郎坟》"莫抛心力作词人"化出，只改动了其中两个字。温庭筠是有感于"今日爱才非昔日"而发此感慨，虽心中愤愤，却仍寄希望于统治者的"爱才"，而黄景仁则是由于深切感受到封建末世整个社会对诗人的冷漠，费尽心力作诗，除了换得"儿女灯前窃笑频"之外，什么也不会得到。这正是封建末世诗人的极大悲哀。

131

龚自珍

己亥杂诗（其五）

浩荡离愁白日斜，吟鞭东指即天涯。
落红不是无情物，化作春泥更护花。

本篇是《己亥杂诗》的第五首，抒写诗人辞官南归时的离愁和积极的人生态度。

首句明点"离愁"。诗人与北京，可以说结下了不解之缘。他的祖父、父亲都在北京做过官。他自己幼年在京入塾就读，后来又多次赴京参加会试，直至在京做官。离开与自己生活关系如此密切的京城，产生"离愁"原很自然。但这里用"浩荡"来形容"离愁"的广大无边，用"白日斜"这种带有象征色彩的描写来点明"离愁"产生的背景，却使人感到，这并不单纯是离开一个生活过多年的地方时的眷恋、惆怅之情，而是有着更深广的内涵。从诗人自身遭际看，他这次辞官南归，无论是由于"才高动触时忌"（吴昌绶《定庵先生年谱》），或是由于"忤其长官"（汤鹏《赠朱丹木诗》自注），甚至如近人张尔田所说，是由于"为粤鸦片案主战，故为穆彰阿所恶"，都确如他自己所说，是"事不如意"（《与吴虹生书》）。从与本篇内容密切相关的《己亥杂诗》（之三）"罡风大力簸春魂，虎豹沉沉卧九阍"，可见此次辞官离京的政治背景。从客观形势看，清王朝的统治已进入"衰世"，呈现出"忽忽中原暮霭生"的景象。对照"日之将夕，悲风将至。人思灯烛，惨惨日光。吸饮暮气，与梦为邻"，"钟簴苍凉行色晚"等句，可以看出句中的"白日斜"并不单纯指离京的时间，而是象征着当时的国运与局势。正因为有这样深广的家国之忧，身世之感，这"离愁"便包含着政治的内涵，正像屈原《离骚》中所说："余既不难夫离别兮，伤灵修之数化。"这里的"离别"就首先是政治性质的。

次句说自己一离京师，从此便如远隔天涯。诗人此次离京，先东行至通县，再沿运河南下，故说"东指"。"吟鞭"，是挥响马鞭的意思。"即天涯"，用刘禹锡诗"春明门外即天涯"之意，谓一出国门，即同天涯。这里有对朝廷的眷恋，也有对国事的忧念。从"浩荡离愁"和"即天涯"，便自然引出下两句来。

"落红不是无情物，化作春泥更护花。"诗人离开北京的时间，是阴历四月二十三，这正是北京地区春意阑珊、落红无数的季节。诗人在距国门七里的路上就看到"斑骓胃落花"的情景，因此由眼前飘零的落花联想到沦落的身世，原很自然。但这里引出的并不是对落红零落成尘碾作泥的消极感伤，而是一种积极的人生态度。说"落红不是无情物"其实并不新鲜，历代诗词中有许多描写落红情意的名句，但那大都是对美好青春和生命消逝的感伤与哀挽，充满了无可奈何的情味。而诗人却从日常生活中落花——春泥——护花的现象中得到启迪，创造出"化作春泥更护花"这一警动千古的名句，将"落红"的深情升华到一个更高的带有自觉奉献精神和人生哲理的境界。尽管诗人的本意，也许只是表示虽然辞官南归，却还要尽力做一些有利于朝廷的事情，正像他在组诗之三中所说："终是落花心绪好，平生默感玉皇恩。"或者像另一首中所表示的"颓波难挽挽颓心"。但一经创造出这一富于哲理意蕴的名句，其客观的意义和由此引发的联想便远远超越了诗人的本意。"落红"自身生命的消逝并不可悲，它将在"化作春泥更护花"的过程中使自身的精神成为培育下一代的养料，从而使生命得到新的延续，那种自觉的无私奉献精神正是从这里生发出来的。既然生命的意义在于为下一代提供"春泥"，既然"落红"会转化为新花，那又何必为"落红"的命运而伤悲呢！这里正包含了对自身生命的超越，也体现出对人生价值更深更高一层的肯定。

岑霁

蘋 花

翠叶金花杂杜蘅，湘湖千里最知名。

秋风飒飒过南浦，乡思无端一夕生。

　　蘋花，生浅水中，叶有长柄，柄端四片小叶成田字形，也叫田字草，夏秋间开小白花（诗的首句说"金花"，为黄色，当是变种）。这平平常常的小花，在古代诗歌中却是历史悠久、具有丰富蕴含的意象，能引起人们的遐思联想。这首以"蘋花"为题的小诗，就是以它作为贯穿全诗的中心意象，并有机地串联其他有关意象，组织成完整的艺术意境的。

　　首句描绘蘋花的形状颜色。翠叶金花，相互映衬，显示出色泽的鲜明。杜蘅，是一种生长在水边泽畔的香草，又名杜若，常与蘋花杂生，故说"杂杜蘅"。屈原的诗章《九歌·湘君》《湘夫人》《山鬼》乃至《离骚》中都一再出现蘋和杜蘅的意象，像"白蘋兮骋望，与佳期兮夕张"，"采芳洲兮杜若，将以遗兮下女"，"被石兰兮带杜蘅，折芳馨兮遗所思"等句中出现的这两种意象，大都带有怀人赠远的意蕴，象征着芳洁的品格。因此这句虽只写蘋花蘋叶，却能引发上述方面的联想。

　　次句说蘋花多产于千里湘湖（即洞庭湖）一带。这意思本很平常，但熟悉古代诗歌的读者却自然会联想起梁朝柳恽的《江南曲》："汀洲采白蘋，日暮江南春。洞庭有归客，潇湘逢故人。"看来，岑霁这首诗中的主人公大概也是一位"洞庭归客"——流寓在洞庭湘江一带的思归者。那"翠叶金花"的蘋花，就是此刻洞庭湖畔即目所见。由于蘋花关联着"洞庭归客"，这看似平直叙述的诗句也就隐含着在外作客者的一缕乡思了。

　　"秋风飒飒过南浦，乡思无端一夕生。"这两句中又出现了秋风、南浦、一夕等相关的意象。蘋花夏秋间开放，正是秋风初起的季节。《九歌·湘夫人》："袅袅兮秋风，洞庭波兮木叶下。"这里写到"秋风飒飒"，当与洞庭秋风的意境有关。这阔大而凄清的景象，本就容易触动乡愁旅思；更何况，又处在日之夕矣这样一个极易勾起乡愁的时刻，面对的又是"南浦"这样一个浸透离情别绪的处所。《九歌·河伯》："送美人兮南浦。"江淹《别赋》："春草碧色，春水绿波。送君南浦，伤如之何！"这里所说的"南浦"，实际上不过是洞庭湖边的一个水口，也就是蘋花丛生之处。但由于用了这样一个字面，便自然带上了伤离的意蕴。目睹"秋风飒飒过南浦"，吹动汀洲上的蘋花，乡思便油然而生了。

"无端"二字，颇可玩味。表面上，前三句没有一处直接点明思乡之情，而竟"乡思一夕生"，岂非"无端"？实际上，这蘋花、洞庭、秋风、南浦、一夕，无不或隐或显地关连着乡情旅思，成为引动乡思的触媒。如此说来，则又不妨说"道是无端却有端"了。

中国古典诗歌的语言，经过历代诗人的反复锤炼加工，形成一系列极富意蕴的诗歌意象。有较高艺术素养的诗人往往能在生活体验的基础上，选择一系列相关的诗歌意象，加以恰当组合，创造出富于情韵的意境。有素养的读者也可以循着这些意象，展开联想，深入体味诗歌中没有明言的感情意绪，进而把握其整个意境。这首诗似乎可以为我们提供这方面的一个有代表性的例证。

岑霁

词 曲

张志和

古典文学名篇鉴赏及其他

渔歌子

西塞山前白鹭飞，桃花流水鳜鱼肥。青箬笠，绿蓑衣，斜风细雨不须归。

几乎用不着任何背景的介绍和文字的解说，绝大多数具有一般文化知识素养的读者，包括阅历很浅的少年在内，都会在朗诵徐吟中毫无障碍地进入这首小词所描绘的境界，并且通过各自的想象，在脑海中展现出一幅充满盎然春意和欣然生机，色调清新明丽的江南风物画。在我国古代优秀的诗词小品中，有一类雅俗共赏的"天籁"式作品，往往具有迅速让读者进入境界、唤起新鲜而持久的审美愉悦的艺术魅力。这首历代传诵不衰的中唐文人词，正具有这种可贵的特质。

这首词的作者张志和，初名龟龄，字子同，号玄真子，唐代婺州金华（也就是今天的浙江金华）人。大约生活在公元八世纪三十年代到九世纪初之间。他十六岁明经科考试及第。唐肃宗时曾经待诏翰林，后来因事贬官，赦还以后退隐江湖，经常往来于太湖附近地区，自号"烟波钓徒"。他多才多艺，擅长音乐、书画、歌词创作（也就是通常所说的"词"，唐代叫"曲子词"或"今曲子"）。他流传到今天的歌词，有《渔歌子》（一作《渔父》）五首，分别以"西塞山""钓台""雪溪""松江""青草湖"为背景，描写渔翁眼中的江南水乡风光，和逍遥自得、"乐在风波不用仙"的生活情趣。除最后一首写的是洞庭湖地区外，其他四首都在太湖流域。《历代诗余》卷一百十一引《乐府纪闻》，说张志和"往来苕霅间，作《渔歌子》词"，指的正是这组词。他的哥哥张松龄又有和作《渔歌子》十六首。在这些作品中，"西塞山前白鹭飞"一首是最出色的篇章。

《渔歌子》是唐代教坊曲名，后来演变为词调。早期的词，词调的名称和词的内容往往是相应的。《渔歌子》这个词调，起初原是渔夫曲，歌咏的也就是渔夫的生活。不过这首词中的渔夫，却带有作者这位"烟波钓徒"的特殊色彩与情趣，跟现实生活中以打鱼为生的劳动人民不免有相当的距离。但不管怎么说，词中的景和情，又都离不开"这一个"渔父的眼睛和心态。这是读这首词时应该注意的。另外，当时的北中国，由于遭受安史之乱，凋敝残破，元气未复，南方却因未遭战乱而仍然比较富庶安宁。这一特殊的地域背景，跟词的风格情调自然也有密切关联。

　　"西塞山前白鹭飞"，开头一句，很像是民歌中不假思索、即景描写的起兴，给全篇定下了一个潇洒而轻松的基调。这里所说的"西塞山"，是指吴兴县西面的西塞山，跟刘禹锡《西塞山怀古》诗指的不是同一座山。清代词学家张宗橚《词林纪事》卷一引《西吴记》说："湖州磁湖镇道士矶，即张志和所谓'西塞山前'也。"磁湖镇就在今天湖州市湖州镇的西南。这个记载可以帮助我们理解：这位"烟波钓徒"是在突入溪水的矶边垂钓，而不是像柳宗元《江雪》中的那位渔翁，是在孤舟上垂钓。词人在点明渔父活动的地点"西塞山前"之后，似不经意地在这空蒙阔远的水天背景上添上了一群三三两两、飞翔上下的白鹭，顿时使画面增加了生气和色彩。江南地区，山青水绿，如果是晴明天气，则白鹭蓝天与山水相映，色彩之鲜艳明丽自不必说，眼下却是"斜风细雨"的天气，山光天色，自然被笼罩在一片空蒙之中。在这迷蒙的背景上，群飞上下的白鹭身影便显得颇为引人注目。（王维诗"漠漠水田飞白鹭"，色彩的映衬与这句相似，不过这里没有明写背景，要联系下文才能看出来。）西塞山突立溪边，本是静态的景物，加上"白鹭飞"这一笔，整个画面便活跃起来，呈现出动感和生气。这色彩的映衬与动静的对照，都透出一个画家的匠心。为什么独写"白鹭飞"而不写其他呢？如果单纯解释为即景描写，似乎没有注意到这首词原是一首渔夫曲。白鹭，即白鹭鸶，喜欢群居，经常在湖沼水田觅食。这"西塞山前"溪水中成群的鱼虾，正是它们觅食的对象。因此，这里的"白鹭飞"既是江南水乡春景的一种点缀，又跟下句的"鳜鱼肥"有着密切联系。

137

　　接下来一句，"桃花流水鳜鱼肥"，从西塞山前的天空转笔写到山前的溪水。时节正当暮春，桃花纷纷开谢。这本来是容易引起伤春意绪的景象，但在作者生花妙笔点染下，这落花流水的景色却显得鲜丽明媚，生机盎然。那片片红艳的桃花，随着碧绿的溪水荡漾漂流，使这一江流水也染上了春天的色泽与气息，甚至使人联想起武陵源桃溪水的意境。同时，"桃花流水"的字面又关合着三月的桃花春汛，这正是鱼儿生长的盛期。这里特意标举的鳜鱼，是产于南方淡水水域一种名贵的鱼，大口细鳞，背部有不规则的黑斑纹，肉细嫩，味鲜美。"鳜鱼肥"三个字，不仅使西塞山前的桃花流水平添了春天的活跃气氛和浓郁的生活气息，而且更直接地跟渔父的活动挂上了钩。那个似乎有点"俗"的"肥"字，恰到好处地传出了江南水乡之春的丰美与活力，也透出了即将出现在画面上的渔夫喜悦跃动的心情。如果说，上一句是从动静对照上显出画面的动感，那么这一句则无论是"桃花流水"还是"鳜鱼肥"，便都充满了春天的色彩、生机和动感了。

"青箬笠，绿蓑衣"，这两个短句，水到渠成地引出了画面上的主人公——一位头戴箬笠帽，身披绿蓑衣的渔翁。箬笠是一种用箬竹叶编织的防雨遮阳帽；蓑衣有用棕、竹叶或龙须草等不同材料制成的，这里说"绿"，可能是草编的雨披。这两样东西都是江南水乡渔翁的标志，因此只要写箬笠、蓑衣，就可以概括其余。从绘画的角度说，似乎也只能画这二者，最多再加一支渔竿。在"箬笠""蓑衣"之上标以"青""绿"，固然是为了取得更鲜明的色彩效果，同时也为了使这位渔翁与青山绿水的环境融为一体，仿佛他就是青绿色的江南水乡春色的一部分。

渔翁披蓑戴笠于矶头，自然是为了打鱼。但接下来的关键一句却似乎偏偏避开这一点，而以空灵超逸之笔着意渲染"斜风细雨不须归"的情景。有过水乡打鱼生活经验的读者都可能会联想到，斜风细雨，春溪水涨之日，往往是鱼汛大发之时。这时在矶头水流回旋之处张网或垂钓，往往所得甚丰。因此这"斜风细雨不须归"的描写，是有实际生活依据的，究其实质并未脱离渔钓这件实事。但作者用这样空灵的笔调化实为虚，却使人明显感到，这位披蓑戴笠的渔翁最感兴趣的似乎不是肥硕的鳜鱼，而是在斜风细雨中垂钓那一份怡然自得的情趣。在这种情况下，天容、山光、水色，都笼罩在一片迷蒙烟雨之中，连披蓑戴笠的渔翁自己也好像一起融入了这空蒙的诗境画境，别有一番在晴天丽日所领略不到的情趣。因此这位渔翁自然乐而忘返，"不须归"了。这"不须"二字，正是全句的句眼，它把这位"烟波钓徒"那种潇洒安闲、怡然自得乃至陶然忘机的风神意态摇曳生姿地表现了出来。在这暮春三月的桃花流水、细雨斜风的环境气氛中，词人似乎有些微微的醉意了。

如此说来，这渔翁竟是在忘情地欣赏和玩味江南烟雨垂钓的情趣了。是的，这正是这首小词的主要意趣所在。词中的主人公，实际上就是张志和这位"烟波钓徒"的自画像。《新唐书》本传说他："每垂钓，不设饵，志不在鱼也。"这说法也许带有一点诗意的夸张，但可以说明，烟波垂钓，对他来说，并非谋生的手段，而是领略自然美和生活美的一种方式。所谓"烟波钓徒"，其实就是隐士的诗意名称。在一般人的印象里，隐士总是一些逃避现实、对生活淡漠的人，但这首词里的烟波钓徒，却对美好的大自然与生活充满了热爱。词里一点也没有历来的山林文学那种不食人间烟火的气味，而是洋溢着对春天、对生命的一片喜悦。它渗透在明丽的色彩、跃动的鱼鹭和桃花流水的春汛中，也渗透在明朗轻快的旋律节奏之中。这首词的思想价值和美学价值，正主要体现在这里。从这一意义上说，认为这首词只是一幅简单的江南春天的风物画，也许还不够确切，它应该是一幅渗透了词人热爱自然与生活之情的江南春天风物画。

作为一幅江南风物画，那位在斜风细雨中披蓑戴笠的渔翁，既是江南烟景的欣赏者，又是这幅画图中的人物。词人在带着画家的兴味欣赏江南烟雨、山光天色的同时，不知不觉身入画图，成为美好大自然的一部分。这种意趣，在后来的文人画中成为一种常见的构思方式；而受了文人画影响的写景诗，则又反过来从文人画中得到启发，创造出诗人自己身入画图的意境。审美主体在这里被客体化了，欣赏自然的人与自然融为一体。这是一种很富于远韵的境界。

体现这首词的绘画美和词人的画家般意趣匠心的，当然还有它的色彩美。整个画面笼罩着一片迷蒙淡远的色调。在这底色上，逐步展现出白鹭、红桃、青笠、绿蓑等一系列色泽鲜明甚至艳丽的景物。它们之间，相互映衬、交融，构成一种既清新淡雅又鲜艳明丽的色调。这种色调跟整首词俗中见雅、丽而不纤的风格取得了和谐的统一。

这首词在取景方面有一个显著的特点，就是多取动景。飞翔的白鹭、流动的溪水、水面上漂漾的桃花、水底下游动的鳜鱼，不用说都是动景，就是那摇曳的斜风细雨，也带着明显的流动态势。在上述动景的映衬带动下，突立溪边的西塞山和矶头垂钓的渔翁，似乎也染上了某种动态。尽管作者没有描绘渔翁的音容笑貌和动作，但读者仿佛可以听到渔翁欢畅的心律跃动。这种以动景为主、以动带静的取景、写景方式，构成了这首词跳动欢悦的风调美。但这种动，又都统一于江南春色的柔美基调。它给予读者的，是一种流动柔美、富于生机与春意的审美愉悦。如果我们把这首词跟题材相近的柳宗

139

元的《江雪》对比一下，就会明显感到，它们是两种完全不同的格调意境。《江雪》诗也是极富画意的，但笼罩着整个画面的却是一片萧瑟、冷寂、孤清的气氛。色调是清一色的冷色——白茫茫的大雪；景物又都是近乎凝固不动的千山、万径、孤舟和江雪。这和《渔歌子》词之色彩明丽、意致流动、充满轻松欢快情调，正形成鲜明对比。其所以会形成这对立的意境与风格，正由于《江雪》中所描绘的环境乃是渔翁的对立物，而《渔歌子》词所描绘的环境则是渔翁所欣赏并寄托精神的美好境界。

在唐代文人词中，这是时代较早的作品。传说为百代词曲之祖的李白的《菩萨蛮》《忆秦娥》，其真伪直到现在还有很大争议。张志和的这一首，在创作年代上显然早于中唐后期的刘禹锡、白居易、王建等人的词作。这个时期的词，与五七言诗的分界还不明显，还没有形成独特的文体风格。像这首词，我们初读起来，会感到它跟七言绝句在情调、风格上很相似。但稍为细一点读，又会发现它跟七绝毕竟有了区别，除了平仄、用韵并不相同而外，最明显的变化就是在七绝第三句的位置上，《渔歌子》词却是两个三字对句："青箬笠，绿蓑衣。"并且最后一字入韵，与其他三句同押平声韵。这似乎是个很不起眼的区别。但正是这一细小的变化，在吟诵之际，便显出了一种特有的轻快从容的旋律，一种潇洒自得的风神。如果改用七言诗，就不免减少这特有的韵味，使这位"烟波钓徒"的形象不像现在这样鲜明。这说明，一种新的文学样式，当它刚兴起的时候，即使与传统的样式还没有太大的区别，也会显示出它的某些优越性。在有修养的作者手里，这点微小的变化也会产生明显的艺术效果。

自从张志和写了这首成功的《渔歌子》词以后，历代仿作者不乏其人。苏轼、黄庭坚曾先后用它的原句增写成《浣溪沙》《鹧鸪天》词。甚至连日本的嵯峨天皇也拟张志和的《渔父》五首，题为"杂言渔歌"。流传之广远，正说明这首词具有雅俗共赏的品格和经久不衰的魅力。

温庭筠

菩萨蛮

南园满地堆轻絮，愁闻一霎清明雨。雨后却斜阳，杏花零落香。　　无言匀睡脸，枕上屏山掩。时节欲黄昏，无聊独倚门。

此词抒写女子由春残日暮景象所触发的芳华零落、孤寂无慑意绪。上片着重写客观景象，而情寓景中。起二句写雨后满地堆絮。从实际感受发生的次序看，应是先有"愁闻一霎清明雨"，然后方见"南园满地堆轻絮"。现在这样倒过来写，固然是为了突出渲染残春之景，同时也为便于与三、四句顶针勾连，造成整个上片一气旋折的整体感。杨花质轻，有风的晴日，漫天飞舞，是为"飞絮"；如今经雨，故沾湿铺地。但连用"满""堆"两个强调意味特重的词语，则这"一霎清明雨"来势之迅横可想。全句所显示的正是一种春意阑珊、春华狼藉的景象，其中已隐含女主人公触目神伤的情景。三、四句即承"一霎清明雨"写雨后的另一种景象：云收日出，残阳斜照，零落满径的杏花正散发出阵阵芬芳的气息。这两句写出暮春时节富于特征的气候特点，"雨后"与"斜阳"之间用一"却"字连接，既突出气候的变化，又微露对这种晴雨变幻景象的新奇感。杏花繁茂，雨后落红满地，自是凋衰之景；但斜阳照射，气温升高，却使零落残红散发出阵阵余芳，这又在凋衰之中呈现出别一种美感，这里既有对美的凋衰的惋惜，又有对凋衰之美的欣赏流连。这种微妙复杂的感受，正透露了女主人公对自身处境命运的感触。其象喻意蕴可于言外领之，而不落言诠，所谓深情忽触，不复在迹象之间。

下片着重抒写女主人公的情态，而情由景生。"无言"二句点醒上片所闻所见，均系女子在午睡中及睡醒后的感受。睡后粉妆稍显凌乱，故须略作调匀；枕上屏山，即枕屏，用作掩蔽。妙在"无言"二字，透露出一种寂寞无聊的意绪，"掩"字也隐隐折射出空虚孤寂之感。李义山《日射》："回廊四合掩寂寞"，正可为此句"掩"字所含的意蕴作解。结拍二句乃承此"无言"情态作进一步描写，点明女主人公"独"居的处境与"无聊"的心境，

温
庭
筠

141

而以"时节欲黄昏"的特定时间与环境气氛作渲染烘托,以"独倚门"的情态应上"无言",暗透内心的无聊。春残花落,已是惆怅自怜;日暮黄昏,更感空虚寂寥,情怀黯然。"无聊独倚门"这一仿佛是静止的情态,正在默默的无言中透出内心的空虚失落、无所依托。"倚门"并无明确的目的,只是"无聊"中一种不自觉的行动,透过这个细节,仿佛可以看到女主人公呆滞失神的眼睛和内心的一片空白。

此词写女子独居的伤春情怀,其情景与欧阳修(一作冯延巳)《蝶恋花》词下片"雨横风狂三月暮,门掩黄昏,无计留春住。泪眼问花花不语,乱红飞过秋千去"有些相似,但欧词感情比较强烈,表情亦较显露,而温词则感情较为内敛,表情亦较含蓄。

菩萨蛮

宝函钿雀金鹦鹏,沉香阁上吴山碧。杨柳又如丝,驿桥春雨时。　　画楼音信断,芳草江南岸。鸾镜与花枝,此情谁得知?

读温庭筠《菩萨蛮》一类密丽含蕴的词,常常感到跳跃很大,句与句、层与层间似断似续,若即若离。这固然由于歌词作为一种音乐文学,"语言本身承接、音律之连锁常重于意义之承接"(浦江清《词的讲解》),但同时也因为《菩萨蛮》这类代言体歌词,本来就不重在描写客观的场景事件,而侧重于表现女主人公在特定环境中情思的触发与流动。只要抓住触发情思之"物",设身处地去追随女主人公每一瞬间情思的兴发或变化转换,那么这类词的意脉自可寻绎,而且在寻绎过程中自会获得一种审美的愉悦。

此词首二句分写女子华美妆盒中的首饰和华贵妆楼中的屏风。"吴山碧",一般多解为女子自阁中遥望所见,其实这里的"山"即屏风上彩画的碧山。花间词中"翠叠画屏山隐隐""小屏香霭碧山重""画屏闲展吴山翠"等句固可印证,飞卿自己的诗句"屏上吴山远"更是直接的证据。两句貌似客观描写,实则这"钿雀金鹦鹏"(紫鸳鸯为饰的金钗)和屏上的"吴山碧"都是触发女子感情之物。前者引发对双栖双宿美满爱情生活的联想,后者勾起她对远在吴地所欢的怀念。屏上碧山本不一定是吴山,然意中有此远居吴地之人,遂无意中觉其仿佛吴山了。三、四句由吴山之"碧"进一步联想到时令已是芳春，遂不觉倚楼而望，但见杨柳丝丝，驿桥春雨，韶光妍丽如许。这一联不仅写景明丽鲜妍，如同画图，而且笔致流走，音情摇曳，兼具诗情、画意与音乐美，可与"江上柳如烟，雁飞残月天"媲美。但其点眼处，却是那个"又"字。着此一字，则仿佛叠印镜头，于当前目接之境上隐现出了往日曾历的同样境象。至于前番所历的杨柳丝丝、驿桥春雨之景究竟是女主人公与所爱者欢聚游赏所见抑或伤离恨别所睹，没有说明，亦不必限定，不妨任人自领。从景色的韶丽纤秾及此联的音情格调体味，理解为往日欢聚时所见之景似更恰当，这正与当前的处境与心境形成对照，"又"字中即隐含春色依旧而人事已非的意蕴。如果说，前时的丽景衬托出了欢聚的美好，那么如今"又"对此景，却不免景丽情伤了。妙在只画出丽景，而今昔情事均在"又"字中透出，这种寓虚于实、寓昔于今而又以昔衬今的手法运用得自然入妙，不露痕迹。

过片从"又"字生发，点明"画楼"（即上文之"沉香阁"）与"江南"两地相隔，音信不通。"芳草"句与上"吴山碧"及"杨柳如丝""春雨"相应，与"画楼"句之间则若断若续，若即若离，包含着感情上的跳跃。盖此画楼中女子因对方音信断绝而遥想心所系念的人身在之地江南，此刻该又是芳草绿遍了。此"芳草江南岸"乃心之所想而非目之所存，上下两句顿宕开合之间，正显示出情思的流动。而"芳草江南"又暗含"王孙游兮不归，春草生兮萋萋"之意，于怀想期盼中微露怨怅，与下文"此情谁得知"迹断神连。结拍二句，遂由伤离念远回到眼前。表面上看，这两句似显突兀，实际上这里所出的"鸾镜""花枝"，正与首句遥相呼应。盖此女子晨起梳妆，面前不但有妆盒鸳钗，且有鸾镜花枝。鸾镜本有象征圆满爱情的意味，花枝更是青春年华的象喻。但信杳人远，纵有鸾镜、花枝，映衬如花之容颜，又谁适为容？纵有满腹相思怀远之情，芳华易逝之慨，又有谁能够了解呢？"花枝"既关合上句"芳草"，又巧妙地利用协韵及谐音双关，化用"山有木兮木有枝，心悦君兮君不知"之意，与末句"知"字构成声、意上的关连对应，结得极为自然灵动，以问语作收，更增悠然不尽的韵味。用轻清灵动的笔致抒写轻愁，不但显得很和谐，而且正是词中妙境。

全词不过写一位所欢远隔的女子晨起梳妆的瞬间触物兴感的过程。先由鸳钗和屏上碧山触发对爱情、春色和吴地的联想；继又由屏上春色引出对眼前春景的瞩望和对往昔所历之境的追忆；由此又生出信断人远的叹息和对江南的遥想；最后复由伤离怀远重新回到眼前的鸾镜、花枝，归结为"此情谁得知"的忧伤。像是绕了一个感情流动的圆圈，最后又回到了起点，实则其间已包含了一系列神思的飞越，既有今昔的联想对映，又有画楼与江南间的空间遥想。各句、各层间，看似随意跳跃，细推则"物"与"情"辗转相生，均有迹可循，只不过它所循的是心灵游动变化之径而已。当我们悟出女主人公的情感兴发变化流程时，也就比较深切地感受到了这首词所特具的纤秾妍丽而又含蓄隽永、轻清灵动的美。

更漏子

　　柳丝长，春雨细，花外漏声迢递。惊塞雁，起城乌，画屏金鹧鸪。　　香雾薄，透帘幕，惆怅谢家池阁。红烛背，绣帘垂，梦长君不知。

　　《更漏子》，即所谓夜曲。本篇所写的也正是一位女子长夜闻更漏声而触发的相思与惆怅。

　　上片全都围绕"漏声"来写。起首三句看似平列写景，实际上是以柳丝之长、春雨之细烘托漏声。春夜，霏霏细雨，悄然飘洒，细雨轻风中，柳丝悠悠飘拂，花外传来点点更漏。夜深人静，漏声似乎变得特别悠长而遥远。文学作品中的景物描写，往往不大拘泥于客观的真实，而多诉诸人的主观感觉。暗夜兼雨，似不可能目接"柳丝长"的景象。但雨丝之于柳丝，形状意态本有相似之处，女主人公夜闻雨丝声细之际，不妨因日间所见的景象和经验，自然联想起夜雨中的柳丝。因此"柳丝长"的视觉形象即因"春雨细"的听觉形象触类而生。静夜闻更漏，往往感其声悠永，仿佛传自花外某一遥远的地方，故有"花外漏声迢递"的感觉。词人这样写，无非是要借细长袅娜的柳丝、迷蒙霏微的雨丝，烘托漏声的悠长、深远和轻细，造成一种轻柔、纤细、深永而又带有迷惘情调的氛围，以表现女主人公所处的环境和她长夜不寐、愁听漏声时深长柔细的情思。在情景相互渗透交融中，柳丝、雨丝之于情思，漏声之于心声，也就浑然莫辨了。或以为柳丝长、春雨细都是比拟漏声之长之细，不免将丰富的客观景象与感觉印象简单化；或以为"漏声"实指雨声，则不但与题意不合（此调在唐、五代多咏本意），而且与下两句也显然脱节。

"惊塞雁，起城乌，画屏金鹧鸪。"雨夜漏声之中，传来塞雁、城乌的鸣叫声，从长夜怀人的不寐者听来，仿佛是这"漏声"所惊起的。这和实际生活的情形可说相差很远，但就特定情境中的女主人公来说，却是感觉的真实。静夜怀人，相思无寐，本来隐约细微的更漏声几乎吸引她的全部注意力，感觉印象中遂不觉将漏声放大了许多倍。这真切地表达了女主人公静夜闻漏声过程中间，闻乌啼、雁鸣所引起的寂寥、凄清和骚屑不宁的心理状态。两句之下，陡接"画屏金鹧鸪"一句，乍读很觉费解。张惠言说："三句言欢戚不同。"实则不然。对于这一句，读者可以根据全词所写的相思惆怅之情来理解。它表明，在女主人公的眼里，画屏上的金鹧鸪虽深居华屋，却未必不感到孤寂，和自己有同样的苦闷。这里所采用的是一种暗示手法。

上片围绕漏声写相思中的女子对外界的种种感受和印象，过片转笔正面描写她的居处环境。"谢家"，即谢娘家，借指女子所居。霏微轻淡的香雾，笼罩着这座华美的池阁，透入层层帘幕。环境是美好的，但身披香雾的女主人公却因寂寥中的相思而感到分外怅惘。"惆怅"二字，虽只略作点染，却是点睛之笔，上片结句的意蕴固借此可约略想见，上下片之间也借此勾连暗渡。

"红烛背，绣帘垂，梦长君不知。"结尾三句似续写女主人公在惆怅索寞中黯然入梦，但也可以理解为她的心理独白。长夜相思，寂寥惆怅，在意绪索寞中不得不掩暗红烛，低垂绣帘，想借寻梦来暂解惆怅，稍慰相思（梦中或许能与对方相会）。但转而又想，所思者是否也像自己一样，在异地夜雨闻漏，耿耿不眠呢？恐怕自己的相思乃至长梦，对方根本就不知情呢。韦庄《浣溪沙》说："夜夜相思更漏残……想君思我锦衾寒。"温词这几句正是它的反面，怨恨中含无限低徊之意，显得特别蕴藉深厚。

温庭筠另一首《更漏子》（玉炉香），抒写女子秋夜离愁，题材与这一首相近，但风格却比较清疏明快，与此首之绮艳含蓄者颇不相同。王国维拈出此首中"画屏金鹧鸪"一句，来形容温词的词品和风格，看来是有见地的。

望江南

梳洗罢，独倚望江楼。过尽千帆皆不是，斜晖脉脉水悠悠。肠断白蘋洲。

温庭筠词的代表性风格，是秾艳华美，精致密丽。但即使在他的代表作《菩萨蛮》十四首中，也有一些写得比较清疏淡远的片段，像"江上柳如烟，雁飞残月天"，"心事竟谁知？月明花满枝"，"杨柳色依依，燕归君不归"，"画楼音信断，芳草江南岸"，等等。可见，他并不是不能写空灵含蓄、抒情色彩很浓的词。他的这首《望江南》（这个词牌一作"梦江南"，又作"忆江南"）。更是通篇清新明朗，自然淡远，具有优美含蓄的意境和深长丰富的情韵，经得起反复吟味，其中有的句子，由于写得特别空灵蕴藉，富于包孕，甚至可以引起多方面的联想。

这首词写一位等待所爱者回来的女子从早到晚倚楼眺望，最终归于失望的情景。开头两句"梳洗罢，独倚望江楼"，写她刚刚梳洗完毕，就靠着临江楼房的栏杆，在深情地凝望着江面，等待载着爱人的归舟到来。"梳洗罢"，点明时间正当清晨，与下文"千帆皆不是"相应；清晨本来不是归舟抵达的时候，然而这位女子竟梳洗方毕，就凭栏凝望，这正是情之所至，不自知其然的一种行动。淡淡道出，而女主人公希望之殷，期待之切可以想见。这两句所写的虽然是某一个特定清晨的情事，但是整首词叙述的口吻和抒情的强度却使人们联想到，像这样"梳洗罢，独倚望江楼"的情况，已经不是一天两天了。否则，对方偶然误了一天归期，似乎不致"肠断"吧。由于盼望归人的心情非常殷切，这位女子几乎是每天都怀着满腔希望，因而日日倚楼而望也仿佛成了一种习惯。这是从这两句的声情口吻上可以体味出来的。两句的句眼，就在那个"独"字上。有了这个"独"字，倚楼望江才不是无目的地游目览眺，观赏江景，而是满怀希望的深情等待，以下的描写也才字字有根。"独"字是入声，用在这关键性的位置上，强调的意味便特别分明。

"过尽千帆皆不是，斜晖脉脉水悠悠。"倚楼凝望，原是怀着深切的希望的。可是，数不清的成百上千条船只，一条又一条地由远而近，又由近而远地从眼前的江面驶过去了，却始终等不到载着爱人的归舟。眼下所看到的，唯有夕阳的余晖在脉脉地斜照着变得空寂了的江面，和那一江悠长无尽，流向远方的江水。这两句纯用白描手法，创造出情景交融，含蕴丰富，极有远神的艺术境界，是词中著名的佳句。

上一句"过尽千帆皆不是"，概括了从早到晚的时间过程，以及在这么长时间内江上景物的变化和女主人公的心理变化过程。古代的帆船，速度比较缓慢；船与船之间，通常又总是隔着一段距离。从远处的帆影进入女主人公的视野，燃起她的希望，到最后带着沉重的失望消失在视野之外，这本就已经是一个不短的时间，更何况是"过尽千帆"！它一方面透露了伫望时间之长久，另一方面又显示出眼前的江面已经不见帆影，空无所有；"皆不是"，则突出了失望情绪的强烈。全句包含了一次又一次的伫立等候，一次又一次的希望与失望，以及最终归于完全失望的过程，而时光则在希望与失望的交替中不断流逝。"尽"字、"皆"字，一是侧重于对客观景物的叙写，一是侧重于主观感情的抒发。前呼后应，突出了彻底失望后的空虚、怅惘与哀怨。它们都很富表现力，但读来却感到自然不着力。整个句子就像是脱口而出，没有经过任何锤炼和修饰，却概括了一整天的情、景、事，颇有卷席之势。

更高妙的是下句"斜晖脉脉水悠悠"宕开写景，极富远神。脉脉是含情相视的样子。傍晚时分，夕阳西斜，光线变得柔和起来，特别是当它照映在粼粼波光上的时候，由于跟柔和的水相互映射，更显得像是含情脉脉的眼波。悠悠，则写出了江水悠长不断，无穷无尽地流逝的情景。斜晖与逝水这两个包蕴丰富的诗歌意象的相互映照，"脉脉"与"悠悠"这两个联绵词的恰当运用，本身就构成了一种音情摇曳的特有韵味。不过，这一句的好处，可以说主要还不在于写景的真切，而在于景物描写中蕴含着一种似有若无、似此若彼、似有意又似无意的比兴象征意味，非常富于象外之致，能引起读者深远的多方面的诗意联想。

这"斜晖脉脉水悠悠"，传出了一种寂静、空廓、绵远的神韵。千帆过尽，江面一片空寂。原先全神贯注于江上归帆的女主人公，此刻仿佛忽然感知到周围的环境，发现眼前已经空无所有，只剩下就要消逝的脉脉斜晖，在静静地映照着悠悠流逝的江水。整个空间，似乎笼罩着一层难以名状的空虚寂寞和忧伤怅惘。这种境界，正透露了女主人公寂寞凄清的心境。

这"斜晖脉脉水悠悠"，又仿佛是女主人公深长情思的外化与象征。那脉脉含情的斜晖，正像是她那柔婉深长的缕缕情思，让人自然联想起此刻正脉脉含情地凝望着江面的那位若有所待而又怅然若失的女主人公形象。而那悠悠流逝的江水，则又像蕴含着她那无穷无尽的思念、忧愁和怅惘。

　　这"斜晖脉脉水悠悠"，又好像是女主人公对客观景物的一种特殊感受。在"过尽千帆皆不是"的失望与怨怅中，似乎只有斜晖仍在脉脉含情地陪伴着独倚江楼的女主人公，给她一丝寂寞中的慰藉；而那悠悠流逝的江水，则自顾自在地离她而去，不为愁人稍驻片刻。这"脉脉"与"悠悠"的对照，将女主人公那孤寂凄清的处境进一步展示出来了。

　　以上这些联想，角度和内容虽不相同，但并不互相排斥，不妨并存。艺术意境的创造，往往有情与景正巧相遇，无意偶得的情形。清代词论家刘熙载在《艺概·词曲概》中曾经指出："词中句与字，有似触着者。……晏元献（晏殊）'无可奈何花落去'二句，触着之句也。""触着"，不妨理解为创作过程中境为心会，情与景遇，似不经意地创造出来的艺术形象和意境。这"斜晖脉脉水悠悠"就是所谓"触着"之境。从作者主观上说，很可能只是即景描写，未必明确意识到这一意境中蕴含了多少内容，会引起读者一些什么联想，但在读者方面，却完全可以由这空灵含蓄的意境和涵意丰富的诗歌意象联想起许多作者在创作时未必意识到的内容。形象大于思维的现象有时就和创作中的"触着"相联系；而鉴赏活动中"作者虽未必然，读者何必不然"的情形，也往往和这分不开。读者的种种联想，实际上是从各个不同的角度去感受艺术形象和意境的结果。当然，这些不同角度和内容的联想，在总的方向上还是大体一致的，例如对这首词中"斜晖脉脉水悠悠"所引起的上述联想，便都离不开女主人公的孤寂与离愁。这就自然要引出"肠断白蘋洲"的结尾来。

　　梁朝诗人柳恽的《江南曲》有"汀洲采白蘋，日晚江南春"之句，抒写思念远人，采蘋相寄的情怀。这里用白蘋洲的字面，自然和女主人公的相思怀远之情有关。在唐代诗歌中，"白蘋洲"常被用来指分手的地方。俞平伯先生在解说这句时引了唐代赵微明《思归》诗的中间两联："犹疑望可见，日日上高楼。惟见分手处，白蘋满汀洲。"认为"合于本词全章之意，当有些渊源。"这对理解词意很有帮助。白蘋洲这一关联着相思怀远之情的诗歌意象，由于加进了"分手之处"这一层意蕴，便更易触动伤离之情了。在盼望归舟不至的寂寞怨怅中，忽然看到昔日分手的伤心处，当然不免悲从中来，为之"肠断"了。白蘋丛生，芳草萋萋，正是自然界充满生意的季节；而自己呢，却空闺独守，所思不归，这眼前春意盎然的白蘋洲反倒引起青春易逝的感慨了。

对这首词的结尾，或许有人觉得它过于直露，跟前两句那种空灵蕴藉的风格显得不大协调；甚至觉得它有些画蛇添足，因为写到"斜晖脉脉水悠悠"，女主人公的种种感情已经尽寓景中，没有必要再用"肠断"点破，就势收住，反而更富蕴含。这种看法，自有一定的道理。不过，如果从通篇感情的发展来考虑，这个结尾倒也未必就是蛇足。这是因为，写到"斜晖脉脉水悠悠"，女主人公的思绪虽然深长丰富，却又并没有发展到高潮，形成一个凝聚点。如果到这里就收住，实际上给人的感觉却是难收煞得住。读者心理上总感到有些不满足。这种不满足，未必是由于鉴赏力的欠缺而要求把意思说尽，而是由于作品内容本身不应有的空缺所造成的。这也就是说，从女主人公感情发展的角度看，"斜晖脉脉水悠悠"一句的后面还应该有一个高潮、一个收束。而"肠断白蘋洲"，正是由于外在景物"白蘋洲"的触发所形成的感情凝聚点与高潮。它不是对前面的简单重复或点醒，而是感情发展的一个新的更高的层次。别外，从词的结句来说，以景结情，含有余不尽之意固然很好，像作者另一首同调之作："千万恨，恨极在天涯。山月不知心里事，水风空落眼前花。摇曳碧云斜。"但像这首词的结句那样，触景生情，直抒"肠断"，也同样具有强烈的艺术感染力。更何况，"白蘋洲"这一诗歌意象，又具有上面所说的丰富的蕴含，因此这个结句便看似直露，实则颇耐寻味了。

这首词的内容不过是一般的闺怨离愁，但词的意境却比较开朗阔远，不像许多闺情词那样，局限于小庭深院、闺阁兰房，境界显得非常狭小。这和词中所展现的阔远的时空境界有密切关系。展现在思妇面前的，不但有悠悠流逝，绵长深永的一川江水，有江边白蘋丛生的沙洲，有江上不断行驶的点点风帆，而且有西天残阳斜照投下的脉脉余晖。这一切景物所构成的江天帆影或江天夕照图，具有广阔的空间感。而从"梳洗罢"到"斜晖脉脉"之间，又包含了过尽千帆的一整天乃至更长的时间。广远的空间与悠长的时间所构成的境界，使它超越了一般闺情词常见的狭隘境界。

韦 庄

浣溪沙

惆怅梦余山月斜，孤灯照壁背窗纱。小楼高阁谢娘家。　　暗想玉容何所似？一枝春雪冻梅花，满身香雾簇朝霞。

韦庄有过一段悲剧性的爱情生活经历，词中颇多对那位曾经热恋过，而后一别音尘隔绝、相见无因的女子深情的思念与追忆。尽管他在抒写别时情景的《望远行》中曾说："不忍别君后，却入旧香闺。"但深挚的恋情仍不时驱使他重访伊人所居，以重温旧梦，结果却更添人去楼空的惆怅，如《荷叶杯》下片说："闲掩翠屏金凤，戏梦，罗幕画堂空。碧天无路信难通，惆怅旧房栊。"这首《浣溪沙》所抒写的，也是词人重访"小楼高阁谢娘家"追寻旧梦而倍觉惆怅的感情，以及由此引起的对伊人美好风貌的想象。

起二句写梦醒时情景。用"惆怅"二字领起，便已透出梦醒后的空虚惆怅，并使整个上片笼罩着一层失落伤感的气氛。梦中与对方相见，宛如昔日"携手暗相期"的情景；一觉醒来，但见山月斜映，孤灯照壁，窗纱上蒙着一层朦胧的暗影，梦中人却已杳然。"梦余"实写，梦中虚写，以梦醒的惆怅暗示梦中的欢乐；而梦中的欢乐又更加重梦醒的惆怅。这样实中寓虚，虚实相衬，一开头便渲染出孤寂空幻的氛围。第三句承"梦余"，一笔点醒这场梦就是在"小楼高阁谢娘家"做的。谢娘，晚唐五代诗词中多指所爱美貌女子。此句按自然顺序，本应置于篇首，之所以先从"梦余"写起，不仅为避平直，且以"小楼"句总束上片，逗起下片，表明"梦余""暗想"之所均在此"小楼高阁"之中，故此句实为全篇之关锁。不明白这一结构特点，对这首词便往往容易产生各种误解。

梦余的惆怅更加强了抒情主人公对伊人的思念。由此便自然生出对"玉容"的"想象"。与上片先出梦醒时情景，再点明所在地点的写法不同，下片是先点明"暗想玉容"，再描摹想象中伊人的风神。《浣溪沙》下片，一般都用对起单结的格式，此词却反过来，取单起双结格式，这也是一种创格。

汤显祖评道:"以'暗想'句问起,则下二句形容快绝。"甚是。词中描绘女子容貌,多借艳丽的花作喻,此处却特意用"梅花"比况,已显示其人品性高洁,风神素静淡雅;更在梅花之上冠一"冻"字,且以"春雪"烘染,遂使此"一枝"梅花在晶莹而带有春意的白雪映衬下越发显示出其冰清玉洁的丰姿和清朗莹澈而富于生机的精神风貌。用相同色调的事物作衬染,有时往往流于堆垛重叠,此处却因"春雪""冻"的衬染更显示出"梅花"的内在神韵,构成一种"表里俱澄澈"的和谐之美,其构思与"一片冰心在玉壶"神似。但词人的想象并不停留在这一步,而是将这"一枝春雪冻梅花"置于晨雾朝霞的笼罩簇拥之中。雾本无香气,然梅花的幽香却可熏染晨雾使之成为"香雾"。这种形容,不仅暗示了梅花所象喻的对象的女性特征,而且进一步渲染了其芬芳美质。而这一枝在春雪香雾中开放的梅花,当朝日将升时,竟全身披上了明丽灿烂的朝霞。这就在清雅素淡、晶莹朗澈的精神风貌的基础上更增添了灿烂明艳的风采,而显得光彩照人。着一"簇"字,似乎幻化出一位轻纱雾縠、冰清玉洁的仙子在满天红霞的簇拥下冉冉而出的形象。到这里,对"玉容"的想象已达极致,全词也在充满诗情的礼赞中收束。五、六两句,虽分别用不同物色,从不同角度形容,每句中又用叠加之法,但却一气直下,极为明快,因而结得极为饱满。

　　丹青难画是精神。这首词精彩处正在于画出了伊人的精神风貌。古代文学作品中,虽早已有"肌肤若冰雪,绰约若处子"(《庄子·逍遥游》)和"其始来也,耀乎如白日初出照层梁"(宋玉《神女赋》)、"远而望之,皎若太阳升朝霞"(曹植《洛神赋》)一类形容,但将素洁和明艳之美和谐地结合起来,统一在梅花这种高品之花身上,用来表现女子内在精神品质和外在姿容风貌,这首词却是一个独创。而渗透在想象之中的那种温柔缱绻的情意与热烈的赞美、深情的思慕,与词中所塑造的伊人形象,正同样具有感人的力量。

韦庄

浣溪沙

夜夜相思更漏残，伤心明月凭栏干，想君思我锦衾寒。　　咫尺画堂深似海，忆来唯把旧书看，几时携手入长安？

　　这是一首伤离忆昔之作。所怀对象，或以为是被蜀主王建夺去的宠姬，但夏承焘《韦端己年谱》已辨此说不足信。不过此词所抒写的情意，确实非常深挚，可以看出与对方的关系并非一般的男女欢情，而是一种铭心刻骨的生死之恋。

　　首句陡起，重笔直抒对女方的思念。相思而曰"夜夜"，而且每夜直至"更漏残"，用层递手法写出相思的深长殷切，永无已时，既无法排解，更难以消释，双方感情之深浓和离别造成的伤痛之深刻于此可见。次句即从"夜夜相思"中拈出一种场景进一步表现内心的伤痛。从表面看，这句似乎只是写自己在月明之夜，独自凭栏，满怀伤心地思念对方。但实中寓虚，今中寓昔，景中寓事。读者自可从"明月凭栏"的现境中联想到词人与对方往昔深夜花前月下的"暗相期"、同倚栏干共赏明月的欢乐以及"惆怅晓莺残月，相别"等一系列不同时间、不同感情色彩的往事，而今独自凭栏，追思往事，无论悲欢离合，都化为无限"伤心"了。"伤心"本属词人，此处置于"明月"之上，遂并此无情之明月亦带伤心之色，移情手法，运用得浑然无迹。

　　前两句从自己方面极写相思之深、伤心之切，第三句却转从对方来写，说当我夜夜相思、伤心凭栏之时，料想你也必定在思念我，担心我独自一人，锦衾凄寒。这种从对面着想的写法，由于能曲折深至地表现抒情主人公对所思者的细意体贴，自《诗经·陟岵》以来，屡为诗家所用，与韦庄时代相近的李商隐《无题》（相见时难）也有"晓镜但愁云鬓改，夜吟应觉月光寒"之想象，其中"夜吟"句取境遣词对韦庄此句似亦有所启发。但韦词自有它特殊的优长与创造。一方面，它与上句勾连转接得非常紧凑自然，不用虚字承转，而"我思君处君思我"之意自见；另一方面，本句中连用"想""思"两个动词，不但写出料想对方同在思念自己这样一层异地同情之意，而且进一步替对方设想到"思我"的具体内容——锦衾寒。这就在表现对方对自己深情体贴的同时更深一层地表现了自己的体贴入微。如此曲折多重、深厚缠绵的感情内涵被浓缩在短短七个字中，表现得那样明朗自然，毫不费力，毫无造作，确实是非常高超的白描技巧，是抒情"曲而能达"的范例。

下片仍从"想君"一面着笔，进一步写自己的相思之情、伤心之怀。"咫尺"句语本崔郊《赠去婢》诗："侯门一入深如海，从此萧郎是路人"，而以"咫尺"距离之近与"深似海"的阻隔之深作鲜明对照，把室迩人远、咫尺天涯的意思表达得极明快而富力度，而自己那种可望而不可即的悲慨和梦魂萦绕的思念也自然寓含其中。由此便自然引出下一句"忆来唯把旧书看"。近而实远，望而难即，思而不见，则剩下的便只有时时把玩对方的旧日书信了。此句所说的"旧书"，当是指往日相爱时互通情愫的情书，而非别后所寄，因为韦词中已多次提到"别来半岁音书绝""碧天无路信难通""空相忆，无计得传消息"。说"唯把旧书"，则今日之音尘隔绝自可知。往日爱情的凭证与记录，如今已成为寂寞悲苦心灵的唯一慰藉。然而这种无可奈何的慰藉和对逝去的温馨旧梦的回忆，不但本身便包含着悲剧的性质，而且在重温旧梦的同时势必更添别离的痛苦和失落的悲哀。作者只用朴素平易的语言淡淡道出，不着任何渲染，这一细节中所蕴含的种种复杂而痛苦的内心体验全留给读者自己咀味。这种抒情风格，又正如陈廷焯所云："似直而实纡，似达而实郁。"

结语从无望的相思中转出渺茫的希望："几时携手入长安？"长安是韦庄的故乡，"携手入长安"当是往日双方相爱时的旧约。如今阻隔重深，音尘断绝，则所谓"几时"实渺茫不知何日之意也。用不定的问语表达，不仅在几希的想望中更见情之执着，而且增添了结尾处烟水迷离、摇曳不尽的情致。

此词采用与对方进行心灵对话的抒情方式，读来颇似一封词体书信。这种抒情方式和口吻，加上那种体贴入微的心意，使整首词在悲剧性的意蕴中流露出几许温馨的柔情，别具一种亲切挚爱的情韵。

韦
庄

毛文锡

醉花间

休相问，怕相问，相问还添恨。春水满塘生，鸂鶒还相趁。昨夜雨霏霏，临明寒一阵。偏忆戍楼人，久绝边庭信。

此词写闺人因丈夫远戍不归、久无音信引起的愁恨，内容本很平常，读来却颇饶清新灵动的韵致。这是因为它在构思上力矫平直，又较好地发挥了词体本身特点的缘故。

开头既不正面叙写愁恨之因，更不具体描绘愁恨之态，而是以"休相问"凌空起势；紧接着又连下"怕相问，相问还添恨"两句。三个短句中，"相问"一语出现三次，前两句并列叠用，第三句与第二句顶针，像连珠炮似的倾泻而出，造成一种满腔郁结，不愿而且害怕别人触及的强烈印象，虽未写愁恨的具体形态，而愁恨之强烈可以想见。这是一种突兀奇横、绘声传神的起笔。三句在语势上节短势促而又一气蝉联，在意蕴上却是逐层脱卸，句句转进。即"休相问"的原因是"怕相问"，而"怕相问"又是因为"相问还添恨"。这样，就显得既淋漓酣畅，又曲折有致。

写到这里，似乎应该交待"恨"因或叙说"恨"的具体内容了，却又突然顿住，宕开写景。只见春水漾满了池塘，双双对对的紫鸳鸯（鸂鶒又名紫鸳鸯）正相亲相偎地在水中嬉戏。这两句看似闲笔，其实正是进一步抒写女主人公无法躲避、消释的愁恨。旁人的相问，固可拒之千里，其奈无知之物何！那"相趁"的鸂鶒全然不管女主人公的心绪，顾自交颈相亲，这对"怕相问"而游目舒忧的女子是一种新的撩拨刺激，"还"字正透露出她对鸂鶒的一股怨意。两句用的是一种欲擒故纵之法，貌似放松，却反而把愁恨的心弦拉得更紧。

人情物态，尽皆添恨增愁。写到这里，方转出下片对"恨"因的叙写交待，时间也自然由今晨回溯到昨夜。原来昨天夜间，下起了霏霏细雨。这种雨本来就容易引起形单影只的闺中少妇怀远之情（所谓"细雨梦回鸡塞远"

154

即是一例），更何况清晨时又袭来一阵料峭的春寒，不免分外感到处境的孤寂和心头的凄寒。由己身之寒，转而想到远戍边疆的丈夫，此刻定当禁受着塞外的酷寒，然而对方却已断音讯了。这里既有对戍楼人的怨意，更有生死未卜的担忧。这正是愁恨的原因和具体内容，也是"休相问，怕相问"的根由。到这里，一开头凌空设置的悬念方得到解释。全篇也就在"久绝边庭信"这种似结非结的情况下顿住。况周颐《餐樱庑词话》说："《醉花间》后段，情景不奇，写出正复不易。语淡而真，亦轻清，亦沉着。"轻清，指其用语的轻淡清新，灵动跳脱；沉着，指其感情的深厚沉挚。

通观全词，可以看出它在构思上采取了逆向叙写，先果后因的写法。先将女主人公情思郁结、感情最强烈的瞬间置于读者面前，用重词叠句造成极富力度的感情倾泻。然后又利用词体各层间跳跃性大的特点，宕开写景，似放实收，似松更紧；下片方从容揭示"恨"因，和盘托出。这种构思，使全篇避免了平直的叙写，既能给人以起势奇横、感情强烈的印象，又显得波峭顿宕，灵动跳脱，使平常的题材平添了新趣。

毛文锡

临江仙

　　金锁重门荒苑静，绮窗愁对秋空。翠华一去寂无踪。玉楼歌吹，声断已随风。　　烟月不知人事改，夜阑还照深宫。藕花相向野塘中，暗伤亡国，清露泣香红。

　　在大量抒写离愁别绪、男欢女爱的花间词中，这首描绘荒宫废苑，"暗伤亡国"的词作，是引人注目的别调。

　　上片着意刻画渲染荒苑的冷寂。前两句勾画出荒苑的轮廓。重门绮窗，还依稀可以想见宫苑往昔的深邃宏广、华美壮丽；但眼前所见，却是重门深闭、金锁扃户，整个宫苑，在一片荒芜中显出无边的静寂，那华美的绮窗也似乎在默默愁对着虚旷的秋空。作者将整体与局部、现时与往昔构成对比映衬，使整个荒苑在昔时豪华的残迹（重门、绮窗）的映衬下愈显出荒凉冷落、残破不堪，"静"字、"愁"字，着意锤炼，前者见荒苑一片冷寂，不但杳无人迹，而且闻不到任何生命的气息；后者更移情于物，赋予无知的物以人的感情，使人感到那历劫后稀疏的窗眼正像满怀愁绪的眼睛在遥对悠悠苍穹，仿佛在默默诉说一场天荒地变带来的累累伤痕，又仿佛在向悠悠苍穹发出疑问。物的人化，使这座荒苑似乎有了不瞑的眼睛和灵魂。

　　接下来三句，进一步写荒苑之"静"。但与前两句实写眼前荒寂之景不同，改从虚处着笔。翠华旗是皇帝的仪仗，这里用来指代皇帝，也就是这座荒苑的昔日主人。词人从眼前荒苑的一片冷寂和残存的重门绮窗展开想象，显示出往昔翠华巡幸、玉楼歌吹的盛况如今皆已杳然无踪、寂然无声了。如果说，前两句是在荒寂残破的画面上点缀了几处豪华的残迹，那么这三句则是在这个画面上叠印上了想象中的"翠华"巡幸和"玉楼歌吹"。这一虚笔，不仅显示了豪华的消逝、今昔的沧桑，而且点明了"荒苑静"的原因。"声断已随风"一句，虚景实写，给人以真切的感受；同时又实中寓虚，使"风"也带上了某种象征色彩。

下片仍写荒苑景物，却改换角度和写法，转从"烟月"与"藕花"这两种景物的"不知人事改"与"暗伤亡国"作对比映衬，来表现今昔盛衰之感和故国沦亡之伤。"烟月"今古长存，昔日盛时，月照深宫，金波碧瓦，雕梁玉砌，当更增它的华美，而今宫苑荒废，烟月依旧，却愈显其寥落凄清。说"不知""还照"，仿佛怨怪烟月之无情，其实正是以无知的自然物反托人的强烈深沉的今昔盛衰之慨。下面三句即以"藕花"来象喻具有亡国之痛的人。"藕花"是宫苑中昔时栽种的遗物，但往日华美的池沼如今已成荒芜的"野塘"，言外自含一种"无主"的悲慨。而往昔碧沼红莲，烂漫而开的盛况，如今也是"藕花相向"，呈现出瑟缩寂寞、默然相对之状。它们虽仍然花色红艳，幽香沁人，但却呈现出凄伤的神色，那点缀在花瓣上几颗晶莹的露珠，仿佛是它们"暗伤亡国"的盈盈泪珠。这不但赋予"藕花"以具有"亡国"之痛的人的感情，而且使这种感情带上凄伤无告的情味和深沉凝重的色彩，呈现出浓郁的悲剧气氛。那泣露的藕花正不妨看作"暗伤亡国"的词人的化身。

写兴亡之感的诗词有两种。一种作者站在旁观的或比较超脱的立场来看待历史上和现实中的盛衰兴亡，抒写的也主要是一种比较虚泛的盛衰不常、今昔沧桑之感，像与鹿虔扆大体同时的欧阳炯的《江城子》（晚日金陵岸草平），就是典型的一例。另一种是作者身在其中，怀有切肤之痛的，如本篇即是。从表面上看，此词通篇均写荒苑景物，不见人的活动踪迹，也没有抒情主人公出场。但在景物描写中，处处渗透一个怀有强烈深沉的亡国之痛的抒情主人公的主观感情，显示出他特有的观察事物的眼光、感受景物的心态。如果说词中的荒苑像是一个已经逝去的王朝变得冰凉了的躯壳，那么在这座杳无人迹的荒苑中却正游荡徘徊着一个"暗伤亡国"的魂灵，这便是作者的诗魂。"荒苑"之"静"，"翠华"之"去"，"歌吹"之"断"，固然是这个魂灵在今昔盛衰的对照中发出的沉重叹息，"绮窗"之"愁"，"藕花"之"泣"，更是这个灵魂的忧伤和暗泣。

欧阳炯

南乡子

　　路入南中，桄榔叶暗蓼花红。两岸人家微雨后，收红豆，树底纤纤抬素手。

　　花间词人中，欧阳炯和李珣都有若干首吟咏南方风物的《南乡子》词，在题材、风格方面都给以描写艳情为主的花间词带来一股清新的气息。

　　"路入南中，桄榔叶暗蓼花红。"头两句写初入南中所见。桄榔是南方特有的一种常绿乔木，形状像棕榈，叶子长在枝头，为羽状复叶。树身很高大，所以一眼就能看到。蓼花虽非南国特有，但也以南方水乡泽国为多，所谓"红蓼花开水国秋"可证。桄榔树叶深绿，故说"暗"。"桄榔叶暗蓼花红"，一高一低，一绿一红，一是叶一是花，一岸上一水边，互相映衬，勾画出了南中特有的风光，和它给予旅人的第一个鲜明印象。

　　"两岸人家微雨后，收红豆。"上两句所写的，还是静物，这里进一步写到人物的活动。红豆是相思树的果实，这种树也为南中所特有，是一种高大的常绿乔木。岭南天热，微雨过后，业已成熟的红豆荚正待采摘，故有"两岸人家微雨后，收红豆"的描写。这两句将南中特有的物产和风习、人物活动糅合在一起，组成一幅典型的南中风情画，透出浓郁的地域色彩和生活气息。

　　"树底纤纤抬素手。"采摘红豆的，多是妇女，所以远远望去，但见两岸人家近旁的相思树下，时时隐现着红妆女子的倩丽身影和她们的纤纤皓腕。这是南中风物的写实。但这幅画图却因为有了这一笔，整个儿地灵动起来了，显现出了一种动人的风韵。红豆又称相思子。王维《相思》诗说："红豆生南国，春来发几枝。劝君多采撷，此物最相思。"这流传众口的诗篇无形中赋予这素手收红豆的日常劳动以一种动人遐想的诗意美。面对这幅鲜丽而富于温馨气息的画图，呼吸着南国雨后的清新空气，词人的身心都有些陶醉了。《南乡子》单调字数不到三十，格调比较轻快，结句的含蕴耐味显得格外重要。欧阳炯的这首就是既形象鲜明如画，又富于余思的。

158

江城子

晚日金陵岸草平，落霞明，水无情。六代繁华，暗逐逝波声。空有姑苏台上月，如西子镜照江城。

欧阳炯

在诗歌中，怀古题材屡形篇咏，名篇佳作，层见迭出。但在词里，尤其是前期的小令里，却是屈指可数。这大概是因为，感慨兴亡、俯仰今古的曲子词不大适宜在"绣幌佳人……举纤纤之玉指，拍按香檀"的场合下演唱的缘故。正因为这样，花间词中欧阳炯等人的少量怀古词，便显得特别引人注目。

这是一首金陵怀古词。凭吊的是六代繁华的消逝，寄寓的则是现实感慨。开头三句点出凭吊之地六朝故都金陵和当地的物色。"晚日金陵岸草平，落霞明，水无情"，大处落墨，展现出日暮时分在浩荡东去的大江、鲜艳明丽的落霞映衬下，金陵古城的全景。"岸草平"，显出江面的空阔，也暗示时节正值江南草长的暮春；"落霞明"，衬出天宇的寥廓，也渲染出暮景的绚丽。整个境界，空阔而略带寂寥，绚丽而略具苍茫，很容易引起人们今昔盛衰之感。所以第三句就由眼前滔滔东去的江水兴感，直接导入怀古。"水无情"三字，是全篇的枢纽，也是全篇的主句。它不但直启"繁华暗逐逝波"，而且对上文的"岸草平""落霞明"和下文的"姑苏台上月"等景物描写中所暗寓的历史沧桑之感起着点醒的作用。这里的"水"，已经在词人的意念中成为滚滚而去的历史长河的一种象征。"岸草平""落霞明""水无情"，三字一顿，句句用韵，显得感慨深沉，声情顿挫。

接下来"六代繁华，暗逐逝波声"两句，是对"水无情"的具体发挥。六代繁华，指的是建都在金陵（六朝时叫建业、建邺或建康）的六个王朝的全部物质文明，和君臣们荒淫豪奢的生活。这一切，都已随着历史长河的滔滔逝波，一去不复返了。"暗逐"二字，自然超妙。它把眼前逐渐溶入暮色、伸向烟霭的长江逝波和意念中悄然流逝的历史长河融为一体，用一个"暗"字绾结起来，并具有流逝于不知不觉间这样一层意思。词人在面对逝波，慨叹六朝繁华的消逝时，似乎多少领悟到有某种不以人的主观意志为转移的力量在暗暗起作用这样一个事实。这就把"水无情"的"无情"二字进一步具体化了。

159

"空有姑苏台上月，如西子镜照江城。"在词人面对长江逝波沉思默想的过程中，绚丽的晚霞已经收敛隐没，由东方升起的一轮圆月，正照临着这座经历了多次兴衰的江城。姑苏台在苏州西南，是吴王夫差和宠妃西施长夜作乐之地，是春秋时期豪华的建筑之一。苏州与金陵，两地相隔；春秋与六朝，时代相悬。作者特意将月亮和姑苏、西子联系起来，看来是要表达更深一层的意蕴。六代繁华消逝之前，历史早已演出过吴宫荒淫、麋鹿游于姑苏台的一幕。前车之覆，后车可鉴。但六代君臣却依然重覆亡吴的历史悲剧。如今，那轮曾照姑苏台上歌舞的圆月，依然像西子当年的妆镜一样，照临着这座历尽沧桑的江城，但吴宫歌舞、江左繁华均逐逝波去尽，眼前的金陵古城，是否再要演出相似的一幕呢？"空有"二字，寓慨很深。这个结尾，跳出六代的范围，放眼更悠远的历史，将全词的意境拓广加深了。

怀古诗词一般只就眼前物色发抒今昔盛衰之慨。这首词的内容意境尤为空灵，纯从虚处唱叹传神。但由于关键处用"无情""暗逐""空有"等感情色彩很浓的词语重笔勾勒，意蕴却相当明朗。

孙光宪

思帝乡

如何，遣情情更多！永日水精帘下敛羞蛾。六幅罗裙窣地，微
行曳碧波。看尽满池疏雨打团荷。

这是一首仅三十六字的单调小令词，但它却相当成功地表现了一种难以
形状的感情体验。

起处突如其来，直抒郁结，似问似叹，和盘托出心灵深处无法摆脱、越
排遣越强烈的烦恼。词贵含蕴，令词尤然。此处不循常规，倾泄而出，正是
表情的需要，盖非此不足以表现其苦闷、无奈、不解等复杂而强烈的意绪。
但紧接着却并不去具体申说"情"的内涵和"遣情情更多"的原因，而是一
连写了三种带有时间延续性的行动，来着意表现"遣情情更多"的具体
形状。

一是默坐。华美的水精帘下，本应是充满爱情温馨气息的地方，所谓
"水精帘下看梳头"即是。但此词的女主人公却"永日"紧敛脉脉含情的双
蛾，这正透出了心情的愁闷和无法消解。

二是微步。小步缓行，碧绿的六幅罗裙轻拂地面，像池中碧波微微荡
漾。这一句从曹植《洛神赋》"凌波微步，罗袜生尘"脱化而来，但曹赋是
水行而疑其为地，孙词则是陆行而疑其为水，而其想象之奇、境象之美则
同。但这舒缓优美的步态所透露的却是一种百无聊赖、无可排遣的意绪。
"微行"中正含一缕幽怨。

三是观景。满池疏雨，飞洒于团团荷叶之上，本是庭院清幽之景，但着
"看尽"二字，便有无限幽寂无憀意绪，从中隐隐透出。团荷受雨而曰
"打"，也暗透它在女主人公心中引起的感受不是轻松安恬的审美愉悦，而是
带有骚屑不宁的意味。晏殊同调词云："一霎好风生翠幕，几回疏雨滴圆荷。
酒醒人散得愁多。"也写到类似情景，但"几回"和"滴"，以及全句的声情
都是比较轻快安闲的，此辨甚微。

161

三句从三个方面形象地表现了"遣情情更多",无论坐、行、观,都无法摆脱烦恼的纠缠。华美的陈设、优美的步态、清幽的景色反倒更衬出了内心的幽怨苦闷。这种"遣情情更多"的感情体验,诗中早有成功的描写,如李白之"抽刀断水水更流,举杯销愁愁更愁"即是。但诗直词隐,诗之境阔,词之言长,诗中可用直接抒情结合形象化比喻之法明快直捷地加以表达,词中却要借助一系列富于含蕴的描写从不同侧面加以烘托渲染。诗词的不同体性,于此亦可略见。

浣溪沙

蓼岸风多橘柚香,江边一望楚天长,片帆烟际闪孤光。　目送征鸿飞杳杳,思随流水去茫茫。兰红波碧忆潇湘。

此词写楚江秋色,境界阔远,思与境偕,在当时是不可多得的佳作。

上片由近及远,写楚江秋色。首句写江岸景物。红蓼花是南方水乡秋天的特征性景物,所谓"红蓼花开水国秋"(罗邺《雁》)、"红蓼花前水驿秋"(李郢《晚泊松江驿》),都说明它是水国秋色的标志。橘柚秋天成熟,挂黄飘香,同为南方秋光的显著特征。首句拈出这两种事物,抓住了季节与地域的特点,并借江岸"风多"自然缩合二者,写出岸边丛丛红蓼花随风摇动,岸上橘柚传送阵阵清香。秋色秋香、视觉嗅觉,一齐写出。次句将目光移向远处,但见秋空明净,楚天一碧,极目骋望,水远天长,无垠无际。此句大笔挥洒,似不经意,而"一望"与"长"都生动展现了江天阔远的清秋境象。妙在第三句于江天极望之境中以"片帆烟际闪孤光"作点染,遂使全词生色。远处水天相接,烟霭微茫,故说"烟际"。由于过远,不见船身,只见帆影;而阳光照映,船只移动,这"片帆"便不时在远处闪动着明亮的光影。这句刻画精细入微,将极目远天帆影时光感色感的明灭变化都显示出来了,而在长天远水的浩阔背景上闪现的"片帆""孤光"又反过来衬托出了水天阔远之境和极目骋望时的审美愉悦。

下片由极望而自然引出思远。"目送""思随"二句,为互文对句,意谓自己的目光和思绪都随着飞入遥天的征鸿、茫茫远去的流水而驰向杳远渺茫之处。征鸿与流水,固是江天远望实景,但又兼寓怀远之情,因为征鸿可传书捎信，流水亦可寄托思念。两句思由境起，情随景生，而境界较前更为杳远，已入杳杳茫茫的虚渺之境，笔致也唱叹有情。末句乃承"思"字顺势点出所思之地。此句如用散文表达，应为"忆兰红波碧之潇湘"，因词律要求故作"兰红波碧忆潇湘"。兰指红兰，江淹《别赋》有"见红兰之受露"之句。写想望中的潇湘，只用"兰红波碧"稍作点染，随即收住。究竟是单纯怀想曾历之地的美景，还是怀想居于如此美好环境中的人；是怀念朋友，还是思慕恋人，都含而不宣，任凭读者自领。

　　此词不仅境界阔远，抒情亦悠远微茫，有不尽之致，结句尤具远神。全篇既有随意挥洒的大笔，似不经意的点染，又有"片帆烟际闪孤光"这样工细入微的刻画，相形之下，愈见后者之警策。

孙光宪

冯延巳

鹊踏枝

　　几日行云何处去？忘却归来，不道春将暮。百草千花寒食路，香车系在谁家树？　　泪眼倚楼频独语。双燕来时，陌上相逢否？撩乱春愁如柳絮，悠悠梦里无寻处。

　　这是一首闺情词，写一位痴情的女子对冶游不归的男子既怀怨望又难割舍的缠绵感情。一说此词为欧阳修作。

　　一开头用问语提起。"行云"原出宋玉《高唐赋》："旦为朝云，暮为行雨。"通常用于喻指女性，这里却借指男子——那位像云一样在外寻欢觅爱的薄情人，几日不见他的踪迹，不知道又飘浮到什么地方去了。问语中有疑惑，更有叹息和怨嗟。"忘却归来，不道春将暮。""不道"，不知，这里含有不想一想的意思。春将暮，既指春天的消逝，又暗寓青春年华的消逝。对方是乐而忘返，浪游不归，自己却是忧愁春暮、年华暗销，"不道"二字，正将女主人公的无限感伤怨怅之情曲曲传出。

　　"百草千花寒食路，香车系在谁家树？"两句分承"春将暮""何处去"，进一步想象对方的行踪。古代在寒食、清明节期间外出扫墓和游春。香车，这里指冶游的男子所乘的华美的车。两句好像是女主人公的心理独白：在这百草千花竞美斗妍的游春路上，冶游郎的香车究竟系在哪一家的树上？"百草千花"，既关合春暮，又比喻花街柳巷的妓女。（白居易《赠长安妓人阿软》："绿水红莲一朵开，千花百草无颜色。"）《东京梦华录》卷七清明节："四野如市，往往就芳树之下，或园圃之间，罗列杯盘，互相劝酬。都城之歌儿舞女，遍满园亭，抵暮而归。"五代北宋风习相承，《梦华录》此文，可作为这两句所写事实的最好注脚。词中女子的这两句心理独白中含有怨嗟不满，但同时又含有对所思男子的挂念关切和期盼归来等多种感情，内涵颇广。究竟"系在谁家树"？答案是没有的，这就隐逗出下片的结尾句。

　　过片"泪眼倚楼频独语"是一个独立的单句。空闺独守的孤孑苦闷，青春将逝的忧伤惆怅，以及对冶游不归的荡子爱恨交并的感情，都凝聚为一双盈盈的泪眼。这盈盈泪眼的女子正倚楼而望，等待对方的归来。"频独语"三字，更将她在倚楼而望的过程中那种神思恍惚，若有所思，自言自语的情景写得逼真生动。

"双燕来时，陌上相逢否？"这是女主人公"独语"的内容，紧承上句。双燕相亲相伴，软语呢喃，即目生情，更加深了独居子处的凄清况味。但这后一层意蕴，却并不直接说出。俞平伯说："想得极痴，却未必真有这话。"（《唐宋词选释》）这是很精到的见解。到这里，女主人公对于冶游男子的怨意已经逐渐被系念想望之情所代替了。

"撩乱春愁如柳絮，悠悠梦里无寻处。"结拍触景伤情，即景取譬：暮春时节漫天飞舞的柳絮，更加触动身世飘零和青春易逝之慨，本就郁积于心的春愁变得更加撩乱，恍惚中感到这撩乱的柳絮就像是自己撩乱的春愁，怀着无边的春愁，想去寻觅对方的踪迹，但只恐在悠悠长梦中也难寻到对方的踪影。蒙蒙柳絮，本身就易引起如梦似幻的联想，由撩乱的柳絮想到春愁，又进而想到梦寻，就显得非常自然。

从一开头的"行云何处去"到最后的"梦里无寻处"，女主人公的感情始终在怨嗟与期待、苦闷与寻觅的交织中徘徊。随着倚楼而望的时间进程，怨恨的感情渐次消减，想望的感情渐次增长。外物不断作用于心灵的历程，充分显示了女主人公的一片痴情。作为一首闺情词，这种怨而不怒的缠绵感情不免带有旧时代妇女的某些思想烙印。但正如冯延巳的其他一些优秀词作由于抒情的深刻与典型常易唤起人们更广泛的联想一样，这首词中所抒写的"忠厚缠绵"之情似乎也概括了更广泛的人生体验，尽管词人未必有明确的寄托意图。

李　璟

摊破浣溪沙

　　手卷真珠上玉钩，依前春恨锁重楼。风里落花谁是主，思悠悠。　　青鸟不传云外信，丁香空结雨中愁。回首绿波三峡暮，接天流。

　　南唐中主李璟《摊破浣溪沙》（一名《山花子》）两首，一首咏春恨，另首咏秋悲，都写得深婉清丽，富于情致。这首咏春恨的，虽不像另一首有名句可摘，但意境气象却更为浑融阔远。

　　首句写卷帘上钩。"真珠"，即真珠帘的省称。它和玉钩这两种华美的物象一方面透露了主人公的身份，另一方面又从反面衬托了"春恨"。卷帘上钩这个行动，不论是为了遣愁消恨，还是为了望远寄情，都使下句的抒情由于有了铺垫而显得富于包蕴。

　　"依前春恨锁重楼。"这是卷帘之后因外物与内心的感应而引起的怅触。春恨是抽象的感情活动，无形无迹，似乎不能说"锁重楼"。但在怀有重重春恨的愁人眼里和感觉中，那风里落花、雨中丁香，以至包围着重楼的整个气氛，似乎都透出一层郁闷的愁绪和无名的惆怅。"锁"字不但把无形的春恨形象化了，而且传出重楼中人那种为重重春恨所包围的抑郁窒闷的感受。说"依前"，则这种感受早已体验多次，言外自含一种无可奈何和不堪忍受的强烈苦闷。以上两句一开一合，一衬一跌，构成了感情的一个总回旋，为全词定下了基调，以下就围绕"春恨"展开抒写。

　　"风里落花谁是主，思悠悠。"看到楼前帘外的落花，在风中飘摇散落，狼藉残红，不禁联想起自己的命运，也和它一样，面临飘零凋残的厄运而无法自主，无人护持。从这方面说，是触景兴感。但反过来也不排斥这种情况：由于词人怀着飘零无主的感情去观察、感受外物，遂使外物也带上词人自己的感情色彩，进而成为词人身世的一种象征。从这方面说，又是移情于物。实际上，在这里情与景，物与我已经融为一体，很难截然分开了。"思

166

悠悠"三字，将眼前景物所引发的联想推向更广远的领域。

过片续写"春恨"。青鸟是神话传说中为西王母传递信息的使者，这里即借指信使。这句实际上仍从重楼远望发兴：看到天外飞来的青鸟，不禁联想起青鸟传书的传说，但飞鸟却并未带来远人的书信，故说"青鸟不传云外信"。楼前雨中的丁香，花蕾缄结不解，含苞未吐，像人的愁怀郁结，故说"丁香空结雨中愁"。李商隐《代赠二首》（其一）说："芭蕉不展丁香结，同向春风各自愁。""丁香"句即从李诗化出。所不同的是，李诗用和煦的春风反衬丁香的"愁"，此词则用迷蒙的细雨正衬丁香的"愁"，机杼不同，而各极其妙。两句一写重楼远望，一写楼前近景，一虚中有实，一实中寓虚，构成工整而内容上存在因果关系的对句：正因为远书不至，重楼中人便不免脉脉含愁，忧思郁结。说"空结"，则又隐含徒怀愁思、无人怜惜的意蕴。这就把"春恨"进一步具体化了。

"回首绿波三峡暮，接天流。"结尾又从楼前宕开，纵目回望，但见浩浩江流，从远方的三峡一带迤逦而下，苍然暮色，笼罩着西接天际的绿波。这境界，苍茫阔远，而又蕴含着黯然的愁思。南唐建都金陵，地处长江边，由回望江水而遥接三峡，取景即在目前，抒情亦多借鉴。李商隐《楚吟》："山上离宫宫上楼，楼前宫畔暮江流。楚天长短黄昏雨，宋玉无愁亦自愁。"中主词这两句，意境与李诗有相似处，只是因前面已说破"愁"，故没有也不须再直接点出"愁"字而已。这个结尾，将前面反复抒写的"春恨"引向更加渺远的境域，使读者在吟味的同时不能不联想到，词人所抒写的"春恨"恐怕已经很难用一般的闺中伤离怀远之恨来拘限了。

南唐冯延巳和中主、后主的词，纯粹抒情色彩显著，而且所抒之情往往比较虚涵概括，不局限于具体情事。他们一些抒写传统的离别相思、春恨秋悲的词作，由于抒情的概括性和浓郁的悲凉伤感色彩，往往容易唤起读者更广泛的联想。像本篇的"风里落花谁是主"的感慨，就有可能融入对南唐风雨飘摇国运的忧虑与感伤，而结拍两句所展示的境界也隐然含有无限江山都笼罩在苍茫暮色中的意蕴。作者很巧妙地利用《摊破浣溪沙》这一词调上下片结尾较《浣溪沙》添加的三字句，将引发联想的重点放在"思悠悠""接天流"上面，词的境界便显得悠远浩阔，令人玩味不尽。

李 煜

望江南

多少恨，昨夜梦魂中。还似旧时游上苑，车如流水马如龙，花月正春风。

这是李煜亡国入宋后写的词。《望江南》这个词调的早期作品如白居易的几首，就是回忆江南旧游的。李煜用这个词调来表达对故国繁华的追恋，可能不是偶然采用。原作二首，内容相近，这一首历来为人们所传诵。

"多少恨，昨夜梦魂中。"开头陡起，小词中罕见。所"恨"的当然不是"昨夜梦魂中"的情事，而是昨夜这场梦的本身。梦中的情事固然是他时时眷恋着的，但梦醒后所面对的残酷现实却使他倍感难堪，所以反而怨恨起昨夜的梦来了。二句似直且显，其中却萦纡沉郁，有回肠荡气之致。

以下三句均写梦境。"还似"二字领起，直贯到底。"还似旧时游上苑，车如流水马如龙。"往日繁华生活内容纷繁，而记忆中最清晰、印象最深刻的是"游上苑"。上苑，皇帝的园林。在无数次上苑之游中，印象最深的热闹繁华景象则是"车如流水马如龙"。后一句语本《后汉书·马皇后纪》："车如流水，马如游龙。"唐诗中也有成句（苏颋《夜宴安乐公主新宅》七绝首句），用在这里，极为贴切。它出色地渲染了上苑车马的喧阗和游人的兴会。

紧接着，又再加上一句充满赞叹情味的结尾——"花月正春风"。在实际生活中，上苑游乐当然不一定都在"花月正春风"的季节，但春天游人最盛，当是事实。这五个字，点明了游赏的时间以及观赏对象，渲染出热闹繁华的气氛；还具有某种象征意味——象征着他生活中最美好、最无忧无虑、春风得意的时刻。"花月"与"春风"之间，以一"正"字勾连，景之秾丽、情之浓烈，一齐呈现。这一句将梦游之乐推向最高潮，而词却就在这高潮中陡然结束。

从表面看（特别是单看后三句），似乎这首词所写的就是对往昔繁华的眷恋，实际上作者要着重表达的倒是另外一面——今日处境的无限凄凉。但作者却只在开头用"多少恨"三字虚点，通篇不对当前处境作正面描写，而是通过这场繁华生活的梦境进行有力的反托。正因为"车如流水马如龙，花月正春风"的景象在他的生活中已经不可再现，所以梦境越是繁华热闹，梦醒后的悲哀便越是浓重；对旧日繁华的眷恋越深，今日处境的凄凉越不难想见。由于词人是在梦醒后回想繁华旧梦，所以梦境中"花月正春风"的淋漓兴会反而更触动"梦里不知身是客，一晌贪欢"的悲慨。这是一种"正面不写，写反面"的艺术手法的成功运用。

唐圭璋《唐宋词简释》说："此首忆旧词，一片神行，如骏马驰坂，无处可停。"上面所说的反面用笔的手法之所以成功，和这首词一气直下，略无停顿，最后在似无可煞的情况下陡然收煞的写法很有关系。正是由于这个结尾，留下了大段空白，这才引导读者去吟味思索那些意兴淋漓的描写背后所隐藏着的无限悲怆。如果在这下面再接上"故国梦重归，觉来双泪垂""往事已成空"一类句子，便觉兴味索然。

长相思

云一绹，玉一梭。淡淡衫儿薄薄罗。轻颦双黛螺。　　秋风多，雨如和。帘外芭蕉三两窠。夜长人奈何！

这大约是李煜前期的作品。写女子秋雨长夜中的相思情意。

上片像是一幅用笔轻淡素雅的仕女画。"云一绹，玉一梭"两句，分写头发与头饰，意思是说，女子的云发挽成盘涡状的发髻，上面插着梭形的玉簪。用语清新而形象。

"淡淡衫儿薄薄罗"，续写衣着。"罗"是"罗裙"之省。"淡淡""薄薄"，着意写其衣裳色调的轻淡、质地之细薄，以表现女子淡雅的韵致和轻倩的身姿。虽只写她的衫裙，而通体所呈现的一种绰约风神自可想见。

"轻颦双黛螺。"螺黛是古代用以画眉的一种青黑色矿物颜料，又名螺子黛，这里借指女子的双眉。这句写到这位淡妆女子的表情。眉黛轻蹙，似乎蕴含着幽怨。相思怀人之意，于此隐隐传出，并由此引出下片。"轻"字颇有分寸，它适合于表现悠长而并不十分强烈的幽怨，且与通篇轻淡的风格

169

相谐调。

下片续写环境和心情。"秋风多，雨如和。帘外芭蕉三两窠。"这是一个秋天的雨夜。秋风瑟瑟，秋雨潇潇，雨杂风声，风助雨势，听来恰似彼此相和。而这风雨之声，又落在"帘外芭蕉三两窠"上，奏出一支萧瑟凄清的秋窗夜雨曲，搅动得帘内的人心绪骚屑不宁，长夜难寐，增添了内心的幽凄冷寂。而这雨打芭蕉的凄其之声，又好像丝毫没有停歇的趋势，使人不免更感到暗夜的漫长。这就很自然地逗出末句"夜长人奈何！"这仿佛是女主人公发自心底的深长叹息。这叹息正落在歇拍上，"奈何"之情点到即止，不作具体的刻画渲染，反添余蕴。联系上片的描绘，不禁使人联想到，这位"淡淡衫儿薄薄罗"的深闺弱女，不仅生理上不堪这秋风秋雨的侵袭，而且在心理上更难以禁受这凄冷气氛的包围。到这里，才进一步显示出上片的人物肖像描写对表现人物内心世界的作用。环境、人物、外形、心理的和谐统一，轻淡的笔调、明洁的语言与笔下女主人公素淡天然、玲珑剔透的风韵的统一，使得这首抒写常见的相思怀人题材的小令，具有一种高度和谐明朗的美。

虞美人

春花秋月何时了？往事知多少！小楼昨夜又东风，故国不堪回首月明中。　　雕阑玉砌应犹在，只是朱颜改。问君能有几多愁？恰似一江春水向东流。

这首词作于李煜降宋入汴以后，相传是他的绝命词。

首句劈空陡起。春花秋月对李煜这样一个已失去繁华旧梦和自由的囚徒，只能勾起对故国往事的痛苦追忆和对当前囚虏生涯的加倍伤感，故用"何时了"这种似乎违反常情的怨叹来表达不堪面对的悲慨。下接"往事知多少"一句，透露出既追恋悼惜一去不复返的往昔岁月，又不敢思量来日的心态。这是对人生已经绝望却又放不下过去经历的一切美好情事的人典型的心理。

三、四句承"春花秋月"与"往事"，进一步抒写不堪回首故国的感情。东风又吹，春花将放，自然界永恒不已，而人生却沧桑变化，悲乐迥异。幽囚小楼的俘虏，虽对春风明月，但当年畅游上苑，"车如流水马如龙，花月正春风"的景象却一去不复返。这正是"故国不堪回首"所蕴含的感情内涵。缀以"月明中"三字，使想象中的"三千里地山河"沉浸在一片银光中，既分外美好，又杳远难即。上句"缩笔吞咽"，一"又"字尤内敛沉痛；下句"放笔呼号"，直抒悲愁怨悔，淋漓尽致。

过片两句承"故国"而来。"雕阑玉砌"是词人心目中故国的标志与象征，缀以"应犹在"三字，于想象揣测中暗透出恍如隔世之感。下句用"只是"用力勒转，突出物是人非、江山易主的深沉悲慨。

以上六句，将美景与悲情的对比、往昔与当前的对比、景物与人事的对比融为一片，而其核心内容则是自然的永恒与人事的沧桑的对比。六句文势抑扬吞吐、纵收开合，将蕴蓄胸中的悲愁感慨曲折有致地表达出来。结拍两句，乃对人生悲慨作一总倾泄，对全词作一总收束。"问君"句先作一提顿，点出本体"愁"，紧接着"恰似一江春水向东流"的比喻便如长江大河，一泻而出，不仅形象地显示了愁思的悠长深广，而且显示了愁思的汹涌翻腾、汪洋恣肆，充分体现出奔腾中的感情所具有的强度与深度。九字长句和一句三顿的句式，也造成一种波澜起伏、一泻千里的气势，充分发挥了词体的特长。

寇 准

踏莎行　春暮

　　春色将阑，莺声渐老，红英落尽青梅小。画堂人静雨蒙蒙，屏山半掩余香袅。　　密约沉沉，离情杳杳，菱花尘满慵将照。倚楼无语欲销魂，长空暗淡连芳草。

　　这是一首闺中春暮伤离怀远之作。首句总起，明点春暮，以下两句分别就莺、花这两种最能标志"春色"进程的景物加以具体描写。"莺声"柔美流滑，最具春之风神情韵，而此曰"渐老"，不但透出春之将暮，而且传出听者的主观感受和心理反应，似觉那圆转的莺声已变得有几分苦涩了。"红英"句不但显现出枝头再也难觅残红，唯见青梅如豆的暮春景象，而且暗透观者那种"春色三分，二分尘土，一分流水"式的感喟。两句一从听觉，一从视觉着笔，其中都流露出闺中人韶华将逝的怅触。

　　"画堂"二句，由室外而室内。点出"人静"，正透下"离情"主意。接着用"雨蒙蒙""屏山半掩""余香袅"三种景象加以渲染。细雨蒙蒙，景既凄迷，情复黯淡；屏山半掩，室之空寂，人之孤孑如见；而一缕残香，袅袅丝丝，更透出长日无聊的意绪和悠长不断的思念。整个室内的氛围，空寂、黯淡、无聊而又悠长，这就自然要引出下片的"离情杳杳"来。

　　过片两句，由景而情，正面点出题旨。"密约"而曰"沉沉"，见对方去后，音讯全无，先前订的幽期密约都成空虚；"离情"而曰"杳杳"，不特见情之深长，亦透相距之遥远，期会之渺茫。故虽有菱花明镜，却无心照影梳妆，而一任其"尘满"了。

　　结拍二句，由"离情杳杳"引出，写女子为离情所驱，倚楼遥望。上句用重笔点，"无语""销魂"，一描摹情状，一抒写内心，既相互映发，又相互叠加，于伫立无语的情态中益透无可告语的悲哀和黯然魂销的伤感。妙在下句用景语渲染，化景物为情思，画出情景深融的境界。所思渺渺，倚楼远望，惟见长空黯黯，芳草连天，一片广远迷茫、空廓虚渺之境。女主人公的心境，也正像眼前这境界一样，黯淡空虚，杳远失落。

此词上片写景，景中寓情；下片抒情，情中有景，一结情与景偕，尤富远神。在写法上，先由外而内，复由内而外；感情由隐至显，由弱而强。在宋初的小令中，这是一首风格清疏而饶情韵之作。

寇准

范仲淹

苏幕遮

　　碧云天，黄叶地，秋色连波，波上寒烟翠。山映斜阳天接水，芳草无情，更在斜阳外。　　黯乡魂，追旅思，夜夜除非，好梦留人睡。明月楼高休独倚。酒入愁肠，化作相思泪。

　　这首词抒写羁旅相思之情，题材基本不脱传统的离愁别恨的范围，但意境的阔大却为这类词所少有。

　　上片写秾丽阔远的秋景，暗透乡思。起手两句，即从大处落笔，浓墨重彩，展现出一派长空湛碧、大地澄黄的高远境界，而无写秋景经常出现的衰飒之气。王实甫《西厢记》"长亭送别"一折化用这两句，改为"碧云天，黄花地"，同样极富画面美与诗意美。

　　"秋色连波，波上寒烟翠"两句，从碧天广野写到遥接天地的秋水。秋色，承上指碧云天、黄叶地。这湛碧的高天、金黄的大地一直向远方伸展，连接着天地尽头的淼淼秋江。江波之上，笼罩着一层翠色的寒烟。烟霭本呈白色，但由于上连碧天，下接绿波，远望即与碧天同色而莫辨，如所谓"秋水共长天一色"，所以说"寒烟翠"。"寒"字突出了这翠色的烟霭给予人的秋意感受。这两句境界悠远，与前两句高广的境界互相配合，构成一幅极为寥廓而多彩的秋色图。

　　"山映斜阳天接水，芳草无情，更在斜阳外。"傍晚，夕阳映照着远处的山峦，碧色的遥天连接着秋水绿波，萋萋芳草，一直向远处延伸，隐没在斜阳照映不到的天边。这三句进一步将天、地、山、水通过斜阳、芳草组接在一起，景物自目之所接延伸到想象中的天涯。这里的芳草，虽未必有明确的象喻意义（如黄蓼园谓芳草喻小人，就不免穿凿），但这一意象确可引发有关的联想。自从《楚辞·招隐士》写出了"王孙游兮不归，春草生兮萋萋"以后，在诗词中，芳草就往往与乡思别情相联系。这里的芳草，同样是乡思离情的触媒。它遥接天涯，远连故园，更在斜阳之外，使瞩目望乡的客子难以为情，而它却不管人的情绪，所以说它"无情"。到这里，方由写景隐逗出乡思离情。

整个上片所写的阔远秾丽、毫无衰飒情味的秋景，在文人笔下是少见的，在以悲秋伤春为常调的词中，更属罕见。而悠悠乡思离情，也从芳草天涯的景物描写中暗暗透出，写来毫不着迹。这种由景及情的自然过渡，手法也很高妙。

过片紧承芳草天涯，直接点出"乡魂""旅思"。乡魂，即思乡的情思，与"旅思"义近。两句是说自己思乡的情怀黯然凄怆，羁旅的愁绪重叠相续。上下互文对举，带有强调的意味，而主人公羁泊异乡时间之久与乡思离情之深自见。

"夜夜除非，好梦留人睡"，九字作一句读。说"除非"，足见只有这个，别无他计，言外之意是说，好梦作得很少，长夜不能入眠。这就逗出下句："明月楼高休独倚。"月明中正可倚楼凝想，但独倚明月照映下的高楼，不免愁怀更甚，不由得发出"休独倚"的慨叹。从"斜阳"到"明月"，显示出时间的推移，而主人公所处的地方依然是那座高楼，足见乡思离愁之深重。"楼高""独倚"点醒上文，暗示前面所写的都是倚楼所见。这样写法，不仅避免了结构与行文的平直，而且使上片的写景与下片的抒情自然地融为一体。

"酒入愁肠，化作相思泪。"因为夜不能寐，故借酒浇愁，但酒一入愁肠，却都化作了相思之泪，这真是欲遣相思反而更增相思之苦了。结拍两句，抒情深刻，造语生新。作者另一首《御街行》则翻进一层，说："愁肠已断无由醉，酒未到，先成泪。"写得似更奇警深至，但微有做作态，不及这两句自然。写到这里，郁积的乡思旅愁在外物触发下发展到最高潮，词也就在这难以为怀的情绪中黯然收束。

这首词上片写景，下片抒情，这本是词中常见的结构和情景结合方式。它的特殊性在于丽景与柔情的统一，更准确地说，是阔远之境、秾丽之景与深挚之情的统一。写乡思离愁的词，往往借萧瑟的秋景来表达，这首词所描绘的景色却阔远而秾丽。它一方面显示了词人胸襟的广阔和对生活对自然的热爱，反过来衬托了离情的可伤，另一方面又使下片所抒之情显得柔而有骨，深挚而不流于颓靡。整个来说，这首词的用语与手法虽与一般的词类似，意境情调却近于传统的诗。这说明，抒写离愁别恨的小词是可以写得境界阔远，不局限于闺阁庭院的。

范仲淹

晏 殊

浣溪沙

　　一曲新词酒一杯，去年天气旧亭台。夕阳西下几时回？　　无可奈何花落去，似曾相识燕归来。小园香径独俳徊。

　　这是晏殊一首脍炙人口的小令。它语言圆转流利，明白如话，意蕴却虚涵深广，能给人一种哲理性的启迪。

　　"一曲新词酒一杯，去年天气旧亭台。"起句写对酒听歌的现境。从复叠错综的句式、轻快流利的语调中可以体味出，词人在面对现境时，开始是怀着轻松喜悦的感情，带着潇洒安闲的意态的。但边听边饮，这现境却又不期然而然地触发对"去年"所历类似境界的追忆：也是和今年一样的暮春天气，面对的也是和眼前一样的楼台亭阁，一样的清歌美酒。然而，在似乎一切依旧的表象下又分明感觉到有的东西已经起了难以逆转的变化，这便是悠悠流逝的岁月和与此相关的一系列人事。于是词人不由得从心底涌出这样的喟叹："夕阳西下几时回？"夕阳西下，是眼前景。但词人由此触发的，却是对美好景物情事的流连，对时光流逝的怅惘，以及对美好事物重现的微茫的希望。这是即景兴感，但所感者实际上已不限于眼前的情事，而是扩展到整个人生，其中不仅有理念活动，而且包含着某种哲理性的沉思。夕阳西下，是无法阻止的，只能寄希望于它的东升再现，而时光的流逝、人事的变更，却再也无法重复。整个上片，实际上和刘希夷《代悲白头翁》"年年岁岁花相似，岁岁年年人不同"的意蕴大体相似，不过表现方式要委婉含蓄得多。

　　"无可奈何花落去，似曾相识燕归来。"这首词的出名，和这一联工巧而浑成、流利而含蓄的对句很有关系，在用虚字构成工整的对仗、唱叹传神方面表现出词人的巧思深情。但更值得玩索的倒是这一联所含的意蕴。花的凋落，春的消逝，时光的流逝，都是不可抗拒的自然规律，虽然惋惜流连也无济于事。所以说"无可奈何"，这一句承上"夕阳西下"；然而在这暮春天气中，所感受到的并不只是无可奈何的凋衰消逝，而是还有令人欣慰的重现，那翩翩归来的燕子不就像是去年曾在此处安巢的旧时相识吗？这一句应上"几时回"。花落、燕归虽也是眼前景，但一经与"无可奈何""似曾相识"相联系，它们的内涵便变得非常广泛，带有美好事物的象征的意味。在惋惜与欣慰的交织中，蕴含着某种生活哲理：一切必然要消逝的美好事物都无法阻止其消逝，但在消逝的同时仍然有美好事物的再现，生活不会因消逝而变得一片虚无。只不过这种重现毕竟不等于美好事物的原封不动地重现，它只是"似曾相识"罢了。因此，在有所慰藉的同时又不免感到一丝惆怅。如果说，上片着重抒写了对不变表象下所包含的变化的感喟，那么下片这一联则进一步抒写了消逝中的重现、重现中的变化，以及词人对这种现象的感受与思索。

"小园香径独徘徊。"末句是在惋惜、欣慰、怅惘之余独自的沉思：在小园落英缤纷的小路上，词人独自徘徊着、沉思着，像是要对所见所感所思来一番深沉的反省与思索，对上述现象的底蕴求得一个答案。或以为这个结尾艺术上不及另一首《浣溪沙》的结尾"不如怜取眼前人"，但那一句是即转即收，这一句是上文的余波，作用不同，写法也就有别。

浣溪沙

　　一向年光有限身，等闲离别易销魂。酒筵歌席莫辞频。　　满目山河空念远，落花风雨更伤春。不如怜取眼前人。

　　此词与同调"一曲新词酒一杯"都寓含了某种人生感慨，但情调有别，写法也不相同。那一首感情平和，情调闲雅，从现境与昔境的对照及花落与燕归的景象生发联想，抒写感慨；这一首则通篇采取直抒的方式，感情较为深沉激切，但又终不失大晏固有的圆融通达的人生态度。

　　上片前两句凌空直起，重笔抒慨。一向，犹一晌。年光短暂，人生有限，这个仿佛极普通的常识却须有相当的人生经验而又常常清醒地反思人生者方能真正体会，对于晏殊这样一个长享富贵尊荣的达官显宦，由声伎歌舞，诗酒清欢的生活想到年光生命之短促，尤为不易。这种感慨的产生及其实质，正是对生命的深刻留恋。平常的离别，本不一定会引起一般人强烈的情绪波动，但对一个深刻留恋生命而又锐敏善感的诗人，却是"等闲离别易销魂"。"等闲"与"易"的对照中，正透出了抒情主人公多情善感的气质。这两句慨人生之有限，伤离别之销魂，重笔直抒，内涵深刻，而出语仍从容平和，不为酸楚悲凉之辞。

"酒筵歌席莫辞频"，这是由人生有限、离别销魂引出的结论。似乎在提倡及时行乐，却没有那种颓废的情调和借酒浇愁的悲慨，而是透露出一种旷达洒脱，随缘自适的人生态度。

过片两句，从眼前的酒筵歌席拓开，忽现阔远之境：登高望远，但见山川满目，关河万重，所思杳杳不可及，只能空自怀念而已；面对风雨飘萧、落花满地的暮春景象，更不免增添伤春意绪。两句境阔情浓，一气旋折，感情的表达富于力度。"空"与"更"这两个句眼，前后呼应，不仅强调了"念远"与"伤春"的无益，而且水到渠成地引出了一种现实的人生态度——"不如怜取眼前人"。词系别筵即景兴感，这"眼前人"自然指歌伎舞女；但全句给人的感受和联想却又越出眼前的酒筵歌席和歌儿舞女。下片三句，看似另起一境，实则总的意蕴仍与上片相类。"满目"句遥承"等闲"句，"落花"句遥承"一向"句，而末句更明显是"酒筵"句的呼应。词的分片，原有借音乐曲调之回环往复加强抒情的作用，此篇上下片正相当于两个一意回环的乐章，后者是对前者的重复与发挥。如果说，上下片的前两句相当于前提，那么它们的结句便类似结论。只不过它们并非单纯的逻辑推理，而是融和着深刻的人生感慨，带有启迪性的情感抒发。

蝶恋花

槛菊愁烟兰泣露，罗幕轻寒，燕子双飞去。明月不谙离恨苦，斜光到晓穿朱户。　　昨夜西风凋碧树，独上高楼，望尽天涯路。欲寄彩笺兼尺素，山长水阔知何处！

在婉约派词人许多伤离怀远之作中，这是一首颇负盛名的词。它不仅具有情致深婉的共同点，而且具有一般婉约词少见的境界寥阔高远的特色。它不离婉约词，却又在某些方面超越了婉约词。

起句写秋晓庭圃中的景物：菊花笼罩着一层轻烟薄雾，看上去似乎在脉脉含愁；兰花上沾有露珠，看起来又像在默默饮泣。兰和菊本就含有某种象喻色彩（象喻品格的幽洁），这里用"愁烟""泣露"将它们人格化，将主观感情移于客观景物，透露女主人公自己的哀愁。"愁""泣"二字，刻画痕迹较显，与大晏词珠圆玉润的语言风格有所不同，但在借外物抒写心情、渲染气氛、塑造主人公形象方面自有其作用。

"罗幕轻寒，燕子双飞去。"新秋清晨，罗幕之间荡漾着一缕轻寒，燕子双双穿过帘幕飞走了。这两种现象之间本不一定存在联系，但在充满哀愁、对节候特别敏感的主人公眼中，那燕子似乎是因为不耐罗幕轻寒而飞去。这里，与其说是写燕子的感觉，不如说是写帘幕中人的感觉——不只是在生理上感到初秋的轻寒，而且在心理上也荡漾着因孤子凄清而引起的寒意。燕的双飞，更反托出人的孤独。这两句只写客观物象，不着有明显感情色彩的词语，表情非常微婉含蓄。

接下来两句"明月不谙离恨苦，斜光到晓穿朱户"。从今晨回溯昨夜，明点"离恨"，情感也从隐微转为强烈。明月本是无知的自然物，它不了解离恨之苦，而只顾光照朱户，原很自然；既如此，似乎不应怨恨它。但却偏要怨。这种仿佛是无理的埋怨，却正有力地表现了女主人公在离恨的煎熬中对月彻夜无眠的情景和外界事物所引起的怅触。后来苏轼的《水调歌头》："转朱阁，低绮户，照无眠，不应有恨，何事长向别时圆？"机杼相类。但苏词清疏豪宕，晏词深婉含蕴，风调自不相同。

"昨夜西风凋碧树，独上高楼，望尽天涯路。"过片承上"到晓"，折回写今晨登高望远。"独上"应上"离恨"，反照"双飞"，而"望尽天涯"正从一夜无眠生出，脉理细密。"西风凋碧树"，不仅是登楼即目所见，而且包含有昨夜通宵不寐听西风飘落树叶情景的回忆。碧树因一夜西风而尽凋，足见西风之劲厉肃杀，"凋"字正传出这一自然界的显著变化给予主人公的强烈感受。景既萧索，人又孤独，似乎接着抒写的只能是忧伤低回之音，但却出人意料地展现出一片无限广远寥廓的境界——"独上高楼，望尽天涯路"。这里固然有凭高望远的苍茫百感，也有不见所思的空虚怅惘，但这所向空阔、毫无窒碍的境界却又给主人公一种精神上的满足，使其从狭小的帘幕庭院的忧伤愁闷转向对广远境界的骋望，这是从"望尽"一词中可以体味出来的。所以这三句尽管包含望而不见的伤离意绪，但感情是悲壮的，没有纤柔颓靡的气息；语言也洗净铅华，纯用白描。气象阔大，境界高远，成为全词的警句。

高楼骋望，不见所思，因而想到音书寄远："欲寄彩笺兼尺索，山长水阔知何处！"彩笺，这里指题诗的诗笺；尺素，指书信。两句一纵一收，将主人公音书寄远的强烈愿望与音书无寄的可悲现实对照起来写，更加突出了"满目山河空念远"的悲慨，词也就在这渺茫无着落的怅惘中结束。"山长水阔"和"望尽天涯"相应，再一次展示了令人神远的境界，而"知何处"的慨叹则更增加摇曳不尽的情致。

这首词的上下片之间，在境界、风格上是有区别的。上片取境较快，风格偏于柔婉；下片境界开阔，风格近于悲壮。但上片于深婉中见含蓄，下片于广远中有蕴涵，前者由于表现手法的婉曲，后者由于艺术的概括，全篇仍贯串着意象虚涵这一总的特点。王国维借用词中"昨夜"三句来描述古今成大事业、大学问的第一种境界，虽与词作的原意了不相涉，却和这三句意象特别虚涵，便于借题发挥分不开。

踏莎行

小径红稀，芳郊绿遍。高台树色阴阴见。春风不解禁杨花，蒙蒙乱扑行人面。　　翠叶藏莺，珠帘隔燕。炉香静逐游丝转。一场愁梦酒醒时，斜阳却照深深院。

这是一首描绘暮春初夏景象，抒写时序流逝轻愁的小词。

上片写郊行所见。起手三句画出一幅具有典型特征的芳郊春暮图：小路两旁，花儿已经稀疏，只间或看到星星点点的几瓣残红；放眼广阔的郊野，却见绿色已经遍布大地；高台附近，树木已经繁茂成荫，呈现出一片幽深的颜色。"红稀""绿遍""树色阴阴见"，标志着春天已经消逝，初夏的气息已经很浓。三句所写虽系眼前静景，但"稀""遍""见"（同"现"）这几个词语却显示了事物发展的进程和动态。从词人观察景物的角度看，"小径""芳郊""高台"，也显见移步换形之迹。

"春风不解禁杨花，蒙蒙乱扑行人面。"杨花扑面，也是暮春典型景色。但词人描绘这一景象时，却特意注入自己的主观感情，写成春风不懂得约束杨花，以致让它漫天飞舞，乱扑行人之面。这一方面是暗示已经再也无计留春，只好听任杨花飘舞送春归去了；另一方面则又突出了杨花的无拘无束和活跃的生命力。虽写暮春景色，却无衰颓情调，而显得很富生趣。"蒙蒙"

"乱扑"，都极富动态感。"行人"二字，点醒上片所写，都是词人郊行所见。

"翠叶藏莺，珠帘隔燕。"过片两句，分写室外与室内，一承上，一起下，转接自然，不着痕迹。上句说翠绿的树叶已经长得很茂密，藏得住黄莺的身影，与上片"树色阴阴"相应；下句说燕子为朱帘所隔，不得进入室内，引出下面对室内景象的描写。两句所写景物，仍带明显季节特征。着"藏""隔"二字，初夏嘉树繁荫之景与永昼闲静之状如见。

"炉香静逐游丝转。"在闲静的室内，香炉里的香烟，袅袅上升，和飘荡的游丝纠结、缭绕，逐渐融合在一起，分不清孰为香烟，孰为游丝了。这里写了炉香之"逐"，游丝之"转"，表面上是写动态，实际上却反托出整个室内的寂静。"逐"上着一"静"字，境界顿出。那袅袅炉烟与游丝，都很容易人联想起主人公永日无聊的情思和闲愁。

"一场愁梦酒醒时，斜阳却照深深院。"结拍跳开，接到日暮酒醒梦觉之时：午间小饮，酒困入睡，等到一觉醒来，已是日暮时分，西斜的夕阳正照着这深深的朱门院落。这里点明"愁梦"，说明梦境与春愁有关。梦醒后斜阳仍照深院，便有初夏日长难以消遣之意，贺铸《薄幸》词"人间昼永无聊赖。厌厌睡起，犹有花梢日在"，也正是此意。

初读起来，结尾两句似乎和前面的景物描写有些脱节，主人公的愁绪来得有些突然。实际上前面的描写中一方面固然流露出对春暮夏初富于活力的自然景象的欣赏，另一方面又隐含有对已逝春光的惋惜。由于这两种矛盾的情绪都不那么强烈，就有条件地共处着。当芳郊纵目之际，欣赏之情处于显要地位；当深院闲居之时，惋惜之情转而滋长。结尾二句就是后一种情绪增长的结果。由于这种春愁只是一种时序流逝的惆怅，本身并没有多少实质性的内容，所以它归根到底不过是淡淡的轻愁，并没有否定前者。

清平乐

红笺小字，说尽平生意。鸿雁在云鱼在水，惆怅此情难寄。斜阳独倚西楼，遥山恰对帘钩。人面不知何处，绿波依旧东流。

这是一首风格清疏轻淡、意态闲婉含蓄的怀人词。上片叙事，事中寓情。起二句写男主人公在华美精巧的小幅彩笺上写下密密的小字，字字句句都包含着对所思女子平生的爱慕。这"红笺小字"，是书信，是情诗情词，抑或以诗代书？没有说亦不必说，无非借以表达一片深衷密意。三、四句意思一转，借鱼、雁传书的典故，说雁翔云天、鱼潜深水，无法托它们传递相思。上片写深情密意难寄的苦闷，纯用轻淡的笔触，不事渲染，落句也只用"惆怅"一语写"此情难寄"的心理反应，稍点即止，给予读者的印象便非强烈的哀伤，而只是一种淡淡的却是悠长的遗憾。

下片写景，景中含情寓事。五、六句宕开，写主人公在斜阳映照的西楼上独倚阑干，但见遥山一抹，正对着楼上的帘钩。这一联意蕴虚涵，极富象外之致，须联系上下文涵泳玩索方能品其神味。在"此情难寄"的"惆怅"中，这独倚斜阳、遥对远山的无语境界，正传出一种难以名状的寂寞感。而"遥山恰对帘钩"的景象，又隐隐透出昔日曾与对方并肩倚窗远眺，共对遥山的情景。这是从上句"独倚"，下句"人面不知何处"可以意会的。而今这遥山恰对帘钩的景象所引起的，却只有对往日温馨的惆怅记忆和今日双方遥隔的伤感了。

结拍二句从崔护《题都城南庄》"人面不知何处去，桃花依旧笑春风"化出，而易桃花为绿波。崔诗所表现的是对伊人声容笑貌的深情追忆和旧地重访、物在人杳的失落惆怅，晏词所透露的则主要是景旧楼空人去的感喟。这楼前绿波，想亦昔日双方共对之景，于今也只能唤起不尽的记忆和悠悠的遗憾了。妙在淡淡收住，不落言诠，而意在象外，含蕴无穷。

全词所写，不过"人面不知何处"与"惆怅此情难寄"二意，其他均为展衍烘托之笔，词之言长，于此小令中亦可略见。此词情虽深永，但并不愁苦哀伤，惆怅之情，以淡语出之，别饶余韵。上下片两个结句，一以情结，一以景结，但又都语淡有致，余味曲包。

诉衷情

芙蓉金菊斗馨香，天气欲重阳。远村秋色如画，红树间疏黄。　　流水淡，碧天长，路茫茫。凭高目断，鸿雁来时，无限思量。

此词以主要篇幅写秋景。起句拈出芙蓉（指木芙蓉，即拒霜花）和金菊这两种深秋盛开的花卉，次句即承此明点时令。节近重阳，正是一年秋好时。上句着一"斗"字，不仅写出芙蓉金菊在风霜中吐艳斗妍、竞放馨香的情景，而且透出词人悦目赏心的感受；下句着一"欲"字，则流露出对这一美好节令的欣喜期待。三、四句移目眺望，但见远处疏落有致的村庄，秋色如画，一片红树之中间或露出星星点点的黄色。"远村"句似乎抽象，但"红树"句却以其典型的色调渲染出了秋色的绚丽、明朗，使"秋色如画"的形容化为鲜明可触的着色图画，而且使上句更富咏叹的情味。写秋景每易流于萧瑟黯淡，而词人笔下的秋色却呈现出一片鲜丽的色调，那点点星黄在红树的映衬下，也不给人以枯萎凋败之感，而成为一片深红的美好点缀。两句笔意虚涵概括，形象鲜明，饶有画意，在轻灵跳脱的笔调中流走着一片激赏之情。

过片意脉不断，仍写凭高远望秋色，而由上片之瞩目村野转为遥望长天。但见悠悠流水，一直向远处天边延伸，显得寥廓碧天更加广远无际，而随着流水碧天而去的道路，也渺渺茫茫，没入天际。由水而天而路，由目送而心想，描绘出秋高气爽时节水天阔远明净的境界。用"淡"来形容流水，正显示出明净秋水渐行渐远，隐入遥天的情景。这三句所写秋景，与上片虽有绚丽与阔远之别，但赏心悦目则同。"路茫茫"一句，微寓怀远之意，逗出结尾三句。"凭高"句一笔点醒，见全词所写近景远景，均为主人公登楼所见；而"目断"之语，"鸿雁来时，无限思量"之句，更显示出在如画秋色的欣赏中引发对远方的人不尽的思念。所思者为谁？是所爱女子，是相知友人，抑或更有所托，均不加说明，任人自己领悟。

在以温婉闲雅为主导风格的晏殊词中，此词可称别调。它色彩明丽，调子轻快，写法也比较发露，不像他的许多词那样含蓄蕴藉。特别是全篇以写景为主，情只在结处一点即收，不但在大晏词中少见，即在传统的以写景、抒情相结合为特点的小令中亦为数不多。

晏
殊

张 先

一丛花令

伤高怀远几时穷？无物似情浓。离愁正引千丝乱，更东陌、飞絮蒙蒙。嘶骑渐遥，征尘不断，何处认郎踪？　双鸳池沼水溶溶，南北小桡通。梯横画阁黄昏后，又还是、斜月帘栊。沉恨细思，不如桃杏，犹解嫁东风。

张先的词，工于刻画景物，锻炼字句，但往往伤于纤巧，但他这首抒写"伤高怀远"之情的《一丛花令》，却既有警句俊语，又极富抒情气氛，在他的词作中是意境浑融，富于情韵的。

劈头一句，便用重笔直接抒慨："伤高怀远几时穷？"这是在经历了长久的离别、体验过多次伤高怀远之苦以后，盘郁萦绕在胸中的感情的倾泻，它略去了前此的许多情事，也概括了前此的许多情事。起得突兀有力，感慨深沉。

紧接着一句"无物似情浓"，是对"几时穷"的一种回答：伤高怀远之情之所以无穷无尽，是因为世上没有任何情事比真挚的爱情更为浓至的缘故。这是对"情"的一种带哲理性的思索与概括。它是议论，但由于挟带着强烈深切的感情，故显得深刻动人。以上两句，点明了全词的基本内容——伤高怀远，又显示了这种感情的深度与强度，是全篇的一个总冒。

"离愁正引千丝乱，更东陌、飞絮蒙蒙。""离愁"，承上"伤高怀远"。两句写伤离的女主人公对随风飘拂的柳丝飞絮的特殊感受。本来是乱拂的千万条柳丝引动了胸中的离思，使自己的心绪纷乱不宁，这里却反过来说自己的离愁引动得柳丝纷乱。仿佛无理，却更深切地表现了愁之"浓"，浓到使外物随着它的节奏活动，成为主观感情的象征。而那蒙蒙飞絮，也仿佛成了女主人公烦乱、郁闷心情的一种外化。"千丝"谐"千思"，"更"字应上"正"字，这是加一倍写法。

"嘶骑渐遥，征尘不断，何处认郎踪？"这三句写别后登高，回忆往日情人离去时的情景：当时"郎"骑着嘶鸣着的马儿逐渐远去，消逝在尘土飞扬之中，今日登高远望，茫茫天涯，究竟到哪里去辨认你的踪影呢？"何处认"与上"伤高怀远"相呼应。

过片仍承伤高怀远，续写登楼所见。"双鸳池沼水溶溶，南北小桡通。"不远处有座宽广的池塘，池水溶溶，鸳鸯成双成对地在池中戏水，小船来往于池塘南北两岸。这两句看似闲笔，但说"双鸳"，则所引起的对往昔欢聚时爱情生活的联想以及今日触景伤怀、自怜孤寂之情隐然可见；说"南北小桡通"，则往日莲塘相约、彼此往来的情事也约略可想。

"梯横画阁黄昏后，又还是、斜月帘栊。"时间已经逐渐推移到黄昏，女主人公的目光也由远而近，收归到自己所住的楼阁。梯子横斜着，整个楼阁被黄昏的暮色所笼罩，一弯斜月低照着帘子和窗棂。这景象，隐隐传出一种孤寂感。"又还是"三字，似乎暗示，这斜月照映画阁帘栊的景象犹是往日与情人相约黄昏后时的美好景象，如今，景象依旧，而人已远扬，只剩下斜月空照楼阁帘栊了；又似乎暗示，自从与对方离别后，孑然孤处，已经无数次领略过斜月空照楼阁的凄清况味了。"又还是"三字，有追怀，有伤感。这就使女主人公由伤高怀远转入对自身命运的沉思默想，引出结拍三句来。

"沉恨细思，不如桃杏，犹解嫁东风。"李贺《南园》诗有"可怜日暮嫣香落，嫁与东风不用媒"之句，这几句翻用李贺诗意，说怀着深深的怨恨，细细地想想自己的身世，甚至还不如嫣香飘零的桃花杏花，她们在自己青春快要凋谢的时候还懂得嫁给东风，有所归宿，自己却只能在形影相吊中消尽青春。说"桃杏犹解"，言外隐隐有怨嗟自己未能抓住"嫁东风"的时机，以致无所归宿的意思。而深一层看，还是由于无法掌握自己的命运。这就越发显出"沉恨细思"四个字的分量。由于这几句重笔收束，才与一开头的重笔抒慨铢两相称。而词人也因为这几句意深语新的警句俊语，被称为"桃杏嫁东风郎中"了。

整首词紧扣"伤高怀远"，从登楼远望回忆，收归近处的池沼、眼前的楼阁，最后拍到自身，由远而近，次第井然。将对往事的追忆暗暗织入现境，并与现境构成对比，不仅强化了伤高怀远之情，而且增加了词的蕴含和耐人寻味的情韵。这是本篇构思的一个显著特点。

欧阳修

采桑子

群芳过后西湖好：狼藉残红，飞絮蒙蒙，垂柳阑干尽日风。笙歌散尽游人去，始觉春空。垂下帘栊，双燕归来细雨中。

　　这是欧阳修歌咏颍州西湖组词中的一首。颍州，就是现在安徽省阜阳市。提起西湖，人们总是首先想到杭州西子湖，其次是扬州的瘦西湖，而颍州的西湖，则不大为人所知。但在北宋时期，它却是几乎可以和杭州西湖相媲美，而比曾经遭到战乱破坏的扬州西湖更胜一筹的风景胜地。苏东坡曾在杭州、颍州两地做过官，游赏过两处的西湖，他得出的印象是"未知杭、颍谁雌雄"，觉得这两个西湖各有千秋，难分高下。欧阳修则更对颍州西湖之美心醉神迷。宋仁宗皇祐元年（1049），他由扬州调任颍州。在一首诗中这样写道："菡萏香清画舸浮，使君宁复忆扬州？都将二十四桥月，换得西湖十顷秋。"面对十顷荷香的颍州西湖秋色，他竟然不再思念扬州了。从此，他就产生了将来退归之后定居颍州的念头。二十余年以后，宋神宗熙宁四年（1071），他果然实现了自己的宿愿，退职归颍州，度过了一生中最后的岁月。可以说，他和颍州西湖是结了缘的。

　　欧阳修专门歌咏颍州西湖的《采桑子》组词一共十首。组词的前面有一个题为《西湖念语》的引言，其中讲到他晚年归颍州后流连风景的生活。最后一首，抒发了他归颍州后对人世沧桑的感慨。因此一般都认为这组词是欧阳修晚年在颍州创作的。但是根据《西湖念语》中"因翻旧阕之词，写以新声之调"这两句，以及另一首同期所作的《采桑子》词中"试把金觥，旧曲重听，犹似当年醉里声"的句子来推断，这十首词大概不是同一时期所作。从内容、情调上看，前九首着意描绘渲染西湖风光之美和游赏之乐，兴会淋漓，神采飞扬，而最后一首则意兴颓唐，感慨深沉，前后显然有别。很可能是他在皇祐元年到二年初在颍州担任知州期间写了前九首，晚年归颍州后对它们作过一些修改润色，补上新写的第十首作为组词的总结，前面再加上

186

《西湖念语》作为序言。这就是我们现在看到的十首联章体《采桑子》词。本篇是组词的第四首。

"群芳过后西湖好。"发端开门见山，直接入题，笼罩全篇，"好"字一直贯注到篇末。这组词的开头，都采取这种直入本题的写法，但这首词的起句又有自己的特点，这就是语言虽直截，意思却比较深婉。作者在组词的另两首中，描绘过"清明上巳西湖好""春深雨过西湖好"的景象，那种百花争妍的"满目繁华"之景是人所共赏的。但在"群芳过后"，大好春光已经消逝的情况下，人们却常常不免对景惆怅，引起春残日暮的伤感。而词人则超越常情，别有会心，在"群芳过后"四个字后面郑重地下了"西湖好"这三个肯定意味很强、感情色彩很浓的字眼，构成前后意思上出人意料的转折。正是这层曲折，包含着引人深思的内容，造成了读者的悬念。作者先将群芳争妍的景象一笔扫去，同时又随即肯定这正是"西湖好"的时节。以下的描绘抒情便统统由此生发出来。

"群芳过后"的"西湖"究竟"好"在哪里呢？紧接着头一句作出的审美判断，词人用来具体印证的头一种景象，竟是更加出人意料的"狼藉残红"。狼藉，是零乱的样子。"残红"已经使人惆怅伤感，"残红"而又"狼藉"，岂不更令人黯然神伤？如果说，"落英缤纷"一类意象通常还能唤起一种美感，那么"狼藉残红"则似乎只能引起伤感，杜甫诗"一片花飞减却春，风飘万点正愁人"，说的正是这种常情。但在对自然和人生抱着乐观豁达态度的词人看来，这碧绿如茵的芳草地上随意散落的万点"残红"，却别有一种令人心醉的美。正如他在下一首中所说的那样："何人解赏西湖好？佳景无时。"美好的景色无时不有，问题在善于发现。能发现并且欣赏这种群芳过后"狼藉残红"之美，正意味着词人的审美趣味脱俗。

"飞絮蒙蒙，垂柳阑干尽日风。"接下来两句，转笔写"群芳过后西湖好"的另一种景象：在整天吹拂的暮春的暖风中，杨花柳絮，漫天飘荡，一片迷蒙；垂柳的万缕千条，摇曳荡漾，轻拂着栏杆。这景象虽不像春深季节姹紫嫣红那样鲜艳夺目，却充溢着一种活跃的、温暖的生命气息。"阑干"二字，暗透出上片所写的景物，都是湖上凭栏望中所见，因此这"垂柳阑干尽日风"的景象中就包含有游赏湖光水色的词人那一份风流潇洒的情致意趣。"尽日"二字，点出游赏时间之长，兴致之浓，并暗渡到下片。

整个上片，写尽日凭栏览眺游赏，笔致清新疏朗，格调轻快流畅，充分显示出词人的喜悦心情。换头两句，既结束了上文，又领起了下文，折入一种新的境界。"笙歌散尽游人去",承上"尽日"二字,暗示时间已到日暮,也透出在凭栏览眺的过程中,原是游人如织、笙歌悠扬的,这里顺便轻轻带出,将上述情事暗补一笔,显出构思的巧妙和表现的精炼。因为这样可以省掉无关的笔墨,在上片集中描写"残红""飞絮""垂柳",以突出"群芳过后西湖好"这个中心。

人去乐散,"始觉春空"。接下来这一句,写出了在热闹场景过去之后,袭上词人心头的空寂感。"始"字下得很有韵味。它含蓄地暗示:"群芳"的消逝并没有使词人感到"春空",因为还有满地狼藉的残红,有漫天飞舞的柳絮,有随风飘拂的柳枝,还有兴致正浓的游人和悠扬悦耳的笙歌。而乐散人去,风定絮落,黄昏的寂静笼罩着眼前的西湖,这才使词人感到"春空"了。虽然只用了一个"始"字,却细致地显示了心理发展的层次与过程。

写到这里,词的意思似乎起了一个大的转折,由赞赏"群芳过后西湖好"转到"始觉春空"上来了。但这个转折并不是要否定开头那个审美判断,而是在空寂之中有新的发现,从而在更高的程度上进一步肯定"群芳过后西湖好"这个判断。这首词境界之美,构思之妙,正集中体现在"始觉春空"以后不是简单地引申,而是转出一个更新更美、带有哲理意味的境界。

"垂下帘栊。"这是在"始觉春空"的心理状态支配下一种自然的行动反应。花落人去,春残日暮,在空寂中不免放下窗帘窗格,仿佛要在黄昏的寂静中保持内心的安宁。但就在"垂下帘栊"之际,忽然瞥见一对燕子在暮春傍晚的蒙蒙细雨中翩然归来。词写到这里,就悠然收住,不再另置一词。抒情主人公目接这细雨黄昏中归来的双燕,内心有些什么感触和联想,毫不加以点破,意蕴显得特别含蓄空灵。

"双燕归来细雨中",这景象本身当然也具有一种美感,一种在轻盈中显出安闲的意境美。但在这里,作者所着意表现的似乎并不是客观物象本身的美,而是它所引起的一种不很明晰、不很确定的微妙感触和联想。这需要联系上面的"始觉春空"来体味。本来,由于日暮人散,词人一时感到空寂,但这细雨中翩翩归来的双燕却使他感到,这暮春的黄昏并不真空,归燕身上依然有着春天的印迹,自然界中依然有着活泼的生机、美好的景象。总之,这微雨中归来的双燕无形中给"始觉春空"的词人一种心理上的慰藉,心灵上的满足,乃至思想上的启迪。尽管春残日暮、花谢人散,但美却是长在的。

就这样,词的意蕴又由心灵上的一时空寂转回到心灵的充实和安恬。从而回应了开头一句"群芳过后西湖好"。但这已经不是单纯的喜悦，而是在经历了一时的心灵迷惘之后上升到更高的恬然自适的境界。如果说，"群芳过后西湖好"是正，"始觉春空"是反，那么"双燕归来细雨中"便是合，便是在更高的基础上对"群芳过后西湖好"的肯定。"归来"二字，正是对春归人去、日暮花残的反拨，是对全篇的点眼。由于前面有一正一反的曲折为结尾蓄势，这全篇点眼便特别隽永而富于神韵。

《采桑子》这组词的前九首中，其他八首都是以描绘西湖的优美景色，表现游赏之乐为内容的，可以说是一种比较典型的写景词，这在词中还是一个新品种。这一首却比较特殊。它虽然也从游赏着笔，也描绘暮春西湖的景色，但并不止于绘景写游，而是在抒写自己对"群芳过后"西湖景物之美的独特感受的基础上，含蕴着一片哲理式的诗情。这便使读者不局限于眼前的残春景物，而是从带有哲理性的境界中联想到更深广的人生体验，而觉得此中饱含深意，味之无穷。这在北宋时期尚未摆脱娱宾遣兴的词作中，便显得更加难能可贵了。

读这首词的人，也许会自然联想起比欧阳修稍早的另一位著名词人晏殊的一首《浣溪沙》："一曲新词酒一杯。去年天气旧亭台。夕阳西下几时回？ 无可奈何花落去，似曾相识燕归来。小园香径独徘徊。"同样是暮春天气，花落燕归，同样是在游赏中触景兴感，但这两首词的情调却有区别。在晏殊的那首词里，春归花落在词人心里引起的，是岁月流逝和人生无常的伤感与惆怅，是对美好事物消逝无可奈何的叹息；尽管在"似曾相识燕归来"之中含有某种欣喜和慰藉，但毕竟只是"似曾相识"，而不是美好春天的常在。因此在欣慰中仍透出惆怅，整个情调是偏于低回伤感的。而欧阳修这首词则不同。"狼藉残红"的景象在词人心中引起的并不是无可奈何的伤感，而是和百花争艳的景象不同的另一种美感；尽管在"笙歌散尽游人去"的情况下也曾感到"春空"，但随即因为看到细雨归燕而得到心灵的慰藉。二者的出发点和归宿都不相同。相比之下，欧词的情调显然偏于轻快安闲，流动着美的发现的喜悦。

清代刘熙载的《艺概·词曲概》说："冯延巳词，晏同叔（即晏殊）得其俊，欧阳永叔（即欧阳修）得其深。"晏殊和欧阳修的这两首词，正可以作为"俊"与"深"的代表。晏词语言圆转流利，清俊自然。特别是"无可奈何"一联，工巧精致，圆转如珠，可以说是"俊"语的典型。欧词则以意蕴之深为特征，不但以"狼藉残红"为美体现着一种超越凡俗的审美趣味，而且在"双燕归来细雨中"的静观中，也蕴含着词人对自然、对人生的哲理性的领悟。

清代另一词家冯煦在《宋六十家词选例言》中说欧阳修的词"疏俊、深婉"，这四个字用来评这首词，也是很恰当的。全篇所写景物，只有残红、飞絮、垂柳、双燕、细雨几种，文字清疏俊朗，基本上是白描。这和晚唐五代以温庭筠为代表的堆金砌玉的词风大不相同。这就为抒情留出了更大的空间。这种清疏俊朗的词风对后来苏轼以诗为词、直抒胸臆的词风有明显影响。这种疏俊，并不是浅露平直，而是和"深婉"结合在一起的。关于"深"，前面已经讲过。这里着重讲"婉"。不妨仍旧以晏殊、欧阳修这两首词来比较。晏殊在"花落去""燕归来"的前面分别加上"无可奈何""似曾相识"四字，虚字作对，一气流转，工巧虽无以复加，但把意思挑得太明显，艺术的含蕴便显得不够。特别是"无可奈何"四字更不免显得有些浅露。而欧词，上片疏朗明快中仍留下令人玩味的余地。下片以景结情，词人的感受、联想完全融化在细雨归燕的静观默会之中，显得特别深婉，真可以说是"不着一字，尽得风流"了。

采桑子

平生为爱西湖好，来拥朱轮。富贵浮云，俯仰流年二十春。
归来恰似辽东鹤，城郭人民，触目皆新，谁识当年旧主人？

这是《采桑子》的第十首。与前九首主要写景物、叙游赏不同，这一首主要是抒情，而且抒发的感情已不限于"西湖好"。它既像是颍州西湖组词的抒情总结，又蕴含着更大范围的人生感慨。

欧阳修一生，和颍州的关系很深。宋仁宗皇祐元年（1049）二月，他从扬州移知颍州，翌年秋离任。到神宗熙宁四年（1071），又再次因退休而归颍。词的开头两句，就是追述往年知颍州的这段经历。古代太守乘朱轮车，"拥朱轮"即担任知州的职务。这里特意将知颍州和"爱西湖"联系起来，是为了突出自己对西湖的爱，很早就有渊源，故老而弥笃；也是为了表现自己淡泊名利、寄情山水的夙志，为下面的抒情蓄势。

"富贵浮云，俯仰流年二十春。"接下来两句，突然从过去"来拥朱轮"

一下子拉回到眼前。从作者初知颍州之日到写这首词的时候，已经流逝了二十多年岁月。这二十来年中，他从被贬谪外郡到重新起用、历任要职（担任过枢密副使、参知政事等高级军政、行政职务），到再度受黜，最后退居颍州，不但个人在政治上屡经升沉，而且整个政局也有很大变化，因此他不免深感功名富贵正如浮云变幻，既难长久，也不必看重了。"富贵浮云"用孔子"富贵于我如浮云"之语，这里兼含变幻不常与视同身外之物两层意思。一个像他这样思想、经历都比较丰富复杂的高级官员，当他回顾二十多年的生活时，是很容易产生世事沧桑之感的。从"来拥朱轮"到"俯仰流年二十春"，时间跨度很大，中间种种，都只用"富贵浮云"一语带过，其中蕴含了词人在长期政治生活、人生道路上许多难以明言、也难以尽言之意。

"归来恰似辽东鹤。"过片点明视富贵如浮云以后的"归来"，与上片起首"来拥朱轮"恰成对照。"辽东鹤"用丁令威化鹤归来的传说，事见《搜神后记》。"城郭人民，触目皆新，谁识当年旧主人？"这三句紧承上句，一气直下，尽情抒发世事沧桑之感。在原来的故事中，"城郭如故"是为了反衬"人民非"，以引出"何不学仙"的主旨；这里活用故典，改成"城郭人民，触目皆新"，与刘禹锡贬外郡二十余年后再至长安时的诗句"不改南山色，其余事事新"，用意相同，以突出世情变化，从而逼出末句"谁识当年旧主人"。欧阳修自己，是把颍州当作第二故乡的。他在《再至汝阴三绝》中曾说："朱轮昔愧无遗爱，白首重来似故乡。"可见他对颍州和颍州人民确实怀有亲切感。但人事多变，包括退居颍州后"谁识当年旧主人"的情景，又不免使他产生一种陌生感，产生某种怅惘与悲凉。

这首词的内容，不过是抒写词人二十年前知颍及归颍而引起的感慨，这在五七言诗中，是极常见的。但在晚唐五代以来的文人词中，却几乎是绝响。在欧阳修之前，范仲淹的边塞词《渔家傲》，已经有诗化的趋势，欧阳修的这首词，可以说是完全诗化了。特别是下片，运用故典，化用成语，一气蝉联，略无停顿，完全是清新朴素自然流畅的诗歌语言。这种清疏俊朗的风格，对后来的苏词有明显影响。

浪淘沙

　　五岭麦秋残，荔子初丹。绛纱囊里水晶丸。可惜天教生处远，不近长安。　　往事忆开元，妃子偏怜。一从魂散马嵬关，只有红尘无驿使，满眼骊山。

　　咏史词在唐代即已产生，如窦弘佘、康骈的《广谪仙怨》都是写唐明皇杨贵妃事迹的。《花间集》里，有韦庄、孙光宪的《河传》、毛熙震的《临江仙》。宋初有李冠的两首《六州歌头》，一写唐明皇杨贵妃的爱情悲剧，一写刘邦、项羽的斗争，都是慷慨雄伟之作。欧阳修这首《浪淘沙》，承前人余绪，歌咏唐代天宝年间玄宗荒淫、杨妃专宠的史事，深寓鉴戒之意。

　　唐明皇晚年的乱政，可入题咏的事很多。一首篇幅很短的小令，不可能也不必要写许多事件。本篇集中笔墨，单就杨妃喜食鲜荔枝，玄宗命人从岭南、西蜀驰驿进献一事发抒感慨。开头三句从五岭荔枝成熟写起。首句点明产地产时，次句点明荔枝成熟，第三句描绘荔枝的外形内质，次第井然。荔枝成熟时，果皮呈紫绛色，多皱，果肉呈半透明凝脂状，这里用"绛纱囊里水晶丸"来比况，不但形象逼真，而且能引发人们对它的色、形、味的联想而有满口生津之感。

　　但词人的笔却就此打住，不再粘滞在荔枝上。接下来两句，承首句"五岭"，专从产地之遥远托讽致慨。"可惜天教生处远，不近长安。"像是故意模拟玄宗惋惜遗憾的心理与口吻，又像是作者意味深长的讽刺，笔意非常灵动巧妙。从玄宗方面说，是惋惜荔枝生长在远离长安的岭南，不能顷刻间得到，以供杨妃之需；从作者方面说，则又隐然含有天不从人愿，偏与玄宗、杨妃作对的挪揄嘲讽。而言外又自含对玄宗专宠杨妃、为她罗致一切珍奇的行为的批判。

　　过片"往事忆开元"句一笔兜转，点醒上片。说"开元"而不说"天宝"，纯粹出于音律上的考虑。《新唐书·杨贵妃传》："妃嗜荔支，必欲生致之。乃置骑传送，走数千里，味未变，已至京师。""妃子偏怜"及下"驿使"本此。这里的"偏"与上片的"人教"正形成意味深长的对照。

　　结尾三句"一从魂散马嵬关，只有红尘无驿使，满眼骊山。""魂散马嵬关"，指玄宗奔蜀途中，随行护卫将士要求杀死杨妃，玄宗不得已命高力士将其缢死于马嵬驿事。"红尘"用杜牧《过华清宫绝句》"一骑红尘妃子笑，无人知是荔枝来"意。驿使，指驰送荔枝的驿站官差。这三句既巧妙地补叙了当年驰驿传送荔枝的劳民之举，交待了杨妃缢死马嵬的悲剧结局，而且收归现境，抒发了当前所见所感：热闹的新丰道上，被过往行人车马扬起的红尘依然如故，但驰送荔枝的驿使却再也见不到了。当年沉醉于享乐的唐玄宗早已成为尘土，一代绝色也早已魂散马嵬，满眼中只有佳木葱茏的骊山依然长在，供后人游赏凭吊。词人对淫侈享乐、乱政误国的历史教训并不直接说出，只用"有""无"的开合相应与"满眼骊山"的景象隐隐逗露，显得特别隽永耐味。

　　词作为一种纯粹抒情的诗体，长于言情写景，拙于叙事。而咏史词却不可能避开对史事的叙述与议论。这首咏史词，在处理事与情、叙与议的关系上，提供了比较成功的经验。

渔家傲

　　近日门前溪水涨，郎船几度偷相访。船小难开红斗帐，无计向，合欢影里空惆怅。　　　　愿妾身为红菡萏，年年生在秋江上；重愿郎为花底浪，无隔障，随风逐雨长来往。

　　欧阳修现存的词作中，《渔家傲》达数十阕，可见他对北宋民间流行的这一新腔有着特殊爱好。其中用这一词调填的采莲词共六首。晚唐五代以来，词中写爱情多以闺阁庭院为背景，采莲词却将背景移到了莲塘秋江，男女主角相应地换成了水乡青年男女，词的风格也由深婉含蓄变为清新活泼。

　　上片叙事，写莲塘相访而不得好合的惆怅。起二句写近日溪水涨绿，情郎趁水涨驾船相访。男女主人公隔溪而居，平常大约很少有见面的机会，所以要趁水涨相访。说"几度"，正见双方相爱之深；说"偷相访"，则其为秘密爱情可知。这涨满的溪水，既是双方会面的便利条件，也似乎象征着双方涨满的情愫。或者说，由于双方常趁水涨会面，这涨满的溪水就自然引起他们心潮的上涨。

　　"船小难开红斗帐，无计向，合欢影里空惆怅。"红斗帐，是一种红色的圆顶小帐。古诗《孔雀东南飞》："红罗覆斗帐，四角垂香囊。"在诗歌中经

193

常联系着男女的好合。采莲船很小，一般仅容一人，说"难开红斗帐"自是实情。无计向，即没奈何、没办法。合欢，指并蒂而开的莲花。三句写不得好合的惆怅，说"难"，说"无计"，说"空"，重叠反复，见惆怅之深重。特别是最后一句，物我对照，触景增慨，将男女主人公对影伤神的情态生动地表现出来了。

下片抒情，写女主人公因不能合欢而产生的幻想，紧扣秋江红莲的现境设喻写情。红菡萏，即红莲花。面对秋江中因浪随风摇曳生姿的红莲，女主人公不禁产生这样的痴想：希望自己化身为眼前那艳丽的芙蓉，年年岁岁托身于秋江之上；更希望情郎化身为花底的轻浪，与红莲紧密相依，没有障隔，在雨丝风片中长相厮伴。如果说把红妆少女想象成秋江红莲并不算新鲜，那么用"红菡萏"和"花底浪"来比喻情人间亲密相依的关系，则是一种创造。妙在即景取譬，托物寓情，融写景、抒情、比兴、想象为一体，显得新颖活泼，深带民歌风味。

生查子

　　去年元夜时，花市灯如昼。月上柳梢头，人约黄昏后。　　今年元夜时，月与灯依旧。不见去年人，泪满春彩袖。

　　像是两幕地点相同、布景依旧，而人物、情节和气氛却很不相同的戏剧性场景。一幕是回忆中的"去年元夜时"场景：繁华热闹的街市上，各式红莲花灯交相辉映，照耀如昼；一轮圆月挂在柳梢，一对包括抒情主人公在内的青年恋人，正在灯火阑珊处悄悄幽会。另一幕则是眼前的"今年元夜时"场景：街市、花灯、圆月、杨柳依旧，而对方却已不见踪影，只剩下抒情主人公在失落的惆怅彷徨中孤独的身影和泪满春衫袖的形象。

　　这首词的好处，评家多从运用今昔对照手法，抒写景是人非、旧情难续之慨着眼。这确实是它的一个非常显眼的特点，而且《生查子》这个词调上下片均为整齐的五言四句的形式，更给运用这种手法创造了便利条件。不过这种构思和手法，并非新创，唐诗中如崔护的《题都城南庄》、赵嘏的《江楼感旧》就是运用这种手法的优秀之作，也许欧阳修写这首词时还自觉或不自觉地受到它们的影响。看来，这首词的特殊艺术魅力还有其更深层的原因。

原因之一，是它创造了一个极富爱情气氛的典型环境。大的时间背景是元夜。这是古代的团圆节、文娱节，也是爱情节。到了理学已兴的北宋中叶，青年男女之间的社交和恋爱早已失去《诗·郑风·溱洧》所描绘的那种自由开放，因此这一年一度，士女混杂，金吾不禁的元宵佳节，便成为青年男女在观灯赏月的名义下相互接触、发展爱情的良宵。从民俗和民族文化心理上，元夜这个特定的节令背景就是渗透了爱情气息的。元夜的具体景物，词中虽只写了灯、月、柳几种物象，但它们无一不与爱情有着或隐或显的关联。元宵节的灯市，是由各式各样的红莲花灯组成，所谓"剪红莲满城开遍"（欧阳修《蓦山溪·元夕》），"露浥红莲，灯市花相射"（周邦彦《解语花·元宵》），正形象地显示出这一点，将灯市称为"花市"，亦缘于此。这种花灯辉映之景，正如繁花之竞放，本身就给参与盛会的青年男女以春心欲共花争发的强烈触动。一轮团圆的明月，更像是情人团圆和美满爱情的一种象征；春来开始萌发的杨柳，则又增添了一份缱绻多情的气氛。如果说，"花市灯如昼"作为爱情场景较远的背景，更多地展现了元宵灯节的热烈喧闹，使这次情人的幽会增加了一种明朗而热烈的喜庆气氛，那么"月上柳梢头"作为近景，则更多地展现了在热闹繁华的一角那种适宜于情人幽会的特有静谧，它与"人约黄昏后"融为一体，在轻柔朦胧的色调中更显示出爱情的温馨甜美。这由花灯、圆月、杨柳组成的环境，在经历过幽会的抒情主人公心里，更成为永不磨灭的鲜明记忆。因此，当今年元夜，灯月依旧，却不见去年人的时候，这一切依旧的街市、花灯、圆月、杨柳所组成的充满爱情气氛的环境便从相反方向给抒情主人公以强烈的触动，成为他黯淡、悲伤、失落、惆怅情绪的一种强烈反衬。对于失去爱情的人，这充满爱情气氛和爱情记忆的环境只能是一种痛苦的折磨了。

原因之二，是由于它既通俗明快，富于民歌风味，又蕴藉含蓄，隽永耐味，真正做到了快而不尽。乍读似感直露，细味方觉其处处能留。它只选择最能体现元夜特征和最能表现爱情氛围的事物景象来写，其余的情事一概略去或放到幕后。不仅元夜、花灯、人潮种种繁华热闹之景只用"花市灯如昼"一语概括，就连抒情主人公究属男性抑或女性，这对情人相爱的过程，彼此的身份、外貌、妆束，以及今年元夜何以"不见去年人"的原因（是失约，抑或他往？是被迫隔绝，抑或变心他适）都不置一词，任人自去领会。尤为高妙的是，上下片的结尾，都在情节发展到接近高潮处一点即住，特富余蕴。上片写到"月上柳梢头，人约黄昏后"，正像一幕爱情戏刚拉开幕布，露出背景和人物的剪影，便落了幕，一切温柔缱绻的情事统统留到了幕后。这种省略反而更有效地调动了读者的丰富想象，使人感到上下片之间的空白无字处充满了爱的温馨甜美。下片写到"不见去年人"之后，即以抒情主人公"泪满春衫袖"的细节收束，无限伤感、怅惘、失落之情，尽在不言之中。这种明快，由于与高度的洗练结合，故能达到既明快而又含蓄。

这首词表面上写的是具体的爱情场景，有背景、有景物、有情节、有人物、有气氛，但实际上通过今昔对照，所要表达的是一种带有普遍性的爱情体验。在封建社会中，由于种种原因，情人间一次欢会便成永隔的事屡见不鲜，留给当事者的便只剩下对往昔短暂幸福的珍贵记忆和不尽的失落怅惘。这首词正是把这种心理体验成功地表达出来了。这也许是它具有长久艺术魅力的另一原因吧。

南歌子

凤髻金泥带，龙纹玉掌梳。走来窗下笑相扶，爱道画眉深浅入时无？　　弄笔偎人久，描花试手初。等闲妨了绣工夫，笑问双鸳鸯字怎生书？

晚唐北宋的小令，多为抒情写景之作，很少叙事和描绘人物的篇章。这首小令，却主要通过叙述和白描手法，描绘了一位新婚女子的妆饰、活动和语言，不仅人物的声容笑貌、神情姿态跃然纸上，而且连她的心理活动也鲜明可触，有画笔难到之妙。

起二句用叠加手法，重笔描绘这位新婚女子的妆束：梳成凤凰形状的发髻上束着用金色描饰的彩带，头发上还插着一把玉制的刻有龙纹的掌形发梳。写新嫁娘的外在形貌，只集中写最显眼的头饰，于头饰中又集中写发髻、发带与发梳，且用"金""玉""龙""凤"等富丽字眼重叠形容渲染，故虽只写一局部，而其整体的华美鲜丽、雍容富贵气象已经可以想见。

接下来两句，转笔写她的行动和语言。"走来窗下笑相扶"，"扶"，即依偎紧挨之意，这是闺房中一个亲昵的动作，写来却不佻不亵，带几分轻盈，几分天真，几分娇气，的是新嫁娘情态。"笑"字尤为传神之笔，传出了闺房中一片甜美和乐的气氛。妙在下句直接借用唐人朱庆余写新嫁娘的现成诗句来写人物的语言和心理状态。朱诗中"画眉深浅入时无",虽问夫婿,目的却在讨公婆的欢喜,透露的是一种既有几分自信、几分希冀,又有几分忐忑不安的心理(从"低声"问夫婿中可以味出)。欧词借用成句,冠以"爱道"二字(说明问了不止一次),表现的却是一位自信其美好容饰之魅力和自己在新婚丈夫心中的地位的女子明知故问的娇态和自赏自得的心理。

下片仍一意相承,续写闺房情事,却从梳妆转到刺绣上来。刺绣前要用笔描好花样,故"弄笔""描花"与刺绣同属一事。初试描花手段,似应郑重从事,但这位新婚女子却将这项列为"妇功"的严肃项目当作闺房中的趣事,虽拿着画笔,却并不动笔描画,而是一边心不在焉地摆弄画笔,一边依偎着新婚的丈夫,不知不觉中消磨了很长时间,以致随随便便地耽误了刺绣的工夫。"弄"字、"久"字,都是表现其娇羞、亲昵、甜美情态的传神写照之笔。更妙在结句撇开刺绣,"笑问双鸳鸯字怎生书"。这颇有点像小孩子自知耽误了正事却故意王顾左右而言他的味道,但与上面的情事却又自有联系。"弄笔",故想到"书"字;所绣图案,当是鸳鸯双鸟,故问及"双鸳鸯字怎生书"。鸳鸯,是美满幸福爱情的象征。笑问此二字的写法,自是明知故问,却不仅表现了她对幸福爱情的希冀,更含有对眼前相亲相爱的新婚生活的陶醉。与此同时,她那种半是天真、半是狡狯,半是含羞、半是撒娇的神态也就跃然于纸上了。

除开头两句形容刻画较多以外,这首词绝大部分是用生动的口语进行人物素描,不仅使这位新嫁娘的情态口吻、神情心理得到极生动的表现,而且传出了新婚闺房那种特有的蜜月气氛,确实是写生妙手。但这首词动人的艺术魅力,还在于上述描写的后面,始终有一双充满爱怜之情的眼睛。词作者并不是用旁观者的目光和口吻来观察、叙写,而是化身为词中的另一方——夫婿,处处用他的眼光、心情来感受女子的一举一动、一颦一笑、一言一行,因此字里行间处处流注着一种轻怜爱惜的感情,这在"走来窗下笑相扶,爱道画眉深浅入时无""弄笔偎人久,笑问双鸳鸯字怎生书"等句中体现得尤为明显。这种新婚丈夫对新婚妻子的特有目光和感情,使这首词充满了亲切温爱的气氛。词里虽未正面描写夫婿的形象,但这位多情男子的性格气质却也隐然可见。

蝶恋花

庭院深深深几许？杨柳堆烟，帘幕无重数。玉勒雕鞍游冶处，楼高不见章台路。　　雨横风狂三月暮，门掩黄昏，无计留春住。泪眼问花花不语，乱红飞过秋千去。

这首《蝶恋花》，和冯延巳的同调词（"几日行云何处去"）内容相近，都是写闺中少妇因荡子冶游不归而引起的苦闷。因此也有将此词归于冯延巳名下，收入《阳春集》的。但李清照已明言"欧阳公作《蝶恋花》，有'深深深几许'之句"，两人时代相近，所说当比较可信。冯、欧词风虽近，但细味自有区别。即如上述两首《蝶恋花》，冯词痴情而缠绵，欧词的感情却要深沉强烈得多，不像冯词一味蕴藉。

开篇三句写闺中少妇所居庭院之深邃。首句叠用三"深"字，向为词论家所称赏。前面的"庭院深深"，是对这所庭院屋宇重深的一个总体印象，虽有强调意味，但客观描写的成分较多；后面紧接"深几许"，则主观抒情的色彩便要浓得多，可以说是女主人公对这座将自己深闭其中、与外界隔绝的庭院一声充满怨恨的长叹。下面两句，借助对室内外景物的描绘进一步烘托渲染。室外，繁密深暗的柳树堆烟笼雾，一片迷蒙；室内，重重叠叠的帘幕，不知道有多少重。这重帘烟柳的阻隔，更增加了宅院的深邃和内外的隔绝。三句中的"深几许""堆烟""无重数"，感情色彩都比较强烈，传达出女主人公闭锁深院的内心郁闷。

"玉勒""楼高"二句，写女子在苦闷中登楼遥望，却望不到丈夫游冶不归的处所。"玉勒雕鞍"，以华美的鞍饰点出荡子的贵介身份；"章台路"，借指荡子寻花问柳之地。两句进一步写出女子内心苦闷的原因。闭锁深院，内外隔绝，已同幽囚，更何况丈夫游冶不归，空闺独守，苦闷自然更深。由此便进而引出下片的"伤春"意绪来。

换头三句，从时间、季候着笔，抒写女子的"伤春"苦闷。时节已到暮春三月末梢，又值黄昏时分；春尽日暮，本就伤感孤寂，何况又遇上了狂风暴雨。女主人公独居深院，门户深掩，强烈地感到美好的春天，连同自己的青春年华，正在风雨侵袭中无可奈何地消逝，即使想"留春"也没有办法留得住。俞平伯说："'三月暮'点季节，'风雨'点气候，'黄昏'点时刻，三层渲染，才逼出'无计'句来。"（《唐宋词选释》）这层层加码的渲染，使"无计留春"的感情表现得极富力度。而"门掩黄昏"又适与"无计留春住"构成微妙的对照。女主人公不堪愁对雨横风狂，而掩上门户，但门虽可隔风雨，却不能阻止春芳的消逝，这就更突出了"无计"二字的分量，引出"乱红"飞陨的景象来。

歇拍二句，是满怀"伤春"之情的女主人公一片痴情幻想和满腔悲恨怨愤的集中表现。雨横风狂造成了落花纷纷、乱红片片的惨痛景象。这"乱红"是春天消逝的标志，也是女主人公命运的象征。面对此情此景，禁不住要问一问花（是问花何计留春，还是问花何以与自己都有如此不幸的命运，任人自领），但花却默然不语。只见乱红片片，在风雨中不断陨落飘荡，飞过秋千而去，好像是对同命相怜的女主人公的一种回答。这个结尾，在强烈感情的驱使下，由情生痴，由痴入幻，将本来无知的花人格化，突出地表现了女主人公无可告语的悲恨怨愤和不能掌握自己命运的深刻感伤。清代毛先舒从"意欲层深，语欲浑成"的角度分析这两句说："因花而有泪，此一层意也；因泪而问花，此一层意也；花竟不语，此一层意也；不但不语，且又乱落，飞过秋千，此一层意也。人愈伤心，花愈恼人，语愈浅而意愈入，又绝无刻画费力之迹。……然作者初非措意，直如化工生物，笋未生而苞节已具，非寸寸为之也。若先措意，便刻画愈深，愈堕恶境矣。"（王又华《古今词论》引）此论辨析入微，自为确论。其实，不但这两句如此，整首词都具有"层深而浑成"的特点。从开头的怨怅"庭院深深"到"楼高不见章台路"，进一步点明苦闷之由，再因春残日暮、雨横风狂而加深了"伤春"意绪，最后更生出泪眼问花，乱红飞度的境界，苦闷伤感层层加深，而全篇却一气流注，浑然一体，故有回肠荡气的艺术力量。

此词表层内容，不过写女子深闺独守的寂寞苦闷和暮春风雨落花的伤感悲怨。但词中不少描写，如"雨横风狂""无计留春""乱红飞过"等，又隐隐约约带有象征意味。所谓"伤春"，可能融和着词人政治上的某种苦闷幽愤。屈原《离骚》说："闺中既以邃远兮，哲王又不寤。怀朕情而不发兮，余焉能忍与此终古！"此词的苦闷怨愤，或与此声息相通。只不过这种寄托，在有意无意之间，很难形求罢了。

欧阳修

199

踏莎行

候馆梅残，溪桥柳细，草熏风暖摇征辔。离愁渐远渐无穷，迢迢不断如春水。　　寸寸柔肠，盈盈粉泪。楼高莫近危栏倚。平芜尽处是春山，行人更在春山外。

在婉约派词人抒写离情的小令中，这是一首情深意远、柔婉优美的代表性作品。特别是在全篇高度和谐统一的前提下，上下片结尾那两个即景抒情的名句，更是意余言外，极富诗情画意，具有一种令人神远的美。

词的上片写一位出门远行的男子旅途中所见所感，以及由此而引起的离愁。

"候馆梅残，溪桥柳细，草熏风暖摇征辔。"候馆，就是旅馆；草熏，是说春草发出的浓郁芳香；征辔，指马缰绳。开头三句，像是一幅洋溢着春天气息的溪山行旅图：旅舍旁边的梅花，已经开过了，剩下的几朵也凋谢了；溪水桥边的柳树，刚刚抽出细嫩的枝条；风带着暖意，吹送着春草的芳香。远行的人就在这美好的溪山春色之中摇动马缰，赶马行路。"梅残"而"柳细"，"草熏"而"风暖"，显示时令方当仲春。这正是最富于吸引力的季节。寒意已经消退，春的气息已经相当浓，却又柳叶方细，春光方兴未艾，一切都呈现出生意和活力。在这样的季节、环境中出外旅行，不但可以看到春的颜色，闻到春的气息，感到春的暖意，而且连心里也荡漾着一种醉人的春意。从"草熏风暖摇征辔"这一句中，我们可以想象出远行的人一面缓缓驱马行进，一面顾盼流连，调动着各种感觉去感受春的信息的情景。这和景物的色调以及它所给予人的愉悦感受，是一致的。

明媚的仲春郊野风光，既令行人欣赏流连，又容易触动离愁。面对芳春丽景，不免会想到闺中人的青春芳华，想到自己孤身跋涉征途，不能和对方共赏春光。特别是"候馆梅残""柳细""草熏风暖"等物象，又或隐或显地联系着别离，容易引起这方面的一系列诗意联想。据《荆州记》记载，陆凯曾经从江南寄梅花给友人范晔，并且赠诗说："折梅逢驿使，寄与陇头人。江南无所有，聊赠一枝春。"以后，折梅寄远便成为古代诗词中表达离思的一种常见方式。看到"候馆梅残"，自然可能触动他乡作客之感和离思。折柳赠别，是相沿已久的风俗，"溪桥柳细"，不免牵引着别情。"草熏风暖"

是化用江淹《别赋》中的句子"闺中风暖，陌上草薰"，更直接关合着离别。因此，下面三、四两句便自然地由丽景转入对离情的描写。

"离愁渐远渐无穷，迢迢不断如春水。"在一般情况下，"离愁"总是随着时间、空间距离的扩展而逐渐轻淡下去，但因为别离的是自己深爱的人，所以这离愁便随着时间之久、路程之远而越积越深，越来越长，就像眼前这一路上伴着自己的迢迢不断的春溪水一样，悠远绵长，无穷无尽。上文写到"溪桥"，可见路旁就有溪流。这"迢迢不断如春水"的比喻，妙在触物起情，即景设喻，既是赋又是比又是兴，是眼中所见和心中所感的悠然神会。从这一点说，它比李后主的"问君能有几多愁？恰似一江春水向东流"来得更自然，也比他的"离恨恰似春草，更行更远还生"来得更恰切，尽管欧阳修的这两句很可能受到李煜上述词句的启发和影响。用迢迢不断的春溪水比喻离愁，除了显示它的悠远绵长，无穷无尽之外，还让人自然联想起它的明净清澈，温柔恬静。尽管有无穷无尽的思念，但仍带有诗意的遐想，而不是像"问君能有几多愁？恰似一江春水向东流"那样，显出深广浩瀚的愁恨，显出强烈的痛苦。"柔情似水"，用春溪之水来比喻爱情方面的离愁别绪，是很切合对象的性质和情状的。它悠长，但平缓，不是轩然大波，奔腾激荡；它轻柔而恬静，不是低沉呜咽，让人感到沉重凄凉。这种感情用"迢迢不断"来形容，本身就是对其诗意美的一种赞美，再加上前一句中"渐远渐无穷"这样的直接刻画，就把抒情主人公的深情远意非常生动而恰切地表现出来了。词人所要在读者心中唤起的，似乎主要是对这种感情的陶醉，而不是强烈的震荡，沉重的叹息。同时，"离愁渐远渐无穷，迢迢不断如春水"这两句，主语就是"离愁"，这就造成一种印象，似乎这离愁就像春水一样，渐行渐远，跟着行人一直流向天涯。抽象的思绪在这里和客观景物合为一体，完全被形象化了。

"寸寸柔肠，盈盈粉泪。"过片这两个对句，出现"柔肠""粉泪"的字面，说明描写的直接对象已经由陌上行人转为闺中思妇。但实际上，上下两片之间的关系不是平列的，而是递进的。整个下片，都是行人对闺中思妇的想象。上片结尾已经讲到自己的离愁迢迢不断，无穷无尽，于是这位深情的主人公便不由得进而想象，自己所怀念的闺中人，此刻恐怕也正在凭高远望，思念旅途中的自己吧。这正是透过一层，从对面着笔的写法。如果我们把下片看作一幅闺中望远图，那么这幅画图乃是行人用诗意的想象和深情的思念织成的心画。

"柔肠"而说"寸寸","粉泪"而说"盈盈",一是想象对方的内心感情,一是想象对方的外在情态,显示出其思绪的缠绵深切,但并不是那种强烈沉重的哀痛。"盈盈"泪眼所给予人的感受也不是刺激性的,而是一种美的情态。从上片的"迢迢春水",到这里的"盈盈粉泪",意象的状态也有某种相似之处。

接下来一句"楼高莫近危栏倚",点明对方是在高楼上远望。这一句虽不妨理解为行者设想对方在凭高远望时的内心独白,不过理解为行者对居者的深情体贴与嘱咐,似乎更富感情色彩,也更耐人寻味。身虽相隔而心却相通的双方,原是可以在想象中和对方交流感情以至对话的:你独上高楼,凭栏远望,又能望见什么呢? 不过徒然增添别离的伤感而已,还是"莫近危栏倚"吧。危栏,就是高栏,用"危"字是为了避免和"高"字重复。

"平芜尽处是春山,行人更在春山外。"这是行人想象闺中人凭高望远而望不到自己的情景:展现在楼前的,是一片宽阔平远的草地,草地的尽头,是一脉隐隐的春山,你所思念的行人(也就是抒情主人公自己),此刻早已越出视线所及的范围,远在春山之外了。这两句不但写出了楼头思妇凝目远望,神驰天外的情景,而且表现了她的一往情深,让人感到,她的视线虽然被平芜尽头的春山阻挡住了,但无穷无尽的思绪却越过春山的阻隔,一直伴随着渐行渐远的行人飞向天涯。春山的阻隔带来的不是无可奈何的沉重叹息,而是永无休止的依恋和追踪。范仲淹《苏幕遮》词中说:"山映斜阳天接水,芳草无情,更在斜阳外。"欧阳修的平芜春山之句和范仲淹的芳草斜阳之句取境类似,但范词是因芳草萋萋触动乡思离情而怨其远接斜阳之外,而欧词则是因春山阻挡望远的视线,反而更引起对行人的怀想与追踪,不但情调有凄怨和柔婉之别,"斜阳"与"春山"所引起的感受也并不相同。如果我们注意到这幅闺中望远图乃是行人的遥想,那么它的情味便更加深婉隽永了。行人不但想象到对方登高望远的情景,而且深入到对方的心灵,描绘出她对自己的深刻依恋。这正是一个深刻理解所爱女子心灵的男子,用体贴入微的关切怀想描绘出来的心画。在完成这幅心画最精彩的一笔的同时,他也把自己的美好情愫充分展示在读者面前了。

这首词所写的是很平常的传统题材——外出的行人对闺中人的思念,表现的感情并不强烈,但却展现出一片情深意远的境界,让人感到整首词本身就具有一种"迢迢不断如春水"式的柔婉优美的风格,含蓄蕴藉,令人神远。这固然首先取决于感情的深挚,但和构思的新颖、比喻的自然、想象的

202

优美也分不开。上片写行者的离愁,下片写闺中的远望,而闺中的远望又是行者的遥想。这种表面上并列对称,实际上递进深化的结构章法,既便于同时表现双方的离思和怀想,更利于表现男主人公的一往情深。这是词的构思新颖独特的表现。而上下片结尾的比喻和想象所展示的绵长情意、悠远境界,更使人感到词中展示的画面虽然有限,情境却是无限的。俞平伯先生说下片结尾两句"似乎可画,却又画不到",这画不到处不只是春山外的行人,更是那悠远的诗的境界。画龙点睛。上下片的这两个结尾,恰恰是神龙的两睛,它们不但是词中男女主人公感情思绪的集中表现,也是全词深远柔婉意境的集中体现。有了它们,整首词就有了灵气和生命。正如清代词论家刘熙载在《艺概·词曲概》中所说:"眼乃神光所聚,故有通体之眼,有数句之眼,前前后后无不待眼光照映。"这两处正是所谓通体之眼。

这首词的好处,还在于它的高度和谐统一。上下片虽然是两幅不同的图景,但后一幅是行人的心画。因此两幅图景之间就有了内在的联系。词里的行人和闺中人同样被深挚的离思所牵引着,行人是深情的怀想回顾,闺中人是深情的思念遥望,他们的思绪都沿着同一条迢迢不断的路往返萦绕。尽管一个在楼头凝望,一个在天外远行,但都面对着有统一色调的仲春景物:一边是溪桥细柳傍着迢迢春水,另一边是平芜芳草连着隐隐春山。在语言文字上也处处照应勾连,前面有"草熏",后面有"平芜";前面有"征辔",后面有"行人";前面有"春水",后面有"春山"。尽管在同一幅画上画不出一个在楼上眺望,另一个在天边远游的情景,但读者却可以把这两幅"溪山行旅图"和"闺中望远图"在想象中加以组合剪接,构成一幅完整统一的"春思图"。整首词在景物描写、感情抒发以至语言声韵上,也都贯穿着一种柔婉纡徐的格调,没有大起大落的情感变化,没有过分强烈的悲哀喜乐,也没有过分浓艳的色调和着意刻画渲染的语言。一切都显得那样优游不迫,从容自在,轻淡优雅。像"离愁渐远渐无穷,迢迢不断如春水","平芜尽处是春山,行人更在春山外"这类句子,不但意境深远优美,语言声韵也具有一种柔和、圆润清新的美感,读来明显感到它的情深意远,柔婉优美。

婉约词在古代各种类型的文学作品中,是最富阴柔之美的。但由于它多抒写离愁别恨,情调每每偏于感伤凄苦,不大符合所谓"哀而不伤"的美学原则。欧阳修这首《踏莎行》,虽然也抒写离愁,但却没有这类词中常见的浓重感伤气息。它的基调是深挚和婉而不流于感伤凄苦。行者对居者的怀想是深长而体贴入微的,但这种怀想本身就给他带来一种心理上的慰藉(想到对方也同样深情地怀念自己），以及美感上的满足，以致在想象中把自己的深长思念诗化为迢迢不断的春水，同美好的仲春景物融为一体。居者对行者的怀想同样也是既深长诚挚而又带着美好的想象和诗情的。春山平芜的美丽宽阔境界已经使人怡情悦目，春山那边的情景更使人向往。仲春的明丽景色虽然是触发离情的一种媒介，但它本身，无论对于旅途跋涉的行人，还是楼头凝望的思妇，都同时是一种赏心悦目的美的享受，从而对离愁多少起着缓解的作用。因此，这首词就具有一种深永和婉的中和之美，而无逼仄危苦之音。在这方面，它是有一定代表性的。

晏几道

临江仙

梦后楼台高锁，酒醒帘幕低垂。去年春恨却来时。落花人独立，微雨燕双飞。　　记得小蘋初见，两重心字罗衣，琵琶弦上说相思。当时明月在，曾照彩云归。

这是北宋词人晏几道一首很出名的也很能代表他风格的词。晏几道的词，多抚今追昔，感慨离合，并在这当中渗透身世之感。这首《临江仙》正体现了他的词作这种基本的主题和基本的艺术构思。词中提到的"小蘋"，是他过去熟悉的一位歌女，也是他在这首词中追忆怀念的对象。

"梦后楼台高锁，酒醒帘幕低垂。"开头两句，互文对起，从深夜酒醒梦回的当前情境着笔。由于伤离怀旧，晚间不免喝了些酒，借以排遣愁绪。入睡以后，又梦见过去聚会时的欢乐情景。一觉醒来，正当明月高照的深夜。而眼前所见，唯有在静寂中深锁的楼台和帘幕低垂的居室。"楼台高锁""帘幕低垂"，呈现出一片空寂、清冷的气氛，见楼室更无别人，言外自含人去楼空的感慨。梦中相聚、持酒听歌的幻境与梦回酒醒后的现实情境相对照，更加重了室中人（也就是作为抒情主人公的词人自己）的寂寞凄凉之感。这两句直接描写的虽然只限于眼前的实境，但由于以"梦后""酒醒"提起，实境中便寓有虚的成分，这就是跟"楼台高锁""帘幕低垂"的实境相对立的记忆中的往日欢聚时繁华热闹的场景：高楼宴饮，灯火辉煌，帘幕高卷，歌声悠扬。这一切，如今追忆起来，都已成为如同梦幻一般的情了。因

层是以现在的冷落暗示往昔的繁华。这些暗示都渗透着深刻的忆旧情绪和昔日如梦的感慨。虽然没有明点"忆"字，但"忆"正含其中，这就自然引出下面一层远似一层的回忆来。

"去年春恨却来时。"春恨，指春天的伤别之恨，说"去年春恨"，即是说与对方（也就是下文所说的"小蘋"）的离别已经是去年春天的事了。却

来，是又来、再来的意思。这是一个承上启下的句子。承上，是指今宵酒醒梦回的时候由于现实的凄凉情境的触发，"去年春恨"也就自然地涌上心头。启下，是指因为"去年春恨"的重新勾起，而引出下面一段回忆中的场景。

"落花人独立，微雨燕双飞。"这是一个暮春的下雨的日子。花在默默地落地，怀着伤离意绪的人在孤独地伫立着，看着花的凋谢飘落；在微雨中，燕子正比翼双飞。这一联的意象和境界非常富于美感，而表达的意思则非常含蓄。落花，不但明点暮春，也暗示青春的消逝。"人独立"与"燕双飞"相对衬，显出抒情主人公的孤独无伴，暗暗透露出他的伤离怀远之情，也就是上文所说的"春恨"。这里所描写的，当是抒情主人公与所爱的女子小蘋去年春天刚刚别离以后的情景。落花微雨，燕子双飞，景物极其秀丽，"独立"的"人"，虽有些孤寂伤感，但感情还并不那么沉重和痛苦，似乎在伤离怀远的孤寂中还带有一点对暮春景物的欣赏。由于对去年别后的这一幕情景记忆特别鲜明清晰，因此今年春暮之际，"去年春恨"也就自然浮现心头。这一联写去年春恨，只点染暮春景物和勾画独立凝望的人，不着任何愁、恨于字面之上，而离愁春恨自寄寓于这幅落花微雨燕飞图中，这是一层含蓄；今年春暮，回想去年春恨，现在的感情究竟怎样，也没有说明，但自可意会，这又是一层含蓄。有这两层含蓄，"落花"二句便特别耐人咀嚼寻味了。

整个上片，由酒醒梦回之后的现实情境触发起对去年春恨的回忆。以第三句"去年春恨却来时"作为由今而昔的过渡。前后两个对句，分写今、昔两种境界，今日的情景中渗透出对昔日的追怀，昔日的情景中又暗透出今日回忆时的感伤，今昔相互融汇，织成一片。意境含蓄蕴藉，语言工丽细密，在借环境气氛的烘托和景物的描写来抒情方面，达到了很高的成就。

"记得小蘋初见，两重心字罗衣，琵琶弦上说相思。"换头由上片回忆中的"去年春恨"进一步回溯到更远的与小蘋初次见面的情景。"记得"二字总提。写法则由借景抒情转为直接叙事，相应地文字风格也由工丽细密转为清新疏朗。对自己深爱的人，"初见"的印象往往最鲜明而深刻。这里回想到"初见"情景，正说明抒情主人公对小蘋的一往情深。作者没有过多地去

字罗衣"；二是对方的技艺，即所谓"琵琶弦上说相思"。"心字罗衣"，大概指一种印有篆体"心"字图案的薄罗衣衫，"两重心字"，含有象征心心相印的意味。这可能是当时歌伎一类人物衣衫上常用的图案。这里特别标示出来。固然是初见时的第一印象，也兼有表现对方的轻盈秀美和柔婉多情的作

用。"琵琶弦上说相思",既是赞美她弹奏琵琶技艺的高妙,能够以曲传情,倾诉内心的情愫,同时也是表现她对爱情的向往。寥寥两笔,一位美丽多情、色艺双全的少女形象已经跃然纸上。这里,没有对女子的容貌、体态作任何描摹刻画,没有浓腻的脂粉气,别具一种清新的美感。

写到这里,对小蘋的回忆却不再顺着"初见"延伸下去。这以后双方的种种交往、相聚都略去不提,读者完全可以从抒情主人公深情的追忆中想象出一切情景。

结尾两句,抒情主人公的思绪一方面从深远的回忆中回到现实境界,一方面又由眼前明月映照彩云的景象触发起对昔日另一情景的追忆。"当时明月在,曾照彩云归。"宋王《高唐赋序》有神女"朝为行云,暮为行雨"之句,李白《官中行乐词》有"只愁歌舞散,化作彩云飞"的句子,写官中歌舞。不过李白的诗是虚拟想象之词,晏几道的词却是亲身经历之境。梦回酒醒,楼空人去,在层层追忆怀想之后,忽见皓月当空,不由得又联想起当年欢聚的时候,每当宴罢人散的深夜,那美丽的彩云般的女子——小蘋,就是乘着明朗的月色回去的。如今,旧时的明月依然映照楼台,而那一片"彩云"却杳无踪影了。明月映照彩云,景象本来极为华美俊逸,着一"在"字、"曾"字,顿时便增加了浓厚的今昔之感和景是人非之慨,变华美为凄怆了。但在凄怆之中,对过去所经历的月照"彩云归"的美好境界,仍然怀着深情的追恋。

整个下片,以"记得"领起更远一层的回忆,先写"初见"情景,然后由回忆中的情景折回到现实,又由现在的情景触发起对往日的回忆,再写昔日宴罢人归的情景,时空交错,今昔交融,虚实交映("彩云"是虚,"明月"是实),创造出抚今追昔、无限感伤凄怆的意境。"月在"遥应篇首"梦后""酒醒",首尾情景贯通。

这是一首小词,但它的生活容量却很大,浓缩了不同时间、空间的悲欢离合,表现出明显的多层次和立体感的特点。一般的怀人忆旧之作,往往只

第一层是"去年春恨",第二层是更远的"初见"。全篇便按照这样的层次进行结构:现实之境——第一层昔日之境——第二层昔日之境,最后由昔而今,由今而昔,将现实之境和昔日之境融贯起来。这种层层追溯、贯通今昔的构思和章法,使作者的怀人忆旧之情得到层层深入的表现,也使最后的感伤显得特别深挚。全篇虽然都或明或暗地贯串"忆"字,但所抒写的情景并

不处在同一空间、时间里，情景本身又有悲欢离合的不同，再加上今昔融合方式的不同，读来便觉得有分明的立体感。小令的容量以及表现如此之大的容量的艺术技巧，在晏几道的一些优秀作品中，确实已达到形式所能允许的极限。在词的以后的发展中，像这样丰富的生活内容，词家们便往往用长于铺叙的长调来表现了。

清代词评家陈廷焯在《白雨斋词话》中认为，这首词的上片后三句和下片后两句"既闲婉，又沉着，当世更无敌手"，这是有见地的。所谓沉着，指感情的深挚浓厚，有内在的力量；所谓闲婉，指这种感情是用一种闲淡微婉的语言表现出来的，显得从容有致，毫不着力。表面上感情似乎并不那么激烈，实际上却具有隽永的情味和很强的艺术感染力。像"当时明月在，曾照彩云归"，仿佛只是信口淡淡说出，但无限感伤今昔之意和悲欢离合之情自寓言外。

这首词的"落花人独立，微雨燕双飞"，是词中的名句。但它原来却是五代诗人翁宏《春残》诗中的成句。翁诗全文是这样的："又是春残也，如何出翠帷？落花人独立，微雨燕双飞。寓目魂将断，经年梦亦非。那堪向愁夕，萧飒暮蝉辉！"评论家们曾经从各个不同的角度，指出这一联在翁诗中不见出色，而在小晏词中却显得非常精美的原因。比如诗和词的风格不同，有的句子在诗中显得纤巧，在词中却显得很美；诗句的优劣，应当联系全篇来考察评论，不应孤立地论一句一联，等等。这些意见都很中肯精到。本来，晚唐五代的有些闺情诗，从内容、情调到语言，都已逐步趋于词化。翁宏的《春残》诗也是这样。由于律诗的形式和长短句的词毕竟具有不同的情味，翁诗的内容又比较单纯，表现上更趋于平直，"落花"一联这种微婉含蓄的句子在翁诗中就显得不大谐调。而小晏将这一联用在这首词中，却和全篇的情境特别谐调。成为整个词境的有机组成部分，浑化无迹，如盐入水。尽管表面上是原封不动地袭用成句，但在词里，已经成为多层情境中的一境，和原诗的内容、作用都很不相同了。如果说，给前人诗中某种精彩的抒情写景片断找到最合适的地方也是一种创造，那么晏几道这一联便是成功的创造，正如一件美丽的外饰安放在最可佩的衣服上，才显出它的情趣一样。

蝶恋花

醉别西楼醒不记，春梦秋云，聚散真容易。斜月半窗还少睡，画屏闲展吴山翠。　　衣上酒痕诗里字，点点行行，总是凄凉意。红烛自怜无好计，夜寒空替人垂泪。

晏
几
道

　　这是一首怀旧词。

　　首句忆昔，凌空而起。往日醉别西楼（泛指欢宴之所），醒后却浑然不记。这似乎是追忆往日某一幕具体的醉别，又像是泛指所有的前欢旧梦。似实似虚，笔意殊妙。晏几道自作《小山词序》说他自己的词，"所记悲欢、合离之事，如幻，如电，如昨梦、前尘"。沈祖棻《宋词赏析》借此说这句词，"极言当日情事'如幻，如电，如昨梦、前尘，不可复得'"，"抚今追昔，浑如一梦，所以一概付之'不记'"，是善体言外之意的。不过，这并不妨碍词人在构思时头脑中有过对具体的"醉别西楼"一幕的回忆。联系下两句来吟味，这种由具体情事引出一般人生感慨的痕迹便看得更加清楚。

　　"春梦秋云，聚散真容易"，袭用其父晏殊《木兰花》"长于春梦几多时，散似秋云无觅处"词意。两句用春梦、秋云作比喻，抒发聚散离合不常之感。春梦旖旎温馨而虚幻短暂，秋云高洁明净而缥缈易逝，用它们来象喻美好而不久长的情事，最为真切形象而动人遐想。"聚散"偏义于"散"，与上句"醉别"相应，再缀以"真容易"三字，好景轻易便散的感慨便显得非常强烈。这里的聚散之感，视"春梦秋云"之喻，似主要指爱情方面，但与此相关的生活情事，以至整个往昔繁华生活，也自然可以包举在内。

　　接下来两句，从离合之感拍到眼前的实境。斜月已低至半窗，夜已经深了。由于追忆前尘，感叹聚散，却仍然不能入睡。而床前的画屏却在烛光照映下悠闲平静地展示着吴山的青翠之色。这一句看似闲笔，其实正是传达心境的妙笔。在心情不静、辗转难寐的人看来，那画屏上的景色似乎显得特别平静悠闲，这"闲"字正从反面透露出了他的郁闷伤感。这里有怨物无情的意思，却含而不露。

　　"衣上酒痕诗里字，点点行行，总是凄凉意。"过片承上"醉别"。"衣上酒痕"，是西楼欢宴时留下的印迹；"诗里字"，是筵席上题写的词章。它们原是欢游生活的表记，只是如今旧侣已风流云散，回视旧欢痕迹，翻引起无限凄凉意绪。前面讲到"醒不记",这"衣上酒痕诗里字"却触发他对旧日欢乐生活的记忆。读到这里,可知词人的聚散离合之感和中宵辗转不寐之情即由此而生。作者把它放在过片这个关键位置上,既自然地解释了上片所抒感慨之因,又为下面的描写张本,而且使全篇的结构不显得平直,充分表现出构思的精妙。

结拍两句,化用杜牧《赠别》"蜡烛有心还惜别,替人垂泪到天明"诗意,直承"凄凉意"而加以渲染。人的凄凉,似乎感染了红烛。它虽然同情词人,却又自伤无计消除其凄凉,只好在寒寂的永夜里空自替人长洒同情之泪了。小杜诗里的"蜡烛",是人与物一体的,实际上就是多情女子的化身;小晏词中的"蜡烛",却只是拟人化的物,有感情、有灵性的物。从自然深挚方面看,小杜诗似更胜一筹;但从构思的曲折方面看,小晏词却自有其胜处。

浣溪沙

二月和风到碧城,万条千缕绿相迎,舞烟眠雨过清明。　　妆镜巧眉偷叶样,歌楼妍曲借枝名。晚秋霜霰莫无情。

唐宋诗词中,柳枝常常用作歌伎舞女的代称。这首小令所歌咏的柳枝,大约就是这类"冶叶倡条"中的一位。词人对她是极赏爱的,充满着关切之情。

首句明点时令。"碧城"是丛丛柳树的形象化比喻,南宋李莱老《小重山》词"画檐簪柳碧如城"之句可证。起句从容自在而又明快轻灵,给人以和煦的春风飘然而至的感觉,而"碧城"的字面又造成重翠叠碧的视觉印象,故虽平直叙起,却有鲜明的形象感。次句"绿相迎"应上"到碧城",不仅画出了柳枝迎风飘拂、如有情相迎的动人意态,突出了和风的化煦作用,也传出词人面对春风杨柳万千条的景象时欣喜的心情。第二句"舞烟眠雨过清明"以概括之笔收结上片。柳枝在暮春的晴烟轻霭中飘舞,在暮春的霏霏丝雨中安眠,在梦一般温馨的环境中度过了清明三月天。"舞"字、"眠"字,一写动态,一写静态,都能得柳枝之神理,前者见其春风得意,后者见其恬静安闲。

上片从和风拂柳写到暮春烟柳，按照时序写出了柳枝在春风细雨的环境中生长繁茂的过程，展示了她的青春美和意态美，特别是"舞烟眠雨过清明"，更是何等风流蕴藉、温馨旖旎，让人自然联想起青春少女所度过的一生中最美好的时光。

下片仍承上对柳的美盛作进一步渲染。美人对镜梳妆，爱把双眉画成柳叶的形状，歌楼宴席上演唱的清歌也用柳枝作为曲名。词人巧妙地借柳叶眉、《柳枝》曲的流行来渲染柳枝的声名，"偷""借"二字，把被"偷"、被"借"的柳放到备受歆羡的位置上，可谓尊崇之至。

"晚秋霜霰莫无情。"结拍陡然捩转，作变徵之声，这是词人对柳枝将来命运的忧虑。在春风得意之时预想到"晚秋霜霰"的无情摧残，这仿佛有些突然，但却正透露出词人对自然、对人生已经有了类似的体验。由于有前面对柳枝青春美盛情景的层层渲染描绘，这陡转作收便格外显得情深语重，引人注目，令人感慨。

词中所咏的是"物"——和风细雨中盛极一时的柳枝，也是"人"——青春年少、红极一时的歌伎舞女。人与物，借助形象上的比拟和联想，借助环境与命运的相似相关，很自然地浑化为一体。但柳枝的形象似乎还概括了更广泛的人生体验，包括词人自身的命运。作为一位贵公子，词人年轻时也经历过富贵风流的生活，后来却落拓潦倒、沉沦下位。这种先荣后悴的身世，使他对人间"霜霰"的无情有一种切肤之痛，因而对"柳枝"的命运也就有一种特殊的关切。

跟后来周邦彦和南宋某些词人刻画精工、巧为形似之言的咏物词不同，小晏的这首柳枝词对柳枝的形象并没有多少描绘刻画，只以概括虚涵之笔稍作点染，更多的却是深情的咏叹。读来只觉通体空灵，而无咏物词常见的滞累拘执之病。

李之仪

卜算子

我住长江头，君住长江尾。日日思君不见君，共饮长江水。
此水几时休，此恨何时已。只愿君心似我心，定不负相思意。

李之仪这首《卜算子》，明白如话，复叠回环，深得民歌的神情风味，同时又具有文人词构思新巧、深婉含蕴的特点，可以说是一种提高和净化了的通俗词。

词以长江起兴。开头两句，"我""君"对起，而一住江头，一住江尾，见双方空间距离之悬隔，也暗寓相思之情的悠长。重叠复沓的句式，加强了咏叹的情味，仿佛可以感触到女主人公深情的思念与叹息，而江山万里的悠远广阔背景，和在遥隔中翘首思念的女子形象也宛然在目。

三、四两句，从前两句直接引出。江头江尾的万里遥隔，引出了"日日思君不见君"这一全词的主干；而同住长江之滨，则引出了"共饮长江水"。如果各自孤立起来看，每一句都不见出色，但联起来吟味，便觉笔墨之外别具一段深情妙理。这就是两句之间含而未宣、任人体味的那层转折。可以理解为这样一种转折关系：日日思君而不得见，却又共饮一江之水。这"共饮"不免更反托出离隔之恨，相思之苦。也可以理解为另一种转折关系：尽管思而不见，毕竟还能共饮长江之水。这"共饮"又似乎多少能稍慰相思离隔之恨。两种看来矛盾的理解，实际上恰恰是怀着远隔之恨的双方在"共饮长江水"时可以次第浮现的想法。词人只淡淡道出"不见"与"共饮"的事实，隐去它们之间的转折关系的内涵，任人揣度吟味，反使词情分外深婉含蕴。毛晋盛赞这几句为"古乐府俊语"（《姑溪词跋》），当是有感于其清俊中见深婉含蕴的特点。诗词意蕴的不确定性和多向性，往往是使它耐人寻味的一个原因，而这种不确定性和多向性，又往往是生活本身的丰富性的反映。

"此水几时休，此恨何时已。"换头仍紧扣长江水，承上"思君不见"进一步抒写别恨。长江之水，悠悠东流，不知道什么时候才能休止，自己的相思离别之恨也不知道什么时候才能停歇。用"几时休""何时已"这样的口吻，一方面表明主观上祈望恨之能已，另一方面又暗透客观上恨之无已。江水永无不流之日，自己的相思隔离之恨也永无销歇之时。古乐府《上邪》说："山无陵，江水为竭，冬雷震震夏雨雪，天地合，乃敢与君绝。"敦煌曲子词《菩萨蛮》说："要休且待青山烂，水面上秤锤浮，直待黄河彻底枯，白日参辰现，北斗回南面。"都是用一系列绝不可能发生的事来强调分离之绝不可能，其中包括"江水为竭""黄河彻底枯"这样的"条件"。李词这两句正师其遗意，却以祈望恨之能已反透恨之不能已，变民歌、民间词之直率热烈为深挚婉曲，变重言错举为简约含蓄，这和作者论词"自有一种风格，稍不如格，便觉龃龉"的主张是一致的。

　　写到这里，似乎只能慨叹"人生长恨水长东"了。但词人却从"此恨何时已"中翻出一层新的意蕴："只愿君心似我心，定不负相思意。"恨之无已，正缘爱之深挚。"我心"既似江水不竭，相思无已，自然也就希望"君心似我心"，我定不负我相思之意。江头江尾的阻隔纵然不能飞越，而两相挚爱的心灵却一脉遥通；单方面的相思便变为双方的期许，无已的别恨便化为永恒的相爱与期待。这样，阻隔的双方在心灵上便得到了永久的滋润与慰藉。从"此恨何时已"翻出"定不负相思意"，是感情的深化与升华。江头江尾的遥隔在这里反而成为感情升华的条件了。词人主张写词要"妙见于卒章，语尽而意不尽，意尽而情不尽"，这首词的结拍正是写出了隔绝中的永恒之爱，给人以江水长流情长在的感受。

　　全词以长江水为贯穿始终的抒情线索，以"日日思君不见君"为主干。分住江头江尾，是"不见君"之因；"此恨何时已"，是"不见君"之果；"君心似我心""不负相思意"是虽有恨而无恨，有恨者"不见君"，无恨者不相负。悠悠长江水，既是双方万里阻隔的天然障碍，又是一脉相通、遥寄情思的天然载体；既是悠悠相思、无穷别恨的触发物与象征，又是双方永恒相爱与期待的见证。随着词情的发展，它的作用也不断变化，可谓妙用无穷。这样新巧的构思，和深婉的情思、明净的语言、复沓的句法的结合，构成了这首词特有的灵秀隽永、玲珑晶莹的风神。

苏 轼

满江红　寄鄂州朱使君寿昌〔一〕

　　江汉西来〔二〕，高楼下〔三〕、蒲萄深碧〔四〕。犹自带、岷峨雪浪〔五〕，锦江春色〔六〕。君是南山遗爱守〔七〕，我为剑外思归客〔八〕。对此间、风物岂无情，殷勤说。　　《江表传》〔九〕，君休读。狂处士〔一〇〕，真堪惜。空洲对鹦鹉〔一一〕，苇花萧瑟。独笑书生争底事〔一二〕，曹公黄祖俱飘忽〔一三〕。愿使君、还赋谪仙诗，追黄鹤〔一四〕。

注释

　　〔一〕朱寿昌：字康叔，苏轼谪贬黄州期间（1080—1084）朱曾任鄂州（今湖北武昌）知州。两人有交谊，常有诗文往来。

　　〔二〕江汉西来：长江与汉水分别从鄂州的西南和西北方向流来。

　　〔三〕高楼：指黄鹤楼。

　　〔四〕蒲萄深碧：形容水色深绿如葡萄酒新酿。李白《襄阳歌》："遥看汉水鸭头绿，恰似葡萄新酸醅。"

　　〔五〕岷峨雪浪：岷山、峨眉山上的积雪，融入岷江，化为滔滔波浪。古代以岷江为长江正源，故说"犹自带、岷峨雪浪"。李白《赠江夏韦太守》："江带岷峨雪。"

　　〔六〕锦江春色：锦江为岷江支流。这里想象鄂州一带的长江水也带有锦江春色。语本杜甫《登楼》："锦江春色来天地。"

　　〔七〕南山遗爱守：朱寿昌曾任陕州通判，终南山在陕州之南，故称他"南山守"。"遗爱"是颂称其有德政。

　　〔八〕剑外：即剑（门山）南，指蜀中地区。苏轼是四川眉山人，故自称"剑外思归客"。

　　〔九〕《江表传》：书名，记载汉末群雄割据及三国时吴国的人物事迹，今已佚。这里泛指记载吴国史事的书籍。

〔一〇〕狂处士：指祢衡，他"少有才辩，而尚气刚傲，好矫时慢物"，为在上者所不容。孔融曾数荐衡于曹操，衡因触怒曹操，操将其送至荆州刺史刘表处，表又送他到江夏太守黄祖处。终因出言不逊，为祖所杀。

〔一一〕空洲对鹦鹉：祢衡曾作《鹦鹉赋》，死后葬汉阳江边沙洲上，人称鹦鹉洲。句意谓空自面对着鹦鹉洲。李白《赠江夏韦太守》："顾惭祢处士，虚对鹦鹉洲。"

〔一二〕底事：何事。

〔一三〕飘忽：指死亡。

〔一四〕谪仙诗：指李白的《登金陵凤凰台》那样的优秀诗篇。追：追攀，赶上。黄鹤：指崔颢的《黄鹤楼》诗。传李白见崔颢《黄鹤楼》诗，曾有搁笔之叹。其《登金陵凤凰台》诗即追摹崔诗之作。句意谓希望朱寿昌像李白那样，写出优秀的诗篇与前贤争胜。

贬谪黄州时期，是苏轼文学创作的一个高峰期。这一时期，他在豪放词的创作方面也有了新的发展，不仅写出了《念奴娇·赤壁怀古》这种在词的发展史上具有里程碑性质的伟作，而且陆续写出了《水调歌头·快哉亭作》《念奴娇·中秋》《满江红·寄鄂州朱使君寿昌》《水龙吟》(小舟横截春江)等一批风格豪健雄放的词篇，构成了一个豪放词序列。他自己也不无得意地说："日近新阕甚多，篇篇皆奇。"(《与陈季常书》)这首题为《寄鄂州朱使君寿昌》的《满江红》，在他的黄州豪放词序列中是颇有特色的作品。

由于词是寄给鄂州知州朱寿昌的，开篇便从想象落笔，紧扣鄂州的地理(当江、汉二水的交汇)和历史文化(有著名的黄鹤楼胜迹)特点，来描绘长江的水势水色。劈头一句"江汉西来"，就以高远的气势，展现出万里长江、千里汉水分别从西南、西北方向奔腾流泻而来的浩渺阔远景象；紧接着，又化用李白的诗句，来形容流经黄鹤楼前的长江呈现出一派深碧之色。"蒲萄"指酒。"蒲萄深碧"的字面便同时引起人们满江深碧皆春酒的诗意联想。这水势水色，不仅令人胸襟阔远，而且使人为之心醉了。

"犹自带、岷峨雪浪，锦江春色。"接下来两句，仍写水势水色，却融入了更多的想象成分和主观色彩。溯江而上，便是词人的故乡四川。在他的想象中，黄鹤楼前的满江深碧，好像仍然带有遥远的故乡岷、峨积雪融化的波涛和锦江绚丽的春色。这两句化用李白、杜甫诗句，浑化无痕，如同己出。

215

特别是融化杜句，将楼前深碧与"锦江春色"联系起来，不但极富文采意想之美，而且透露了词人对花团锦簇、充满春意的锦城、锦水的无限追恋向往之情，从而为下文"思归"伏脉。以上一层，侧重写景，境界高远开阔，气势雄健豪放，色彩鲜明绚丽，笔意顿宕飞动，是民调中开篇写得很出色的例证。

"君是南山遗爱守，我是剑外思归客。"长江的碧水雪浪，既上接岷江锦水，引动"思归"之情；又将黄鹤楼与赤壁矶一线相连，触发怀友之思。因此这两句便自然由上文写景过渡到下文的抒情议论，并绾合"君""我"双方，点题内"寄"字。

"对此间、风物岂无情，殷勤说。"风物，兼风景与人物。这两句不仅是上下片的过脉，也是全词内容的一种提示。这首词不妨说就是向对方诉说由此间风景人物引起的思归怀古之情。"殷勤说"既总束上片，又起领下片。

"《江表传》，君休读。狂处士，真堪惜。"过片四个三字短句，紧承上片末二句意，由上片的思乡转入怀古。武昌是东汉末名士祢衡被杀害的地方，有其葬地鹦鹉洲，正是所谓"此间风物"。词人对祢衡的才而不容于世，是同情和惋惜的，因而劝朱寿昌"休读"《江表传》，免得使这位贤太守触事增慨；但对祢衡的"狂"，则又微露不满之意，隐逗下文"独笑书生"的议论。

"空洲"二句，承上"惜"字借景物作进一步渲染。当年埋葬祢衡的鹦鹉洲，如今唯有荻花在秋风中摇曳，呈现一片萧瑟景象。说"空洲"，则昔日的"狂处士"久已归于虚无，今日面对此境时的空虚怅惘，自寓其中。

"独笑书生争底事，曹公黄祖俱飘忽。"这两句承上"狂"字，笑祢衡争强好胜之无谓。苏轼主张用安然的态度应物，"听其所为"，而"莫与之争"。在他看来，像祢衡那样恃才傲物，争强好胜，反遭杀身之祸，殊可不必。如今，不但祢衡早已不在，连当年不容才士的曹操、黄祖也早归空无。这里正流露了苏轼超然物外、随缘自适的人生态度。

但这并不导致他对人生的虚无主义态度。人生仍然有值得去追求的永恒的东西：

　　　　愿使君、还赋谪仙诗，追黄鹤。

李白在《江上吟》中说："屈平词赋悬日月，楚王台榭空山丘。"认为只有文学事业才是不朽的。苏轼在这里希望朱寿昌像李白那样，赋诗追攀前贤，正表露了自己在政治上失意的情况下把文学创作事业作为人生追求的目标的态度。这个结尾，既紧扣题目，又回应篇首（高楼），显示了思乡怀古之情的归趋，是对全篇的总结。

豪中带旷，是苏轼豪放词的个性特点，这首词也不例外。词中对历史人物的议论，就明显带着超旷的态度来俯视历史与人生。但词人并未由超旷而流于虚无，而是在超旷中有执着的追求。全篇写景抒情，思乡怀古，由豪而入旷，但旷中仍不失赋诗追黄鹤的豪情壮采。就这一点说，它和《念奴娇·赤壁怀古》由豪入旷后，就停止在"人生如梦"的喟叹中，是有区别的。

苏轼曾说："出新意于法度之中，寄妙理于豪放之外。"（《书吴道子画后》）豪迈雄放的风格和严密的章法结构的统一，正是这首词的显著特点。词的上片，由江汉西来、楼前深碧联想到岷峨雪浪，锦江春色，引出"思归"之情；而这一江"蒲萄深碧"又连接着黄鹤楼与赤壁矶，从而自然绾合了"君""我"双方，揭示了全篇主意——"对此间、风物岂无情，殷勤说。"下片承"此间风物"，由上片的思乡转入怀古，就祢衡被害事发抒议论与感慨。最后又归到"使君"与"黄鹤"，回应篇首，缴清题目。在豪放的境界与纵横的议论中，寓有严密的章法。

这首词既豪放又自然的风格，与成功地化用李、杜诗（尤其是李白诗）有密切关系。婉约派词人多融化李贺、李商隐、温庭筠等人的丽语入词，以构成婉约词特有的婉曲柔媚的风格，即或偶尔用李、杜诗，也往往化沉着为轻灵（如小晏《鹧鸪天》词化用杜句"夜阑更秉烛，相对如梦寐"为"今宵剩把银釭照，犹恐相逢是梦中"）。而苏轼这首词，却有意化用本来表现豪放意境风格的诗句，特别是李白《赠江夏韦太守》中的诗句，可以说完全切合他所抒写的时地情景和寄赠的对象，无怪乎如盐入水，浑化无迹了。这不仅使全词具有既豪放又自然的风格，而且使它的内容、意境更加诗化了。

苏轼

水调歌头　快哉亭作〔一〕

落日绣帘卷，亭下水连空。知君为我新作、窗户湿青红〔二〕。长记平山堂上〔三〕，欹枕江南烟雨〔四〕，杳杳没孤鸿。认得醉翁语，山色有无中〔五〕。　　一千顷，都镜净，倒碧峰。忽然浪起，掀舞一叶白头翁〔六〕。堪笑兰台公子，未解庄生天籁，刚道有雌雄〔七〕。一点浩然气，千里快哉风！〔八〕

（注释）

〔一〕快哉亭：在黄州。苏辙《黄州快哉亭记》说："清河张君梦得（名怀民，又字偓佺）谪居齐安（黄州），即其庐之西南为亭，以览观江流之胜，而余兄子瞻名之曰'快哉'。"

〔二〕窗户湿青红：窗户上新涂饰上青油朱漆。

〔三〕平山堂：在扬州西北蜀冈上，欧阳修知扬州时所建。作者在写这首词之前，曾"三过平山堂下"（《西江月·平山堂》），最后一次在元丰二年四月，故云"长记"。

〔四〕欹枕：倚枕（遥望）。叶梦得《避暑录话》："平山堂壮丽为淮南第一，上据蜀冈，下临江南数百里，真、润、金陵三州，隐隐若可见。"

〔五〕醉翁：指欧阳修，自号醉翁。其《朝中措·平山堂》词云："平山栏槛倚晴空，山色有无中。"按"山色"句实本王维《汉江临泛》："江流天地外，山色有无中。"认得：体会到。

〔六〕一叶：指小舟。白头翁：本为鸟名，这里借指驾驭轻舟的白发老翁。

〔七〕兰台公子：指宋玉，他曾侍从楚襄王游兰台之宫，任兰台令。庄生：指庄周。天籁：自然界的奇妙声响。此代指风。《庄子·齐物论》："女（汝）闻人籁而未闻地籁，女闻地籁而未闻天籁。"刚道：硬说。雌雄：宋玉曾把风分成"大王之雄风"与"庶人之雌风"（见《风赋》）。

〔八〕浩然气：《孟子·公孙丑上》："我善养吾浩然之气。"这是一种"至大至刚""塞于天地之间"的正气。快哉风：宋玉《风赋》："有风飒然而至，王乃披襟而当之曰：'快哉此风！'"

这首词作于元丰六年（1083），即词人贬居黄州的第四年。词围绕"快哉亭"这个题目，既描绘江亭览眺所见的山光水色，更着重抒写由壮美景色引起的胜慨豪情，是苏轼豪放词的代表作之一。

开篇两句，大处落墨，展现出一片空阔无际的境界。苏辙《黄州快哉亭记》说："江出西陵，始得平地，其流奔放肆大。南合沅湘，北合汉沔，其势益涨。至于赤壁之下，波流浸灌，与海相若。"在散文中，通过层层铺写，方展现出"与海相若"的境象，词则直入本题，十字中不仅点明时、地和卷帘遥望的行动，而且展现出水天相接、一片混茫的境界。"落日"时分，更增苍茫阔远的情致。

接下来两句，折回来交待新亭的创建。本来是张偓佺建亭，苏轼为之题名，这里却说"知君为我新作"，反客为主，显得豪爽而风趣，令人想起李白"为余天津桥南造酒楼"的诗句。"湿"字承上"新作"，生动地显示出新亭上刚涂饰的油漆，鲜润耀目，似乎还带着一种湿润流动感。着此一字，"新"意全出。这是一个用意刻画的字眼，但由于状物的真切，整个句子的畅肆，读来并不感到用力的痕迹。

"长记平山堂上，欹枕江南烟雨，杳杳没孤鸿。认得醉翁语，山色有无中。"交待新亭创建之后，似乎应该接着正面描绘快哉亭前的风光，词人却忽然宕开，去写记忆中平山堂前的景色。"长记"二字领起，直贯到上片结尾，显现出当年在平山堂上，倚枕遥望江南烟雨迷蒙的景色，目送孤鸿一点，渐渐没入遥天的情景，真正体会到醉翁词中所描绘的"山色有无中"的境象之美妙。表面上看，这里没有一字正面写到眼前景色，但"长记"以下数句所描绘的记忆中情景，却是由眼前景所触发的相似联想，因此它本身就带有比喻的意味。不妨说，"欹枕江南烟雨，杳杳没孤鸿""山色有无中"的景象，就是对快哉亭前景象的一种侧面描写。从眼前景触发对过去曾历之境的联想说，这里包含着由此及彼的"兴"；从以曾历之境形容眼前之境说，又包含着以彼喻此的"比"。词人略去眼前景与忆中景的上述联系，只将记忆中的景和盘托出，使读者转从忆中景想象眼前景，不但平添了曲折耐味的情致，而且以虚托实，词境也变得空灵了。这五句一气直下，传出词人当年的淋漓兴会，而今日快哉亭前览胜的欣喜心情也隐见言外。

上片所写，是从新亭纵目遥望所见平远之境以及由此引起的联想，换头三句，转写亭前广阔明净的江面和水中峰影："一千顷，都镜净，倒碧峰。"这里展示的是长江的静态。浩阔的江面，波平浪静，澄澈如镜，映照着碧峰的倒影。水光山色，令人心旷神怡。这里写静态，一方面是对上片平远之境的进一步描写，另一方面更是为了反托和引起下文。

"忽然浪起，掀舞一叶白头翁。"两句异军突起，景象倏变；平静的江面上忽起风涛，滔天巨浪掀舞着一叶孤舟，舟中站着一位奋力搏击风涛的白发老翁。由静境忽变动境，而一叶孤舟上的白头翁正是动境的中心，也是词人写快哉亭风光着意表现的重点。这白头翁的形象，带有象喻色彩，不妨说，就是词人自己精神风貌的一种象征。

以下一段，转入议论。前面写到长江波浪，这里便自然讲到"风"；前面写到出没于风波中的操舟老人，这里便自然引出对宋玉《风赋》的议论。在作者看来，自然界的天籁本身绝无贵贱之分，白发操舟老人驾驭壮伟的雄风便是明证，关键在于人的主观精神境界，宋玉将风分为"大王之雄风"和"庶人之雌风"实在是"堪笑"的，是"未解"物理的生拉硬扯。因此他说：

　　　　一点浩然气，千里快哉风！

一个人只要有了这点"至大至刚"的浩然正气，就能在任何情况下都坦然处之，充分享受大自然的壮美，享受使人感到无穷快意的千里雄风。正如苏辙在《黄州快哉亭记》中所说："夫风无雌雄之异，而人有遇不遇之变。……士生于世，使其中不自得，将何往而非病？使其中坦然，不以物伤性，将何适而非快！"

结拍两句，是全词的归宿和灵魂。作者写这首词，并不单纯为了描绘快哉亭前的山光水色和抒写欣赏自然风光的快感，而是在这同时表达一种"不以物伤性"，在逆境中仍然保持浩然之气的坦荡人生态度。这是苏轼在诗、文、词创作中一再从不同侧面表达过的一个基本主题。这首词正是从观赏自然风光之"快"中引出这样一个主题。

这首词之所以成为苏轼豪放词的代表作之一，首先是由于它具有浩阔豪壮的境界。词中不但展现出水天混茫的壮阔境界，而且变幻出激浪轻舟的飞动景象；不但有千顷镜净、碧峰倒映的静境，更有狂风巨浪、掀舞叶舟的动境；不仅有眼前之境，而且融入过去曾历的烟雨迷蒙、远山隐现之境，从而使词中所展现的境界在空间、时间上都非常广阔，而且显得丰富多彩。同时，词人在描绘上述境界时，又始终贯注了一种"浩然之气"，一种坦荡旷达的情怀。这不仅表现在词人对浩阔境界兴会淋漓的审美感受中，更表现在对白头老翁形象的描绘和对宋玉雌风雄风之论的嘲谑当中。而行文的豪纵酣畅，则加强了全词的气势。开篇直入本题，大处落墨，接着便以"长记"领起，将眼前景与忆中景打成一片，直贯到上片末尾，读来有一气呵成之感。下片，先出静境，忽转动境，变化鹘突，形象飞动，然后紧扣题意，一路直下，纵横议论，最后如百川汇海，群龙归穴，用精练而富于气势的语言直接点明全篇主意，结得极简捷而有力。而词中出没风涛的白头翁形象，更在豪放中融入象征，使景语变得更富含蕴，正如郑文焯所评："此等句法，使作者稍稍矜才使气，便流入粗豪一派。妙能写景中人，用生出无限情思。"

苏
轼

秦 观

减字木兰花

天涯旧恨，独自凄凉人不问。欲见回肠，断尽金炉小篆香。
黛蛾长敛，任是春风吹不展。困倚危楼，过尽飞鸿字字愁。

这首词写一位独处高楼的女子深长的离愁。

起句陡峭，由情直入。"天涯"点明所思远隔，"旧恨"说明分离已久，四字写出空间、时间的悬隔，为"独自凄凉"张本。独居高楼，已是凄凉，而这种孤凄的处境与心情，竟连存问同情的人都没有，就更觉得难堪了。"人"可以理解为泛指，但也不妨包括所思念的远人在内，这与下片结句"过尽飞鸿字字愁"联系起来体味，就可以看得比较清楚。两句于伤离嗟独中含有怨意。

"欲见回肠，断尽金炉小篆香。"篆香，盘香，因其形状回环如篆，故称。两句是说要想了解她内心的痛苦吗？请看金炉中寸寸断尽的篆香！盘香的形状恰如人的回肠百转，这里就近取譬，触物兴感，显得自然浑成，不露痕迹。"断尽"二字着意，突出了女主人公柔肠寸断，一寸相思一寸灰的强烈感情状态。这两句在哀怨伤感中寓有沉痛激愤之情。上片四句，前两句直抒怨情，后两句借物喻情，笔法变化，而感情则怨愤沉痛。

过片从内心转到表情的描写："黛蛾长敛，任是春风吹不展。"在人们的意念中，和煦的春风给万物带来生机，它能吹开含苞的花朵，展开细眉般的柳叶，似乎也应该吹展人的愁眉，但是这长敛的黛蛾，却是任凭春风吹拂，也不能使它舒展，足见愁恨的深重。这和辛弃疾《鹧鸪天》词"春风不染白髭须"同一机杼，都可谓无理而妙。"任是"二字，着意强调，加强了愁恨的分量。读到这两句，眼前便会浮现在拂面春风中双眉紧锁、脉脉含愁的女主人公形象。

"困倚危楼，过尽飞鸿字字愁。"结拍两句，点醒女主人公独处高楼的处境和引起愁恨的原因。高楼骋望，见怀远情殷，而"困倚""过尽"，则骋望之久，失望之深自见言外。旧有鸿雁传书之说，仰观飞鸿，自然会想到远人的书信，但"过尽"飞鸿，却盼不到来自天涯的音书。因此，这排列成行的"雁字"，在困倚危楼的闺人眼中，便触目成愁了。两句意蕴与温庭筠《望江南》词"过尽千帆皆不是，斜晖脉脉水悠悠，肠断白蘋洲"相似，而秦观的这两句，主观感情色彩更为浓烈。

张炎说："秦少游词，体制淡雅，气骨不衰，清丽中不断意脉。"（《词源》卷下）这首词正是清而有骨、意脉贯通的显例。全篇四韵，每韵均为一个四字句、一个七字句，这种形式，相对来说比较呆板，很容易造成各韵之间不相联属的断片结构。这首词却以一个"愁"字贯串全篇。首韵总提虚领，点明"天涯旧恨"，是"愁"的总根；次韵借物喻愁，写内心的痛苦；三韵借外形的描写进一步写愁绪之深重；四韵又从主人公对外物的主观感受写愁，并点明愁的直接原因，以"过尽飞鸿"不见音书，回应篇首的"独自凄凉人不问"，首尾相应，一意贯串。全词基调虽偏于感伤，但并不显得柔靡纤弱，字里行间，流露出一种深沉的怨愤激楚之情，特别是每韵七字句的头两个字（独自、断尽、任是、过尽），都用重笔着意强调，显出感情的强度力度，加上词采的清丽，读来便明显感到它的清而有骨了。

虞美人

碧桃天上栽和露，不是凡花数。乱山深处水萦回，可惜一枝如画为谁开？　　轻寒细雨情何限，不道春难管。为君沉醉又何妨，只怕酒醒时候断人肠。

这是一首托物寓怀、自伤身世的小词。词中所咏的幽独不凡的花，实即词人高洁品格与不幸遭际的一种象征。

首句用晚唐诗人高蟾《下第后上永崇高侍郎》"天上碧桃和露种"句，只是把"种"改为"栽"，并稍易语序，以就声律而已。首句连下句赞美花的仙品，说它像天上和露栽种的碧桃，不似凡花俗卉一般。上句正面见意，下句反面强调，正反相济，先极力一扬。

接下来两句"乱山深处水萦回，可惜一枝如画为谁开？"却突作转折，极力一抑，显示这仙品奇葩托身非所。乱山深处，见处地之荒僻，因此，它尽管具有仙品高格，在萦回盘绕的溪边显得盈盈如画，却没有人来欣赏。陆游《卜算子·咏梅》有"驿外断桥边，寂寞开无主"之句，意蕴与此略似，而此篇咏叹的意味更浓，音情也摇曳多姿。

"轻寒细雨情何限，不道春难管。"过片两句，写花在暮春的轻寒细雨中动人的情态和词人的惜春情绪。细雨如烟，轻寒恻恻，这盈盈如画的花显得更加脉脉含情，无奈春天很快就要消逝，想约束也约束不住。花的含情无限之美和青春难驻的命运在这里构成无法解决的矛盾。这就逗出了结末两句。

"为君沉醉又何妨，只怕酒醒时候断人肠。"君，这里指花。因为怜惜花的寂寞无人赏，更同情花的青春难驻，便不免生出为花沉醉痛饮，以排遣愁绪的想法。"只怕"二字一转，又折出新意：想到酒醒以后，面对的将是春残花落的情景，岂不更令人肠断？这一转折，将惜花伤春之意更深一层地表达了出来。

托物自寓之作，大多含蓄不露，但也有直接点到自己的，如骆宾王《在狱咏蝉》尾联："无人信高洁，谁为表予心？"李商隐《蝉》尾联："烦君最相警，我亦举家清。"物、我之间或合或分。这首词的结拍二句也是如此。前六句咏花，即以自寓；后二句"君""我"分举，但从"我"对花的同情中自可看出同命相怜。因此无论分、合，花都不妨看作词人身世遭际的象征。

这首词在表现上的显著特点，是基本上不用赋法，避免作正面的描绘刻画，纯以唱叹之笔，于虚处传神，所以特富于风致情韵。

南歌子

玉漏迢迢尽，银潢淡淡横。梦回宿酒未全醒，已被邻鸡催起怕天明。　　臂上妆犹在，襟间泪尚盈。水边灯火渐人行，天外一钩残月带三星。

唐宋词中，写情人晨起离别情景的佳篇，如牛希济的《生查子》（春山烟欲收），以"记得绿罗裙，处处怜芳草"的诗意联想传出缠绵的痴情；周邦彦的《蝶恋花》（月皎惊乌栖不定），则以清冷的情境表现内心的凄楚。而秦观的这首《南歌子》，却以格调情致的清新取胜。

起两句写别离的时间。黎明时分，夜漏将尽，着"迢迢"二字，透出此夜时间之长。银潢，即银河。天亮前银河逐渐暗淡西斜，故说"淡淡横"。两句写别前之景，都暗暗传出离人对长夜已尽、别离在即的特定时间的心理感受，用笔清淡，而情致自远。

接下来两句补叙："梦回宿酒未全醒，已被邻鸡催起怕天明。"说明前两句所写的情景是梦回时所见所闻。因为伤离惜别，夜来借酒遣愁。清晨为邻鸡催醒时，宿酒尚未全醒，朦胧中听到漏声迢递、看到银河西斜，不免有"怕天明"之感。"怕"字贯串整个上片，点醒伤离者的特殊心态。离别的人最怕别时的到来，而邻鸡并不解离别者的心理，照旧天未明即啼鸣，这在离人听来，便不免觉得它叫得特别早，而带有催人起程之意了。"未""已"二字，开合相应，传出离人的心理。

"臂上妆犹在，襟间泪尚盈。"过片两句接上"梦回"，从残妆在臂、宿泪盈襟写出夜来伤离的情景。而晨起看到昨夜伤离的泪痕，触绪伤怀之情可想。这是从今晨所见写出昨宵，又从昨宵暗示出今晨的惜别。周邦彦《蝶恋花》有"泪花落枕红绵冷"之句，亦借枕绵泪冷写昨夜伤别，与这两句词意相近，而周词密丽凝重，秦词清疏明快，情调风格有别。

"水边灯火渐人行，天外一钩残月带三星。"结拍两句，写临行时所见，镜头由室内转向室外：水边沙上，早起的行人已经三三两两地打着灯笼火把在匆匆赶路，天宇之上，繁星已经隐没，只有一钩残月带着三星寂寥地点缀着这黎明时分的苍穹，照映着早行的人们。这两句写景清疏明丽，宛如图画，而且带有晨起征行所特具的情调气氛。前一句写离别的人眼中所见的早起征行情景，其中既隐隐透出自己即将启程的迫促感，又带有对征行的某种新鲜感，感情并不沉重。后一句所描绘的景物虽带有清寥意味，但景物本身又带有一种清疏明洁的美，语调也显得比较轻快。这似乎透露出，词中所写的这场离别，虽不无伤感的成分，但并不显得过于沉重，和周词《蝶恋花》并读，对本篇的情致清新、格调明快可以看得更加清楚。

临江仙

千里潇湘挼蓝浦[一]，兰桡昔日曾经。月高风定露华清。微波澄不动，冷浸一天星。　　独倚危樯情悄悄，遥闻妃瑟泠泠。新声含尽古今情。曲终人不见，江上数峰青。

〔一〕挼：音nuó，又音ruó，揉搓之意。蓝为植物名，揉搓其叶取得青色为染料。《礼记·月令》已有"刘蓝以染"的话。诗词中以"挼蓝"状水色之青，如黄庭坚《诉衷情》："山泼黛，水挼蓝。"

这是秦观于宋哲宗绍圣三年（1096）初贬郴州途中写的一首词，抒写夜泊湘江的感受。

起两句总叙。千里潇湘江上，浦口水色似揉蓝，这里写词人泊舟之处。桡，船桨。兰桡代指木兰舟，这是对舟船的美称。《楚辞·九歌·湘君》："桂棹兮兰枻。"柳宗元《酬曹侍御过象县有寄》有"骚人遥驻木兰舟"之句。这首词中的"兰桡"即指骚人屈原所乘的舟船。这一带正是当年骚人的兰舟曾经经过的地方。首句写眼前景，却从"千里潇湘"的广阔范围带起。次句由眼前景引出"昔日"楚国旧事，显现出朦胧的历史图景，暗示自己如今正步当年骚人的足迹，在千里潇湘之上走着迁谪的行程。词人和骚人，通过"千里潇湘"这一今古长流的中介，自然联系起来。从一开始，词中就引入了楚骚的意境与色调。

接下来三句续写泊舟潇湘浦所见："月高风定露华清。微波澄不动，冷浸一天星。"夜深了，月轮高挂中天，风已经停息下来，清莹的露水开始凝结。眼前的潇湘浦口，微波不兴，澄碧的水面荡漾着一股寒气，满天星斗正静静地浸在水中。这境界，于高洁清莹中透出寂寥幽冷，显示出词人贬谪南州途中的心境。风定露清，波平水静，一切都似乎处于凝固不动之中，但词人的思绪并不平静。这就自然暗渡到下片。

"独倚危樯情悄悄，遥闻妃瑟泠泠。"在这清寂的深夜，词人泊舟浦口，独倚高樯，内心正流动着无穷的忧思（悄悄，忧愁貌），隐隐约约地，似乎听到远处传来清泠的瑟声。潇湘一带，是舜的二妃娥皇、女英哭舜南巡不返，泪洒湘竹之处，传说她们善于鼓瑟。这里说"遥闻妃瑟泠泠"，很可能是特定的地点和清冷的现境触发了词人的历史联想，并由此产生一种若有所闻、似幻似真的错觉；也可能是确实听到鼓瑟之声，但词人通过自己的想象把它虚幻化、神话化了。不论是哪一种情形，这潇湘深夜的泠泠瑟声都曲折地透露了词人自己凄凉寂寞的心声。这两句写泊舟浦口所闻，它使整个词境带有悲剧色彩。

古典文学名篇鉴赏及其他

"新声含尽古今情"，这是对江上瑟声的感受。瑟中所奏的"新声"，包含了古人和今人的共同感情。古，指湘灵；今，指词人自己。这一感受，正透露词人和湘灵一样，有着无穷的幽怨。

"曲终人不见，江上数峰青。"结尾全用钱起《省试湘灵鼓瑟》成句，但却用得自然妥帖，仿佛是词人自己的创作。它写出了曲终之后更深一层的寂寥和怅惘，也透露了词人高洁的性格。

这首词和作者以感伤为基调的其他词篇有所不同，尽管偏于幽冷，却没有他的词常犯的气格卑弱的毛病。全篇渗透楚骚的情韵，这在秦词中也是特例。

秦观

行香子〔一〕

树绕村庄，水满陂塘。倚东风、豪兴徜徉。小园几许，收尽春光。有桃花红，李花白，菜花黄。　　远远围墙，隐隐茅堂。扬青旗、流水桥旁。偶然乘兴，步过东冈。正莺儿啼，燕儿舞，蝶儿忙。

注释

〔一〕此词《全宋词》疑为张继作。

这是一幅田园风光的活动画图。在唐、五代、北宋的词苑中，除苏轼的五首描绘农村风物的《浣溪沙》外，这样的作品并不多。

画图随着词人游春的足迹次第展开。上片以"小园"为中心，写词人所见的烂漫春光。开头两句，先从整个村庄着笔：层层绿树，环绕着村庄；一泓绿水，涨满了陂塘。这正是春天来到农家的标志，也是词人行近村庄的第一印象。它使人联想起孟浩然笔下那个"绿树村边合"的农庄，平凡而优美。

"倚东风、豪兴徜徉。"接下来两句，出现游春的主人公——词人自己。"东风"点时令，"豪兴"说明游兴正浓，"徜徉"则显示词人只是信步闲游，并没有固定的目标与路线。这一切，都在下面的具体描写中得到体现。这两句写出词人怡然自得的神态。

227

"小园几许，收尽春光。有桃花红，李花白，菜花黄。"在信步徜徉的过程中，词人的目光忽然被眼前一所色彩缤纷、春意盎然的小园所吸引，不知不觉停住了脚步。园子虽小，却像是收入了全部春光：这里有红艳的桃花，雪白的李花，金黄的菜花。这鲜明的色彩，浓郁的香味，组成一幅春满小园的图画，显得绚丽多彩而又充满生机。

下片移步换形，从眼前的小园转向远处的茅堂小桥。远处是一带逶迤缭绕的围墙，墙内隐现出茅草覆顶的小堂。墙外，在小桥流水近旁，飘扬着乡村小酒店的青旗。这几句不但动静相间，风光如画，而且那隐现的茅堂和掩映的青旗又因其本身的富于含蕴而引起游人的遐想，自具一种吸引人的魅力，令人联想起"借问酒家何处有，牧童遥指杏花村"（杜牧《清明》），"山远近，路横斜，青旗沽酒有人家"（辛弃疾《鹧鸪天》）一类的意境。

"偶然乘兴，步过东冈。"这两句叙事，插在前后的写景句子中间，使文情稍作顿挫，读来别具一种萧散自得的意趣。这两句回应上片的"豪兴徜徉"。

"正莺儿啼，燕儿舞，蝶儿忙。"这是步过东边的小山冈以后展现在眼前的另一派春光。和上片结尾写不同色彩的花儿不同，这三句写的是春天最活跃的三种虫鸟，以集中表现春的生命活力。词人用"啼""舞""忙"三个字准确地概括了三种虫鸟的特性，与上片结尾相映，又进一步强化了春色满眼、生机勃勃的气氛。

《行香子》这个词调上下片完全对称，每片多为三、四字短句，节奏比较明快。特别是上下片结尾各有由一个字带领的三个三字排偶句，运用得当，可以造成蝉联一气的轻快格调。这首词的内容（乘兴闲游，欣赏春光）、情绪（比较欢快轻松），正适合用这样一个词调来表现。词人根据乘兴徜徉所见的不同景物，组成上下两片各具相对独立性的两幅活动图画，使它们相互对称、映照，成为一个整体。同时，又运用通俗、生动、朴素、清新的语言写景状物，使朴质自然的村野春光随着词人轻松的脚步、欢快的情绪次第展现，达到词的节奏与词人的感情之间和谐的统一。

浣溪沙

漠漠轻寒上小楼，晓阴无赖似穷秋。淡烟流水画屏幽。　　自在飞花轻似梦，无边丝雨细如愁。宝帘闲挂小银钩。

北宋后期的优秀词人秦观，历来被推为婉约派的正宗和大家。明代词论家张綖（yán）在他所著的《诗余图谱》凡例中指出："词体大略有二：一体婉约，一体豪放。婉约者欲其词调蕴藉，豪放者欲其气象恢宏。然亦存乎其人。如秦少游之作，多是婉约；苏子瞻之作，多是豪放。"于是，人们就把秦观和苏轼分别视为婉约、豪放两种不同风格的代表。秦观的小令，上承花间词派以来的闲婉蕴藉余风，朝着更加淡雅俊逸和富于情致的方向发展，充分体现了上层封建士大夫的审美趣味。这首《浣溪沙》，便是很能代表他婉约词风特点的小词。

这首词所写的是婉约词最常见的题材——春闺的轻愁。内容本身可以说没有多少新奇之处。它之所以给人一种清新感，主要是由于它所创造的意境具有鲜明的个性特点。通篇不但没有任何情节，而且没有任何人物活动，一切都融化在笔触轻淡的环境描写之中，幽雅，空灵，含蓄。

"漠漠轻寒上小楼。"开头一句，写春天的轻寒。唐末诗人韩偓《寒食夜》诗有句说："恻恻轻寒翦翦风。"用"恻恻"来形容轻寒的气候给人带来的凄切之感，是从心理感觉的角度着眼。这里却用"漠漠"来形容。"漠漠"这个词，有"寂静无声"和"密密布满"两种涵义，用在这里都说得通，而且都很有表现力。作者的本意也许是取"密布"之义（这可以根据下片"无边丝雨细如愁"之句推断出来），但似乎不必排斥"寂静无声"这种涵义。在文艺创作和鉴赏中，某些内涵不很确定的概念有时往往可以造成意象内涵的丰富。像这里的"漠漠轻寒"，就不妨既从视觉角度去想象轻寒如烟雾弥漫密布，又不妨从听觉角度去想象它在静寂无声地流动的状况。"上小楼"的"上"字正传神地写出轻寒无声无息地升起并逐渐侵入小楼的动态感。相传为李白所作的《菩萨蛮》词有这样的句子："暝色入高楼，有人楼上愁。"那是用一个"入"字形象地显示出苍然暮色似乎乘虚而入的情景，并且直接点出了楼上人的寂寞和愁绪。这首词的首句却只写漠漠轻寒悄无声息地弥漫升起到小楼的情景，而没有正面写小楼中人。然而这种描写中却透出了阴冷、凄清、静寂的气氛，这正暗示出小楼中人的感受。可以看出，这首词的表现手法要含蓄得多。

接下来一句，"晓阴无赖似穷秋"，是对"轻寒"的进一步描写。"晓"字点明了特定的时间，这和下文的"梦"有密切关系，不能忽略。"晓阴"，正是虽值春天而不免"轻寒"的原因。春天的清晨，按说应该是初阳普照、丽日温煦的晴明天气，但眼前却是一个轻寒弥漫、阴暗凄清的早晨，好像是深秋天气一样。无赖，是无聊的意思；晓阴本无所谓"无赖"，但由于小楼中人意绪的寂寞无聊，因而不自觉地移情于景，感到这阴沉而凄清的一片晓阴中似乎正透出一种无聊的气氛来。这一句虽然还是写室外的气候景物，但主观感情色彩却比上一句更明显，"无赖"二字，透露出一种恼恨、埋怨的口吻，小楼中人似乎已经隐约可见了。

第三句转写室内："淡烟流水画屏幽。"在室中人几乎呼之欲出的情况下，却一笔宕开，只写室内的画屏，上面画着淡淡的烟雾，悠悠的流水，一片幽闲淡雅的景色。这一句猛一看来，像是无关紧要的闲笔。但细加寻味，便会发现词人的匠心所在。它一方面和室外的"轻寒""晓阴"等景色物候和谐协调，从"淡烟流水"的不着色的画面中似乎正渗出一缕萧瑟的秋意，进一步传出室中人孤寂的心绪；另一方面这梦幻一般轻灵缥缈的意境和床前的画屏，又暗暗逗起下文"轻似梦"的联想。承转之间，似断似续，若明若暗，却是神理一片，妙合天然，几乎无迹可求。句末的"幽"字，是个传神写照的句眼，它既传出了屏风上那幅写意山水的意境，又透出了室中人的处境与心境。而这幽雅的室内陈设，还把主人公的清雅风神和趣味映照出来了。

"自在飞花轻似梦，无边丝雨细如愁。"过片一联，似乎又转笔写室外景物，但却关合室中人的"梦"和"愁"。春天，因而有"飞花"；晓阴，因而有"丝雨"，写景紧承上片。自在，是形容飞飘的花瓣轻盈悠扬的意态。南唐中主李璟《摊破浣溪沙》词说："风里落花谁是主？思悠悠。"从落花悠悠无主的意态联想起主人公自身的命运，感情偏于哀伤；而这里的"自在飞花"所引起的联想，却是轻灵缥缈的美好梦境，感情似乎偏于轻快。但接下来的"无边丝雨细如愁"却正好和它形成鲜明的对照。细雨如丝，所以说"丝雨"；前面"漠漠轻寒"的"晓阴"，因此这里有"无边丝雨"，前后景物密合相应。这春阴天气的蒙蒙丝雨，无边无际，最容易引起处境孤寂的人的愁绪，面对这无边丝雨，恍惚间感到它正像是自己万千缕愁绪，因此有"无边丝雨细如愁"的联想。这两句如果单纯从写景状物的角度着眼，虽然也见精彩，但只不过在设喻上新奇工巧而已——用"梦"和"愁"这种抽象无形的事物来比方具体有形的"飞花"与"丝雨"，这跟以具体的事物比喻抽象的事物那种一般的比喻方法正好相反，却又非常恰切，因此能给人一种新巧的美感。不过，这两句的真正好处并不在这里。从表面上看，似乎是要用"梦"和"愁"来表现"飞花"之"轻"和"丝雨"之"细"，但实际上情况正好相反，它真正着意表现的倒是用来比况的"梦"和"愁"。这是因为，独处小楼的女主人公之所以看到"飞花""丝雨"而生"似梦""如愁"的联想，正是由于她自己在清晨前刚刚经历过一场轻灵缥缈的幻梦，而此刻又正怀着缕缕轻愁的缘故。也就是说，这两个比喻的产生，不是刻意搜求的结果，而是就近取譬，由主人公自身所经历的情景引起的自然联想。因此，我们所该注意的主要不是比喻本身，而是引起这种联想的背景和条件。上片从"漠漠轻寒""晓阴无赖"的感受和"淡烟流水"的画图中，已经隐隐透出女主人公的缕缕轻愁。这愁究竟缘何而起？看来和女主人公清晨前经历的一场幻梦很有些关系。那梦境，大约是美好而缥缈的，色彩鲜丽，充溢着春天的芳馨，轻盈自在，不受任何拘束。然而一觉醒来，面对的却是晓阴轻寒、无边细雨，一片凄清黯淡的秋意。梦境与现实的对照，更增添了内心的愁绪。因此，目接"自在飞花"，不禁联想起刚刚消逝的那场轻盈缥缈的梦境，而深感其难以追寻；看到"无边丝雨"，更自然想到自己心头充满的缕缕愁绪，而感慨其无边无涯，难以摆脱了。两句文字相对，但意思并不平列，美好缥缈的梦境，正是对现实生活中无边轻愁的反衬。

写到这里，女主人公虽然仍未露面，但她那幻梦一般的追寻向往，细雨一样的无边愁绪，都已经隐约可触，落句似乎应该进一步渲染愁绪，却又像上片结尾一样，再次轻轻宕开，转笔写室内的陈设："宝帘闲挂小银钩。"银钩是用来挂帘子的，说"宝帘闲挂"，着意在一"闲"字。它透出了室内的空寂闲静气氛，也透出了室中人寂寞无聊的意绪。正像上片用"无赖"来形容"晓阴"一样，这句用"闲"字来形容宝帘挂钩的意态，同样是移情于景的结果。这一句没有正面写愁，却让人感到，这"宝帘闲挂小银钩"的室内，每一个细小的空间都充溢着凝固不动的、无法排遣的愁绪。俞平伯先生说："末借挂起帘枕一点，用笔极轻淡，却收束正好，意境仿佛李璟词'手卷珠帘上玉钩'，惟彼作起笔，此结语耳。"李璟词用作开头，所以接下去一句就明点出全篇主旨："依前春恨锁重楼。"秦观这首词用作结尾，所以不加点破，以增含蓄不尽之致，而"春恨锁重楼"之意自见于言外。有了"宝帘闲挂"这一句，景和情，帘外的"轻寒""晓阴""飞花""细雨"和帘内幽寂无聊、寻梦含愁的人，就自然连成了一片。因此，它实际上是全词意境的总收束，只不过收束得毫不着力、不露痕迹而已。

婉约词表现情感大多含蓄蕴藉、隐约委婉，但像秦观这首《浣溪沙》那样，通篇没有一字正面写人物，只写环境、景物的却比较少见。尤其值得称

秦
观

231

道的是，虽"不写人物，而伊人宛在"（俞平伯《唐宋词选释》评语）。这是因为，词中所写的环境、景物，都渗透抒情主人公——独居小楼的女子的特殊感受。无论是"漠漠轻寒"中所透露的凄冷孤寂，"晓阴无赖"中所透露的恼恨无聊，"自在飞花"中所透露的缥缈幻梦，"无边丝雨"中所透露的缕缕轻愁，还是"淡烟流水"的画屏和"闲挂银钩"的宝帘中所透露的凄清索寞，都无一不使读者感触到女主人公的感情意绪。而这种融情于景的意境所透露、所暗示的一切，又带有迷离隐约、不大确定的性质。例如，从"自在飞花轻似梦"这种描绘中，可以想见女主人公幻梦的轻盈缥缈，但梦的具体内容却很难确指，也不必确指，"一场春梦不分明"反而更能给人留下想象的余地。整首词的意境空灵含蓄到这种程度的，即使在婉约词中也不多见。

由于作者所要表现的是这样一种空灵含蓄的意境，因此在用笔上就具有明显的轻描淡写的特点。清代词论家周济在他所著的《宋四家词选序论》中说："少游意在含蓄，如花初胎，故少重笔。"正揭示出意境与笔法的内在联系。用笔的轻淡，在这首词里既表现为很少浓墨重彩的精工描绘和凝重有力的刻画勾勒，又表现为借景抒情，往往点到即止，不加说破，不事渲染。全词的色调非常清新淡雅，虽然写春怨闺愁，却不用一个浓艳的字眼，一切都统一在"淡烟流水"式的不着色的境界之中。一些形容性的词语，也都是淡墨轻描，没有着力勾勒的痕迹。上下片的两个结句"淡烟流水画屏幽"和"宝帘闲挂小银钩"更具有一种轻灵摇漾的情致。

和意境的空灵含蓄、用笔的轻描淡写相联系，这首词的意象也多取轻巧精细的事物。小楼、画屏、宝帘、小银钩这些闺阁中的事物，已构成一种幽静柔美的环境，而"轻寒""淡烟""流水""飞花""丝雨"等物象，更都属于精细轻巧一类，从而组成一个完整和谐的幽清轻柔的境界。

以上这些特点，又共同构成了这首词的清淡幽雅的艺术风格。北宋前期柳永的词，具有较浓的市民色彩，语言不避俚俗，表现上偏于浅露。秦观的词，在内容上并没有超越柳词的范围，但在意境风格上则一反柳永的浅露俚俗，着意表现一种幽雅清淡的情趣，这是文人词雅化的一种倾向。宋代词论家兼著名词人张炎在《词源》中说："秦少游词，体制淡雅。"清代刘熙载《艺概》也说："少游词有小晏之妍，其幽趣过之。"所谓淡雅、幽趣，在这首《浣溪沙》词中都充分体现出来了。

贺 铸

踏莎行

　　杨柳回塘，鸳鸯别浦，绿萍涨断莲舟路。断无蜂蝶慕幽香，红衣脱尽芳心苦。　　返照迎潮，行云带雨，依依似与骚人语。当年不肯嫁春风，无端却被秋风误。

　　这是一首咏物词。词中隐然将荷花比作一位幽洁贞静、身世飘零的女子，借以寄寓才士沦落不遇的感慨。

　　起二句写荷花生长的处所。回塘，是曲折回环的池塘；别浦，江河支流的水口。两句互文同指，先画出一个绿柳环绕、鸳鸯游憩的池塘，见荷花所处环境的优美。水上鸳鸯，双栖双宿，常作为男女爱情的象征，则又与水中荷花的幽独适成对照，对于表现它的命运是一种反衬。回塘，别浦，又以见水面之小，处境之僻，为下两句作伏线。

　　接下来一句"绿萍涨断莲舟路"。因为水面不甚宽广，池塘中很容易长满绿色的浮萍，连采莲小舟来往的路也被遮断了。莲舟路断，则荷花只能在回塘中自开自落，无人欣赏与采摘。句中"涨"字、"断"字，都用得真切形象，显现出池塘中绿萍四合、不见水面的情景。

　　"断无蜂蝶慕幽香，红衣脱尽芳心苦。"这两句写荷花寂寞地开落，无人欣赏。断无，即绝无。不但莲舟路断，无人采摘，甚至连蜂蝶也不接近，"无蜂蝶"也包含了并无过往游人，荷花只能在寂寞中逐渐褪尽红色的花瓣，最后剩下莲子心中的苦味。这里俨然将荷花比作亭亭玉立的美人，"红衣""芳心"，都明显带有拟人化的性质。"幽香"形容它的高洁，而"红衣脱尽芳心苦"则显示了她的寂寞处境和芳华零落的悲苦心情。这两句是全诗的着力之笔，也是将咏物、拟人、托寓结合得天衣无缝的化工之笔。既切合荷花的形态和开花结实过程，又非常自然地绾合了人的处境命运。唐代诗人陆龟蒙《白莲》诗云："无情有恨何人觉？月晓风清欲堕时。"寄寓的感情与贺铸这两句词类似，但陆诗纯从虚处传神，贺词则形神兼备，虚实结合，二者各

233

具机杼。

　　"返照迎潮，行云带雨"，过片两句，宕开写景。夕阳的余晖，照映在浦口的水波上，闪耀着粼粼波光，像是在迎接晚潮；流动的云彩，似乎还带着雨意，偶尔有几滴溅落在荷塘上。这是描绘夏秋之间傍晚雨后初晴的荷塘景象，在暮色苍茫中带点郁闷的色彩，形象地烘托了"红衣脱尽"的荷花黯淡苦闷的心境。

　　"依依似与骚人语。"荷花在晚风中轻轻摇曳，看上去似乎在满怀感情地向骚人雅士诉说自己的遭遇与心境。这仍然是将荷花暗比作美人。着一"似"字，不但说明这是词人的主观感觉，且将咏物与拟人打成一片，显得非常自然。这一句是从屈原《离骚》"制芰荷以为衣兮，集芙蓉以为裳"引申、生发而成，"骚人"指屈原，推而广之，可指一切怜爱荷花的诗人墨客。说荷花"似与骚人语"，曲尽它的情态风神，显示了它的幽洁高雅。蜂蝶虽不慕其幽香，骚人却可听它倾诉情怀，可见它毕竟还是不乏知音。

　　"当年不肯嫁春风，无端却被秋风误。"嫁春风，语本李贺《南园》："嫁与东风不用媒。"而韩偓《寄恨》"莲花不肯嫁春风"句则为贺词直接所本。桃杏一类的花，竞相在春天开放，而荷花却独在夏日盛开，"不肯嫁春风"，正显示出它那不愿趋时附俗的幽洁贞静个性。然而秋风一起，红衣落尽，芳华消逝，故说"被秋风误"。"无端"与"却"，含有始料所未及的意蕴。这里，有对"秋风"的埋怨，也有自怨自怜的感情，而言外又隐含为命运所播弄的嗟叹，可谓恨、悔、怨、嗟，一时交并，感情内涵非常丰富。这两句同样是荷花、美人与词人三位一体，咏物、拟人与自寓的完美结合。作者巧妙地将荷花开放与凋谢的时节与它的生性品质、遭际命运联系在一起，一方面表现出美人、君子不愿趋时媚俗的品质和在出处问题上的严肃不苟态度，另一方面又显示出他们年华虚度、失时零落的悲哀。这种感情，在封建社会知识分子中具有普遍性。

　　咏物词一般多托物喻人，情意结构大都为物与人两层，这首词却多了以荷花喻美人这一中间环节。读来非但不感到叠床架屋，而且分外感到其情采意境的优美。荷花与才士之间，如直接设喻，往往只能取品质操守之贞直这一点，"红衣""芳心"的形容，"不肯嫁春风"的叙写便很难用上，词的情采意境就不免受到影响了。这一篇运用多层情意结构，也显示了词体柔婉曲折的特点。

周邦彦

浣溪沙

　　雨过残红湿未飞，疏篱一带透斜晖。游蜂酿蜜窃香归。　　金
屋无人风竹乱，衣篝尽日水沉微。一春须有忆人时。

　　这是一首抒写闺中怀人的小词。

　　上片写屋外景物。这是一个暮春的傍晚，一场春雨刚过，枝头的几朵残
红被雨水沾湿了，还没有随风飞散凋落；一带疏篱，透过了星星点点的斜
晖。"残红"点明春残，"斜晖"点明日暮。春残、日暮，再加上暂留枝头的
残红、转瞬即逝的斜晖，这一切物象，对于一个在怀人的寂寞期待中消逝着
青春岁月的闺中人，自会引起很深的怅触。

　　上两句写静物，接下来一句转写活动中的事物："游蜂酿蜜窃香归。"游
蜂采花酿蜜，本身就标志着春天的活泼生机和散发着欢乐的青春气息；它在
傍晚时分窃香满载而归，更标志着春天的收获和美好的归宿。这对于向往着
青春欢乐的女主人公来说，又是一种撩拨和刺激。"窃香"二字，还包蕴着
某种爱情上的暗示。如果说，前两句是用春残日暮的景象正面烘托，那么这
一句便是用富于活力的物象反面衬托。手法不同，目的却是一致的。

　　"金屋无人风竹乱，衣篝尽日水沉微。"过片两句，从屋外过渡到屋内。
"金屋"暗用金屋藏娇的典故，暗示女主人公的身份可能是贵家姬妾一流。
衣篝，指熏衣的罩笼；水沉，指沉水香，一种名贵的香料。傍晚时分，整个
屋宇庭院，空寂无人，唯见微风起处，竹影参差摇曳。这静中之动，越发衬
托出金屋的静悄与寂寞。屋子里面，燃着沉水香的熏笼，因为已经熏燃了一
整天，只剩下了一丝丝似有若无的香烟。这景象，透出了金屋永日的寂静和
女主人公意绪的索寞无聊。"乱"字、"微"字，还让人联想到女主人公心情
的不宁和思绪的涩滞。

　　前面五句，从屋外到屋内，通过层层铺叙渲染，已经创造出一个充满寂
寞无聊、空虚怅惘气氛的环境，困居金屋的女主人公的伤春意绪也隐然可

235

触，结句势必要归结到女主人公身上，而且似乎必用重笔方能有力地收住。但出乎意料的是，作者在这里并没有直接让女主人公出现，只用作者的口吻侧面虚点，还采用了"一春须有忆人时"这种带有猜度意味的轻软笔意，仿佛说：处在这样空寂的环境里，金屋中人在整个春天总该会有怀人的时候吧。明明是必然会有，却故意用或然的口吻；重意轻点，内容与形式似乎不协调，却反而更加让人感觉到这轻点所蕴含的感情容量。微婉含蓄的表达方式在这里得到了重笔直抒所不能得到的效果。这一收束，与前面的含蓄笔法也构成了和谐的统一。

玉楼春

　　桃溪不作从容住，秋藕绝来无续处。当时相候赤阑桥，今日独寻黄叶路。　　　烟中列岫青无数，雁背夕阳红欲暮。人如风后入江云，情似雨余粘地絮。

　　周邦彦的词，语言典丽精工，章法严密多变。但较之同时的秦观，有时不免显得多故实而少情致。这首《玉楼春》，却能于典丽精工中蕴含深挚浓密的情致，是具有周词特色而无其常见缺点的优秀篇章。

　　词的内容并不新鲜，不过是写离情——与所爱女子隔绝后重寻旧地的寂寞惆怅。首句"桃溪"用典。传东汉时刘晨、阮肇入天台山采药，于桃溪边遇二女子，姿容甚美，遂相慕悦，留居半年，怀乡思归，女遂相送，指示还路。及归家，子孙已历七世。后重访天台，不复见二女。唐人诗文中常用遇仙、会真暗寓艳遇。"桃溪不作从容住"，暗示词人曾有过一段刘、阮入天台式的爱情遇合，但却没有从容地长久居留，很快就分别了。这是对当时轻别意中人的情事的追忆，口吻中含有追悔意味，不过用笔较轻。用"桃溪"典，还隐含"前度刘郎今又来"之意，切合旧地重寻的情事。可见词人选择典故的精切。

　　第二句用了一个譬喻，暗示"桃溪"一别，彼此的关系就此断绝，正像秋藕（谐"偶"）断后，再也不能重新连接在一起了，语调中充满沉重的惋惜悔恨情绪和欲重续旧情而不得的遗憾。"别时容易见时难"，珍贵的东西一旦在无意的轻率中失去，留下的便只有永久的悔恨。人们常用藕断丝连譬喻

236

旧情之难忘，这里反其语而用其意，便显得意新语奇，不落俗套。以上两句，侧重概括叙事，揭出离合之迹，为下面抒写"今日独寻"情景张本。

"当时相候赤阑桥，今日独寻黄叶路。"三、四两句，分承"桃溪"相遇与"绝来无续"，以"当时相候"与"今日独寻"情景作鲜明对比。赤阑桥与黄叶路，是同地而异称。俞平伯《唐宋词选释》引顾况、温庭筠、韩偓等人诗词，说明赤阑桥常与杨柳、春水相连，指出此词"黄叶路明点秋景，赤阑桥未言杨柳，是春景却不说破"。同样，前两句"桃溪""秋藕"也是一暗一明，分点春、秋。三、四句正与一、二句密合相应，以不同的时令物色，渲染欢会的喜悦与隔绝的悲伤。朱漆栏杆的小桥，以它明丽温暖的色调，烘托了往日情人相候时的温馨旖旎和浓情密意；而铺满黄叶的小路，则以其萧瑟凄清的色调渲染了今日独寻时的寂寞悲凉。由于是在"独寻黄叶路"的情况下回忆过去，"当时相候赤阑桥"的情景便分外值得珍重流连，而"今日独寻黄叶路"的情景也因美好过去的对照而愈觉孤子难堪。今昔之间，不仅因相互对照而更见悲喜，而且因相互交融渗透而使感情内涵更加丰富复杂。既然"人如风后入江云"，则所谓"独寻"，实不过旧地重游，在记忆中追寻往日的缱绻温柔，在孤寂中重温久已失落的欢爱而已，但毕竟在寂寞惆怅中还有温馨明丽的记忆，还能有心灵的一时慰藉。这种丰富复杂的感情，正透出情的执着痴顽，为下片结句伏脉。今昔对比，多言物（景）是人非，这一联却特用物非人杳之意，也显得新颖耐味。"赤阑桥"与"黄叶路"这一对诗歌意象，内涵已经远远越出时令、物色的范围，而成为不同的心态和人生阶段的一种象征了。

过片两句，转笔宕开写景："烟中列岫青无数，雁背夕阳红欲暮。"这是一个晴朗的深秋的傍晚。在烟霭缭绕中，远处排立着无数青翠的山峦；夕阳的余晖，照映在空中飞雁的背上，反射出一抹就要黯淡下去的红色。两句分别化用谢朓诗句"窗中列远岫"与温庭筠诗句"鸦背夕阳多"，但比原句更富远神。它的妙处，主要不在景物描写刻画的工丽，也不在景物本身有什么象征涵义；而在于情与景之间，存在着一种若有若无、若即若离的联系，使人读来别具难以言传的感受。那无数并列不语的青嶂，与"独寻"者默默相对，更显出了环境的空旷与自身的孤子；而雁背的一抹残红，固然显示了晚景的绚丽，可它很快就要黯淡下去，消逝在一片暮霭之中了。这阔远中的孤独，绚丽中的黯淡，与"独寻"者的处境、心境之间似乎存在着有神无迹的联系。

"人如风后入江云，情似雨余粘地絮。"结拍两句，收转抒情。随风飘散没入江中的云彩，不但形象地显示了当日的情人倏然而逝、飘然而没、杳然无踪的情景，而且令人想见其轻灵缥缈的身姿风貌。雨过后粘着地面的柳絮，则形象地表现了主人公感情的牢固胶着，还将那欲摆脱而不能的苦恼与纷乱心情也和盘托出。这两个比喻，都不属那种即景取譬、自然天成的类型，而是刻意搜求、力求创新的结果。但由于它们生动贴切地表达了词人的感情，读来便只觉其沉厚有力，而不感到它的雕琢刻画之迹。陈廷焯《白雨斋词话》说此词结句"呆作两譬，别饶姿态，却不病其板，不病其纤"，可谓具眼。"情似雨余粘地絮"，是全词的点眼。词中所抒写的，正是这种执着胶固、无法解脱的痴顽之情。

《玉楼春》这个词调，七言八句，句式整齐，本篇又两两相对，通首排偶，贯串对比手法，这本来很容易流于平板，但这首词却不给人这种感觉。这首先是因为，词人在运用对比手法时，每一联都有不同的角度。一、二句与三、四句虽同样从今昔上对比，但前者着重从因果上，后者着重从景物、心情上对比。五、六句则突出色彩上（"青"与"红"）的对比；七、八句又转从对方与自己的角度对比。同时，五、六句宕开写景，与前后各句间若断若续，在结构章法上也显出了顿挫变化。再加上贯注全词的那种深挚浓至的感情，更使人读来有一气鼓荡之感。

周词多铺叙，以赋法入词。这首词虽包含一个爱情故事，却不着重铺叙，而是以虚涵概括、极富情致的笔调抒写内心的感受。无论用典、比喻、写景，都突出表现那种深挚缠绵、胶固执着的感情，那种悔恨、追恋、伤感交并的痴顽之情，因此它便以情致的深厚蕴藉深深打动读者。如果说他的有些词类似外表华艳、内心淡漠的冷美人，缺乏使读者感发的强烈艺术力量，那么这首词则以感情的沉厚纯挚成为"不隔"的佳作。

朱敦儒

采桑子　彭浪矶

扁舟去作江南客，旅雁孤云。万里烟尘，回首中原泪满巾。
碧山对晚汀洲冷，枫叶芦根。日落波平，愁损辞乡去国人。

这是作者在金兵南侵、离开故乡洛阳南下避难、辗转流离中写的一首怀念中原的小令。题为"彭浪矶"，当是途经今江西彭泽县的彭浪矶而作，矶在长江边，与江中的大、小孤山相对。

首句叙事起，次句即景取譬，自寓身世经历。乘一叶扁舟，到江南去避难作客，仰望那长空中失群的旅雁和孤零飘荡的浮云，不禁深感自己的境遇正复相类。两句融叙事、写景、抒情为一体，亦赋亦比亦兴，起得浑括自然。"万里烟尘，回首中原泪满巾"，两句写回首北望所见所感。中原失守，国士同悲。陈与义于南奔途中亦有诗云："忧世力不逮，有泪盈衣襟。嵯峨西北云，想象折寸心。"（《次舞阳》）宋代诗词转出了慷慨悲歌的新境界，也是从此时开始的。这两句直抒情怀，略无雕饰，取景阔大，声情悲壮。

"碧山对晚汀洲冷，枫叶芦根"，过片两句，收回眼前现境。薄暮时分，泊舟矶畔，但见江中的碧山正为暮霭所笼罩，矶边的汀洲，芦根残存，枫叶飘零，满眼萧瑟冷落的景象。这里写矶边秋暮景色，带有浓厚的凄清黯淡色彩，这是词人在国家残破、颠沛流离中的情绪的反映。"日落波平，愁损辞乡去国人"，两句总收，点明自己"辞乡去国"以来的心情。日落时分，往往是增加羁旅者乡愁的时刻，对于作者这样一位仓皇避难的旅人来说，他的寂寞感、凄凉感不用说是更为强烈了。渐趋平缓的江波，在这里恰恰反托出了词人不平静的心情。

上片着重抒情，而情中带景；下片侧重写景，而景中含情，全篇于清婉中含深沉的伤时感乱之情，故流丽而有沉郁之致。

239

采桑子

一番海角凄凉梦，却到长安。翠帐犀帘，依旧屏斜十二山。
玉人为我调琴瑟，颦黛低鬟。云散香残，风雨蛮溪半夜寒。

朱敦儒在金兵攻汴后，曾辗转避兵行抵岭南。这首《采桑子》，是他客居南雄州（治所在今广东南雄县）时追怀汴京繁华、伤时感乱之作。

开头两句叙梦回汴京。"海角"指词人当时所在的岭南海隅之地。"长安"借指北宋都城汴京。南雄州一带，当时是荒凉的边远地区。词人避乱退方，形单影只，举目无亲。在这里，即使做梦，也该是凄凉的。但今宵所做的梦，却把自己带回了往昔繁华的旧都。"海角"与"长安"，不仅表明空间距离遥远，而且标志着丧乱与繁华、战争与承平两个不同的历史环境。"却"字正突出强调了这不同的历史环境所给予词人的心理感受，其中有意外的欣喜，更含无限的感怆。

"翠帐犀帘，依旧屏斜十二山。"两句紧承次句，展示梦境中京师繁华旧事的一角。在华美的居室里，翠帐低悬，犀帘垂地，床前的屏风，曲曲斜斜，依旧展开着十二扇屏山。这里只写"翠帐""犀帘""屏山"，而它们所暗示的往昔汴京士大夫的繁华生活、温馨旧事不难想见。"依旧"二字，不但贯通上下两句，而且贯通上下两片。在梦中，这一切都是那样熟悉、亲切，似乎没有任何变化，实际上这一切已经成为不可回复的旧梦。梦中的"依旧"正暗示了梦外的荡然无存。

"玉人为我调琴瑟，颦黛低鬟。"过片紧承上片三、四句，续写繁华旧梦。美丽的歌妓在宴席上为自己调琴理弦，弹奏乐曲，敛眉低首，若不胜情，说不尽的温馨旖旎，风流绮艳。上片三、四句侧重写环境，这两句侧重写人的活动。两方面合起来，就是一幅华堂夜宴图。从这里可以看出词人所怀恋的汴京繁华，实际上就是上层士大夫富贵风流的生活。

"云散香残，风雨蛮溪半夜寒。"云散，用宋玉《高唐赋》巫山神女旦为朝云的故实，暗示绮艳梦境的消逝；香残，是说梦境既逝，梦中的馨香亦不复存留。眼前面对的，是荒寒的海角凄凉之地；耳畔听到的，是夜半风雨交加中蛮溪流水的凄寒声响。消逝的梦境与凄寒的现境的对照，强化了词人的今昔盛衰之感、伤时感乱之痛和天涯羁旅之悲，结尾的"寒"字，不但是生理上感受到的，更是心理上的寂寞凄凉的反映。

　　这首词所抒写的是士大夫怀旧伤时之情，情调也不免低沉感伤，与同时代一些慷慨激昂的强音显然有别。但它在艺术上却有些特色。词的首、尾分别以入梦起、梦醒结，中间四句，全写梦境，打破一般词作以上下片划分内容层次的结构章法。首二句以"海角"与"长安"对映，末两句以现境与梦境对照，首尾呼应，使全词成为一个浑然的整体，这在小令的结构艺术上也是一种创造。

朱敦儒

241

李清照

永遇乐

　　落日熔金，暮云合璧，人在何处？染柳烟浓，吹梅笛怨，春意知几许！元宵佳节，融和天气，次第岂无风雨？来相召，香车宝马，谢他酒朋诗侣。　　中州盛日，闺门多暇，记得偏重三五。铺翠冠儿，撚金雪柳，簇带争济楚。如今憔悴，风鬟霜鬓，怕见夜间出去。不如向、帘儿底下，听人笑语。

　　在诗词中，以元宵灯节为题材的优秀作品不少，大多是铺陈渲染元夕的热闹景象，即使像有所托寓的辛弃疾词《青玉案·元夕》也不例外。李清照这首元夕词，却一反常调，以今昔元宵的不同情景作对比，抒发了深沉的盛衰之感和身世之悲。宋张端义《贵耳集》说："易安……南渡以来，常怀京洛旧事。晚年赋元宵《永遇乐》词。"可见本篇当是词人晚年流寓南宋都城临安期间所作。

　　上片写今年元宵节的情景。起手两句着力描绘元夕绚丽的暮景：落日的光辉，像熔解的金子，一片赤红璀璨；傍晚的云彩，围合着璧玉一样的圆月。两句对仗工整，辞采鲜丽，形象飞动。晴明的暮景预示今年元宵将有一番热闹景象。但紧接着一句"人在何处"，却是一声充满迷惘与痛苦的长叹。这里包含着词人由今而昔、又由昔而今的意念活动。置身表面上依然热闹繁华的临安，恍惚又回到"中州盛日"，但旋即又意识到这只不过是一时的幻觉，因而不由自主地发出"人在何处"的叹息。这是一个饱经丧乱的人在似曾相识的情景面前产生的迷惘和痛苦的心声。它接得突兀，正由于是一时的感情活动，而不是理智的思索和沉静的回忆。这中间有许多省略，读来感到含蕴丰富，耐人咀嚼。

　　"染柳烟浓，吹梅笛怨，春意知几许！"接下来三句，又转笔写初春之景：在浓浓的烟霭的熏染下，柳色似乎深了一些，笛子吹奏出哀怨的《梅花落》曲调，原来先春而开的梅花已经凋谢了。这眼前的春意究竟有多少呢？

242

"几许"是不定之词，具体运用时，意常侧重于少。"春意知几许"，实际上是说春意尚浅。这既符合元宵节正当初春的季节特点，也切合词人此时的心情。词人不直说梅花已凋，而说"吹梅笛怨"，显然是暗用李白"一为迁客去长沙，西望长安不见家。黄鹤楼中吹玉笛，江城五月落梅花"诗意，借以抒写自己怀念旧都的哀思。正因为这样，虽有"染柳烟浓"的春色，也只觉"春意知几许"了。

"元宵佳节，融和天气，次第岂无风雨？""元宵"二句承上描写作一收束。佳节良辰，应该畅快地游乐了，却又突作转折，说转眼间难道就没有风雨吗？（次第，当时口语，很快的意思。）这仿佛有些无端忧虑。但正是这种突然而起的"忧愁风雨"的心理状态，深刻地反映了词人多年来颠沛流离的境遇和深重的国难家愁所形成的特殊心境，因此，当前的良辰美景自然引不起她的兴趣，下文的辞谢酒朋诗侣也显得顺理成章了。

"来相召，香车宝马，谢他酒朋诗侣。"词人的晚景虽然凄凉，但由于她的才名家世，临安城中还是有一些贵家妇人乘着香车宝马邀她去参加元宵的诗酒盛会。只因心绪落寞，她都婉言推辞了。这几句出语平淡，仿佛漫不经意，正透露出饱经忧患后近乎漠然的心理状态。

换头由上片的写今转为忆昔："中州盛日，闺门多暇，记得偏重三五。"中州，本指今河南之地，这里专指汴京；三五，指正月十五元宵节。遥想当年汴京繁盛的时代，自己有的是闲暇游乐的时间，而在四时八节的良辰盛会中，人们最重视元宵佳节。"铺翠冠儿，撚金雪柳，簇带争济楚。"这天晚上，同闺中女伴们戴上嵌插着翠鸟羽毛的时兴帽子，和金线撚丝所制的雪柳（妇女的一种头饰），插戴得齐齐整整，前去游乐。这几句集中写当年的着意穿戴打扮，既切合青春少女的特点，充分体现那时候无忧无虑的游赏兴致，同时汴京繁华热闹的景象透过这个侧面也可约略想见。以上六句忆昔，语调轻松欢快，多用当时俗语，宛然少女声口。但是，昔日的繁华欢乐早已成为不可追寻的幻梦，故由忆昔又转为伤今："如今憔悴，风鬟霜鬓，怕见夜间出去。"历尽国破家倾、夫亡亲逝之痛，词人不但由簇带济楚的少女变为形容憔悴、蓬头霜鬓的老妇，而且心灵也衰老了，对外面的热闹繁华提不起兴致，懒得夜间出去。"盛日"和"如今"两种迥然不同的心境，从侧面反映了金兵南下前后两个截然不同的时代和词人相隔霄壤的生活境遇，以及它们在词人心灵上投下的巨大阴影。

词写到这里，似乎无话可说了。因为既无心游赏，也就不必再涉及元宵

243

这个话题。但作者于下边却再生波澜，作为全篇的收束："不如向、帘儿底下，听人笑语。"这一结语愈见悲凉。词人一方面担心面对元宵胜景会触动今昔盛衰之慨，加深内心的痛苦；另一方面却又怀恋着往昔的元宵盛况，想在观赏今夕的繁华中重温旧梦，给沉重的心灵一点慰藉。这种矛盾心理，看来似乎透露出她对生活还有所追恋和向往，但骨子里却蕴含着无限的孤寂悲凉。历史的巨变、人事的沧桑，已经使她再也不敢面对现实的繁华热闹，只能在隔帘笑语声中聊温旧梦。帘外的那个世界，似乎很近，却又离得很远，因为它已经不再属于自己了。

南宋末年著名爱国词人刘辰翁《永遇乐》词序云："余自乙亥上元诵李易安《永遇乐》，为之涕下。今三年矣，每闻此词，辄不自堪。"可见李清照这首词感染力之强。刘辰翁是在南宋面临危亡的风雨飘摇年代写这首词序的，因此对李词中浓厚的今昔盛衰之感、个人身世之悲深有感会。

这首词在艺术上除了运用今昔对照与丽景哀情相映的手法外，还有意识地将浅显平易而富表现力的口语与锤炼工致的书面语交错融合，造成一种雅俗相济、俗中见雅、雅不避俗的特殊语言风格。

南歌子

天上星河转，人间帘幕垂。凉生枕簟泪痕滋，起解罗衣聊问夜何其。　　翠贴莲蓬小，金销藕叶稀。旧时天气旧时衣，只有情怀不似旧家时。

历来的悼亡诗词，多为伤悼亡妻而作；李清照这一首，则是抒写因丈夫赵明诚亡故而引起的凄凉情怀。在写法上也与一般悼亡诗词多回忆对方的贤淑品性、音容笑貌乃至共同生活时的某些细节有别，纯从自己方面着笔。它以时间的推移转换为贯串的线索，以"旧时衣"为触发情感的主要契机和上下片连接过渡的枢纽，集中抒写死生契阔的寂寞凄凉之感与物是情非之慨，在悼亡诗词中别具一格。

起两句写景富于远神。表面上似写抒情主人公在帘幕低垂的居室沉思遥望，渐觉星河的转动。而对看吟味，却隐隐传出一种时间不断流逝、室空人寂依旧之感，一种天上人间，悠悠生死别经年的意蕴。一"转"一"垂"，一动一静，时间的流转推移与永恒的空寂凄清形成对照。接下两句即直接抒写帘幕中人的感觉、情绪与行动。"凉生枕簟"不仅暗示深夜无眠，且透出失侣者心头的凄凉感。是因凄凉而"泪痕滋"，还是因"泪滋"而觉"凉生枕簟"，不必泥定，亦互为因果而已。由"凉生枕簟"而有解衣就寝之行动。"起解"句点醒以上所写均为帘幕中人和衣独卧，直至中宵的情景。"聊问夜何其"，一"聊"字正透出心绪之索寞无聊，如此长夜不眠，想必经年重复了。夜如何其夜未央，心头的凄苦亦如长夜之未有已时。

　　下片纯从"罗衣"生出。用贴翠与销金工艺制成的莲蓬与藕叶图案，是罗衣上的花饰。"莲""藕"均象征着爱情好合，最易引起对往日佳偶间美满爱情生活的联想，而今正成了触绪增悲之物。这就自然要引出结拍两句来："旧时天气旧时衣，只有情怀不似旧家时。"耿耿星河的秋凉天气依旧，销金贴翠的华美罗衣依旧，但景是人非，物在人亡，往日夫妇欢聚时一切温馨美好的情事都成了一去不复返的幻梦。前两个"旧时"，反跌出后面的"不似旧家时"。在词里，这也许是最朴素无华的本色语，貌似平淡，实则感情极为浓至、沉痛。淡淡道出，徐徐收住，在似不经意的口吻中正含有无限人事沧桑、今昔天壤的沉悲。唯有历尽昔时之温馨幸福与今日之寂寞凄凉的过来人才能真正领略个中况味。淡语而含极浓的情致，这正是李清照"以寻常语度入音律"而独具艺术魅力的奥秘。结拍"旧时"与今日对照，遥应篇首"天上星河转"，首尾融贯，浑然一体。

李清照

吕本中

南歌子

驿路侵斜月，溪桥度晓霜。短篱残菊一枝黄，正是乱山深处过重阳。　　旅枕元无梦，寒更每自长。只言江左好风光，不道中原归思转凄凉。

这是一首抒写旅途风物与感受的小令。它不但有一个特定的时令背景（重阳佳节），而且有一个特定的历史背景（北宋灭亡后词人南渡，流寓江左）。这两个方面的特殊背景，使这首词具有和一般的羁旅行役之作不同的特点。

上片为旅途即景。开头两句，写早行情景。天还没有亮，就动身上路了。驿路上照映着斜月的光辉，溪桥上凝结着一层晓霜。两句中写抒情主体动作的词只一"度"字，但上句写斜月映路，实际上已经暗包人的行役。两句意境接近温庭筠诗句"鸡声茅店月，人迹板桥霜"，但温诗前面直接点出"客行悲故乡"，吕词则情含景中，只于"驿路""晓霜"中稍透行役之意。"晓霜"兼点时令，下面提出"残菊"便不突然。

"短篱残菊一枝黄，正是乱山深处过重阳。"在路旁农舍外，矮篱围成的小园中，一枝残菊正寂寞地开着黄花。词人想起今天是应该把酒赏菊的重阳佳节，今年这节日，竟在乱山深处的旅途中度过了。上句是旅途即目所见，下句是由此触发的联想与感慨。佳节思亲怀乡，是人之常情，对于有家难归（吕本中是寿州人）的词人来说，由此引起的家国沦亡之痛便更为深沉了。但词人在这里并未点破，只是用"乱山深处过重阳"一语轻轻带过，把集中抒写感慨的任务留给了下片。两句由残菊联想到重阳，又由重阳联想到眼前的处境和沦亡的故乡，思绪曲折，而出语却自然爽利。

"旅枕元无梦，寒更每自长。"过片两句，由早行所见所感回溯夜间旅宿情景。在旅途中住宿，因为心事重重，老是睡不着觉，所以说"元无梦"；正因为夜不能寐，就倍感秋夜的漫长，所以说"寒更每自长"。着一"每"

字，见出这种情形已非一日，而是羁旅中常有的况味。"元""每"二字，着意而不着力，言外凄然。一般的羁旅行役，特别是佳节独处，固然也会有这种无眠的寂寞和忧伤，但词人之所以如此，却是伤心人别有怀抱。

"只言江左好风光，不道中原归思转凄凉。"江左，江东，这里泛指南宋统治下的东南半壁河山。江东风光，历来为生长在北方的人所向往。如今身在江东了，却并未感到喜悦。因为中原被占、故乡难归，在寂寞的旅途中，词人对故乡的思念不禁更加强烈，故土沦丧所引起的凄凉情绪也更加深沉了。两句用"只言"虚提，以"不道"与"转"反接，抑扬顿挫之间，正寓有无穷忧时伤乱的感慨。词写到这里，感情的发展达到高潮，主题也就得到了集中的体现，它和一般羁旅行役之作不同的特点也自然显示出来了。

这首词表现词人的中原归思，有一个由隐至显的过程。由于词人结合特定的景物、时令、旅况，层层转进，如剥茧抽丝般地来抒情，最后归结到凄然归思，便显得很自然。词的情感虽比较凄清伤感，但格调却清新流利。这种矛盾的统一，构成了一种特殊的风调美，使人读来虽觉凄伤却无压抑之感。

朱淑真

清平乐

风光紧急，三月俄三十。拟欲留连计无及，绿野烟愁露泣。倩谁寄语春宵？城头画鼓轻敲。缱绻临歧嘱咐，来年早到梅梢。

这首送春词，上片虽脱胎于唐代贾岛的《三月晦赠刘评事》，而意蕴情调有别；下片则自出机杼，创辟前人未到之境，给人以清新奇警的美学感受。

贾诗云："三月正当三十日，风光别我苦吟身。共君今夜不须睡，未到晓钟犹是春。"此诗盖由"守岁"连及"守春"，但化守岁之辞旧迎新为对春天的流连惋惜，机杼自新。朱词上片虽明从贾诗化出，但着意表现的不是守住春天最后一刻的深刻流连情绪，而是对春天迅即消逝的强烈不安和无计留春的伤感。开头两句，一个"紧急"，一个"俄"，便将惶恐焦急、失落不宁的心态传出。接下两句，又进一步由春去之迅急引出留春无计的伤感。暮春的郊野，一片葱茏绿秀，烟霭蒙蒙，在常人眼中本是生机盎然、赏心悦目之景，而在伤春的词人眼中，无非"烟愁露泣"而已。移情注景，遂使景物皆着词人的主观感情色彩，透露出词人伤春的心灵在脉脉含愁、暗暗饮泣。

词情至此，似乎愁怀满纸，无以为继。下片却忽开新境。过片两句，虽仍从贾诗"今夜""晓钟"化出，但已易"守"为"送"，易"晓钟"为"画鼓"，易流连惜别为殷勤"寄语"了。易晓钟为晨鼓，是因为鼓在日常生活中本来就有送行的作用（谢朓诗有"叠鼓送华辀"之句），着一"轻"字，更显示出送行的画鼓软语叮咛的意态。两句出语轻俏，构思精巧，而又抑扬有致，极富情味。更出人意想的是"寄语"的内容。"缱绻临歧嘱咐"是对"寄语"时情态的具体描写，此处突出渲染其缱绻多情，正是为了引起对末句的注意："来年早到梅梢。"未曾离别便先卜归期，离别的泪水还没有来得及拭去，心就在憧憬着重逢的欢愉。送别的"寄语"不仅是盼归，而且是盼其早早归来，这真是缱绻多情之至了。梅花先春而开，是迎春的使者，但词

248

人却嫌梅花通常开放的时间还不够早，而要明年归来的春天"早到梅梢"。这里盼归之"急"与一开头春归之"急"正形成鲜明的对照。在全词意境上，结拍两句是一个出人意料的转折。有此一结，便扫去了无数惜春的伤感，留连无计的叹息，使词情发展到一种既深情缠绵而又明朗乐观的全新境界。在众多的惜春伤春词中，这种构思与意境，确实是奇警独特、清新明朗的。

蝶恋花

　　楼外垂杨千万缕，欲系青春，少住春还去。犹自风前飘柳絮，随春且看归何处？　　　　绿满山川闻杜宇，便作无情，莫也愁人苦。把酒送春春不语，黄昏却下潇潇雨。

　　惜春伤春，留春送春，词中常调。这首"送春"词却别具一份女词人的巧思妙想与慧心深情。上片化景物为情思，纯从"楼外垂杨"着笔。从风飘柳絮的景象看，词中所写，当是暮春烟柳，而非细叶新裁的仲春嫩柳，这样方与送春之旨吻合。杨柳依依的形象和折柳送别的风习使人们从柳条想到送别，原很自然；但从"垂杨千万缕"想到它"欲系青春"，却是女词人的独特感受。从"送"到"系"，虽只在一转换之间，却包含了想象的跨越飞跃，进一步写出了柳的缠绵多情。那千万缕随风荡漾的柳丝，像是千万缕柔曼的情思，力图挽住春天。然而"少住春还去"，春毕竟是留不住的。他人至此，不过叹息伤感而已，词人却从随风飘荡的柳絮生出"随春且看归何处"的奇思妙想。柳絮的形象，在诗词中或状撩乱春愁，或状飘荡无依，即使联想到"送"，也只有"飞絮送春归"（蔡伸《朝中措》）一类想象。朱淑真却以女词人特有的灵心慧性和缠绵执着，将它想象成一直深情地追随着春天，想看一看春究竟归于何处。由"系"到"随"，进一步写出了柳对春天的无限依恋和无尽追踪。

　　下片从"春归"生出，转从送春的词人方面着笔。"绿满山川"正是暮春之景。这一望碧绿之中正含有落花飞絮狼藉的伤感记忆，更何况耳畔又时时传来象征着春归的杜鹃鸟凄伤的鸣叫声呢。目接耳闻，无非芳春消逝的景象，即便是无情人，恐怕也要为之愁苦不已。"便作"句先从反面假设，"莫

249

也"句则故用摇曳不定之语从正面渲染愁苦，愈觉情怀酸楚。写到这里，方才引出这位满怀愁情的女主人公。"系春"不住，"随春"难往，唯有"送春"："把酒送春春不语，黄昏却下潇潇雨。"这两句似从欧词"泪眼问花花不语，乱红飞过秋千去"化出，但独具神韵。在词人感觉中，这即将离去的春天，像是怀着无限别离的惆怅与感伤，悄然无语，与伤春的词人默然相对。时近黄昏，又下起了潇潇细雨。这"潇潇雨"，像是春天告别的细语，又像是春天归去的叹息。而女主人公情怀的黯淡、孤寂也从中隐隐传出。妙在"不语"与"潇潇雨"之间存在着一种似有若无的对应与联系，使读者感到这悄然飘洒的"雨"仿佛是一种不语之"语"。这一境界空灵，极富象外之致的结语使词在巧思妙想之外更多了一份悠远的情致。

严 蕊

卜算子

不是爱风尘，似被前缘误。花落花开自有时，总赖东君主。
去也终须去，住也如何住！若得山花插满头，莫问奴归处。

这首词的作者严蕊，是南宋孝宗淳熙年间台州（今浙江台州）的营妓
（地方官妓。因聚居于乐营教习歌舞，故又名"营妓"），色艺冠一时，作诗
词有新语，善逢迎，名闻四方。知州唐仲友（字与正）曾命其赋红白桃花作
《如梦令》词，赏以细绢两匹。仲友为同官高文虎所谮。朱熹时任提举两浙
东路常平茶盐公事，行至台州，告发仲友者纷至，遂以"催税紧急，户口流
移"及种种贪墨克剥不公不法的罪名，前后上六状弹劾唐仲友。这还不够，
又指仲友与严蕊有私情。宋时规定，"阃帅、郡守等官，虽得以官妓歌舞佐
酒，然不得私侍枕席"（《古今图书集成·艺术典·娼妓部》引《委巷丛
谈》）。如若查实，则罪在官妓，官吏也要受处分。为此，严蕊系台州狱月
余，备受棰楚，然终无一语招承。又移绍兴（两浙东路治所）狱中，狱吏以
好言诱供，严蕊答云："身为贱妓，纵是与太守有滥，料亦不至死罪，然是
非真伪，岂可妄言以污士大夫，虽死不可诬也。"以辞意坚决，又再受杖，
几至于死，但声价愈高。不久朱熹改官。岳霖为浙东提点刑狱公事，怜其病
瘁，命她作词自陈，她略不构思，即口占这首《卜算子》。岳霖即日判令出
狱，脱籍从良（见周密《齐东野语》卷二十）。严蕊是封建社会的弱女子，
又身隶乐籍，所遭不幸，明显是"殃及池鱼"的事，这叫作无可奈何。到了
这个地步，她坚决不肯为了自己少受刑辱而去诬陷他人，是很有骨气的。这
首词为求长官见悯，脱离苦海，也写得比较含蓄，不作穷苦乞怜之语，具见
标格。

上片抒写自己沦落风尘、俯仰随人的苦闷。"不是爱风尘，似被前缘
误。"首句突兀而起，特意声明自己并不是生性喜好风尘生活。封建社会中，
妓女被视为冶叶倡条，所谓"行云飞絮共轻狂"，就代表了一般人对她们的

251

看法。现在严蕊因事关风化而入狱，自然更被视为生性淫荡的风尘女子了。因此，这句词中有自辩，有自伤，也有不平的怨愤。次句却出语和缓，特用不定之词，说自己之所以沦落风尘，似乎是为前生的因缘（即所谓宿命）所误。作者既不认为自己性爱风尘，又不可能认识使自己沉沦的真正根源，无可奈何，只好归之于冥冥不可知的前缘与命运。"似"字若不经意，实耐寻味。它不自觉地反映出作者对"前缘"似信非信，既不得不承认又有所怀疑的迷惘心理，既自怨自艾，又自伤自怜的复杂感情。

"花落花开自有时，总赖东君主。"两句借自然现象喻自身命运，说花落花开自有一定的时候，这一切都只能依靠司春之神东君来做主，比喻像自己这类歌妓，俯仰随人，不能自主，命运总是操在有权者手中。这是妓女命运的真实写照，其中有深沉的自伤，也隐含着对主管刑狱的长官岳霖的期望——希望他能成为护花的东君。但话说得很委婉含蓄，祈求之意只于"赖"字中隐隐传出。

"去也终须去，住也如何住！"过片承上不能自主命运之意，转写自己在去住问题上的心情。去，指由营妓队伍中放出；住，指仍留乐营为妓。离开风尘苦海，自然是她所渴望的，但却迂回其词，用"终须去"这种委婉的语气来表达。意思是说，以色艺事人的生活终究不能长久，将来总有一天须离此而去。言外之意是，既"终须去"，何不早日离此苦海呢？以严蕊的色艺，解除监禁之后，重新为妓，未始不能得到有权者的赏爱，但她实在不愿再过这种生活了，所以用"终须去"来曲折表达离此风尘苦海的愿望。下句"住也如何住"即从反面补足此意，说仍旧留下来做营妓简直不能设想如何生活下去。两句一去一住，一正一反，一曲一直，将自己不恋风尘、愿离苦海的愿望表达得既婉转又明确。

歇拍单承"去"字，集中表达渴望自由的心情："若得山花插满头，莫问奴归处。"山花插满头，是到山野农村过自由自在生活的一种形象性表述。两句是说，如果有朝一日，能够将山花插满头鬓，过着一般妇女的生活，那就不必问我的归宿了。言外之意：一般妇女的生活就是自己向往的目标，就是自己的归宿，别的什么都不再考虑了。两句回应篇首"不是爱风尘"，热切地表达了对俭朴而自由的生活的向往，但出语仍留有余地。"若得"云云，就是承上"总赖东君主"而以想望祈求口吻出之。

由于这是一首在长官面前陈述衷曲的词，她在表明自己的意愿时，不能考虑到特定的场合、对象，采取比较含蓄委婉的方式，以期引起对方的同情。但她并没有因此而低声下气，而是不卑不亢，婉转而明确地表达了自己的心愿。这是一位身处下贱但尊重自己人格的风尘女子婉而有骨的自白。

严蕊

陆　游

鹊桥仙

古典文学名篇鉴赏及其他

　　华灯纵博，雕鞍驰射，谁记当年豪兴？酒徒一半取封侯，独去作江边渔父。　　轻舟八尺，低篷三扇，占断蘋洲烟雨。镜湖原自属闲人，又何必官家赐与！

　　人生高峰期的生活体验与心理体验，往往影响到一个人的终生。陆游乾道八年（1172）四十八岁时在南郑前线的军幕戎旅生活，虽只有短短八个月，却不仅成为他终生不磨的深刻记忆，而且成为他此后文学创作永不衰竭的思想动力和生活源泉。即使在晚年退居山阴，被迫投闲置散，描写乡居生活的作品中，这种对"当年豪兴"的追忆，也往往成为触发不满现实处境的契机和贯注于作品中勃勃"英气"的来源，这首《鹊桥仙》便是一个例证。

　　开篇两句用工整鲜丽的对仗描绘当年在南郑前线的豪纵生活。"雕鞍驰射"固与军戎直接相关，所谓"铁马秋风""盘槊横戈""夜出驰猎"一类描写，陆诗中屡见。而"华灯纵博"，在诗人心目中，也是志士豪纵不羁之气和旺盛生活热情的表现，故其诗中把"华灯纵博声满楼，宝钗艳舞光照席"作为"诗家三昧"的来源加以歌咏。两句中"纵"字、"驰"字，正体现出一种豪纵之气，飞动之势，说明这段生活事隔数十年后，在记忆中仍然那么鲜明。第三句却一笔勒转，"谁记"二字，愤激不平，感慨悲凉，兼而有之，当权者早就忘记这样一个充满豪情与生命活力的爱国志士了。矛头隐然指向最高层，并非泛泛抒慨。"酒徒"二句乃承"谁记"作进一步发挥，揭示当年共与豪举的人们中，那班如郦食其一流趋时善辩的"酒徒"如今一一封侯拜将，功名显赫，而真正的爱国忧时之士如自己却独独效严子陵作了江边渔父。"一半"与"独"的鲜明对比中，蕴含对世事的不平、对统治者昏聩弃贤的怨愤。"独"字声促势险，力重千钧，是上片乃至全篇之眼，被排抑废弃的孤独感和不屑与彼辈为伍的孤傲感统于此包括，并由此引出了下片对"独去作江边渔父"的生活、心情的描写。

"轻舟"三句，写渔父生涯。一叶轻舟，三扇低篷，出没遨游于广阔的烟雨笼罩的镜湖，似极悠闲从容、潇洒清雅，但"占断"二字，却在着意强调其全部占有蘋洲烟雨的美好风光的同时透露了人生的真正失落——爱国壮志、功名事业的失落。一个把人生理想与价值寄托在"铁马冰河"的战场上的豪杰，却来"占断蘋洲烟雨"，本身就意味着命运的嘲弄，在貌似悠闲自得的口吻中正蕴含有不得志的牢骚感慨。结拍二句更从"占断蘋洲烟雨"的"闲情"中翻出傲情。这里隐含着一个典故：唐贺知章辞官归乡，唐玄宗特加优礼，赐予镜湖剡川一曲，以为归老之游，历史上传为美谈。词人借此翻案，说镜湖本来就应属于不为统治者所赏识任用的"闲人"享有，那又何必"官家"（皇帝）来赏赐呢？这话说得很俏皮，却包含着一肚子被迫投闲的牢骚和不屑统治者"恩赐"的傲骨。既然已被当权者所忘却，那就干脆"独去作江边渔父"，做一个自外于"官家"的"闲人"。这也是一种忘却，是对统治者"谁记当年豪兴"的一种回敬。

此词虽用了一半篇幅描绘渔父生涯，但陆游与张志和一类烟波钓徒全然不同。被迫投闲的渔父即使表面上再潇洒悠闲，骨子里仍是时时不忘"当年豪举"的爱国志士。正是这股内在的豪纵之气，贯注于全词，便在字里行间和转折推进中流露了一种强烈的不平、怨愤、牢骚和孤傲，而词中"谁记""独去""占断""原自""何必"等词语，则在表现上述感情方面起了重要作用。

鹊桥仙

　　一竿风月，一蓑烟雨，家在钓台西住。卖鱼生怕近城门，况肯到红尘深处！　　潮生理棹，潮平系缆，潮落浩歌归去。时人错把比严光，我自是无名渔父。

此词说到"家在钓台西住"，似是孝宗淳熙十三至十五年（1186—1188）任严州知州期间所作。赴任前陛辞时，孝宗曾对他说："严陵山水胜处，可以赋咏自适。"表面上看，这首词确像"赋咏自适"之作，但在骨子里仍然蕴藏着股牢骚不平之气。这种外似闲旷、内实不平的情绪，在上下片的结尾两句流露得相当明显。

陆
游

255

起二句写"渔父"潇洒安闲的生活，互文对起。"风月""烟雨"分指晴雨天气，谓无论晴雨，均持竿披蓑垂钓江上。用"一竿""一蓑"加于"风月""烟雨"之上，仿佛唯有此披蓑持竿的钓翁方能享有富春江上晴雨相宜的美好风光，句新而境美。第三句点出家居所在，似是以披羊裘钓于富春江上的先贤严光自况，而其真实用意却是为下片的翻转作铺垫，写渔父"貌似严光"正是为了强调其"不是严光，胜似严光"。

接下三句，进一步写"渔父"远避尘俗的品性心态。相传东汉隐者庞德公生平不曾入州府，"卖鱼生怕近城门"似暗用此事，表明对纷扰相争的城市的厌倦，连城门都怕靠近，更不用说"红尘深处"那些争名逐利之所、尔虞我诈之场了。词中的"渔父"本来就是寓言式的人物，不妨看作词人的自画像；这里的怕近城门、不入红尘当然也是象征性的说法，无非借以表现其清高绝俗。相形之下，曾经被召到洛阳这种"红尘深处"的严光也显得隐不绝俗了。但这层意思此处表露得相当隐约，须对照下文方显。

下片前三句用排比句式渲染渔父的悠然自适生活：潮水起了就出船捕鱼，潮水平了就系缆江岸，潮水落了就高歌归家。生活的节律与大自然的节律浑为一体，丝毫没有尘俗中人种种违反自然、违反天性的生活行为。三句连贯而下，累累如贯珠，节奏明快，韵律和谐，充分表现出渔父那种回归于大自然的悠闲自适的心态。写到这里，似已无以为继，结尾两句却遥承"家在钓台西住"，翻出一层新意："时人错把比严光，我自是无名渔父。"严光辞汉光武帝谏议大夫的任命，归隐富春山，历来被视为高隐的代表。但在作者看来，严光虽不追求尘俗的功名富贵，却因清高而"有名"，不管他是否有意矫行求名，反正仍没有与"名"绝缘。独有自己，连这种清高之"名"也无所求，只是一个"无名渔父"。"无名"二字，乃全篇之眼。它不但超越了严光，否定了严光，也否定了一切或尘俗或清高的"名"。

这好像是彻底的超脱。其实在"我自是无名渔父"的表白中，仍然流露了一种深层的牢骚不平乃至空虚失落。一位以"塞上长城"自许，以诸葛武侯自期的志士，竟去作江边的"无名"渔父，在高自标置的傲语中，不正流露出一种深深地被弃置遗忘的悲哀吗？这才是放翁其外、志士其内的陆游。从他上任时皇帝亲许其赋咏山水之胜以自适，最后却因"嘲咏风月"而罢任的遭遇中，不正可见这种歌咏渔钓、吟弄风月的作品中所包含的骨刺吗？

姜　夔

鹧鸪天　元夕有所梦

　　肥水东流无尽期，当初不合种相思。梦中未比丹青见，暗里忽
惊山鸟啼。　　　春未绿，鬓先丝。人间别久不成悲。谁教岁岁红莲
夜，两处沉吟各自知。

　　这是一首怀念旧日恋人的情词。姜夔青年时代在合肥曾经有过一段情
遇，所恋对象大约是姊妹二人。在长期浪迹江湖中，他写了一系列深切怀念
对方的词篇。宋宁宗庆元三年（1197）元夕之夜，他做了一个重见往日情人
的梦，梦醒后写了这首词。这一年，上距合肥初遇时已经二十多年了。

　　首句以想象中的肥水起兴，兴中含比。肥水分东、西两支，这里指东流
经合肥入巢湖的一支。明点"肥水"，不但为交待这段情缘的发生地，兼有
表现此时词人沉思遥想之状的作用。映现在词人脑海中的，不仅有肥水悠悠
向东流的形象，且有与合肥情遇有关的一系列或温馨或痛苦的往事。东流无
尽期的肥水，在这里既像是悠悠流逝的岁月的象征，又像是在漫长岁月中无
穷无尽的相思和别恨的象征，起兴自然而意蕴丰富。正因为这段情缘带来的
是无穷无尽的痛苦思念，所以次句翻怨当初不该种下这段相思情缘。"种相
思"的"种"字用得精妙。相思子是相思树的果实，故由相思而联想到相思
树，又由树引出"种"字。它不但赋予抽象的相思以形象感，而且暗透出它
的与时俱增、坚牢不消，在心田中种下刻骨镂心的长恨。"不合"二字，出
语峭劲拗折，貌似悔种前缘，实为更有力地表现这种相思的深挚和它对心灵
的长期痛苦折磨。

　　"梦中未比丹青见，心里忽惊山鸟啼。"三、四两句切题内"有所梦"，
分写梦中与梦醒。刻骨相思，遂致入梦，但年深岁久，梦中所见伊人的形象
也恍惚难辨，觉得还不如丹青图画所显现的更为真切。细味此句，似是作者
藏有所爱女子画像，平日相思时每常展玩，但总嫌不如面对伊人之真切，及
至梦见伊人，却又觉得梦中形象不如丹青中的鲜明。或觉丹青不如真容，或

觉梦中未比丹青，总因未能重见对方所致。下句在语言上与上句对仗，意思则翻进一层，说梦境迷蒙中，忽然听到山鸟的啼鸣声，惊醒幻梦，遂使这"未比丹青见"的形象也消失无踪。如果说，上句是梦中的遗憾，下句便是梦醒后的惆怅。与所思者暌隔时间之长，地域之远，相见只期于梦中，但连这样不甚真切的梦也做不长，其懊丧更可知。上片至此煞住，而"相思""梦见"，意脉不断，下片从另一角度再深入来写。

换头"春未绿"切元夕，开春换岁，又过一年，而春郊绿遍之时犹有所待；"鬓先丝"说自己羁旅漂泊，岁月蹉跎，鬓发已如丝般白了，即使芳春可赏，其奈老何！两句为流水对，语取对照，情抱奇悲，富于象外之致。

接下来"人间别久不成悲"一句，是全词感情的凝聚点，饱含着深刻的人生体验和深沉的悲慨。真正深挚的爱情，总是随着岁月的增积而将记忆的年轮刻得更多更深，但在表面上，这种入骨的相思却并不常表现为热烈的爆发和强烈的外在悲痛，而是像深藏地底的熔岩，在平静甚至是冷漠的外表下潜行着炽热的激流。特别是由于离别年深，年年重复的相思和伤痛已经逐渐使感觉的神经末梢变得有些迟钝和麻木，心田中的悲哀也积累沉淀得太多太重，裹上了一层不易触动的外膜，在这种情况下，就连自己也仿佛意识不到内心深处潜藏的悲哀了。"多情却似总无情"，这"不成悲"的表象正更深刻地反映了内心的深哀剧痛。而当作者清楚地意识到这一点时，悲痛的感情不免更进一层。这是久经感情磨难的中年人更加深沉内含、也更富于悲剧色彩的感情状态。在这种以近乎麻木的形式表现出来的刻骨铭心的伤痛面前，青年男女的缠绵悱恻、伤离惜别便不免显得浮浅了。

"谁教岁岁红莲夜，两处沉吟各自知。"红莲夜，指元宵灯节，红莲指灯节的花灯。欧阳修《蓦山溪·元夕》："剪红莲满城开遍"，周邦彦《解语花·元宵》："露浥红莲，灯市花相射"，均可证。歇拍以两地相思、心心相知作结。"岁岁"回应首句"无尽"。这里特提"红莲夜"，似不仅为切题，也不仅由于元宵佳节容易触动团圆的联想，恐怕和往日的情缘有关。古代元宵灯节，士女纵赏，正是青年男女结交定情的良宵，欧阳修的《生查子》（去年元夜时）、辛弃疾的《青玉案·元夕》可以帮助理解这一点。因此岁岁此夕，遂倍加思念，以至"有所梦"了。说"沉吟"而不说"相思"，不仅为避复，更因"沉吟"一词带有低头沉思默想的感性形象。"各自知"，既是说彼此都知道对方在互相怀念，又是说这种两地相思的况味（无论是温馨甜美的回忆还是长期别离的痛苦）只有彼此心知。两句用"谁教"提起，似问似慨，像是怨恨某种不可知的力量使双方永隔相思，又像是自怨情痴不能泯灭相思。在深沉刻至的"人间别久不成悲"句之后，用语势较缓而涵义特丰的这两句作结，词的韵味显得悠长深厚。

情词的传统风格偏于稼丽软媚，这首词却以清刚拗健之笔来写刻骨铭心的深情，别具一种清峭隽永的情韵。全篇除"红莲"一词由于关合爱情而较艳丽外，都是用经过锤炼而自然清劲的语言，可谓洗净铅华。词的内容意境也特别空灵蕴藉，纯粹抒情，丝毫不及这段情缘的具体情事。用笔也多拗折之致，像"当初"句、"梦中"句、"人间"句都是显例。特别是"人间"句，寓深悲于平淡的语气口吻、拗折峭劲的句式句格，更显得含意深永，耐人咀嚼。

姜夔

陈 亮

念奴娇　登多景楼

　　危楼还望，叹此意、今古几人曾会？鬼设神施，浑认作、天限南疆北界。一水横陈，连岗三面，做出争雄势。六朝何事，只成门户私计？　　因笑王谢诸人，登高怀远，也学英雄涕。凭却长江，管不到、河洛腥膻无际。正好长驱，不须反顾，寻取中流誓。小儿破贼，势成宁问强对！

　　这是一首借古论今之作。多景楼，在镇江北固山上甘露寺内，北临长江。孝宗淳熙十五年（1188）春天，作者到建康和镇江考察形势，准备向朝廷陈述北伐的策略。这首词就写于此时。词的内容以议论形势、陈述政见为主，正是与此行目的密切相关的。

　　开头两句，凌空而起。撇开登临感怀之作先写望中景物的熟套，大笔挥洒，直抒胸臆：登楼纵目四望，不觉百感丛生，可叹自己的这番心意，古往今来，又有几人能够理解呢？因为所感不止一端，先将"此意"虚提，总摄下文。南宋乾道年间镇江知府陈天麟《多景楼记》说："至天清日明，一目万里，神州赤县，未归舆地，使人慨然有恢复意。"对于以经济之略自负的词人来说，"恢复意"正是这首词所要表达的主旨，围绕这个主旨的还有对南北形势及整个抗金局势的看法。以下抒写作者认为"今古几人曾会"的登临意。"今古"语，暗示了本篇是借古论今。

　　接下来两句，从江山形势的奇险引出对"天限南疆北界"主张的批判。"鬼设神施"，是形容镇江一带的山川形势极其险要，简直是鬼斧神工，非人力所能致。然而这样险要的江山却不被当作进取的凭借，而是被看成了天设的南疆北界。当时南宋统治者不思进取，但求苟安，将长江作为拒守金人南犯的天限，作者所批判的，正是这种藉天险以求苟安的主张。"浑认作"三字，亦讽亦慨，笔端带有强烈感情。

　　"一水横陈，连岗三面，做出争雄势。"镇江北面横贯着波涛汹涌的长江，东、西、南三面都连接着起伏的山冈。这样的地理形势，正是进可以攻，退可以守，足以与北方强敌争雄的形胜之地。"做出"一语，表达了词人目击山川形势时兴会淋漓的感受。在词人眼中，山川仿佛有了灵魂和生命，活动起来了。他在《戊申再上孝宗皇帝书》中写道："京口连岗三面，而大江横陈，江旁极目千里，其势大略如虎之出穴，而非若穴之藏虎也。"所谓"虎之出穴"，也正是"做出争雄势"的一种形象化说明。这里对镇江山川形势的描绘，本身便是对"天限南疆北界"这种苟安论调的否定。在作者看来，山川形势足以北向争雄，问题在于统治者缺乏争雄的远略与勇气。因此，下面紧接着就借批判六朝统治者，来揭示现实中当权者苟安论调的思想实质："六朝何事，只成门户私计？"前一句是愤慨的斥责与质问，后一句则是对统治者画江自守的苟安政策的揭露批判，——原来这一切全不过是为少数世家大族的狭隘利益打算！词锋犀利，鞭僻入里。

换头"因笑"二字，承上片结尾对六朝统治者的批判，顺势而下，使上下片成为浑然一体。前三句用新亭对泣故事，"王谢诸人"概括东晋世家大族的上层人物，说他们空洒英雄之泪，却无克服神州的实际行动，借以讽刺南宋上层统治集团中有些人空有慷慨激昂的言辞，而无北伐的行动。"也学英雄涕"，讽刺尖刻辛辣。

"凭却长江，管不到、河洛腥膻无际。"他们依仗着长江天险，自以为可以长保偏安，哪里管得到广大的中原地区，长久为异族势力所盘踞，广大人民呻吟辗转于铁蹄之下呢？这是对统治者"只成门户私计"的进一步批判。"管不到"三字，可谓诛心之笔。到这里，由江山形势引出的对当权者的揭露批判已达极致，下面转而承上"争雄"，进一步正面发挥登临意。

"正好长驱，不须反顾，寻取中流誓。"中流誓，用祖逖统兵北伐，渡江击楫而誓的故实。在词人看来，凭借这样有利的江山形势，正可长驱北伐，无须前瞻后顾，应该像当年的祖逖那样，中流起誓，决心克服中原。这几句词情由前面的愤郁转向豪放，意气风发，辞采飞扬，充分显示出词人豪迈朗爽的胸襟气度。

歇拍二句，承上"长驱"，进一步抒写必胜的乐观信念。"小儿破贼"见《世说新语·雅量》。淝水之战，谢安之侄谢玄等击败苻坚大军，捷书至，谢安方与客围棋，看书毕，默然无言，依旧对局。客问淮上利害，答曰："小儿辈大破贼。""强对"，强大的对手，即强敌。《三国志·陆逊传》："刘备天下知名，曹操所惮，今在境界，此强对也。"作者认为，南方并不乏运筹帷幄、决胜千里的统帅，也不乏披坚执锐、冲锋陷阵的猛将，完全应该像往日的谢安一样，对打败北方强敌具有充分信心，一旦有利之形势已成，便当长驱千里，扫清河洛，尽复故土，何须顾虑对方的强大呢？作者《上孝宗皇帝第一书》中曾言："常以江淮之师为虏人侵轶之备，而精择一人之沉鸷有谋、开豁无他者，委以荆襄之任，宽其文法，听其废置，抚摩振厉于三数年之间，则国家之势成矣。"词中之"势成"亦同此意。作者的主张在当时能否实现，可以置而不论，但这几句豪言壮语，是可以"起顽立懦"的。到这里，一开头提出的"今古几人曾会"的"此意"已经尽情发挥，全词也就在破竹之势中收煞。

同样是登临抒慨之作，陈亮的这首《念奴娇·登多景楼》和他的挚友辛弃疾的《水龙吟·登建康赏心亭》便显出不同的艺术个性。辛词也深慨于"无人会登临意"，但通篇于豪迈雄放之中深寓沉郁盘结之情，读来别具一种回肠荡气、抑塞低回之感；而陈词则纵横议论，痛快淋漓，充分显示其词人兼政论家的性格。从艺术的含蕴、情味的深厚来说，陈词自然不如辛词，但这种大气磅礴、开拓万古心胸的强音，是足以振奋人心的。

刘辰翁

西江月　新秋写兴

天上低昂似旧，人间儿女成狂。夜来处处试新妆，却是人间天上。　　不觉新凉似水，相思两鬓如霜。梦从海底跨枯桑，阅尽银河风浪。

这首词题为"新秋写兴"，实际上是借七夕抒感寄寓故国之思。

上片侧重写七夕儿女狂欢景象。起两句紧扣"新秋"，分写"天上"与"人间"七夕情景。低昂，是起伏升降的意思。上句说天上日落月升、星移斗转等常见的天象变化，依然像往年一样。"似旧"二字，意在言外，暗示自然界的景象虽然没有什么变化，但人事却发生了沧桑巨变，暗逗结尾两句。下句说人间儿女也像从前一样，如痴如狂地欢度七夕。"成狂"即包"似旧"之意，言外有无限感慨。在词人看来，经历沧桑巨变的人们，对此新秋七夕，原应深怀黍离之悲，而如今人们竟一如既往，欢庆如狂。这种景象不免使词人感慨系之。

"夜来处处试新妆，却是人间天上。"吴自牧《梦粱录·七夕》："其日晚晡时，倾城儿童女子，不论贫富，皆着新衣。"可见"处处试新妆"原是当时七夕风习，也是上文所说"儿女成狂"的一种突出表现。这种处处新妆的欢庆景象，几乎使人误以为这里是人间的天堂了。正如上文"儿女成狂"寓有微意一样，这里的"人间天上"也不无讽喻。"却是"二字，言外有刺，不露声色。沦陷后的故国山河，早已成为人间地狱，而眼前的景象却全然相反，仿佛早已忘却家国之痛，能不令人慨然生悲？

下片侧重直接抒写词人的感受。"不觉新凉似水，相思两鬓如霜。"时间在推移，不知不觉间，感到新秋似水的凉意，原来夜已经深了。由于"相思"——怀念故国，自己的两鬓已经如霜。上句写出一位有着重重心事的老人久坐沉思，几乎忘却外界事物的情景，下句将长期怀念所造成的结果与一夕相思的现境连接在一起，给人以一夕发白的印象，以突出忧思之深。

263

"梦从海底跨枯桑，阅尽银河风浪。"结拍写七夕之梦。上句暗用《神仙传》沧海屡变为桑田的故实，下句以"银河"切题目"新欢"。诗人梦见在海底跨越枯桑，又梦见在天上看尽银河风浪。这里明为纪梦，实际上是借梦来表达对于世事的巨变和人间的风浪的感受。全篇寄意，在这两句集中点出。刘熙载《艺概·词曲概》说："眼乃神光所聚，故有通体之眼，有数句之眼，前前后后无不待眼光照映。"结末二句正是通体之眼。有此二句，不但上片"儿女成狂"的情景讽慨自深，就连过片的"新凉""相思"也都获得了特殊的含义。

以独醒的爱国者与一般的人们作对照，抒发了作者眷念故国的深沉悲哀，是这首词构思和章法上的基本特点。

柳梢青　春感

铁马蒙毡，银花洒泪，春入愁城。笛里番腔，街头戏鼓，不是歌声。　　那堪独坐青灯，想故国、高台月明。辇下风光，山中岁月，海上心情。

这是一首情调沉郁苍凉，抒写亡国之痛和故国之思的优秀词篇。作者刘辰翁，生于公元1232年，卒于公元1297年，这时南宋亡国已经近二十年了。他是宋代末年一大作家，也是一位富于民族气节的爱国者。理宗景定三年（1262）考进士时，刘辰翁因为廷试对策触犯了当时的权奸贾似道，被列入丙等。恭宗德祐元年（1275），民族英雄文天祥起兵勤王，刘辰翁参加抗元斗争，以同乡、同门的身份曾经短期参加文天祥的江西幕府。宋亡后曾在外流落多年。晚年隐居于故乡江西庐陵山中，从事著述。这首词据下片"山中岁月"之语，应当是他晚年隐居山中期间的作品。题名"春感"，实际上是元宵节有感而作，这从词中"银花""戏鼓""月明"等与元宵节有关的景物可以看出。

上片写想象中今年临安元宵灯节的凄凉情景。"铁马蒙毡，银花洒泪，春入愁城。"开头三句写元统治下的临安一片愁苦悲伤的气氛。"铁马"，指元军的铁骑；"银花"，指元宵的花灯，唐代诗人苏味道《正月十五夜》诗有"火树银花合"之语；"愁城"，借指临安。因为天冷，所以战马都蒙上了一层厚厚的毛毡。劈头一句"铁马蒙毡",不仅明点出整个临安已经处于元军铁蹄的蹂躏之下,江南锦绣之地已经蒙上了北方游牧民族的气息,而且渲染出一种阴冷森严,与元宵灯节的喜庆气氛极不协调的氛围。可以说,是开宗明义,揭示出了全篇的时代背景特征。元宵佳节,在承平的年代原是最热闹而且最富歌舞升平气氛的,这"铁马蒙毡"的景象却将种种承平气象一扫而空。由于处在元占领军的压迫欺凌之下,广大人民心情凄惨悒郁,再加上阴冷森严气氛的包围,竟连往常那火树银花不夜天的光明璀璨景象也似乎是"银花洒泪"了。如果说第一句"铁马蒙毡"还只是从客观景象的描绘中透出特定的时代气氛,那么这一句"银花洒泪"便进一步将客观景象主观化、拟人化了,赋予花灯以人在洒泪的形象和感情。这种想象似乎无理,却又入情。它的生活根据是人的洒泪,它的形象依据则正是所谓"蜡泪"了。"银花洒泪"的形象给这座曾经是繁华热闹的城市带来了一种哀伤而肃穆的凭吊气氛。紧接着,又用"春入愁城"对上两句作一形象的概括。"愁城"一词,出于庾信《愁赋》:"攻许愁城终不破。"本指人内心深重的忧愁,这里借指充满哀愁的临安城。自然界的春天不管兴亡,依然来到人间,但它所进入的竟是这样一座"铁马蒙毡,银花洒泪",充满人间哀愁的"愁城"!"春"与"愁",自然与人事的鲜明对照,给人以怵目惊心的强烈感受。

"笛里番腔,街头戏鼓,不是歌声。"这三句接着写想象中临安元宵鼓吹弹唱的情景:横笛中吹奏出来的是带着北方游牧民族情调的"番腔",街头上演出的是异族的鼓吹杂戏,这一片呕哑嘲哳之声在怀有华夏民族感情的人们听来,实在不成其为"歌声"。这几句对元统治者表现了义愤,感情由前面的沉郁苍凉转为激烈高昂,"不是歌声"一句,一笔横扫,尤其激愤直率,可以想见作者义愤填膺之慨。

"那堪独坐青灯,想故国、高台月明。"过片收束上文并起领下文,用"想故国"三字点醒上片所写都是自己对沦陷了的故都临安的遥想。高台,指故宫。月明,点明元宵。"故国高台月明"化用南唐后主李煜《虞美人》词"故国不堪回首月明中"的意境,表达对故都临安和宋王朝的深沉怀想和无限眷恋。"独坐青灯",指自己独处故乡庐陵山中,面对荧荧如豆的青灯。沦亡了的故国旧都、高台官殿,如今都笼罩在一片惨淡的明月之下,一切繁华热闹、庄严华丽都已化为无边的空寂悲凉,这本来已经使人不堪禁受;更何况自己又寂寞地深处山中,独坐青灯,以劫后余生之身,遥想沦亡之故都,不但无力恢复故国,连再见到临安的机会也很难有了,所以说"那堪"。

山中荧荧青灯与故国苍凉明月，相互对映，更显出情调的凄清悲凉。这两句文势由上片结尾的陡急转为舒缓，而感情则变得更加沉郁了。

结拍是三个并列的四字句："辇下风光，山中岁月，海上心情。"辇下，皇帝的车驾之下；辇下风光，指故都临安的美丽风光。这里用"风光"一词，所指的应是宋亡前临安城元宵节的繁华热闹景象，当然也包括自己在亡国前所亲历的承平年代。山中岁月，指自己隐居故山寂寞而漫长的岁月。海上心情，一般都理解为指宋朝一部分士大夫和将领，在临安失守后先后拥立帝昺、帝昰，在福建、广东一带继续进行抗元斗争的情事，以及作者对他们的挂念。但这首词既然作于归隐"山中"的时期，则其时离宋室彻底覆亡已有相当时日，不再存在"海上"的抗元斗争了。吴熊和说："'海上心情'，用苏武在北海矢志守节事。《汉书·苏武传》：'武既至海上，廪食不至，掘野鼠去草实而食之。杖汉节牧羊，卧起操持，节旄尽落。'刘辰翁宋亡后的危心苦志，庶几近之。"这个理解是非常正确、切合词人思想感情的实际和典故的字面及内在涵意的。这三句全为名词性意象的组合，结构相同，看来像是平列的，实际上"山中岁月"是自己身之所在；"辇下风光"是自己心之所系；而"海上心情"则是自己志之所向。归根结蒂，隐居不仕，在山中度过寂寞而漫长的岁月，以遗民的身份时时怀念着故国旧都的美丽风光，都是他"海上心情"——民族气节的一种表现。因此，以"海上心情"作结，不只是点出了"山中岁月""辇下风光"的实质，而且是对全篇思想感情的一个总收束。这首词也可以说就是抒写词人的"海上心情"的。对于像刘辰翁这样一个知识分子来说，在故国沦亡以后，除了怀念"辇下风光"，感叹临安今天的凄凉和自己寂处山中不与元统治者合作以外，还能再有什么行动表示呢？这种"心情"，正表现了这一类知识分子的特点和弱点。

这首词在艺术表现上一个最显著的特点，就是从想象落笔，虚处见意。词的上片，全是身在山中的词人对故都临安今年元宵节凄凉情景的想象，其中虽也写到"铁马""银花""笛里番腔""街头戏鼓"，但都不是具体细致的描绘，而是着重于主观感情的显现，像"春入愁城"这样的叙写更完全是虚涵概括之笔。下片则纯从空际盘旋。"想故国、高台月明"，只显现出故都的官殿楼台在一片惨淡月光映照下的暗影，这当中所包蕴的种种故国之思、沧桑之感、兴亡之慨尽在不言之中。结拍三句，对"辇下风光""山中岁月""海上心情"的具体内容同样不着一字，只用抒情唱叹之笔虚点，让读者透过那饱含沧桑今昔情味的语调和内涵丰富的典故想象得之。由于采取这种想象落笔、虚处见意的写法，读来别具一种沉郁苍凉、吞咽悲苦、欲说还休之致。而全词以整齐的四句字为主、两字一顿的句法和节奏，特别是结拍连用三个结构相同的四字句，更加强了这种沉郁苍凉的情致。

刘辰翁

盍西村

【越调·小桃红】 江岸水灯

　　万家灯火闹春桥，十里光相照。舞凤翔鸾势绝妙，可怜宵，波间涌出蓬莱岛。香烟乱飘，笙歌喧闹，飞上玉楼腰。

　　盍西村的小令现存十七首，其中有两组分别题为"临川八景"及"杂咏"的组曲，共十四首，可见他对组曲这种形式的喜爱。本篇咏临川元宵节的水上灯船。在众多描绘元宵热闹景象的作品中，其选材比较新颖，写法也别具一格。

　　"万家灯火闹春桥，十里光相照。"起处大笔渲染，总写元宵灯节盛况。"万家""十里"，从广阔的空间背景上描绘出倾城出动，人流如潮，灯火闪耀，光辉照映的盛大场景。一个"闹"字，不仅烘托出灯火的繁盛，色彩的缤纷，而且传达出一种喧闹欢乐的节日气氛。"春桥"是江岸观灯的最佳地点，也是灯火人流集中之处，它和"十里光相照"正构成一个点、面结合的滨江长街的元宵灯节胜境。

　　"舞凤翔鸾势绝妙"三句着重写水上灯火的奇观妙境，将"闹"字进一步具体化。元宵花灯，有扎成龙、凤及各种动物形状的，舞龙灯尤为元宵盛事中最欢腾热烈、激动人心的一幕。十里江岸，灯火通明；水上浮灯，五光十色；船上花灯，龙飞凤舞。灯火倒映江中，随着水波闪动变幻，真是美丽可爱的良宵啊！就在作者热烈赞叹"万家灯火"的人间胜境之际，"波间涌出蓬莱岛"，在江面上仿佛突然涌现出一座蓬莱仙岛。这句是写灯船，但写得新颖不落套。由于是在夜间，这茫茫江面上浮现的辉煌璀璨的灯船确实给人以宛如仙山楼阁之感。它以虚托实，以幻写真，生动地表达了发现灯船的人们那种惊讶赞赏、疑幻疑真的感受。

　　"香烟乱飘，笙歌喧闹，飞上玉楼腰。"结尾三句，续写灯船的热闹景象：香烟缭绕，随风飘扬，笙歌齐发，热烈喧闹。这袅袅香烟与悠扬笙歌似乎要飘然而上，飞绕天上的玉楼。前两句是写实，后一句则由实入虚，导入想象中的天上宫阙，从而淋漓尽致地表达了目接耳闻灯船上热闹景象时的感受，全篇也就在幻觉般的境界中结束。

这首小令写江中灯船，却先写江岸的万家灯火，以岸上衬托江中，以人间胜景衬托幻想中的蓬莱仙境，构思新巧。描绘元宵盛况，特意选取了闹、照、舞、翔、涌、乱飘、喧闹、飞上等一系列具有跃动感的词语，着意渲染热烈欢快的节日气氛。加上句句押韵，韵密节促，更加强了这种欢畅的感受，传出了跃动的心潮。

【越调·小桃红】 客船晚烟

绿云冉冉锁清湾，香彻东西岸。官课今年九分办；厮追攀，渡头买得新鱼雁。杯盘不干，欢欣无限，忘了大家难。

本篇系"临川八景"组曲之一，描写了临川江湾一带船上人家的生活情景。

开头两句写江湾美丽的自然景色：缓缓流动的碧云，笼罩着清澄的江湾，阵阵沁人的香味，传遍了东西两岸。这两句似从贺铸《青玉案》词"碧云冉冉蘅皋暮"之句化出，而词写得含蓄蕴藉，曲则比较发露。绿云，即贺词"碧云"，亦即题内"晚烟"，指日暮时分的云彩。一"锁"字将碧云笼罩下的这一角自成天地的江湾更鲜明地凸现出来，使人感受到它那优美而静谧的气氛。词中只用"蘅皋"暗点芳甸的幽香，以兴起美人不来的惆怅；而曲里却用"香彻东西岸"加以渲染，以兴起下文的"欢欣"。因而所写景色虽大体相同，给人的感受却有别。

接下来两句，由自然景色转向人事，写江干人家听说减税消息后的欢欣：官家的课税今年只按九分征收，能减一分课税，对于难以卒岁的村民来说，已算是难得的大喜事了！"厮追攀"，意谓亲近友好地招呼、聚会。杜甫诗："昔在洛阳时，亲友相追攀。""鱼雁"，谓鱼和雁，这里意谓在渡头买到了新鲜的鱼鸟野味，故招呼亲朋聚会痛饮一番。前两句写自然景色，优美静谧，充满世外桃源的芳馨；这里写到人事，却让人感到桃源中也不免"官课"的追索。从口吻语调看，这两句似乎是轻松喜悦的，但在它背后却隐藏着沉重和辛酸。"今年九分办"，就值得如此庆幸，往年为租课所苦的情景不

269

难想见。

　　紧接着，"杯盘不干"等句，将"厮追攀"的轻松欢悦气氛推向顶端。"杯盘不干"，回应开头的"香彻"句；而结句却出人意料地在无限欢欣中淡淡道出："忘了大家难。"这个结尾，似不经意，却耐人寻味。它透露出，所谓"厮追攀""杯盘不干""欢欣无限"，不过是在暂时的喘息中姑且作乐而已。相对于去年、前年，"今年"也许暂可温饱，但"大家难"的日子却是常事，眼前"杯盘不干"的"欢欣"只不过让人暂时忘却过去和将来的艰难而已。"欢欣无限"的另一面，正是无限艰辛。

　　传统的"八景""十景"一类题咏，向以描绘自然景色为主，很少涉及人事，更少触及民生疾苦。这首题为"客船晚烟"的小令，却一反陈套，着重写船上所见村民生活情景，并且在风俗画式的描绘中，透露出淳朴的村民在暂时温饱与欢欣后面的艰辛，取材、用笔都有新意。开头写自然界的优美景色，正成为村民艰辛生活的反衬；结处重意轻点，反而更耐寻味。

【越调·小桃红】 杂咏

　　杏花开候不曾晴，败尽游人兴。红雪飞来满芳径。问春莺，春莺无语风方定。小蛮有情，夜凉人静，唱彻醉翁亭。

　　盍西村的【小桃红】《杂咏》八首，内容或叹世，或写景，或歌咏爱情，似是用同调信笔题咏，无统一主题的即兴之作，故统称"杂咏"。本篇写春雨落花时节的生活情趣，写得潇洒脱俗，曲折如意，颇具新趣。

　　吟咏春景，每多以热情赞美及正面歌咏起笔。这首小令却一反常调，从反面着笔："杏花开候不曾晴，败尽游人兴。"杏花开放，正当一年中最好的仲春季节，但又恰是多雨之时，所谓"杏花消息雨声中"（陈与义《怀天经智老因访之》）。对于春游之兴正浓的人们来说，这就不免要感到大杀风景了。曲贵露，"败尽游人兴"正是本色语。这两句写因雨而败兴，先作一抑。

　　紧接着，"红雪飞来满芳径"，却又反折而出，往上一扬。因为春雨连绵，纷纷开放的杏花又在雨中纷纷坠落，布满了小径。这句所写的景象，本易给人以残败凋零之感，但在作者笔下，却显得极富美感和情致。关键就在"红雪"这一新颖的意象上。李贺的《将进酒》诗，有"桃花乱落如红雨"

之句，白居易《同诸君携酒早看樱桃花》诗，则有"绿饧粘盏杓，红雪压枝柯"句。这里则取李诗"桃花乱落"与白诗"红雪"意兼而用之，将片片纷飞的杏花喻为"红雪"。红与雪，本不相容，但杏花之色泽红艳，其飘落又如雪花之纷飞，故有"红雪"之自然联想，这正是所谓"无理而妙"者。与此同时，句中又用"飞来"状杏花之飘落，使它的形象飞动，生气盎然；用"芳径"状布满落花的小径，更增鲜妍的色调。全句即因"红雪""飞来""芳径"等意象的组合，而显示出杏花飘飞陨落的动态美感。此处景似乐景，然落红满径，毕竟隐藏着春光无情逝去的淡淡惆怅与遗憾，唯含而不露，意余象外，更见其妙。

盍西村

"问春莺，春莺无语风方定。"由于"红雪"飘飞，令人产生一份惋惜流连的心理，故不由自主地"问春莺"。春莺即黄鹂，这"问"，无非是痴情痴想，类似"泪眼问花"，本不必究其问什么。而春莺面对此景，似亦无可奈何，只能"无语"相对。此时风虽方定，而落红早已满径了。这两句又向下一抑。

"小蛮有情，夜凉人静，唱彻醉翁亭。"结尾三句突然转折，由以上淫雨无情，落红无情，春莺无情，春风无情，突然转写唯人"有情"。多情的歌女，在夜凉人静时分，唱起了美妙的歌曲，歌声响彻了醉翁亭。这歌，是惜春之歌，也是珍重人生之歌。对寻春而不得的多情诗人——醉翁，此时真是最大的安慰。"醉翁"，本欧阳修自号，用在此处，当指作者自己，而隐含"醉翁之意不在酒"之意。回头再看前面极写风雨、春莺无情，原来都是为衬托"小蛮有情"的。写到这里，诗情在突转的上扬中归于统一，留下一串袅袅的余音在春天的凉夜中摇漾。

这首小令，由淫雨之阻不得游园之憾，写到风定入园、落红惜春之叹，再转到美人良宵之乐，总的抒情线索，则是由无情写到有情。虽一波三折，却自然合理。作者在表现感情的扬抑变化时，听任感情的自然流动作转折跳跃，处理得干净利落，绝无拖泥带水的叙述交待，读来别有一种转折如意，潇洒自如的风调。

查德卿

【仙吕·寄生草】感叹

姜太公贱卖了磻溪岸，韩元帅命博得拜将坛。羡傅说守定岩前版[一]，叹灵辄吃了桑间饭，劝豫让吐出喉中炭。如今凌烟阁一层一个鬼门关，长安道一步一个连云栈。

注 释

〔一〕傅说（yuè）：相传原是在傅岩从事版筑的奴隶，后被商王武丁任为大臣，治理国政。

慨叹宦途险恶，否定功名富贵，是元人散曲中最常见的主题。这首【寄生草】在表达这一主题时，不但感情较一般同类作品更为愤激，批判精神更为彻底，而且表现手法也更为淋漓恣肆，体现出曲的典型风格。

首起一、二句就突兀而起，似双峰壁立。传说吕尚（即姜太公）年老未遇，隐居在渭水边的磻溪垂钓。后被西伯姬昌（即周文王）车载而归，尊为师。他辅佐武王伐纣，为周朝开国元勋。韩元帅指韩信，被刘邦筑坛拜为大将，屡建功勋，为汉代开国功臣；后来却落得"狡兔死，走狗烹"的悲惨结局，为刘邦所杀。这两个著名的历史人物，虽分别兴周佐汉，但结局迥异，本来似乎不宜相提并论，作者却有意将两人并列，对其出仕拜将概加否定。不仅韩信拜将陪上自己的性命太不值得，就连姜太公离开磻溪去做官，也是"贱卖了磻溪岸"，将自由自在的生活换作了名缰利锁，很不划算。在作者看来，无论功名事业的成与败，结局的幸与不幸，出仕做官统统是不上算的买卖。这跟那种只感叹有功而不得善终，却津津乐道于功成名就、位极人臣者有明显区别，是对功名仕进的彻底否定。"贱卖""博得"，语含讽慨，无异于对热衷功名仕进者兜头浇下一瓢凉水。

接下来，是三个鼎足对句，讲到了三个历史人物。商朝的傅说，曾在傅岩从事版筑，后来被商王武丁任为大臣。"守定岩前版"，是说他坚守傅岩版筑的营生，不去做官。这实际上是对他出仕行为的一种隐讽，名为"羡"之，实为刺之。灵辄是春秋时晋人。晋灵公的大臣赵宣子（盾）曾给饿饭的灵辄东西吃。后来晋灵公派灵辄刺杀赵宣子；灵辄倒戟救了赵宣子。灵辄这一行动，历来被视为以死报恩的义举，作者却叹惜灵辄为了报一饭之恩而豁出性命实在不值得。豫让是战国初晋人，事智伯，受国士礼。智伯为赵襄子所灭，豫让浑身涂漆为癞，吞炭为哑，使人不能辨认，准备刺杀赵襄子替主报仇，事败被杀（事见《战国策·赵策一》《史记·刺客列传》）。这里说"劝豫让吐出喉中炭"，是认为豫让毁身报恩之举乃愚蠢的行为。以上三句，对三个历史人物的评论，或以赞为讽，或明显表露惋惜不满，基本态度都是反对为统治者效忠、卖命。这种不管所服务的统治者是否贤明，也不论所做的事是否正确的态度，似乎有些偏激，却正反映了封建社会后期一部分知识分子的典型心态。这三个鼎足对句，分别以"羡""叹""劝"领起，一气直下，酣畅淋漓，把作者那种蔑视为统治者效命的激愤之情充分表达出来了。

最后两句是全篇感情发展的高潮，也是作者思想认识的凝聚点。唐太宗曾将开国功臣二十四人的图像画在凌烟阁上。凌烟图像，从此成为士人追求功名的最高目标。这里却将通向凌烟阁的道路描绘得十分阴森恐怖："一层一个鬼门关。"崇高神圣的殿阁与阴惨黑暗的地狱为邻，万世不朽的偶像与万劫不复的冤鬼为伴，令人怵目惊心。"长安道"喻指仕途。在许多士人的心目中，"长安道"坦荡宽阔，正是并驾齐驱、猎取功名的坦途，作者却把它描绘得十分险恶可怖："一步一个连云栈。"连云栈，在褒斜谷（今陕西褒城一带），是在悬崖绝壁上凿孔、架木铺板的栈道。此比喻仕途险恶。李白的《行路难》（其二）说："大道如青天，我独不得出。"慨叹的只是自己的不遇，对整个仕途仍然感到像青天那样广阔。对比之下，可以看出封建社会的不同时期知识分子对仕途、官场认识的变化。当封建地主阶级趋于没落，它的统治越来越暴露出腐朽本质的时期，便会产生一部分对封建统治者带有离心倾向甚至叛逆精神的人。他们把个人的自由与生命看得高于整个封建统治的利益，鄙弃对封建主的人身依附，视封建统治者所宣扬的最高荣誉和神圣场所为黑暗地狱，视忠臣义士为愚不可及。这首小令所触及的，远不止是官场的黑暗与仕途的险恶，而是对一系列传统的封建伦理观念（忠、义、兼济天下、士为知己者死，等等）表示了怀疑甚至蔑视。这种思想感情，带有封建社会后期的明显时代特征。

曲的"豪辣灏烂"（贯云石序《阳春白雪》）风格，在这首小令中有充分的体现。这不仅由于内容方面的诸种因素（如批判精神的彻底，感情的愤激，讽刺的辛辣），而且与形式方面的因素密切相关。全篇虽有三个小的层次，但蝉联紧接，略无停顿。开头突兀而起，接着三个鼎足对句，如连珠炮，倾泄而出，最后是两个长达十字的对句，将愤懑之情推向顶端。曲的一个主要特点是多用衬字。【寄生草】这支曲子的句式为三三、七七七、七七。可以看出，本篇首尾四句都用了大量衬字。它们对淋漓恣肆地表达感情起了重要作用。尤其是结尾两句，由于加上了"如今""一层""一步"等衬字，不仅造成了一波三折的节奏，而且更加强了全句浑浩流转的气势，使得揭露与批判更富于力度了。

【中吕·普天乐】别情

鸂鶒词，鸳鸯帕，青楼梦断，锦字书乏。后会绝，前盟罢。淡月香风秋千下，倚阑干人比梨花。如今那里？依栖何处？流落谁家？

这是一首抒写离别相思之情的小令，所怀对象，据"青楼""依栖""流落"等语，可能是一位寄人篱下的歌妓。

开头两句，由"鸳鸯帕"勾起回忆。鸂鶒词，当指用《鹧鸪天》或《瑞鹧鸪》曲调填的词。这里与"鸳鸯帕"对举，似兼有象喻爱情的意味。唐、宋歌伎每于罗衫上绣双鹧鸪，作为爱情的象征；晏几道的《鹧鸪天》"彩袖殷勤捧玉钟"篇抒写离合之情，流传众口。这些都赋予"鹧鸪词"以丰富的联想。这"鸳鸯帕"上题写的"鹧鸪词"，记录了双方往日爱情生活中的温馨旖旎，而现在却只成了重温旧梦的凭借。

以下"青楼梦断，锦字书乏"两句由面对旧物引起的追忆回到现实。"青楼"，点出对方身份；锦字，用前秦苏蕙织锦回文诗寄丈夫窦滔的故事（见《晋书·列女传》），指代书信。离别之后，对方信息杳然，不仅无缘重逢，连形影也不曾入梦。两句相互对衬，加强了相思离别之苦。"梦断""书乏"，隐逗结尾。

"后会绝，前盟罢。"这两句重笔作一收束。梦断书乏，不只意味着后会无期，连先前订立对的盟誓也都成为空言了。这里有沉痛，却无怨恨。断、乏、绝、罢，这四个缀于句末带有强烈沉重感的字眼一路蝉联而下，突出了感情的强度。

写到这里，似乎已无话可说。但刻骨铭心的爱情却使诗人欲罢不能，从沉重的叹息转为深情的追忆。"淡月香风秋千下，倚阑干人比梨花。"仿佛是一幅清淡素雅的水墨画：朦胧的月光下，空气中散发着淡淡的梨花幽香。秋千架下，阑干旁边，那人一身素雅的衣裳，正如洁白的梨花。尽管只有一个朦胧的剪影，但由于环境气氛的烘托，她的精神风采却鲜明可触。而且由于虚处传神，更能引人遐想。这幅在记忆中深藏的永不褪色的心画，把诗人对所爱女子的无限深情集中地表达出来了。韦庄的《浣溪沙》词说："暗想玉容何所似？一枝春雪冻梅花，满身香雾簇朝霞。"与这两句有异曲同工之妙。尽管一为悬想，一为追忆，一感情热烈，色调鲜妍，一感情深沉，色调淡雅，但都表现出一种深情的怀念。

结尾三句，又从深情的追忆回到现实："如今那里？依栖何处？流落谁家？"由于音讯杳然，如今对方究竟身在何方亦不得而知。"依栖""流落"，暗示了对方不由自主的命运和依人流转的处境。这一个鼎足对，句面对偶，句意递进，调虽轻缓，情则深长。深情的追忆转为无尽的追踪，深刻的怀念变为真挚的同情。"那里""何处""谁家"，一意贯串，表现了诗人那种思而不见，渺茫无着的情思，有语尽而情不尽的绵绵情致。

【越调·柳营曲】 金陵故址

临故国，认残碑，伤心六朝如逝水。物换星移，城是人非，今古一枰棋。南柯梦一觉初回，北邙坟三尺荒堆。四围山护绕，几处树高低。谁，曾赋黍离离？

元曲作家中，除卢挚、张养浩、张可久、汤式有一部分怀古之作外，其他作者寥寥。这可能是因为，怀古诗词历来贵含蓄蕴藉，而且抒写的感情偏于沉重，这种传统风格与"豪辣灏烂""尖新倩意"的曲有较大距离。这首【柳营曲】《金陵故址》，无论内容、风格，都与传统怀古诗词有明显区别，从中略可窥见怀古题材的散曲的独特风貌。

开头三句:"临故国,认残碑,伤心六朝如逝水。"紧扣题目,拈出"故国"(指六朝旧都遗址)、"残碑"作为兴感之由。繁华的六代旧都,如今唯余残碑断碣供人辨认凭吊,令人不由得对逝水般消失的六朝产生无限伤怀感怆。这几句大处落墨,挑明怀古之意。由"临"而"认"而"伤心",从访古到怀古到伤古,次第井然。

"物换星移,城是人非,今古一枰棋。""物换星移"语出王勃《滕王阁诗》:"物换星移几度秋。"喻时世景物的变化。"城是人非",语出《搜神后记》,丁令威学道化鹤归故乡辽东,徘徊空中言道:"城郭如旧人民非。"这三句直抒怀古之慨。斗转星移,景物变迁。金陵故址犹存,但人事全非,朝代更迭,早已是"几回伤往事"了。这本是怀古者最易产生的人事沧桑之感。但在不同时代的作者中,它所引出的感慨却很不相同。唐代以六朝为题材的怀古诗,多着眼于其荒淫亡国的历史教训,所谓"万户千门成野草,只缘一曲《后庭花》"(刘禹锡《金陵五题·台城》),宋词如王安石《桂枝香》、周邦彦《西河》亦多承此意。这首小令却由六朝逝水引出"今古一枰(棋盘)棋"的感慨。在他看来,古往今来的这一切历史沧桑,不过像一盘棋局,反复变幻,归根不过一场游戏而已。这种把历史沧桑看成毫无意义的博戏的观点,包含着对历代封建统治的否定意识,是封建社会前期怀古之作中罕见的。

以下两句,以议论的方式进一步敷演这个旨意:"南柯梦一觉初回,北邙坟三尺荒堆。"历史的沧桑变幻就像一场南柯梦,一觉梦醒,方悟一切兴衰成败全属虚幻,到头来忠奸贤愚、贵戚王公,统统逃脱不了北邙山上,荒坟三尺的结局。这种不问成败贤愚,一概否定的态度,散发着深厚的历史虚无主义气息。正如张养浩【山坡羊】《骊山怀古》所慨叹的:"列国周齐秦汉楚,赢,都变作了土;输,都变作了土。"在这些作者意识的深层,正萌发着对封建统治的历史的否定情绪。

"四围山护绕,几处树高低。"两句由议论收归现境,进一步抒写"物换星移,城是人非"之慨。系从刘禹锡《石头城》"山围故国周遭在"与许浑《金陵怀古》"松楸远近千官冢,禾黍高低六代宫"之句分别化出,而化诗之感慨苍凉为曲之明快直截。结尾独出心裁,以冷语作收:"谁,曾赋黍离离?"《黍离》,《诗经·王风》篇名,写周大夫见故国宗庙宫室尽为禾黍,彷徨不忍离去,乃作。黍离之悲,故国之思,原极沉痛,但既然"今古一枰棋",这黍离之悲又有什么必要!正如陈草庵在【山坡羊】《叹世》中所说:

"三国鼎分牛继马，兴，也任他；亡，也任他。"

从凭吊故址开始，到否定黍离之悲结束，这首小令自始至终渗透着一种历史的空幻感、虚无感。朝代的更迭，历史的兴衰在作者心中引不起任何严肃的思考，有的只是冷眼旁观。这种情绪，正反映了封建社会后期一部分士人对封建统治深深的失望。

查德卿

文

祖君彦

为李密檄洛州文〔一〕

自元气肇辟，厥初生人〔二〕，树之帝王，以为司牧〔三〕。是以羲农轩顼之后〔四〕，尧舜禹汤之君，靡不祇畏上玄，爱育黔首〔五〕。乾乾终日〔六〕，翼翼小心。驭朽索而同危〔七〕，履春冰而是惧〔八〕。故一物失所，若纳隍而愧之〔九〕；一夫有罪，遂下车而泣之〔一〇〕。谦德轸于责躬〔一一〕，忧劳切于罪己。普天之下，率土之滨〔一二〕，蟠木距于流沙，瀚海穷于丹穴〔一三〕，莫不鼓腹击壤，凿井耕田〔一四〕，治致升平，驱之仁寿。是以爱之如父母，敬之若神明，用能享国多年，祚延长世。未有暴虐临人，克终天位者也。

隋氏往因周末，预奉缀衣，狐媚而图圣宝，肱箧以取神器〔一五〕。及缵戎负扆，狼虎其心〔一六〕，始暗明两之晖，终干少阳之位〔一七〕。先皇大渐，侍疾禁中，遂为枭獍，便行鸩毒。祸深于莒仆，衅酷于商臣〔一八〕，天地难容，人神嗟愤。州吁安忍，阋伯日寻〔一九〕。剑阁所以怀凶，晋阳所以兴乱〔二〇〕。甸人为馨，淫刑斯逞〔二一〕。夫九族既睦，唐帝阐其钦明〔二二〕；百世本枝，文王表其光大〔二三〕。况复隳坏盘石，剿绝维城，唇亡齿寒，宁止虞虢？〔二四〕欲其长久，其可得乎？其罪一也。

禽兽之行，在于聚麀〔二五〕；人伦之体，别于内外。而兰陵公主，逼幸告终。谁谓鲅首之贤，翻见齐襄之耻〔二六〕。逮于先皇嫔御，并进银环；诸王子女，咸贮金屋〔二七〕。牝鸡鸣于诘旦，雄雉恣其群飞〔二八〕。袒衣戏陈侯之朝，穹庐同冒顿之寝〔二九〕。爵赏之出，女谒遂成〔三〇〕；公卿宣淫，无复纲纪。其罪二也。

平章百姓，一日万机〔三一〕。未晓求衣，昃暑不食〔三二〕。大禹不贵于尺璧，光武不隔于反支〔三三〕。以是忧勤，深虑幽枉。而荒湎于酒，俾昼作夜。式号且呼，甘嗜声伎。常居窟室，每藉糟丘〔三四〕。朝谒罕见其身，群臣希睹其面。断决自此不行，敷奏于是停拥。中山千日之饮，酩酊无名；襄阳三雅之杯，留连讵比〔三五〕。又广召良家，充选宫掖。潜为九市，亲驾四驴；自比商人，见要逆旅。殷辛之谴为小，汉灵之罪更轻〔三六〕。内外惊心，遐迩失望。其罪三也。

上栋下宇，著在《易》爻〔三七〕；茅茨采椽，陈诸史籍〔三八〕。圣人本意，唯避风雨。讵待朱玉之华，宁须绨锦之丽。故琼室崇构，商辛以之灭亡；阿房崛起，二世是以倾覆〔三九〕。而不遵古典，不念前章，广立池台，多营宫观。金铺玉户，青琐丹墀，蔽亏日月，隔阂寒暑。穷生人之筋力，馨天下之资财。使鬼尚难为之，劳人固其不可。其罪四也。

公田所彻，不过十亩；人力所供，才止三日〔四〇〕。是以轻徭薄赋，不夺农时，宁积于人，无藏于府〔四一〕。而科税繁猥，不知纪极；猛火屡烧，漏卮难满。头会箕敛，逆折十年之租〔四二〕；杼轴其空，日损千金之费〔四三〕。父母不保其赤子，夫妻相弃于匡床。万户则城郭空虚，千里则烟火断灭。西蜀王孙之室，翻同原宪之贫；东海糜竺之家，俄成邓通之鬼〔四四〕。其罪五也。

古先哲王，卜征巡狩，唐虞五载，周则一纪〔四五〕。本欲亲问疾苦，观省风谣，乃复广积薪刍，多聚饔饩〔四六〕，年年历览，处处登临。从臣疲弊，供顿辛苦〔四七〕。飘风冻雨，聊窃比于先驱；车辙马迹，遂周行于天下〔四八〕。秦皇之心未已，周穆之意难穷。宴西母而歌云，浮东海而观日〔四九〕。家苦纳秸之勤，人阻来苏之望〔五〇〕。且夫天子有道，守在海外〔五一〕。夷不乱华，在德非险〔五二〕。长城之役，战国所为，乃是狙诈之风，非关稽古之法。而追踪秦代，板筑

279

更兴，袭其基墟，延袤万里[五三]。尸骸蔽野，血流成河。积怨满于山川，号哭动于天地。其罪六也。

辽水之东，朝鲜之地。《禹贡》以为荒服，周王弃而不臣[五四]。示以羁縻，达其声教。苟欲爱人，非求拓土。又强弩末矢，讵能穿于鲁缟；冲风余力，理无动于鸿毛[五五]。石田得而无堪，鸡肋啖而何用[五六]。而恃众怙力，强兵黩武，惟在并吞，不思长策。夫兵犹火也，不戢将自焚[五七]。遂令亿兆夷人，只轮莫返[五八]。夫差丧国，实为黄池之盟[五九]；苻坚灭身，良由寿春之役[六〇]。欲捕鸣蝉于前，不知挟弹在后[六一]。复矢相顾，髽吊成行[六二]。义夫切齿，壮士扼腕。其罪七也。

直言启沃，王臣匪躬[六三]，惟木从绳，若金须砺[六四]。唐尧建鼓，思闻献替之言；夏禹悬鼗，时听箴规之美[六五]。而愎谏违卜，妒贤嫉能，直士正人，皆由屠害。左仆射齐国公高颎，上柱国宋国公贺若弼，或文昌上相，或细柳功臣，暂吐良药之言，翻加属镂之赐[六六]。龙逄无罪，便遭夏癸之诛；王子何辜，滥被商辛之戮[六七]。遂令君子结舌，贤人缄口。指白日而比盛，射苍天而求欺[六八]，不悟国之将亡，不知死之将至。其罪八也。

设官分职，贵在铨衡；察狱问刑，无闻贩鬻。而钱神起论，铜臭为公[六九]。梁冀受黄金之蛇，孟佗荐葡萄之酒[七〇]。遂使彝伦攸斁[七一]，政以贿成，君子在野，小人在位[七二]。积薪居上，同汲黯之言；囊钱不如，伤赵壹之赋[七三]。其罪九也。

宣尼有言：无信不立[七四]。用命赏祖[七五]，义岂食言。自昏主嗣位，每岁行幸，南北巡狩，东西征伐[七六]。至于浩亹陪跸[七七]，东都守固[七八]，阌乡野战[七九]，雁门解围[八〇]。自外征夫，不可胜纪。既立功勋，须酬官爵。而志怀翻覆，言行浮诡，危急则勋赏悬授，克定则丝纶不行[八一]。异商鞅之颁金，同项王之刓印[八二]。芳饵之下，必有悬鱼[八三]。惜其重赏，求人死力，走丸逆坂，匹此非难。凡百骁雄，谁不仇怨。至于匹夫蕞尔，宿诺不亏，既在乘舆，二三其德〔八四〕。其罪十也。

有一于此，未或不亡。况四维不张，三灵总瘁〔八五〕。无小无大，愚夫愚妇，共识殷亡，咸知夏灭。罄南山之竹，书罪无穷；决东海之波，流恶难尽。是以穷奇灾于上国，獬狳暴于中原。三河纵封豕之贪，四海被长蛇之毒〔八六〕。百姓歼亡，殆无遗类，十分为计，才一而已。苍生懔懔，咸忧杞国之崩；赤子嗷嗷，但愁历阳之陷〔八七〕。

且国祚将改，必有常期，六百殷亡之年，三十姬终之世〔八八〕。故谶录云："隋氏三十六年而灭。"此则厌德之象已彰，代终之兆先见〔八九〕。皇天无亲，惟德是辅〔九〇〕。况乃欃枪竟天，申缡谓之除旧；岁星入井，甘公以为义兴〔九一〕。兼朱雀门烧，正阳日蚀，狐鸣鬼哭，川竭山崩，并是宗庙为墟之妖，荆棘旅庭之事〔九二〕。夏氏则灾蕴非多，殷人则咎征更少〔九三〕。牵牛入汉，方知大乱之期；王良策马，始验兵车之会〔九四〕。

今者顺人将革，先天不违〔九五〕，大誓孟津，陈盟景亳。三千列国，八百诸侯，不谋而同辞，不召而自至〔九六〕。轰轰隐隐，如霆如雷，彪虎啸而谷风生，应龙骧而景云起〔九七〕。我魏公聪明神武，齐圣广渊〔九八〕，总七德而在躬，包九功而挺出〔九九〕。周太保魏国公之孙，上柱国蒲山公之子〔一〇〇〕。家传盛德，武王承季历之基；地启元勋，世祖嗣元皇之业〔一〇一〕。笃生白水，日角之相便彰〔一〇二〕；载诞丹陵，天宝之文斯著〔一〇三〕。加以姓符图纬，名协歌谣，六合所以归心，三灵所以改卜〔一〇四〕。文王厄于羑里，赤雀方来〔一〇五〕；高祖隐于砀山，彤云自起〔一〇六〕。兵诛不道，《赤伏》至自长安〔一〇七〕；锋锐难当，黄星出于梁宋〔一〇八〕。九五龙飞之始，大人豹变之初，历试诸难，大敌弥勇〔一〇九〕。上柱国、司徒、东郡公翟让，功宣缔构，翼亮经纶，伊尹之佐成汤，萧何之辅高帝〔一一〇〕。上柱国、总管、齐国公孟让，柱国、历城公孟畅，柱国、绛郡公裴行俨，大将军、左长史邴元真等〔一一一〕，并运筹千里，勇冠三军，击剑则截蛟断鳌，弯弧则吟猿落雁〔一一二〕。韩彭绛灌，成沛公之基；寇贾吴冯，奉萧王之业〔一一三〕。复有蒙轮挟辀之士，拔距投石之夫〔一一四〕，冀马追风，吴戈照日。

魏公属当期运〔一一五〕，伏兹亿兆。躬擐甲胄，跋涉山川，栉风沐雨，岂辞劳倦，遂起西伯之师，将问南巢之罪〔一一六〕。百万成旅，四七为名〔一一七〕。呼吸则河渭绝流，叱咤则嵩华自拔。以此攻城，何城不陷？以此击阵，何阵不摧？譬犹泻沧海而灌残荧，举昆仑而压小卵。鼓行而进，百道俱前，以今月二十一日届于东都。而昏朝文武，留守段达、韦津等，昆吾恶稔，飞廉奸佞，久迷天数，敢拒义兵，驱率丑徒，众有十万，回洛仓北，遂来举斧〔一一八〕。于是熊罴角逐，貔虎争先，因其倒戈之心，乘我破竹之势。曾未旋踵，瓦解冰销。坑卒则长平未多，积甲则熊耳为小〔一一九〕。达等助桀为虐，婴城自固。梯冲乱舞，徒设九拒之谋；鼓角将鸣，空凭百楼之险〔一二〇〕。燕巢卫幕，鱼游宋池〔一二一〕，殄灭之期，匪朝伊暮。

然兴洛、虎牢，国家储积，我已先据，为日久矣。既得回洛，又取黎阳〔一二二〕，天下之仓，尽非隋有。四方起义，万里如云，足食足兵，无前无敌。裴光禄仁基，雄才上将，受脤专征，遐迩攸凭，安危是托。乃识机知变，迁虞事夏〔一二三〕。袁谦擒自蓝水，张须陀获在荥阳，窦庆战殁于淮南，郭询授首于河北〔一二四〕，隋之亡候，断可知也。

清河公房彦藻，近秉戎律，略地东南，师之所临，风行电击。安陆、汝南，随机荡定；淮安、济阳，俄然送款〔一二五〕。徐圆朗已平鲁郡，孟海公又破济阴，于是海内英雄，咸来响应。封民瞻取平原之境，郝孝德据黎阳之仓，李士雄虎视于长平，王德仁鹰扬于上党，滑郡公李景、考功郎中房山基发自临榆，刘兴祖起于北朔，崔白驹自颍川起，方献伯以谯郡来，各拥数万之兵，俱期牧野之会〔一二六〕。沧溟之右，函谷以东，牛酒献千军前，壶浆盈于道路〔一二七〕。

诸君等并衣冠世胄，杞梓良材〔一二八〕，神鼎灵绎之秋，裂地封侯之始〔一二九〕，豹变鹊起，今也其时；鼍鸣鳖应〔一三〇〕，见机而作。宜各鸠率子弟，共建功名。耿弇之赴光武，萧何之奉高帝〔一三一〕，岂止金章紫绶，华盖朱轮，富贵以重当年，忠贞以传奕叶〔一三二〕，岂不盛哉！

若隋代官人，同吠尧之犬〔一三三〕，尚荷王莽之恩，仍怀蒯聩之禄〔一三四〕。审配死于袁氏，不如张郃归曹〔一三五〕；范增困于项王，未若陈平从汉〔一三六〕。魏公推以赤心，当加好爵。择木而处，令不自疑。脱猛虎犹豫，舟中敌国〔一三七〕，风沙之人，共缚其主；彭宠之仆，自杀其君〔一三八〕，高官上赏，即以相授。如暗于成事，守迷不反，昆山纵火，玉石俱焚〔一三九〕，尔等噬脐，悔将何及！〔一四〇〕黄河带地，明令旦旦之言〔一四一〕；皎日丽天，知我勤勤之志〔一四二〕。布告海内，咸使闻知。

注 释

〔一〕李密（582—618）：字玄邃，本辽东襄平（今辽宁辽阳）人，后徙为京兆长安（今陕西西安）人。隋上柱国、蒲山郡公李宽之子。后起兵反隋，投奔瓦岗军，被推为全军之主，自立为魏公。洛州：即隋河南郡，今称洛阳，炀帝建为东都。大业十三年（617）李密命记室祖君彦写此檄文，暴露炀帝十罪，向隋朝地方文武劝降。此檄全文载于《旧唐书·李密传》。又载《文苑英华》卷六四六。

〔二〕"自元气"二句：古人以为，天地未分之前是一团混一之气，名之为元气。元气分裂，轻清者上浮为天，重浊者下沉为地，中间生人。清马骕《绎史》卷一引《五运历年记》："元气蒙鸿，萌芽兹始，遂分天地，肇立乾坤，启阴感阳，分布元气，乃孕中和，是为人也。"

〔三〕"树之"二句：树，立。司牧，管理，统治。《左传·襄公十四年》："天生民而立之君，使司牧之。"

〔四〕羲农轩顼：即伏羲、神农、轩辕（黄帝）、颛顼。后：君。

〔五〕祇（zhī）畏：敬畏。上玄：上苍，上天。黔首：庶民，统谓

283

百姓。

〔六〕乾乾：自强不息。《易·乾》："君子终日乾乾。"

〔七〕驭朽索：《尚书·五子之歌》："予临兆民，若朽索之驭六马，为人上者，奈何不敬？"以已腐朽的绳索驾马，表示十分危险。

〔八〕履春冰：《诗·小雅·小旻》："战战兢兢，如临深渊，如履薄冰。"比喻应该处处小心。

〔九〕纳隍：隍，没有水的护城濠。张衡《东京赋》："人或不得其所，若己纳之于隍。"言如同自己推他们到沟中。

〔一〇〕下车而泣：《说苑·君道》："禹出，见罪人，下车问而泣之。"盖自叹德薄不能教化人民，使民犯罪，故哭之也。

〔一一〕轸：痛。

〔一二〕"普天"二句：《诗·小雅·北山》："溥天之下，莫非王土；率土之滨，莫非王臣。"

〔一三〕"蟠木"二句：蟠木，古代传说中的山名。流沙，古指我国西北的沙漠地区。《大戴礼记·五帝德》："（高阳）乘龙而至四海，北至于幽陵，南至于交趾，西济于流沙，东至于蟠木。"瀚海，北海。丹穴，南方极远处地名。两句指东西南北四境之内。

〔一四〕"莫不鼓腹"二句：《庄子·马蹄》："含哺而熙（嬉），鼓腹而游。"言上古之民饱食无事之乐。明王圻《三才图会·人事十卷》："《释名》曰：'击壤，野老之戏也。'盖击块壤之具，因以为戏也。"后来以木为之，其形如履，则恐非古时原始之制。王充《论衡·感虚》："尧时，五十之民击壤于涂。观者曰：'大哉，尧之德也。'击壤者曰：'吾日出而作，日入而息，凿井而饮，耕田而食，尧何等力？'"两句谓百姓安居无忧。

〔一五〕"隋氏"四句：北周宣帝大象二年，宣帝病重，隋国公杨坚用手段谋得"辅政"，从而在次年于年仅九岁的静帝手里夺取了政权，建立了隋朝。缀衣，典出《尚书·顾命》。周成王病重，以子钊托于召公奭等大臣。诸臣受顾命既毕，"出缀衣于庭"，即将成王的冕服置于王庭，以供群臣朝拜。预奉缀衣，即参预供奉缀衣之事，言领受顾命。狐媚，指杨坚长女为周宣帝皇后。胠箧，窃贼开箱取物，语出《庄子·胠箧》。圣宝、神器，均指皇位。

〔一六〕"及缵戎"二句：缵，继承。戎，你。语出《诗·大雅·烝民》"缵戎祖考"。负，背负。扆，户牖间画有斧纹的屏风。周天子朝诸侯，背扆南面而立，称为负扆。此指即位。这两句指隋炀帝效法其父以阴谋夺取帝位。

〔一七〕曀：暗。明两：《易·离》："《象》曰：明两作，离。"言《离》卦上下均为"离"，"离为日"，是"明"之象。"两作"，是继续明照。君主是"日"，太子是第二个"日"，少阳，即指太子，今使阴暗之，是有侵犯之象。干，即指侵犯。这两句说杨广终于夺取了其兄杨勇的太子地位。

〔一八〕先皇：指隋文帝。大渐：病危。枭：传说为食母之鸟。獍：传说是食父之兽。鸩毒：鸩鸟的羽有毒。这几句是说炀帝趁视父之疾的机会毒杀父亲，其罪深于莒国之世子仆与楚国之世子商臣。《左传·文公十八年》载莒纪公之名仆，杀父自立。又文公元年，楚世子商臣杀其父成王自立。

〔一九〕州吁安忍：州吁，卫庄公庶子，庄公死后，杀嫡兄桓公自立，后为卫人所杀，见《左传·隐公四年》。安忍，习于残忍。阏伯事见《左传·昭公元年》。郑子产说昔高辛氏有二子，长曰阏伯，少曰实沈，二子不和，"日寻干戈，以相征讨"。这两句借用典以说炀帝兄弟间之争。

〔二〇〕剑阁怀凶：隋文帝第四子杨秀，封蜀王。在太子杨勇被废，杨广为太子后，意甚不平，终于被杨广陷害，废为庶人。晋阳兴乱：晋阳，今山西太原。隋文帝第五子汉王杨谅，为并州（治太原）总管。太子被废，谅常不乐，及蜀王又废，愈不自安，文帝死后遂起兵反。炀帝遣杨素兵围太原，谅请降，废为庶人。见《隋书·文四子传》。

〔二一〕甸人：《礼记·文王世子》："公族其有死罪，则磬于甸人。"甸人即《周礼·天官》之甸师："王之同姓有罪，则死刑焉。"罄，同"磬"，缢杀。这两句说炀帝对兄弟之亲滥加杀戮。

〔二二〕"夫九族"二句：唐帝，即唐尧。《尚书·尧典》说尧"克明俊德，以亲九族"。钦明，亦《尧典》中语，郑玄释"敬事节用谓之钦"；明，明察。

〔二三〕百世本枝：《诗·大雅·文王》："文王孙子，本支百世。"本，王室之本宗。枝，同"支"，支族。

〔二四〕盘石、维城：皆指宗室之亲以卫护国家。《汉书·文帝纪》："高帝王子弟，地犬牙相制，所谓盘石之宗也。"盘石，亦作"磐石"。《诗·大雅·板》："怀德维宁，宗子维城。无俾城坏，无独斯畏。"唇亡齿寒：《左传·僖公五年》："晋侯复假道于虞以伐虢。宫之奇谏曰：'虢，虞之表也，虢亡，虞必从之。……谚所谓辅车相依，唇亡齿寒者，其虞虢之谓也。'"

此四句总谓隋炀帝毁废同宗杨秀、杨谅等。

〔二五〕聚麀（yōu）：《礼记·曲礼上》：“夫唯禽兽无礼，故父子聚麀。”麀是雌鹿。父子共偶一只雌鹿，喻指乱伦行为。此指炀帝奸占隋文帝的宣华夫人陈氏与容华夫人蔡氏。

〔二六〕兰陵公主：隋文帝第五女，炀帝之妹，嫁柳述。文帝死后，述贬岭南。炀帝令公主与述离异，将改嫁之，公主以死自誓。《隋书·列女传》无“逼幸”之事，疑出于当时传闻。戫（kē）首：《汉书·古今人表》作“戫手”，帝舜之妹，列为上等人物。齐襄之耻：鲁桓公之夫人文姜，为齐襄公之妹，二人通奸。见《左传·桓公十八年》。兰陵公主有贤名，故以戫首相比，而以齐襄公之丑行比拟炀帝。

〔二七〕银环：古代宫中女子被君王召去侍寝时，要在手上戴一个银环为验证。这里指炀帝强使文帝妃嫔侍寝。金屋：《汉武故事》：“（胶东王）数岁，长公主嫖抱置膝上，问曰：‘儿欲得妇不？’胶东王曰：‘欲得妇。’长公主……指其女问曰：‘阿娇好不？’于是乃笑对曰：‘好！若得阿娇作妇，当作金屋贮之。’”此言炀帝霸占他的堂姊妹。

〔二八〕“牝鸡”二句：《尚书·牧誓》：“古人有言曰：‘牝鸡无晨。牝鸡之晨，惟家之索。’今商王受，惟妇言是用。”雄雉：《诗经》篇名，诗序说是刺卫宣公淫乱不问国事的。此二句指炀帝的败政。

〔二九〕“袥衣”二句：《左传·宣公九年》：“陈宁公与孔宁、仪行父通于夏姬，皆衷其袥服以戏于朝。”说是三人与夏姬通奸，都把夏姬的汗衫贴身穿着，在朝廷上开玩笑。穹庐，匈奴所居的毡帐。冒顿（mò dú），秦末汉初的匈奴单于。寝，寝帐。《史记·匈奴列传》：“其俗……父死，妻其后母；兄弟死，皆取其妻妻之。”这里几句总指炀帝荒淫。

〔三〇〕女谒：通过宫廷得宠的女子进行干求请托。

〔三一〕平章百姓：出《尚书·尧典》。平，分辨。章，彰明。百姓，百官族姓。言天子应辨别百官善恶。一日万机：《尚书·皋陶谟》：“一日二日万几。”几，同“机”。此言情况每天千变万化。

〔三二〕未晓求衣：“邹阳《上书吴王》说汉文帝“据关入立，寒心销志，不明求衣”，言未明而起。昃晷不食：《尚书·无逸》周公说文王“自朝至于日中昃，不遑暇食”。

〔三三〕尺璧：《淮南子·原道训》：“故圣人不贵尺之璧而重寸之阴，时难得而易失也。”反支：古代阴阳家按阴阳五行配合岁月日时推算出的凶日称为反支，如戌亥朔，一日反支；申酉朔，二日反支，以此类推。东汉王符《潜夫论·爱日》说汉明帝时每逢反支日，官府不接受民众上书。明帝以为这样做会剥夺了百姓的权利，下令官府接受申诉，不避反支，这里的光武，应为明帝。

〔三四〕槽丘：酒糟堆成小山。《论衡·语增》："纣为长夜之饮，槽丘酒池，沉湎于酒，不舍昼夜。"

〔三五〕中山千日之饮：中山人狄希能造千日酒，饮后醉千日。刘玄石好饮酒，求饮一杯，醉眠千日。见张华《博物志》卷五、干宝《搜神记》卷十九。三雅：雅，酒爵。曹丕《典论·酒诲》："荆州牧刘表，跨有南土，子弟骄贵，并好酒，为三爵，大曰伯雅，次曰仲雅，小曰季雅。伯雅受七胜（升，下同），仲雅受六胜，季雅受五胜。"按刘表为荆州牧，镇襄阳。

〔三六〕九市：《汉书·东方朔传》："夫殷作九市之宫，而诸侯畔。"注引应劭曰："纣于宫中设九市。"四驴：《后汉书·五行志一》："灵帝于宫中西园驾四白驴，躬自操辔，驱驰周旋，以为大乐。……迟钝之畜，而今贵之，天意若曰国且大乱，贤愚倒植，凡执政者，皆如驴也。"又云："灵帝数游戏于西园中，令后宫采女为客舍主人，身为商贾服，行至舍，众女下酒食，因共饮食，以为戏乐。"这几句说，纣王与汉灵帝，比之隋炀帝，其罪为轻。

〔三七〕"上栋"二句：《易·系辞下》："上古穴居而野处，后世圣人易之以宫室，上栋下宇，以待风雨。"爻是构成《易》卦的基本符号，"－"是阳爻，"——"是阴爻。这里"《易》爻"即指《易》。

〔三八〕"茅茨"二句：《韩非子·五蠹》："尧之王天下也，茅茨不剪，采椽不斫。"《史记·李斯列传》用其语。《汉书·艺文志》："茅屋采椽，是以贵俭。"采椽，采来的木头即以为椽，不加斫削，以示朴素。

〔三九〕"故琼室"四句：《竹书纪年》："（殷帝辛）九年，王师伐有苏，获妲己以归。作琼室，立玉门。"阿房，秦始皇所筑宫殿名。

〔四〇〕"公田"四句：《孟子·滕文公上》："周人百亩而彻。"周法什一而税谓之彻。如耕公田百亩，抽十亩的税。《礼记·王制》："用民之力，岁不过三日。"

〔四一〕"宁积"二句：《隋书·食货志》载开皇十二年隋文帝诏曰："既富而教，方知廉耻。宁积于人，无藏府库。"

〔四二〕"头会"二句：《隋书·炀帝纪》："奸吏侵渔，内外虚竭，头会箕敛，人不聊生。"又："东西游幸，靡有定居，每以供费不给，逆收数年之赋。"头会，每家按人数出稻谷，用畚箕收集。逆折，提前征收。

〔四三〕杼轴其空：《诗·小雅·大东》："小东大东，杼轴其空。"本言谭国（在东方）大夫苦于周王室搜刮劳役之无厌，东方诸小国织机皆空。布帛之征如此，粟米之征可知。杼，织梭。轴，卷经线的轴。以上统言隋炀帝因享乐所需，残酷地剥削人民。

〔四四〕西蜀王孙：指卓王孙。本是西汉时蜀中富豪，见《史记·司马相如列传》。原宪：字子思，孔子弟子，居穷巷，敝衣冠，见《史记·仲尼弟子列传》。糜竺：字子仲，东海朐（今江苏连云港市）人。祖上世代为商贾，家有僮客万人，资产巨亿。邓通：蜀郡南安（今四川乐山）人。受汉文帝宠幸，赐铜山，得自铸钱，景帝立，尽没其家产，竟至饿死。

〔四五〕卜征巡狩：《左传·襄公十三年》："先王卜征五年，而岁习其祥，祥习则行，不习则增，修德而改卜。"意思是为了巡狩要连续占卜五年，每年都是吉兆就出动。《周礼·秋官·大行人》："十有二岁王巡守。"一纪：十二年。

〔四六〕薪刍：柴和马草。饔饩：生肉和活的牲口。

〔四七〕供顿：供应食宿及行旅所需之物。

〔四八〕飘风冻雨：暴风暴雨。《九歌·大司命》："令飘风兮先驱，使冻雨兮洒尘。"车辙马迹：《左传·昭公十二年》：楚子革对楚灵王曰："昔（周）穆王欲肆（放纵）其心，周行天下，将皆必有车辙马迹焉。"

〔四九〕"秦皇"四句：《穆天子传》："天子觞西王母于瑶池之上，王母为谣曰：'白云在天，丘陵自出。道路悠远，山川间之。'"《太平御览》卷四引《三齐略记》："秦始皇作石桥于海上，欲过海看日出处。"

〔五〇〕纳秸：《尚书·禹贡》："五百里甸服。百里赋纳总，二百里纳铚，三百里纳秸服，四百里粟，五百里米。"是说国都以外的五百里中，离国都一百里的要缴纳连秆的禾，二百里的缴纳禾穗，三百里的缴纳谷粒，四百里的缴纳糙米，五百里的缴纳精米。这里以"纳秸"包括其他，统指赋税之重。来苏：《书·仲虺之诰》："后来其苏。"说君王（指商汤）来了我们就能死里求生。此二句说家家苦于纳税之勤，人人绝了活命之望。

〔五一〕"且夫天子"二句：《左传·昭公二十三年》："古者，天子守在四夷。"晋江统《徙戎论》："天子有道，守在四夷。"说是天子有德，能和柔四方夷族以保卫中国。海外，即指四夷。

〔五二〕"夷不"二句：《左传·定公十年》："裔不谋夏，夷不乱华。"言边远不能图谋中原，东夷不能搅乱华人。《史记·吴起列传》："（魏）武侯浮西河而下，中流，顾而谓吴起曰：'美哉乎山河之固，此魏国之宝也。'起对曰：'在德不在险。若君不修德，舟中之人尽为敌国也。'"

〔五三〕"而追踪"四句：谓炀帝效法秦始皇修筑长城。《隋书·炀帝纪》：大业三年七月，"发丁男百余万筑长城，西距榆林，东至紫河，一旬而罢，死者十五六"。四年七月，"发丁男二十余万筑长城，自榆林谷而东"。

〔五四〕荒服：《尚书·禹贡》以帝王都城为中心，往外扩展，分天下为五服，有甸服、侯服、绥服、要服、荒服，每一服五百里，荒服最边远。弃而不臣：《史记·宋微子世家》："于是武王乃封箕子于朝鲜而不臣也。"谓不以臣下之礼相待。

〔五五〕"又强弩"四句：《史记·韩长孺列传》："且强弩之极，矢不能穿鲁缟；冲风之末，力不能漂鸿毛。非初不劲，末力衰也。"鲁缟，白绢，鲁国所产的最薄。冲风，疾风。

〔五六〕石田：多石之田，不可耕种。《左传·哀公十一年》："得志于齐，犹获石田也，无所用之。"鸡肋：《三国志·魏志·武帝纪》裴松之注引司马彪《九州春秋》："时王（曹操）欲还，出令曰'鸡肋'，官属不知所谓。主簿杨修便自严装（收拾行李整齐），人惊问修：'何以知之？'修曰：'夫鸡肋，弃之如可惜，食之无所得，以比汉中（时曹操兵驻汉中），知王欲还也。'"

〔五七〕"夫兵犹"二句：见《左传·隐公四年》。

〔五八〕亿兆夷人：语见《尚书·泰誓》。夷人，平民。只轮莫返：《公羊传·僖公三十三年》："而晋人与姜戎要之殽而击之（秦），匹马只轮无反者。"此句犹言全军覆没。

〔五九〕"夫差"二句：鲁哀公十三年（前482），吴王夫差与晋定公、鲁哀公等于黄池（今河南封丘西南）会盟，越王勾践乘虚袭吴，于哀公二十二年灭吴。

〔六〇〕"符坚"二句：秦、晋淝水之战，符坚据寿阳（今安徽寿县），秦兵逼淝水列阵，晋兵不得渡，谢玄遣使劝符融麾兵稍退，使晋兵得渡，以决胜负。坚等从之，秦兵一退不可复止，遂至大败。符坚后为姚苌所杀。

〔六一〕"欲捕"二句：《说苑·正谏》："园中有树，其上有蝉，蝉高居悲鸣饮露，不知螳螂在其后也。螳螂委身曲附欲取蝉，而不知黄雀在其旁也。"

〔六二〕"复矢"二句：《礼记·檀弓上》："邾娄复之以矢。"又："鲁妇人之髽而吊也。"复，招死者之魂。招魂应用死者衣服，今用矢招，表死者之众。髽（zhuā），用麻和头发合打成的发髻，是古代妇人的丧髻。髽吊成行，言吊丧者多。

〔六三〕"直言"二句：《尚书·说命上》："启乃心，沃朕心。"言开启你心，浇灌我心。《易·蹇》："王臣蹇蹇，匪躬之故。"言王之臣仆尽职勤劳，不为自己一身。

〔六四〕"惟木"二句：《尚书·说命上》："惟木从通则正。"又："若金用汝作砺。"绳，木匠取直用的墨斗线。砺，磨刀石。此两句说君主作事须接受臣下谏诤纠正。

〔六五〕"唐尧"四句：《淮南子·主术训》："尧置敢谏之鼓。"献替，"献可替否"的省略，语出《左传·昭公二十年》。献，进言指出。替，去除。《鬻子》："禹之治天下也，以五声听，门悬钟、鼓、铎、磬而置鼗，以得四海之士。"鼗，长柄的摇鼓，俗称拨浪鼓。

〔六六〕高颎（jiǒng）：隋文帝时拜尚书左仆射、左领军大将军，甚见信用，后被谗，除名为民。炀帝即位，拜为太常。时帝好声色，颎又与人言近来朝廷殊无纲纪。有人奏之，以为谤讪朝政，于是下诏诛杀，诸子徙边。贺若弼：以高颎推荐，献取陈十策，有功，加位上柱国，进爵宋国公。每以宰相自许，意仍不平，形于言色，竟除名为民。后以私议朝政得失，为人所奏，因此受诛。二人《隋书》并有传。文昌上相：斗魁六星曰文昌宫，其中一星曰贵相，象征宰相，见《史记·天官书》。此借指高颎。细柳功臣：西汉周亚夫，驻军细柳营，此借指贺若弼。良药：谓良药苦口利于病，见《韩非子·外储说左上》。属镂（zhǔ lòu）：剑名。《左传·哀公十一年》，伍子胥谏吴王伐齐，夫差不听，使赐之属镂以死。

〔六七〕龙逄（páng）：夏桀之贤臣。王子：即比干，殷纣之叔父。《庄子·人间世》："昔者桀杀关龙逄，纣杀王子比干。"夏桀名履癸，故又称夏癸，殷纣名辛。

〔六八〕"指白日"二句：《新序·刺奢》：桀作瑶台，为酒池、糟堤，纵靡靡之乐。伊尹举觞而告桀曰："君王不听臣之言，亡无日矣！"桀拍然而作，哑然而笑曰："子何妖言！吾有天下，如天之有日也。日有亡乎？日亡吾亦亡矣。"《史记·殷本纪》："帝武乙无道，为革囊，盛血，抑而射之，命曰'射天'。"

〔六九〕钱神：《晋书·鲁褒传》："元康（西晋惠帝年号）之后，纲纪大坏，褒伤时之贪鄙，乃隐姓名，而著《钱神论》以刺之。"铜臭：讥讽以钱买官者。《后汉书·崔寔传》：崔烈入钱五百万，得为司徒。问其子钧曰："吾居三公，于议者何如？"钧曰："论者嫌其铜臭。"

〔七〇〕"梁冀"句：梁冀为汉顺帝皇后之兄，在朝专权二十余年。《后汉书·种暠传》载，永昌太守冶铸黄金为文蛇以献梁冀。"孟佗"句：《后汉书·张让传》注引《三辅决录》注："孟佗以葡萄酒一斗遗张让，即拜佗为凉州刺史。"张让，汉灵帝时宦官。

〔七一〕彝化攸斁（dù）：常理因此破坏。语出《书·洪范》。

〔七二〕君子在野，小人在位：语出《诗·小雅·隰桑》序。

〔七三〕"积薪"四句：《史记·汲黯列传》载黯见汉武帝曰："陛下用群臣，如积薪耳，后来者居上。"赵壹《刺世疾邪赋》："文籍虽满腹，不如一囊钱。"

〔七四〕宣尼：即孔子。汉平帝追谥孔子曰褒成宣尼公。"民无信不立"，见《论语·颜渊》。

〔七五〕赏祖：古代天子亲征，将高祖以上神主载于齐（斋）车以行（参见《礼记·曾子问》），有功受赏即在神主前行赏。

〔七六〕独夫：见《尚书·泰誓下》。原指商纣，此处指隋炀帝。孔安国传："言独夫，失君道也。"南北巡狩：炀帝累岁巡幸，南则江都宫，北则晋阳宫、汾阳宫、临渝宫，远至河西走廊。东西征伐：三次东侵高丽，西攻吐谷浑。

〔七七〕浩亹（gé mén）陪跸：浩亹，水名，一名大通河，东南流经青海甘肃边境，入于湟水。跸，古代帝王出行时清除道路，以止行人，也指帝王车驾经行之处。陪跸，侍从皇帝。隋炀帝大业五年（609）五月，在浩亹河上建桥，分配诸军四面围困吐谷浑。

〔七八〕东都守固：大业九年，炀帝二次征高丽。六月，礼部尚书杨玄感反于黎阳，进逼东都洛阳。

〔七九〕阌（wén）乡野战：阌乡，今河南灵宝。炀帝自杨玄感反后从高丽撤兵，派宇文述、屈突通等驰回以讨玄感。八月，破杨玄感于阌乡，斩之。

〔八〇〕雁门解围：大业十一年八月，突厥始毕可汗率骑兵数十万谋袭，炀帝奔至雁门，突厥围城，九月始解围而去。

〔八一〕"危急"二句：言危急时宣称将要给予立功者升官，打了胜仗、事态平定后又不实现。丝纶，皇帝说的话。《礼记·缁衣》："王言如丝，其出如纶；王言如纶，其出如綍。"丝，蚕丝。纶，较粗的丝线，如钓丝。綍，大索。

〔八二〕异商鞅之颁金：商鞅定变法之令，恐怕民间不相信，遂立三丈之木于都城闹市的南门，有能将木搬到北门者赏以重金。众人奇怪，都不敢动，有一人搬了，果然得金。同项王之刓印：《史记·郦生陆贾传》说项羽"为人刻印，刓而不能授"。刓印，把印的角磨圆。

〔八三〕"芳饵"二句：《淮南子·说山训》："钓鱼者务在芳其饵……芳其饵所以诱而利之也。"言以香饵钓鱼，必大有所获。

〔八四〕蕞（zuì）尔：渺小。乘舆：皇帝的车驾，代指皇帝。二三其德：语出《诗·卫风·氓》，犹言三心二意。这两句说，小人物尚且答应了的事不违背，做皇帝的竟说了不算。

〔八五〕四维不张：《管子·牧民》："何谓四维？一曰礼，二曰义，三曰廉，四曰耻。"又："四维不张，国乃灭亡。"三灵总瘁：班固《典引》："答三灵之蕃祉。"李善注："三灵，天、地、人也。"瘁，困病。

〔八六〕穷奇、猰㺄、封豕、长蛇：都是古代神话传说中的怪兽异物，有些能食人，具见《山海经》。此以比喻残暴之人横行全国。

〔八七〕杞国之崩：《列子·天瑞》："杞国有人，忧天地崩坠。"历阳之陷：《淮南子·俶真训》："历阳之都，一夕反而为湖，勇力圣知与罢怯不肖者同命。"《太平御览》卷六六引，"反"作"化"，"勇力"句作"勇力圣智与不肖者同命，无遗脱也"，较清楚。历阳，今安徽和县。

〔八八〕"六百"二句：《左传·宣公三年》："桀有昏德，鼎迁于商，载祀六百。"又"成王定鼎于郏鄏，卜世三十，卜年七百，天所命也。"姬，周天子之姓。

〔八九〕厌德：厌，厌弃。《左传·隐公十一年》："天而既厌周德矣。"与"代终"均指隋朝气数已尽。

〔九〇〕"皇天"二句：见《左传·僖公五年》引《周书》语。意思是说：上天没有私亲，只对有德的人才加以辅助。

〔九一〕欃枪（chán chēng）：彗星。竟天：横贯天空。"申繻"句：《左传·昭公十七年》："冬，有星孛于大辰（彗星在大火星旁边出现），西及汉

（银河）。申须曰：'彗所以除旧布新也。'"盖彗为扫帚，所以去尘，故云"除旧布新"。申须：鲁大夫。作者误为申繻（xū）。申繻亦鲁大夫，在《左传》中最早见于桓公六年（前706），而申须见于昭公十七年（前525），二人相距一百八十年，显非同一人，盖因须、繻二字同音致误。岁星：木星。井：井宿。甘公：名德，战国至秦汉间占星家。《汉书·天文志》："汉元年十月，五星聚于东井，从岁星也。此高皇帝受命之符也。故客谓张耳曰：'东井，秦地，汉王入秦，五星从岁星聚，当以义取天下。'"

〔九二〕"兼朱雀门烧"六句：自"朱雀门烧"至"川竭山崩"，皆关灾异之事，史书或无记载，或虽有而不详不合，难以指实，要是当时传言如此。古人迷信，往往以自然附会人事，读者意会可也。

〔九三〕夏氏：指桀。殷人：指纣。

〔九四〕牵牛入汉：牵牛，星名。汉，银河。《史记·天官书》"牵牛为牺牲"正义："牵牛为牺牲，亦为关梁。……移入汉中，天下乃乱。"王良策马：《史记·天官书》："汉中四星曰天驷，旁一星曰王良。王良策马，车骑满野。"为战乱之象。王良：古之善驭马者，又为星名。

〔九五〕顺人将革：谓顺乎人心，将行革命。与《易·革·象》之"汤武革命，顺乎天而应乎人，革之时大矣哉"的意思相同。先天不违：《易·乾·文言》："先天而天弗违。"谓先于天象（自然界尚未出现变化时）而行动，天不违背他。

〔九六〕"大誓孟津"六句：《史记·周本纪》："武王东观兵，至于盟津（即孟津）。……是时，诸侯不期而会盟津者八百诸侯。"孟津，黄河渡口，在今河南孟津县东。陈盟景亳，《史记·殷本纪》正义："宋州（今河南商丘）北五十里大蒙城为景亳，汤所盟地，因景山为名。"《周书·殷祝》："汤放桀而复薄（即亳），三千诸侯大会。""不谋而同辞"二句，见《尚书·泰誓》孔颖达《正义》引汉马融《书序》："八百诸侯，不召自来，不期同时，不谋同辞。"此六句比喻当时群雄联合反隋。

〔九七〕"彪虎"二句：《淮南子·天文训》："虎啸而谷风至，龙举而景云属。"谷风，东风。景云，彩云，古人以为祥瑞。

〔九八〕魏公：李密自立为魏公。齐圣广渊：《尚书·冏命》："昔在文、武，聪明齐圣。"又《微子之命》："乃祖成汤，克齐圣广渊。"宋蔡沈《书集传》："齐，肃也。齐则无不敬，圣则无不通，广言其大，渊言其深也。"

〔九九〕七德：《左传·宣公十二年》："夫武，禁暴、戢兵、保大、定

293

功、安民、和众、丰财者也。"故曰"武有七德"。九功:《尚书·大禹谟》:"九功惟叙。"谓"水火金木土谷"六事皆人民生活需要,"正德、利用、厚生"三事为治民要务,总称九功。

〔一〇〇〕李密曾祖父李弼,在北周历任太保,终除太师,进封赵国公,卒后追封魏国公。祖父李曜,北周太保,封魏国公。父李宽,自周入隋,位上柱国,封蒲山郡公,皆知名当代。

〔一〇一〕季历:周武王祖父。世祖:汉光武帝刘秀。元皇:即汉元帝,光武尊元帝为父。此四句说李密承父祖之业。

〔一〇二〕"笃生"二句:《诗·大雅·大明》:"笃生武王。"笃,语助词,见清马瑞辰《毛诗传笺通释》卷二四。白水,南阳郡蔡阳县乡名,在今湖北枣阳附近。汉光武生于此。《后汉书·光武纪》谓其相有日角,即额骨中央部分隆起,为帝王之相。

〔一〇三〕"载诞"二句:载,语助词。诞,生。《帝王世纪》:"帝尧陶唐氏,母庆都,孕十四月而生尧于丹陵。"马骕《绎史》卷九引《帝尧碑》:"赤龙负图出,庆都读之云:'赤受天运。'其下图人,衣赤衣。……题曰:'赤帝起成天下宝。'其后生尧,状如图上人,故曰'天宝之文'。"

〔一〇四〕"加以姓符"四句:图纬,附会经义以占验术为主要内容的书。《隋书·五行志》:"大业中,童谣曰:'桃李子,鸿鹄绕阳山,宛转花木里。莫浪语,谁道许?'"其后李密因从杨玄感谋反,为吏所拘,在路上逃亡,潜结群雄,自阳城山出,袭破洛口仓,后又屯兵苑内。"桃李子"者,逃李子也。"花木里"者,苑内也。"莫浪语"者,密也。六合,天地东南西北,即指天下。三灵改卜,语见陆机《汉高祖功臣颂》。三灵,天、地、人。改卜,另择有德者为君。

〔一〇五〕"文王"二句:《史记·周本纪》:"帝纣乃囚西伯(文王)于羑(yǒu)里(故址在今河南汤阴北)。"《墨子·非攻下》:"赤鸟衔珪,降周之岐社,曰:'天命周文王伐殷有国。'"

〔一〇六〕"高祖"二句:"(高祖)隐于芒、砀山泽岩石之间。吕后与人俱求,常得之。高祖怪问之,吕后曰:'季(高祖字)所居上常有云气,故从往常得季。'"

〔一〇七〕"兵诛"二句:《后汉书·光武纪》:"光武先在长安时,同舍生强华,自关中奉赤伏符曰:'刘秀发兵捕不道,四夷云集龙斗野,四七之际火为主。'"光武于是乃即皇帝位。

〔一〇八〕"锋锐"二句：《三国志·魏书·武帝纪》："初，桓帝时有黄星见于楚、宋之分，辽东殷馗善天文，言后五十岁当有真人起于梁、沛之间，其锋不可当。至是凡五十年，而公破（袁）绍，天下莫敌矣。"沛，春秋战国时属宋，故云"出于梁宋"。

〔一〇九〕"九五"四句：《易·乾·九五》："飞龙在天。"又《革·九五》："大人虎变。"又《革·上六》："君子豹变。"李密先随杨玄感，继投翟让，故云"豹变"。历试诸难，语出《尚书·舜典》，指尧将禅位给舜时先使他多次经受考验。大敌弥勇，《后汉书·光武纪》："刘将军（指光武）平生见小敌怯，今见大敌勇，甚可怪也。"

〔一一〇〕翟（zhái）让：东郡韦城（今河南滑县东南）人，组织瓦岗（今河南滑县南）农民起义，发展至万余人，李密往投之。次年，翟让推李密为主，号魏公。密以翟让为上柱国、司徒、东郡公。缔构：指发展起义军。翼亮：辅助。经纶：整理丝缕，引申为处理国家大事。伊尹：商初大臣，助汤灭桀。萧何：秦末佐刘邦起义，高祖称帝后任丞相。此处以伊尹、萧何比拟翟让。

〔一一一〕孟让：本起义于长白山（今山东邹平南，章丘和淄博市之间），后发展到河南，归属李密。孟畅：不详。裴行俨：河东人，裴仁基子，骁勇善战，密以为绛郡公。邴元真：出身微贱，后降王世充。

〔一一二〕截蛟：楚人次非渡江，有两蛟夹绕其船，次非赴江刺蛟，杀之而复上船。见《吕氏春秋·知分》。断鳌：《淮南子·览冥训》："于是女娲炼五色石以补苍天，断鳌足以立四极。"吟猿：《淮南子·说山训》："楚王有白猿，使养由基射之，始调弓矫矢，未发而猿拥柱号矣。"落雁：《战国策·楚策四》："雁从东方来，更羸（人名）以虚发而下之。"

〔一一三〕韩彭绛灌：韩信、彭越、绛侯周勃、灌婴，皆辅佐刘邦以成帝业的人。刘邦初起义时自号沛公。寇贾吴冯：寇恂、贾复、吴汉、冯异，皆辅佐刘秀以成帝业的人。刘秀初从更始帝时，封为萧王。

〔一一四〕蒙轮：《左传·襄公十年》："狄虒（sī）弥建大车之轮，而蒙之以甲，以为橹。……孟献子曰：'《诗》所谓有力如虎者也。'"以皮制之甲蒙大车之轮，以为盾，显示其力大。挟辀（zhōu）：挟起车杠。《左传·隐公十一年》："公孙阏（è）与颍考叔争车，颍考叔挟辀以走。"拔距投石：古代练习武功的活动，拔距即跳远、跳高。《汉书·甘延寿传》："投石拔距，绝于等伦。"这里都用来形容李密麾下将士的勇猛。

295

〔一一五〕属当期运：谓气数正盛。

〔一一六〕西伯之师：周文王在商为西伯。武王伐纣，以车载文王木主，言奉文王以伐，不敢自专。南巢：在今安徽巢湖市。《尚书·仲虺之诰》："成汤放桀于南巢。"此以桀、纣比喻隋炀帝。

〔一一七〕四七：《赤伏符》云："四七之际火为主。"四七，二十八也。自汉高祖至光武初起，合二百二十八年。一说刘秀起兵时二十八岁。这里指李密名应谶语。

〔一一八〕留守段达、韦津等：《隋书·炀帝纪》载大业十二年七月，炀帝"幸江都宫，以越王侗、光禄大夫段达、太府卿元文都、检校民部尚书韦津、右武卫将军皇甫无逸、右司郎卢楚等，总留后事"。大业十三年四月，李密复据回洛仓，大修营垒以逼东都，隋将段达等出兵七万拒之，战于故都，官军败走。昆吾：夏的同盟部落，在今河南许昌东。商汤伐桀，先伐昆吾。恶稔：谓恶迹成熟，即恶贯满盈之意。《左传·昭公十八年》："周毛得杀毛伯过而代之。苌弘曰：'毛得必亡，是昆吾稔之日也。'"飞廉：纣之佞臣。举斧：以螳螂为喻。晋郭璞《螳螂赞》："螳螂飞虫，挥斧奋臂。"即螳臂挡车之意。

〔一一九〕"坑卒"句：《史记·赵世家》："秦人围赵括，赵括以军降，卒四十余万皆坑之。""积甲"句：《后汉书·刘盆子传》："樊崇乃将盆子及丞相徐宣以下三十余人肉袒降，上所得传国玺绶，更始七尺宝剑及玉璧各一，积兵甲宜阳（今属河南）城西，与熊耳山齐。"熊耳：山名，在今河南省西部，以两峰状若熊耳得名。

〔一二〇〕"梯冲"四句：梯冲，云梯和冲车，古代攻城器具。九拒，《墨子·公输》："公输盘九设攻城之机变，子墨子九距之。"距通"拒"。鼓角将鸣，即鼓和号角将鸣于地中，指义军掘地道攻城。楼，楼橹，守城的哨楼。《后汉书·公孙瓒传》："袁氏（绍）之攻，状若鬼神，梯冲舞吾城上，鼓角鸣于地中。"

〔一二一〕燕巢卫幕：《左传·襄公二十九年》载，卫国的执政大臣孙林父获罪于君，在其食邑戚地闲居。吴公子季札经过，听见钟声，说道：这个人获罪于君，"犹燕之巢于幕上"，不害怕，还听音乐！遂不止宿而去。鱼游宋池：《吕氏春秋·必己》："宋桓司马有宝珠，抵罪出亡。王使人问珠之所在，曰投之池中。于是竭池而求之，无得，鱼死焉。"

〔一二二〕兴洛仓：故址在今河南巩县，一名洛口仓。虎牢关：在今河南荥阳县汜水镇西。大业十三年李密攻下兴洛仓，隋将裴仁基以虎牢关降密。回洛仓：故址在河南洛阳隋故城西。黎阳仓：故址在今河南浚县西南。发布此檄文时，黎阳仓尚未攻破。

〔一二三〕裴仁基：字德本，河东（郡名，又县名，治所在今山西永济县蒲州镇）人，在隋任光禄大夫。李密据洛口仓，炀帝以仁基为河南道讨捕大使，据虎牢以拒密。后受监军御史所抑制，乃以其众归密，封上柱国、河东郡公。受脤（shèn）：《左传·闵公二年》：“帅师者，受命于庙，受脤于社。”古代出兵祭社，祭毕，以社肉颁赐诸人，谓之受脤。社肉盛以蜃形的漆器，故曰脤。《周礼·地官》有掌蜃。专征：古代帝王授予诸侯、将帅掌握军队的特权，不待天子之命，得专征伐。迁虞事夏：语出于《尚书大传》，系说禹受舜禅让的事。这里指裴仁基弃隋而从李密。

〔一二四〕袁谦：不详。张须陁：隋荥阳通守，与李密战，密以伏兵邀击于林木间，须陁军败战死。窦庆：隋左武卫大将军窦荣定少子，大业末，出为南郡太守。《隋书》称其“为盗贼所害”，见《窦荣定传》。淮南：隋郡名，治所在寿春。郭询：大业十二年为涿郡（治所在今北京城西南）通守，将兵讨高士达义军，被窦建德袭杀。

〔一二五〕房彦藻：李密大将。《资治通鉴》卷一八三：“密遣房彦藻将兵东略地，取安陆、汝南、淮安、济阳。河南郡县，多陷于密。”安陆：隋郡，今属湖北。汝南：隋郡，今属河南。淮安：隋郡，治所在今河南泌阳县。济阳：隋县名，治所在今河南兰考东北、山东曹县西南，属济阴郡（郡治今山东曹县）。

〔一二六〕鲁郡：即兖州，大业二年改为鲁郡。徐圆朗：兖州人，隋末据本郡起事，分兵略地，自琅邪以西，北至东平尽有之。孟海公：济阴人，大业九年三月起兵，众至数万。封民瞻：事迹无考。平原：隋郡，治所在德州（今属山东）。郝孝德：大业九年三月起义于平原。十三年九月，李密与郝孝德共袭破黎阳仓。李士雄：大业十三年二月，李密称魏公，于是群雄响应，投归李密者有长平（郡名，治所在今山西晋城）李士雄等。王德仁：亦响应李密而投归的群雄之一，以大业十年十一月聚众数万起义于林虑山（在河南林县西），隋时属上党郡，治所在山西长治。李景：大业九年六月，杨玄感反于黎阳，时炀帝复侵高丽，闻讯班师，高丽追兵大至，李景击走之，进爵滑国公。后虎贲郎将罗艺与景有隙，诬景将反，炀帝不信。后为义军所杀。《隋书》有传。檄中此句当系据传闻而言。房山基：事迹不详。临榆：

即临榆关，今河北秦皇岛市东山海关。刘兴祖：事迹不详。北朝：泛指北方。崔白驹：事迹亦不详。颍川：今河南许昌。方献伯：《隋书》作房宪伯，大业十三年四月攻陷汝阴（隋郡，治今安徽阜阳）。谯郡：治今安徽亳州市。以两地相近，传闻或略有参差。牧野之会：《史记·周本纪》记周武王伐纣，"诸侯兵会者车四千乘，陈师牧野"。牧野，商纣都城朝歌南郊。

〔一二七〕沧溟：大海。右：西面。函谷：关名，在今河南灵宝东北。牛酒：古时用来赏赐、慰劳的物品。壶浆：壶里盛的浓汁饮料。《孟子·梁惠王下》："箪食（sì）壶浆，以迎王师。"意为百姓欢迎所爱戴的军队。

〔一二八〕衣冠世胄：《晋书·石季龙载记》："雍、秦二州望族，自东徙以来，遂在戍役之例。既衣冠华胄，宜蒙优免。"衣冠，代指世族、士绅。世胄，显贵者的后代。杞梓：杞和梓，两种优质木材，比喻优秀人才。《晋书·陆机陆云传评》："观夫陆机、陆云，实荆衡之杞梓。"

〔一二九〕神鼎灵绎：原作"神歇灵绎"，出扬雄《剧秦美新》。谓神停歇灵验之旧绪，不复降福祐祥瑞于秦。此两句说：现在旧朝将亡，新朝将兴，争取建功立业，以博封侯之赏，正在开始。

〔一三〇〕鹊起：鹊由低处凌风而起，喻乘时崛起之意。鼍鸣鳖应：《后汉书·张衡传》载衡所作《应问》曰："当此之会，乃鼍鸣而鳖应也。"李贤注："喻君臣相感也。"焦赣《易林》曰："鼍鸣岐野，鳖应于泉也。"

〔一三一〕耿弇：汉光武的佐命功臣，居云台二十八将之前列。萧何：汉高祖开国元勋，序次功臣，萧何第一。

〔一三二〕金章紫绶：大官的标志。汉朝相国、丞相皆金印紫绶。华盖朱轮：古代贵官所乘之车有华盖，用朱红漆轮。此两句统指贵族高官的服用。传奕叶：一代接一代传下去。

〔一三三〕吠尧之犬：邹阳《狱中上书自明》："桀之狗可使吠尧。"《战国策·齐策六》："跖之狗吠尧，非贵跖而贱尧也。狗固吠非其主也。"这里称隋官吏为桀犬，即有各为其主之意。

〔一三四〕王莽：借指隋文帝。蒯聩：春秋时卫灵公太子，出奔宋。灵公死，卫人立蒯聩之子名辄者为出公。十三年后，蒯聩逐走出公自立，为卫庄公。这里借指隋炀帝。

〔一三五〕审配：袁绍谋士。绍死，为绍子袁尚守邺城拒曹操，城破不降，被杀。张郃：袁绍部将，多立战功。官渡之战，袁绍兵败，郃降曹操。

〔一三六〕范增：项羽谋士，尝劝项羽于鸿门宴上杀刘邦，项羽不应。

后项羽轻信陈平所设离间计，疑范增与汉有私，范增大怒辞归，半路疽发背而死。陈平：本为项羽都尉，后弃羽归汉，数为汉出奇计，后为丞相。

〔一三七〕猛虎犹豫：《史记·淮阴侯列传》："猛虎之犹豫，不若蜂虿之致螫。"言对事应及早决断。舟中敌国：《史记·吴起列传》："若君不修德，舟中之人尽为敌国也。"言内部也会发生问题。

〔一三八〕凤沙之人：《淮南子·道应训》："宿沙之民，皆自攻其君而归神农。"高诱注："伏羲、神农之间，有共工、宿沙，霸天下者也。"宿沙，《帝王世纪》作"凤沙"，同。彭宠：《后汉书》有传。宠先归汉光武，自负其功，意望甚高，光武接之不能满，心怀不平。后发兵反，自立为燕王，不久为家奴所杀。

〔一三九〕"昆山"二句：《尚书·胤征》："火炎昆冈，玉石俱焚。"

〔一四〇〕噬脐：《左传·庄公六年》："若不早图，后君噬齐。"杜预注："若啮腹齐，喻不可及。"齐通"脐"。

〔一四一〕"黄河"二句：《史记·高祖功臣侯年表》："封爵之誓曰：'使河如带，泰山若厉，国以永宁，爰及苗裔。'"言黄河何时小如衣带那样，泰山何时小如磨刀石那样，封国乃绝。指黄河、泰山为誓，表示山河永固，子子孙孙传世无穷。旦旦，诚恳貌。《诗·卫风·氓》："信誓旦旦。"

〔一四二〕"皦日"二句：《诗·王风·大车》："谓予不信，有如皦日。"指白日为誓，勤勤，殷勤。

中国古代农民起义次数之多、规模之大、影响之巨，都远超世界其他各国。但农民起义军声讨封建地主阶级暴虐腐朽统治的革命文献，完整保存下来的却为数极少。这篇由出身文学世家的落拓才人祖君彦为隋末农民起义军著名领袖李密代撰的声讨隋炀帝的檄文，以宏大的规模、磅礴的气势、谨严的结构，痛快淋漓地揭示了炀帝的滔天罪行，展现了以李密为首的义军阵营强大的声威和必胜的趋势，不仅是一篇具有很高历史价值的文献，而且是一篇内容宏富，风格雄放，具有文学价值的骈文。

这篇檄文，写于李密领导的农民起义军（瓦岗军）声威日益壮大，挥师攻打隋王朝东都洛阳的关键时刻。大业十三年（617），李密连破兴洛、回洛、黎阳等仓，立为魏王，山东、河北一带义军纷纷归附，众至数十万。四月下旬，作者为李密写了这篇声讨罪恶、宣扬声威、敦促归降的檄文。其中，揭露声讨炀帝罪恶，是文章的主体，也是后两项内容的基础与前提。宣扬义军声威及必胜趋势，则又是敦促隋军将士归降的关键。促降，则是全篇的归宿与根本目的。这三项内容，正是环环相扣，具有内在因果关系和逻辑联系的。从这个基本框架，可以看出文章整体构思的清晰与严密。

文章的声讨炀帝罪恶部分，包括前面十三个小段，约占全文篇幅的三分之二，可见它在文中所占的重要地位。开头一小段，从远古时代帝王的产生谈到君主的根本职责和最高道德是"爱育黔首"。只有"爱之如父母，敬之若神明"，才能"治致升平"，国运长久。这是全篇立论的基础和思想核心。以下历数炀帝罪恶，宣扬李密"顺人将革"，劝谕隋将"见机而作"，都或显或隐地与此关联。正是在这个根本点上，文章鲜明地体现了农民起义军与广大百姓的命运血肉相关，成为全文中最具光彩的核心内容。这一段的最后两句，从反面强调暴虐临民者绝不可能"终天位"，自然引渡到对炀帝罪行的揭露声讨，承接无迹。

第二到十一小段，历数炀帝十大罪状：窃国篡位、荒淫乱伦、荒废政事、大建宫观、赋税苛重、淫游无度、穷兵黩武、拒谏戮忠、卖官鬻爵、勋赏无信。十款之中，第一款涉及整个隋代政权及炀帝统治本身的不合法性，在封建社会中是头等重要的法统问题。第二款涉及根本的人伦道德，足见炀帝之无父无君。第三款则是炀帝完全放弃君主"司牧"职责的表现。以上三款，在古人眼里，都带有根本性质，故冠于前列。四、五、六、七各款，则主要从对内（人民）、对外的关系上，揭露炀帝如何因穷奢极欲、骄侈无度而加剧了对人民的诛求剥削，造成了人民的深重灾难和隋代政权的危机，显示了炀帝的"民贼"面目。这些实际上是隋朝灭亡最根本的原因。八、九、十三款，主要是从炀帝处理统治集团内部关系上的种种倒行逆施，以及所导致的"君子结舌，贤人缄口"，"彝伦攸斁，政以贿成"，"凡百骁雄，谁不仇怨"的严重恶果，揭示统治集团的分崩离析和炀帝的"独夫"面目。从十罪的先后次序中，正可略见作者的精心安排。

十二、十三小段，总结上文而加发挥，一述亡理，一述亡征。十罪居一，犹未或不亡，何况十罪俱全？是以"愚夫愚妇，共识殷亡"。古往今来，暴君昏主层出不穷，但像炀帝这样，集昏、暴、淫、侈、骄、顽、愎为一体的典型，却属罕见。作者在历数其十恶不赦之罪的基础上，用"罄南山之竹，书罪无穷；决东海之波，流恶难尽"这样充满义愤、极富气势的句子，对炀帝的罪行作了出色的渲染，遂使此成为千古流传的声讨暴君的警句。述亡征一段，虽多谶纬迷信之事，但在古代农民起义史上，它往往是起义农民号召推翻反动统治的舆论手段。

文章中宣扬义军声威的部分，包括十四至十七四个小段。这部分的开头一段，先刻意渲染李密领导的义军顺乎民心、应乎天意，得到各路义军云集响应的情景。然后回叙李密"聪明神武"家世才德，都足以成为取隋而代之的杰出领袖。接着再铺叙其文臣武将，人才济济，勾画出一幅兴旺昌盛的义军阵营图景。次段乃转述义军李密挥师攻打东都，隋军胆敢抗拒，必遭殄灭。三段指出义军连下兴洛诸仓，足食足兵，无前无敌，隋军大将望风而降。四段更描绘出"海内英雄，咸来响应"的大好形势，和人民拥护义军，"牛酒献于军前，壶浆盈于道路"的动人情景，充分显示出"顺人将革"的战争必胜的趋势。如果说，上一部分声讨罪行，是义愤填膺，这一部分则神采飞扬，充满信心。

文章的晓谕隋将归降部分，包括十八、十九两小段。号召他们认清形势，见机而作，鸠集子弟，共建功业。如果"暗于成事，守迷不反"，必将玉石俱焚。从正反两个方面告诫他们趋利避害。这是文章的结穴。

作为一篇檄文，本篇的知名度可能不如三十多年后骆宾王为李敬业起草的那篇讨伐武则天的檄文，艺术上也确实不像后者那样简劲锋利，富于文采。但从内容看，祖文显然优于骆文。这并不单纯由于本篇是农民起义军声讨暴君的檄文，骆文则是统治集团内部斗争的产物，而是主要由于二者在事理的切实充足方面显然有别。骆氏所列武后罪状，诸如"地实寒微""狐媚惑主"，即在当时亦属比较陈腐的观点，更无论"弑君鸩母"一类纯属传闻乃至虚构的所谓罪名了。因此这种声讨，虽气盛而辞断，却未必理足而事切，缺乏政治上的充分说服力。而本篇列举的炀帝十大罪状，则条条确凿，有大量铁案如山的事实作证。即令列为最后一条罪状的"危急则勋赏悬授，克定则丝纶不行"，也都言之有据，确为炀帝众叛亲离的一个重要原因。因此这篇檄文才能真正做到事昭理辨，义正辞严，具有强大的号召力。同时，由于炀帝一身集中了历史上暴君的所有恶德恶行，因而这十大罪状便具有更广泛的典型意义。从这份典型的暴君罪行录中可以看出反动封建统治的腐朽性和农民起义的正义性。

这篇檄文，具有磅礴的气势。除了"理足"这一根本因素外，充分发挥骈文的优长，也是一个重要原因。骈文大量运用排偶句式，本易流于堆垛平板。本篇则借一气直下的骈偶句式，造成雄放恣肆的气势。如形容起义军的声势："百万成旅，四七为名。呼吸则河渭绝流，叱咤则嵩华自拔。以此攻

祖君彦

301

城，何城不陷？以此击阵，何阵不摧？譬犹泻沧海而灌残荧，举昆仑而压小卵。"由于在排偶中糅合了夸张、比喻手法，更显得气势磅礴，一泻千里。像"罄南山之竹，书罪无穷；决东海之波，流恶难尽"这种警句，同样是将骈偶句法与高度夸张结合的范例。作者还将排偶扩展到段落的排比上。十大罪状，连贯而下，势如破竹，大大增加了文章的力度。

　　骈文的特征之一是大量用典，走向极端也往往使文章流于堆砌晦涩。本文虽也运用了不少典故，但多为人们较为熟悉的事典，而且切合所要说明的事理。加以藉气势驱使故典，读来并不感到晦涩堆垛，而是较一般骈文来得疏宕明快，像"公田"一段、"有一于此"一段、"魏公"一段，尤为明显。

　　骈文的语言由于用典使事和炼饰追琢，往往华美典雅有余，而骨力不足。本文的语言则吸收与发挥了骈文注意锤炼的优长，而在一定程度上变典雅为通俗，使它更切合实用，发挥宣传号召的力量。像"爱之如父母，敬之若神明"，"穷生人之筋力，罄天下之资财。使鬼尚难为之，劳人固其不可"，"父母不保其赤子，夫妻相弃于匡床。万户则城郭空虚，千里则烟火断灭"，"尸骸蔽野，血流成河。积怨满于山川，号哭动于天地"，"四方起义，万里如云，足食足兵，无前无敌"，"沧溟之右，函谷以东，牛酒献于军前，壶浆盈于道路"等句，除了句式对偶外，几乎是通俗的口语。这种语言风格，是对骈文过分典雅华丽的传统语言风格的一种改进。要之，这篇骈文，在一定程度上变骈文的柔弱乏骨为富于气势，变骈文的堆垛晦涩为疏宕明快，变骈文的典雅华丽为通俗朴素，是在实践中扬骈文之长、弃骈文之短的一篇佳作。

魏　徵

十渐不克终疏

　　臣观自古帝王受图定鼎〔一〕，皆欲传之万代，贻厥孙谋〔二〕。故其垂拱岩廊，布政天下，其语道也，必先淳朴而抑浮华；其论人也，必贵忠良而鄙邪佞；言制度也，则绝奢靡而崇俭约；谈物产也，则重谷帛而贱珍奇。然受命之初，皆遵之以成治；稍安之后，多反之而败俗。其故何哉？岂不以居万乘之尊，有四海之富，出言而莫己逆，所为而人必从，公道溺于私情，礼节亏于嗜欲故也！语曰："非知之难，行之惟难；非行之难，终之斯难。"所言信矣。

　　伏惟陛下年甫弱冠，大拯横流，削平区宇，肇开帝业。贞观之初，时方克壮，抑损嗜欲，躬行节俭，内外康宁，遂臻至治。论功则汤、武不足方，语德则尧、舜未为远。臣自擢居左右，十有余年，每侍帷幄，屡奉明旨。常许仁义之道守之而不失，俭约之志终始而不渝。一言兴邦，斯之谓也。德音在耳，敢忘之乎？而顷年已来，稍乖曩志。敦朴之理，渐不克终。谨以所闻列之如左：

　　陛下贞观之初，无为无欲，清静之化，远被遐荒。考之于今，其风渐坠。听言则远超于上圣，论事则未逾于中主。何以言之？汉文、晋武俱非上哲，汉文辞千里之马〔三〕，晋武焚雉头之裘〔四〕。今则求骏马于万里，市珍奇于域外，取怪于道路，见轻于戎狄，此其渐不克终一也。

　　昔子贡问理人于孔子，孔子曰："懔乎若朽索之驭六马。"子贡曰："何其畏哉？"子曰："不以道导之，则吾仇也，若何其无畏？"故《书》曰："民惟邦本，本固邦宁。为人上者，奈何不敬？"陛下贞观之始，视人如伤，恤其勤劳，爱民犹子。每存简约，无所营为。顷年已来，意在奢纵，忽忘卑俭，轻用人力，乃云百姓无事则骄逸，劳役则易使。自古已来，未有百姓逸乐而致倾败者也，何有逆畏其骄逸而故欲劳役者哉！恐非兴邦之至言，岂安人之长算？此其渐不克终二也。

陛下贞观之初，损己以利物。至于今日，纵欲以劳人。卑俭之迹岁改，骄侈之情日异。虽忧人之言不绝于口，而乐身之事实切于心。或时欲有所营，虑人致谏，乃云若不为此不便我身。人臣之情，何可复争？此直意在杜谏者之口，岂曰择善而行者乎？此其渐不克终三也。

立身成败，在于所染，兰芷鲍鱼，与之俱化。慎乎所习，不可不思。陛下贞观之初，砥砺名节，不私于物，唯善是与。亲爱君子，疏斥小人。今则不然，轻亵小人，礼重君子。重君子也，敬而远之；轻小人也，狎而近之。近之则不见其非，远之则莫知其是。莫知其是，则不间而自疏；不见其非，则有时而自昵。昵近小人，非致理之道；疏远君子，岂兴邦之义？此其渐不克终四也。

《书》曰："不作无益害有益，功乃成；不贵异物贱用物，人乃足。犬马非其土性不畜，珍禽奇兽弗育于国。"陛下贞观之初，动遵尧、舜，捐金抵璧，反朴还淳。顷年已来，好尚奇异。难得之货无远不臻，珍玩之作无时能止。上好奢靡而望下敦朴，未之有也。末作滋兴而求丰实，其不可得亦已明矣。此其渐不克终五也。

贞观之初，求贤如渴。善人所举，信而任之。取其所长，恒恐不及。近岁已来，由心好恶。或众善举而用之，或一人毁而弃之；或积年任而用之，或一朝疑而远之。夫行有素履，事有成迹。所毁之人，未必可信于所举，积年之行，不应顿失于一朝。君子之怀，蹈仁义而弘大德；小人之性，好谗佞以为身谋。陛下不审察其根源，而轻为之臧否，是使守道者日疏，干求者日进。所以人思苟免，莫能尽力。此其渐不克终六也。

陛下初登大位，高居深视，事惟清静，心无嗜欲。内除毕弋之物，外绝畋猎之源。数载之后，不能固志，虽无十旬之逸〔五〕，或过三驱之礼〔六〕。遂使盘游之娱见讥于百姓，鹰犬之贡远及于四夷。或时教习之处，道路遥远，侵晨而出，入夜方还。以驰骋为欢，莫虑不虞之变。事之不测，其可救乎？此其渐不克终七也。

孔子曰："君使臣以礼，臣事君以忠。"然则君之待臣，义不可薄。陛下初践大位，敬以接下。君恩下流，臣情上达，咸思竭力，心无所隐。顷年已来，多所忽略。或外官充使，奏事入朝，思睹阙庭，将陈所见，欲言则颜色不接，欲请又恩礼不加。间因所短，诘其细过，虽有聪辩之略，莫能申其忠款。而望上下同心，君臣交泰，不亦难乎？此其渐不克终八也。

傲不可长，欲不可纵，乐不可极，志不可满。四者前王所以致福，通贤以为深诫。陛下贞观之初，孜孜不怠。屈己从人，恒若不足。顷年已来，微有矜放。恃功业之大，意蔑前王；负圣智之明，心轻当代。此傲之长也。欲有所为，皆取遂意，纵或抑情从谏，终是不能忘怀。此欲之纵也。志在嬉游，情无厌倦，虽未全妨政事，不复专心治道。此乐将极也。率土乂安，四夷款服，仍远劳士马，问罪遐裔。此志将满也。亲狎者阿旨而不肯言，疏远者畏威而莫敢谏，积而不已，将亏圣德。此其渐不克终九也。

昔陶唐、成汤之时，非无灾患，而称其圣德者，以其有始有终，无为无欲，遇灾则极其忧勤，时安则不骄不逸故也。贞观之初，频年霜早，畿内户口，并就关外，携负老幼，来往数年，曾无一户逃亡，一人怨苦。此诚由识陛下矜育之怀，所以至死无携贰。顷年已来，疲于徭役，关中之人，劳弊尤甚。杂匠之徒，下日悉留和雇〔七〕；正兵之辈，上番多别驱使〔八〕。和市之物〔九〕，不绝于乡间，递送之夫，相继于道路。既有所弊，易为惊扰。脱因水旱，谷麦不收，恐百姓之心，不能如前日之宁帖。此其渐不克终十也。

臣闻祸福无门，唯人所召。人无衅焉，妖不妄作。伏惟陛下统天御宇，十有三年，道洽寰中，威加海外。年谷丰稔，礼教聿兴，比屋逾于可封，菽粟同于水火。暨乎今岁，天灾流行。炎气致旱，乃远被于郡国；凶丑作孽，忽近起于毂下〔一〇〕。夫天何言哉？垂象示诫。斯诚陛下惊惧之辰，忧勤之日也。若见诚而惧，择善而从，同周文之小心，追殷汤之罪己，前王所以致理者勤而行之，今时所以败德者思而改之，与物更新，易人视听，则宝祚无疆，普天幸甚。何祸败之有乎？然则社稷安危，国家理乱，在于一人而已。当今太平之基，既崇极天之峻；九仞之积，犹亏一篑之功。千载休期，时难再得。明主可为而不为，微臣所以郁结而长叹者也。臣诚愚鄙，不达事机，略举所见十条，辄以上闻圣听。伏愿陛下采臣狂瞽之言，参以刍荛之议，冀千虑一得，裨职有补，则死日生年，甘从斧钺。

注释

〔一〕受图定鼎：指即帝位。

〔二〕贻厥孙谋：遗留给子孙。语出《诗·大雅·文王有声》。

〔三〕"汉文"句：汉文帝时，有人献千里马，帝还马，并给他路费。

〔四〕"晋武"句：晋武帝时，太医司马程据献雉头裘，帝以奇技异服典礼所禁，焚之于殿前。

〔五〕十旬之逸：夏代太康盘游无度，曾畋猎十旬不返。

〔六〕三驱之礼：《易·比·九五》："王用三驱。"孔疏："三驱之礼，先儒皆云三度驱禽而射之也。三度则已。"

〔七〕和雇：官府出钱雇用劳力。

〔八〕上番：轮替执勤。

〔九〕和市：官府向百姓议价购买货物。

〔一〇〕"凶丑"二句：指贞观十三年（639）突厥突利可汗之弟结社率犯行宫之事。

本篇是作者于贞观十三年（639）上唐太宗的奏疏。

一代英主唐太宗李世民经过贞观初的励精图治、去奢从俭，经济、政治、文化得到迅速发展，国家繁荣昌盛，他的帝王事业接近巅峰，而骄侈之心也逐渐滋长。在这关键时刻，魏徵这位经历过隋末农民大起义风暴，亲眼看到以节俭著称的隋文帝苦心经营的帝业和富庶的隋朝，如何在骄侈淫佚的炀帝统治下迅速覆灭的"良臣"，写了这篇著名的奏疏，对太宗在"成治"以后滋长起来的"奢纵"趋向表现出特殊的敏感和深切的忧虑。《贞观政要》卷十载："贞观十三年，魏徵恐太宗不能克终俭约，近岁颇好奢纵，上疏谏。疏奏，太宗谓徵曰：'人臣事主，顺旨甚易，忤情尤难。公作朕耳目股肱，常论思献纳。朕今闻过能改，庶几克终善事。若违此言，更何颜与公相见？复欲何方以理天下？自得公疏，反复研寻，深觉词强理直。遂列为屏障，朝夕瞻仰；又录付史司，冀千载之下，识君臣之义。'乃赐徵黄金十斤，厩马二匹。"从唐太宗的恳切态度与行动中，可以看出这篇奏疏对他的强烈震动。作为一篇批评帝王的文章，能产生如此强烈的政治效果，主要在于批评的切直和表述的准确、得体。

　　开头两小段，是全文的纲领和引子。先提出帝王长治久安之道，在于崇俭贵贤，然后指出"受命之初，皆遵之以成治；稍安之后，多反之而败俗"的普遍现象及其原因。"居万乘之尊"六句，紧扣帝王唯我独尊的特殊身份地位立论，将封建统治者不能慎终如始的原因分析得非常透辟，这也正是唐太宗这种既属英主，又有常人嗜欲的皇帝不免滋长骄侈心的根本原因。这一小段可以说是从历史经验中总结出了帝王慎终如始的困难与极端重要性。第二小段在充分肯定了太宗即位前后的辉煌业绩以后，便转笔揭出题旨，指出其近年来"敦朴之理，渐不克终"的现象。

　　三至十二段，是文章的主体部分，用鲜明的对比，将"贞观之初"与"顷年已来"太宗的政治举措及生活俭奢情况加以论列，揭示了十个不能善始善终的方面：一、搜求珍奇，清静寡欲之心渐不克终；二、轻用民力，爱民卑俭之心渐不克终；三、纵欲拒谏，损己利物之心渐不克终；四、疏贤昵佞，慎习与善之心渐不克终；五、好尚奢靡，敦重淳朴之心渐不克终；六、疑弃贤人，求贤若渴之心渐不克终；七、盘游畋猎，清静无欲之心渐不克终；八、对下骄慢，敬礼臣下之心渐不克终；九、骄傲自满，谦虚谨慎之心渐不克终；十、劳弊百姓，忧勤矜育之心渐不克终。这"十不克终"，概而言之，无非是"骄侈劳民，远贤拒谏"八个字。这正是像李世民这样的英主在事业上获得卓越成就后，因帝王的特殊身份而极易滋长的毛病，也是对唐王朝长治久安的极大威胁。作者条分缕析，不惮其烦地从各个不同的侧面加以申述，正是要给滋长了这种危险的毛病而不自觉的唐太宗以反复切直的警诫，使其闻而警醒惕惧。可以说，这十条完全切中唐太宗政治上向反面演变的要害。作者在列举"十不克终"时，并不停留在表面现象上，而是把这些表现和国家治乱的普遍规律，以及它们产生的原因、造成的严重后果联系起来论述，强调"民为邦本"的道理和"傲不可长，欲不可纵，乐不可极，志不可满"这一"前王所以致福"的经验，指出上述现象如何导致了"守道者日疏，干求者日进"和百姓"疲于徭役""劳弊尤甚"等严重后果。这样的分析，才能使对方"见诚而惧"，闻过而改，达到批评的目的。

最后一段，希望太宗采纳他的谏言。

作者的批评，既直率尖锐，又极有分寸，切合对象实际。文中对太宗的许多批评，不但直言不讳，毫不假借，而且往往直揭其言与心、言与行的矛盾，深入其内心隐秘。如批评其"虽忧人之言不绝于口，而乐身之事实切于心"，"听言则远超于上圣，论事则未逾于中主"，"恃功业之大，意蔑前王"，甚至把太宗为自己轻用民力而辩护的歪理（"百姓无事则骄逸，劳役则易使"）也和盘托出，直截了当地加以指斥，锋芒尖锐，鞭辟入里，足使太宗感到脸红。但这些批评本身又正说明太宗的骄侈与轻用民力，不同于炀帝的骄侈与滥用民力，这是一种在知与行、理智与欲望的矛盾下产生的骄侈行为，带有某种不自觉的特点，而不是昏主暴君不顾一切后果的一意孤行。又如"渐不克终四"对李世民对待君子与小人态度的批评，一开始只指出他"轻亵小人，礼重君子"。这一轻一重，似乎并不错。但从内心深处说，这时的太宗并不喜欢君子，也不厌恶小人。因此对前者是"狎而近之"，对后者却是"敬而远之"。这就必然导出"不见其非""莫知其是"的结果。通过严密的推理与层层深入的分析，将这一轻一重提到"非致理（治）之道""兴邦之义"的高度，批评不可谓不切直尖锐，但"轻亵小人，礼重君子"这种现象本身又说明太宗在理智上完全明白孰轻孰重，表面行动上也能做到。这就与昏暴之主本性跟小人一致者有明显区别，因此这种批评又是完全切合实际的。可见真正有效的批评，乃是实事求是的批评，人们往往只注意魏徵"直谏"的一面，而忽略了其谏诤之所以成功的原因。当然，这跟太宗本身的诸多主观条件也是分不开的。

这篇奏疏，虽大量运用骈偶句法，但又时参散句。偶句本身也脱去六朝骈文专门在辞藻、典故、声律上下功夫的旧习，用平易朴素、明白晓畅的语言说理，真正做到辞达而理治，具有一种朴质明畅的美感。诚如近人高步瀛所评："词旨剀切，气势雄骏，与六朝骈文俪黄妃白者迥然殊途。陆宣公献纳之文即出于此，后来欧、苏奏议皆用其体，应用之文以此为宜。"（《唐宋文举要》）

魏
徵

李 善

上文选注表

臣善言：窃以道光九野〔一〕，缛景纬以照临〔二〕；德载八埏〔三〕，丽山川以错峙。垂象之文斯著〔四〕，含章之义聿宣〔五〕。协人灵以取则，基化成而自远。

故羲绳之前，飞葛天之浩唱〔六〕；娲簧之后，挨丛云之奥词〔七〕。步骤分途，星躔殊建〔八〕；球钟愈畅〔九〕，舞咏方滋。楚国词人，御兰芬于绝代；汉朝才子，综鎏悦于遥年〔一〇〕。虚玄流正始之音，气质驰建安之体。长离北度〔一一〕，腾雅咏于圭阴〔一二〕。化龙东骛〔一三〕，煽风流于江左。

爰逮有梁，宏材弥劭。昭明太子，业膺守器〔一四〕，誉贞问寝〔一五〕。居肃成而讲艺〔一六〕，开博望以招贤〔一七〕。搴中叶之词林〔一八〕，酌前修之笔海。周巡绵峤〔一九〕，品盈尺之珍；楚望长澜，搜径寸之宝〔二〇〕。故撰斯一集，名曰《文选》。后进英髦，咸资准的〔二一〕。

伏惟陛下，经纬成德，文思垂风〔二二〕。则大居尊，耀三辰之珠璧〔二三〕；希声应物〔二四〕，宣六代之云英〔二五〕。孰可撮壤崇山，导涓宗海？

臣蓬衡蕞品〔二六〕，樗散陋姿〔二七〕。汾河委策，夙非成诵〔二八〕；嵩山坠简，未议澄心〔二九〕。握玩斯文，载移凉燠。有欣永日，实昧通津。故勉十舍之劳〔三〇〕，寄三余之暇。弋钓书部，愿言注缉，合成六十卷。杀青甫就，轻用上闻。享帚自珍，缄石知谬。敢有尘于广内〔三一〕，庶无遗于小说〔三二〕。谨诣阙奉进，伏愿鸿慈，曲垂照览。谨言。显庆三年九月日上表。

〔一〕九野：九天。《吕氏春秋·有始》："天有九野：中央曰钧天，东方曰苍天，东北曰变天，北方曰玄天，西北曰幽天，西方曰颢天，西南曰朱天，南方曰炎天，东南曰阳天。"

〔二〕景纬：指日和星。《文选》王元长《三月三日曲水诗序》："揆景纬以裁基。"李善注："景，日也。纬，星也。"

〔三〕八埏（yán）：地的八方边际。

〔四〕垂象之文：指天的文采。《易·系辞下》："天垂象。"

〔五〕含章：蕴含美质于内。《易·坤·六三》："含章可贞。"《易》以坤卦代表地。义，通"仪"。

〔六〕羲绳：伏羲以前结绳而治，伏羲以后始造书契。葛天之浩唱：《吕氏春秋·古乐》："昔葛天氏之乐，三人操牛尾，投足以歌八阕。"

〔七〕娲簧：传说女娲作笙簧。燄（yàn）：同"炎"，盛。丛云：指古《卿云歌》，歌中有"卿云丛丛"语。

〔八〕星躔（chán）：历法。按各代建立正月，取之日运星行不同，如夏建寅，商建丑，周建子，故曰"殊建"。

〔九〕球：玉磬。畅：发达。

〔一〇〕鞶帨（pán shuì）：大带和佩巾，喻指繁丽的文辞。

〔一一〕长离：灵鸟，此喻陆机。潘岳《为贾谧作赠陆机诗》："婉婉长离，凌江而翔。长离云谁？咨尔陆生。"

〔一二〕圭阴：指洛阳。古代以土圭测地，定颍川阳城为地中。洛阳在阳城之西，故云圭阴。

〔一三〕化龙东骛：指晋元帝东迁。《晋阳秋》："太安中童谣曰：'五马浮渡江，一马化为龙。'永嘉大乱，王室沦覆，唯琅琊、西阳、汝南、南顿、彭城五王获济，至是中宗登祚。"中宗，即晋元帝司马睿，初袭封琅琊王。

〔一四〕守器：封建王朝，太子主宗庙之器，故称太子为主器，亦称守器。

〔一五〕贞：精诚。问寝：问安。

〔一六〕肃成：魏文帝曹丕在东宫时集诸儒于肃城门内讲论大义。此借喻昭明太子。

〔一七〕博望：汉武帝太子刘据立博望苑，以交接宾客。亦借喻昭明

李善

311

太子。

〔一八〕中叶：指周、秦以来的中世。

〔一九〕周巡绵峤：绵，远。峤（qiáo），山高而尖。指周穆王巡游昆仑事。

〔二〇〕楚：指隋侯。径寸之宝：指隋侯所救之蛇衔以报答的大珠。

〔二一〕准的：标准。

〔二二〕文思垂风：道德风范垂示于后世。

〔二三〕三辰之珠璧：日月星辰的光辉。《汉书·律历志》："日月如合璧，五星如连珠。"

〔二四〕希声：《老子》："大音希声。"喻帝王制乐。

〔二五〕六代之云英：《周礼·春官·大司乐》贾《疏》引《乐纬》曰："帝喾之乐曰六英。"此指周以前的音乐。

〔二六〕蕞（zuì）品：犹下品。

〔二七〕樗（chū）散：不材无用。

〔二八〕"汾河"二句：汉武帝至河东，丢失书三箱，张安世凭记忆写出简策上的文字。作者谦称无此学问。

〔二九〕"嵩山"二句：晋束皙能辨认嵩山下出土的竹简上的科斗文。作者亦谦称无此博识。

〔三〇〕十舍：行军三十里为一舍。《淮南子·齐俗训》："夫骐骥千里，一日而通；驽马十舍，旬亦及之。"

〔三一〕广内：皇宫藏书之所。

〔三二〕小说：古代指杂记、笔记等文字。

梁代昭明太子萧统编撰的《文选》，是一部选录自周至齐优秀文学作品，规模宏大的诗文总集。唐初以来，适应封建大一统文化的建设和文学的发展，《文选》日益成为士人家弦户诵之书。高宗显庆年间，以学问淹博古今著称的李善，第一个为《文选》撰写详赡的注释。本篇是显庆三年（658）九月呈献《文选注》给高宗时的上表。文章采用典型的四六骈体，写得典雅华丽，简括郑重，气魄宏大，是一篇精心结撰之作。

文章开头，从天文之有日月繁星的照临，地文之有山岳河川的分布，讲到圣人效法天地创造了人文，使它成为教化的原则，由来已久。这一段似离本题甚远，却是从文学的起源这个根本问题上强调了"文"的重要地位与作用，从而将《文选》这部精选从周至齐诗文的总集的不朽价值也暗透出来了。这个开头，气脉宏远，气氛隆重，与给皇帝上表相称。

接下来一段，用简括的笔法叙述了从古到今的文章流变。先指出远在伏羲结绳而治以前，就已飞扬着葛天氏的浩歌；女娲作笙簧之音以后，更响起《卿云歌》一类含义深奥的歌辞。尽管三皇五帝的政教各异，三代的文化不同，但总趋势是音乐歌舞越来越盛。这里说的是上古时代文学与音乐舞蹈融为一体时的情况，接着，用六句话概括叙述了从屈、宋的楚辞，贾、马的汉赋，到建安时代慷慨激烈的抒怀之作和正始时期虚无幽玄的哲理诗，再到西晋陆机等人的"雅咏"和东晋煽起的玄言诗风这一长期发展变化的过程。这里所提到的，虽然只是这一过程中的几个点，但由于它本身的典型性，却可由这些点联成一条梁以前文学发展的大体线索。作者用"御兰芬""综肇悦""气质""虚玄"等来揭示上述各时期文学的特色，也比较切当。但对"江左"的宋、齐近代文学，《文选》虽多所选录，表文中却未正面涉及，只用"煽风流于江左"一语带过。

第三段方入本题，叙述昭明《文选》的编撰过程、目的与价值。指出萧统以继承帝业的身份，招引贤才，讨论文章，鼓励著述，博采前贤的诗文著作，精选其中的珍品，撰成《文选》，使后进英才以之为学习的标准。这里标举萧统重视文学，言外自含希望当代统治者效法之意；而"后进英髦，咸资准的"之客观需要，又正透出为《文选》作注的必要。

接下来一段，是对高宗的颂美之词。先极赞其高居尊位，效法上天，使人文闪耀光辉，使三代的文化传统得以发扬，遥应篇首"协人灵以取则，基化成而自远"。继又将当朝的政治文化比作高山大海，谦称自己不敢再有点滴的增加。颂美与自谦，固然是上表的例行文章，但从文势说，此处稍作顿挫，正是以退为进，引出下文作注、献书之事。

末段叙作注的过程和献呈皇帝览阅的要求。其中虽颇多谦抑之词，但用意实在强调自己对《文选》钻研赏玩时间之长久（"握玩斯文，载移凉燠"），注解此书之辛劳（"勉十舍之劳，寄三余之暇"），以及对《文选注》的自珍。

这种呈献著述给皇帝的表章，既要颂美皇帝，又要庄重得体；既要说明著述的有关背景，又不能流于繁琐；既要反映著述的重要价值和成书的辛劳，又不能露才扬己。作者比较好地克服了这些困难与矛盾。近人高步瀛称此文"闳括瑰丽"（《唐宋文举要》），洵为的评。

李
善

313

陈子昂

与东方左史虬修竹篇序〔一〕

东方公足下：文章道弊五百年矣。汉魏风骨，晋宋莫传。然而文献有可征者。仆尝暇时观齐梁间诗，彩丽竞繁，而兴寄都绝，每以永叹。思古人常恐逶迤颓靡〔二〕，风雅不作，以耿耿也。一昨于解三处见明公《咏孤桐篇》〔三〕，骨气端翔〔四〕，音情顿挫，光英朗练〔五〕，有金石声。遂用洗心饰视〔六〕，发挥幽郁。不图正始之音〔七〕，复睹于兹；可使建安作者，相视而笑。解君云："张茂先、何敬祖〔八〕，东方生与其比肩。"仆亦以为知言也。故感叹雅制〔九〕，作《修竹诗》一篇，当有知音以传示之。

注释

〔一〕东方虬：武则天当政时任左史，是陈子昂的朋友。《全唐诗》录存其诗四首。

〔二〕逶迤颓靡：形容文章衰败委靡，每况愈下。

〔三〕解三：人名，生平不详。三是排行。

〔四〕骨气端翔：骨格坚实，气势飞动。

〔五〕光英朗练：光彩明朗皎洁。

〔六〕洗心饰视：洗涤心灵，擦亮眼睛。

〔七〕正始之音：指《国风》的优良传统。一说指魏正始年间以阮籍、嵇康为代表的诗歌风格。

〔八〕张茂先：即西晋诗人张华，茂先为其字。何敬祖：即何劭，敬祖为其字。博学善文，与张华同时。

〔九〕雅制：指东方虬的《咏孤桐篇》。

在唐诗发展史和唐代诗歌理论批评史上，这篇短序是一个具有深远影响的以复古为革新的诗歌理论纲领，是一篇向齐梁以来绮靡浮艳诗风宣战的檄文。关于它的内容、观点，文学史家和文学批评史家已经作过许多深刻透辟的分析和中肯的评价。这里只从文章写作和审美角度作一些评赏。

这篇文章给人最突出的感受，是文中所贯注的那种高瞻远瞩的历史感。它采用的是书信体，却略去书信常有的寒暄套语，开门见山，单刀直入。开头便揭出"文章道弊五百年矣"这样一个令人感慨沉思的事实，将读者的思绪引向悠远的历史，显示出作者从宏观上考察一长段文学史的高远视野。这个开头，警动突兀，引人深思。接着即对"道弊五百年"加以申述："汉魏风骨，晋宋莫传。"这里提出了他论诗的一个重要标准，即风骨之有无。在他看来，汉魏之际（即建安时代）的诗歌，由于多抒发诗人的理想抱负，慷慨任气，词语峻直，风格遒劲，是富于风骨的。但这个优良传统，从晋、宋以来，随着"言志"的消歇，已经"莫传"了。下及齐梁，更变本加厉，"彩丽竞繁，而兴寄都绝"，片面追求华采文饰的风气越来越盛，而寄托情志的传统则完全中断。这里又提出了他论诗的另一重要标准——兴寄之有无，亦即是否继承了"诗言志"和比兴寄托的传统。兴寄与风骨，是陈子昂诗论的两大核心。这一恢复风雅兴寄，继承汉魏风骨的理论主张，就是在回顾"文章道弊五百年"的历史过程中提出来的。由于把这一理论主张放在如此深远的历史背景下，就使它具有深厚的历史基础，从而增添了感召力与说服力。

与这种高远的历史感密切联系，文中还贯注了一种深沉强烈的现实责任感。文章道弊五百年的"逶迤颓靡"、每况愈下的发展趋势，使作者"每以永叹"，"耿耿"不安。说明他不仅把文章看作关系世运兴衰、风俗浇淳的大事，而且要自觉担当起救弊起衰的重任。当他看到东方虬的托物寓志之作《咏孤桐篇》（此诗已佚，但从子昂和诗《修竹篇》可以窥见其性质）时，"遂用洗心饰视，发挥幽郁。不图正始之音，复睹于兹；可使建安作者，相视而笑"，不仅流露出文道久衰后忽睹"正始"元音（指《国风》的优良传统）的欣喜，而且遂即作《修竹篇》以和之，希望能有"知音"以传示之。这实际上是把自己和东方虬置于上承汉魏风骨、风雅兴寄传统的文章正道传人的地位，呼唤知音与同道一起担当救弊起衰的责任。这种强烈的责任感，赋予文章以遒劲的气骨，加强了文章的感染力。这就使这篇宣示理论主张的文章，不以辨析事理取胜，而是以情感的深沉强烈给人以感召。

以上两方面，使人自然联想起他的《登幽州台歌》。尽管一是诗，一是文，但那种俯仰今古的广远视野，那种寻觅知音的努力，却是声息相通的。

文章在提出"风骨""兴寄"的同时，还用简劲形象的语言描绘出理想的诗歌风貌："骨气端翔，音情顿挫，光英朗练，有金石声。"即要求诗歌骨端气翔，感情起伏，音调抑扬，清朗明洁，掷地作金石声。这实际上是对风骨、声律兼备的诗歌的一种热情呼唤。尽管东方虬的《咏孤桐篇》和他自己的《修竹篇》都未必能达到这种境界，但它却为即将出现的盛唐诗歌风貌作了形象的描绘。

陈子昂这篇诗论的意义，不在理论上的创新和辨析上的细致，而在他明确提出的"风骨""兴寄"主张适应了诗歌革新的趋势与潮流。同样，作为一篇有特色的文章，它的长处也不在阐述理论的说服力，而在贯注其中的高远的历史感、强烈的责任感和对未来诗歌的热情呼唤。不妨说它是一篇以情感人的文章。在骈文仍然统治文坛的时代，这篇号召诗歌革新的序用的是散体。这本身便似乎意味着在号召诗歌革新的同时，作者在实践中已经开始了文体革新的尝试。它和作者一系列其他散体文章，对转变文章风气的作用是不可低估的。

张 说

贞节君碣

神功元年十月乙丑〔一〕，阳鸿卒于雩都县。友人沛国朱敬则、清河孟乾祚、范阳卢禹等哀鸿抱德没地，继体未识，考行定谥，葬于旧域〔二〕。

鸿字季翔，平恩人也。其先著族右北平郡。大父真阳宰，适兹乐土，爰定我居，维桑与梓〔三〕，既重世矣。

鸿倜傥奇杰，瑰玮博达。贯涉六籍百家之言，其要在霸王大略，奇正大旨〔四〕，君亲大义，忠孝大节而已。章句之徒，不之视也。尝陋《汉史》地理志、《周礼》职方志，时异虚记，心不厌焉。乃攀恒、岱，浮洞庭，窥河源，践岷、衡，稽四海之风俗，箄九州之险易，与赵国、贯高图献其议，遇火焚荡，天下壮其志而痛其事。

养徒闾里，不应宾辟〔五〕。仪凤中，河北大使薛公举鸿行励贪鄙。天子喜之，用置于吏，乃尉汲、曲阿，主簿龙门、雩都。夫其屏居十年，一方化德；历佐四邑，诸侯观政。情乎有大才无贵仕，命也。

初鸿游太学，有书生山东李思言物故南馆〔六〕，鸿伤其终远家属，有丧无主，乃躬驾枢车送归东土。及在曲阿，敬业作难润州〔七〕，藉鸿得人，历旬坚守，城既陷而犹斗，力虽屈而蹈节，寇义而脱之，因伪加朝散大夫，即署曲阿令。鸿贞而不谅〔八〕，诡应求伸，既入邑，则焚服阖门而设拒矣！故得殿邦奋旅〔九〕，一境赖存。淮海底绩，答勋效功。卒不言赏，赏亦不及。

君子以为急友成哀，高义也；临危抗节，秉礼也；矫寇违祸，明智也；保邑匿勋，近仁也。义以利物，智以周身，礼以和众，仁以安人。道有五常〔一○〕，鸿擅其四；武有七德〔一一〕，鸿秉其二。大虑克就之谓贞，好廉自克之谓节，粤若夫子，可谥为贞节也已！于是纪名垂迹，表墓勒石，其词曰："倬良士〔一二〕，纵自天〔一三〕。辨方物，核山川。厥志大哉！峻刚节，殷义声。返旅榇，宴穷城〔一四〕。厥德迈哉！哀斯人，命莫赎。德不朽，温如玉。轨来世哉〔一五〕！

注释

〔一〕神功元年：公元697年。神功为武则天年号。乙丑：初二日。

〔二〕域：葬地。

〔三〕桑梓：指乡里。

〔四〕奇正：古代兵法术语，指战略战术中特殊和正规的各种变化，被认为是用兵的关键。

〔五〕不应宾辟：不应召入幕。

〔六〕南馆：指太学。

〔七〕敬业作难润州：指李敬业在润州起事讨武后事。

〔八〕贞而不谅：《论语·卫灵公》："君子贞而不谅。"指坚持正道而不存小信。

〔九〕殿邦：镇守邦国（指曲阿）。奋旅：激励兵士。

〔一○〕五常：谓仁、义、礼、智、信。

〔一一〕武有七德：指禁暴、戢兵、保大、定功、安民、和众、丰财。见《左传·宣公十二年》。

〔一二〕倬（zhuó）：高大。

〔一三〕纵自天：谓天使其多才。

〔一四〕宴：安。穷城：指荒远的边城。

〔一五〕轨：树立法度、规矩。

号称"燕、许大手笔"之一的燕国公张说，擅长碑文墓志，当时无能及者。这篇记述阳鸿事迹德义的墓碣，是这类文字中有代表性的一篇。题内

"碣"字《全唐文》作"碑"。按《唐六典》卷四："五品以上立碑，螭首龟趺，趺上高不过九尺；七品以上立碣，圭首方趺，趺上高不过四尺。"据文中所述阳鸿仕历，当依本集作"碣"。

文章在按碑碣文字惯例简要叙述阳鸿的卒、葬与籍贯家世后，随即转入对其学问识见及著述的评赞。"倜傥奇杰，瑰玮博达"八字，是对其卓异风采和博通学问的总括。然后揭出其学问之要在"霸王大略，奇正大旨，君亲大义，忠孝大节"，而非拘拘于章句之学。但又决非空言虚论，而是注重实地调查，以此检验并修正前人著作，包括像《周礼》这样的儒家经典和《汉书》这样的正史。这种注重现实政治、注重实地考察、不迷信前人的学风，正是昌盛开扩时代所孕育的一代知识分子恢宏博达精神风貌的反映。作者在叙述其为学之要与实地考察之行时，分别连用四个结构相同的四字句与三字句，节短势促，连贯而下，极有气势。

接下来一小段，简要叙述了阳鸿的仕历。由于他只作过簿、尉一类下级官吏，故只以简笔带过。而在此同时却不忘点醒其"屏居十年，一方化德；历佐四邑，诸侯观政"的品德与才能。这样，段末"有大才无贵仕"的慨叹便非虚美之辞，而能给人留下深刻的印象。

下面一段，追叙他生平事迹中两件特别值得表彰且能见其个性的事。一是游太学时遇山东书生李思言去世，同情其遭遇而亲驾灵车送归故土。这件事充分显示其侠义的性格和富于同情心，这也正是当时士人尚任侠、重节义风气的表现。二是李敬业在润州起事，他初则率曲阿城兵民坚守，继则力屈蹈节，为寇"义而脱之"，署以伪职。他"诡应求伸"，终于拒守保境。这件事既显示出他的节义，更突出了他的智慧。他不是后世那种但求忠名的迂儒，懂得怎样在全节的前提下从权，来达到保境安民的目的。这种通达权变、脱略小节的宏达作风，也是那一时代士人精神风貌的反映。作者在叙述这件事时，对其明智之行的赞赏流溢于字里行间："鸿贞而不谅，诡应求伸，既入邑，则焚服阖门而设拒矣！"妙在段末闲闲缀以"卒不言赏，赏亦不及"二语，既突出了他的无意于功赏的淡泊品性，又暗示了上层社会对他的冷落。

以上三段，一言其学识，一叙其历仕，一赞其节概，用笔或虚或实，或简或繁，各有不同。但通过这些记述，一位博学异才，注重实践，不拘琐屑章句之学，不拘龊龊小谨，侠义有节概，忠勇而明智的知识分子形象已经跃然欲出。接下来一段，以"道有五常，鸿擅其四；武有七德，鸿秉其二"数

张说

319

语，对他的言行事迹作出评赞和总结，并归到"贞节君"这个谥号的意义上来，与首段"考行定谥"遥相呼应。最后一段，用韵语对阳鸿的才志德义作再一次概括的评赞，用"志大""德迈"二语对其一生行事作了盖棺论定的总结。

一个健康发展的时代，必然孕育出一种比较健全的人格。阳鸿这位"志大""德迈"的士人，正是宏大开扩时代的产儿。这样的人物正需用恢宏大度的"大手笔"去描述。这篇文章特有的宏放气度，是植根于时代风尚的土壤之上的。

任 华

送宗判官归滑台序

大丈夫其谁不有四方志？则仆与宗衮，二年之间，会而离，离而会，经途所亘，凡三万里。何以言之？去年春，会于京师，是时仆如桂林，衮如滑台。今年秋，乃不期而会于桂林；居无何，又归滑台，王事故也〔一〕。舟车往返，岂止三万里乎？人生几何，而倏聚忽散，辽夐若此，抑知已难遇，亦复何辞！

岁十有一月，二三子出饯于野。霜天如扫，低向朱崖。加以尖山万重，平地卓立，黑是铁色，锐如笔锋。复有阳江、桂江〔二〕，略军城而南走〔三〕，喷入沧海，横浸三山〔四〕。则中朝群公，岂知遐荒之外，有如是山水？山水既尔，人亦其然。衮乎对此，与我分手。忘我尚可，岂得忘此山水哉！

注 释

〔一〕王事：公事。

〔二〕阳江：桂林附近水名。桂江：即漓江，源于广西兴安县境猫儿山，西南流至阳朔，以下称桂江。

〔三〕略；通"掠"，擦过。军城：指桂林。

〔四〕喷入沧海：桂江在梧州汇入西江，通向南海。三山：传说中的海上三座仙山。

321

任华是一位狂士式的人物，平生最服膺李白。他有《杂言寄李白》长诗，极赞其诗文"能奔逸气，耸高格，清人心神，惊人魂魄"。这篇赠序，是他为桂州刺史参佐时在桂林送别友人宗衮返回滑台（今河南滑县，滑魏六州节度使府）幕府时所作。文章很短，却写得既奇峭挺拔，又潇洒飘逸，抒情写景，都很具个性特色，颇有李白诗文的风神。

首段抒离合之情。起句用设问提明大丈夫的"四方志"，飘然而来，起势奇突。紧接着，用自己与宗衮二年间"会而离，离而会"之迹与经途三万里之事来说明四方之志。进而以"何以言之"的设问引出对二年间离会之迹的具体情事的叙述，为下文送行伏根。"王事故也"正应"四方志"。"人生"句突作转折，由离合引出聚散无常、隔绝万里的感慨，而段末二句又稍加勒转，似觉此聚散无常中因得遇知己，亦略觉有所慰藉。这一段从抒四方之志到写离合之迹，再转叹聚散之情，最后又回到知己难遇、何辞离合的自解。文意凡三转，文势夭矫变化，极富波峭奇逸之致。

次段承离合写眼前送别。先点时令、饯别，旋即掉笔写景。"霜天"二句，画出秋空一碧如洗，笼盖遥山，与红色山崖相映的阔远景象。"扫""低"二字，锤炼而归于自然，似不着力而境界全出。"尖山万重，平地卓立"，正是桂林奇山异峰的绝妙形容。唐柳宗元《桂州訾家洲亭记》所谓"桂州多灵山，发地峭竖，林立四野"，清袁枚《游桂林诸山记》所谓"突然而起，戛然而止"，均可与此印证。"黑是"二句，形容其山色、形状之奇，用笔刚劲。以下四句，乃写阳、桂二江掠过郡城，迤逦而下，直奔沧海的情景，写实中融入想象成分，这就使所描绘的境界更阔远。妙在对桂林山水稍作描绘点染之后，并不立即落到送别的题面上来，而是宕开一笔，转到"中朝群公"头上，说他们根本不知退荒之外有此奇山秀水。明言其无此经历，故不能领略此异景；实暗讽其不恤荒外之士民，观下文"山水既尔，人亦其然"二语，其意自见。回过头来咀味"尖山万重"四句，并觉此奇山尖峰也带有人格化的意味。写到这里，却又不再发挥，而是旋即从"人"折回眼前送别的双方。点明"分手"之后，不说彼此相思、互相珍重一类俗套语，而是反笔以出，缀以"忘我尚可，岂得忘此山水哉"，笔姿摇漾不尽。

此文抒离合之情，状送别之景，别有一种豪纵不羁之气贯注其间。原因盖在"大丈夫其谁不有四方志"一语，笼盖全篇，遂使"会而离，离而会"的情事和退荒之外的境界都成为四方之志的应有之义。故虽感慨聚散，荒微送别，而略无伤感气息。写桂林山水，则用刚劲奇峭之笔，与韩愈诗"江作青罗带，山如碧玉簪"之用柔媚婉约之笔明显不同。盖桂林山水，尤其是山，本有奇峭的特点，作者胸中又有一股逸气需要表现，遂不觉以刚劲奇峭之笔出之，与所描绘的桂林奇峰神合，饶有奇趣。

王 维

山中与裴秀才迪书

近腊月下，景气和畅，故山殊可过〔一〕。足下方温经，猥不敢相烦。辄便往山中，憩感配寺〔二〕，与山僧饭讫而去。

北涉玄灞〔三〕，清月映郭。夜登华子冈，辋水沦涟，与月上下。寒山远火，明灭林外。深巷寒犬，吠声如豹。村墟夜舂，复与疏钟相间。此时独坐，僮仆静默，多思曩昔携手赋诗，步仄径，临清流也。

当待春中，草木蔓发，春山可望，轻鲦出水〔四〕，白鸥矫翼，露湿青皋，麦陇朝雊〔五〕。斯之不远，傥能从我游乎？非子天机清妙者，岂能以此不急之务相邀？然是中有深趣矣。无忽。因驮黄檗人往，不一〔六〕。山中人王维白。

注释

〔一〕故山：旧日所居住的山，此指蓝田山辋川别业。

〔二〕感配寺：在蓝田县城，一作感化寺。

〔三〕玄灞：深青色的灞水。辋水在蓝田县南北流入灞水。

〔四〕鲦（tiáo）：一种细长的淡水鱼。

〔五〕雊（gòu）：野鸡鸣叫。

〔六〕驮黄檗（bò）人：进城卖黄檗（一种药材）的人。不一：不详说，旧时书信结尾用语。

323

王维工诗善画。苏轼评其诗画谓："诗中有画"，"画中有诗"。这篇山水小品，写得饶有诗情画意，不妨说是文中有诗，文中有画，体现了诗、画、文的融合。题内"山中"，指蓝田县南的峣山中。王维在蓝田辋谷川口（即崛山口）有隐居别业，常与朋友裴迪在这一带风景佳胜处同游赋诗。这是王维从长安回到辋川别业后给裴迪写的一封信，邀他在开春同游山中。秀才，是当时对士人的通称。

信一开头，就以轻淡而有情致的笔墨明快地提出"故山殊可过"这个全文的中心。农历十二月，气候本来还相当寒冷，但对大自然特别敏感的王维，却已感到阳气的萌动和景物气候的温煦宜人。这正透露出他"天机清妙"的禀赋。接着讲到，由于裴迪正在温习经书，不便相邀，只能自己先往山中。这就为下面邀裴明春同游埋下伏笔。

接下来一段，是对山中冬夜清寥优美景色的具体描绘，也是对上文"故山殊可过"的具体印证。作者先点出"北涉玄灞"的经行路线，并以"清月映郭"带出特定的时间背景和景物总特征，然后顺着由近及远，由水而山，由视而听，由色而声的次序进行描写，显得既从容有致，又井然有序；并且运用以动衬静、以明托暗、以声显寂的手法，使读者于波光月影的荡漾、寒山远火的明灭、深巷寒犬的吠叫、夜舂疏钟的相间中，感受到辋川月下寒夜的幽寂、清寥与深永。辋川景物原是作者所熟悉的，但寒夜登华子冈所见所闻，却使他感到既新鲜又亲切，像是发现了一个新的充满诗情画意的境界。这正是作者笔下的境界虽带有冬夜的幽寒，却并不显得凄清，而是具有令人神远的诗意美的原因。接着，作者用"此时独坐"一句作为转折，由途中观赏月夜清景折入静夜独坐时对往昔与裴迪向游情景的追忆。"此时""曩昔""独坐""携手"，两两相对，"步仄径""临清流"的兴会与眼下的"独坐""静默"相形，益发衬托出对朋友的思念，从而引出对"春中"同游的热烈期待。

接着，文章以欢快而充满展望的语调描绘出明春山中生机勃发的景象。从春山到春水，从天空到地下，从田野到草地，从植物到动物，到处充溢着跃动的生机，展示出与寒冬月夜的辋川迥然不同的境界，其中渗透了作者对春天、对生命的热爱。想到这一切，他对朋友的思念更加殷切了，因而水到渠成地发出"从我游"的邀约。作者强调只有"天机清妙"者才能领略大自然的美景，并在观照中发现"深趣"，这就把同游山中升华到一个更高的思想境界和美学境界，被世俗视为"不急之务"的游赏也就获得了深刻的意义。文章写到这里，随即淡淡收住，留下对明春山中同游的期待，让读者去驰骋想象。

同作者许多优秀的山水诗一样，这篇山水小品尽管也有对具体景物鲜明如画的描绘。但它的主要特点却是表现作者在观照自然时所领略到的一种得意忘言的"深趣"，一种对自然界诗意美的发现的喜悦，和对更美好的生活的向往。它的艺术感染力也主要来自渗透在作者所描绘的境界中的一片荡漾的诗情。这和后来一些以刻画客观景物为主的山水游记是很不同的。

文章以春中同游山中为结穴，但它用笔的重点仍在寒夜月下辋川景物的描写。寒夜景色之美已使人神往，则"春山可望"之时更不待言。对春天山中的风光，只以想象之笔稍作点染，正是由于上文已作了充分的铺垫。文中多用比较整齐的四字句；但不拘骈偶，语言清丽，又贯注着深情妙趣，读来只觉流畅自如，毫无板滞之感。

王
维

殷　璠

河岳英灵集序

梁昭明太子撰《文选》，后相效著述者十有余家，咸自称尽善。高听之士〔一〕，或未全许。且大同至于天宝，把笔者近千人，除势要及贿赂，中间灼然可尚者，五分无二，岂得逢诗辄纂，往往盈帙？盖身后立节〔二〕，当无诡随〔三〕，其应诠简不精〔四〕，玉石相混，致令众口谤铄，为知音所痛。

夫文有神来、气来、情来，有雅体、野体、鄙体、俗体。编纪者能审鉴诸体，委详所来，方可定其优劣，论其取舍。至如曹、刘，诗多直语〔五〕，少切对〔六〕，或五字并侧，或十字俱平，而逸驾终存。然挈瓶肤受之流〔七〕，责古人不辨宫商徵羽，词句质素，耻相师范。于是攻异端，妄穿凿，理则不足，言常有余，都无比兴，但贵轻艳。虽满箧笥，将何用之？

自萧氏以还〔八〕，尤增矫饰。武德初，微波尚在〔九〕。贞观末，标格渐高。景云中，颇通远调。开元十五年后，声律风骨始备矣。实由主上恶华好朴，去伪从真，使海内词场，翕然尊古，南风周雅，称阐今日。

璠不揆，窃尝好事，愿删略群才，赞圣朝之美。爰因退迹〔一〇〕，得遂宿心。粤若王维、昌龄、储光羲等二十四人，皆河岳英灵也。此集便以"河岳英灵"为号。诗二百三十四首，分为上下卷。起甲寅〔一一〕，终癸巳。论次于叙，品藻各冠篇额〔一二〕。如名不副实，才不合道，纵权压梁、窦〔一三〕，终无取焉。

注释

〔一〕高听：见解高超。

〔二〕身后：当作"身前"。

〔三〕诡随：随声附和。

〔四〕诠简：选择。

〔五〕直语：质直。

〔六〕切对：工整的对仗。

〔七〕挈瓶：喻学识浅陋。肤受：学问只得皮毛。

〔八〕萧氏：指梁代。梁代皇帝萧姓。

〔九〕微波：指梁陈绮艳余风。

〔一〇〕退迹：辞官归隐。

〔一一〕甲寅：开元二年（714）。

〔一二〕篇额：篇首。

〔一三〕梁、窦：指梁冀、窦宪，皆东汉时的权门贵戚。

在唐人选唐诗中，殷璠的《河岳英灵集》专选盛唐诗歌，有着严格的选录标准，并结合对入选诗人、诗作的品评，表达自己对诗歌的见解，是一部重要唐诗选本，历来受到文学史家、文学批评史家和选家的重视。这部选集的序，集中表述了编选者选录当代诗歌的审美标准和严肃态度，是诗歌理论批评史上一篇重要的文献，也是一篇颇见作者个性的文章。

序文开头一段，通过批评萧统《文选》以来许多文学选本"诠简不精"的弊病，强调选家的选录标准必须谨严，不能"逢诗辄纂"，不加选择。作者特别提出《文选》以来和"大同（梁武帝年号）至于天宝"这二百二十多年时间的选本，表明对梁陈以来的诗歌及这一时期的选本持严格的批评态度。在这一时期近千"把笔者"中，殷璠首先剔除"势要及贿赂"者，旗帜鲜明地反对以权势地位为选录标准。这正是序中着意强调的一个原则。

第二段从诗歌有神来、气来、情来，及雅、野、鄙、俗诸体之别，推论编选者必须"审鉴诸体，委详所来"，方能定其优劣，论其取舍。这里提出了编选者的审美眼光问题。他举建安时代曹、刘的诗为例，指出它们虽"多直语""少切对"，却有很高的审美价值；那些见识浅薄的人责备他们"不辨宫商徵羽，词句质素"，正说明这些选家"但贵轻艳"，不重比兴的审美趣向。作者严厉批评这种选家及选本，正体现了对梁陈以来轻艳浮靡诗风的批判态度，也透露出他所提出并坚持的是符合时代要求的标准。

第三段追溯了从萧梁到当前这段时期诗歌风貌的变化，并把"开元十五年（727）后，声律风骨始备"作为新时期诗歌成熟的时间、风貌标志。接着，分析了这种新诗风产生的原因，即统治者"恶华好朴，去伪从真"，使海内词人"翕然尊古"，继承风雅传统的结果。这一段述诗风演变，要言不烦，颇为治文学史者所称引。

末段交待编选此集的目的与体例。此编初选、补选时间不同，故入选作品的下限时间有"乙酉"（天宝四载，745）与"癸巳"（天宝十二载）之异文，入选篇数亦有"一百七十首"与二百余首之异词。诗选在诗家之前冠以"品藻"，是殷璠开创的融选诗与评诗为一体的新体制，故特加标出。结尾特别强调选录标准之严格，"纵权压梁（冀）、窦（宪），终无取焉"遥应篇首"势要及贿赂"者，是画龙点睛之笔。这是在曲终奏雅的关键处再次强调本编完全以诗人创作的成就及作品的艺术水平为选录标准，而不以作者的权势为标准。从本编入选的诗人多为落拓不偶、栖迟簿尉的中下层文人及诗作的艺术水准看，编选者反复强调的这一标准是郑重地付诸实践的。这一点，既是诗坛情况深刻变化的反映，又和殷璠个人的遭际地位密切相关。梁、陈以来轻艳浮靡的宫体诗风，影响直至唐初，其时作者多为帝王贵族和宫廷文人。随着世族地主文人逐步退出文学舞台，庶族文人逐渐成为诗坛主体，以权势地位为选录标准的旧习自然要被革除，殷璠旗帜鲜明地反对以权势取诗，正是适应了诗坛的深刻变化。殷璠本人，据今人考证，也有过屡试不中，长期以处士身份困居丹阳（曲阿）的经历，因此对仕宦不进、困顿坎壈的诗人怀有真切同情。以诗而不以势为标准选诗，正是《河岳英灵集》的特色和受人重视的原因之一。

序中标举"声律风骨"兼备，《集论》中也以"气骨""宫商"并举，这应该是殷璠评选盛唐诗的重要标准。但实际上，他于二者之中偏重于风骨。这不仅表现在他多选风骨遒劲的古体，而且在评论诗人时也多以风骨作为主要标准。在序中对"或五字并侧，或十字俱平，而逸驾终存"的古体非常赞赏，对"责古人不辨宫商"的"挈瓶肤受之流"投以轻蔑，赞颂"恶华好朴"，鼓吹"翕然尊古"，都可看出他的主要审美趣向。

殷璠指出文有"气来"，本篇正可视为"气来"的典型。文章从首段批评近世选家"诠简不精"开始，就贯注着一种居高临下的气势。以下批评挈瓶肤受之流，历叙诗风演变以至篇末宣称"纵权压梁、窦，终无取焉"，都有一种对自己的认识和所坚持的观点的高度自信。因此，文章在论述过程中常带着锐利的锋芒和强烈的感情，像首段、次段、末段的结尾，这种特点显著。

殷璠

独孤及

仙掌铭（并序）

阴阳开阖，元气变化，泄为百川，凝为崇山，山川之作，与天地并，疑有真宰而未知尸其功者〔一〕。有若巨灵赑屃〔二〕，攘臂其间，左排首阳，右拓太华，绝地轴使中裂，圻山脊为两道，然后导河而东，俾无有害，留此巨迹于峰之巅。后代揭厉于玄踪者〔三〕，聆其风而骇之，或谓诙诡不经，存而不议。

及以为学者拘其一域，则惑于余方。曾不知创宇宙，作万象，月而日之，星而辰之，使轮转环绕〔四〕，箭驰风疾，可骇于俗有甚于此者。徒观其阴骘无眹〔五〕，未尝骇焉。而巨灵特以有迹骇世，世果惑矣。天地有官，阴阳有藏，锻炼六气〔六〕，作为万形。形有不遂其性，气有不达于物，则造物者取元精之和，合而散之，财而成之，如埏埴炉锤之为瓶为缶〔七〕，为钩为棘〔八〕，规者矩者，大者细者，然则黄河、华岳之在六合，犹陶冶之有瓶缶钩棘也。巨灵之作于自然，盖万化之一工也。天机冥动而圣功启，元精密感而外物应。故有无迹之迹，介于石焉。可以见神行无方，妙用不测。彼管窥者乃循迹而求之，揣其所至于巨细之境，则道斯远矣。

夫以手执大象〔九〕，力持化权，指挥太极，蹴蹋颢气，立乎无间，行乎无穷，则捩长河如措杯，擘太华若破块〔一〇〕，不足骇也。世人方以禹凿龙门以导西河为神奇，可不为大哀乎？峨峨灵掌，仙指如画，隐鳞磅礴〔一一〕，上挥太清。远而视之，如欲扪青天以掬皓露，攀扶桑而捧白日，不去不来，若飞若动，非至神曷以至此？

唐兴百三十有八载，余尉于华阴，华人以为纪嶕嶤〔一二〕，勒之罘，颂峄山〔一三〕，铭燕然〔一四〕，旧典也。玄圣巨迹，岂帝者巡省伐国之不若欤？其古之阙文以俟知言欤？仰之叹之，斐然琢石为志。其词曰：

天作高山，设险西方。至精未分，川壅而伤。帝命巨灵，经启地脉。乃眷斯顾，高掌远跖。君如剖竹，騞若裂帛。川开山破，天动地坼。黄河太华，自此而辟。神返虚极，迹挂石壁。迹岂我名？神非我灵。变化翕忽，希夷杳冥。道本不生，化亦无形。天何言哉！山川以宁。断鳌补天，世未睹焉。夸父愚公，莫知其踪。屹彼灵掌，悬诸尨炊。介二大都，亭亭高耸。霞栀烟喷，云抱花捧。百神依凭，万峰朝拱。长于上古，以阅群动。下视众山，蜉蝣蠛蠓。彼邦人士，永揖遗烈。瞻之在前，如揭日月。三川有竭^[一五]，此掌不灭。

注 释

〔一〕尸：居其位而不干事。

〔二〕赑屃（bì xì）：猛壮有力貌。

〔三〕揭（qì）厉：《诗经·邶风·匏有苦叶》："深则厉，浅则揭。"《尔雅·释水》："揭者，揭衣也，以衣涉水为厉，由膝以下为揭，由膝以上为涉，由带以上为厉。"指涉水，此喻探求古迹。

〔四〕轮转：古代浑天说认为天如车轮而转，日月白天从上过，夜间从下过。环绕：指众星环绕北极。

〔五〕阴鸷（zhì）无朕（zhèn）：暗中作用而无朕兆。朕，征兆。

〔六〕六气：指阴阳风雨晦明。

〔七〕埏埴（shān zhí）：将陶土放入陶器模型中制成陶器。

〔八〕钩：似剑而曲的兵器。棘：戟。

〔九〕大象：指无形无象的道。见《老子》三十五章。

〔一〇〕破块：破开土块。

〔一一〕隐辚：堆垒不平貌。

〔一二〕纪崦嵫（yān zī）：崦，同"崦"。传说周穆王登弇山，纪其迹于弇山之石。弇山，即崦嵫，在今甘肃天水县西，神话中日入之山。

〔一三〕勒之罘，颂峄山：秦始皇二十八年（前219），始皇东行郡县，上邹峄山（在今山东邹县东南）立石，与鲁诸生议刻石颂秦德。又登之罘山（在今山东烟台市北），立石颂德。

〔一四〕铭燕然：东汉窦宪击匈奴，登燕然山（今蒙古国境内的杭爱山）刻石勒功。

〔一五〕三川：指泾、渭、洛水。

这篇铭文并序，作于天宝十四载（755）独孤及任华阴尉时。仙掌，指西岳华山顶的东峰。清《嘉庆一统志》引《华岳志》云：“岳峰东峰曰仙人掌。峰侧石上有痕，自下望之，宛然一掌，五指俱备，人呼为仙掌。”传说首阳、华岳本为一山，“当河，水过之而曲行。河之神（即所谓巨灵神）以手擘开其上，足蹋离其下，中分为二，以通河流。手足之迹，于今尚在”（《文选·张衡西京赋》注引薛综注。《水经·河水注》略同）。华山以奇险著称，巨灵神开山通河的神话传说，以恢宏丰富的想象力对山河奇险壮丽的面貌及其成因作了极富浪漫色彩的解释。这种自然景观，连同有关它的传说，在盛唐那样一个恢宏开扩的时代，遂成为文士诗人津津乐道，寄托其崇尚奇瑰壮伟的审美情趣的热门题材。大诗人李白《西岳云台歌送丹丘子》写道：“西岳峥嵘何壮哉！黄河如丝天际来。黄河万里触山动，盘涡毂转秦地雷。……巨灵咆哮擘两山，洪波喷流射东海。三峰却立如欲摧，翠崖丹谷高掌开。”气势磅礴，境界壮阔，足为河山增色。独孤及这篇《仙掌铭》，则主要围绕巨灵擘山的传说是否可信这一点来做文章，开合擒纵，抑扬顿挫，以构思奇特见长。而其境界之壮阔、气度之恢宏则又可以与李白诗相媲美。

首段先从正面用大笔濡染，从阴阳开合、元气变化而形成高山百川，说到“真宰”（即造物者）的存在及作用。一个“疑”字，于迷离惝恍中更见其神功妙用。紧接着以壮阔飞动之笔渲染想象中巨灵开山的场景，以实证幻。“留此巨迹”四字伏下对有迹无迹的议论。然后笔锋一转，指出后世探求古迹者却认为其“诙诡不经”，为下文进一步开拓发挥提供一个批评的靶子。一扬一抑，一开一合，文势顿挫有致。

次段紧承“诙诡不经”之论，予以批评。指出世俗不骇于造物者创宇宙，作万象，而骇于巨灵擘山之事，盖因一无迹、一有迹之故，从而嘲笑了世俗之拘守于形迹。然后想象造物者如何“取元精之和，合而散之，财（裁）而成之”，作成万象的情景，说明巨灵之作于自然，不过是“万化之一工"，石上之迹，乃是一种无迹之迹，是"神行无方，妙用不测"的表现。这一段围绕迹之有无立论，而统归于天道变化无穷，说明巨灵之事殊不足怪，先分后合，先纵后擒，文势较上段更多曲折变化，而境界更为恢宏开阔，想象更为冥远超忽。

接下来一段，又回到巨灵之神力上来。先从虚处生发，想象巨灵神"手执大象，力持化权，指挥太极，蹴蹋颢气，立乎无间，行乎无穷"的先天地、超时空的伟岸形象和他"掖长河""擘太华"的轻而易举，无足惊骇。接着又由实返虚，从"峨峨灵掌，仙指如画"的情景证实"非至神曷以至此"。一是将本属子虚乌有的巨灵神描绘得活灵活现，一是将实有的仙掌峰化为虚缈幽玄的仙迹。两种手法，都"证实"了巨灵神的真有。"不去不来，若飞若动"的形容，渗入了虚缈的想象，可谓对"仙掌"的传神之笔，笔意极为空灵超妙。

在淋漓尽致地发挥奇幻想象之后，第四段落到作铭上来，由前两段之大开而大合。将铭仙掌与"纪嵘嵫"等四事并提，正见"玄圣巨迹"之神异。

末段铭文，概括全篇。但并非简单的重复，而是着意渲染，写得气势壮伟，文采斐然。特别是"砉如剖竹"四句写巨灵开山的巨大声势，"霞蒸烟喷"四句写仙掌峰的壮美奇伟，更是有声有色，气势非凡。

这篇铭文，文笔纵恣恢诡，风格近似李白《蜀道难》，可见盛唐文人宏阔的胸襟气度和崇尚奇瑰壮伟的审美情趣。作者论辩巨灵之有无，实不过借以抒写胸中一段奇情壮采而已。近人高步瀛说："巨灵擘山之说，本恢诡不经，文中略见正意，随即斥去，一以恢诡出之，石破天惊，雅与题称。"又说："古来神怪之说，其妄诞易知，有不待辨者，而文家反得借以发其雄奇。若概以迷信目之，反为古人所欺矣。"（《唐宋文举要》）是为知言。

韩 愈

杂 说（四）

世有伯乐〔一〕，然后有千里马。千里马常有，而伯乐不常有。故虽有名马，只辱于奴隶人之手，骈死于槽枥之间，不以千里称也。

马之千里者，一食或尽粟一石。食马者不知其能千里而食也，是马也，虽有千里之能，食不饱，力不足，才美不外见〔二〕，且欲与常马等不可得，安求其能千里也！

策之不以其道，食之不能尽其材，鸣之而不能通其意，执策而临之曰："天下无马。"呜呼！其真无马邪？其真不知马也？

注释

〔一〕伯乐：姓孙名阳，春秋秦穆公时人，以善相马著称。曾荐九方堙为秦穆公相马，认为千里马须"得其精而忘其粗，在其内而忘其外"。事见《淮南子·道应训》。

〔二〕见：通"现"。

这是《杂说》的第四篇。文中以千里马喻杰出的人才，以伯乐喻善于识别人才的当权者。但文章的重点却落在千里马与伯乐的对立面上。这是它的构思立意新颖独特之处。

334　　开头就出人意表，警动非凡。作者不是一般化地论述伯乐对于千里马的重要性，而是别出心裁地推出一个仿佛不合常识的论断："世有伯乐，然后有千里马。"千里马是客观存在，它的有无按说并不取决于伯乐，作者这样耸人耳目地提出问题，自然是要引起读者的思索。紧接着，又指出另一种现象："千里马常有，而伯乐不常有。"这表面上似乎跟开头的论断矛盾，实际上恰恰为它提供了论据。下面"故"字就势一转，把谜底揭开了，也把读者的悬念消除了：正因为伯乐不常有，所以虽有千里马，也只能在根本不识马的奴仆手下受辱，和平庸的马一起默默无闻地老死于马棚，不以千里马著称于世。这就强调指出了，千里马如果不遇伯乐，就实际上不成其为千里马。作者正是在这个意义上使用"然后有千里马"的"有"字的。对于千里马这个特殊事物来说，没有被发现，实际上等于不存在。作者抓住了这个特点，才使开头的那个论断显得分外真实合理、警策非凡，而这个"有"字也确切不可移易。

千里马之所以没有被发现，作者认为跟它"食不饱"有密切关系。因此接下来就抓住千里马的食量问题做文章。作者将千里马的才具与食量联系起来，强调在"食（饲）马者不知其能千里而食"的情况下，它"食不饱，力不足，才美不外见（现）"，连跟平常的马相等也办不到，更不用说日行千里了。"不知"二字，从"伯乐不常有"来，是这一段的眼目。由"不知"引起下文一连串的"不"，层层顶接，极富逻辑力量。然后用"且欲……安求……"的句式，逼进一层，将"不知"所造成的后果淋漓尽致地表现出来。上段还只说"骈死于槽枥之间"，这里则说"且欲与常马等不可得"，意思又深一层。

接下来一段便明显地把重点落在驭马者身上。开头三句，以"食之不能尽其材"承上段，而就势翻出"策之""鸣之"两句，但对此并不再展开论述，读者自可意会。三句用排比句式，一气蝉联，指出对千里马既不懂得正确的驾驭之道，又不能按照它的才具给以充足的食料，而当它鸣叫时又不懂得它的心意。这三个"不"，归根于一个"不知"，已将驭马而不识马的害处揭露得非常充分，下面更进一步，用漫画化手法画出驾驭者愚妄无知而又极主观武断的形象。千里马就在眼前，他却视而不见，执策而临之曰："天下无马。"在讽刺揶揄中流露出意味深长的幽默。最后，是作者对上述现象的强烈感慨。本意是斥责驭者不知马，却故意用摇曳之笔咏叹出之："呜呼！其真无马邪？其真不知马也？"以疑问的口吻来表达肯定的意思，讽刺更辛辣，幽默感也更浓了。

杰出的人才不被当权者所了解与任用，是封建社会的痼疾。这个问题并不新鲜。韩愈这篇文章，好在老问题而有新角度。他不是单纯从身受其害的知识分子出发，诉说一番怀才不遇的委屈与牢骚，也不是一般地论述当权者了解、任用人才的重要性，而是紧紧抓住对人才的发现在某种意义上比人才

韩
愈

335

本身更为重要这个特点，围绕"不知"二字来做文章，从而一方面揭露出居于伯乐之位而无伯乐之识的当权者颟顸无知而又主观武断的丑恶面目，另一方面又揭示出杰出人才被埋没、受屈辱的境遇及其原因，深刻地说明了：不是天下无才，而是缺乏发现人才、了解人才的"伯乐"。千里马的食量和才具，一般的人往往不大注意它们之间的关联，但作者却注意到"千里之能"的发挥有待于食饱力足的客观条件这个事实，从而别有会心地从一个人们容易忽略的角度提出问题，揭示出"食不饱"与"才美不外见"的关系，从而说明对待杰出的人才，应为他们创造一些特殊的条件。这样提出问题，便具有新意，能给人以启示。

　　文章的另一特点是感情色彩强烈，表达上富于含蕴。作者仕途偃蹇，三度上书宰相而被置之不理，对才士的遭遇有切肤之痛。发而为文，便处处流露出一种强烈的愤郁，对颟顸无知的当权者表示了强烈的鄙视和嘲讽。但在表达时，却不流于一泻无余的斥责怒骂，而是以唱叹之笔含蓄出之。文中多次提到千里马，每一次都笔端饱含感情，而且笔笔都不重复。像"是马也，虽有千里之能，食不饱，力不足，才美不外见，且欲与常马等不可得，安求其能千里也"这个长句，浑浩流转，一气旋折，蕴含着满腔牢骚愤郁，但用的却是抒情笔调。文章的结尾，将强烈的愤郁化为无穷的感慨，更显得蕴蓄有致。前人评道："起如风雨骤至，结如烟波浩渺。寥寥短章，变态无常。而庸耳俗目，一齐写尽"（清蔡铸《蔡氏古文评注补正全集》），是很准确的。

师　说

　　古之学者必有师。师者，所以传道受业解惑也[一]。人非生而知之者，孰能无惑？惑而不从师，其为惑也，终不解矣。生乎吾前，其闻道也，固先乎吾，吾从而师之；生乎吾后，其闻道也，亦先乎吾，吾从而师之。吾师道也，夫庸知其年之先后生于吾乎？是故无贵无贱，无长无少，道之所存，师之所存也。

　　嗟乎，师道之不传也久矣，欲人之无惑也难矣！古之圣人，其出人也远矣，犹且从师而问焉；今之众人，其下圣人也亦远矣，而耻学于师。是故圣益圣，愚益愚。圣人之所以为圣，愚人之所以为愚，其皆出于此乎？

爱其子，择师而教之，于其身也，则耻师焉，惑矣！彼童子之师，授之书而习其句读者〔二〕，非吾所谓传其道解其惑者也。句读之不知，惑之不解，或师焉，或不焉〔三〕，小学而大遗，吾未见其明也。

巫医、乐师、百工之人，不耻相师。士大夫之族，曰师、曰弟子云者，则群聚而笑之。问之，则曰："彼与彼年相若也，道相似也。"位卑则足羞，官盛则近谀。呜呼！师道之不复可知矣！巫医、乐师、百工之人，君子不齿，今其智乃反不能及，其可怪也欤！

圣人无常师。孔子师郯子〔四〕、苌弘〔五〕、师襄〔六〕、老聃〔七〕。郯子之徒，其贤不及孔子。孔子曰："三人行，则必有我师。"是故弟子不必不如师，师不必贤于弟子，闻道有先后，术业有专攻，如是而已。

李氏子蟠，年十七，好古文，六艺经传〔八〕，皆通习之，不拘于时，学于余。余嘉其能行古道，作《师说》以贻之。

韩愈

（注释）

〔一〕道：指孔孟之道。业：指以攻读儒家经典为主的学业。惑：指道与业两方面的疑难。受，通"授"。

〔二〕句读（dòu）：即"句逗"。文辞语意已尽处为句，语意未尽而须停顿处为读。

〔三〕不：同"否"。

〔四〕郯（tán）子：春秋时郯国的君主，据说孔子曾向他请教少皞氏以鸟名官的事。

〔五〕苌（cháng）弘：周敬王时大夫，据说孔子曾向他请教音乐方面的问题。

〔六〕师襄：鲁国乐官，孔子曾向他学琴。

〔七〕老聃（dān）：即老子李耳，孔子曾向他问礼。

〔八〕六艺经传：六经的经文和注解。

这是韩愈著名的论说"师道"的文章。文中虽也正面论及师的作用、从师的重要性和以什么人为师等问题，但重点是批判当时流行于士大夫阶层中的耻于从师的不良风气。唐柳宗元《答韦中立论师道书》说："今之世，不闻有师；有辄哗笑之，以为狂人。独韩愈奋不顾流俗，犯笑侮，收召后学，作《师说》，因抗颜而为师；世果群怪聚骂，指目牵引，而增与为言辞。愈以是得狂名。"可见当时韩愈倡言师道，抗颜为师，是冒着触犯流俗的危险，很需要一些勇气的。就文章的写作意图和主要精神看，这是一篇针对性很强的批驳性论文，只不过没有采用通常的驳论形式而已。

文章的开头一段，先从正面论述师道——从师的必要性和从师的标准（以谁为师）。劈头提出"古之学者必有师"这个论断，紧接着概括指出师的作用："传道受（授）业解惑"，作为立论的出发点与依据。从"解惑"（道与业两方面的疑难）出发，推论人非生而知之者，不能无惑，惑则必从师的道理；从"传道"出发，推论从师即是学道，因此无论贵贱长幼都可为师，"道之所存，师之所存也"。这一段，层层顶接，逻辑严密，概括精练，一气呵成，在全文中是一个纲领。这一段的"立"，是为了下文的"破"。一开头郑重揭出"古之学者必有师"，就隐然含有对"今之学者"不从师的批判意味。

第二段开头，紧承上段对师道的论述，连用两个语气强烈的感叹句："嗟乎，师道之不传也久矣，欲人之无惑也难矣！"重笔换转，总起这一段的批判内容，其势如风雨骤至，先声夺人。接着，就分三层从不同的侧面批判当时士大夫中流行的耻于从师的不良风气。先以"古之圣人"与"今之众人"作对比，指出圣与愚的分界就在于是否从师而学；再以士大夫对待自己的孩子跟对待自己在从师而学问题上的相反态度作对比，指出这是"小学而大遗"的糊涂做法；最后以巫医、乐师、百工不耻相师与士大夫耻于相师作对比，指出士大夫之智不及他们所不齿的巫医、乐师、百工。作者分别用"愚""惑""可怪"来揭示士大夫耻于从师的风气的不正常。由于对比的鲜明突出，作者的这种贬抑之辞便显得恰如其分，具有说服力。

在批判的基础上，文章又转而从正面论述"圣人无常师"，以孔子的言论和实践，说明师、弟关系是相对的，凡是在道与业方面胜过自己或有一技之长的人都可以为师。这是对"道之所存，师之所存"这一观点的进一步论证，也是对士大夫之族耻于师事"位卑"者、"年近"者的现象进一步批判。

文章的最后一段，交待作这篇文章的缘由。李蟠"能行古道"，就是指他能继承久已不传的"师道"，乐于从师而学。因此这个结尾不妨说是借表彰"行古道"来进一步批判抛弃师道的今之众人。"古道"与首段"古之学者必有师"正遥相呼应。

在韩愈的论说文中，《师说》是属于文从字顺、平易畅达一类的，与《原道》一类豪放磅礴、雄奇桀傲的文章显然有别。但在平易畅达中仍贯注着一种气势。这种气势的形成，有多方面的因素。

首先是理论本身的说服力和严密的逻辑所形成的夺人气势。作者对自己的理论主张高度自信，对事理又有透彻的分析，因而在论述中不但步骤严密，一气旋折，而且常常在行文关键处用极概括而准确的语言将思想的精粹鲜明地表达出来，形成一段乃至一篇中的警策，给人留下强烈深刻的印象。如首段在一路顶接，论述从师学道的基础上，结尾处就势作一总束："是故无贵无贱，无长无少，道之所存，师之所存也。"大有如截奔马之势。"圣人无常师"一段，于举孔子言行为例之后，随即指出"是故弟子不必不如师，师不必贤于弟子，闻道有先后，术业有专攻，如是而已。"从"无常师"的现象一下子引出这样透辟深刻的见解，有一种高瞻远瞩的气势。正如清刘熙载所说："说理论事，涉于迁就，便是本领不济。看昌黎文老实说出紧要处，自使用巧骋奇者望之辟易。"（《艺概·文概》）

其次是硬转直接，不作任何过渡，形成一种陡直峭绝的文势。开篇直书"古之学者必有师"，突兀而起，已见出奇；中间批判不良风气三小段，各以"嗟乎""爱其子""巫医、乐师、百工之人"发端，段与段间，没有任何承转过渡，如三峰插天，兀然峭立，直起直落，了不相涉。这种转接发端，最为韩愈所长，读来自具有一种雄直峭兀之势。近代林纾说："大家之文，每于顶接之先，必删却无数闲话，突然而起，似与上文毫不相涉。"（《春觉斋论文》）本篇正是典型的例证。

此外，散体中参入对偶与排比句式，使奇偶骈散结合，也有助于加强文章的气势。

柳宗元

永州铁炉步志

江之浒，凡舟可縻而上下者曰步〔一〕。永州北郭有步〔二〕，曰铁炉步。

余乘舟来，居九年，往来求其所以为铁炉者无有。问之人，曰："盖尝有锻者居，其人去而炉毁者不知年矣，独有其号冒而存。"余曰："嘻！世固有事去名存而冒焉若是耶？"步之人曰："子何独怪是！今世有负其姓而立于天下者，曰：'吾门大，他不我敌也。'问其位与德，曰：'久矣其先也。'然而彼犹曰'我大'，世亦曰'某氏大'。其冒于号有以异于兹步者乎？向使有闻兹步之号而不足釜锜、钱镈、刀铁者，怀价而来，能有得其欲乎？则求位与德于彼，其不可得，亦犹是也。位存焉而德无有，犹不足大其门，然世且乐为之下。子胡不怪彼而独怪于是？大者桀冒禹，纣冒汤，幽、厉冒文、武，以傲天下〔三〕。由不知推其本而姑大其故号，以至于败，为世笑僇，斯可以甚惧。若求兹步之实，而不得釜锜、钱镈、刀铁者，则去而之他，又何害乎？子之惊于是，末矣！"

余以为古有太史，观民风，采民言。若是者，则有得矣。嘉其言可采，书以为志。

（注）（释）

〔一〕步：即船埠头。

〔二〕永州：治所在今湖南永州市。

〔三〕"大者"四句：桀，夏朝末代君主；纣，商朝末代君主，相传均为暴君。禹，夏代第一位君主，传说曾治平洪水；汤，商朝的建立者。幽、厉，西周幽王、厉王的合称。厉王暴虐，为国人放逐；幽王为犬戎击败，死于骊山下。文、武，周文王、周武王的合称。文王曾为西部诸侯之长。其子武王灭殷，建立周王朝。

这是一篇借题寓讽的杂文，作于柳宗元贬居永州的第九年（宪宗元和八年，813）。文中的铁炉步虽实有其地，但其中两个人物的对答，却是从汉赋中主客问答辩难的写法变化而来，是作者借以表达自己观点的一种方式。实际上，真正能代表作者观点的并不是文中"余"的想法，而是"步之人"的一番议论。

开头一小段文字，简要交待了"步"的名称所指（即船埠头）和铁炉步的所在。这是对题目应有的说明，也是给虚构的对答提供一个真实的背景。

顾名而思义，循名以求实，是一般人的心理。第二段开头，便通过"余"的求与问，和步之人的答，引出了"人去而炉毁"，"独有其号冒而存"的现象，继而又引出了"余"对这种现象的惊怪态度。这几句是下文全部议论的出发点和凭借。其中，"乘舟"切"步"，"九年""往来""不知年"，说明"事去名存而冒"的情况已经存在很久。而"余"的惊怪态度则成为"步之人"批评的靶子，实际上是把议论引向深入的桥梁。

步之人的一段议论，是全文的主体，也是作者写这篇文章的真正意图所在。他先用"子何独怪是"，对"余"的惊怪态度表示了总的否定，接着，便层层转进，加以嘲讽批驳。先指出："今世有负其姓而立于天下者"，他们既无位，又无德，却冒着高门大族的名号自高自大，别的人也把他们看得很高大，这跟冒号的铁炉步有什么两样？接着进一步指出：到铁炉步求不到铁制的炊具、农具、刀斧，跟在冒号的高门中求不到位和德，情况是相似的；而且即使有位而无德，也不能光大他们的门第，但世上的人却仍然把他们看得很高，乐意居于其下，那么，铁炉步的冒号又有什么可怪的呢？最后，更进而指出：历史上的桀、纣、幽、厉分别假冒禹、汤、文、武的名号以傲视天下，最后都遭到失败，为世人所讥辱，这是深可戒惧的。相比之下，铁炉步的冒号倒不会造成什么危害，对此感到惊怪，而无视政治上的冒号，那是舍本逐末了。这三层，运用类比对照，从冒号的铁炉步引出冒号的高门、冒号的帝王，从铁炉步的人去炉毁，引出高门的无位无德、妄自尊大，进而引出末世帝王"不知推其本而姑大其故号"，从"余"的惊怪引出世人不重才德、但重门第的陋风和无视政治上冒号的危害的短见，层层转进加深。作者

341

借步之人所发的这番议论，不但揭露了政治上已趋没落，但还以高门自诩的世家旧族，揭露了承袭祖宗旧业和名号、昏庸无能的封建统治者，而且批评了但重名号、不求才德的庸人陋习。

近人章士钊《柳文指要》谓："子厚此作，明有所讽。盖唐世重门第，好夸张，子孙冒祖父之名与位，以震骇流俗，所在多有，子厚或亲遇其事而恶之，故借铁炉而揭其事于此。"虽为推测之辞，实是近情合理。末段交待文章的写作目的。所谓"嘉其言可采"，以备太史观民风而采之，故作严肃郑重之语，使这段虚构的"步之人"的议论显得实有其事，与首段之写铁炉步同一手法。柳宗元带有寓言性质的杂文，每用此种虚虚实实之笔。

送薛存义序

河东薛存义将行，柳子载肉于俎，崇酒于觞，追而送之江之浒。饮食之，且告曰：凡吏于土者，若知其职乎？盖民之役，非以役民而已也。凡民之食于土者，出其十一佣乎吏，使司平于我也。今我受其直，怠其事者，天下皆然。岂惟怠之，又从而盗之。向使佣一夫于家，受若直，怠若事，又盗若货器，则必甚怒而黜罚之矣。以今天下多类此，而民莫敢肆其怒与黜罚者，何哉？势不同也。势不同而理同，如吾民何！有达于理者，得不恐而畏乎？

存义假令零陵二年矣。蚤作而夜思，勤力而劳心，讼者平，赋者均，老弱无怀诈暴憎〔一〕。其为不虚取直也的矣〔二〕，其知恐而畏也审矣。

吾贱且辱，不得与考绩幽明之说〔三〕。于其往也，故赏以酒肉而重之以辞。

342

注释

〔一〕怀诈暴憎：心怀欺诈、外露憎恨。
〔二〕的：确实。下"审"义同。
〔三〕考绩幽明：语本于《尚书·尧典》："三载考绩。三考，黜陟幽明。"黜，罢降；陟，擢升；幽，愚暗；明，贤明。

这是一篇闪烁着夺目的民主性思想光辉的文章，作于柳宗元贬任永州（治所在今湖南永州市）司马期间。薛存义是河东人，和柳宗元同乡，曾在零陵县担任代理县令。当他调任时，柳宗元写了这篇赠序送他。题一作《送薛存义之任序》。

文章开头，用简约的笔墨点明薛存义的离任和自己的送行，缴清题目。"载肉""崇（满）酒""追而送之"，显出送行的郑重和情谊的深厚，为下面一段语重心长的议论蓄势。

薛存义这次离开永州，是在"假（代理）令零陵二年"之后到新的地方去做官，作者在送行之际谆谆相告的内容便集中在官吏的职责上。但作者却并不把"告"的对象局限在薛存义一人身上，而是以"凡吏于土者，若知其职乎"劈头发问，从而使所论的内容具有普遍的意义。紧接着又用非常概括精粹的语言从正反两个方面揭示了官吏的职责："盖民之役，非以役民而已也。"上句正意，却是宾；下句反面，恰是主，放在后面，处于强调的位置。从文章本身看，作者所着重评论、揭露、警戒的，正是这一类"役民"的官吏。下面就围绕这个论断来揭露役民之吏。作者指出，"民之食于土者"——靠土地为生的人，即农民，把他们收入的十分之一拿来纳税，雇佣官吏，是为了让官吏为自己办理事情。这里把纳税的目的说成是雇佣官吏办事，而不是像封建统治者历来所宣扬的那样，是奉事君上应尽的义务，不但在实际上否定了封建王税剥削的合理性，而且对官、民之间统治被统治的关系也是一种大胆的翻案。

在正面论述了官吏的职责、官吏与人民的关系以后，作者便将批判的笔锋直接指向现实中的官吏。首先尖锐地揭露当今受其直（报酬）而怠其事的官吏"天下皆然"，显示出吏治的普遍腐败，令人怵目惊心；接着又进一步指出，还有比"怠"更严重的"盗"——贪污中饱，敲诈勒索。作者就近取譬，指出一个受雇的仆役，如果拿了工钱不干事，甚至偷盗主人的财物，必然要受到主人的驱逐与责罚。这个比喻由于紧扣雇佣与受雇的主仆关系，就把人民黜罚不称职的官吏乃至贪官污吏的合理性说得极其明白透彻，让人感到作为主人的人民有着充分的行使黜罚的权利。然后，作者笔锋一转，指出当今的官吏尽管都是这一类人，但人民却不敢充分表露自己的愤怒并且行使黜罚之权，原因就在于"势不同"——官与民权势地位的不同。一个"势"

343

字就点穿了问题的实质。写到这里，似乎无可为继，作者却又掉笔翻转："势不同而理同，如吾民何！"老百姓虽然无"势"，却有"理"。能把（有理的）"吾民"怎么样！作者语重心长地说："有达于理者，得不恐而畏乎？"暗示官吏怠事、盗民的情况如果继续发展，终将酿成大乱。吏治问题关系着封建统治的存亡，这正是作者写这篇文章的根本认识和出发点。但他却不直接说破，而是用有通达事理者"得不恐而畏乎"这样的言词来略加点逗，读来反更有"危言耸听"之感。

接下来一段，由论述吏的职责落到题目上来，赞美薛存义的政绩。"蚤作"二句，明其非"怠"；"讼者"三句，明其"司平"于民；"不虚取直""知恐而畏"是对薛的总赞，应上段"民之役""达于理"。这一段从正面表彰，而与上段关于吏职的论述严丝合榫，无异于为作者的理论树立一个正面的典型。对薛本人来说，上一段是临别赠言，这一段则是热情的勉励。

末段交待饯行赠序的缘由，遥应篇首。"吾贱且辱，不得与考绩幽明之说"，是牢骚语。作者由于身遭贬斥，地位低微，不能对于官吏的考核升降参加意见，只能给他写几句话送行。也正因为处于"贱辱"之故，所以能比较深切地体会到人民的痛苦和愿望，从而进一步确立并发挥了他在《送宁国范明府诗序》中已经提出的"为吏者，人役也"的观点。他心目中的"民之役"，也不过是使"讼者平，赋者均"的封建官吏。但他的这一观点，在当时却是石破天惊的异端理论，具有一定的进步意义。

全文不过二百四十一字，却提出并透辟地论述了一个重大的政治理论问题——官吏的职责和官民的关系问题。文中不但有一语破的、揭示本质的论断与分析（如吏为民役、非以役民的论断；民无势莫敢肆其怒的分析），而且有层层转进、推理严密的论证（从"民之役"推出对怠事盗货者黜罚的合理，又从民莫敢黜罚推出"势不同"的论断；再从"势不同而理同"推出达理者的"恐而畏"），有生动恰切、切中事理的比喻，不但有尖锐的揭露批判，而且有正面的表彰。虽是短章，却显得有曲折波澜。而文风的犀利、简洁、严密、深刻，尤见柳文特色。

李商隐

上河东公启

　　商隐启：两日前于张评事处伏睹手笔，兼评事传指意，于乐籍中赐一人，以备纫补。某悼伤已来，光阴未几。梧桐半死，才有述哀；灵光独存，且兼多病。眷言息胤，不暇提携，或小于叔夜之男〔一〕，或幼于伯喈之女〔二〕。检庾信荀娘之启〔三〕，常有酸辛；咏陶潜通子之诗〔四〕，每嗟漂泊。所赖因依德宇，驰骤府庭，方思效命旌旄，不敢载怀乡土。锦茵象榻，石馆金台〔五〕，入则陪奉光尘，出则揣摩铅钝〔六〕。兼之早岁，志在玄门〔七〕，及到此都，更敦夙契，自安衰薄，微得端倪。至于南国妖姬，丛台妙妓〔八〕，虽有涉于篇什，实不接于风流。况张懿仙本自无双，曾来独立，既从上将，又托英僚。汲县勒铭，方依崔瑗〔九〕；汉庭曳履，犹忆郑崇〔一〇〕。宁复河里飞星〔一一〕，云间堕月〔一二〕，窥西家之宋玉〔一三〕，恨东舍之王昌？〔一四〕诚出恩私，非所宜称。伏惟克从至愿，赐寝前言，使国人尽保展禽〔一五〕，酒肆不疑阮籍〔一六〕，则恩优之理，何以加焉。干冒尊严，伏用惶灼。谨启。

注 释

　　〔一〕叔夜之男：嵇康字叔夜，其《与山巨源绝交书》云："女年十三，男年八岁，未及成人。"本年商隐子衮师方六岁，故云。

　　〔二〕伯喈之女：蔡邕字伯喈，其女蔡琰，少聪慧，年六岁，邕鼓琴弦绝，琰曰："第二弦。"按：商隐之女年长于其子衮师。《骄儿诗》有"堂前逢阿姊"句。

　　〔三〕庾信荀娘之启：庾信有《谢赵王赍息丝布启》云："某息荀娘，昨蒙恩引，曲赐丝布等五段。南冠获宥，既预礼筵；稚子胜衣，还蒙拜谒。"

〔四〕陶潜通子之诗：陶潜《责子诗》："通子垂九龄，但觅梨与栗。"

〔五〕石馆金台：碣石馆、黄金台，均燕昭王筑以招致贤才的馆舍。此借指幕府。

〔六〕铅钝：铅质的刀不锋利，喻才力微弱。自谦之辞。

〔七〕玄门：指道教。陶弘景《答朝士访仙佛两法体相书》："先生领袖玄门，学穷仙苑。"亦指佛教。唐太宗《大唐三藏圣教序》："栖虑玄门。"

〔八〕丛台：战国时赵武灵王在邯郸所筑台，多蓄声妓，以为享乐之所。

〔九〕"汲县"二句：东汉崔瑗为汲县令，开渠造稻田，百姓歌之。迁济北相，官吏男女号泣，共垒石作坛，立碑颂德而祠之。

〔一〇〕"汉庭"二句：《汉书·郑崇传》载哀帝擢崇为尚书仆射，数求见谏诤。每见，曳革履，上笑曰："我识郑尚书履声。"

〔一一〕河里飞星：用织女星渡银河与牵牛星相会事。

〔一二〕云间堕月：谢灵运《东阳溪中赠答诗》："可怜谁家妇，缘流洗素足。明月在云间，迢迢不可得。""可怜谁家郎，缘流乘素舸。但问情若为，月就云中堕。"

〔一三〕窥西家之宋玉：宋玉《登徒子好色赋》："臣东家之子……登墙窥臣三年。"

〔一四〕东舍之王昌：梁武帝《河中之水歌》："人生富贵何所望，恨不早嫁东家王。"

〔一五〕国人尽保展禽：《诗·小雅·巷伯》："哆兮侈兮，成是南箕。"毛传："鲁人有男子独处于室，邻之嫠妇又独处于室。夜暴风雨至而室坏，妇人趋而托之。男子闭户而不纳。妇人自牖与之言曰：'子何为不纳我乎？'男子曰：'吾闻之也：男子不六十不闲居。今子幼，吾亦幼，不可以纳子。'妇人曰：'子何不若柳下惠（即展禽）然？妪不逮门之女，国人不称其乱。'"

〔一六〕"酒肆"句：《世说新语·任诞》："阮公（籍）邻家妇有美色，当垆沽酒。阮与王安丰常从妇饮酒。阮醉，便眠其妇侧。夫始殊疑之。伺察，终无他意。"

唐宣宗大中五年（851），李商隐的妻子王氏病故。同年十月，他应剑南东川节度使柳仲郢之辟，抵达梓州（治所在今四川三台）任柳幕判官。远幕，丧妻，别子，多病，加上长期落拓不遇，使他的心情非常悒郁。柳仲郢

古典文学名篇鉴赏及其他

同情他，打算在梓州的官妓中挑选一位色艺双全的女子张懿仙，给他作侍妾。李商隐得知，即写了这封情辞恳切的书启婉辞。信采用骈体形式，却毫无华靡伤真之弊，用语圆润精工，表达了深沉恳挚、委婉缠绵的感情。

题中的"河东公"，指柳仲郢。河东是柳氏郡望。信的开头叙述了作者从同僚张评事处看到柳仲郢的手札，并听到张评事传达柳的旨意，要给自己一位官妓作侍妾。这几句以散句起，口气在亲切中显出恭敬。这是写信的缘由，全文即围绕此事展开。

接下来，作者用充满感伤气息的笔调叙写了自己丧妻以来的处境与心情。王氏于是年春夏间亡故，距写信时不过半年左右，故说"悼伤已来，光阴未几"。"梧桐半死"，用西汉枚乘《七发》："龙门之桐，高百尺而无枝，其根半死半生。"这里比喻丧偶，而自己遭此变故后形毁骨立的情状如见。"灵光独存"，用东汉王延寿《鲁灵光殿赋序》："遭汉中微，盗贼奔突，自西京未央、建章之殿皆见隳毁，而灵光岿然独存。"比喻亲故零落，仅余己身，而孑然孤立、形影相吊之处境可想，用典精切而富形象感。然后，又进一步说到，自己所眷恋的儿女，年纪尚幼，无暇提携照顾，每当咏读前贤关爱儿女的诗文，不免勾起自己的辛酸。陶、庾诗文中所言子息，皆属幼龄，用以映衬己方，正是恰到好处。作者对幼儿弱女充满爱怜，王氏死后，他有诗说："嵇氏幼男犹可悯，左家娇女岂能忘？"在梓州关于"小男阿衮"亦有诗云："渐大啼应数，长贫学恐迟。寄人龙种瘦，失母凤雏痴。"此次只身远赴东川，撇下儿女，自不免更添天涯漂泊之悲。以上一路写来，仿佛只是在诉说丧妻后的孤子凄伤，但读者从这充满哀感的叙说和对亡妻弱息的深情中，已不难想见作者对赠妓一事是何反应。

接着，作者用"所赖"二字一转，折入对府主知遇之恩的感激。"锦茵象榻，石馆金台"，正渲染出礼遇的隆重，而"入则陪奉光尘，出则揣摩铅钝"，则正是自己"效命旌旄"的行动。从"方思效命旌旄，不敢载怀乡土"的话语看，柳之赠妓自含慰其异乡孤独之意，故有此半是感激、半是表白的说法，其中隐隐透出作客依人的辛酸。然后，又以"兼之"领起，转进一层，说自己早岁有志学道，到东川后，更加深了平生之所好，历尽坎坷之后，早已自安于禄命衰薄之境，而对玄门的精义稍微懂得了一点头绪。这是用自己对宗教的信仰含蓄地表明，对于男女情爱一类事，已经再也无所追求了。作者早年曾一度在玉阳山、王屋山隐居学道，所谓"忆昔谢四骑，学仙玉阳东"就是。中年入仕以后，在牛、李党争的夹缝中无辜蒙受打击，只得栖身幕府，漂泊天涯；又遭妻子王氏之丧，转而虔诚事佛，欲从中寻求解脱烦恼之方，如大中七年底作的《樊南乙集序》所云："三年已来，丧失家道，平居忽忽不乐，始克意事佛，方愿打钟扫地，为清凉山行者"，说的正是这一时期的心情。这里以"兼之""及""更"，蝉联而下，婉转表达自己绝意情爱的意思。接下来，又用"至于"二字提起，正面表白自己在一些篇什中虽曾描写过"南国妖姬""丛台妙妓"，却"实不接于风流"。无论是"借美人以喻君子"，别有寓托，还是抒写感受体验，非即纪实，都说明自己并不是热中艳情的人。以"虽有"先让一步，用"实不"随即翻转加以否定，一纵一收，将自己生性并非重色这一点有力地强调出来了。

　　自己方面的原因，从悼亡之悲、子女之念、报效恩知、志在玄门一直写到生性"不接于风流"，已经将无意于纳妾之意表达得非常充分了，下面便换另一角度，从张懿仙的经历、身份方面说。从下一段文字看，张懿仙大约原曾得柳仲郢（即所谓"上将"，"犹忆郑崇"句指此）的宠爱，后来又曾托身柳的某一僚属（所谓"又托英僚"，"方依崔瑗"句指此）。当时乐籍歌妓俯仰随人虽属常事（如杜牧《张好好诗》所反映的情况即是一例），但在对男女情爱持较为严肃态度的作者看来，却感到不合适。因此他用略带调侃的语气说："宁复河里飞星，云间堕月，窥西家之宋玉，恨东舍之王昌？"——难道还要让她再渡鹊桥，投入别人的怀抱，成为窥墙密约的女子吗？这里，实际上蕴含着对张懿仙这类女子命运的同情，但以"雅谑"的形式出之，便不至冒犯府主的尊严，更不会拂逆他的"好意"，措辞委婉得体。四句连用四典，均极雅切，且流丽圆转，一气贯注，读来有声情摇曳之致。

　　最后，方揭出辞赠正意。作者一方面感激府主的"恩私"，同时又委婉表明"非所宜称"，希望对方顺应自己的愿望，收回赐妓的成命，使人们不致对自己的品德产生错觉。作者把"赐寝前言"看作府主对自己的爱护，这是特别动听的。

　　一位幕府主人，出于对幕僚处境的同情，而有赠妓之举。辞谢这种"恩遇"，是很难措辞的。作者却能诉之以情，明之以理，既不拂逆对方的好意，又使对方充分了解自己的情性，从而"赐寝前言"。从这里不但可以看出作者恳挚的情感性格，还可以看出他善于辞令和驾驭骈文形式的圆熟技巧。隶事用典和骈偶对仗不但没有成为表达感情的障碍，而且成了更有效地表达感情的一种凭借。华不伤真，本篇是典型的一例。

祭小侄女寄寄文

李商隐

正月二十五日，伯伯以果子、弄物招送寄寄体魄归大茔之旁。哀哉！尔生四年，方复本族；既复数月，奄然归无。于鞠育而未申，结悲伤而何极！来也何故？去也何缘？念当稚戏之辰，孰测死生之位？时吾赴调京下[一]，移家关中，事故纷纶，光阴迁贸，寄瘞尔骨，五年于兹。白草枯荄，荒途古陌，朝饥谁抱？夜渴谁怜？尔之栖栖[二]，吾有罪矣。今吾仲姊，反葬有期，遂迁尔灵，来复先域。平原卜穴，刊石书铭。明知过礼之文，何忍深情所属！

自尔殁后，侄辈数人，竹马玉环，绣襜文褓，堂前阶下，日里风中，弄药争花，纷吾左右，独尔精诚，不知所之。况吾别娶已来，胤绪未立，犹子之义[三]，倍切他人。念往抚存，五情空热！

呜呼！荥水之上，坛山之侧，汝乃曾乃祖，松槚森行[四]，伯姑仲姑，冢坟相接。汝来往于此，勿怖勿惊。华彩衣裳，甘香饮食，汝来受此，无少无多。汝伯祭汝，汝父哭汝，哀哀寄寄，汝知之邪？

注释

〔一〕赴调：赴京参加外官内任的调选。

〔二〕栖栖：亦作"恓恓"，不安貌。

〔三〕犹子：《礼记·檀弓》："兄弟之子，犹子也。"此指侄女。

〔四〕槚（jiǎ）：即楸（qiū）。常同松树一起种在坟墓前。

李商隐是中国文学史上感伤气质特别浓重的作家之一。感伤情调，贯串在他大部分诗文创作中，构成他"深情绵邈"风格的一个重要因素。《旧唐书·文苑传》说他"尤善为诔奠之辞"，这篇《祭小侄女寄寄文》便是他祭奠文章中出色的一篇。寄寄，是他弟弟羲叟的女儿，四岁而夭，初葬于济源（今属河南）。会昌四年（844）正月，迁葬到商隐祖茔所在的荥阳（今河南郑州)坛山。这次迁葬，除将他曾祖母的坟墓由荥阳坛山迁往怀州雍店外，还将裴氏姊、徐氏姊的灵柩分别迁往荥阳及景亳夫家。这在李商隐的个人生活中，是一件大事。

　　文章一开始，就以充满感情的笔调叙述了迁葬的事情。用散体明点日月，交待祭奠者与祭奠对象，虽属祭文通例，但说"伯伯以果子、弄物招送寄寄体魄"，便见亲切爱抚，切合双方身份。"归大茔之旁"，点出"归"字，既为下文描绘未归前孤魂栖栖之情作反托，又为末段伏脉。接着，以强烈的哀叹转入对寄寄夭折及死后情事的追叙。寄寄出生后，大约曾寄养在外姓人家，后方回到父母身边，故有"尔生四年，方复本族"之语。对这样一个出生后就未能得到亲生父母爱抚、刚回到父母身边又旋即夭折的幼女，作者怀着一种特殊的怜爱同情。情之所至，不免对她的来去匆匆发出惘然的喟叹："来也何故？去也何缘？"人生的种种悲剧，往往使人感到迷惘不解。接下来，又用追忆之笔叙写寄寄死后自己方面的情况和想象寄寄孤魂无依的情景。寄寄死于开成五年（840）春。这一年，作者为调补官职、移家长安的事仆仆道途，顾不上为寄寄归葬祖茔，只能暂时将她葬在济源（商隐在开成年间曾奉母居此），谁知"事故纷纷，光阴迁贸"，转眼又已五年。想起幼小的孤魂独处"白草枯荄，荒途古陌"之中，饿了没有人抱，渴了没有人怜，不禁发出"尔之栖栖，吾有罪矣"这样沉痛的呼号。这一节写得极为哀恻动人。作者在叙述寄寄死后羁孤的情景时，自然融入自己的身世之感。"事故纷纭，光阴迁贸"八个字中蕴含了许多难以尽言的人生遭际。而"白草"四句，更用诗的意境传出孤魂无依的凄恻和自己一片哀伤关切之情。在封建时代，作为家庭的长子，应当担负起支撑整个门户的责任，"尔之栖栖，吾有罪矣"，这种似乎"过情"的自责，正与作者沉沦困顿的遭遇和未能尽责的负疚感密切相关，悲伤的情绪至此已达高潮。

　　紧接着，又用"今"字勒回到当前，叙述这次迁葬的缘由。这几句语气转为平缓，反映出作者的感情因迁葬事成而有所慰藉，而"明知过礼之文，何忍深情所属"两句，则总结性地点出了为幼小的侄女作这篇祭文的原因。"深情所属"，正是李商隐的性格特征，也是这篇祭文动人的根本原因。

　　接下来，又转笔抒写寄寄死后自己触景伤情的深长哀感。与前段以想象之笔渲染孤魂的凄凉不同，这里是以眼前"侄辈数人"在"堂前阶下，日里风中"的天真嬉戏来反托对寄寄精魂不知所之的强烈思念和深沉感伤。可以说是以丽景写哀情，以热闹衬孤寂，更觉情之难堪。然后又用"况"字转进一层，将伤怀的特殊原因进一步揭示出来。商隐续娶王茂元之女以来，此时尚无子嗣，因此寄寄便被视为自己的亲骨肉。"念往抚存，五情空热！"将感情又一次推向高潮。

祭文的最后一段，是对寄寄亡魂的深情抚慰。作者像是面对寄寄的幼魂，告诉她今后再也不会孤子无伴了，祖父的坟地上，松槚已经森然成行；大姑二姑的坟墓，就在近旁紧紧相连；往来于此，不用担惊受怕。写到这里，不但撤去了幽明的界限，而且撤去了尊卑长幼的界限，一片深挚的慈爱之情，流注于字里行间。最后用呼告语收束，更见情之深长无极。寄寄幼魂有知，当可安息于地下了。

骈文最显著的特点之一是大量用典隶事。这对某些需要典重雅正的章表书奏来说，可能有一定的增饰作用；但对纯粹以抒情真挚取胜的哀祭之文，却往往是一种障碍，容易造成感情表达上的"隔"。韩愈《祭十二郎文》之所以取得很大的成功，跟运用奇句单行的散体有密切关系。李商隐的这篇祭文，虽然用的是骈体，却全不用典，通篇都用感情色彩极为浓郁的平易明畅的语言直抒深情，毫不雕琢。加上骈中有散、骈散结合的格式，和骈句本身的畅达自然，读来但觉清空如话，一气流走。骈俪之文，能运用到如此纯净自如、不见任何束缚的程度，确已臻于化境。

李
商
隐

王安石

答司马谏议书

　　某启：昨日蒙教，窃以为与君实游处相好之日久，而议事每不合，所操之术多异故也。虽欲强聒，终必不蒙见察，故略上报，不复一一自辨。重念蒙君实视遇厚，于反复不宜卤莽，故今具道所以，冀君实或见恕也。

　　盖儒者所争，尤在于名实；名实已明，而天下之理得矣。今君实所以见教者，以为侵官〔一〕、生事、征利、拒谏，以致天下怨谤也。某则以谓受命于人主，议法度而修之于朝廷，以授之于有司，不为侵官；举先王之政，以兴利除弊，不为生事；为天下理财，不为征利；辟邪说，难壬人，不为拒谏。至于怨谤之多，则固前知其如此也。人习于苟且非一日，士大夫多以不恤国事、同俗自媚于众为善。上乃欲变此，而某不量敌之众寡，欲出力助上以抗之，则众何为而不汹汹然？盘庚之迁〔二〕，胥怨者民也〔三〕，非特朝廷士大夫而已；盘庚不为怨者故改其度〔四〕，度义而后动〔五〕，是而不见可悔故也〔六〕。如君实责我以在位久，未能助上大有为，以膏泽斯民，则某知罪矣；如曰今日当一切不事事〔七〕，守前所为而已，则非某之所敢知。

　　无由会晤，不任区区向往之至！〔八〕

　　〔一〕侵官：王安石设"制置三司（盐铁、户部、度支）条例司"，主持变法，司马光认为这是侵夺了原来机构的职权。

　　〔二〕盘庚之迁：盘庚，商代国君。他因旧都奄地多水患，决定迁都于殷。百姓不欲迁，既迁后又不习惯新地方，有怨言；诸贵戚大臣也耽于旧日安逸，把盘庚对百姓的好意隐匿不宣，反以浮言煽起百姓的不满。盘庚分别加以劝谕警告，然后"百姓由宁，殷道复兴"。见《尚书·盘庚》及《史记·殷本纪》。

〔三〕胥：皆。

〔四〕度：计划。

〔五〕度（duó）义而后动：慎重考虑是否合理，然后付诸行动。

〔六〕是：认为正确。

〔七〕事事：做事。前"事"字为动词。

〔八〕区区：衷心。

宋神宗熙宁二年（1069），王安石任参知政事，实行新法。保守派的代表人物、当时任右谏议大夫的司马光（字君实），多次写信给王安石，要他停止变法。王安石这封信，是针对司马光熙宁三年二月一封长达三千余字、全面攻击新法的来信的回复。安石先是简短地复了一信，对来信所责难的诸点不一一置辩，随后想到彼此交往多年，友谊深厚，信札来往不宜草率简慢，就又写了这封答书。

新旧两派之间的这场政治斗争，在当时朝廷上下本就非常引人注目，司马光与王安石的这类信件，更带有半公开的性质，双方在论战辩难时都是全力以赴的。因此，这封回信虽然简短，却是精心结撰之作。

开头一小段文字，表面上是向对方解释上次为什么简短回复而此次"具道所以"的原因。但实际上，作者着意强调的倒是"所操之术多异"这句话。细读信的全文，便可发现作者的辩驳和批评都贯穿了这一中心思想线索。"立片言以居要"，作者一开始就把问题的实质点出来了。

接下来一段，是针对司马光来信中提出的责难进行辩驳。在辩驳之前，先高屋建瓴地提出一个最重要的原则问题——名实问题。名正则言顺而事行。但站在不同立场，对同样一件事（即"实"）是否合理（即"名"是否"正"）就会有不同的甚至完全相反的看法。司马光在来信中指责王安石实行变法是"侵官、生事、征利、拒谏，以致天下怨谤"。这些责难，如果就事论事地一一加以辩解，那就很可能会因为对方抓住了一些表面现象或具体事实而陷于被动招架，越辩解越显得理亏；必须站在高处，深刻揭示出事情的本质，才能从根本上驳倒对方的责难，为变法正名。先驳"侵官"。作者不去牵涉实行新法是否侵夺了政府有关机构的某些权力这些具体现象，而是大处着眼，指出决定进行变法是"受命于人主"，出于皇帝的意旨；新法的制订是"议法度而修之于朝廷"，经过朝廷的认真讨论而订立；然后再"授之于有司"，交付具体主管部门去执行。这一"受"、一"议"、一"授"，将新法从决策、制订到推行的全过程置于完全名正言顺、合理合法的基础上，"侵官"之说便不攻自破。次驳"生事"。"举先王之政"是理论根据，"兴利除弊"是根本目的。这样的"事"，上合先王之道，下利国家百姓，自然不是"生事扰民"。再驳"征利"。只用"为天下理财"一句已足。因为问题不在于是否征利，而在于为谁征利。根本出发点正确，"征利"的责难也就站不住脚。然后驳"拒谏"。只有拒绝正确的批评，文过饰非才叫拒谏，因此，"辟邪说，难壬（佞）人"便与拒谏风马牛不相及。最后讲到"怨谤之多"，却不再从正面反驳，仅用"固前知其如此"一语带过，大有对此不屑一顾的轻蔑意味，并由此引出下面一段。

这一段，从回答对方的责难这个角度说，是辩解，是"守"；但由于作者抓住问题的实质，从大处高处着眼，这种辩解就绝非单纯的招架防守，而是守中有攻。例如在驳斥司马光所列举的罪责的同时，也就反过来间接指责了对方违忤"人主"旨意、"先王"之政，不为天下兴利除弊的错误。特别是"辟邪说，难壬人"的说法，更毫不客气地将对方置于壬人邪说代言人的难堪境地。当然，对司马光的揭露和进攻，主要还在下面一段。

紧承上段结尾处怨谤之多早在意料之中的无畏声言，作者对"怨谤"的来历作了一针见血的分析。先指出：人们习惯于苟且偷安已非一日，朝廷士大夫多以不忧国事、附和流俗、讨好众人为处世的良方。在王安石的诗文中，"苟且"是因循保守的同义词；而"俗"与"众"则是为保守思想所浸染的一股强大的社会政治势力。这里揭示出他们的精神面貌和思想实质，正为下文皇帝的"欲变此"和自己的"助上抗之"提供了合理的依据。因此接着讲到"众何为而不汹汹然"，只是说明保守势力的反对势在必然，却丝毫不意味着他们的有理和有力。接下来，作者举了盘庚迁都的历史事例，说明反对者之多并不表明措施有错误，只要"度义而后动"，确认自己做得是对的，就没有任何退缩后悔的必要。盘庚之迁，连百姓都反对，尚且未能使他改变计划，那么当前实行变法只遭到朝廷士大夫中保守势力的反对，就更无退缩之理了。这里用历史上改革的事例说明当前所进行的变法的合理与正义性，表明自己不为怨谤之多而改变决心的坚定态度。"度义而后动，是而不见可悔"，可以说是王安石的行事准则，也是历史上一切改革家刚决精神的一种概括。

答书写到这里，似乎话已说尽。作者却欲擒故纵，先让开一步，说如果对方是责备自己在位日久，没有能帮助皇帝干出一番大事，施惠于民，那么自己是知罪的。这虽非本篇正意，却是由衷之言。紧接着又反转过去，正面表明态度："如曰今日当一切不事事，守前所为而已，则非某之所敢知。"委婉的口吻中蕴含着锐利的锋芒，一语点破以司马光为代表的保守派的思想实质，直刺对方要害，使其原形毕露，无言以对。

这是一篇书信体的政论。一般地说，政论以逻辑思维为手段，不易见作者个性；但这篇文章却充分显现出作者刚毅果决的政治改革家的鲜明个性。这既表现在作者对自己的政治主张高度自信，对保守派的思想实质看得深透，面对司马光连篇累牍、气势汹汹的攻击，从容镇定，显示出一种居高临下的气概；更表现在对事理的分析论辩，要言不烦，一两句话便能揭示问题的实质，而且态度坚决，斩钉截铁，不留余地。文中有不少地方还流露出对于保守言论不屑置辩的轻蔑。像"辟邪说，难壬人，不为拒谏"，实际上已经认定对方是鼓吹邪说的壬人，不准备申述如此判断的理由，也丝毫不容辩驳。这种由高度的自信、深刻的认识、简练的语言等因素构成的峭刻劲厉的文章风格，充分显示了作者的个性。清吴汝纶评本篇说："固由兀傲性成，究亦理足气盛，故劲悍廉厉无枝叶如此。"是抓到了痒处的。

当然，这毕竟是一封朋友间的通信。信的首尾措辞委婉，虽属书信格式的需要，也注入了朋友的情意。再如中心部分的驳论，也是开诚相见，直抒胸臆的，细察可以看得出来。政见不同，并不妨碍原来的友谊。如欧阳修、苏轼也曾不赞成新法的某些措施，而王安石与他们之间的私人感情仍然是很好的。不以私废公，也不以公废私，这是一个政治家应有的胸怀。

同学一首别子固

江之南有贤人焉，字子固[一]，非今所谓贤人者，予慕而友之。淮之南有贤人焉，字正之[二]，非今所谓贤人者，予慕而友之。二贤人者，足未尝相过也，口未尝相语也，辞币未尝相接也，其师若友，岂尽同哉？予考其言行，其不相似者，何其少也！曰：学圣人而已矣。学圣人，则其师若友，必学圣人者。圣人之言行，岂有二哉？其相似也适然。

予在淮南，为正之道子固，正之不予疑也。还江南，为子固道正之，子固亦以为然。予又知所谓贤人者，既相似，又相信不疑也。

子固作《怀友》一首遗予，其大略欲相扳以至乎中庸而后已。正之盖亦常云尔。夫安驱徐行，辅中庸之庭，而造于其堂，舍二贤人者而谁哉？予昔非敢自必其有至也，亦愿从事于左右焉尔。辅而进之，其可也。

噫！官有守，私有系，会合不可以常也。作《同学一首别子固》，以相警且相慰云。

注释

〔一〕子固：曾巩（1019—1083），字子固，南丰（今属江西）人。

〔二〕正之：孙侔，字正之，一字少述，吴兴（今浙江湖州）人。刘敞荐以为扬州州学教授，辞不赴。

这是一篇赠别友人的文章，作者于仁宗庆历二年（1042）任签书淮南判官，任所在扬州。次年三月请假归故乡江西临川（江西在宋时称江南西路，文中"江南"指此）。曾巩有《怀友》文寄王安石云："介卿（安石初字介卿，后改介甫）官于扬，予穷居极南，其合之日少，而离别之日多。"本篇即作者暂归江西，会晤曾子固后再返扬州时写赠子固之作。题为"同学"，意指同学于圣人，相互切磋勉励，与曾巩《怀友》一文内容呼应，可见这两位古文大家青年时代声气相求之一斑。

这篇文章在构思上有一个显著特点，即不单从曾巩与自己的关系着笔，而是引出一位各方面情况与曾巩神合的孙正之作为映衬，分别从自己与曾、孙两人的关系着笔，形成平行的双线结构。这样来体现"同学"的主题，是比较新颖独特的。

文章一上来就分别介绍"江之南""淮之南"的两位贤人曾子固和孙正

之。强调他们都不是当今世俗所说的那种贤人，暗逗下文的同学于圣人；同时又分别点明"予慕而友之"，将自己和曾、孙两人分别挂上了钩，暗示了三人趣尚的一致，为下文两人之相似、师友之相同张本。作者《送孙正之序》云："予官于扬，得友曰孙正之。正之行古之道，又善为古文。"这正是他们三人志趣契合的基础。

接着，作者又转而强调，这两位自己所仰慕的朋友和贤人，他们之间却从来未曾相互拜访、交谈，或互致书信礼物。三个排句，蝉联而下，把双方未曾识面的意思强调得非常突出。既然如此，"其师若（与）友，岂尽同哉？"这一问自在情理之中。下面又一转："予考其言行，其不相似者，何其少也！"这就有些超越常理了。既未谋面，师友又不尽同，何以两人竟如此相似？这就不能不推出下面的结论："学圣人而已矣。"为了使这一论断更确切不移，作者又进而论证：既然同学于圣人，那么他们的师友，也一定是学圣人的；圣人的言行都是相同的，同学于圣人的人，各方面都很相似，就是很自然的了。这一层，一步一转，从未曾相识说到师友的不同，再转出两人的相似，最后揭出同学圣人的正意，纯用抽象的逻辑推理，丝毫不涉及两人的具体行事，但他们"同学"于圣人这一点却被论证得很有说服力。正是在这里，作者揭示出"同学"的深刻涵义。真正意义上的"同学"在于同道，在于同学于圣人，而不在形迹上曾否相过、相语、相接。这也正是作者一开头所说的他们与"今所谓贤人者"有区别的具体涵义。既然如此，仰慕而分别与之相交的作者自己，其为"同学"也自在不言中了。

文章的第二段，从"相似"进一步引出了"相信"，仍用双线并行、相互映衬的写法。作者分别向两人谈到对方，尽管他们从未有过交接，却都相信作者的介绍。这种"相信"，似又超乎常情。但这正表现出"同学"于圣人的贤人之间那种超越空间、不拘形迹的神交，那种高度的相互信任。而曾、孙两人对作者的"相信"也就不言而喻。

第三段从两位贤人的共同志向引出自己追随他们的愿望。首先提到曾巩赠给自己的《怀友》一文，表示要携手共进，至乎"中庸"，然后捎带一笔，"正之盖亦常云尔"，照应上文"相似"之论。并进而指出，能达中庸之境的，除了他们再没有别人。这正是"同学于圣人"的表现。曾巩先在《怀友》（见宋吴曾《能改斋漫录》卷十四所载）中，诉说自己少而学，不得师友，望圣人之中庸而未能至，"尝欲得行古法度士与之居游，孜孜焉考予之失而切劘（磨）之。皇皇四海，求若人而不获。自得介卿，然后始有周旋激

王安石

357

恳、摘予之过而接之以道者；使予幡然其勉者有中，释然其思者有得矣，望中庸之域，其可以策而及也。"可惜彼此远隔，会少离多，切磨之效不深。本篇这一段，正与子固殷殷求友之意相呼应，又提出孙正之正是其所渴望相交的最佳人选。至于自己，则谦虚地说从来不敢自期其必能到圣人中庸的境界，但愿在他们的帮助下朝这个方向努力。到这里，把三人"同学"于圣人以至乎"中庸"的意思完全表明了。

末段以抒情之笔收束，正面点出题中"别"字。在官为职守所拘，在私有人事牵系，彼此不能经常在一起，这真是无可奈何的事。这是对《怀友》一文"合之日少，而离别之日多"的话表示同感，并说明所以如此的原因。《怀友》又说："思而不释，已而叙之，相慰且相警也。"这里也说："作《同学一首别子固》，以相警且相慰云。"朋友之间，互赠文字，以为学之道相策勉，以交谊之诚相慰藉，此篇是个很好的榜样。

本文是王安石二十三岁时所作。和他后来的多数散文以斩截峭劲为特色不同，显得从容安闲，娓娓而道，具有一种醇雅雍容的风味，在王文中别具一格。

伤仲永

金溪民方仲永〔一〕，世隶耕。仲永生五年，未尝识书具，忽啼求之。父异焉，借旁近与之，即书诗四句，并自为其名。其诗以养父母、收族为意〔二〕，传一乡秀才观之。自是指物作诗立就，其文理皆有可观者。邑人奇之，稍稍宾客其父〔三〕，或以钱币乞之〔四〕。父利其然也，日扳仲永环谒于邑人〔五〕，不使学。

予闻之也久。明道中〔六〕，从先人还家，于舅家见之〔七〕，十二三矣。令作诗，不能称前时之闻。又七年，还自扬州〔八〕，复到舅家，问焉，曰："泯然众人矣！"

王子曰："仲永之通悟，受之天也。其受之天也，贤于材人远矣。卒之为众人，则其受于人者不至也〔九〕。彼其受之天也，如此其贤也，不受之人，且为众人。今夫不受之天，固众人；又不受之人，得为众人而已邪？

注释

〔一〕金溪：县名，在王安石家乡江西临川县东。

〔二〕收族：团结同族。《礼记·大传》："亲亲故尊祖，尊祖故敬宗，敬宗故收族。"

〔三〕宾客其父：用对待宾客的礼节对待他父亲。"宾客"用作动词。

〔四〕乞（qì）：给与。

〔五〕扳：挽。环丐：到处求讨。丐，一作"谒"。

〔六〕明道：宋仁宗年号。明道二年（1033），王安石十三岁，随其父王益回乡居祖父丧三年。

〔七〕舅家：王安石母家姓吴，世居金溪乌石冈。

〔八〕还自扬州：仁宗庆历三年（1043），王安石在淮南判官（任所在扬州）任上，请假回乡探亲，再到金溪舅家，有《忆昨诗示诸外弟》纪其事。

〔九〕受于人：后天的培养教育。

　　这篇因事抒感、叙议结合的短文，作于宋仁宗庆历三年（1043）。时作者年二十三岁，与文章中的主角方仲永年龄相仿。题名"伤仲永"，这"伤"字正是全篇点眼，它所包含的内容是相当丰富的。

　　文章开头一段，记叙了方仲永幼年聪颖的情况。先点出其"世隶耕"，出身世代为农的家庭，为下面写他的天资作铺垫。接着，写他五岁时忽然无师自通、书诗署名的突出表现。这几句写得颇具神奇色彩。本来"未尝识书具"——农家无笔墨纸砚，却"忽啼求之"；求得之后，不但"即书诗四句"，且"自为其名"；从此之后，又竟"指物作诗立就"。这自然被乡人视为神童了。因为"奇"其子，连带着"稍稍宾客其父"，甚至给他钱。这本来是山乡百姓对有天资的儿童及其家庭的敬重，但竟反过来成了压抑天资的不利条件。"父利其然也，日扳仲永环丐于邑人，不使学。"儿童的天资被无知的父亲利用来作为到处敛钱的资本，亟须在求学中发展的天资竟"不使学"。作者对这种因没有文化和贫困带来的愚昧，在叙述中寓有讽慨；而对被利用来到处讨钱的仲永，则不无"伤"意。这几句是本段中的关键之笔。仲永后来的结局与作者的议论，都由此伏根。"不使学"三字用笔尤重。整段叙述，从"未尝识书具"到"指物作诗立就"到"不使学"，文意曲折多变，使读者对仲永的将来发展引起很大的兴趣。

接下来一段，从作者亲自见闻的角度简略交待了仲永从神童沦为"众人"的过程。开头的"予闻之也久"，束上起下，一方面显示上段所写的内容即据传闻而得，另一方面又引出亲识其面的愿望。作者写了两次见闻：一次是仲永十二三岁时，"令作诗，不能称前时之闻"，暗示在这六七年中，仲永的诗毫无长进。如果说，五六岁儿童作的诗尽管稚拙，人们尚觉可观，那么六七年后写得反而不如以前听说的那样好，人们便非但不以为奇，且因先时之闻名而感到其名不副实了。第二次是仲永二十岁时。这次并未见面，只是听亲戚说："泯然众人矣！"一句话就交待了这位从前的神童的结局。两次写法不同，但都极简练而有含蕴。"泯然众人矣"一语，把说话人漠然视之的态度生动地表现出来，与先前"邑人奇之"的情况恰成对照，而作者的惋惜感慨之意也隐见言外。

最后一段是作者对方仲永由一邑称奇的神童变成无声无息的普通人一事所发的议论，也是本篇思想的集中体现。作者首先指出，仲永的聪明颖悟是"受之天"，即来自天赋，而且他的天赋远超于一般的有才能的人。这正是为了反跌出下面的正意："卒之为众人，则其受于人者不至也。"关键原因是缺乏后天的教育和学习。到这里，已将上两段所叙述的情事都议论到了。但作者却就势转进一层，指出天赋这样好的仲永，没有受到后天的培养教育，尚且沦为众人；那么天赋本属平常的一般人，如果再不受教育，还能做一个普普通通的人吗?前者是宾，后者是主，在对比中更突出了一般人学习的重要性。就方仲永的情况看，这层议论仿佛是余波，但作者主要的用意正在这里。因为在现实生活中，资质平常的人总是多数。方仲永这一典型事例的意义主要不在于说明天赋好的人不学习会造成什么后果，而在于说明后天教育对一个人成长的决定意义。作者因仲永由天才沦为普通人一事推出的这一结论，正是他看问题透过一层，比别人深刻的地方。

这样看来，题内的"伤"字就可能具有多层意蕴。首先是表层的，为仲永这样一个天资聪颖的儿童最终沦为众人感到惋惜；进一层，是感慨仲永虽有天赋，却没有遇上有利于他成长提高的环境。文中对其父以仲永为获利之资的叙写，就含有对泯灭天才的人为环境的批评。更进一层，从仲永的具体事例生发开来，感慨社会上许多资质平常的人不去努力学习提高，以致连成为众人都不可得。这样，作者所"伤"的就不再局限于仲永个人，而是许许多多既不"受之天"又"不受之人"的众人，作者的感慨和文章的思想意义也就深刻多了。

在王安石的散文中，《伤仲永》虽不以峭刻拗折著称，但仍具有深刻透辟、简洁遒劲的特点。尤其是最后一段，层层转进，一气蝉联，既曲折尽致，又浑浩流转。结以问语作收，雄劲中具不尽之致，尤耐寻味。

泰州海陵县主簿许君墓志铭

王安石

君讳平，字秉之，姓许氏。余尝谱其世家[一]，所谓"今泰州海陵县主簿"者也[二]。君既与兄元相友爱称天下，而自少卓荦不羁，善辨说，与其兄俱以智略为当世大人所器。宝元时[三]，朝廷开方略之选[四]，以招天下异能之士。而陕西大帅范文正公、郑文肃公争以君所为书以荐[五]。于是得召试为太庙斋郎[六]，已而选泰州海陵县主簿。贵人多荐君有大才，可试以事，不宜弃之州县。君亦常慨然自许，欲有所为，然终不得一用其智能以卒。噫，其可哀也已！

士固有离世异俗，独行其意，骂讥、笑侮、困辱而不悔。彼皆无众人之求，而有所待于后世者也，其龃龉固宜。若夫智谋功名之士，窥时俯仰，以赴势物之会，而辄不遇者，乃亦不可胜数。辩足以移万物，而穷于用说之时；谋足以夺三军，而辱于右武之国。此又何说哉？嗟乎！彼有所待而不悔者，其知之矣！

君年五十九，以嘉祐某年某月某甲子，葬真州之扬子县甘露乡某所之原[七]。夫人李氏。子男瓌，不仕；璋，真州司户参军；琦，太庙斋郎；琳，进士。女子五人，已嫁者二人，进士周奉先、泰州泰兴县令陶舜元。铭曰：

有拔而起之，莫挤而止之。呜呼许君！而已于斯，谁或使之？

361

注释

〔一〕余尝谱其世家：作者曾撰《许氏世谱》，见《临川先生文集》卷七十一。

〔二〕泰州：治海陵县，今江苏泰州市。主簿：掌文书簿籍，官物出纳，为县令的助理。

〔三〕宝元：宋仁宗年号（1038—1040）。

〔四〕方略之选：宋仁宗时的一种制举科目，即"识洞韬略运筹帷幄科"。

〔五〕范文正公：范仲淹，谥文正。他在康定及庆历年间出镇陕西。郑文肃公：郑戬，谥文肃，曾任陕西四路都总管兼经略安抚招讨使。

〔六〕太庙斋郎：太常寺太庙令属官，掌奉宗庙诸陵墓的荐享事宜。许平庆历三年五月任此职。

〔七〕真州扬子县：宋属淮南路，今江苏仪征县。

一般的墓志铭，由于受墓主亲属的请托，或因墓主生前死后身份地位的贵显荣耀，往往多所称美揄扬，甚至流为"谀墓"之作。王安石这篇墓志铭，却写得很不一般化。它不但脱出了例多溢美的陈套，而且脱出了以叙述墓主生平行事为主的常规。文章借墓主的身世遭际，别出心裁地发了一通议论，充分表现了作者矫世抗俗、孤标独步的性格和对人生的独特看法。

开头平平叙起，交待墓主姓名、官爵，用笔简约。然后称扬其"友爱"，"卓荦不羁"，"善辨说"，有"智略"，勾画出一位有不平凡才智而又豪放不羁的士人形象。接着，于"当世大人"中举出范仲淹和郑戬，说明许平生前确曾受到名人显宦的器重与推荐。但这位"慨然自许，欲有所为"的士人却困于下位，"不得一用其智能以卒"。总之，许平一生可以说是有才、得荐而未遇。作者用"噫！其可哀也已"的慨叹表达了对他的同情与悲悯。

在封建时代的士人中，像许平这样才而不遇的情况多得不可胜计。如果仅就怀才不遇着眼，这篇墓志铭便将成为毫无特色的熟滥文章。作者别开生面之处，在于就许平的遭遇生发出一段出人意料的人生感慨。

"士固有离世异俗，独行其意，骂讥、笑侮、困辱而不悔。"作者在第二段开头，突然撇开许平，举出另一种类型的士人。这是一种有自己独特思想、独立意志，敢于背离世俗，坚决按自己意志行事，不管遇到怎么样的讥笑困辱都毫不动摇的人，是作者奉为楷模的异才，在某种程度上也是作者自己精神性格的写照。这种人没有普通人的那种平庸的人生追求，他们所期待的是后世的理解。在作者看来，这种人由于不趋世希时，因而他们不合于当时是必然的。紧接着，又掉转笔锋，指出那些有智谋才略、汲汲追求功名的人，他们窥测时势，随俗周旋，寻求机遇，但其中不遇者却也不可胜数。

"辩足以移万物，而穷于用说之时；谋足以夺三军，而辱于右武之国。此又何说哉？"他们主观上具有特出的才能，客观上也有用其才的需要，却"穷"而"辱"，这就令人疑惑不解了。这后一类人，就是以许平为代表的追求当世功名的才士。作者并没有直接说出他对这个问题的看法，但读者却自会引起对这个不合理的社会的思考。在对照了以上这两种人的志趣遭遇以后，作者深有感慨地说："彼有所待而不悔者，其知之矣！""知"什么呢？大约应当包括对社会的不合理的认识，以及趋时者未必得遇的感慨。从这里看，上文的所谓"可哀"，就不单纯是哀其不遇，而且含有哀其看不透这个社会的意思。既然趋时者未必得遇，那么反不如离世异俗、独行其意了。这正是作者对举以上这两种人的深意所在。从表面上看，"离世异俗，独行其意"者是宾，"窥时俯仰，以赴势物之会"者（包括许平在内）是主，但实际上作者却是要通过对后者遭遇的哀悯与思考，肯定前一种人的人生态度，可以说是反主为宾，主宾易位了。

最后一小段铭文，可以看作全篇的总结。"有拔而起之，莫挤而止之"，应首段贵人之荐举；"呜呼许君！而已于斯，谁或使之"，对许平的"不得一用其智能以卒"表示哀悯，而对所以如此的原因则始终不加点破，留下疑问让读者去长久地思索。铭文用韵处，"起""止"相接，隔了三句再用一"使"字收住，读来便觉声情相应，有如泣如诉之妙。

王安石在《游褒禅山记》中说："古人之观于天地、山川、草木、虫鱼、鸟兽，往往有得，以其求思之深而无不在也。"这篇别具一格的墓志铭正是作者"求思之深"的又一生动例证。从这里，我们可以看到作者"离世异俗，独行其意，骂讥、笑侮、困辱而不悔"的人生观在实践与深思中形成的轨迹。

李商隐诗歌鉴赏

李商隐

隋　宫

乘兴南游不戒严，九重谁省谏书函？
春风举国裁宫锦，半作障泥半作帆。

　　隋炀帝是历史上出名的骄奢淫佚、刚愎暴戾的皇帝。隋朝的迅速覆亡，
和他的倒行逆施有密切关系。这一点，我们从唐朝建国之初，一方面基本上
沿袭隋制，一方面又处处以亡隋为鉴可以得到有力的证明。借用柳宗元的
话，那就是"失在于政，不在于制"——隋事然也。但到了李商隐的时代，
唐初君臣念念不忘的亡隋之鉴早已被抛在一边。腐朽的统治集团正开足马力
在亡隋之旧辙上不顾死活地奔驰。和李商隐同时代的优秀诗人杜牧因"宝历
（指唐敬宗）大起宫室，广声色"，而在著名的《阿房宫赋》中发出"奈何取
之尽锱铢，用之如泥沙"那样激切沉痛的呼喊，说明当时统治集团的奢淫靡
费已到了极其严重的程度。正是由于目击这种危机，才使关心国家命运的李
商隐把隋炀帝作为"破由奢"的典型，一而再地用诗歌进行讽嘲与揭露。他
写了两首《隋宫》，都是以隋炀帝南游江都（今扬州市）为题材的，另一首
是七律。隋宫，指炀帝在江都所建的豪华行宫。

　　南游江都，是个大题目，诗材是很丰富的。但不善提炼、概括的诗人，
却有可能把诗写成罗列现象的流水账。李商隐这首《隋宫》，却能把概括的
叙写和对典型情事的生动描绘成功地结合起来，充分显示出驾驭大题材的艺
术功力。

　　诗的头一句就撇开南游江都的一切琐屑情事，大处落墨。"乘兴南游"
四字，振起一篇之纲，深刻揭示出"南游"的性质根本不同于历史上某些帝
王为某种政治、军事、经济目的而进行的"巡狩"，而是纯粹出于享乐欲望、
不顾国家命运和人民死活、也不考虑自己结局的淫游，同时也显示出这个昏
君肆意妄行、无所顾忌的性格特点。下面几句所叙写的情事都于此伏根。按
封建礼制规定，皇帝出游，全国要实行戒严。隋炀帝第三次游江都时，各地

农民起义已成燎原之势，隋朝的反动统治已危在旦夕，这里写他"不戒严"，正是一种辛辣的讽刺。作者《览古》诗云："莫恃金汤忽太平，草间霜露古今情。"居安而不思危，尚且会使政权迅即覆亡；居危而反以为安，则灭亡可指日而待，这正是"不戒严"一语中所寓的微意。

第二句进一步写炀帝的拒谏。大业十二年，炀帝三游江都，奉信郎崔民象、王爱仁先后上书劝谏，都被炀帝所杀。"九重谁省谏书函"，就是对这一类情事的艺术概括。"该省"二字，既画出炀帝的昏愦愚顽，又现出其刚愎暴戾。短短二句，将一个既奢淫又昏暴的亡国之君的形象勾勒得相当鲜明。而在揭露炀帝的同时，又巧妙地暗示出当时深重的统治危机和风雨飘摇的局势。

大处落墨，揭露炀帝的骄奢昏暴以及南游江都的性质，当然是必要的；但对一首以南游江都为题材的诗来说，它毕竟不是内容的主体。主体应该是对"南游"的具体描写。而这种描写，既要能反映"南游"的特点和它的严重恶果，又应是形象的、富于启示性的和诗味浓郁的，创作的难度很大。诗人的艺术概括能力和形象描写能力都面临一次新的考验。

诗人首先在选材上作了精心的考虑。南游江都最直接而严重的恶果，就是对隋朝开国以来辛苦积蓄起来的物力、财力的巨大靡费和对社会生产的巨大破坏。据史载，南游途中，水陆数千里，"舳舻相接二百余里，照耀川陆。……所过州县，五百里内皆令献食"。岸上大批军队扈从护卫，龙舟上的帆都用高级锦缎制成。诗人从纷繁的生活素材中抓住了极富典型特征的"裁宫锦"一事作了集中的描写："春风举国裁宫锦，半作障泥半作帆。"锦帆事见于史籍记载。"障泥"（马鞯）则出之于想象，一实一虚，全面概括了南游途中水陆数千里所造成的巨大人力、物力、财力的浪费，收到了"举隅见烦费"的艺术效果。在艺术表现方面，这两句也极出色。第三句极写裁宫锦之繁忙。乍一读，会感到这一句的形象很优美，举国上下在和煦的春风里紧张地裁制美丽的宫锦，似乎是为庆祝盛大的节日作紧张的准备。但作者这样写，却是为了使下句收到更为强烈的艺术效果。原来千百万人的紧张劳动只不过是为一小撮荒淫的统治者"乘兴南游"提供障泥和船帆！上句越写得饱满，下句就越有批判力量，大起大落，对比极其鲜明。"春风""举国"二句，也很见作意。春天本来是繁忙的生产季节，但由于炀帝"乘兴南游"，却迫使"举国"上下都不得不放下生产来为一小撮人的盘游效劳，这就有力地揭示出南游对社会生产的巨大破坏。何焯说："借锦帆事点化，得水陆绎骚、民不堪命之状如在目前。"姚培谦说："用意在'举国'二字。'半作障泥半作帆'，寸丝不挂者可胜道耶？"前者指出其构思、选材之精妙，后者阐明其言外之旨，都很有见地。的确，这两句诗是可以和杜牧《阿房宫赋》中下面一段出色的文字相比美的。

> 嗟乎，一人之心，千万人之心也。秦爱纷奢，人亦念其家。奈何取之尽锱铢，用之如泥沙？使负栋之柱，多于南亩之农夫；架梁之椽，多于机上之工女；钉头磷磷，多于在庾之粟粒；瓦缝参差，多于周身之帛缕；直栏横槛，多于九土之城郭。使天下之人，不敢言而敢怒。独夫之心，日益骄固。戍卒叫，函谷举，楚人一炬，可怜焦土！

诗当然不能像赋这样铺陈尽致，但它们所蕴含的实际内容则是大体相同的。

吴　宫

龙槛沉沉水殿清，禁门深掩断人声。
吴王宴罢满宫醉，日暮水漂花出城。

　　题称"吴宫"，但诗中所咏情事并不一定与历史上的吴王夫差及吴宫生活有着直接关联，不过是借咏史的名义来反映现实。

　　一般写宫廷荒淫生活的诗，不论时间背景是在白天或在夜间，也不论用铺陈之笔还是用简约之笔，总不能不对荒淫之状作不同程度的正面描写。这首诗却自始至终，没有一笔正面描绘吴宫华靡生活，纯从侧面着笔。这是一个很显著的特点。

　　前两句写黄昏时分笼罩着整个吴宫的一片沉寂。龙槛，指宫中临水有栏杆的亭轩类建筑；水殿，是建在水边或水中的宫殿。龙槛和水殿，都是平日宫中最热闹的游赏宴乐之处，现在却悄然不见人踪，只见在沉沉暮色中隐现着的建筑物的轮廓与暗影。"清"字画出在平静中纹丝不动的水面映照着水殿的情景，暗示了水殿的空寂清净。如果说第一句主要是从视觉感受方面写出了吴宫的空寂，那么第二句则着重从听觉感受方面写出了它的沉静。平日

369

黄昏时分，正是宫中华灯初上，歌管相逐，舞姿翩跹的时刻。现在却宫门深闭，悄无人声，简直像一座无人居住的空殿。这是一种完全反常的死一般的沉寂，它引导读者去探究底蕴，寻求答案。

第三句方点醒以上的描写，使读者恍然领悟吴宫日暮时反常的沉寂原来是"宴罢满宫醉"的结果。而一经点醒，前两句所描绘的沉寂情景就反过来引导读者去充分想象在这之前满宫的喧闹歌吹、狂欢极乐和如痴如醉的场景。而且前两句越是把死一般的沉寂描绘得很突出，读者对疯狂享乐场景的想象便越不受限制。"满宫醉"三个字用笔很重。它不单是要交代宴罢满宫酒醉的事实，更重要的是借此透出一种疯狂的颓废的享乐劲头，一种醉生梦死的精神状态。正是从这里，诗人引出了一个含意深长的结尾。

"日暮水漂花出城。"这是一个似乎很平常的细节：日暮时的吴宫，悄无人声，只有御沟流水，在朦胧中潺潺流淌，漂送着瓣瓣残花流出宫城。这样一个细节，如果孤立起来看，可能没有多少实际意义；但把它放在"吴王宴罢满宫醉"这样一个背景上来描写，便显得很富含蕴而耐人咀嚼。对于一座华美的宫城，人们通常情况下总是首先注意到的它的巍峨雄伟的建筑，金碧辉煌的色彩；即使在日暮时分，首先注意到的也是灯火辉煌、丝管竞逐的景象。只有当吴宫中一片沉寂，暮色又笼罩着整个黑沉沉的宫城时，才会注意到脚下悄然流淌的御沟和漂在水面上的落花。如果说，一、二两句写吴宫黄昏的沉寂还显得比较一般，着重于外在的描绘，那么这一句就是传神之笔，写出了吴宫日暮静寂的神韵和意境。而这种意境，又进一步反衬了"满宫醉"前的喧闹和疯狂。顺着这层意蕴再往深处体味，还会隐隐约约地感到，这"日暮水漂花出城"的景象中还包蕴着某种比兴象征的意味。在醉生梦死的疯狂享乐之后出现的日暮黄昏的沉寂，使人仿佛感到覆亡的不祥暗影已经悄然无声地笼罩了整个吴宫，而流水漂送残花的情景则更使人感到吴宫繁华的行将消逝，感受到一种"流水落花春去也"的凄怆。姚培谦说："花开花落，便是兴亡景象。"（《李义山诗笺注》）他是领悟到了作者深寓在艺术形象中的微意的。

清刘熙载说："绝句取径贵深曲，盖意不可尽，以不尽尽之。正面不写写反面；本面不写写对面、旁面，须如睹影知竿乃妙。"《艺概·诗概》）这首诗正是"正面不写""睹影知竿"的典型例证。

瑶　池

瑶池阿母绮窗开，黄竹歌声动地哀。
八骏日行三万里，穆王何事不重来？

李
商
隐

　　唐代统治者尊崇道教，奉道教徒自称的始祖老子为太上玄元皇帝。既用宗教迷信欺骗人民，也用炼丹合药、飞升成仙这一套来欺骗自己。中晚唐的许多皇帝，更醉心于服药求仙，妄图长生，往往因此荒废政事，蠹财扰民，最后连自己也因此送命。皇帝耽于神仙方术，当时已成为直接危及封建统治的政治问题。因此讽刺皇帝求仙，就自然成为诗歌的重要主题。李商隐写过许多这类作品，《瑶池》便是其中素负盛誉之作。

　　这首诗取材于神话传说。《穆天子传》上说，周穆王西游到昆仑山，遇见神仙西王母。西王母在瑶池设宴款待穆王，临别作歌以赠："白云在天，山陵自出。道里悠远，山川间之。将子毋死，尚能复来。"穆王作歌回答，约以三年后重来。

　　穆王有没有重来呢？《瑶池》对此作了意味深长的回答。

　　帷幕拉开，出现在面前的是瑶池仙府。三年前欢宴过穆王并邀约其重来的西王母，此刻正伫立在华美的窗户前，等候穆王如约重来。然而，她等到的不是驾着八匹骏马奔驰而来的穆王，却是悲感动地的黄竹歌声。《黄竹歌》原是穆王所作的歌诗，传说他一次到黄竹去的路上，遇"北风雨雪，有冻人"，于是写了《黄竹歌》三章来哀悯人民。这里用"动地哀"的黄竹歌声暗示穆王已死。这种避开正面叙述交代而从侧面加以暗示的写法，使诗不流于平直浅率、一览无余；而是耐人寻味，发人深省，并为三、四句设问伏根。

　　"八骏日行三万里，穆王何事不重来？"相传周穆王有八匹神骏，"飞兔、骉袅（yǎo niǎo），日驰三万里。"周都镐京和昆仑虽然"道里悠远，山川间之"，但对日行万里的八骏马来说，朝发夕至并不困难。然而西王母伫立遥望竟不见穆王重来，这究竟是为什么呢？

　　粗粗一读，也许会觉得这两句有些多余，因为次句已经通过"黄竹哀歌"对"穆王何事不重来"作了交代，读者并不存在疑问。当然，可以把这种明知故问理解为诗人对穆王的挖苦嘲弄。但它的作用是否仅止于此呢？我们认为，后两句实际上倒更像是西王母的心理独白。

不妨把这首诗设想成一幕独角的哑剧：西王母倚窗伫立，翘首遥望，在等待穆王到来，但幕外传来的却是阵阵悲哀的黄竹歌声。歌声中，西王母伫立凝思，迷惑不解。就在这时，幕后忽又反复传出"八骏日行三万里，穆王何事不重来"的合唱，将等候得心焦的西王母此际的心情和盘托出，也将观众对穆王与西王母的揶揄嘲弄的感情同时传达了出来。在有些地方戏里，幕后的合唱或帮腔往往既是剧中人心理状态的表现手段，又是观众对剧中人的感情态度的表达方式。这两句诗就兼有这两种妙用。

之所以这样理解，是因为这里不仅涉及诗的讽刺艺术，而且关系到诗的立意。纪昀曾批评这首诗"太快太尽"，的确，如果把后两句单纯理解为诗人的挖苦讽刺，那是容易产生这种印象的；但如果看作西王母的心理独白，却显得非常蕴藉含蓄，耐人寻味。讽刺求仙的愚妄，一般总是指出神仙之不可遇与求仙者之不得不死，即从仙凡悬隔这一点上立意，如作者《汉宫》之讽汉武："王母西归方朔去，更须重见李夫人。"《华岳下题西王母庙》："神仙有分岂关情，八马虚追落日行。莫恨名姬中夜没，君王犹自不长生。"这实际上还给神仙的存在保留了地盘。《瑶池》却有些特别。它不是写穆王求仙不遇而死，而是写他虽遇神仙，而且享受过神仙的瑶池宴，却仍不得不死（后世传说，吃了王母娘娘的蟠桃宴，可以长生不老。这首诗却正相反）。作者《海上》诗云："直遣麻姑与搔背，岂能留命待桑田？"和这首诗的立意倒有些相似。更为幽默的是，作者不从穆王方面来写，而是从西王母方面着笔，设计出一段神仙翘首企望穆王重来，却只听到动地哀歌的情节（这是神话传说中没有的，纯出诗人虚构）。当台下的观众都十分清楚穆王的下场时，这位神仙却老是在嘀咕着"穆王何事不重来"，这就把辛辣的讽刺寓于轻松的幽默之中，让人不禁想到：无所不知、无所不能的神仙也不能使自己的老相识免于死亡，不但不能，而且连穆王不重来的原因也弄不清。在这里，神仙不但降为对人的生死寿夭无能为力的凡人，而且连凡人也不如。这才是对神仙的兜底否定，也是对现实中那些幻想遇仙、成仙的周穆王式的人物劈头一盆冷水。

龙 池

龙池赐酒敞云屏，羯鼓声高众乐停。
夜半宴归宫漏永，薛王沉醉寿王醒。

李
商
隐

　　被白居易在《长恨歌》中作为生死不渝的爱情样板加以歌咏的李、杨爱情，若按历史的本来面貌，原是以父夺子妻的丑剧开场的。杨玉环是杨玄琰的女儿，开元二十三年（735）册封为寿王（玄宗子李瑁）妃。被玄宗看中，先度为女道士，纳入宫中，天宝四载（745）正式册立为贵妃。李瑁则另娶韦昭训女为妃。这一秽行虽然可能是中晚唐诗人尽知的事实，但形诸歌咏的却只有李商隐的这首《龙池》和另一首《骊山有感》。原因大约不出两方面：一则事涉本朝帝王的乱伦恶迹，和一般的政治上的批评相比，更易触犯忌讳，没有足够的诗胆不敢涉笔；二则事涉淫秽，正面着笔，弄不好便易成为单纯展览丑恶。这首诗的好处，正在于把尖锐大胆的揭露和含蓄不露的描写很好地结合起来。它在构思上的一个显著特点，就是避开正面描写，选取宫廷日常生活的场景，侧面着笔，对玄宗进行尖锐的讽刺。

　　前两句描写龙池宴饮的场面。龙池在兴庆宫内，是玄宗和诸王、后妃游宴的场所。"龙池赐酒"，表明这是玄宗在宫中所设的家宴，参加者除玄宗、诸王外，自然也包括过去曾经是寿王妃的宫中新宠杨贵妃在内。龙池之畔，云屏敞开，正显出内外不分，妃嫔与诸王一起参加宴乐的场景。宴会之上，少不了奏乐助兴，然而却非通常的丝管竞逐，而是众乐皆停，羯鼓高奏。这个细节描写，是颇具深意的。羯鼓本出羯族，状如漆桶，用两杖敲击，声音急促高亢，破空透远。唐玄宗特爱羯鼓，一次听琴未毕，就叱琴师出去，说："速召花奴（汝阳王李琎小名）将羯鼓来，为我解秽！"透过"羯鼓声高众乐停"这个细节，可以感受到封建帝王凌驾一切、主宰一切的专制淫威。他的意志、欲望是不可违抗的。这里虽然没有一字涉及玄宗霸占儿媳的丑行，但却使人感到，这样的事件是完全符合专制帝王的生活逻辑的。因此，这个细节描写，便不只是单纯的写实，而兼有某种象征暗示色彩了。

　　后两句转写宴罢归寝，薛、寿二王一醉一醒的情景。玄宗弟李业封薛王，开元二十二年卒，其子李琄（一作琭）嗣位为薛王。按诗中所写情况，薛王当指嗣王，但亦不必拘实详核，诗人不过偶举薛王作衬而已。薛王胸无隐痛，宴席之上自必开怀畅饮，宴罢归来，自即沉醉酣睡。而寿主则身遭夺妻之痛，平日就已积郁在胸，今日宴席之上，目击王府旧欢已成宫中新宠，更不免受到强烈精神刺激。因此宴罢归来，自然是伴着悠长的宫漏而彻夜无眠了。诗人写寿王，只着一"醒"字，而包蕴极为丰富。这里有回忆，有思念，有痛苦，有愤郁，有羞辱，更有内心感情无法宣泄的强烈悲愤。这两句就像是一个对比鲜明的特写镜头，把寿王内心的痛苦与愤懑展示在我们面前。这种描写本身，就是对玄宗的强烈谴责。

恩格斯说："我决不反对倾向诗本身。……可是我认为倾向应当从场面和情节中自然而然地流露出来，而不应当把它特别指点出来。"（《给敏·考茨基的信》）《龙池》正是倾向从场面和情节中自然流露出来的一例。全篇没有一句直接谴责的话，也没有一处正面叙写玄宗秽行，但它借助典型的细节和场景描写，却收到了比正面描写、直接谴责更强烈的艺术效果，这个艺术经验，是可供借鉴的。

咏　史

北湖南埭水漫漫，一片降旗百尺竿。
三百年间同晓梦，钟山何处有龙盘？

此诗题为"咏史"，实际上是以六朝旧都（建邺、建康）为背景，将六朝作为一个整体加以歌咏，借以表达诗人对王朝兴废的看法。

首句"北湖"即玄武湖，"南埭"指鸡鸣埭，均为六朝帝王游宴之地。作者《南朝》"玄武湖中玉漏催，鸡鸣埭口绣襦回"，正咏当时游幸情事。如今北湖南埭，唯余一片茫茫白水，龙舟彩仗，绣襦宫人，皆已荡然无存，往昔繁华，都成历史陈迹。这句起势苍茫阔远，一笔扫去六代繁华，中含今昔沧桑之慨。次句从"水漫漫"的现境幻化出往境，叠印上"一片降旗百尺竿"的历史画面。刘禹锡《西塞山怀古》有"一片降幡出石头"之句，单言东吴之覆亡；此句所写既包括南方王朝最后为北方王朝所灭，也包括江左各朝的更迭嬗递，一代代都是亡旗高举，一片没落气象。"一片"状其众多，"百尺"状其高扬。凭借天险地险，金陵城上本应刀枪森列，战旗高举，然所见者唯降旗如林，高扬百尺竿头而已。其中寓含对萎靡无能的六朝统治者的揶揄嘲讽。

三、四句就"一片降旗"所统括的六朝覆亡历史发抒议论。"三百年间"与"晓梦"，一长一短，本不相及，却用一"同"字绾结，既突出六朝繁华，不过像一场短暂的晓梦；又暗示从东吴到陈朝，更迭频繁，国祚短促，转瞬即灭。这句也像前两句一样，是一笔扫却三百年，但却是用实笔强调。由此便自然逼出末句的有力反问。"钟山龙蟠，石城虎踞，帝王之宅"，本是前贤对金陵形胜的赞词，如今"三百年间同晓梦"，则所谓虎踞龙盘岂非纯属虚言！刘禹锡诗"兴废由人事，山川空地形"，正可移作此篇题旨，但以反诘作收，却更警动有力。全诗用大概括、大议论，却并不抽象乏味，而是既有阔远的气势，又具形象与情韵。末句道破而不说尽，雄直中含有顿挫之致。

南　朝

地险悠悠天险长，金陵王气应瑶光。
休夸此地分天下，只得徐妃半面妆。

与《咏史》统咏六朝兴废相似，本篇也是以整个南朝作为歌咏对象，但构思、写法都与上首有别。

前两句写南朝都城建康形势险要，统治上应天象。地险，指虎踞龙盘的地理形势；天险，指长江。"悠悠"与"长"，分别形容时间之久远（金陵王气之说，楚威王时即已产生）与空间之悠长。瑶光是北斗第七星。吴地属斗宿分野，故说"王气应瑶光"。这两句反话正说，似扬实抑，似赞实讽，联系下文自可体味。

既据有天险地险，又有上应天象的"王气"，自应坐稳半壁江山。这正是南朝历代统治者的典型心态。诗人对这种苟安心理，并不采取"一片降旗百尺竿""三百年间同晓梦"这种直接摆事实的方式加以否定，而是别出心裁，巧妙地借用了一个"徐妃半面妆"的故事加以尖刻嘲讽。史载梁元帝的妃子徐昭佩姿容不美，受到元帝冷遇。徐妃因元帝眇一目，得知帝将至，故意只妆饰半边脸。帝见，大怒而出。这个故事只反映帝妃不和，本无严肃的政治内涵。诗人却借题发挥，将"半面妆"和南朝统治者自恃的"分天下"的心理联系在一起，用"半面妆"这种极端蔑视帝王权威的嘲弄戏谑，轻轻抹倒南朝皇帝所夸耀的形胜与王气，不但使事灵变，妙语解颐，讽刺尖刻而不失幽默，而且在讽刺中表露了对不图进取，但求苟安的统治者的批判。正如程梦星所说："唐人咏南朝者甚众，大都慨其兴亡耳。……义山……以为六代君臣，偏安江左，曾无混一之志，坐视神州陆沉，其兴亡盖皆不足道矣。"视"休夸""只得"之语，程氏之评洵为有识。

从构思看，《咏史》大处着眼，高屋建瓴，以高度概括之笔纵横议论；此诗则单举梁事以概南朝，所举者又是"半面妆"这种小事，构思上采取以小见大，借题发挥之法。从写法看，《咏史》重在严肃的议论，于议论中寓深刻的思考与深沉的感慨；此诗则以尖刻俏皮的讽刺见长。评家或病其"纤佻"，其实这种构思与写法，正是玉谿本色。

富平少侯

七国三边未到忧，十三身袭富平侯。

不收金弹抛林外，却惜银床在井头。

彩树转灯珠错落，绣檀回枕玉雕锼。

当关不报侵晨客，新得佳人字莫愁。

这是一首托古讽时之作。

汉张安世封富平侯，他的玄孙张放幼年继承爵位。但这首诗所咏内容却不切张放行事，可见诗中的"富平少侯"不过是个假托性的人物。

首句"七国"喻藩镇割据叛乱，"三边"指边患，"未到忧"即未知忧。这一句逆笔取势，先指出其不知国家忧患为何物，次句再点醒"十三"袭位，这就有力地显示出童昏无知与身居尊位的尖锐矛盾。如果先说少年袭位，再说不恤国事，内容虽完全相同，却平直无奇，情味锐减，突现不出上述矛盾了。这种着意作势的写法，往往和作者所要突出强调的意旨密切相关。

颔联写少侯的豪侈游乐。"不收金弹"用韩嫣事。《西京杂记》载：韩嫣好弹，以金作弹丸，所失者日有十余。儿童闻嫣出弹，常随之拾取弹丸。上句说他只求玩得尽兴，贵重的金弹可以任其抛于林外，不去拾取。这当然是十足的豪侈。下句则又写他对放在井上未必贵重的辘轳架（即所谓"银床"，其实不一定用银作成）倒颇有几分爱惜。这就从鲜明对照中写出了他的无知。黄彻说："二句曲尽贵公子憨态。"这确是很符合对象特点的传神描写，讽刺中流露出耐人寻味的幽默。

颈联续写其室内陈设的华侈。"彩树"指华丽的灯柱，"绣檀"指精美的檀枕。镂（sōu），是刻镂的意思。两句意谓：华丽的灯柱上环绕着层层灯烛，像明珠交相辉耀，檀木的枕头回环镂空，就像精美的玉雕。上一联在"不收""却惜"之中还可以感到作者的讽刺揶揄之意，这一联则纯用客观描写，讽刺之意全寓言外。所以颔颈两联内容虽相近，读来并不感重复。"灯""枕"暗渡到尾联，针线细密，不着痕迹。

尾联是全篇的点睛之笔。两句是说，守门的人不给清晨到来的客人通报，因为少侯新得了一位佳人名叫莫愁。莫愁，传为洛阳人，嫁卢家为妇。这里特借"莫愁"的字面关合首句"未到忧"，以讽刺少侯沉湎女色，不忧国事；言外又暗讽其有愁而不知愁，势必带来更大的忧愁；今日的"莫愁"，即孕育着将来的深愁。诗人的这种思想感情倾向，全不说出，而是自然融合在貌似不动声色的客观叙述之中，笔致特别尖刻冷峭，耐人寻味。

作为一首讽刺腐朽而无知的贵族少年的诗，《富平少侯》自然也不失为佳作。但从制题和首尾两联看，诗中的"富平少侯"似乎不像一般贵族少年，而可能另有具体寓托。清代注家徐逢源根据唐敬宗少年继位、好奢喜猎、宴游无度、尤爱篡组雕镂之物及视朝每晏等情事，和汉成帝每自称富平侯家人之事，推断此诗系借讽敬宗，其说颇可信。因为所讽对象如为一般贵显少年，则他们所关心的本来就是声色狗马，责备他们不忧"七国三边"之事，未免无的放矢。必须是居其位当忧而不忧的，才以"未到忧"责之。所以首句即已暗露消息，所谓少侯，实即少帝。冯浩说"首七字最宜重看"，是参透其中消息的。末句以"莫愁"暗讽其终将有愁，和《陈后宫》结句"天子正无愁"如出一辙，也暗示所讽者并非无知贵介，而是"无愁天子"一流。况且如刺一般贵族少年，完全可以显言，不必托古以讽；更不必用"富平少侯"这样生僻的题目，而诗中又偏不涉及富平少侯本人行事，故意弄得迷离惝恍。李商隐托古讽时，有特定讽刺对象的咏史诗，题目与内容往往若即若离，用事也古今驳杂，似乎是故意露出蛛丝马迹，引导读者去思索其中的寓托，本篇就是显例。当然，托古讽时之作，所托之"古"与所讽之"今"往往但求大体相似，不能一一细符，也不必一一细符，这是不言而喻的。

行次西郊作一百韵

蛇年建午月，我自梁还秦。南下大散岭，北济渭之滨。草木半舒坼，不类冰雪晨。又若夏苦热，燋卷无芳津。高田长槲枥，下田长荆榛。农具弃道旁，饥牛死空墩。依依过村落，十室无一存。存者皆面啼，无衣可迎宾。始若畏人问，及门还具陈。

右辅田畴薄，斯民常苦贫。伊昔称乐土，所赖牧伯仁。官清若冰玉，吏善如六亲。生儿不远征，生女事四邻。浊酒盈瓦缶，烂谷堆荆囷。健儿庇旁妇，衰翁舐童孙。况自贞观后，命官多儒臣。例以贤牧伯，征入司陶钧。降及开元中，奸邪挠经纶。晋公忌此事，多录边将勋。因令猛毅辈，杂牧升平民。中原遂多故，除授非至尊。或出倖臣辈，或由帝戚恩。中原困屠解，奴隶厌肥豚。皇子弃不乳，椒房抱羌浑。重赐竭中国，强兵临北边。控弦二十万，长臂皆如猿。皇都三千里，来往同雕鸢。五里一换马，十里一开筵。指顾动白日，暖热回苍旻。公卿辱嘲叱，唾弃如粪丸。大朝会万方，天子正临轩。采旗转初旭，玉座当祥烟。金障既特设，珠帘亦高褰。捋须塞不顾，坐在御榻前。忤者死跟屦，附之升顶颠。华侈矜递衔，豪俊相并吞。因失生惠养，渐见征求频。

奚寇东北来，挥霍如天翻。是时正忘战，重兵多在边。列城绕长河，平明插旗幡。但闻虏骑入，不见汉兵屯。大妇抱儿哭，小妇攀车辀。生小太平年，不识夜闭门。少壮尽点行，疲老守空村。生分作死誓，挥泪连秋云。延臣例獐怯，诸将如嬴奔。为贼扫上阳，捉人送潼关。玉辇望南斗，未知何日旋。诚知开辟久，遘此云雷屯。逆者问鼎大，存者要高官。抢攘互间谍，孰辨枭与鸾？千马无返辔，万车无还辕。城空鸟雀死，人去豺狼喧。

南资竭吴越，西费失河源。因令右藏库，摧毁惟空垣。如人当一身，有左无右边。筋体半痿痹，肘腋生臊膻。列圣蒙此耻，含怀

不能宣。谋臣拱手立，相戒无敢先。万国困杼轴，内库无金钱。健
儿立霜雪，腹歉衣裳单。馈饷多过时，高估铜与铅。山东望河北，
爨烟犹相联。朝廷不暇给，辛苦无半年。行人权行资，居者税屋
椽。中间遂作梗，狼藉用戈铤。临门送节制，以锡通天班。破者以
族灭，存者尚迁延。礼数异君父，羁縻如羌零。直求输赤诚，所望
大体全。巍巍政事堂，宰相厌八珍。敢问下执事，今谁掌其权？疮
痍几十载，不敢抉其根。国蹙赋更重，人稀役弥繁。近年牛医儿，
城社更攀缘。盲目把大旆，处此京西藩。乐祸忘怨敌，树党多狂
狷。生为人所惮，死非人所怜。快刀断其头，列若猪牛悬。凤翔三
百里，兵马如黄巾。夜半军牒来，屯兵万五千。乡里骇供亿，老少
相扳牵。儿孙生未孩，弃之无惨颜。不复议所适，但欲死山间。尔
来又三岁，甘泽不及春。盗贼亭午起，问谁多穷民。节使杀亭吏，
捕之恐无因。咫尺不相见，旱久多黄尘。官健腰佩弓，自言为官
巡。常恐值荒迥，此辈还射人。愧客问本末，愿客无因循。郿坞抵
陈仓，此地忌黄昏。

　　我听此言罢，冤愤如相焚。昔闻举一会，群盗为之奔。又闻理
与乱，系人不系天。我愿为此事，君前剖心肝。叩头出鲜血，滂沱
污紫宸。九重黯已隔，涕泗空沾唇。使典作尚书，厮养为将军。慎
勿道此言，此言未忽闻！

　　唐文宗开成二年（837）十二月，诗人从兴元（今陕西汉中市）返长安。
途经京西郊畿地区，目睹耳闻衰败乱离情况，对国事忧心如焚，写下这篇规
模宏大的政治诗，全诗分三大段。第一段从开篇到"及门还具陈"，描述途
径西郊所见农村荒凉残破景象，并借村民的话引出对唐王朝衰乱情况的叙述
与议论。第二大段从"右辅田畴薄"到"此地忌黄昏"，借村民之口叙述从
唐初到开成年间治乱兴衰，并揭示其根源。其中又可分为四节。第一节先追
叙唐前期社会安定繁荣情况，强调这是由于中央和地方官吏选用得人；然后
转叙开元末年以来，李林甫阴谋乱政，安禄山恃宠跋扈，中央集权削弱，藩
镇势力膨胀，政局腐败，对人民的诛求加重。第二节叙述安史之乱爆发，叛

军长驱直入，人民流离失所，皇帝官吏望风而逃，藩镇乘机叛乱要挟，国家陷于空前混乱。第三节叙述安史乱后唐王朝财源枯竭、赋税苛重、藩镇跋扈等深重危机。抨击当权者腐败无能，不敢正视和解决国家的危机。第四节叙述甘露事变以来长安西郊地区所遭受的天灾人祸和人民被迫为"盗"的情况。第三大段从"我听此言罢"到篇末，抒发对国事的忧愤，提出治乱"系人不系天"的观点，收束全篇。

本篇是作者追溯唐王朝治乱兴衰的历史，集中表达自己政治观点的重要作品。诗中着重叙述开元末年以来衰乱情况，对比今昔，推原祸始，显示出中央与地方官吏的贤否，是国家治乱的根本；中枢是否得人，尤为问题的关键。他认为"例以贤牧伯，征入司陶钧"是唐前期社会安定繁荣的原因，而"奸邪挠经纶"则是国家由盛转衰的根源。作者抨击拱手而立，胆怯如獐的"谋臣""廷臣"，斥责"疮痍几十载，不敢抉其根"的宰相，揭露"使典作尚书，厮养为将军"的腐败政治现象，并进而对最高封建统治者进行指责或批评；叙安史之乱，深咎玄宗酿乱之责；叙甘露之变，婉讽文宗暗于任人。这一切，都体现出作者认为治乱"系人不系天"的观点。

围绕上述中心观点，长诗对唐王朝在衰败过程中出现的严重社会政治危机亦有多方面的揭露。藩镇的割据叛乱，宦官的专权残暴，统治集团的骄奢淫佚，赋税剥削的日趋苛重，人民生活的日趋穷困，财政危机的深化，军事力量的削弱，等等，都在不同程度上得到反映。藩镇割据和人民穷困尤为作者注意的中心。这些都触及到了现实问题的症结。

长诗是作者从开成末年以来不断深入地考察社会政治，思索国计民生问题的产物。作者的视野已由某些局部的事件和问题，扩展到对唐王朝开国以来盛衰历史，以及政治、经济、军事等方面问题的全方位考察与思索，带有总结历史经验的性质，是诗人创作历程中带有里程碑性质的作品。

本篇内容广阔，体势磅礴。既有唐王朝衰乱历史过程的纵向追溯，也有各种社会问题的横向解剖，纵横交错，构成长达百余年的社会历史画面，可以说是一幅展现唐王朝由治而乱而衰的过程的历史长卷。在唐人政治诗中，是少见的长篇巨制。诗在构思和手法上明显受到杜甫《北征》等诗的影响，虽不及杜诗波澜起伏，沉郁顿挫，但规模更宏大，视野更广阔，政治色彩更浓。特别是全篇渗透着一种强烈的危机感，鲜明地体现出诗人的政治敏感和长诗的时代特征。诗一开始就展现出京西农村"高田长檞枥，下田长荆榛。农具弃道旁，饥牛死空墩。依依过村落，十室无一存"这种宛如劫后的荒凉残破景象，一下子就造成了一种充满危机感的氛围。以下一大段借村民之口对唐王朝衰乱历史的回顾，危机感随着国势的衰颓不断加深。从李林甫专权、安禄山跋扈，到天宝末年的"因失生惠养，渐见征求频"，显示出一场巨大的变乱即将爆发；安史之乱的爆发，不但造成"城空鸟雀死，人去豺狼喧"的悲惨恐怖景象，而且形成了"逆者问鼎大，存者要高官"这种藩镇跋扈的局面；乱后的唐王朝，"筋体半痿痹，肘腋生臊膻"，"国蹙赋更重，人稀役弥繁"，已经半身不遂，恶性循环，难以自救；而近年来发生的甘露之变和天灾兵祸，更使"穷民"陷于绝境，被迫为"盗"，官兵也趁火打劫。讲到"郿坞抵陈仓，此地忌黄昏"，一种末世的阴暗恐怖氛围笼罩了一切，整个大唐王朝的国运已经昭然可见了。诗人的强烈危机感，不但渗透在这些叙述描写中，而且贯注于痛心疾首的抒情和议论中。像"诚知开辟久，遘此云雷屯（巨大的祸乱）"，"巍巍政事堂，宰相厌八珍。敢问下执事，今谁掌其权？疮疽几十载，不敢抉其根"，"叩头出鲜血，滂沱污紫宸。九重黯已隔，涕泗空沾唇"这些诗句，或沉痛愤激，或忧心如焚，都透出危机的极端深重。可以说，强烈的危机感和激切的感情，是这首长篇政治诗所给予人的最突出的感受。在离唐王朝的覆亡还有近七十年的时候，诗人就能如此鲜明而尖锐地将唐王朝的深重危机表现出来，足见诗人的政治敏感和胆识。

全篇叙议相兼，兼有史诗与政论的特色。叙事既有细致的描写，更有宏观的概括；议论既时见卓识，更挟带强烈感情。语言质朴苍劲，自然生动。纪昀说："亦是长庆体，而气格苍劲则胎息少陵，故衍而不平，质而不俚。"可谓确论。

重有感

> 玉帐牙旗得上游，安危须共主君忧。
> 窦融表已来关右，陶侃军宜次石头。
> 岂有蛟龙愁失水？更无鹰隼与高秋！
> 昼号夜哭兼幽显，早晚星关雪涕收？

大和九年（835）十一月，宰相李训、凤翔节度使郑注在唐文宗授意下密谋诛灭宦官。事败，李、郑先后被杀，连未曾预谋的宰相王涯、贾悚、舒元舆等也遭族灭，同时株连者千余人，造成"流血千门，僵尸万计"的惨祸，史称"甘露之变"。事变后，宦官气焰更加嚣张，"迫胁天子，下视宰相，陵暴朝士如草芥"（《通鉴》）。开成元年（836）二、三月，昭义军节度使刘从谏两次上表，力辩王涯等无辜被杀，指斥宦官"擅领甲兵，恣行剽劫"，表示要"修饰封疆，训练士卒，内为陛下心腹，外为陛下藩垣。如奸臣难制，誓以死清君侧"，并派人揭露宦官仇士良等人的罪恶。一时宦官气焰稍有收敛。作者有感于此事和朝廷依然存在的严重局势，写了这首诗。因为不久前已就甘露之变写过《有感二首》，所以本篇题为"重有感"。这种标题，实际上类似无题。

首句"玉帐牙旗"，是说刘从谏握有重兵，为一方雄藩。昭义镇辖泽、潞等州，邻近京城长安，军事上据有极便利的形势，所以说"得上游"。这句重笔渲染，显示刘的实力雄厚，条件优越，完全有平定宦官之乱的主客观条件，以逼出下句，点明正意：在国家危急存亡之秋，作为一方雄藩理应与君主共忧患。（"安危"是偏义复词，这里偏用"危"义。）句中"须"字极见用意，强调的是义不容辞的责任。如改用"誓"字，就变成单纯赞扬了。"须"字高屋建瓴，下面的"宜""岂有""更无"等才字字有根。

颔联用了两个典故。东汉初凉州牧窦融得知光武帝打算讨伐西北军阀隗嚣，便整顿兵马，上疏请示出师伐嚣日期。这里用来指刘从谏上表声讨宦官。东晋陶侃任荆州刺史时，苏峻叛乱，京城建康危急。侃被讨苏诸军推为盟主，领兵直抵石头城下，斩苏峻。这里用来表达对刘从谏进军平乱的期望。一联中选用两件性质相类的事，同指一人，本来极易流于堆垛重复，但由于作者在运用时各有意义上的侧重（分别切上表与进军），角度又不相同（一切已然之事，一切未然之事），再加上在出句与对句中用"已""宜"两个虚字衔连呼应，这就不仅切合刘从谏虽上表声言"清君侧"，却并未付诸行动的情况，而且将作者对刘既有所赞扬、又有所不满，既有所属望、又不免有些失望的复杂感情准确而细密地表达出来。不说"将次"，而说"宜次"，正透露出作者对刘的"誓以死清君侧"的声言并不抱过于乐观的想法。"宜"字中有鼓励，有敦促，也隐含着轻微的批评和责备。

颈联中用了两个比喻。"蛟龙愁失水"，比喻文宗受制于宦官，失去权力和自由。"鹰隼与（通'举'）高秋"，比喻忠于朝廷的猛将奋起搏击宦官。（《左传·文公十八年》："见无礼于其君者，诛之，如鹰隼之逐鸟雀也。"鹰隼之喻用其意。）前者，是根本不应出现的，然而却是既成的事实，所以用"岂有"表达强烈的义愤，和对这种局面的不能容忍；后者，是在"蛟龙失水"的情况下理应出现却竟未出现的局面，所以用"更无（根本没有）"表达深切的忧愤和强烈的失望。纪昀说："岂有、更无，开合相应。上句言无受制之理，下句解受制之故。"（《李义山诗集辑评》引）这是比较符合作者本意的。和上面的"须共""宜次"联系起来，还不难体味出其中隐含着对徒有空言而无实际行动、能为"鹰隼"而竟未为"鹰隼"者的不满与失望。

末联紧承第六句。正因为"更无鹰隼与高秋"，眼下的京城仍然昼夜人号鬼哭，一片悲惨恐怖气氛。究竟什么时候，才能收复为宦官所盘踞的宫阙，拭泪欢庆呢？"早晚"，即"多早晚"，系不定之词。两句所表达的是对国家命运忧心如焚的感情。

用"有感"作为政治抒情诗的题目，创自杜甫。李商隐这首诗，不但继承了杜甫关注国家命运的精神和以律体反映时事、抒写政治感慨的优良传统，而且在风格的沉郁顿挫、用事的严密精切乃至虚字的锤炼照应等方面，都刻意追摹杜律。诗的风格，酷似杜甫的《诸将五首》；它的立意，可能也受到"独使至尊忧社稷，诸君何以答升平"这两句诗的启发。不过，比起他后期学杜的律诗（如《筹笔驿》《二月二日》等），他前期的这类作品就不免显得精严厚重有余而纵横变化不足了。

赠别前蔚州契苾使君

何年部落到阴陵，奕世勤王国史称。
夜掩牙旗千帐雪，朝飞羽骑一河冰。
蕃儿襁负来青冢，狄女壶浆出白登。
日晚鸊鹈泉畔猎，路人遥识郅都鹰。

在我国历史上，汉族以外的各少数民族都对统一的多民族国家的发展作出过贡献。唐代从太宗开始，一直推行比较开明的民族政策，更使各少数民族人士有了报效国家、发挥才能的机会。李商隐这首送别诗，便是一曲歌咏铁勒族英雄将领"奕世勤王"的赞歌。在历代爱国诗词之林中，颇为引人注目。

唐武宗会昌二年（842）九月，朝廷调遣各路兵马，抗击回鹘侵扰。命蔚（yù）州刺史契苾（bì）通率少数民族部队开赴天德军（今内蒙古自治区乌拉特前旗）。这首诗就是诗人的赠行之作。契苾本铁勒族部落名，后以部为姓。契苾通的五世祖契苾何力为部落酋长时率众归唐，太宗授官左领军将军，后封凉国公。题注"使君远祖，国初功臣也"，指的就是何力归唐封爵之事。

首句从契苾部落的迁移着笔。何力归唐后，太宗置其部落于甘、凉（甘肃张掖、武威）一带。大约在其子契苾明任鸡田道（治宁夏灵武）总管时，部落东移，后迁至阴山一带。用"何年部落到阴陵"这种破空而来的问语起笔，不但笔势夭矫飘忽，不落常套，而且表现了对契苾部落历史的亲切关注，自然引出"奕世勤王"的主旨。以下三联，便分写契苾氏的累世功勋。

颔联先写契苾何力的勤王事迹，生动地描绘出他在雪盖营帐的寒夜，掩旗突袭敌军；在冰封河流的清晨，率骑涉冰飞越。两句一夜一朝，一陆一水，一西一东，对仗工丽，色彩鲜明，气势雄健，展现出何力英勇善战、不畏艰苦，尽忠王事的精神风采。

腹联续写契苾明移镇北方后，深得附近少数民族的拥戴。青冢，即王昭君墓；白登，山名，在山西大同市东。"襁负""壶浆"分别出自《论语》《孟子》，历来用以形容对行王道者与仁义之师的拥戴。这里着此二语，既展现出在契苾明管辖的地区各少数民族和睦相处的图景，更表明这位少数民族首领作为中央王朝的代表对这一带少数民族的吸附力与号召力。如果说颔联是从"武功"方面赞契苾氏之"勤王"，那么这一联不妨说是从"文治"方面加以赞颂了。妙在第六句用"箪食壶浆，以迎王师"的成语，实已暗渡到这一次契苾通率王师赴天德，但处理得很自然，不见针线之迹。

尾联直接落到契苾通身上。鸊鹈（pì tì）泉在内蒙古自治区五原县附近，是契苾通前往的天德军所辖之地。郅（zhì）都是西汉时人，行法不避贵戚，号曰苍鹰。景帝拜为雁门太守，匈奴不敢近雁门。这里用郅都比契苾通，借出猎隐喻对回鹘作战，"鹰"字双关"猎"与苍鹰，暗示契苾通这位善"猎"的战将正像号称苍鹰的郅都一样，为回鹘所畏惮，此去自必功成告捷。这一联通过用典、双关隐喻等手法，将丰富的内涵加以浓缩，给人以联想与暗示。

这首诗以"奕世勤王"为中心，赞颂了契苾氏内附后累世为国家所作出的贡献。从表面上看，前三联似乎都是题前文字，赠别契苾通仅尾联一点即收；实际上，彰远正是为了励近。赞"奕世勤王"，用意正在激励契苾通此去为国再建新功，为契苾氏家族的爱国传统增辉添彩。同时也反映出唐王朝境内民族关系的融洽和诗人对这种关系的重视。诗既富声华，亦具骨力，在组织工丽整炼之中自有一股遒健之气。结构方面，首联总起，以下三联分写，这在七律中也是一种打破起承转合常规的变格。

柳

曾逐东风拂舞筵，乐游春苑断肠天。
如何肯到清秋日，已带斜阳又带蝉！

义山集中咏柳诗十余篇，各有托寓。此篇寄慨身世，自伤衰暮，情调最为沉痛凄凉。

前两句先写柳的春风得意之时。一、二倒装，谓往昔乐游苑中，正当令人销魂的芳春时节，柳曾经追逐骀荡的东风，轻拂着歌席舞筵。逐、拂两个动词，生动地展示出柳的活跃意态和轻盈身姿；而东风、春苑、断肠天等意象的重叠渲染，则突出了柳的乘时得意；"拂舞筵"的形容，更令人想见其占尽繁华风流的情景。两句之前冠以"曾逐"二字，不仅点出这是今日的追忆，而且蕴含着对往昔繁华的无限追恋和不堪回首话当年的深沉感喟，隐逗出下两句对当前的悲慨。

三、四句写清秋衰暮之柳。诗人不去正面描绘暮秋衰柳的形态颜色，而是巧妙地借"斜阳"与"蝉"这两种相关意象侧面烘染，映带而出。斜阳残照，正烘托出清秋衰柳的残败萧疏；寒蝉凄断，则映衬出它的凄清冷落。"带斜阳"与"带蝉"，与前两句的"逐东风""拂舞筵"形成鲜明对照，突出表现了今昔境遇的悬殊和衰暮零落的悲慨。

但这首诗的强烈感染力却不单由于用鲜明的对照显示昔荣今悴的境遇，而且由于虚字的转折唱叹，构成了一种极为沉痛伤感的情调。首句"曾"字已隐含不堪回首的意蕴；三句"如何肯"重笔转折唱叹，显示出无法忍受，甚至不能设想会有当前凄凉衰暮境遇的强烈悲慨；四句更以"已""又"联贯直下，淋漓尽致地抒发了不胜昔荣今悴的深沉感伤。这种虚处传神之笔，使这首诗别具一种深长的情韵。

385

李商隐的前期，虽曾两入秘省，其实并不曾有过真正的春风得意之时。但在衰暮凄凉的境遇中回首当年，却无形中将过去的一段境遇美化了。这种心态本身就带有悲剧色彩。由于诗人把昔荣今悴作强烈对照，又不涉及具体情事，诗中"柳"的形象在客观上便带有较大的概括性，读者从它身上，也许还可以联想到琵琶女、杜秋娘这一类人物的命运。

泪

永巷长年怨绮罗，离情终日思风波。
湘江竹上痕无限，岘首碑前洒几多。
人去紫台秋入塞，兵残楚帐夜闻歌。
朝来灞水桥边问，未抵青袍送玉珂。

这是一首构思、章法新颖独特的咏物七律。它所歌咏的对象也是历来咏物诗几乎没有写到过的"泪"。

前六句分写六种泪。首句是说幽闭在深宫长巷中的嫔妃宫女一年到头、年复一年地怨恨自己绮罗遍身而不能与君王接近的凄冷生活和不幸命运。这是深宫怨旷之泪，也是唐代许多宫怨诗反复歌咏过的主题。绮罗被体，本是富贵尊荣的标志，但在这些被剥夺了人的基本权利的女子身上，只不过是对她悲剧命运的反衬甚至嘲弄。

次句说闺中思妇一天到晚为离情所萦绕，思念着远行在外，涉历风波的丈夫，为他的安全担心流泪。这是闺人念远之泪，也是唐代许多思妇诗包括李白的《长干行》《江夏行》一类写商人妇的作品中反复歌咏过的。

第三句用了娥皇、女英的典故。相传舜南巡，死于苍梧。他的两个妃子娥皇、女英追至湘江一带，哭舜极为悲哀，斑斑泪痕，染于竹上。这句是说湘江两岸的湘妃竹上，至今犹留下当年二妃哭舜的斑斑泪痕。这是吊唁君主逝世之泪。历来多用"湘泪"来象喻臣子对故君的哀悼。商隐《潭州》诗"湘泪浅深滋竹色"，意蕴与此句相近。或解此句为孀妇思夫之泪，似嫌泛而不切。

第四句用岘首泪碑的典故。西晋名将羊祜镇守襄阳时，常游岘首山，饮酒赋诗。他死后，襄阳人在岘山建碑纪念，百姓感念羊祜的惠爱，望其碑者，莫不流涕。这句写感怀长官旧德之泪。

第五句用昭君去国的典故。紫台，即紫宫，指汉代宫禁。江淹《别赋》说："明妃去时，仰天太息。紫台稍远，关山无极。"杜甫《咏怀古迹》（其三）说："一去紫台连朔漠，独留青冢向黄昏。"这句辞、意本此，意谓一离开宫廷远赴绝域，便年年只见秋风入塞，而人则永无重归之日了。这是远赴绝域之泪。

第六句用垓下闻歌的典故。项羽兵败，被刘邦大军围于垓下，兵少食尽。夜间听见汉军四面都唱着楚歌，感到大势已去，在帐中饮酒悲歌，涕数行下。这是英雄末路的悲泪。

七、八两句一意贯串，写另一种与前六种全然不同的泪。灞桥在长安东，是著名的送别地，青袍是唐代八、九品官穿的服色；玉珂是马络头上的装饰物，通常用贝做成，因其色白，故称玉珂，这里指代达官显宦。两句是说，如果清晨在灞水桥边送别之地看一看，那就知道上面所说的种种悲痛之泪，都抵不上青袍卑官送玉珂贵宦时所触发的泪那样沉痛。

为什么前六种生离死别、身处绝域绝境之泪，竟然抵不上"青袍送玉珂"之泪呢？这是因为前六种泪，其中有的可能和诗人某一方面的生活体验有关（如伤悼故君、怀念旧德之泪，可能跟诗人对文宗、武宗的伤悼，对旧日恩知幕主的追念有关；远赴绝域之泪跟诗人天涯远幕的经历也不无联系），有的则只是泛泛而言，与诗人的身世经历并无直接关联。因而对这六种悲泪的感受就不是特别深切。而后一种泪，却是感受至深、伤痛彻骨之泪。诗人抑塞穷途，长期作幕，寄人篱下，俯仰随人。这种由于地位的卑微，处境的艰困而不得不趋奉贵宦，以求托身的违心行动，引起他内心强烈的痛苦。"却羡卞和双刖足，一生无复没阶趋"，"弹冠如不问，又到扫门时"，"天官补吏府中趋，玉骨瘦来无一把"，"归唯却扫，出则卑趋"一类渗透着或愤激、或痛苦的感情的自白，在他诗文中经常可见。这种屈辱而痛苦的处境、心情，在"青袍送玉珂"的场合，由于贵贱相形，云泥悬隔，往往更让他难以忍受。这种痛苦的生活体验，杜甫在《奉赠韦左丞丈二十二韵》中就已写过："朝扣富儿门，暮随肥马尘。残杯与冷炙，到处潜悲辛。"李商隐则用另一种写法把这种体验作了更集中而强烈的表达。

这就涉及此诗的构思、章法和艺术手法。诗的主旨全在结联，但为了突出这一主旨，却以前六种悲泪作衬。正如程梦星所说："此篇全用兴体，至结处一点正义便住。不知者以为咏物，则通章赋体，失作者之苦心矣。八句凡七种泪，只结句一泪为切肤之痛。"也就是说，前六句都是陪衬，后两句方是正意。这一基本构思形成了它特有的章法，即前六句平列，直到第七句方作大转折，转出正意作收。一般的律诗，首、颔、腹、尾四联大体上体现出起、承、转、合的章法结构，这首诗可以说把这种常规完全打破了，是律诗中的变体与创格。这种章法结构又正为衬托手法的成功运用创造了条件。前六种悲泪渲染得充分，后一种泪的伤痛彻骨便越加突出。虽一点便住，却能给读者以强烈印象，引起读者的思索。

李商隐是骈体文大家。他的骈文对他的近体诗创作有深刻影响。这首诗在罗列故实、组织丽字、注意声韵对仗等方面，都明显可见骈体文的影响，而摹仿江淹《别赋》《恨赋》的痕迹尤其显著。后世如西昆派专学此种，只排比故实，而未学到他在用意和构思方面的长处，可谓买椟还珠了。

细 雨

帷飘白玉堂，簟卷碧牙床。
楚女当时意，萧萧发彩凉。

中国古代诗歌常具有多义性。这首小诗，就可能包含表层和深层两重意蕴。

从表层看，这是一首极富想象与韵致的咏物诗。前两句不过写天降细雨，却用"白玉堂"形况华美洁净的天上宫室，用"碧牙床"形况青碧一片的天空，而把细雨想象成天上宫室飘荡的帷幕和天空这张碧牙床上翻卷的簟席。如果说，帷与簟着重显现了雨的细密，那么"飘""卷"这两个动词则生动地表现了细雨随风飘荡的轻灵意态。三、四两句，又进而将纤纤雨丝想象为巫山神女新沐后的发丝（神女"暮为行雨"；《楚辞·九歌·少司命》有"与女沐兮咸池，晞女发兮阳之阿"之句，故有此联想），说眼前这丝丝细雨，正像神女当时的情态：披散着新沐的秀发，润泽而散发着凉意。这就远非寻常的描摹刻画、比喻形容，而是通过极富诗意的新奇想象，传出了细雨的神韵。"发彩"使人如见雨丝落下时反射出的光影。"萧萧"则不但显出细雨纷散披离之状，而且与"凉"字配合，传出了细雨给人的生理与心理感受。而整个比喻，则更动人遐想。

388

从深层看，题目"细雨"即带有象征色彩，特别是跟诗中"楚女"联系，更使人想到与爱情相关的"梦雨"。而"帷飘""簟卷""碧牙床"等意象，也往往与描写爱情相联系，富于象征暗示色彩。详味诗意，似是用"细雨"来暗示一段失落的爱情。抒情主人公往昔在细雨飘帷，秋凉簟卷之时，曾对"楚女"披散着润泽而有光彩、散发着凉意的秀发的美好意态留下了难以磨灭的印象。今日重睹细雨，其人已杳，这段情缘也成了旧梦。故触景兴感，借赋细雨抒写对往昔美好情事的追忆。"雨之至细若有若无者，谓之梦。"（王若虚《滹南诗话》引萧闲语）然则这篇《细雨》所抒写的，不正是心灵中深藏的一段美好记忆，一个遥远而幽缈的旧梦吗？

忆　梅

定定住天涯，依依向物华。
寒梅最堪恨，长作去年花。

这是李商隐作幕梓州后期之作。写在百花争艳的春天，寒梅早已开过，所以题为"忆梅"。

一开始诗人的思绪并不在梅花上面，而是为留滞异乡而苦。梓州（州治在今四川三台）离长安一千八百余里，以唐代疆域之辽阔而竟称"天涯"，与其说是地理上的，不如说是心理上的。李商隐是在仕途抑塞、妻子去世的情况下应柳仲郢之辟，来到梓州的。独居异乡，寄迹幕府，已自感到孤孑苦闷，想不到竟一住数年，意绪之无聊郁闷更可想而知。"定定住天涯"，就是这个痛苦灵魂的心声。定定，犹"死死地""牢牢地"，诗人感到自己竟像是永远地被钉死在这异乡的土地上了。这里，有强烈的苦闷，有难以名状的厌烦，也有无可奈何的悲哀。屈复说"'定定'字俚语入诗却雅。"这个"雅"，似乎可以理解为富于艺术表现力。

为思乡之情、留滞之悲所苦的诗人，精神上不能不寻找慰藉，于是转出第二句："依依向物华。"物华，指眼前美好的春天景物。依依，形容面对美好春色时亲切留连的意绪。诗人在百花争艳的春色面前似乎暂时得到了安慰，从内心深处升起一种对美好事物无限依恋的柔情。一、二两句，感情似乎截然相反，实际上"依依向物华"之情即因"定定住天涯"而生，两种相

389

反的感情却是相通的。

"寒梅最堪恨，长作去年花。"三、四两句，诗境又出现更大的转折。面对姹紫嫣红的"物华"，诗人不禁想到了梅花。它先春而开，到百花盛开时，却早花凋香尽，诗人遗憾之余，便不免对它怨恨起来了。由"向物华"而忆梅，这是一层曲折；由忆梅而恨梅，这又是一层曲折。"恨"正是"忆"的发展与深化，正像深切期待的失望会转化为怨恨一样。

但这只是一般人的心理。对于李商隐来说，却有更内在的原因。"寒梅"先春而开、望春而凋的特点，使诗人很自然地联想到自己：少年早慧，文名早著，科第早登；然而紧接着便是一系列不幸和打击，到入川以后，已经是"克意事佛，方愿打钟扫地，为清凉山行者"（《樊南乙集序》），意绪颇为颓唐了。这早秀先凋，不能与百花共享春天温暖的"寒梅"，不正是诗人自己的写照吗？诗人在《十一月中旬扶风界见梅花》诗中，也曾发出同样的感叹："为谁成早秀？不待作年芳。"非时而早秀，"不待作年芳"的早梅，和"长作去年花"的"寒梅"，都是诗人不幸身世的象征。正因为看到或想到它，就会触动早秀先凋的身世之悲，诗人自然不免要发出"寒梅最堪恨"的怨嗟了。诗写到这里，黯然而收，透出一种不言而神伤的情调。

五言绝句，贵天然浑成，一意贯串，忌刻意雕镂，枝蔓曲折。这首《忆梅》，"意极曲折"（纪昀评语），却并不给人以散漫破碎、雕琢伤真之感，关键在于层层转折都离不开诗人沉沦羁泊的身世。这样，才能潜气内转，在曲折中见浑成，在繁多中见统一，达到有神无迹的境界

无　题

八岁偷照镜，长眉已能画。
十岁去踏青，芙蓉作裙衩。
十二学弹筝，银甲不曾卸。
十四藏六亲，悬知犹未嫁。
十五泣春风，背面秋千下。

无题诗是李商隐独创的一种高度"精纯"的抒情诗体。其内容大都抒写男女主人公对爱情的向往、追求，特别是离别间阻、渺茫失落，带有浓厚悲

剧色彩的爱情。其中有的明显寓有身世之感；有的寓托似有若无，可能只是自然融入爱情以外的某种人生感受和悲剧心态；有的则纯粹言情，别无寓托。这首五古无题，写一位早熟少女的"伤春"心理，可能是诗人年轻时的作品。

这首诗采用民歌中常见的年龄序数写法，从女主人公"八岁"写到"十五岁"。这让我们自然联想起《孔雀东南飞》一开头的"十三能织素，十四学裁衣，十五弹箜篌，十六诵诗书，十七为君妇"等诗句。但它只是平面罗列每一岁做什么事，既看不出女主人公的成长过程，也不表现她的心理与性格。李商隐这首无题诗在运用年龄序数写法上却有新的创造。它通过不同年龄段的女主人公的行动和心理描写，着重表现她的早熟和"伤春"心理的逐步形成，所展现的是一个有明显性格特征的成长发展中的少女形象。开头两句，写她八岁对镜画眉。看来似乎只是写小女孩天生的爱美心理。但"偷""已"这两个点眼的词语，却透露了既爱美又对此感到羞涩，怕被人发现的心理，和年龄虽幼，却已经能够打扮自己的特点（不再是左思《娇女诗》，杜甫《北征》中的幼女那样，"黛眉类扫迹""狼藉画眉阔"了）。这就透出了与"八岁"的年龄不大相称的"早熟"心理与"能力"。三、四两句，写她"十岁"时外出春游，穿着像荷花裁制成的鲜艳衣裙。这固然也是女孩子爱美的本能，但同时还透出了一种显示自己美丽，招引男子注意的潜在心理。这正是对"早熟"心态的进一步描写。五、六两句，写她"十二"岁时苦练弹筝，连套在指上用来拨弦的"银甲"都不曾卸下。这种勤苦与自觉，对于一个十二岁的少女来说，也是超越年龄的早熟心态的表现。七、八两句，写她藏于深闺，避开一切男性戚属，却犹然未嫁。点眼处在"悬知"二字。悬知，即揣知。这正透露出她内心里已经产生了对爱情的向往，可父母却还没有将她出嫁的打算。主观愿望与客观情况的矛盾，使这位早熟的少女进一步产生了"伤春"心理："十五泣春风，背面秋千下。"前面八句，都是每隔两岁一个年龄段，这里却只隔一岁。这固然由于古代女子十五及笄，已到可以出嫁的年龄，也由于上句已经写到待嫁少女的怀春心理，因此刚跨入十五，便不免因伤春而悲泣。与前八句粗线条的勾勒不同，这里写伤春，用了一个生动的细节，一个特写镜头。在和煦的春风中荡秋千，本是无忧无虑的少女最惬意的游戏，但这位年方及笄的少女，却因为春风的吹拂，更撩起伤春的情思，背对着在秋千架上欢乐游嬉的女伴，独自暗暗哭泣。这是一幅蕴含丰富的少女伤春诗意画。那背对着秋千架的泣春风的女子，几乎是象征

李商隐

391

性地表现了她与无忧无虑的少女时代的告别。就这样，诗人用年龄序数这个古老而朴素的写法，写出了这位女子从"偷照镜"到"泣春风"，从幼女的羞涩到少女的怀春、伤春的心理发展过程。

"眼乃神光所聚，故有通体之眼，有数句之眼，前前后后无不待眼光照映。"（刘熙载《艺概》）"十五"两句正是"通体之眼"。它不但是前面一系列描写的归结，而且起到了点醒全篇托寓的作用。姚培谦说："逦迤写来，意注末二句。"这个感受是非常准确的。屈复则更把所"注"之"意"直接挑明："'十五'二句，写聪明女郎省事太早，而幽怨随之。才士之少年不遇亦可叹也。"早熟而伤春的少女，和早慧而不遇的文士，在这里被不露痕迹地统一在"十五泣春风"的形象中。而一经篇末集中点醒，前面的所有描写，也统统在"眼光照映"中显露出托寓的痕迹。作者"五年读经书，七年弄笔砚"（《上崔华州书》），"悬头曾苦学"（《咏怀寄秘阁旧僚二十六韵》），"十六能著《才论》《圣论》，以古文出诸公间"（《樊南甲集序》）。对照这些诗文，不难看出，诗中这位早熟而勤于习艺的少女身上明显有诗人自己的影子。这种篇末点眼的手法，运用得非常高妙。它点醒而不说尽，一点即收，给读者留下了想象、回味和联想的余地。

无　题

照梁初有情，出水旧知名。
裙衩芙蓉小，钗茸翡翠轻。
锦长书郑重，眉细恨分明。
莫近弹棋局，中心最不平。

这首仿齐梁体的律体无题，在女主人公形象上，显然与五古"八岁偷照镜"属于同一系列，也可以说是它的续篇。

起联用"照梁""出水"形容女主人公姿容的艳丽。传为宋玉所作的《神女赋》有"其始来也，耀乎如白日初出照屋梁"之句，写神女刚出现时那种光艳照人，使人不敢逼视的美感极生动传神；而曹植《洛神赋》中则用"灼若芙蕖出绿波"来形容洛神像刚刚出水的芙蓉那样鲜明夺目的美艳。这里只用"照梁""出水"四字点出，而那种令人目眩神迷、神摇意夺的美感效应已暗含其中。"情"谐"晴",与"照梁"相应,"初有情"与"旧知名"互文。两句是说,这位女子正像刚刚升起照耀屋梁的朝日那样光彩照人,又像刚露出水面的荷花那样鲜艳夺目,虽然年纪还轻,却已情窦初开,早就以美貌知名了。

颔联写她妆饰之华美轻倩。"裙衩"即衣裙。"裙衩芙蓉小",是说她穿着华美的像是用芙蓉花瓣制成的裙裳,显得特别玲珑娇小。同时暗用屈原《离骚》:"制芰荷以为衣兮,集芙蓉以为裳。"暗示其情操之高洁。"钗茸"指钗的上端缀有毛茸茸的花饰。"钗茸翡翠轻",是形容她戴着有花饰的翡翠钗,显得特别的袅娜轻倩。"小"和"轻"都是形容女子的玲珑轻倩之美。

腹联转写女主人公在爱情上的失意幽怨。"锦书"用苏蕙织锦为回文诗以寄其夫窦滔事,其中包含着相思离别的幽怨和爱情上失意的暗示。"郑重",是频繁、反复切至的意思。这位女子已经有了丈夫或情人,由于对方意有别属,因而频寄锦书,反复抒写自己的思念。联系下句,这层意思便更加清楚。"眉细恨分明",是说她眉黛细而弯曲,分明像是凝集着许多幽愁暗恨,即"总把春山扫眉黛,不知供得几多愁"之意。

写到这里,一位具有出众的美艳姿容和华美轻倩妆饰,却又深藏无限幽怨的女子已经浮现在眼前,尾联乃借谐音双关和巧妙的暗喻来集中抒写她内心的苦闷不平。弹棋是古代一种游戏,"两人对局,白黑棋各六枚,先列棋相当,更相弹也。其局(棋盘)以石为之"(《后汉书·梁冀传》注引《艺经》)。宋沈括《梦溪笔谈》说:"弹棋……局方二尺,中心高如覆盂,其巅为小壶,四角隆起。……李商隐诗曰:'中心最不平',谓其中高也。"弹棋局是房中经常可以看到的摆设,这里说"莫近",正是由于它的"中心不平"的形状,极易触动女主人公因爱情失意而产生的"中心不平"之情。"中心不平"既是谐音双关,又是一种以彼喻此的暗喻。

从清人冯浩开始,不少研究者都认为这首无题诗是作者新婚后不久的"寄内"诗,"盖初婚后应鸿(当作宏)博不中选,闺中人为之不平,有书寄慰也"(冯浩语),其实并无真正的根据。或引何逊《看伏郎新婚》诗"雾夕莲出水,霞朝日照梁。何如花烛夜,轻扇掩红妆"来证明开头二句暗指新婚,其实如前面所解,这两句用《神女》《洛神》二赋中语来形容女子之明艳,与新婚无涉;且商隐试宏博在前,入泾原幕在后,与王茂元女成婚则又在入幕之后,冯浩所谓"初婚后应鸿(宏)博不中选"并不符合事实。这首诗并非赋体(冯浩等人实际上把它看成赋体),而是比兴寓言体。诗中女主人公，就是作者的化身。试与《无题》（八岁偷照镜）参读，它的比兴寓托之意自明。前四句写女子姿容的艳丽，妆饰的倩美，与"八岁偷照镜"篇前四句内容大体相近，连用语也有相同之处（如"裙衩芙蓉小"与"芙蓉作裙衩"），都是以女子的容饰比喻文士的才华。"旧知名"，托喻才名早著；"初有情"，则以女子之待嫁喻才士之求仕。腹联写锦书抒切至之情，愁眉传分明之恨，明写爱情失意的幽怨，实喻政治失意之苦闷，比起"十五泣春风，背面秋千下"来又进了一层。前诗还是预忧未来的命运，感到茫然难料；而此诗却是感伤已然的失意遭遇，而深感苦闷不平了。

跟"八岁偷照镜"一样，这首诗的尾联也是全篇比兴寓托的点睛之笔，即以弹棋局的"中心不平"关合女主人公内心的不平，又以爱情失意的不平托寓政治上失意的不平。如果说"十五泣春风，背面秋千下"以富于含蕴和情致胜，那么"莫近弹棋局，中心最不平"则以巧思和妙合给人以新颖的美感。二者可谓异曲而同工。

无题二首

凤尾香罗薄几重，碧文圆顶夜深缝。
扇裁月魄羞难掩，车走雷声语未通。
曾是寂寥金烬暗，断无消息石榴红。
斑骓只系垂杨岸，何处西南待好风？

重帏深下莫愁堂，卧后清宵细细长。
神女生涯原是梦，小姑居处本无郎。
风波不信菱枝弱，月露谁教桂叶香？
直道相思了无益，未妨惆怅是清狂。

李商隐的七律无题，艺术上最成熟，最能代表其无题诗的独特艺术风貌。这两首七律无题，内容都是抒写青年女子爱情失意的幽怨，相思无望的苦闷，又都采取女主人公深夜追思往事的方式，因此，女主人公的心理独白就构成了诗的主体。她的身世遭遇和爱情生活中某些具体情事就是通过追思回忆或隐或显地表现出来的。

　　第一首起联写女主人公深夜缝制罗帐。凤尾香罗，是一种织有凤纹的薄罗；碧文圆顶，指有青碧花纹的圆顶罗帐。李商隐写诗特别讲求暗示，即使是律诗的起联，也往往不愿意写得过于明显直遂，留下一些内容让读者去玩索体味。像这一联，就只写主人公在深夜做什么，而不点破这件事意味着什么，甚至连主人公的性别与身份都不作明确交代。我们通过"凤尾香罗""碧文圆顶"的字面和"夜深缝"的行动，可以推知主人公大概是一位幽居独处的闺中女子。罗帐，在古代诗歌中常常被用作男女好合的象征。在寂寥的长夜中默默地缝制罗帐的女主人公，大概正沉浸在对往事的追忆和对会合的深情期待中吧。

　　接下来是女主人公的一段回忆，内容是她和意中人一次偶然的相遇——"扇裁月魄羞难掩，车走雷声语未通"。对方驱车匆匆走过，自己因为羞涩，用团扇遮面，虽相见而未及通一语。从上下文描写的情况看，这次相遇不像是初次邂逅，而是"断无消息"之前的最后一次照面。否则，不可能有深夜缝制罗帐，期待会合的举动。正因为是最后一次未通言语的相遇，在长期得不到对方音讯的今天回忆往事，就越发感到失去那次机缘的可惜，而那次相遇的情景也就越加清晰而深刻地留在记忆中。所以这一联不只是描绘了女主人公爱情生活中一个难忘的片断，而且曲折地表达了她在追思往事时那种惋惜、怅惘而又深情地加以回味的复杂心理。起联与颔联之间，在情节上有很大的跳跃，最后一次照面之前的许多情事（比如她和对方如何结识、相爱等）统统省略了。

　　颈联写别后的相思寂寥。和上联通过一个富于戏剧性的片断表现瞬间的情绪不同，这一联却是通过情景交融的艺术手法概括地抒写一个较长时期中的生活和感情，具有更浓郁的抒情气氛和象征暗示色彩。两句是说，自从那次匆匆相遇之后，对方便绝无音讯。已经有多少次独自伴着逐渐黯淡下去的残灯度过寂寥的不眠之夜，眼下又是石榴花红的季节了。"蜡炬成灰泪始干""一寸相思一寸灰"，那黯淡的残灯，不只是渲染了长夜寂寥的气氛，而且它本身就仿佛是女主人公相思无望情绪的外化与象征。石榴花红的季节，春天已经消逝了。在寂寞的期待中，石榴花红给她带来的也许是流光易逝、青春虚度的怅惘与伤感吧？"断无消息石榴红"，也因此带有青春在寂寞的期待中暗逝的象征意味。"金烬暗""石榴红"，仿佛是不经意地点染景物，却寓含了丰富的感情内涵。把象征暗示的表现手法运用得这样自然精妙，不露痕迹，这确实是艺术上炉火纯青境界的标志。

末联仍旧回到深情的期待上来。"斑骓"句暗用乐府《神弦歌·明下童曲》"陆郎乘斑骓……望门不欲归"句意，大概是暗示她日夕思念的意中人其实和她相隔并不遥远，也许此刻正系马垂杨岸边呢，只是咫尺天涯，无缘会合罢了。末句化用曹植《七哀》"愿为西南风，长逝入君怀"诗意，希望能有一阵好风，将自己吹送到对方身边。李商隐的优秀的爱情诗，多数是写相思的痛苦与会合的难期的，但即使是无望的爱情，也总是贯串着一种执着不移的追求，一种"春蚕到死丝方尽，蜡炬成灰泪始干"式的真挚而深厚的感情。希望在寂寞中燃烧，我们在这首诗中所感受到的也正是这样一种感情。这是他的优秀爱情诗和那些缺乏深挚感情的艳体诗之间的一个重要区别，也是这些诗尽管在不同程度上带有时代、阶级的烙印，却至今仍然能打动人们的一个重要原因。

比起第一首，第二首更侧重于抒写女主人公的身世遭遇之感，写法也更加概括。一开头就撇开具体情事，从女主人公所处的环境氛围写起。层帷深垂，幽邃的居室笼罩着一片深夜的静寂。独处幽室的女主人公自思身世，辗转不眠，倍感静夜的漫长。这里尽管没有一笔正面抒写女主人公的心理状态，但透过这静寂孤清的环境气氛，我们几乎可以触摸到女主人公的内心世界，感觉到那帷幕深垂的居室中弥漫着一层无名的幽怨。

颔联进而写女主人公对自己爱情遇合的回顾。上句用巫山神女梦遇楚王事，下句用乐府《神弦歌·清溪小姑曲》："小姑所居，独处无郎。"意思是说，追思往事，在爱情上尽管也像巫山神女那样，有过自己的幻想与追求，但到头来不过是做了一场幻梦而已；直到现在，还正像清溪小姑那样，独处无郎，终身无托。这一联虽然用了两个典故，却几乎让人感觉不到有用典的痕迹，真正达到了驱使故典如同己出的程度。特别是它虽然写得非常概括，却并不抽象，因为这两个典故各自所包含的神话传说本身就能引起读者的丰富想象与联想。两句中的"原"字、"本"字，颇见用意。前者暗示她在爱情上不仅有过追求，而且也曾有过短暂的遇合，但终究成了一场幻梦，所以说"原是梦"；后者则似乎暗示：尽管迄今仍然独居无郎，无所依托，但人们则对她颇有议论，所以说"本无郎"，其中似含有某种自我辩解的意味。不过，上面所说的这两层意思，都写得隐约不露，不细心揣摩体味是不容易发现的。

颈联从不幸的爱情经历转到不幸的身世遭遇，这一联用了两个比喻：说自己就像柔弱的菱枝，却偏遭风波的摧折；又像具有芬芳美质的桂叶，却无月露滋润使之飘香。这一联含意比较隐晦，似乎是暗示女主人公在生活中一方面受到恶势力的摧残，另一方面又得不到应有的同情与帮助。"不信"，是明知菱枝为弱质而偏加摧折，见"风波"之横暴；"谁教"，是本可滋润桂叶而竟不如此，见"月露"之无情。措辞婉转，而意极沉痛。

爱情遇合既同梦幻，身世遭逢又如此不幸，但女主人公并没有放弃爱情上的追求——"直道相思了无益，未妨惆怅是清狂"。即便相思全然无益，也不妨抱痴情而惆怅终身。在近乎幻灭的情况下仍然坚持不渝的追求，"相思"的铭心刻骨更是可想而知了。

中唐以来，以爱情、艳情为题材的诗歌逐渐增多。这类作品的共同特点是叙事的成份比较多，情节性比较强，人物、场景的描绘相当细致。李商隐的爱情诗却以抒情为主体，着力抒写主人公的主观感觉、心理活动，表现她（他）们丰富复杂的内心世界。而为了加强抒情的形象性、生动性，又往往要在诗中织入某些情节的片断，在抒情中融入一定的叙事成分。这就使诗的内容密度大大增加，形成短小的体制与丰富的内容之间的矛盾。为了克服这一矛盾，他不得不大大加强诗句之间的跳跃性，并且借助比喻、象征、联想等多种手法来加强诗的暗示性。这是他的爱情诗意脉不很明显、比较难读的一个重要原因。但也正因为这样，他的爱情诗往往具有蕴藉含蓄、意境深远、写情细腻的特点和优点，经得起反复咀嚼与玩索。

无题诗究竟有没有寄托，是一个复杂的问题。离开诗歌艺术形象的整体，抓住其中的片言只语，附会现实生活的某些具体人事，进行索隐猜谜式的解释，是完全违反艺术创作规律的。像冯浩那样，将"凤尾"诗中的"垂杨岸"解为"寓柳姓"（指诗人的幕主柳仲郢），将"西南"解为"蜀地"，从而把这两首诗说成是诗人"将赴东川，往别令狐，留宿，而有悲歌之作"，就是穿凿附会的典型。但这并不妨碍我们从诗歌形象的整体出发，联系诗人的身世遭遇和其他作品，区别不同情况，对其中的某些无题诗作这方面的探讨。就这两首无题诗看，"重帷"篇着重写女主人公如梦似幻，无所依托，横遭摧折的凄苦身世，笔意空灵概括，意在言外，其中就可能寓含或渗透作者自己的身世之感。熟悉作者身世的读者不难从"神女"一联中体味出诗人在回顾往事时深慨辗转相依、终归空无的无限怅惘。"风波"一联，如单纯写女子遭际，显得不着边际；而从比兴寄托角度理解，反而易于意会。作者地位寒微，"内无强近，外乏因依"（《祭徐氏姊文》），仕途上不仅未遇有力援助，反遭朋党势力摧抑，故借菱枝遭风波摧折，桂叶无月露滋润致慨。他在一首托宫怨以寄慨的《深宫》诗中说："狂飙不惜萝阴薄，清露偏知桂叶浓"，取譬与"风波"二句相似（不过"清露"句与"月露"句托意正相反而已），也可证"风波"二句确有寄托。何焯说这首无题"直露（自伤不遇）本意"，是比较符合实际的。和"重帏"诗相比，"凤尾"诗的寄托痕迹就很不明显，因为诗中对女主人公爱情生活中的某些具体情事描绘得相当细致（如"扇裁月魄"一联），写实的特点比较突出。但不论这两首无题诗有无寄托，它们都首先是成功的爱情诗。即使我们完全把它们作为爱情诗来读，也并不减低其艺术价值。

柳枝五首（有序）

柳枝，洛中里娘也。父饶好贾，风波死湖上。其母不念他儿子，独念柳枝。生十七年，涂妆绾髻。未尝竟，已复起去。吹叶嚼蕊，调丝擪管，作天海风涛之曲，幽忆怨断之音。居其旁，与其家接故往来者，闻十年尚相与，疑其醉眠梦物断不娉。余从昆让山，比柳枝居为近。他日春曾阴，让山下马柳枝南柳下，咏余《燕台诗》。柳枝惊问："谁人有此？谁人为是？"让山谓曰："此吾里中少年叔耳。"柳枝手断长带，结让山为赠叔乞诗。明日，余比马出其巷，柳枝丫鬟毕妆，抱立扇下，风障一袖，指曰："若叔是？后三日，邻当去溅裙水上，以博山香待，与郎俱过。"余诺之。会所友有偕当诣京师者，戏盗余卧装以先，不果留。雪中让山至，且曰："东诸侯取去矣。"明年，让山复东，相背于戏上，因寓诗以墨其故处云。

花房与蜜脾，蜂雄蛱蝶雌。
同时不同类，那复更相思。

本是丁香树，春条结始生。
玉作弹棋局，中心亦不平。

嘉瓜引蔓长，碧玉冰寒浆。
东陵虽五色，不忍值牙香。

柳枝井上蟠，莲叶浦中干。
锦鳞与绣羽，水陆有伤残。

画屏绣步障，物物自成双。
如何湖上望，只是见鸳鸯。

  李商隐一生写了大量深情绵邈的爱情诗，但绝大多数都难以考知其本事（有的也许根本就没有本事，只是抒写诗人对爱情的一种心灵体验）。唯独这组《柳枝五首》，留下了一篇长达二百六十字的诗序，对这场短暂而没有结果的悲剧性爱情作了相当具体的叙述和描写，使千载之下的读者得以亲切感受到晚唐时期青年男女间那种真挚热烈的爱情气氛，并通过它去感受与理解这组朴拙生涩、别具情味的爱情诗。

  大约在诗人二十三四岁（文宗大和九年或开成元年）时，他在洛阳遇见了一位年方十七岁的商人女儿柳枝。她活泼天真，纯情任性，对音乐与诗歌有特殊的爱好与敏悟，能够吹奏弹唱出"天海风涛之曲，幽忆怨断之音"。当诗人的堂兄让山在她面前吟诵商隐最为哀感幽艳的爱情诗《燕台诗四首》时，她竟激动地问道："谁人有此？谁人为是？"也许正是对于艺术的共同爱好，成为沟通这对青年男女心灵的主要因素。在惊采绝艳的《燕台诗》感染下，柳枝大胆主动地托让山传递了少女纯真爱慕之情的信息，约诗人三天后在水边相会。不巧商隐一位约好同去长安的朋友拿着诗人的行李先走了，致使诗人未能如约与柳枝相会。不久，柳枝就被一位东边的方镇强娶去了，造成了商隐终生的憾事。这个看来偶然的因素在当时强藩横行跋扈的社会中，包含着悲剧的必然性。《柳枝五首》正是这一爱情悲剧的心灵伤创的记录。

  这组诗的一个显著特点，是通体运用比兴。因此理解比兴的确切含义，便成为理解这组诗的关键。

  第一首前两句设喻举例，后两句揭出主旨。前幅列举四种两两相对的不同事物：花房与蜜脾（蜜蜂酿成的脾状蜜）、雄蜂与雌蝶（其中蜂与蜜脾、蝶与花房又有酿、采关系）。它们虽都"同时"出现在芳春季节，却又都是

"不同类"的事物。既非同类，当然也就不能相互匹配，产生"爱情"。因此三、四句就势揭示喻意："同时不同类，那复更相思？"旧说多将"不同类"理解为诗人与柳枝的社会地位身份不同，不能结为婚姻。但柳枝虽商贾之女，诗人也是寒族衰门，恐不至有如此森严的等级观念。况且诗序本身及五首诗就明白显示了诗人对柳枝一见倾心、不能忘怀的深情，是"到死丝方尽"而绝非"那复更相思"。要解开"不同类"之谜，当与商隐《闺情》参读，诗云："红露花房白蜜脾，黄蜂紫蝶两参差。春窗一觉风流梦，却是同衾不得知。"前两句即"花房与蜜脾，蜂雄蛱蝶雌"之意。"两参差"，谓非类而不相合。诗意盖谓男女非类，故虽同床而异梦。两相对照，可见《柳枝五首》之一正是感叹柳枝所适非类，两情终难和谐。东诸侯之娶商人女，不过视如玩物，岂复有真情哉！故说"那复更相思"。钱锺书先生指出此首与《闺情》中之喻"盖汉人旧说。《左传》僖公四年：'风马牛不相及。'服虔注：'牝牡相诱谓之风。'《列女传》卷四《齐孤逐女传》：'夫牛鸣而马不应者，异类故也。'……义山一点换而精彩十倍"（《谈艺录》）。

第二首前二句与后二句分喻柳枝和自己。诗人用美好的丁香树喻柳枝，用"结"暗喻其愁绪郁结不舒。丁香之"结"，或解为花苞如结，或解为枝条之纠结。（杜甫《江头五咏》之一："丁香体柔弱，乱结枝犹垫。"）这里说"春条结始生"，似当指枝条纠结。所谓"结"，实即"愁"，"芭蕉不展丁香结，同向春风各自愁"可证。两句盖喻柳枝脉脉含愁。后两句之喻已见《无题》（照梁初有情）尾联，不过文字稍有不同。这显然是用弹棋局的"中心不平"来关合自己的"中心不平"，可以从"亦"字味出。柳枝以一柔弱女子，为东诸侯娶去，所适非类，故愁怀郁结，如丁香之纠结；诗人所爱的女子为强暴势力所夺，故心中愤郁不平。一愁一愤，正见双方感情之相通相应。

第三首前两句用"引蔓长"的美好嘉瓜隐喻年方"及瓜"的柳枝。"碧玉"由南朝乐府《碧玉歌》"碧玉破瓜时"而来，既形容嘉瓜之色如碧玉，又暗示柳枝之为小家碧玉。两句用凉水（寒浆）冰镇的嘉瓜之可口，着意渲染柳枝这位年方及瓜的小家碧玉的美好风貌。三、四句进一步用著名的东陵瓜作反衬。传秦故东陵侯召平种瓜于长安城东，瓜美，世谓东陵瓜。两句意谓闻名于世的东陵瓜，虽然五色斑斓，自己却不忍品尝而使齿牙留香。这正是所谓"曾经沧海难为水，除却巫山不是云"之意，以反衬自己不能忘情于柳枝。

第四首一、二句分别喻指柳枝与自己。"柳枝井上蟠"是说它托身不得其所；（井上本是桃李所居之地，所谓"一桃复一李，井上占芳华"。）"莲叶浦中干"，比喻自己的憔悴瘦损，"莲"谐"怜"，通常指男方。三、四句进一步申足上两句的意思，说自己和柳枝又正像水中的锦鳞和陆上的绣羽，彼此都受到创伤与摧残，这也就是所谓"同是天涯沦落人"的意思。从这里也可以看出，诗人已经明显把自己跟柳枝看成同遭悲剧命运的一类人了。

第五章的意思比较显豁。前两句说画屏和锦绣步障上所画所绣的禽鸟，都是成双成对的；后两句说举眼湖上，唯见对对鸳鸯，戏于水中。无论室内室外都是一片成双成对的景象，为什么自己与柳枝却形单影只，不能谐合呢？这正写出了举目堪伤的情景。"如何""只是"，于问语中含有无限感怆。

五首诗，首章以柳枝之所适非类开始，末章以自伤孤子作结，中间三章以柳枝与自己两方合写，抒写彼此的愁愤、对柳枝的不能忘情和双方所受的伤残。构思完整，章法精密，是一组着意为之的作品。在风格上，刻意摹仿南朝乐府民歌《读曲歌》《子夜歌》，多用比兴、谐音双关等手法。但又不像民歌那样明转天然，而是仿效"长吉体"笔意，创造出一种古朴生涩，甚至有些隐晦的风格。这跟唐代五言绝多以自然、高妙、古澹为尚者也大不相同，可以说是五绝中的别调。但这种朴拙生涩的风调对于表现诗人因爱情悲剧而引起的抑塞不舒情怀，却又有它特殊的适应性，从这一点说，又确如冯浩所评，是"从生涩中见姿态"了。

日　高

镀镮故锦糜轻拖，玉笾不动便门锁。
水精眠梦是何人？栏药日高红鬖鬖。
飞香上云春诉天，云梯十二门九关。
轻身灭影何可望，粉蛾帖死屏风上。

这是一篇仿"长吉体"短篇七古，内容是抒写对一位水精帘中眠梦的女子强烈的渴想与无望的相思。题目"日高"，系摘取诗中二字为题；也可以理解为这段春情的时间背景。

开头两句写女子所居深锁幽闭的环境：镀金的门环上系着旧锦，轻轻地下垂摇曳；华美的锁钥悄然不动，便门正深深地闭锁着。这华美而寂静的景象，暗示所居者的身份是一位金屋藏娇般地闭锁于高门深院中的贵家女子。"轻拖"与"不动"，相映成趣，烘托出整个环境的寂静。

三、四句由环境转到人身上。水精，指水精帘。第三句充满向往之情的一问，将镜头拉向那位在水精帘内沉眠酣梦未醒之人；第四句却突然推开，展现出花栏中的芍药在晴日高照下，一片红光荡漾的情状。两句之间，似断似连，特具神味。芍药在丽日春风中摇荡呈艳的情景似赋似兴，似写实似象征。它令人自然联想起水精帘中眠梦之人的情态风姿，却不显得是刻意比附设喻。妙在有意无意之间，任人自领。

五、六句转写抒情主人公的追求与阻隔。"飞香"承上"栏药"。"春"指自己的春心。在诗人的幻觉中，那流光溢彩的红芍药似乎摇漾飘散出缕缕芳香，冉冉升天；自己的一腔春思也追随着"飞香"，想上天去一诉衷曲。然而云梯十二，天门九重，既高不可攀，更深不可入。这两句全用幻设之笔渲染追求之殷与阻隔之严。由此又引出了最后两句。

"轻身灭影何可望，粉蛾帖死屏风上。"阻隔如此深重，即使想轻身灭影，无形无迹地飞到伊人身旁，又有什么希望！只能像粉蛾那样，徒然帖死在屏风之上罢了。"屏风""粉蛾"，固然是闺室中实有景物，但在这里却都带有明显的象征色彩。如果说"粉蛾"是满怀春心的抒情主人公强烈的追求的象喻，那么"屏风"正是阻隔的象征。"粉蛾帖死屏风上"这一象征性图景，所暗示的乃是一种执着而无望的追求。

全篇所写的内容，不过一贵家女子日高尚娇卧未起，而水精帘外的男子，则徒怀想望之情而不能亲近。借李白《清平调词》来概括，则前四句即"一枝红艳露凝香"，后四句正所谓"云雨巫山枉断肠"是也。这本来是艳情诗中常见的内容，很容易被写得庸俗靡艳。但在诗人笔下，却显得华而不靡，艳而不衰。诗人不取写实之法具体铺叙情节场景，描绘姿容情态，而是用象征暗示手法，着意表现抒情主人公的强烈意绪——强烈的渴想、执着的追求和无望的相思。开头两句写女子所居的封锁幽闭环境，即已暗透难以亲近的意绪。三、四句于"水精眠梦是何人"的设问之后宕开写景，更使"栏药日高红髻鬖"的景象成为水精眠梦之人的绝妙象征。它既能引发读者的美好想象，又避免了直接刻画描绘极易产生的靡艳，而抒情主人公强烈的想望之情，也因此流光溢彩的栏药而得到更含蓄而充分的表达。"飞香"二句，奇思入幻，强烈的想望又进一步发展为执着的追求。“飞香上云春诉天”的想象也极富美感。结尾用“粉蛾帖死屏风上”来象征绝望的相思，并不给人以阴冷之感，而是显示出一种炽热痴顽的感情的力度，一种殉情主义的精神。

此诗词采之华艳、想象之奇幻都可与李贺媲美，但没有长吉诗中那种艳中显冷的色调，感情是热烈而执着的。旧注或将此诗解为“讽（敬宗）视朝稀晚”，比附穿凿，实不足信。

河阳〔一〕诗

黄河摇溶天上来〔二〕，玉楼影近中天台〔三〕。龙头泻酒客寿杯〔四〕，主人浅笑红玫瑰〔五〕。梓泽东来七十里〔六〕，长沟复堑埋云子〔七〕。可惜秋眸一脔光〔八〕，汉陵走马黄尘起。南浦老鱼腥古涎，真珠密字芙蓉篇。湘中寄到梦不到，衰容自去抛凉天。忆得蛟丝裁小卓〔九〕，蛱蝶飞回木绵薄。绿绣笙囊不见人，一口红霞夜深嚼。幽兰泣露新香死，画图浅缥松溪水〔一〇〕。楚丝微觉《竹枝》高〔一一〕，半曲新辞写绵纸。巴陵夜市红守宫，后房点臂斑斑红。堤南渴雁自飞久，芦花一夜吹西风。晓帘串断蜻蜓翼〔一二〕，罗屏但有空青色。玉湾不钓三千年，莲房暗被蛟龙惜。湿银注镜井口平，鸾钗映月寒琤琤。不知桂树在何处〔一三〕，仙人不下双金茎〔一四〕。百尺相风插重屋〔一五〕，侧近嫣红伴柔绿。百劳不识对月郎，湘竹千条为一束。

注释

〔一〕河阳：今河南孟县。

〔二〕摇溶：摇动貌。

〔三〕中天台：《列子·周穆王》：“西极之国有化人来……王乃为之改筑……中天之台。”其高千仞，临终南之上。

〔四〕龙头：装在酒器上泻酒的龙头。

〔五〕红玫瑰：火齐珠。

〔六〕梓泽：离洛阳七十里，即晋代石崇曾居的金谷。

〔七〕云子：如云之女子。

〔八〕一脔：指眸子。切肉为脔。

〔九〕卓：通"桌"。

〔一〇〕浅缥：淡青色。

〔一一〕《竹枝》：《乐府诗集》："《竹枝》本出巴渝，刘禹锡作新辞九章，教里中儿歌之。由是盛于贞元、元和之间。"

〔一二〕蜻蜓翼：形容窗帘之薄。

〔一三〕桂树：指月中桂树。

〔一四〕金茎：承露盘的铜柱。

〔一五〕相风：一种鸟形的观测风向的竿，插于屋顶。

在李商隐一系列仿"长吉体"的爱情诗中，《河阳诗》属于最难索解的篇章之列。由于题称"河阳"，恰好和诗人的岳父王茂元曾任河阳节度使相合，诗中又多抒男女生离死别之情，因此从朱鹤龄以来，不少注家（包括姚培谦、屈复、程梦星等）都认为是悼念亡妻之作。冯浩不同意悼亡说，认为这首诗词意和商隐的《燕台诗》多相类，而且他的《春雨》《夜思》二诗也都和《燕台诗》一样，提到所谓"尺素双珰"的恋情。《燕台诗》说："双珰丁丁联尺素，内记湘川相识处。"本篇说："湘中寄到梦不到。"地理也相符合。从而推断："《燕台》《河阳》《河内》诸篇，多言湘江，又多引仙事，似昔学仙时所恋者今在湘潭之地，而后又不知何往也。"这一考证是比较切实的。但从全诗看，伤悼的意思比较明显，不过所悼的并非亡妻王氏（王氏足迹根本未及湘川一带），而是一位昔日相识于河阳（今河南孟县），后来流落湘中为人后房，怨思而亡故的女子。

开头四句追忆昔日河阳相识，先推出一幅壮阔的全景：黄河从遥远的天际摇荡而来，似从天上泻下；河边耸立着华美的高楼，几乎上连神话中的中天之台。"黄河"点河阳，"玉楼"在商隐诗中多指道观。接着转到楼内盛宴：酒器的龙头上流泻出醇香美酒，好客的主人（指所恋女子）举杯祝寿，她的微笑明艳可爱，宛如珠玉生辉。看来，这位女子原来的身份可能是一位女冠。"浅笑红玫瑰"用来形容女子笑口，新颖而富美感，比"红绽樱桃"一类的套语要高明多了。

"梓泽"四句，从追忆往昔转到当前，说自己从梓泽（即河阳之金谷）东来，沿途数十里长沟复堑中所埋葬的多为古来如云女子的香骨。由此不禁联想到往昔相恋的那位秋眸似水的女子，如今也已长埋地下，走马汉陵，唯见尘土飞扬而已。

"南浦"四句，又转而追忆当年伤别和修书寄远。"南浦"用《楚辞·九歌·河伯》"送美人兮南浦"，暗点离别。"老鱼腥古涎"，暗用鱼传书信之事。南浦伤别以后，自己曾写过有如真珠小字的情书和美丽的诗篇，想托老鱼传给对方。但书信虽然可到湘中，自己的魂梦却不能到达，所思念的伊人只能是容光憔悴，永远抛撒北方的凉天而孑处南方炎蒸之地了。"湘中"是对方离别后所往之地。"书到梦不到"，正衬托出诗人梦魂萦系的深情和重见无期的伤感。

接下来四句，以"忆得"领起，将回忆溯向伤别前的欢聚。前两句写伊人桌上裁衣刺绣，衣服上绣出蛱蝶双飞和木棉花的图案；后两句写夜间情事。"一口红霞夜深嚼"，旧注引《云笈七签》"咀风吸露，呼嚼岚霞"，以为当指道家服气诀，与对方之原为女冠身份自合；但也可能是指"烂嚼红茸，笑向檀郎唾"（李煜《一斛珠》）一类情事。这里所展现的虽只是往昔欢聚生活中的几个片断，但爱情的甜美温馨和对方的娇美均已生动体现出来。

"幽兰"四句，写对方的逝世和自己的刻骨相思。对方自到湘中，竟如幽兰泣露，不胜幽怨；又如新香乍发，旋即消亡。今日念及，唯有画图、调丝、作诗以寄哀思而已。

"巴陵"四句，回叙对方到湘中后闲置后房的寂寞生活和自己渴望见到对方而不能的情景。守官，一种蜥蜴，以器养之，食以丹砂，满七斤，捣治万杵，以点女人躯体，终身不灭。若有房室之事，即脱。前两句用守官点臂，斑斑犹红点醒对方的闲冷生活，后两句以"渴雁"自喻，说自己正如渴雁久飞，却被西风所阻断，无法接近对方。

"晓帘"以下，都是这一次重来伊人旧居所见所感。往日所居的室内，帘断蛱翼之纱，屏现空青之色，而人去楼空，一片凄寂。室外玉湾溪头，久已荒寂，无人垂钓，溪水中的莲花只能为蛟龙所怜爱了。"玉湾"二句，写景中兼有象征色彩，似是暗示其人为"蛟龙"式的人物所据有。

"湿银"四句，写镜在钗存，其人已杳。湿银注镜，是形容镜面的光滑；井口，指镜面圆形。"不知桂树在何处"，犹"不知嫦娥在何处"，谓其人已经仙逝，故下句补足此意："仙人不下双金茎。"

"百尺"四句，谓其旧居相风之竿高插，依旧树绿花红，但伊人已殁，伯劳空自对我而啼，能不让我泪洒千条湘竹，斑斑皆是吗？

诗以追忆河阳相会开始，以重访故居，室空人杳，洒泪愁对结束，抒发了对这段悲剧性爱情的心灵感受。其中虽有热烈温馨的追忆，但主要是生离死别的哀感和物在人亡的怅惘。全诗在想象与联想中不依事件自然进程，而依诗人感情的自然流动，时空跳跃交错的章法，以及用华艳的语言表达强烈的悲感等方面，都类似他的《燕台诗四首》，但埋没意绪却比《燕台》更甚，读来每有若断若续之感，晦涩之弊是确实存在的。

日 射

日射纱窗风撼扉，香罗拭手春事违。
回廊四合掩寂寞，碧鹦鹉对红蔷薇。

这是一首闺情诗。题目"日射"系取篇首二字为题，实际上就是一种无题诗。

整首诗写一个贵家女子居住的院落。首句"日射纱窗风撼扉"，写暮春早晨的阳光照射在纱窗上，透入闺室，温煦的春风轻轻地撼动着门扉。旭日晴光和春风送来了春天的信息，使人联想到深院之外正是一派姹紫嫣红的艳丽春光。那透入纱窗的阳光，不但给寂寞的闺室带来温煦和生气，而且使室内主人公的春心也不由自主地撩动起来；那撼动门扉的春风，似乎也在轻轻叩击着她的心扉。而风撼门扉的声音，又更衬出了深院的寂寥。这一句看似单纯写景，实际上这正是深院闺室中女主人公所见所感之景，其中已经蕴含了主人公的感受。

第二句正面写到女主人公——"香罗拭手春事违"。香罗拭手，是一个细节描写。这一无意识的动作传出了女主人公寂寞无聊的意态，也传出了她的幽怨和心事重重。幽怨的原因，就在于"春事违"——这是一个妙合双关的词语。既是说寂处深院，辜负了大好春光，又暗示幽居空闺，耽误了青春年华。全篇正面写女主人公的就此一句，因此在这里特别点醒全篇主意——"春事违"。

三、四两句，又转回写景。"回廊四合掩寂寞"，画出一个寂静封闭的环境。曲折环绕的长廊在深院中四面合拢，整个院落静悄悄的，听不到一点动静声息，看上去好像是这四面环绕的回廊把寂寞的气氛凝固不动地掩封起来了，也像是把一颗寂寞的心灵禁锢起来了。"掩寂寞"的"掩"字，用法新警、形象。无形的气氛、心绪因为这个"掩"字而具有了实感。

末句紧承"寂寞"，转出廊间院内无言相对的两种景物——"碧鹦鹉对红蔷薇"。鹦鹉善学人言语，在深院空闺中原是点缀生活、活跃气氛的事物。但现在却连能言的鹦鹉也似乎受了这寂寞气氛的浸染，变得缄口不语了（这是从"对"字上可以体味出来的）。蔷薇花开得正艳，但在这充满寂寞幽怨气氛的环境中，本来通常给人以热闹之感的"红蔷薇"，此刻给予人的感受却是"蔷薇寂寞红"。陆士湄说："花鸟相对间，有伤情人在内。"（冯浩笺引）这是深得诗意的体味。其实，这关在笼子里缄口不言的鹦鹉和深锁院中的寂寞无主的红蔷薇，在某种意义上，不正可视为女主人公命运的一种象征么？

诗写到这里，似乎意犹未尽，却已经悠然收住。末句正像是一个意味深长的特写镜头，一展即收，留下丰富的含蕴让读者去寻味。纪昀评道："佳在竟住。"竟住方有不尽之意。在绝句的结尾中，像这样干脆利落而又耐人寻味的结法，堪称上乘。

这首诗通篇着色鲜明艳丽。早晨明亮的阳光、华美的香罗手帕、精巧朱漆的回廊、碧色的鹦鹉、红色的蔷薇，都有着统一的明丽色调，但这一切在诗中恰是用来反托深院的寂寞和女主人公的幽怨的。这种艺术手段在诗中运用得很成功，收到了相反相成的艺术效果。

中唐刘禹锡《和乐天春词》云："新妆宜面下朱楼，深锁春光一院愁。行到中庭数花朵，蜻蜓飞上玉搔头。"和李商隐的这首《日射》都是借风和日丽之时，朱门深院，闭锁春光的情景来表现女主人公青春虚度的幽怨，而刘诗以"行到中庭数花朵，蜻蜓飞上玉搔头"的典型细节暗透女主人公的幽寂无聊，李诗则以"碧鹦鹉对红蔷薇"的鲜艳景物反托朱门深院的寂寥，一则取动景，一则取静景，而都能言外见意，可谓异曲同工。

407

正月崇让宅

密锁重关掩绿苔，廊深阁迥此徘徊。
先知风起月含晕，尚自露寒花未开。
蝙拂帘旌终展转，鼠翻窗网小惊猜。
背灯独共余香语，不觉犹歌《起夜来》。

唐宣宗大中五年，李商隐的妻子王氏去世。不久，他只身远赴梓州，寄幕天涯，直到大中十年初才随幕主柳仲郢还朝。十一年正月，他回到已故岳父王茂元在洛阳崇让坊的旧宅，触景伤情，写下这首一往情深的悼亡诗。

首联写崇让宅荒凉景象。崇让宅有过繁华的、令诗人感到无限温馨的过去。这里有亭台池榭、桃竹荷花的美丽景色，更有水亭月幌、夫妇联袂吟诗的亲切记忆。而今重来旧地，但见重门紧锁，青苔掩地，如同废宅，往日热闹的回廊楼阁，由于空寂无人，显得特别深远。诗人不但用密、掩、深、迥等字重叠渲染，着意表现荒寂凄凉之感，而且于联末缀以"此徘徊"三字，传达一种寻寻觅觅、恍恍惚惚、若有所失的情绪。往日的繁华温馨与今日的凄凉冷落的强烈对照在诗人心中引起的感喟，也统于无语徘徊中包蕴。

次联写室外景象：月亮朦胧含晕，预示明朝又是风天；庭花怯于夜露，犹自瑟缩未开。"花未开"，切题内"正月"。花与月这两种通常给人以恬美明丽之感的景物，如今都笼罩着一层朦胧黯淡、凄寒惨淡的色调，表现出诗人"风露花月，不堪愁对"的心态。"先知""尚自"二语，尤见作意，暗透出畏惧风寒而风寒频仍、盼望温煦而温煦迟迟的凄寒心理。这种心理与其悲剧性身世遭遇自有潜在联系，但像何焯那样，把这两句理解为"妻死身去""未得富贵开眉"，则未免穿凿。

腹联由室外而室内，选择两种最能显示宅室空寂荒凉的事物——蝙蝠与老鼠，写它们的动态，以及诗人的反应。蝙蝠飞旋，掠动门帘上端的横沿（帘旌）；老鼠窜走，翻动窗檐下的丝网。这一片空寂荒凉中不见阳光的蝙、鼠的动态，反过来更衬出了宅室的荒寂。诗人栖宿如此空寂的室内，既思虑万千，又心存怵惕，在沉思默想中听到蝙、鼠的声响，不觉惊疑怔惧，更加辗转难寐。"惊猜"只是写一种心理状态，不必以惊疑王氏尚在实之。

末联由"惊猜"进入恍惚的状态。背灯，指将灯掩暗。在黯淡朦胧的环境中，诗人的精神状态更加恍惚迷幻。衾枕之间，竟似还残存着妻子的一缕余香，宛然伊人犹在，遂情不自禁地与"余香"共语，并在不知不觉中轻声唱起《起夜来》的歌声。《乐府解题》："《起夜来》，其辞意犹念畴昔思君之来也。"此歌当为王氏平日所爱唱。这里说"不觉犹歌"，则是诗人于恍惚中耳畔似闻王氏之歌唱，遂不觉而歌以相和。这正传神地写出诗人当时那种幻觉似的感受与恍惚的情态。

这首诗的前三联，写崇让宅的荒凉冷寂和诗人的凄寒惊猜心态，于伤悼王氏中隐约透出更大范围的亲故零落之痛，写得相当成功。但这还是其他诗人的悼亡诗乃至其他题材的诗能够达到的境界。作为一首真正具有爱情诗性质的悼亡诗，这首诗写得最动人的地方在末联。它不只是写出了一种恍惚迷幻的精神状态，而且表现了夫妇之间的深挚情爱。"背灯"而共伊人语，是生前的温馨旖旎；现在却只能"独共余香语"了，无限温馨都化为无边的凄凉。生者与死者私语，已属幻觉；与"余香"共语，更属幻中之幻。将极端的凄凉寂冷感受与绮罗香泽的寻觅融合在一起，以幻觉式的描写表现真挚痴顽的情爱，正是这一联的特点。这里有性爱的内容，但痴顽真挚的感情却使它得到净化。中国古代的悼亡诗，专属明媒正娶的妻子。由于这种婚姻义务往往多于爱情，又受到传统的妇德妻贤等观念的影响，即使是感情真挚的悼亡，也每多怀念亡妻的贤淑品性而很少涉及夫妇情爱，元稹的《遣悲怀》三首就是显例。李商隐的悼亡诗，在写出对相濡以沫的妻子的伤悼怀念与浓重的身世之感的同时，并不回避"柔肠早被秋眸割"（《李夫人三首》）、"玉簟失柔肤，但见蒙罗碧"（《房中曲》）及"背灯独共余香语"一类描写，这并没有降低其悼亡诗的品格，相反倒是使他的悼亡诗真正具有爱情诗的品格。

夕阳楼

花明柳暗绕天愁，上尽重城更上楼。
欲问孤鸿向何处，不知身世自悠悠。

这首诗写于唐文宗大和九年（835）秋天。作者题下自注说："在荥阳。

是所知今遂宁萧侍郎牧荥阳日作者。"荥阳即郑州，是李商隐的第二故乡（原籍怀州）。今遂宁萧侍郎，指当时被贬到遂州（属剑南东道）的原刑部侍郎萧澣。萧澣在大和七年三月到八年底，曾任郑州刺史，夕阳楼就是他在郑州任上所建。李商隐曾受萧的器重与厚遇，所以题注称萧为"所知"。后萧澣被贬逐到远州。诗人登夕阳楼，触景伤情，感慨无端，写下这首情致深婉的小诗。

前两句写登楼远望，触景生愁。花明柳暗，本来是赏心悦目的美好景色，但在别有伤心怀抱的诗人眼里，却是惹愁牵恨之物。李商隐出身比较寒微，特别重视"知己"的理解和帮助。一年前，非常赏识和栽培他的崔戎在充海观察使任上溘然长逝；现在，另一位对他厚遇的知己萧澣又被贬远去，这就使诗人越发感到自己的孤孑无依。而他多次应试不第，也无疑更加重了落拓不遇的悲慨。再加上朝廷中李（训）、郑（注）专权，党争剧烈，宦官势炽，时代与个人身世的浓重阴影，使得这位敏感而重情的诗人更加多愁善感。"绕天愁"，不但写出了愁绪的悠长与纷乱，而且与登高望远的特定情境切合。一、二两句，按实际生活次序，应是先登城上楼，后触景生愁。现在这样调换次序，一方面是为了要突出诗人登高望远的无边愁绪，另一方面也是为了使登城上楼的叙述带上浓郁的抒情意味，显出曲折顿挫之致。从"上尽""更上"这种强调的语气中，似乎可以感受到一种不堪承受登高望远所带来的心理重压的情结。

三、四两句专就望中所见孤鸿南征的情景抒慨。仰望天穹，万里寥廓，但见孤鸿一点，在夕阳余光的映照下孑然远去。这一情景，连同诗人此刻登临的夕阳楼，都很自然地使他联想起被贬远去、形单影只的萧澣，从内心深处涌出对萧澣不幸遭际的同情和前途命运的关切，故有"欲问"之句。但方当此时，忽又顿悟自己的身世原来也和这秋空孤鸿一样孑然无依、渺然无适，真所谓"不知身世自悠悠"了。这两句诗的好处，主要在于它真切地表达了一种典型的人生体验：一个同情别人不幸遭遇的人，往往没有意识到他自己原来正是亟须人们同情的不幸者；而当他一旦忽然意识到这一点时，竟发现连给予自己同情的人都不再有了。"孤鸿"尚且有关切它的人，自己则连孤鸿也不如。这里蕴含着更深沉的悲哀，更深刻的悲剧。冯浩说三、四两句"凄惋入神"，也许正应从这个角度去理解。而"欲问""不知"这一转跌，则正是构成"凄惋入神"的艺术风韵的重要因素。谢枋得说："若只道身世悠悠，与孤鸿相似，意思便浅。欲问、不知四字，无限精神。"（《叠山

410

诗话》）这是深得诗人用意的独具只眼之评。李商隐七绝"寄托深而措辞婉"（叶燮《原诗》）的特点在这里正有鲜明的体现。

宫 妓

李商隐

珠箔轻明拂玉墀，披香新殿斗腰支。
不须看尽鱼龙戏，终遣君王怒偃师。

这是一首歌咏宫廷生活而有所托讽的诗。题目"宫妓"，指唐代宫廷教坊中的歌舞妓。当时京城长安设有左、右教坊（管理宫廷女乐的官署，专管雅乐以外的音乐、歌舞、百戏的教习排练），左多善歌，右多工舞。唐高祖时，置内教坊于禁中；玄宗开元初，又置于蓬莱宫侧。诗中所写的宫妓，当是这种内教坊中的女乐。

"珠箔轻明拂玉墀，披香新殿斗腰支。"前两句描绘宫廷中的歌舞场面，正点题目。汉代未央宫有披香殿，是汉成帝的皇后赵飞燕歌舞过的地方。唐代庆善宫中也有披香殿，"新殿"或取义于此。但这里主要是借这个色彩香艳而又容易唤起历史联想的殿名来渲染宫廷歌舞特有的气氛。对于披香殿前的歌舞，诗人并没有作多少具体的铺叙描绘，而是着重描写了"珠箔轻明拂玉墀"的景象。珠箔，即珠帘；玉墀，指宫殿前台阶上的白石地面。轻巧透明的珠帘轻轻地拂着洁白的玉墀，这景象在华美中透出轻柔流动的意致，特别适合于表现一种轻歌曼舞的气氛，使人感到它和那些"斗腰支"的宫妓融为一个和谐的整体。"斗腰支"三字，简洁传神，不仅画出宫妓翩跹起舞的软媚之态，而且传出她们竞媚斗妍、邀宠取悦的心理状态。同时，它还和下两句中的"鱼龙戏""偃师"，在竞奇斗巧这一点上构成意念上的联系。不妨说，它是贯通前后幅，暗透全诗主旨的一个诗眼。

"不须看尽鱼龙戏，终遣君王怒偃师。"三、四两句陡转，集中托讽寓慨。"鱼龙戏"，本指古代百戏中由人装扮成珍异动物进行种种奇幻的表演。《汉书·西域传赞》颜师古注云："鱼龙者，为舍利之兽，先戏于庭极；毕，乃入殿前激水，化成比目鱼，跳跃漱水，作雾障日；毕，化成黄龙八丈，出水敖戏于庭，炫耀日光。"可见这是一种变幻莫测、炫人眼目的精彩表演。不过，从题目"宫妓"着眼，这里的"鱼龙戏"恐非实指作为杂技百戏的鱼

411

龙之戏，而是借喻宫妓新奇变幻的舞姿。末句的"怒偃师"用了《列子·汤问》的一则故事：传说周穆王西巡途中，遇到一位名叫偃师的能工巧匠。偃师献上一个会歌舞表演的"假倡"（实际上是古代的机器人），"锁（抑）其颐则歌合律，捧其手则舞应节，千变万化，惟意所适。"穆王以为是真人，和宠姬盛姬一起观赏它的表演。歌舞快结束时，假倡"瞬其目而招王之左右侍妾"。穆王大怒，要杀偃师，吓得偃师立即剖解假倡，露出革木胶漆等制造假倡的原料，才得免祸。三、四两句是说，等不到看完宫妓们那出神入化的精彩表演，君王就要对善于机巧的"偃师"发怒了。

原故事中的偃师是一个善弄机巧的人物，然而他却差一点因为弄巧而送命。这种机关算尽、反自招祸患的现象具有典型意义。诗人用偃师故事，着眼点正在于此。毫无疑问，诗中的宫妓和"偃师"的关系，相当于原故事中倡者和偃师的关系；而诗中所描绘的"斗腰支""鱼龙戏"，又正相当于原故事中倡者的歌舞，所突出的正是偃师的机巧。那么，透过"不须""终遣"这两个含意比较明显的词语，便不难看出，诗中所强调的正是善弄机巧的偃师到头来终不免触怒君王，自取其祸。如果把这首诗和《梦泽》《宫辞》等歌咏宫廷生活而有所托讽的诗联系起来考察，便很容易发现"未知歌舞能多少，虚减宫厨为细腰"，"莫向樽前奏花落，凉风只在殿西头"和"不须看尽鱼龙戏，终遣君王怒偃师"之间有着十分神似的弦外之音。宫廷歌舞，原是政治生活的一种托喻；而迎合邀宠、红粉自埋的宫女，一时得宠、不忧将来的嫔妃，和玩弄机巧、终自召祸的偃师，则正是畸形政治生活的畸形产物。在诗人看来，他们统统是好景不常的。

宫 辞

君恩如水向东流，得宠忧移失宠愁。
莫向尊前奏花落，凉风只在殿西头。

宫怨诗，一般总不离写失宠宫嫔的苦闷幽怨，有的则进而从失宠者的眼中看得宠者，将二者命运加以比照，像王昌龄的《春宫曲》《长信秋词》（真成薄命久寻思）即是其例。这首宫辞，内容似和一般宫怨诗没有多大差别，但由于作者从一个新的角度进行构思，含意就显得新警；加上诗人又在这里面糅合了更广泛的人生体验，诗的寓意及客观效果又超出题材本身的范围，而具有更深广的意义。

起句"君恩如水向东流"，是一个通俗而恰切的比喻，它一方面道出了所谓"君恩"的变动不常，另一方面又暗示了"君恩"的逝而不返。今天宠爱某一宫嫔，明天又会迅速转移到另一宫嫔头上，而一旦宠爱转移，就永无再度得宠的希望。这种由特殊地位所决定的如水东流般的"君恩"，正是广大妃嫔悲剧命运的直接根源，也是她们特殊心理形成的原因。

次句紧承上句，从宫嫔角度着笔。正由于"君恩"变动不常，所以虽一时得宠者仍忧虑宠衰爱移，在提心吊胆中过日子，不知道哪一天失宠的厄运会突然降临到头上；而业已失宠者，由于"君恩"如逝水东流，一去不返，自然只能陷于深长的忧愁，唯以眼泪洗面了。无论得宠、失宠，到头来都是一样的悲剧命运，因此，她们无论在什么情况下，心里总是一样的"忧""愁"。七个字实际上高度概括了广大宫嫔的悲剧命运和悲剧心理，问题揭示得深刻，表现得却毫不费力，句中自对的句式更加强了流走自然的意致。

但这首诗的主意和新警不凡之处却在三、四两句："莫向尊前奏花落，凉风只在殿西头。""花落"，指笛曲《梅花落》。"尊前奏花落"，既指得宠者在侍奉君王的宴席上奏起《梅花落》的曲调，以博取君王的喜爱，又暗暗关合得宠者志满意得、幸灾乐祸（"花落"象征着失宠者的不幸命运）。"凉风"语出江淹《拟班婕妤咏扇》："窃愁凉风至，吹我玉阶树。君子恩未毕，零落在中路。"这里用来比喻宠衰而冷落。两句是从失宠者眼中看志满意得、曲意承欢的得宠者，对她加以冷隽的讽刺和警告，意思是说：请不要那样志满意得、幸灾乐祸地在侍奉君王的酒宴上吹奏"花落"之曲了吧，岂不知吹落艳丽花朵的"凉风"就近在殿西头的咫尺之地呢。言外之意是，君恩无常，失宠的命运是时时在等待着得宠者的。你今天笑别人之"花落"，庆自己之得宠，殊不知得宠者自己也是极易凋谢的花。"凉风"近而易至，失宠的厄运很快就会降临到头上。今日之所奏，不正成了明日自身命运的预兆吗？讽刺极为冷隽，但用语却极委婉。秋天多西风，而侍宴在殿上，故说"凉风只在殿西头"，信手拈来，涉笔成趣，即景取譬，妙合天然。而"凉风"与"花落"之间又构成巧妙的联系。何焯说："用意最深，人人可解，故妙。"正道出此诗深入浅出、自然工妙的特点。纪昀说："怨悱之极，而不失优柔唱叹之致。"则从另一方面指出了这首诗含蕴委婉中含有冷嘲的风格。

李商隐的诗歌工于借端寄慨。方式之一就是在歌咏某一具体题材时融入更广泛的人生体验。这首警醒得宠者的诗，字里行间就似乎融有诗人对现实政治生活的感慨。晚唐朋党倾轧之风甚炽，君主往往根据自己的政治需要和个人的好恶，迭为进退任废。这种政治环境，对于像李商隐这样一位既身受朋党倾轧之累，又不参与党派纷争的知识分子，是比较能够持冷静客观态度的。通过诗中对恃宠而骄者的讽嘲，分明可以看出现实政治生活中某一类人的影子。联系他另几首托宫廷生活以寓讽慨的诗（如《宫妓》《梦泽》《槿花》等），比照其中的"未知歌舞能多少，虚减宫厨为细腰""不须看尽鱼龙戏，终遣君王怒偃师"等诗句，对本篇的寓讽寄慨便更易体会了。

花下醉

寻芳不觉醉流霞，倚树沉眠日已斜。
客散酒醒深夜后，更持红烛赏残花。

如诗题所显示的，这是一首抒写对花的陶醉流连心理的小诗。

首句"寻芳不觉醉流霞"，写出从"寻"到"醉"的过程。因为爱花，所以怀着浓厚的兴味，殷切的心情，特地独自去"寻芳"；既"寻"而果然喜遇；既遇遂深深为花之美艳所吸引，流连称赏，不能自已；流连称赏之余，竟不知不觉地"醉"了。这是双重的醉。流霞，是神话传说中一种仙酒。《论衡》上说，项曼卿好道学仙，离家三年而返，自言："欲饮食，仙人辄饮我以流霞。每饮一杯，数日不饥。"这里用"醉流霞"，含意双关，既明指为甘美的酒所醉，又暗喻为艳丽的花所醉。从"流霞"这个词语中，可以想象出花的绚烂、光艳，想象出花的芳香和情态，加强了"醉"字的具体可感性。究竟是因为寻芳之前喝了酒此时感到了醉意，还是在寻芳的过程中因为心情陶然而对酒赏花？究竟是因迷于花而增添了酒的醉意，还是因醉后的微醺而更感到花的醉人魅力？很难说得清楚。可能诗人正是要借这含意双关的"醉流霞"写出生理的醉与心理的醉的相互作用和奇妙融合。"不觉"二字，正传神地描绘出目眩神迷、身心俱醉而不自知其所以然的情态，笔意极为超妙。

次句"倚树沉眠日已斜"进一步写"醉"字。因迷花醉酒而不觉倚树（倚树亦即倚花，花就长在树上，灿若流霞）；由倚树而不觉沉眠；由沉眠而不觉日已西斜。叙次井然，而又处处紧扣"醉"字。醉眠于花树之下，整个身心都为花的馥郁所包围、所浸染，连梦也带着花的醉人芳香。所以这"沉眠"不妨说正是对花的沉醉。这一句似从李白《梦游天姥吟留别》"迷花倚石忽已暝"句化出，深一层写出了身心俱醉的迷花境界。

醉眠花下而不觉日斜，似已达到迷花极致而难以为继。三、四两句忽又柳暗花明，转出新境——"客散酒醒深夜后，更持红烛赏残花"。在倚树沉眠中，时间不知不觉由日斜到了深夜，客人已经散去，酒也已经醒了，四周是一片夜的朦胧与沉寂。在这种环境气氛中，一般的人是不会想到赏花的；即使想到，也会因露冷风寒、花事阑珊而感到意兴索然。但对一个爱花迷花的诗人来说，这样一种环境气氛，反倒更激起赏花的意趣。酒阑客散，正可静中细赏；酒醒神清，与醉眼朦胧中赏花自别有一番风味；深夜之后，才能看到人所未见的情态。特别是当他想到日间盛开的花朵，到了明朝也许就将落英缤纷、残红遍地，一种对美好事物的深刻留连之情便油然而生，促使他抓住这最后的时机领略行将消逝的美，于是，便有了"更持红烛赏残花"这一幕。在夜色朦胧中，在红烛的照映下，这行将凋谢的残花在生命的最后瞬间仿佛呈现出一种奇异的光华，美丽得像一个五彩缤纷而又隐约朦胧的梦境。诗人也就在持烛赏残花的过程中得到了新的也是最后的陶醉。夜深酒醒后的"赏"，正是"醉"的更深一层的表现，正如姚培谦所说，"方是爱花极致"（《李义山诗笺注》）。清人马位说："李义山诗'客散酒醒深夜后，更持红烛赏残花'，有雅人深致；苏子瞻'只恐夜深花睡去，高烧银烛照红妆'，有富贵气象。二子爱花兴复不浅。"（《秋窗随笔》）。"雅人深致"与"富贵气象"之评，今天我们也许有所保留，而归结到"爱花兴复不浅"，则是完全确切的。

李商隐

谒　山

从来系日乏长绳，水去云回恨不胜。
欲就麻姑买沧海，一杯春露冷如冰。

415

时间的流逝，使古往今来多少志士才人慷慨悲歌。李商隐这首诗，所吟咏慨叹的尽管还是这样一个带有永恒性的宇宙现象，却极富浪漫主义的奇思异想，令人耳目一新。

一开头就把问题直截了当地提到人们面前。傅玄《九曲歌》说："岁暮景迈群光绝，安得长绳系白日？"长绳系日，是古代人们企图留驻时光的一种天真幻想。但这样的"长绳"又到哪里去找呢？傅诗说"安得"，已经透露出这种企望之难以实现；李诗更进一步，说"从来系日乏长绳"，干脆将长绳系日的设想彻底否定了。

正因为时间的流逝无法阻止，望见逝川东去、白云归山的景象，不免令人感慨，中心怅恨，无时或已。由系日无绳之慨，到水去云回之恨，感情沉降到最低点，似乎已经山穷水尽，诗人却由"恨"忽生奇想，转出一片柳暗花明的新境。

"欲就麻姑买沧海"。麻姑是古代神话传说中的女仙，她自称曾在短时间内三见沧海变为桑田。这里即因此而认定沧海归属于麻姑，并想到要向麻姑买下整个沧海。乍读似觉这奇想有些突如其来，实则它即缘"系日乏长绳"和"水去云回"而生。在诗人想象中，"逝者如斯"的时间之流，最后都流注汇集于大海，因而这横无际涯的沧海便是时间的总汇；买下了沧海，也就控制占有了全部时间，不致再有水去云回之恨了。这想象，天真到接近童话的程度，却又大胆得令人惊奇，曲折到埋没意绪的程度，却自有其幻想的逻辑。

末句更是奇中出奇，曲之又曲。沧海究竟能不能"买"？诗人不作正面回答，而是幻觉似的在读者面前推出一种意味深长的景象——"一杯春露冷如冰"。刚刚还展现在面前的浩渺无际的沧海仿佛突然消失了，只剩下了一杯冰冷的春露。神话中的麻姑曾经发现，蓬莱仙山一带的海水比不久前又浅了一半，大概沧海又一次要变成陆地了。诗人抓住这一点加以发挥，将沧海变桑田的过程缩短为一瞬间，让人意识到这眼前的一杯春露，不过是浩渺的沧海倏忽变化的遗迹，顷刻之间，连这一杯春露也将消失不存了。这是对宇宙事物变化迅疾的极度夸张，也是对时间流逝之快的极度夸张。一个"冷"字，揭示出时间的无情、自然规律的冰冷无情和诗人无可奈何的失望情绪。但诗中那种"欲就麻姑买沧海"的奇异而大胆的幻想，"一杯春露冷如冰"的奇幻而瑰丽的想象，却充分体现出诗人的艺术想象力和创造力。这种奇幻的想象和构思，颇似李贺，可以看出李贺对李商隐的影响。有人曾指出诗中买沧海的设想和李贺《苦昼短》中"天东有若木，下置衔烛龙。吾将斩龙足，嚼龙肉，使之朝不得回，夜不得伏。自然老者不死，少者不哭"的意思差不多，而"一杯春露冷如冰"的诗句则是点化李贺《梦天》"一泓海水杯中泻"的句子，这是非常精辟的比较分析。

题称"谒山"，即拜谒名山之意。从诗中所抒写的内容看，当是登高山望见水去云回日落的景象有感而作。将一个古老的题材写得这样新奇浪漫，富于诗情，也许正可以借用和诗人同时的李德裕说的一句话来评价："譬诸日月，虽终古常见，而光景常新，此所以为灵物也。"

日　日

日日春光斗日光，山城斜路杏花香。
几时心绪浑无事，得及游丝百尺长？

李商隐善于抒写日常生活中某种微妙的诗意感受。这首小诗，写的就是烂漫春光所引起的一种难以名状的意绪。题一作"春光"。

第一句语、意都显得有些奇特。春光，泛指春天明媚妍丽、富于生命力的景象；而春天的丽日艳阳，本来就是使一切自然景象呈现出绚烂色彩和活跃生命力的动力和源泉。说"春光斗日光"，似乎不大容易理解。但诗人对艳阳普照下一片烂漫春光的独特感受，却正是借"斗"字生动地表达出来。丽日当空，春光烂漫，在诗人的感觉中，正像是春光与日光争艳竞妍。着一"斗"字，将双方互争雄长的意态，方兴未艾的趋势，以及天地上下充溢着的热烈气氛全部传出。作者《霜月》说："青女素娥俱耐冷，月中霜里斗婵娟。"将秋夜霜月交辉的景色想象为霜月之神竞艳斗妍，所表现的境界虽和"春光斗日光"有别，而"斗"字的表现力则同样出色。不过"春光斗日光"似乎还有另一层意蕴。日光，既指艳阳春日，又兼有时光之意。眼前这烂漫纷呈的春光又似乎日日与时光的脚步竞赛，力求在这美好的时光尚未消逝之前呈现出它的全部美艳。这后一层意蕴，本身就包含着韶光易逝的轻微惆怅，暗逗下文意绪的纷扰不宁。

417

第二句实写春光，微寓心绪。山城斜路之旁，杏花开得正盛。在艳阳映照下，正飘散出阵阵芳香。杏花的特点，是花开得特别繁，最能体现春光的烂漫，但远望时这一片繁花却微呈白色。这种色感又很容易触动春日的无名惆怅。所以这"山城斜路杏花香"的景物描写中所透露的，便不单纯是对烂漫春光的陶醉，而且包含着一种难以言状的缭乱不宁的无聊赖的心绪。

三、四两句由这种复杂微妙的意绪进一步引出"心绪浑无事"的企盼——什么时候才能使心绪摆脱眼前这种缭乱不安的状态，能够像这百尺晴丝一样呢？游丝，是春天飘荡在晴空中的一种细丝。作为春天富于特征的景象，它曾经被许多诗人反复描绘过，如"百尺游丝争绕树"（卢照邻《长安古意》）、"落花游丝白日静"（杜甫《题省中壁》），或点缀热烈的气氛，或渲染闲静的境界。但用作这样的比喻，却是李商隐的创造。钱锺书先生在谈到"曲喻"这一修辞手法时曾指出：我国诗人中"以玉溪最为擅此，着墨无多，神韵特远。……'几时心绪浑无事，得及游丝百尺长'，执着绪字，双关出百尺长丝也"（《谈艺录》）。心绪，是关于人的心理感情的抽象概念。"心绪浑无事"的境界，颇难直接形容刻画。诗人利用"绪"字含有丝绪的意义这两点，将抽象的心绪在意念中形象化为有形的丝绪，然后又从丝绪再引出具体的游丝。这样辗转相引，喻体似离本体很远，但读来却觉得曲尽其妙。原因就在于这晴空中袅袅飘拂的百尺游丝，不仅形象地表现了"心绪浑无事"时的轻松悠闲、容与自得，而且惟妙惟肖地表现出一种心灵上近乎真空的状态，一种在心灵失重状态下无所依托的微妙感受。再加上这"游丝百尺长"的比喻就从眼前景中信手拈来，所以更显得自然浑成，情境妙合。"几时""得及"，突出了诗人对"心绪浑无事"的企盼，又反过来衬托出了现时缭乱不宁的心绪。

诗歌中个别句子表达一时触发的微妙感受，比较常见；整首诗专写这种感受的却不多见。因此后者往往被人们泥解、实解。如这首诗，注家们就有"虚度春光""客子倦游"一类的理解。而这样理解的结果，往往使全诗语妙全失。

滞　雨

滞雨长安夜，残灯独客愁。
故乡云水地，归梦不宜秋。

本篇是为苦雨所滞，羁留长安，思念故乡之作。味其意致，似写于早岁宦游失意时。

前幅写霖雨引起的客愁。长安秋夜，雨声淅沥，异乡孤客，独对残灯，倍感凄寂愁闷。中心不过一"愁"字，却用滞雨、深夜、残灯、独客等一系列带有凄清色彩的意象加以渲染，遂使本来抽象的愁绪变得鲜明可触。诗人善写雨夜羁愁，本篇及《夜雨寄北》等均其显例。

但这首诗最有特色的还是后幅。由"客愁"自然引出对故乡的思念；思归而不得，又转而生出梦归故乡的想望；但又转想值此秋霖淫溢之际，故乡那样的云重水复之地，恐更为云封雾锁、雨水浸淫，而变得令人愁怅了，故说"归梦不宜秋"。姚培谦说："大抵说愁雨，皆在不寐时，此偏说到梦里去。"其实，这两句的妙处正在于未梦先愁——"不寐时"想梦归故乡，却又担心连梦也染上秋天的凄风苦雨。是则秋霖苦雨不但滞客之归，酿客之愁，而且阻客之归梦，甚至阻梦归之想。诗思之曲折幽渺，至此为极，而题目"滞雨"的"滞"字也在连透数层中被写足了。这层层曲折，在诗人笔下，却如行云流水，运掉自然，毫无炉锤之迹与做作之态。正如纪昀所评："运思甚曲，而出以自然，故为高唱。"

李贺《崇义里滞雨》诗云："落漠谁家子，来感长安秋。壮年抱羁恨，梦泣生白头。瘦马秣败草，雨沫飘寒沟。南宫古帘暗，湿景传签筹。家山远千里，云脚天东头。忧眠枕剑匣，客帐梦封侯。"义山此诗内容与之相近，而一则话多刻画，从实处用力；一则化实为虚，以残灯归梦烘托愁绪，而客中孤寂之情即在目前，宦游失意之感微寓言外，可谓同工异曲。

骄儿诗

衮师我骄儿，美秀乃无匹。文葆未周晬，固已知六七。四岁知姓名，眼不视梨栗。交朋颇窥观，谓是丹穴物。前朝尚器貌，流品方第一。不然神仙姿，不尔燕鹤骨。安得此相谓？欲慰衰朽质。

青春妍和月，朋戏浑甥侄。绕堂复穿林，沸若金鼎溢。门有长者来，造次请先出。客前问所须，含意不吐实。归来学客面，閲败秉爷笏。或谑张飞胡，或笑邓艾吃。豪鹰毛崱屴，猛马气佶傈。截得青篔筜，骑走恣唐突。忽复学参军，按声唤苍鹘。又复纱灯旁，稽首礼夜佛。仰鞭罥蛛网，俯首饮花蜜。欲争蛱蝶轻，未谢柳絮

419

疾。阶前逢阿姊，六甲颇输失。凝走弄香奁，拔脱金屈戌。抱持多反倒，威怒不可律。曲躬牵窗网，喀唾拭琴漆。有时看临书，挺立不动膝。古锦请裁衣，玉轴亦欲乞。请爷书春胜，春胜宜春日。芭蕉斜卷笺，辛夷低过笔。

爷昔好读书，恳苦自著述。憔悴欲四十，无肉畏蚤虱。儿慎勿学爷，读书求甲乙。穰苴司马法，张良黄石术。便为帝王师，不假更纤悉。况今西与北，羌戎正狂悖。诛赦两未成，将养如痟疾。儿当速成大，探雏入虎穴。当为万户侯，勿守一经帙。

西晋诗人左思写过一首《娇女诗》，描绘他的两个小女儿活泼娇憨的情态，生动逼真，富于生活气息。杜甫的杰作《北征》中有一段描写小儿女娇痴情状的文字，就明显受到《娇女诗》的启发。李商隐这首《骄儿诗》，更是从制题、内容到写法都有意学习《娇女诗》，但它又自具机杼，不落窠臼，有自己的独特面貌。

这首诗写于大中三年（849）春天，诗人已经走过了一大段坎坷不平的人生道路，"憔悴欲四十"了（这一年他38岁）。自从开成二年登进士第，开成四年释褐入仕以来，由于政治的腐败，党争的牵累，他在仕途上屡遭挫折，直到这时，依然困顿沉沦，屈居县尉、府曹一类卑职。

诗分三段。第一段从开头到"欲慰衰朽质"，写骄儿衮师的聪慧和亲朋对他的夸奖。"衮师"两句总提，"美"侧重于外在的器宇相貌，"秀"侧重于内在的灵秀聪敏，以下两层即分承"秀""美"。"文葆"四句反用陶潜《责子诗》："雍端年十三，不识六与七；通子垂九龄，但觅梨与栗。"顺手接过陶潜责备儿子愚笨的事例，变作夸赞骄儿聪明灵秀的材料，驱使故典，如同己出。"交朋"六句，转述亲朋对衮师器宇相貌的夸奖，说他有神仙之姿，贵人之相，是第一流人品。亲朋的这种夸奖，不过是寻常应酬，但诗人却似乎很相信它的真诚，不然不会那样兴会淋漓，连亲朋的口吻都忠实地加以传达。尽管接下去诗人又说："安得此相谓？欲慰衰朽质。"似乎认为亲朋的过分夸奖只是为了安慰自己这个蹉跎半生、衰朽无用的人，实际上在貌似自谦的口吻中流露的恰恰是对爱子的激赏。田兰芳评道："不自信，正是自矜。"这是很能揣摩作者心理的。但透过对爱子的这种激赏，我们也不难觉察其中隐含着诗人蹉跎潦倒的悲哀。末段自慨憔悴和对骄儿的希望都于此伏根。

第二段，从"青春妍和月"到"辛夷低过笔"，描写骄儿的各种活动和天真活泼的情态。"青春"四句，先总写"朋戏"的喧闹，以下再具体写衮师。"门有"四句，写来客时衮师抢着要出去迎接（在好客之中可能隐含着某种不自觉的愿望），但当客人问他想要什么时，他却隐藏内心真实的想法不说（出于懂事而产生的羞怯），这和上段的"眼不视梨栗"一样，都是对儿童心理神情的传神描写。"归来"十二句，描绘衮师如何摹仿他在日常生活中所接触到的各种有趣情事：捧着父亲的手版摹仿客人急匆匆地进门，摹仿大胡子张飞的形象和邓艾口吃的神情（可能是摹仿说书人的表演），摹仿豪鹰和猛马的气势和形状，摹仿参军戏里参军和苍鹘的表演，摹仿大人在纱灯旁拜佛。摹仿是儿童的天性，但不同性别的儿童摹仿的对象却很不相同。诗人的骄儿在聪慧灵巧、活泼天真中显出男孩子的兴趣广泛、精力旺盛，有时还不免带点滑稽和恶作剧的成分。这一节的句法也错综多变，既与所表现的生活内容（孩子的兴趣不断转移变换）相适应，又使这段描写不显得平板沉闷。"仰鞭"四句，写骄儿举鞭牵取蛛网、俯首吸吮花蜜为戏，形容其动作的轻捷。"蛱蝶""柳絮"是"饮花蜜""胃蛛网"产生的自然联想。"阶前"六句，集中描写因"赛六甲"（比赛书写六十甲子，也有说是赛"双陆"的）而引起的一场风波：赛输了"六甲"，就硬是要跑去弄翻姊姊的梳妆盒，拗脱了上面的铰链；当阿姊要抱开他时，他死命挣扎，索性赖在地上，对他发怒威吓也不能制止。这一节活动场所又从室外移到室内，把小儿女玩耍嬉闹的情景和衮师恃宠仗幼、故意耍赖撒泼的情状描绘得惟妙惟肖，充分体现出题目中的那个"骄"字——既明写衮师的骄纵，又暗透父亲的娇宠。在诗人眼里，孩子的耍赖撒泼也别有一番可爱的情趣。当读到"威怒不可律"时，读者也不禁要和在一旁观赏这场趣剧的诗人一样，露出会心的微笑。"曲躬"十句，写衮师进入书房后的活动：顺手拉过窗纱，吐口唾沫拭琴，一动不动地注视着父亲临帖，要求用古锦裁作包书的书衣，用玉轴作书轴，递过纸笔请父亲在"春胜"上写字。这些行动，既充满孩童的天真稚气，又表现出对书籍、文字、音乐的爱好，上承"丹穴物"的赞誉，下启末段关于读书的议论。其中像"喀唾拭琴漆""挺立不动膝"和"芭蕉斜卷笺，辛夷低过笔"（斜卷之笺如未展之芭蕉，低递之笔如含苞之木笔）等句，都是绝妙的写生。整个一大段描写，虽然在孩子活动的场所和内容上略有线索可循，但并无严密的结构层次，似乎是有意用这种随物赋形、散漫不拘的章法笔意，构成一种自由活泼的情趣，以适应所要表达的生活内容——儿童的天

李商隐

421

真与活力。以"青春妍和月"开始，以"芭蕉""辛夷"结束，中间似不经意地插入"蛱蝶""柳絮"等事物，使孩子的嬉戏在春意盎然的气氛中展开，更衬托出孩子的生气与活力。而在这一系列不断变换的嬉戏画面后，则隐藏着一个始终跟随着活动中的骄儿的镜头，这就是诗人那双充满了爱怜之情的眼睛。

最后一段，抒写因骄儿引起的感慨和对骄儿的期望。"爷昔"四句，慨叹自己勤苦读书著述，却落得憔悴潦倒，困顿失意。"无肉畏蚤虱"，是幽默的双关语。明说身体消瘦，暗喻遭到小人的攻讦。《南史·文学传》载："卞彬仕不遂，著蚤、虱等赋，大有指斥。"诗人自己也写过一篇《虱赋》，其中有句说："汝职惟啮，而不善啮。回臭而多，跖香而绝。"这首诗里的"蚤虱"大概正是指这种专门攻讦穷而贤者的小人。"儿慎"六句，告诫儿子不要再走自己走过的读经书考科举的道路，而要读点兵书，学会辅佐帝王的真本事（"衮师"的名字就寄托了李商隐对孩子将来成为帝王师的殷切期望）。"况今"八句，更进而联系到国家面临的严重边患，希望孩子迅速成长，为国平乱，立功封侯。这一段蕴含的思想感情颇为复杂。其中既有"文章憎命达，魑魅喜人过"式的牢骚不平，也有"请君试上凌烟阁，若个书生万户侯"一类的深沉感慨，更有徒守经帙，于国无益，于己无补的深切体验与痛苦反省。诗人未必认为学文一定无用，也未必真正否定"读书""著述"，但对死守经书、醉心科举的道路确有所怀疑。

左思的《娇女诗》止于描绘娇女的活泼娇憨，李商隐的《骄儿诗》则"缀以感慨"，有人曾批评这首诗"结处迂缠不已"（胡震亨）。这种批评恰恰忽略了《骄儿诗》的创作背景、创作特色，把学习看成了单纯的摹仿。和左思以寻常父辈爱怜儿女的心情观察、描绘娇女不同，李商隐是始终以饱经忧患、身世沉沦者的眼光来观察、描绘骄儿的。骄儿的聪慧美秀、天真活泼，正与自己"憔悴欲四十，无肉畏蚤虱"的形象形成鲜明对照，从而加深了身世沉沦的感慨；而自己的困顿境遇又使他对骄儿将来的命运更加关注和担忧：自己的现在会不会再成为孩子的将来？"儿慎勿学爷，读书求甲乙""当为万户侯，勿守一经帙"的感慨和期望正是在这种心情支配下产生的。屈复说："胸中先有末一段感慨方作。"这是很精到的。正因为有末段，这首诗才不限于描摹小儿女情态，而是同时表现了诗人的忧国之情和对"读书求甲乙"的生活道路的怀疑，抒发了困顿失意的牢骚不平，其思想价值也就超越了左思的《娇女诗》。

诗选取儿童日常生活细节，纯用白描，笔端充满感情。轻怜爱抚之中时露幽默的风趣。但在它们的后面却饱含着诗人的沉沦不遇之泪。全诗的风格，也许可以用"含泪的微笑"来形容吧。

偶成转韵七十二句赠四同舍〔一〕

李商隐

沛国东风吹大泽〔二〕，蒲青柳碧春一色〔三〕。我来不见隆准人〔四〕，沥酒空余庙中客〔五〕。征东同舍鸳与鸾〔六〕，酒酣劝我悬征鞍〔七〕。蓝山宝肆不可入，玉中仍是青琅玕〔八〕。武威将军使中侠〔九〕，少年箭道穿杨叶〔一〇〕。战功高后数文章〔一一〕，怜我秋斋梦蝴蝶〔一二〕。诘旦天门传奏章，高车大马来煌煌〔一三〕。路逢邹枚不暇揖，腊月大雪过大梁〔一四〕。

忆昔公为会昌宰，我时入谒虚怀待〔一五〕。众中赏我赋《高唐》〔一六〕，回看屈宋由年辈〔一七〕。公事武皇为铁冠，历厅请我相所难〔一八〕。我时憔悴在书阁，卧枕芸香春夜阑〔一九〕。明年赴辟下昭桂，东郊恸哭辞兄弟〔二〇〕。韩公堆上跋马时，回望秦川树如荠〔二一〕。依稀南指阳台云，鲤鱼食钩猿失群〔二二〕。湘妃庙下已春尽，虞帝城前初日曛〔二三〕。谢游桥上澄江馆，下望山城如一弹〔二四〕。鹧鸪声苦晓惊眠，朱槿花娇晚相伴〔二五〕。顷之失职辞南风〔二六〕，破帆坏桨荆江中〔二七〕。斩蛟破璧不无意〔二八〕，平生自许非匆匆〔二九〕。归来寂寞灵台下〔三〇〕，着破蓝衫出无马。天官补吏府中趋，玉骨瘦来无一把〔三一〕。手封狴牢屯制囚，直厅印锁黄昏愁〔三二〕。平明赤帖使修表，上贺嫖姚收贼州〔三三〕。旧山万仞青霞外，望见扶桑出东海〔三四〕。爱君忧国去未能，白道青松了然在〔三五〕。此时闻有燕昭台〔三六〕，挺身东望心眼开。且吟王粲从军乐，不赋渊明归去来〔三七〕。

彭门十万皆雄勇，首戴公恩若山重〔三八〕。廷评日下握灵蛇，书记眠时吞彩凤〔三九〕。之子夫君郑与裴，何甥谢舅当世才〔四〇〕。青袍白简风流极〔四一〕，碧沼红莲倾倒开〔四二〕。我生粗疏不足数，《梁父》哀吟鸲鹆舞〔四三〕。横行阔视倚公怜，狂来笔力如牛弩〔四四〕。借酒祝公千万年，吾徒礼分常周旋〔四五〕。收旗卧鼓相天子，相门出相光青史〔四六〕。

注释

〔一〕转韵：这里指一种换韵的七言古诗。本篇四句一换韵（末四句两句换韵），平仄韵交押。同舍：指幕府同僚，时作者在徐州刺史、武宁军节度使卢弘止（一作正）幕，诗作于大中四年（850）春。

〔二〕沛国：汉沛郡，借指徐州。大泽：传汉高祖刘邦母在大泽岸边休息，梦与神遇而生刘邦。又传刘邦夜行泽中，斩杀大蛇。

〔三〕蒲：蒲柳，即水杨。

〔四〕隆准人：指刘邦，史称其"隆准而龙颜"。

〔五〕沥酒：滴酒（祭奠）。

〔六〕征东：指卢弘止。徐州在长安东，故用汉代将军名号称卢。鸳与鸾：形容同僚的才俊。

〔七〕悬征鞍：悬挂马鞍。表示将久居于卢幕。

〔八〕蓝山：蓝田山，产美玉。蓝山宝肆喻人才济济的卢幕。青琅玕：青玉。玉之上品。

〔九〕武威将军：指卢弘止。使中侠：节度使中有豪侠气概者。

〔一〇〕箭道穿杨叶：用春秋时楚大夫养由基百步穿杨的射艺比喻文场得胜，少年登第。

〔一一〕战功：指卢弘止在会昌年间讨泽潞叛镇过程中立下的功劳。数(shǔ)：这里有评比意。

〔一二〕梦蝴蝶：用庄周梦蝶的典故借喻身世的变幻和理想的幻灭。

〔一三〕诘旦：明朝。天门：皇宫的门。两句写卢弘止向皇帝奏辟商隐为幕僚获准，派车马接他赴徐州。

〔一四〕邹枚：邹阳、枚乘，曾为梁孝王宾客，此借指在宣武节度使（治汴州，今开封市）幕的友人李郢等人。大梁：指汴州。

　　以上为第一段。从时、地引出徐幕同舍和幕主卢弘止奏辟自己入幕的经过。

〔一五〕会昌：唐昭应县旧名，今陕西临潼县。卢弘止大和八年曾任昭应县令。谒：拜见。

〔一六〕《高唐》：传为宋玉所作赋篇名。写楚王游高唐梦遇巫山神女事。这里借指作者同类性质的作品。

〔一七〕屈宋：屈原、宋玉。由：通"犹"。年辈：同辈。

〔一八〕武皇：借指唐武宗。为铁冠：卢弘止会昌二年任御史中丞。铁冠是御史的法冠。历厅：越过厅堂。相所难：帮助解决疑难。时作者任秘书省正字，官署与御史台隔横街斜对。

〔一九〕书阁：指秘书省。芸香：古代藏书时用来驱除蠹虫的香草。

〔二〇〕明年：指大中元年。赴辟下昭桂：指桂管观察使郑亚辟聘李商隐任观察支使，掌表奏，李随郑亚赴桂林之事。昭州、桂州均桂管观察使所辖之州。东郊：指长安东郊。兄弟：指诗人之弟羲叟。

〔二一〕韩公堆：蓝田县南之驿站。跋马：勒转马头。荠：荠菜。

〔二二〕鲤鱼食钩：喻为生活所迫应辟入幕。猿失群：寓失侣孤子之感。

〔二三〕湘妃庙：舜帝二妃娥皇、女英之庙，在湘阴县北洞庭湖畔。虞帝城：指桂林。诗人于闰三月二十八日抵潭州（长沙），故云"春尽"；六月初九抵桂林，故曰"日曛"，曛，热也。

〔二四〕谢游桥、澄江馆：指桂林城外为纪念南齐诗人谢朓而建的桥、馆。山城：指桂林。

〔二五〕鹧鸪：鸟名。鸣声凄切，易触动异乡羁旅之情，故曰"声苦"。朱槿：开红花的木槿，其花朝开、午萎、暮落。晚间正是新花含苞欲放时，故说"娇"。

〔二六〕失职：指大中二年幕主郑亚贬为循州刺史，作者罢幕职北归。

〔二七〕荆江：长江自今湖北江陵至湖南城陵矶段的别称。"破帆坏桨"写舟行遇险，兼有象征意味。

〔二八〕斩蛟破璧：春秋时鲁国澹台（复姓）子羽持千金之璧渡河，浪起，两蛟夹船。子羽斩杀两蛟之后，三次投璧于河，均被河神送出还他。子羽终毁璧而去（典出《博物志》）。

〔二九〕匆匆：草率、随便。

〔三〇〕灵台：汉天象台。东汉第五伦少子颉"客止灵台中，或十日不炊"，这里隐用此事形容自桂归家后生活窘困。

〔三一〕天官：指吏部。补吏：选补官吏。府：指京兆府。玉骨：隐喻高洁品格。作者归京后，先被选补为盩厔（今周至县）尉，后又为京兆尹奏署为掾曹，专司章奏。

〔三二〕狴（bì）牢：古代狱门上画狴犴（àn）兽形，故称牢狱为狴牢。制囚：皇帝下令扣押的囚犯。直厅：在府厅当值住宿。"封牢""锁印"是当值时的例行公事。屯：聚。

〔三三〕赤帖：写贺表的红帖。嫖姚：西汉名将霍去病曾为嫖姚校尉。二句指为收复吐蕃所占三州七关而上贺表。事在大中三年。

〔三四〕旧山：指作者少年时曾学道于故乡怀州附近的王屋山。扶桑：神话中东海里的大树，日栖息之处。

〔三五〕了然：清楚在目貌。

〔三六〕燕昭台：战国时燕昭王筑台，置千金以招天下贤士。借指卢弘止幕府。

〔三七〕王粲《从军诗五首》有句说："从军有苦乐，但问所从谁。""王粲从军乐"指此。"渊明归去来"，指陶渊明《归去来兮辞》。二句谓己乐于从军入幕，不愿归隐。

以上为第二段。追叙与卢弘止的交往始末，着重叙述自己从会昌末到入徐幕期间的经历遭遇。

〔三八〕彭门：指徐州。据史载："徐州自王智兴后，吏卒骄沓，银刀军尤不法。弘正戮其尤无状者，终弘正治，不敢哗。""首戴公恩"指此。

〔三九〕廷评：带大理评事衔的一位同僚。日下：指京城。握灵蛇：喻掌握写文章的秘诀。书记：掌书记，另一卢幕同僚。眠时吞彩凤：喻文思新颖，富于才藻。

〔四〇〕之子、夫君：均借指卢幕另两位同僚。何甥：东晋何无忌，为名将刘牢之外甥，故称何甥。谢舅：指谢安，其甥羊昙，为安所器重。

〔四一〕青袍：唐八、九品官穿青袍。白简：六品以下官所用竹木手板。

〔四二〕红莲：用庾杲之为王俭长史，萧绎谓其"泛绿水，依芙蓉，何其丽也"这一典故。"碧沼红莲"仍用以赞卢幕诸同僚。倾倒开：烂漫开。

〔四三〕不足数：不足与同舍们比数。《梁父吟》：传为诸葛亮寄托怀抱的诗歌。鸲鹆（qú yù）舞：晋谢尚能作鸲鹆舞。两句喻己虽怀壮志，但怀才不遇。

〔四四〕牛弩：用牛筋、牛角所做之弩。

〔四五〕礼分：礼数。周旋：追随。

〔四六〕收旗卧鼓：指立功归朝。相门出相：范阳卢氏，大房、二房、三房在唐代均出过宰相，弘止所属四房尚未有相，故祝其入相。

以上为第三段。赞美同舍，祝颂府主，抒写自己的怀抱与性格。

这是一首带有自叙性质的长篇叙事诗。诗中所叙写的虽然只是诗人在某一特定阶段的生活经历，而且交织着对幕主、同僚和幕中生活的描写，渗透浓郁的抒情气氛，但这并没有影响其整体的叙事格局。这种类型的叙事诗，可以追溯到东汉末年蔡琰的《悲愤诗》。只是在后来没有得到长足发展，形成一种稳定的叙事诗体制和品种而已。

唐宣宗大中三年（849）十月，武宁军节度使卢弘止奏辟李商隐入幕任节度判官。卢弘止和商隐的前一位幕主郑亚，都是武宗会昌年间为名相李德裕所倚重的人物。在平定泽潞叛镇刘稹前后，为防止河北藩镇乘机扩张势力，曾任命弘止为邢、洺、磁（原为刘稹所据）三州留后及河北两镇宣慰使。其后卢在理财治军方面也颇有成绩。商隐与弘止早岁即有交谊，此次应辟入幕，又颇得卢的知遇，且首次得待御衔。政治倾向的一致与个人情谊的投合，使困顿蹉跎的诗人在入幕初期精神比较振奋，思想性格中本来就具有的豪迈不羁的一面便在潜伏中苏醒过来，得到进一步发扬。这首以叙事为主的长篇七言歌行，着重叙写了诗人从会昌末到大中三年入卢幕这段期间的生活经历和思想感情，是了解诗人生活、思想性格和艺术风格多样性的重要作品。

作为一首带有自叙性质的长诗，它的一个显著成就，是成功地塑造了诗人自己的形象。宣宗即位后，废弃武宗在位时期一些有积极意义的政治措施，"务反会昌之政"，打击李德裕等有功将相，"贤臣斥死，庸懦在位"，政治愈趋腐败，诗人的境遇也日益困窘。诗一开始就慨叹"我来不见隆准人"，借世无雄才大略君主之慨，表现对现实中封建统治者的失望。诗中更以主要篇幅叙写这段时期困顿失意的遭遇——从"憔悴在书阁"到"赴辟下昭桂"，从"失职辞南风"到"补吏府中趋"，从中可以看出一个有才能有抱负的文人在当时现实中所遭到的种种不公平待遇以及他对现实政治的不满和怨愤。但尤为可贵的是诗人在困厄境遇中所显示出来的豪迈胸襟抱负。尽管境遇极为险恶坎坷，但"爱国忧国"之志、"斩蛟破壁"之慨不因之而少衰。

"此时闻有燕昭台"四句，报国从戎之情溢于言表；"我生粗疏不足数"四句，豪纵不羁之概如在眼前。诗中所塑造的诗人自我形象，与史籍中所诬称的"放利偷合""诡薄无行"的李商隐其人固大异其趣，也和通常印象中多愁善感、软弱消沉的诗人形象显然有别。清田兰芳评道："傲岸激昂，儒酸一洗。"倒是相当准确地抓住了诗中所塑造的诗人形象的主要特点。

　　和一般的抒情诗主要凭借感情的直接或间接抒写来塑造诗人形象有别，这首自叙性质的诗主要是通过生活经历的叙述不断展示自己的性格、抱负。像"顷之失职辞南风"四句，叙述离桂幕北归途经荆江时，舟行遇风，帆破桨坏的一段惊心动魄经历，同时又象征性地表现了诗人敢于直面人生道路上的险风恶浪，与命运搏斗的胸襟气魄，"斩蛟破璧不无意，平生自许非匆匆"，更无异对邪恶势力的挑战。接下来"归来寂寞灵台下"一节，先极力叙写回到长安后仕途的蹭蹬、生活的困窘、心境的寂寞，就在遥想旧山，萌发出世之想的时候，忽又异军突起，发出"爱君忧国去未能"的表白和"且吟王粲从军乐，不赋渊明归去来"的高唱，从而把诗人虽处困境却始终面对现实、热情对待生活的思想性格突现出来，特别是"且吟"二句，既是巧妙的叙事，又是成功的抒情，读来有一种豪纵之气流注于笔端。末段写幕中生活，也有对自己性格气质的生动描写："我生粗疏不足数，《梁父》哀吟鸲鹆舞。横行阔视倚公怜，狂来笔力如牛弩。"自谦中流露出自赏与自豪，感激知遇中表现狂放不羁，是本篇塑造自我形象的传神之笔。

　　诗在构思方面以自叙生平经历、性格抱负为经线，以记述与幕主卢弘止及同舍的交谊为纬线，二者交错分合，相互映衬引发，不但使全篇叙事错综而富于变化，而且使知己者的温暖情谊成为黯淡寂寞的时代氛围中弥足珍贵的亮色，成为诗人用积极态度对待生活的精神因素。因此这种构思不仅是题目本身的要求，更是主题表达和诗人形象塑造的需要。

　　这首诗的语言风格与《韩碑》显然不同。《韩碑》的语言明显具有散文化特点，高古雄健中时露清新。本篇由于采用受近体影响较深的歌行体，语言明显偏于鲜妍秾丽，富于文采。但又并非单纯的华美婉媚，而是将华采鲜丽与诗人那种豪纵不羁的情怀、深沉凝重的感慨融为一体，从而使这首诗具有一种既雄迈奔放又鲜妍明丽的风格。诗的中间一大段历叙初谒会昌、憔悴书阁、南赴昭桂、北返长安、任职京兆、东望彭门等生活经历，其间描绘境遇，写景纪行，有许多文辞相当华美的诗句（如"我时憔悴在书阁，卧枕芸香春夜阑"，"鹧鸪声苦晓惊眠，朱槿花娇晚相伴"），但由于叙述描绘中贯注诗人深沉凝重的人生感慨，读来丝毫没有柔靡之感。从整体上看，它是把"碧沼红莲倾倒开"式的鲜妍明丽与"狂来笔力如牛弩"式的豪放健举有机融合在一起，故能于叙次分明流畅中时见波澜顿挫，于挥洒自如、一气流注中时露深沉凝重，艺术上较其前朝七古更臻成熟。

李
商
隐

韩愈、王安石、苏轼文鉴赏

韩　愈

感二鸟赋

　　贞元〔一〕十一年，五月戊辰，愈东归〔二〕。癸酉，自潼关出，息于河之阴〔三〕。时始去京师，有不遇时之叹。见行有笼白乌、白鹳鹆〔四〕而西者，号于道曰："某土之守某官，使使者进于天子。"东西行者，皆避路，莫敢正目焉。因窃自悲。幸生天下无事时，承先人之遗业，不识干戈、耒耜、攻守、耕获之勤，读书著文，自七岁至今，凡二十二年。其行己〔五〕不敢有愧于道，其闲居思念前古当今之故，亦仅〔六〕志其一二大者焉。选举于有司，与百十人偕进退，曾不得名荐书〔七〕、齿〔八〕下士于朝，以仰望天子之光明。今是鸟也，惟以羽毛之异，非有道德智谋，承顾问、赞教化者，乃反得蒙采擢荐进，光耀如此。故为赋以自悼，且明夫遭时者，虽小善必达，不遭时者，累善无所容焉。其辞曰：

　　吾何归乎！吾将既行而后思，诚不足以自存，苟有食其从之。出国门而东骛〔九〕，触白日之隆景〔一〇〕。时返顾以流涕，念西路之羌永〔一一〕。过潼关而坐息，窥黄流〔一二〕之奔猛。感二鸟之无知，方蒙恩而入幸。惟进退〔一三〕之殊异，增余怀之耿耿。彼中心之何嘉，徒外饰焉是逞〔一四〕。余生命之湮阨〔一五〕，曾二鸟之不如；汩〔一六〕东西与南北，恒十年而不居；辱饱食其有数，况策名〔一七〕于荐书；时所好之为贤，庸有谓余之非愚？昔殷之高宗〔一八〕，得良弼于宵寐；孰左右者为之先，信天同而神比。及时运之未来，或两求〔一九〕而莫致；虽家到而户说，只以招尤而速累〔二〇〕。盖上天之生余，亦有期于下地；盍求配于古人〔二一〕，独怊怅于无位？惟得之而不能，乃鬼神之所戏；幸年岁之未暮，庶无羡于斯类〔二二〕。

〔一〕贞元：唐德宗年号（785—805）。

〔二〕东归：指东归故乡河阳（今河南孟州）。

〔三〕河之阴：黄河南岸。

〔四〕鸜鹆（qú yù）：俗称八哥。乌鸦与八哥一般为黑色，其中八哥翅膀稍有白点，纯白者被视为珍异祥瑞之物。

〔五〕行己：立身行事。

〔六〕仅：大体上、差不多。

〔七〕荐书：指应吏部博学宏辞科考试。

〔八〕齿：同列。

〔九〕骛（wù）：驰。

〔一〇〕隆景：烈日。

〔一一〕羌永：语词，无义。永，长。

〔一二〕黄流：指黄河。

〔一三〕进退：指二鸟之进幸与自己之退黜。

〔一四〕逞：夸耀。

〔一五〕湮阨（è）：阻塞艰困。

〔一六〕汩（gǔ）：水流貌。

〔一七〕策名：指科试及第。

〔一八〕殷之高宗：即商王武丁。传其梦见贤人，乃摹写形貌寻访，于傅岩下得（傅）说，举以为相。

〔一九〕两求：指求天与神。或说，指荐举与就试。

〔二〇〕速累：招致忧患。

〔二一〕求配于古人：跟傅说一类古贤人相配。

〔二二〕斯类：指二鸟。

（品）（读）

贞元八年（792），韩愈在四次参加礼部进士试后终于登第，从此开始了漫长曲折、历经挫折、充满屈辱痛苦的求仕之路。贞元九年，应吏部博学宏辞试，原已录取，送中书省审核时却被黜落。十年再应宏辞试不取。十一年，三试亦无成。这年的正月、二月、三月，连续三次上书宰相贾耽、赵憬、卢迈，诉说自己"四选于礼部乃一得，三选于吏部卒无成"的遭遇和"遑遑乎四海无所归，恤恤乎饥不得食，寒不得衣"的处境，希望他们稍加"垂怜"，但都如石沉大海，毫无反响。五月二日，乃离长安东归河阳。在潼关以东的黄河南岸京洛大道上，正遇见河阳节度使向皇帝进献白乌、白鹳鹆的使者路过。有感于自己与二鸟之间对比鲜明的命运，韩愈写下了这篇赋。

赋序交代了作赋的缘起和赋的主旨。其中有几点值得注意。一是指出"时始去京师，有不遇时之叹"。看似轻描淡写，实则感情沉重愤郁，必须结合其"四选于礼部乃一得，三选于吏部卒无成"及三上宰相书寂无反响的遭遇方能有深切理解。二是描叙使者进献二鸟时，用貌似客观写实而寓含讽慨的笔法加以渲染。节度使向皇帝进献白乌、白鹳鹆，本为献媚邀宠之举，却以耻为荣、惟恐人之不知，一路吆喝张扬，大抖威风，致使"东西行者，皆避路，莫敢正目焉"，画出了献媚邀宠者的丑态和行路者对他们的鄙视愤恨，具有漫画化的效果。三是感自己的遭遇与二鸟形成鲜明对照时说："今是鸟也，惟以羽毛之异，非有道德智谋，承顾问、赞教化者，乃反得蒙采擢荐进，光耀如此。"似乎是说鸟，却又不能不使人联想起那些高踞显位，徒有外表，却无"道德智谋，承顾问、赞教化"的宰辅大臣们。韩愈刚从他们那里受了一肚子气回来，愤懑之余，不觉将他们的形象托附于二鸟身上。序末揭示出"为赋以自悼"的主旨，并再次标举"遭时"与"不遭时"的对照，与一开头的"不遇时"呼应，且直贯赋末的"时运"。"时"是这篇赋贯串始终的中心思想，对正确理解赋的思想内容有重要作用。

赋的正文凡两层。第一层从"吾何归乎"到"庸有谓余之非愚"，承上从自己与二鸟的不同遭遇抒慨。"吾何归乎"一句当头喝起，突兀而来，将自己屡遭挫折以后"遑遑乎四海无所归"的处境与心态和盘托出，透露出他当时人虽走在"东归"之路上，却深感身无所托、心无所归。这和陶潜的《归去来兮辞》以"归去来兮"喝起，表现的是完全不同的心态，折射的是完全不同的性格。接着说自己"行而后思，诚不足以自存，苟有食其从之"，于貌似自我贬损中见其"饥不得食，寒不得衣"的困窘处境与内心愤懑不平。"感二鸟"以下十二句，是这一层之主体。二鸟徒有"外饰"而"无知"，却"蒙恩入幸"，自己则生涯湮阨，十年漂泊，连饱食也很稀罕，更不用说策名登第了。对比之下，深感自己连无知的二鸟也不如。"时所好之为贤，庸有谓余之非愚"，进一步由自己与二鸟"进退之殊异"生发出贤愚颠

435

倒的感慨，其中也包含了对封建统治者贤愚不辨的愤郁。

"昔殷之高宗"一层，由上一层的自悼抒愤转为自宽自解。中心在突出"时运"二字。开头举殷高宗因梦得良弼傅说之事，意在说明这是上天和神灵的佑助，是时运的体现。时运未至，即使祈求天、神也无济于事；即使家到户说，也只能招致祸患。天生我材，总期有用于世。何不向古贤傅说学习，版筑待时，而偏要惆怅于目前的无位境遇呢？故结尾说："幸年岁之未暮，庶无羡于斯类。"当时，韩愈虽历经挫折，但年未及暮，自信尚有进取之机，自不必羡慕像二鸟那样徒以外饰取悦君主的无知之辈。聊自宽解中虽透出几分无奈，但也表现出不畏挫折、待时而起的执着人生态度。

作者称赋的主旨是"自悼"。实际上它的内容并不止于这一端，其中还包含了对高踞显位而无知庸愚之辈的鄙视，对贤愚颠倒的社会现实的愤懑，以及对自己的期许。自伤、自励、抒愤，兼而有之。而"时运"之遇合则是贯串全篇的中心观念。

原　道〔一〕

博爱〔二〕之谓仁，行而宜之〔三〕之谓义，由是而之〔四〕焉之谓道，足乎己无待于外〔五〕之谓德。仁与义为定名〔六〕，道与德为虚位〔七〕。故道有君子小人，而德有凶有吉〔八〕。老子之小仁义，非毁之也，其见者小也。坐井而观天，曰天小者，非天小也。彼以煦煦〔九〕为仁，孑孑为义，其小之也则宜。其所谓道，道其所道，非吾所谓道也；其所谓德，德其所德，非吾所谓德也。凡吾所谓道德云者，合仁与义言之也，天下之公言也；老子之所谓道德云者，去仁与义言之也，一人之私言也。

周道衰，孔子没，火于秦〔一〇〕，黄、老于汉〔一一〕，佛于晋、魏、梁、隋之间〔一二〕，其言道德仁义者，不入于杨〔一三〕，则入于墨〔一四〕，不入于老，则入于佛。入于彼，必出于此。入者主之，出者奴之；入者附之，出者汙之。噫！后之人其欲闻仁义道德之说，孰从而听之？老者曰："孔子，吾师之弟子也。"佛者曰："孔子，吾师之弟子也。"为孔子者，习闻其说，乐其诞而自小也，亦曰："吾师亦尝师之云尔。"不惟举之于其口，而又笔之于其书。噫，后之人虽欲闻仁义道德之说，其孰从而求之？

甚矣，人之好怪也！不求其端，不讯其末，惟怪之欲闻。古之为民者四[一五]，今之为民者六[一六]，古之教者处其一[一七]，今之教者[一八]处其三。农之家一，而食粟之家六；工之家一，而用器之家六；贾之家一，而资焉[一九]之家六：奈之何民不穷且盗也！

古之时，人之害多矣。有圣人者立，然后教之以相生养之道。为之君，为之师，驱其虫蛇禽兽，而处之中土。寒然后为之衣，饥然后为之食。木处而颠[二〇]，土处而病也，然后为之宫室。为之工以赡其器用，为之贾以通其有无，为之医药以济其夭死，为之葬埋祭祀以长其恩爱，为之礼以次其先后，为之乐以宣其湮郁[二一]，为之政以率其怠倦[二二]，为之刑以锄其强梗。相欺也，为之符玺斗斛权衡以信之；相夺也，为之城郭甲兵以守之。害至而为之备，患生而为之防。今其言曰："圣人不死，大盗不止；剖斗折衡，而民不争。"呜呼，其亦不思而已矣！如古之无圣人，人之类灭久矣。何也？无羽毛鳞介以居寒热也，无爪牙以争食也。

是故君者，出令者也；臣者，行君之令而致之民者也；民者，出粟米麻丝、作器皿、通货财以事其上者也。君不出令，则失其所以为君；臣不行君之令而致之民，则失其所以为臣；民不出粟米麻丝、作器皿、通货财以事其上，则诛[二三]。今其法[二四]曰："必弃而君臣，去而父子，禁而相生相养之道。"以求其所谓清净寂灭者。呜呼！其亦幸而出于三代之后，不见黜于禹、汤、文、武、周公、孔子也；其亦不幸而不出于三代之前，不见正于禹、汤、文、武、周公、孔子也。

帝之与王[二五]，其号名殊，其所以为圣一也。夏葛而冬裘，渴饮而饥食，其事殊，其所以为智一也。今其言[二六]曰："曷不为太古之无事！"是亦责冬之裘者曰："曷不为葛之之易也！"责饥之食者曰："曷不为饮之之易也！"

传〔二七〕曰："古之欲明明德〔二八〕于天下者，先治其国；欲治其国者，先齐〔二九〕其家；欲齐其家者，先修其身；欲修其身者，先正其心；欲正其心者，先诚其意。"然则古之所谓正心而诚意者，将以有为也。今也欲治其心，而外天下国家，灭其天常〔三〇〕，子焉而不父其父，臣焉而不君其君，民焉而不事其事。孔子之作《春秋》也，诸侯用夷礼则夷之，进于中国则中国之。经〔三一〕曰："夷狄之有君，不如诸夏之亡〔三二〕。"《诗》曰："戎狄是膺〔三三〕，荆、舒〔三四〕是惩。"今也举夷狄之法，而加之先王之教之上，几何其不胥〔三五〕而为夷也！

夫所谓先王之教者，何也？博爱之谓仁，行而宜之之谓义，由是而之焉之谓道，足乎己无待于外之谓德。其文，《诗》《书》《易》《春秋》；其法，礼、乐、刑、政；其民，士、农、工、贾；其位，君臣、父子、师友、宾主、昆弟、夫妇；其服，麻、丝；其居，宫、室；其食，粟米、果蔬、鱼肉。其为道易明，而其为教易行也。是故以之为己，则顺而祥；以之为人，则爱而公；以之为心，则和而平；以之为天下国家，无所处而不当。是故生则得其情，死则尽其常〔三六〕，郊〔三七〕焉而天神假〔三八〕，庙〔三九〕焉而人鬼飨〔四〇〕。曰：斯道也，何道也？曰：斯吾所谓道也，非向所谓老与佛之道也。尧以是传之舜，舜以是传之禹，禹以是传之汤，汤以是传之文、武、周公，文、武、周公传之孔子，孔子传之孟轲。轲之死，不得其传焉。荀与扬〔四一〕也，择焉而不精，语焉而不详。由周公而上，上而为君，故其事行；由周公而下，下而为臣，故其说长〔四二〕。

然则如之何而可也？曰：不塞不流，不止不行。人其人〔四三〕，火其书，庐其居〔四四〕，明先王之道以道〔四五〕之，鳏寡孤独废疾者有养也。其亦庶乎其可也。

〔一〕原道：探求道的本原。

〔二〕博爱：泛爱众人。

〔三〕行而宜之：实行仁爱而适合社会现实需要。

〔四〕由是而之：由仁义出发而走的路。

〔五〕足乎己无待于外：内心充满仁义而不必外求。

〔六〕仁与义为定名：仁与义都是有固定内容的概念。

〔七〕道与德为虚位：道与德是可用不同内容去填充的虚泛概念。

〔八〕德有凶有吉：德有恶有善。

〔九〕煦煦：小惠。下"孑孑"意同。

〔一〇〕火于秦：指秦始皇焚书坑儒。

〔一一〕黄、老于汉：指汉初奉行黄帝老子清静无为之术。

〔一二〕佛于晋、魏、梁、隋之间：谓晋、南北朝和隋盛行佛教。"魏"指北魏。

〔一三〕杨：指杨朱之学。

〔一四〕墨：指墨子之学。

〔一五〕为民者四：指士、农、工、商。

〔一六〕为民者六：四民之外加僧侣、道士。

〔一七〕古之教者：指士。处其一：谓四民中居一。

〔一八〕今之教者：指儒士、僧侣、道士。

〔一九〕资焉：取资于它的。

〔二〇〕颠：坠落。

〔二一〕湮郁：郁结愁闷。

〔二二〕怠倦：懈怠懒散。

〔二三〕诛：责罚。

〔二四〕其法：指佛教教义。

〔二五〕帝之与王：帝，指五帝，即黄帝（一作少昊）、颛顼、帝喾、尧、舜。王，指三王，即夏禹、商汤、周文王、武王。

〔二六〕其言：指道家之言。

〔二七〕传：此指《礼记·大学》。

〔二八〕明明德：发扬光大圣明之德。

〔二九〕齐：整治。

〔三〇〕天常：天然的伦理纲常。

〔三一〕经：指《论语》。

〔三二〕夷狄之有君，不如诸夏之亡：谓夷狄虽有君而无礼义，中国虽有时无君仍有礼义。

〔三三〕膺：抵挡、抗击。

〔三四〕荆：楚。舒：楚之盟国，指南蛮。

〔三五〕胥：相与。

〔三六〕尽其常：尽其常礼。

〔三七〕郊：祭天。

〔三八〕假：通"格"，降临。

〔三九〕庙：祭祖庙。

〔四〇〕飨：享受。

〔四一〕荀与扬：荀子与扬雄。

〔四二〕说长：学说长远流传。

〔四三〕人其人：谓使僧、道还俗为民。

〔四四〕庐其居：将寺庙道观改成民居。

〔四五〕道：导。

品读

《原道》是韩愈推阐儒学、力辟佛老的代表作，著名的系列论文"五原"的首篇。写作时间，约在其三十八岁之前。关于韩愈尊儒道、辟佛老在当时的积极意义，近人已多有论述。这里只从文章鉴赏角度稍作分析。

《原道》是典型的明道传教之文，但读来毫无高头讲章的枯燥烦琐、单调乏味，而是让人感到它有一种逼人的气势和力量。这得力于以下几个方面的因素：

一是开宗明义，立片言以居要。文章一开头，就用四句话对儒家之道的仁、义、道、德作了精练的定义性概括。四者之中，仁义是根本，仁更是儒学的核心。从仁这个核心出发，环环相扣，形成一个严密的逻辑整体。有这四句话作为全篇的纲要和立论的基础，下面的所有正面论述和反面批判便字字有根。儒和道都讲道和德，老子的著作即称《道德经》，但概念的实际内涵却不同。韩愈在明确"仁与义为定名，道与德为虚位"的同时，一针见血地指出："凡吾所谓道德云者，合仁与义言之也，天下之公言也；老子之所谓道德云者，去仁与义言之也，一人之私言也。"一开始便使被批判对象处于"一人之私言"的地位，失去与"合仁与义言之"的儒家之道相抗衡的资格，可谓笔未到而气已吞，高屋建瓴，有破竹之势。

二是层层深入，反复论证。在立纲定义、分辨公言私言的基础上，先回溯历史，指出自秦至隋，儒学真谛失坠，佛老寖盛，以致造成"不入于老，则入于佛"的严重局面，以此论证振兴儒学、探求儒家之道本原的必要。次又针对现实，指出佛、道盛行后，大量僧侣、道士不事生产、不纳赋税、不服兵役，加重国家财政困难与人民负担，造成"民穷且盗"的严重后果，从维护封建政权和社会安定的角度对佛老的严重危害给予尖锐批判。然后，又从人类文明发展的角度论证圣人在建立礼乐刑政制度、维系社会安定方面的作用，批判道家绝圣弃智的主张将导致人类的灭绝，从而说明儒家之道符合人类文明发展的要求，而道家的主张则是开倒车的主张。在此基础上，进一步对君、臣、民的职责给予明确界定，并据此对佛教弃君臣、去父子的清净寂灭之道给予尖锐批判。以上两层，一辟老，一辟佛，各有侧重。作者的圣人创造历史的唯心史观和专制主义的观点固不足取，但在当时的历史条件下，对反对藩镇割据，加强中央集权仍有一定积极意义。接着，引经据典，正面论述儒家的修齐治平、正心诚意主张是积极有为、用世济世之道，而佛教的"外天下国家""灭天常"则是导致"子焉而不父其父，臣焉而不君其君，民焉而不事其事"，导致社会秩序的解体和封建统治的崩溃。在逐层深入、反复论证的基础上，又总论儒家的仁义道德和其文、其法、其民、其居、其食，指出其"为道易明""为教易行"，对于为人、为心、为国的优越性，再次与佛、道划清界限。并构建了从尧舜禹汤到文武周公、孔子孟轲的儒家道统，和"轲之死，不得其传"的道统中断状况，俨然以继承道统者自居。最后即以道统继承者的身份口吻提出取缔佛老的措施。全篇可谓一个阐扬儒学精义、批判佛老危害与荒谬的纲领，论证严密层深，显示出逻辑的说服力。

三是在语言文字表达和修辞手法运用方面，有意识地创造性地大量运用名词、形容词及至方位词的动词化用法，如"小仁义""道其所道""德其所德""火于秦""黄老于汉""佛于晋、魏、梁、隋之间""入者主之""出者奴之""葛之""外天下国家""则夷之""则中国之""人其人""火其书"

"庐其居"等，刻意造成一种新奇警动的阅读效果，加强文章的生动性和力度。更突出的则是文中有意识地大量运用排比句式结合对偶句式，以造成一种一往无前的气势。下面是几段比较典型的：

> 其所谓道，道其所道，非吾所谓道也；其所谓德，德其所德，非吾所谓德也。凡吾所谓道德云者，合仁与义言之也，天下之公言也；老子之所谓道德云者，去仁与义言之也，一人之私言也。
>
> 周道衰，孔子没，火于秦，黄、老于汉，佛于晋、魏、梁、隋之间，其言道德仁义者，不入于杨，则入于墨，不入于老，则入于佛。入于彼，必出于此。入者主之，出者奴之；入者附之，出者汙之。
>
> ……曰：不塞不流，不止不行。人其人，火其书，庐其居……

第一例分号前后是对偶句式，但同时又构成排比，从严密中见出流畅的气势。第二例"火于秦，黄、老于汉，佛于晋、魏、梁、隋之间"三句也是排比句，又有对偶意味，句子较短，显得节短势促，铿锵有力；"不入于杨，则入于墨，不入于老，则入于佛"；"入者主之，出者奴之；入者附之，出者汙之"，排比而兼对偶，句式整齐，连贯而下，极具气势。第三例则语气斩绝、态度坚决，同样具有无可辩驳的力量。排比对偶加上句式的参差多变，造成了文章的浑浩流转气势和充沛的力量。刘熙载说："韩文起八代之衰，实集八代之成。盖惟善用古者能变古，以无所不包，故能无所不扫也。"（《艺概·文概》）韩愈倡导古文，反对骈文，但他的古文却吸取了骈文大量运用对偶句、排比句的优长，以造成充沛的气势与力量。

韩愈论文，但导"养气"之说。读《原道》，能突出感受到字里行间，充溢着一股浩然之气。这种气，来源于他崇儒道排佛老、巩固中央集权的历史责任感，来源于对儒家仁义道德学说的高度自信和以继承儒家道统自任的历史使命感。这是文章富于气势和力量更内在的原因。他的这种责任感与使命感，在《原道》中时有流露。如在叙述儒家道说时说："斯吾所谓道也……尧以是传之舜，舜以是传之禹，禹以是传之汤，汤以是传之文、武、周公，文、武、周公传之孔子，孔子传之孟轲。轲之死，不得其传焉。"鲜明地表现出接续道统、舍我其谁的使命感与高度自信。正由于有这种自信，他的论断往往十分简捷明了，铿锵有力，不容反驳与怀疑。如一

442

开头对儒家道德仁义的断制就是显例。也许可以从学理的层面对他这种定义是否准确全面提出质疑，但作者对自己所作断制的自信却不容置疑。又如声言自己对道德的解释是"天下之公言"，而老子所言乃"一人之私言"，也是典型的韩愈式口吻。刘熙载说："说理论事，涉于迁就，便是本领不济。看昌黎文老实说出紧要处，自使用巧骋奇者望之辟易。"（同上）这种直截了当、斩钉截铁的表达方式，正源于对自己所下判断的高度自信。与历史责任感、使命感、自信心相伴，文章还具有强烈的感情色彩。文中多感叹句、反问句，均蕴含强烈感情，如：

农之家一，而食粟之家六；工之家一，而用器之家六；贾之家一，而资焉之家六：奈之何民不穷且盗也！

呜呼，其亦不思而已矣！如古之无圣人，人之类灭久矣。何也？无羽毛鳞介以居寒热也，无爪牙以争食也。

呜呼！其亦幸而出于三代之后，不见黜于禹、汤、文、武、周公、孔子也；其亦不幸而不出于三代之前，不见正于禹、汤、文、武、周公、孔子也。

今也举夷狄之法，而加之先王之教之上，几何其不胥而为夷也！

这些句子，多出现于每段之末，为感情的集中迸发点，故读来倍感其感情的爆发力与震撼力。

吴闿生《古文范》卷三评曰："凡为文之道，庄言正论，难于出色争胜，独退之此文为例外。由其盛气驱迈，磅礴而不可御也。"文章如长江大河，浑浩流转，正是由这种内在的"气"造成的。

送石处士序〔一〕

河阳军节度御史大夫乌公〔二〕为节度之三月〔三〕，求士于从事之贤者。有荐石先生者，公曰："先生何如？"曰："先生居嵩、邙、瀍、穀〔四〕之间，冬一裘，夏一葛，食朝夕饭一盂〔五〕，蔬一盘。人与之钱则辞，请与出游，未尝以事辞，劝之仕不应。坐一室，左右图书，与之语道理，辨古今事当否，论人高下，事后当成败，若河决下流而东注，若驷马驾轻车、就熟路，而王良、造父〔六〕为之先后也，若烛照数计而龟卜〔七〕也。"大夫曰："先生有以自老〔八〕，无求于人，其肯为某来耶？"从事曰："大夫文武忠孝，求士为国，不私于家〔九〕。方今寇聚于恒〔一〇〕，师环其疆〔一一〕，农不耕收，财粟殚〔一二〕亡。吾所处地〔一三〕，归〔一四〕输之途，治法征谋〔一五〕，宜有所出〔一六〕。先生仁且勇，若以义请而强委重〔一七〕焉，其何说之辞〔一八〕？"于是撰书词〔一九〕，具马币〔二〇〕，卜日〔二一〕以授使者〔二二〕，求先生之庐而请焉。

先生不告于妻子，不谋于朋友，冠带出见客，拜受书礼于门内。宵则沐浴，戒行李〔二三〕，载书册，问道所由，告行于常所来往〔二四〕。晨则毕至，张〔二五〕上东门〔二六〕外。酒三行〔二七〕，且起，有执爵〔二八〕而言者曰："大夫真能以义取人，先生真能义道自任，决去就。为先生别。"又酌而祝曰："凡去就出处何常，惟义之归。遂以为先生寿。"又酌而祝曰："使大夫恒无变其初，无务富其家而饥其师，无甘受佞人而外敬正士，无味于谄言〔二九〕，惟先生是听，以能有成功，保天子之宠命。"又祝曰："使先生无图利于大夫而私便其身〔三〇〕。"先生起拜祝辞曰："敢不敬蚤夜以求从祝规〔三一〕。"

于是东都之人士咸知大夫与先生果能相与以有成也。遂各为歌诗六韵〔三二〕，退，愈为之序云。

注

〔一〕送石处士序：石处士，名洪，字濬川，洛阳人。元和七年卒于集贤校理任。事详作者《集贤院校理石君墓志铭》及《祭石君文》，题原作《送石处士赴河阳幕诗并序》，编文集时将诗序单独编入"序"类中，题为《送石处士序》。处士，隐居未仕的士人。

〔二〕河阳军节度御史大夫乌公：指乌重胤，元和五年（810）四月任河阳节度使，治所在河阳（今河南孟州）。御史大夫是其所带虚衔。

〔三〕为节度之三月：指元和五年六月。

〔四〕嵩：嵩山，在今河南登封县。邙：邙山，在洛阳北。瀍、穀：水名，均在洛阳境。

〔五〕盂：古代食器。

〔六〕王良：春秋时晋大夫。造父：周穆王时人。二人均善驭马。

〔七〕烛照：如烛光之照耀。数计：用数来计算。龟卜：用龟甲来占卜。

〔八〕有以自老：有使自己终老之道，指隐居不任至终老。

〔九〕不私于家：指不为个人谋私利。

〔一〇〕寇聚于恒：指割据反叛的成德军节度使王承宗。恒，恒州，唐成德军节度使治所，今河北正定。

〔一一〕师环其疆：指唐朝廷讨伐王承宗的军队四面环绕恒州。元和四年九月，王承宗反，十月下诏讨伐，以神策左军中尉吐突承璀为镇州行营招讨使，命恒州四周藩镇各进兵讨伐。五年七月，王承宗上表自首，宪宗赦之。作序时（五年六月），王承宗犹未降。

〔一二〕殚（dān）：尽。

〔一三〕吾所处地：指河阳。

〔一四〕归：通"馈"，此指漕运。

〔一五〕治法征谋：治国之法，征伐之谋。

〔一六〕宜有所出：应有所贡献。

〔一七〕强委重：坚决敦请，委以重任。

〔一八〕何说之辞：用什么理由辞谢不受。

〔一九〕撰书词：指撰写聘书。

〔二〇〕具马币：备办了马匹和聘钱。

〔二一〕卜日：择吉日。

〔二二〕使者：指派去迎接的使者。

〔二三〕戒行李：准备出行的行李。

445

〔二四〕告行于常所来往：向平常来往较多的友朋告知行期。

〔二五〕张：设供帐，具酒食，为石处士送行。

〔二六〕上东门：洛阳城北门。

〔二七〕酒三行：斟酒三次。

〔二八〕爵：酒器。

〔二九〕味于谄言：以谄言为甘味。

〔三〇〕私便其身：私下为自己图便利。

〔三一〕敬蚤夜以求从祝规：起早贪黑，敬事其职，以求遵从诸位的祝愿与规劝。

〔三二〕歌诗六韵：即序后之赠诗。

品读

　　这是一篇赠序。朋友石洪应河阳节度使乌重胤的聘请，到河阳幕作参谋。在送行的宴会上，韩愈赋诗以赠，这是诗前面的序。这种赠序，通常抒写惜别、祝颂或劝勉之情，以抒情、议论为主。但韩愈的这篇序，却别开生面：一是在内容上围绕石洪的去就出处对其人、其德、其才以及他所事的幕主作了一番叙述、描绘，以说明石洪此去必能"相与以有成"；二是在写法上主要由对话构成。后一点在赠序中尤为罕见的别调。

　　开头先叙河阳节度使乌重胤上任不久即郑重求贤。点出"求士于从事之贤者"，一是为了引出下文从事与乌公的对话，二是为了强调唯"贤者"方能识真贤士、荐真贤士。乌公之"求"引出从事之"荐"，从而有乌公之问，从事之答。从事对石处士的介绍，先言其生活之俭朴："冬一裘，夏一葛，食朝夕饭一盂，蔬一盘。"仿佛是置身世外的上古葛天氏之民。这样的人自然如下文所说是"无求于人"的。再言其品格之高洁："人与之钱则辞，请与出游，未尝以事辞，劝之仕不应。"既不爱钱，也不爱官，但对"出游"却很感兴趣，插入这一句，说明他虽是品格高洁的隐士，却并不是与世隔绝的人。再言其学识才能："坐一室，左右图书，与之语道理，辨古今事当否，论人高下，事后当成败，若河决下流而东注，若驷马驾轻车、就熟路，而王良、造父为之先后也，若烛照数计而龟卜也。"不但饱学，而且明辨古今人事道理，得失成败高下。为了突出他的才识，接连用了三个极为形象、生动的比喻。第一个比喻形容其才思敏捷、滔滔雄辩；第二个比喻形容其得心应手，毫不费力；第三个比喻，形容其记古今人事，明白、精确而富于预见性。第二、三个比喻，又喻中有喻。这连贯而下的博喻，既将石洪的学识才能渲染得淋漓尽致，又造成了一种如长江大河、浑浩流转的气势。纯用散句，句子长短参差不齐，又造成一种自然流动的意致。如此品格才识之士，正如乌公所担心的那样："有以自老，无求于人，其肯为某来耶？"从而又引出从事之答："大夫文武忠孝，求士为国，不私于家。"这是从乌公的品质上强调他与石洪相处的政治基础；"方今寇聚于恒，师环其疆，农不耕收，财粟殚亡。吾所处地，归输之途，治法征谋，宜有所出"，这是从讨叛的形势和河阳所处的地理位置强调河阳对国家应有自己的贡献；"先生仁且勇，若义请而强委重焉，其何说之辞"，这是从石洪的"仁且勇"断其必能从"文武忠孝，求士为国，不私于家"之大夫所请。至此，才结束这场对话。最后叙述遣使造门，郑重礼聘。整个这一段，从乌公之求贤，到从事之荐贤，再到乌公担心贤之不来，进而引出对乌公的介绍和石之必至之理。既层层相引，一气贯串，又一波三折，屈曲有致。

下一段紧承从事的预料，一开头便写石洪的积极应聘："不告于妻子，不谋于朋友，冠带出见客，拜受书礼于门内。宵则沐浴，戒行李，载书册，问道所由，告行于常所来往。"不仅毫不犹豫，不跟妻子朋友商量就迅即作出应聘的决定，而且态度郑重，行动迅速，马上准备启程。这一连串行动，仿佛与上文从事所说的"劝之仕不应"的高士形象大异其趣，其实作者正是要通过这些看似反常的行动反托出石洪为国事效力的"仁且勇"的品格。接着，便用繁笔写送行宴会上朋友的祝词和石洪的回应，仍用问答体。祝词凡四层：先"大夫""先生"合提，拈出"义""道"二字作为两人合作的思想政治基础。这里所说的"义"与"道"，也就是作者在《原道》中所阐明的儒家合仁义而言之之道。次单提"先生"，强调他此行是"惟义之归"，说明这里所说的"义"和上文所说的"道"实际上是一个概念。再单提"大夫"，祝其不变忠于国家的初衷，不谋私利，"无务富其家而饥其师"，不为佞人的诬言所惑而疏远石洪这样的贤士。最后又单提"先生"，祝其不谋个人私利。四层祝词，反复切至，语重心长。这才落到石洪的郑重表态上，表示要日夜黾勉从事，以求符合朋友的祝愿与劝勉。

"于是东都之人士咸知大夫与先生果能相与以有成也"，这是全文的结穴与宗旨。祝酒辞在宴会上本就有这种频频祝愿的情形，内容有合有分也是实情。四写祝辞，既显得真诚郑重，也传达出了送行宴上的气氛。

以上两段，分写从事与乌公的对话、送者的祝词与行者的回答，其内容在通常的赠序里，完全可以用作者叙述、议论的方式来表达。之所以采取这种对答方式，是为了使文章写得生动曲折别致而富现场感。历代评者或以为这是"以议论行叙事"（茅坤《唐宋八大家文钞》卷六），或以为是"以叙事行议论"（储欣《唐宋八大家类选》卷十），或以为是"纯用传体写序"（《金圣叹批才子文》卷十一），角度、提法有别，但都看到了这篇序是变体、别调。

有一个问题似乎应该澄清一下，这就是许多评者所说的"藏讽喻于不觉"（何焯《义门读书记》昌黎集第三卷），"其文章深刻处，全在借他人口中说尽许多规讽"（过珙《古文评注》卷七），"此文前含讥讽，后寓箴规，皆不着痕迹"（曾国藩《求阙斋读书录》卷八）。韩愈的送人赴幕之作，的确有规讽之意，如著名的《送董邵南游河北序》。但那是因为董邵南要到割据一方的河北藩镇幕府去做幕僚。而本篇所送的石洪以及他将要从事的幕主乌重胤，则是忠于唐王朝的贤士与方镇。石洪其人，韩愈不但送其赴河阳幕而赋诗赠序，死后又作文以祭，并撰墓志铭。祭文中称其"知道之可行，见人之不幸，不事顾让，以图就功"，并说自己"与游为久"，墓铭中亦言其"佐河阳军，吏治民宽，考功奏从事考，君独于天下为第一"，可见其并非滥得虚名、表里不一之辈。而乌重胤，不但生缚暗中与叛镇王承宗相通的泽潞节度使卢从史于帐下，建立奇功，还因此迁河阳节度使。《旧唐书·乌重胤传》说他"出自行间，及为长帅，赤心奉上，能与下同甘苦，所至立功，未尝矜伐。而善待宾僚，礼分同至，当时名士，咸愿依之。身没之日，军士二十馀人，皆割股肉以为祭酹，虽古之名将，无以加焉"。因此，无论是从石洪本人以及他所事的幕主的政治倾向、为人品格看，这篇序都不可能有规讽乃至讥讽之意，而只有赞扬与祝愿之词。

南海神庙碑〔一〕

海于天地之间为物最巨。自三代圣王莫不祀事，考于传记，而南海神次〔二〕最贵，在北东西三神、河伯之上，号为祝融。天宝中，天子以为古爵莫贵于公侯，故海岳之祝，牺币之数，放〔三〕而依之。所以致崇极于大神。今王亦爵也，而礼海岳尚循公侯之事〔四〕，虚王仪而不用，非致崇极之意也。由是册尊南海神为广利王〔五〕。祝号祭式，与次俱升。因其故庙，易而新之，在今广州治之东南海道八十里，扶胥之口，黄木之湾。常以立夏气至，命广州刺史行事祠下，事讫驿闻。

而刺史常节度五岭诸军[六]，仍观察其郡邑，于南方事无所不统，地大以远，故常选用重人。既贵而富，且不习海事，又当祀时海常多大风，将往皆忧戚。既进，观顾怖悸。故常以疾为解[七]，而委事于其副，其来已久。故明宫斋庐上雨旁风[八]，无所盖障。牲酒瘠酸，取具临时。水陆之品，狼藉笾豆[九]。荐裸兴俯[一〇]，不中仪式。吏滋[一一]不供，神不顾享。盲风[一二]怪雨，发作无节，人蒙其害。

元和十二年始诏用前尚书右丞国子祭酒鲁国孔公为广州刺史[一三]、兼御史大夫以殿南服[一四]。公正直方严，中心乐易[一五]，祗[一六]慎所职，治人以明，事神以诚；内外单[一七]尽，不为表襮[一八]。至州之明年，将夏，祝册[一九]自京师至，吏以时告，公乃斋被[二〇]视册，誓群有司曰："册有皇帝名，乃上所自署，其文曰：'嗣天子某，谨遣官某敬祭。'其恭且严如是，敢有不承！明日，吾将宿庙下，以供晨事[二一]"。明日，吏以风雨白，不听。于是州府文武吏士凡百数，交谒更谏，皆揖而退[二二]。

公遂升舟，风雨少弛[二三]，棹夫奏功，云阴解驳[二四]，日光穿漏，波伏不兴。省牲[二五]之夕，载旸[二六]载阴；将事之夜，天地开除[二七]，月星明概[二八]。五鼓既作，牵牛[二九]正中，公乃盛服执笏以入即事。文武宾属，俯首听位，各执其职。牲肥酒香，樽爵静洁，降登有数，神具醉饱。海之百灵秘怪，慌惚毕出，蜿蜿虵虵，来享饮食。阖庙旋舻，祥飙[三〇]送帆，旗纛旌麾，飞扬晻蔼，铙鼓嘲轰，高管嘐噪，武夫奋棹，工师唱和，穿龟[三一]长鱼，踊跃后先，乾端坤倪[三二]，轩豁呈露。祀之之岁，风灾熄灭，人厌鱼蟹，五谷胥熟。明年祀归，又广庙宫而大之，治其庭坛，改作东西两序[三三]、斋庖之房，百用具修。明年其时，公又固往，不懈益虔，岁仍大和，耋艾[三四]歌咏。

始公之至，尽除他名之税，罢衣食于官之可去者。四方之使，不以资交。以身为帅[三五]，燕享[三六]有时，赏与以节。公藏私畜，上下与足。于是免属州负速之缗钱廿有四万，米三万二千斛。赋金[三七]之州，耗金一岁八百，困不能偿，皆以丐[三八]之。加西南守长之俸，诛其尤无良不听令者，由是皆自重慎法。人士之落南不能归者与流徙之胄百廿八族，用其才良，而廪[三九]其无告者。其女子可嫁，与之钱财，令无失时。刑德并流，方地数千里不识盗贼。山行海宿，不择处所。事神治人，其可谓备至耳矣。咸愿刻庙石以著厥美，而系以诗，乃作诗曰：

南海阴墟[四〇]，祝融之宅，即祀于旁，帝命南伯[四一]。吏惰不躬，正自今公，明用享锡，右我家邦。惟明天子，惟慎厥使，我公在官，神人致喜。海岭之陬[四二]，既足既濡[四三]，胡不均弘，俾执事枢[四四]。公行勿迟，公无遄归，匪我私公，神人具依[四五]。

注

〔一〕南海神庙碑：此碑石刻首题"使持节袁州诸军事、守袁州刺史韩愈撰，使持节循州诸军事、守循州刺史陈谏书并篆额"，末云"元和十五年十月一日建"。

〔二〕次：位次。《太公金匮》云："南海之神曰祝融，东海之神曰勾芒，北海之神曰颛顼，西海之神曰蓐收。"以南海神居首。

〔三〕放：仿。

〔四〕"而礼海岳"句：《礼记·王制》："天子祭天下名山大川，五岳视三公，四渎视诸侯。"

〔五〕"由是册尊"句：《旧唐书·礼仪志》："（天宝）十载正月，四海并封为王遣……义王府长史张九章祭南海广利王。"

〔六〕五岭诸军：指广、桂、容、邕、安南五管之军。

〔七〕解：辞。

〔八〕上雨旁风：屋顶漏雨，屋旁漏风。

〔九〕笾（biān）豆：盛祭物之竹、木器具。

〔一〇〕荐裸兴俯：荐，进献祭品。裸，灌祭，以酒灌于地。兴俯，起立俯伏。

〔一一〕滋：益。

〔一二〕盲风：疾风，指海上的台风、飓风。

〔一三〕"元和十二年"句：元和十二年七月，以孔戣为岭南节度使。戣为孔子三十八代孙，两《唐书》有传。

〔一四〕殿南服：镇南方。

〔一五〕易：和悦。

〔一六〕祗（zhī）：敬。

〔一七〕单：尽。

〔一八〕表襮：矫饰。

〔一九〕祝册：祝读以告神明之册，皇帝祭神之文书。

〔二〇〕斋祓：斋洁。

〔二一〕晨事：指祭祀之事。祭祀天明时行礼。

〔二二〕揖而退：指不从部下之劝阻。

〔二三〕弛：缓。

〔二四〕解驳：散开斑驳的云彩。

〔二五〕省牲：省阅祭祀用的牲畜是否洁净合乎要求。

〔二六〕旸：日出。

〔二七〕开除：廓清。

〔二八〕概（jì）：稠。

〔二九〕牵牛：牵牛星。《礼记·月令》："季春之月……旦，牵牛中。"

〔三〇〕飙：泛指风。

〔三一〕穹龟：龟背微伛，故云。

〔三二〕乾端坤倪：天地边际。

〔三三〕序：厢房。

〔三四〕耋艾：老幼。

〔三五〕帅：表率。

〔三六〕燕享：同宴享。以酒食祭神。

〔三七〕赋金：贡金。

〔三八〕丐：免除。

〔三九〕廪：公家供给粮食。

〔四〇〕南海阴墟：指在南海之南。水之南曰阴。

韩
愈

451

〔四一〕南伯：南邦之侯伯，指广州刺史、岭南节度使孔戣。

〔四二〕陬：角落。

〔四三〕濡：沾润（孔戣之德泽）。

〔四四〕"胡不均弘"二句：何不召还为相，使执中枢之权，以均弘德于天下乎？

〔四五〕神人具依：谓南海神与南方之百姓均依恋挽留孔戣。

《南海神庙碑》作于元和十五年十月之前，其时韩愈任袁州刺史（据韩愈《袁州谢上表》，其移袁州在元和十四年十月二十四日，十五年正月八日到任）。

碑文共分六段。第一段叙南海神之尊及唐王朝对祭祀南海神的重视：封神为王、提升仪礼、缮修旧庙、命广州刺史主持祭祀。为下文重笔写孔戣祭南海伏脉。

第二段叙此前广州刺史"既贵而富，且不习海事"，畏惧海风，常以疾为辞，只委副手代祭，致使神庙破敝，祭事草率，神无所享，因而"盲风怪雨，发作无节，人蒙其害"。将官吏不敬神与百姓蒙灾害联系起来，以反衬孔戣敬神的根本出发点是使百姓免受其害，前之怠反托今之敬，而敬神实为安民。

第三段写新任广州刺史孔戣"治人以明，事神以诚"，于到任之明年亲往主持祭祀南海神之事。特用详笔叙写其态度诚敬及不惧风波、不听州府文武吏士劝阻的坚定态度，与此前广州刺史"怖悸"海风正形成鲜明对照。

第四段承"事神以诚"，重笔叙写祭神的过程及祭神获福祐，"风灾熄灭，人厌鱼蟹，五谷胥熟"的情况，说明祭神乃为百姓造福。

第五段承"治人以明"，详叙孔戣在粤之治绩：除杂税、节开支、绝贿赂、简燕享、免逋欠、整吏治、用人才、抚流徙、嫁女给予钱财，不令失时。这两段是碑文的主体。末总结云："事神治人，其可谓备至耳矣。"

第六段系碑铭，概括碑文大意，顺势转出新意，认为朝廷应慎选这样的节度使，使"海岭之陬，既足既濡"，并祈望能任用这样的人执掌中枢，使广大人民均受其益。

这篇碑文在内容上一个显著的特点，是对南海神及神庙本身着墨不多。

全篇言及南海神者，仅"南海神次最贵，在北东西三神、河伯之上"一语；言及神庙，亦仅"因其故庙，易而新之""明宫斋庐上雨旁风，无所盖障""又广庙官而大之，治其庭坛，改作东西两序、斋庖之房，百用具修"寥寥数语。绝大部分篇幅，都用于写新任广州刺史孔戣事神治人态度的虔敬和成绩的卓著。第一段写唐廷对南海神的尊崇，第二段写往任广州刺史因畏惧海上风浪而不躬亲祀事，以致"盲风怪雨，发作无节，人蒙其害"，也是为了从正、反两个方面衬托孔戣的"祗慎所职，治人以明，事神以诚"。不妨说，碑文虽题文《南海神庙碑》，其实际内容倒像是歌颂广州刺史孔戣的功德碑。前人评论已经注意到了这一特点。林云铭《韩文起》卷九："题是《南海神庙碑》，文却是孔公重修碑记。不但记重修一事，且纯是孔公广州德政碑也。开首说南海神最贵，本朝祀典最隆，而前此奉行不虔，亦为孔公作一反衬话头。次转入孔公治人以明，事神以诚，分叙二大段，备极赞扬。即舟行致祭，往返海洋，铺张许多异景，总言其有诚必格，虽写神灵，亦是写孔公也。若论庙碑正格，末段许多政绩，不应一齐换入。故昌黎因于叙政绩之前，加"耆艾歌咏"四字，末又云'感愿刻庙石，以著厥美，而系以诗'，是明明以称颂之词，借百姓之意，作个卸担之法，谓非恐涉于献谀而然乎？"正确指出了将南海神庙碑写成孔公德政碑的事实，但对作者这样写的原因则未加揭示。林纾《韩柳文研究法·韩文研究法》则谓："先言海常大风，刺史托疾，神不愿享，人蒙其害，激起孔公将事之敬。其下写孔公渡海入庙致祭，光色皆古，几于凌纸怪发，直逼汉京。行文至此，豪畅已极。然不稍述孔公宦迹，则区区此举，直是演剧，登场下台，都无馀味。看他将孔公事极力搬演，虽平平无奇，然一经润色，都不觉其可厌处。此亦立碑示后应有之体例。"仅从"直是演剧，登场下台，都无馀味"来解释为什么要写孔戣政绩一段，亦未中的。实则作者打破碑文写作常规，反客为主，自有其深层的用意。文中一则曰"公正直方严，中心乐易，祗慎所职，治人以明，事神以诚"，再则曰"事神治人，其可谓备至耳矣"，终则曰"我公在官，神人致喜。海岭之陬，既足既濡"，可谓一篇之中，三致志焉。目的在于强调：作为镇守一方的地方长官，其职责就是严肃认真地履行其"治人以明，事神以诚"的职责。而"事神以诚"的目的又是为了保一方平安，使百姓受益。文中将以往刺史不敬祀事，致使"盲风怪雨，发作无节，人蒙其害"与孔戣不畏风波，亲往致祭，因而"风灾熄灭，人厌鱼蟹，五谷胥熟"，"岁仍大和"作鲜明对比，其意即在强调"事神以诚"的根本出发点是使百姓受益。事神

韩
愈

453

与治人是完全统一的。因而在写孔戣敬祀南海神的同时，写其"治人以明"的政绩，便是顺理成章之事，而非旁枝枝节，亦非主次颠倒。也就是说，这篇文章的题目虽是《南海神庙碑》，其真正的主题则是：百姓需要孔戣这样一类"祗慎所职，治人以明，事神以诚"的长官。扩而充之，朝廷也需要这样的人任中枢之事。联系韩愈的《柳州罗池庙碑》乃至《祭鳄鱼文》，可以看出其基本思想都是古代的民本思想。

这篇碑文在写法上也打破常规，不循简古庄严一路，而是采用了传记乃至类似游记的写法。"元和十二年"一段，"始公之至"一段，便是典型的传记文体。而《新唐书·孔戣传》取"始公之至"一段的内容入传，几乎不费什么气力。为了加强生动性和现场感，文中还写了孔戣的誓言（第三段孔戣誓群有习一节），以突出其态度的虔敬。文中写得最生动出色的无疑是升舟出海祭神及祭毕返航一段。全用整齐的四字句组成，从登舟出海之际的天气和波浪不兴，写到"省牲之夕，载旸载阴"，再写到"将事之夜，天地开除，月星明概"，天气的变化牵动人们的神经；然后正面描叙祭祀的场面，其中既有庄严静肃，又有夸张渲染与想像，"海之百灵秘怪，慌惚毕出，蜿蜿蚷蚷，来享饮食"的描写，甚至流露出滑稽与幽默。然后写"阖庙旋胪"的归途中祥风送帆，旗帜飘扬，鼓乐齐奏，船夫唱和的喜庆热闹景象，人们的欢乐情绪甚至感染了海中的鱼龟，连它们也"踊跃后先"，争逐归舟。这段描写，全用赋法，铺张渲染，穷形尽相，淋漓尽致，神采飞扬，不像是写庄严的祀事，倒像是一篇兴高采烈的出海游记。打破碑铭常规的内容正需要打破常规的写法方能相应。

御史台[一] 上论天旱人饥状

右。臣伏以今年已来，京畿诸县[二]，夏逢亢旱[三]，秋又早霜，田种所收，十不存一。陛下恩逾慈母，仁过春阳，租赋之间，例皆蠲免[四]，所征至少，所放[五]至多。上恩虽弘，下困犹甚。至闻有弃子逐妻以求口食[六]，坼[七]屋伐树以纳税钱，寒馁[八]道途，毙踣沟壑[九]。有者皆已输纳，无者徒被追征。臣愚以为此皆群臣之所未言，陛下之所未知者也。

臣窃见陛下怜念黎元〔一〇〕，同于赤子。至或犯法当戮，犹且宽而宥〔一一〕之，况此无辜之人，岂有知而不救？又京师者，四方之腹心，国家之根本，其百姓实宜倍加忧恤〔一二〕。今瑞雪频降，来年必丰，急之则得少而人伤，缓之则事存而利远。伏乞特敕〔一三〕京兆府〔一四〕：应今年税钱及草粟等在百姓腹内〔一五〕征未得者，并且停征，容至来年蚕麦，庶得少有存立〔一六〕。

臣至陋至愚，无所知识，受恩思效，有见辄言，无任〔一七〕恳款〔一八〕惭惧之至。谨录奏闻，谨奏。

注

〔一〕御史台：专司纠察弹劾的官署。

〔二〕京畿诸县：古代王都所辖千里之地。唐代称京畿采访使所属各州县。本篇实指京兆府所辖各县。

〔三〕亢（kàng）旱：大旱。

〔四〕蠲（juān）免：免除。

〔五〕放：免去。

〔六〕口食：口粮。

〔七〕坼：同"拆"。

〔八〕寒馁：冻饿。

〔九〕毙踣（bó）沟壑：倒毙在路边的水沟坑谷中。

〔一〇〕黎元：百姓。

〔一一〕宥（yòu）：宽赦。

〔一二〕忧恤：忧念体恤。

〔一三〕敕：皇帝的命令，这里用作动词。

〔一四〕京兆府：管理京师及所属各县的行政机构。

〔一五〕腹内：犹"名下"，当时俗语。

〔一六〕少有存立：稍有藉以生存的生活资料。

〔一七〕无任：不胜。

〔一八〕恳款：诚恳。

韩愈

455

贞元十七年（801）冬天，韩愈在经历长达十年的痛苦等待之后，终于入仕为官，任四门博士。贞元十九年冬，因御史中丞李汶的推荐，擢任监察御史。这是一个品级虽不高（正八品下）却负有纠弹臣僚、论谏皇帝过失之职责的"喉舌之官"。这年正月到七月，京畿地区大旱。时任京兆尹的李实却"方务聚敛征求，以给进奉。每奏对，辄曰'今年虽旱，而谷甚好'，由是租税皆不免。人穷至坏屋卖瓦木贷麦苗以应官。优人成辅端为谣嘲之，实闻之，奏辅端诽谤朝政，杖杀之"（韩愈《顺宗实录》卷一）。出于身为"喉舌之官"的政治责任感和对百姓疾苦的同情，他和同在御史台为官的张署、李方叔联名上了这道锋芒直指权臣李实的奏状。

一开头，便用朴实无华、精炼概括的语言揭示今年京畿地区"亢旱"的严重情况。"夏逢亢旱，秋又早霜，田种所收，十不存一。"这与李实所谎报的"今年虽旱，而谷甚好"形成鲜明对照，有力地戳穿了他的谎言。在久旱之下，朝廷曾下令停宏辞试与贡举，并曾有按例减免租税之举，韩愈颂称此举体现了皇帝的仁爱恩惠，"所征至少，所放至多"，这自然是使话说得尽量婉转，避免触犯皇帝的忌讳，减少来自皇帝方面的阻力。接着，却笔锋陡转，用"上恩虽弘，下困犹甚"八个字揭出上恩不能下达，减免徒成虚语，百姓困苦犹甚的实际状况，并将"下困犹甚"的情形怵目惊心地展示出来："弃子逐妻以求口食，坏屋伐树以纳税钱，寒馁道途，毙踣沟壑。有者皆已输纳，无者徒被追征。"这里所展示的"人饥"状况，已经严重到了百姓无以为生、难以忍受的程度。最后一针见血地指出：这种"天旱人饥"的严重情况"皆群臣之所未言，陛下之所未知者也"。群臣未言，是知而未言，是为失责，这里首当其冲的是主管长官京兆尹李实，皇帝未知，是由于"群臣未言"。用"未知"二字开脱皇帝的昏聩与失察，用心可谓良苦，但皇帝未必领情。整个一段，用了一系列整齐的对偶句，如"夏逢亢旱，秋又早霜"，"上恩虽弘，下困犹甚"，"弃子逐妻以求口食，坏屋伐树以纳税钱，寒馁道途，毙踣沟壑"，"有者皆已输纳，无者徒被追征"，对渲染"天旱人饥"的严重状况和百姓的困绝之境起着重要作用。

接下来一段，分三层论述解决问题的必要性和提出具体办法。先以颂为劝，强调皇帝怜念百姓，视同赤子，有过尚且宽赦，无辜更应拯救。点出"知"字，应上段结尾之"未知"。暗示"未知"犹可原谅，"知而不赦"，则岂仁君所为。话说得虽平和却含锋芒。次则强调京师的特殊重要地位，以说明这一地区的百姓理应"倍加忧恤"。"腹心""根本"之语，突出其对国家安危、政权稳定的特殊重要性。第三层则强调"今瑞雪频降，来年必丰"，以说明继续急征暴敛必然导致"得少而人伤"，而缓征则"事存而利远"。三层分别以三个不同方面（皇帝本身职责、京师特殊地位、今明两年收成）说明缓征的必要性，然后便顺理成章地引出具体措施：停征今年税钱及草粟等在百姓名下征未得者，宽限到明春蚕麦收成时，使百姓稍解目前的困境，得以勉强过活。明点"特敕京兆府"，显示急征暴敛的责任者就是京兆尹李实。

这是韩愈入仕后第一篇公开为民请命，将矛头直接指向皇帝的宠臣李实的奏状。在韩文中，这类关心百姓疾苦的文章并不多见。论者或谓人民疾苦似乎只有成为当时一个政治问题的时候，才会引起韩愈的注意。这种看法当然有一定的道理。但与此状同一年作的《赠崔复州序》《送许郢州序》中，韩愈也同样表达了对地方官"民就穷而敛愈急""财已竭而敛不休"的尖锐指责。这可能和他初入仕途、锋芒正锐有关，也说明这一时期他对这一问题有较为集中的思考与关切。这篇奏状上于刚任命为监察御史时，作为皇帝的喉舌，自然更有责任反映上述严重情况。篇末所说的"受恩思效，有见辄言"，便鲜明地表明了自己的政治责任感。以李实对优人成辅端的报复，韩愈并非不知道上此奏状的危险，但他还是义无反顾地这样做了。这说明韩愈虽然热中功名，但当情况已严重到不能不站出来说话时，他也不怕丢官。果然，上奏状后不久，他就被罢职，贬到远在岭南蛮荒之地的连州阳山去当县令，与他联名上状的张署、李方叔也一齐被贬。林云铭说："公才迁御史，即以缓征为请，其意以天旱人饥之时，正供尚不能输，何况额外？其中回护斡旋，语意亦甚和婉。但当天子患贫，小人固宠之时，安能以不入耳之谈为民请命乎？阳山之贬必有以公市恩于民，使民归怨于上语而行谗者。猜忌如德宗，未有不信而加罪也。"（《韩文起》卷二）分析颇有见地。李实的聚敛进奉，正是为了迎合德宗敛财贪得的需要。韩愈上奏揭露京畿地区天旱人饥，百姓因急征暴敛而"寒馁道途，毙踣沟壑"的惨痛景象，不但触怒了聚敛以固宠的李实，也触及贪财而喜进奉的德宗的忌讳，遭阳山之贬是必然的。

和韩愈一部分刻意为文，怪怪奇奇的篇章不同，这篇奏状通体明白晓畅，揭示"天旱人饥"的严重现象具体而有力，论析亦精要而切当。

王安石

上仁宗皇帝言事书（节选）

臣尝试窃观天下在位之人，未有乏于此时者也。……然则方今之急，在于人材而已，诚能使天下之才众多，然后在位之才可以择其人而取足焉。在位者得其才矣，然后稍视时势之可否，而因人情之患苦，变更天下之弊法，以趋〔一〕先王之意，甚易也。今之天下，亦先王之天下。先王之时，人才尝众矣，何至于今而独不足乎？故曰：陶冶而成之者非其道故也。

……

所谓陶冶而成之者，何也？亦教之、养之、取之、任之〔二〕有其道而已。

所谓教之之道，何也？古者天子诸侯，自国至于乡、党〔三〕皆有学，博置教导之官而严其选。朝廷礼乐刑政之事，皆在于学。士所观而习者，皆先王之法言〔四〕德行治天下之意，其材亦可以为天下国家之用。苟不可以为天下国家之用，则不教也。苟可以为天下国家之用者，则无不在于学。此教之之道也。

所谓养之之道，何也？饶之以财〔五〕，约之以礼，裁之以法也。何谓饶之以财？人之情，不足于财，则贪鄙苟得，无所不至。先王知其如此，故其制禄，自庶人之在官者〔六〕，其禄已足以代其耕〔七〕矣。由此等而上之，每有加焉，使其足以养廉耻而离于贪鄙之行。犹以为未也，又推其禄以及其子孙，谓之世禄〔八〕。使其生也，既于父子、兄弟、妻子之养，婚姻、朋友之接，皆无憾矣；其死也，又于子孙无不足之忧焉。何谓约之以礼？人情足于财而无礼以节之，则又放僻邪侈〔九〕，无所不至。先王知其如此，故为之制度。

婚丧、祭养、燕享之事，服食、器用之物，皆以命数〔一○〕为之节，而齐之以律度量衡之法。其命可以为之，而财不足以具，则弗具也；其财可以具，而命不得为之者，不使有铢两分寸之加焉。何谓裁之以法？先王于天下之士，教之以道艺〔一一〕矣，不帅〔一二〕教，则待之以屏弃远方终身不齿之法；约之以礼矣，不循礼，则待之以流、杀之法。《王制》〔一三〕曰："变衣服者，其君流。"《酒诰》〔一四〕曰："厥或诰曰：'群饮，汝勿佚。尽执拘以归于周，予其杀！'"夫群饮、变衣服，小罪也；流、杀，大刑也。加小罪以大刑，先王所以忍而不疑者，以为不如是，不足以一天下之俗而成吾治。夫约之以礼，裁之以法，天下所以服从无抵冒〔一五〕者，又非独其禁严而治察〔一六〕之所能致也。盖亦以吾至诚恻之心，力行而为之倡。凡在左右通贵〔一七〕之人，皆顺上之欲而服行之，有一不帅者，法之加必自此始。夫上以至诚行之，而贵者知避上之所恶矣，则天下之不罚而止者众矣。故曰：此养之之道也。

所谓取之之道者，何也？先王之取人也，必于乡党，必于庠序，使众人推其所谓贤能，书之以告于上而察之。诚贤能也，然后随其德之大小、才之高下而官使之〔一八〕。所谓察之者，非专用耳目之聪明，而听私于一人之口也。欲审知其德，问以行；欲审知其才，问以言。得其言行，则试之以事〔一九〕。所谓察之者，试之以事是也。虽尧之用舜亦不过如此而已，又况其下乎？若夫九州之大，四海之远，万官亿丑之贱〔二○〕，所须士大夫之才则众矣。有天下者，又不可以一一自察之也，又不可以偏属于一人，而使之于一日二日之间考试其行能而进退之也。盖吾已能察其才行之大者，以为大官矣，因使之取其类以持久试之，而考其能者以告于上，而后以爵命、禄秩予之而已。此取之之道也。

所谓任之之道者，何也？人之才德，高下厚薄不同，其所任，有宜有不宜。先王知其如此，故知农者以为后稷〔二一〕，知工者以为共工〔二二〕。其德厚而才高者以为之长，德薄而才下者以为之佐属。

又以久于其职，则上狃习〔二三〕而知其事，下服驯而安其教，贤者则其功可以至于成，不肖者则其罪可以至于著，故久其任而待之以考绩之法。夫如此，故智能才力之士，则得尽其智以赴功，而不患其事之不终、其功之不就也。偷惰苟且之人，虽欲取容于一时，而顾僇辱〔二四〕在其后，安敢不勉乎？若夫无能之人，固知辞避而去矣。居职任事之日久，不胜任之罪，不可以幸而免故也。彼且不敢冒而知辞避矣，尚何有比周〔二五〕、谗谄、争进之人乎？取之既已详，使之既已当，处之既已久，至其任之也又专焉，而不一一以法束缚之，而使之得行其意，尧、舜之所以理百官而熙众工〔二六〕者，以此而已。《书》曰："三载考绩，三考，黜陟幽明〔二七〕。"此之谓也。然尧、舜之时，其所黜者则闻之矣，盖四凶〔二八〕是也；其所陟者，则皋陶〔二九〕、稷、契〔三〇〕皆终身一官而不徙。盖其所谓陟者，特加之爵命、禄赐而已耳。此任之之道也。

夫教之、养之、取之、任之之道如此，而当时人君，又能与其大臣悉其耳目心力，至诚恻怛〔三一〕，思念而行之，此其人臣之所以无疑，而于天下国家之事，无所欲为而不得也。

注

〔一〕趋：遵循，求合。

〔二〕教：教育。养：培养。取：选拔。任：任用。

〔三〕乡、党：古代地方组织。周制，五百家为党，一万二千五百家为乡。乡党之学名庠。

〔四〕法言：合乎礼法的言论。

〔五〕饶之以财：指厚其俸禄。

〔六〕庶人之在官者：指《周礼·春官》中够不上"王臣"的府、史、胥、徒等下级吏役。

〔七〕代其耕：代替其耕田的收入。

〔八〕世禄：世代享有的爵禄。

〔九〕放僻邪侈：肆意为非作歹。

〔一〇〕命数：法定的数量。

〔一一〕道艺：学问与技能。

〔一二〕帅：遵循。

〔一三〕《王制》：《礼记》篇名。

〔一四〕《酒诰》：周初禁酒的文告，《尚书》篇名。

〔一五〕抵冒：抗拒冒犯。

〔一六〕治察：管理细密。

〔一七〕通贵：达官显贵。

〔一八〕官使之：任以官职。

〔一九〕试之以事：用担任实际工作来试验。

〔二〇〕万官亿丑之贱：指广大的下层官吏。丑，类。

〔二一〕后稷：尧时农官，此泛指。

〔二二〕共工：舜时管百工之官，此泛指。

〔二三〕狃习：习以为常、熟悉。

〔二四〕僇（lù）辱：侮辱。

〔二五〕比周：结党营私。

〔二六〕熙众工：兴办各种政事。

〔二七〕黜陟幽明：罢免糊涂无知的官吏，提升明智有才的官吏。

〔二八〕四凶：据《尚书·尧典》，指共工、驩兜、三苗、鲧。《左传》谓指浑敦、穷奇、梼杌、饕餮。

〔二九〕皋陶：舜时管刑法的官。

〔三〇〕契：舜时司徒，掌文化教育。

〔三一〕恻怛：恳切。

《上仁宗皇帝言事书》，题一作《上皇帝万言书》，作于宋仁宗嘉祐三年（1058）（一说作于嘉祐四年），是王安石关于变法的纲领性文章。其时王安石调任提点江东刑狱，对社会现实已有相当深入的了解。文章首先尖锐地揭示北宋王朝内外交困、财匮俗衰的深重危机，指出其原因在不知法度，从而提出根据"所遭之变，所遇之势……改易更革天下之事"的因时改革纲领。

461

接着又强调指出，当前要进行变法，其势必不能，关键原因在于人才的严重缺乏。而人才的缺乏，又由于"陶冶而成之者非其道"。节选的这部分，就是文中正面论述人才的教育、培养、选拔、任用之道的核心部分。

这部分的开头是个总旨。先明确指出"方今之急，在于人材而已"这个论断。接着论述人才与变法的关系，指出人才如果众多，在位的官吏就有充足的选择余地；在位者得其才，方能因时势、人情而变更"天下之弊法"。最后指出人才不足，是由于"陶冶而成之者非其道"，亮明了这部分的中心观点。以下便从正面分别论述教之、养之、取之、任之之道。

先论"教之之道"。作者首先指出，古代各级均有学。"朝廷礼乐刑政之事，皆在于学"，学校教育的内容和朝廷的政事是密切结合、完全一致的。"苟不可以为天下国家之用，则不教也。苟可以为天下国家之用者，则无不在于学"，从正反两个方面明确提出学校教育的内容必须紧密结合朝廷礼乐刑政的建设，为其服务。实际上提出了改革单纯讲说章句、教以课试之文章、与天下国家之事相脱离的教学内容和教育制度的主张。

次论"养之之道"。作者提出"饶之以财，约之以礼，裁之以法"三项原则主张。即在经济上给予比较丰厚的待遇，以保证其本人及家人的生活无忧。以养其廉洁而离于贪鄙之行。同时，又要有各种制度的约束，"婚丧、祭养、燕享之事，服食、器用之物，皆以命数为之节"；最后，还要用法律加以制裁，"不帅教，则待之以屏弃远方终身不齿之法"；"不循礼，则待之以流、杀之法"，强调对罪行的处罚要严，方能有震慑作用。而在上者还必须以诚恳之心率先垂范，方能使下服从而无抵冒。这是一套比较完整系统的对官吏的管理方案。值得注意的是，在提出这三项原则时，每从人情的角度论述这样做的原因。如论"饶之以财"时说："人之情，不足于财，则贪鄙苟得，无所不至。"论"约之以礼"时说："人情足于财而无礼以节之，则又放僻邪侈，无所不至。"因此这种分析论证切合实际，切合人的常态心理，有说服力。

再论"取之之道"。首先指出，选拔人才，"必于乡党，必于庠序，使众人推其所谓贤能，书之以告于上而察之"，即从基层经过众人的推荐上报，再加以考察；接着强调，这种考察不能只凭上级官吏个人的耳目，而应有一整套有效的考察办法，即"欲审知其德，问以行；欲审知其才，问以言。得其言行，则试之以事。所谓察之者，试之以事是也"，从而明确提出了根据实际言行，通过政治实践来考察人才的主张。最后又进一步明确指出，因为人才众多，君主不可能一一自察，也不可偏属于某一人，使其于一两日间考试其行能而进退之，而应将主要精力放在考察"大官"上，"吾已能察其才行之大者，以为大官矣，因使之取其类以持久试之，而考其能者以告于上"。总之，是从基层推荐选拔，根据实际言行、通过政治实践选拔，君主主要考察公卿之选，这就是王安石提出的考察选拔人才之道。

最后论"任之之道"。首先提出要根据不同对象的不同专长和才德的高下厚薄分别任以最合适的官职，即量才任用，人尽其才。其次是要"久于其职"，使贤能的官吏能够做出显著的成绩，不贤者的罪过也能充分暴露。不仅处之要久，而且任之要专，使官吏能在专任的岗位上行己之意，并援古为证，说明古之贤臣皋陶、稷、契"皆终身一官而不徙"，官吏的升迁主要体现在爵禄上，而不是官职上。

节选的最后一段是对这部分的小结。

作为一篇全面系统阐述自己变法纲领和主张的奏章，要达到引起皇帝的注意并予以采纳的目的，最关键的一条，是所论述的问题切中时弊，所提出的主张切实可行。就节选的这部分而言，作者正面论述的教之、养之、取之、任之之道，实际上正是针对当时现实政治中种种教之、养之、取之、任之不以其道的现象提出来的。紧接这部分正面的论述，文章列举大量现象，对其时这四方面存在的问题和积弊进行了详尽的揭示与分析，其篇幅远远超过了正面的论述。将上面的论述与反面的揭露联系起来，就更能清楚地看出正面论述的具体针对性。如前面提出"苟不可以为天下国家之用，则不教"的原则，后面则揭露当时所教者唯"讲说章句""课试之文章"而已，"移其精神，夺其日力，以朝夕从事于无补之学，及其任之以事，然后卒然责之以为天下国家之用，宜其才之足以有为者少矣"。其他三方面，对时弊的揭露更为尖锐而详尽。正反面的结合，使正面的论述更有针对性与说服力。另一条则是论述的周详明晰。节选的这部分，前有总旨，后有小结，中间主体四节，又条分缕析，并于每一节中用几句话点出其中心。如"教之之道"一节，点出"苟不可以为天下国家之用，则不教也。苟可以为天下国家之用者，则无不在于学"二语，"养之之道"一节，点出"饶之以财，约之以礼，裁之以法"，均为提要钩玄之语，便于君主的省览与把握。

作者提出的人才的教育、培养、选拔、任用之道，不但切中时弊，切合时须，而且有些主张和原则，今天仍有一定参考价值。

上时政疏

年月日，具位臣〔一〕某昧死再拜上疏尊号皇帝〔二〕陛下：臣窃观自古人主享国日久，无至诚恻担忧天下之心，虽无暴政虐刑加于百姓，而天下未尝不乱。自秦已下，享国日久者，有晋之武帝、梁之武帝、唐之明皇〔三〕。此三帝者，皆聪明智略有功之主也。享国日久，内外无患，因循苟且，无至诚恻怛忧天下之心，趋过〔四〕目前，而不为久远之计，自以祸灾可以无及其身，往往身遇灾祸，而悔无所及。虽或仅得身免，而宗庙固已毁辱，而妻子固已困穷，天下之民固已膏血涂草野，而生者不能自脱于困饿劫束〔五〕之患矣。夫为人子孙，使其宗庙毁辱；为人父母，使其比屋〔六〕死亡。此岂仁孝之主所宜忍者乎？然而晋、梁、唐之三帝，以晏然〔七〕致此者，自以为其祸灾可以不至于此，而不自知忽然已至也。

盖夫天下至大器〔八〕也，非大明法度，不足以维持；非众建贤才，不足以保守。苟无至诚恻怛忧天下之心，则不能询考〔九〕贤才，讲求法度。贤才不用，法度不修，偷假岁月，则幸或可以无他，旷日持久，则未尝不终于大乱。

伏惟皇帝陛下，有恭俭之德，有聪明睿智之才，有仁民爱物之意，然享国日久〔一○〕矣。此诚当恻怛忧天下，而以晋、梁、唐三帝为戒之时。

以臣所见，方今朝廷之位，未可谓能得贤才，政事所施，未可谓能合法度。官乱于上，民贫于下，风俗日以薄，财力日以困穷。而陛下高居深拱〔一一〕，未尝有询考讲求之意。此臣所以窃为陛下计而不能无慨然者也。

夫因循苟且，逸豫〔一二〕而无为，可以侥幸一时，而不可以旷日持久。晋、梁、唐三帝者，不知虑此，故灾稔〔一三〕祸变生于一时，则虽欲复询考讲求以自救，而已无所及矣。以古推今，则天下安危治乱，尚可以有为。有为之时，莫急于今日。过今日，则臣恐亦有无所及之悔矣。然则以至诚询考而众建贤才，以至诚讲求而大明法度，陛下今日其可以不汲汲〔一四〕乎？《书》曰："若药不瞑眩〔一五〕，厥疾弗瘳〔一六〕。"臣愿陛下以终身之狼疾〔一七〕为忧，而不以一日之瞑眩为苦。

臣既蒙陛下采擢〔一八〕，使备从官〔一九〕，朝廷治乱安危，臣实预其荣辱。此臣所以不敢避进越〔二○〕之罪，而忘尽规之义。伏惟陛下深思臣言，以自警戒，则天下幸甚！

注

〔一〕具位臣：谦称自己具位充数，不称其职。

〔二〕尊号皇帝：草稿中略去皇帝的尊号，简称"尊号皇帝"。

〔三〕"有晋之"句：晋武帝，公元265—290年在位，死后爆发八王之乱。梁武帝，公元502—549年在位，死于侯景之乱。唐明皇，即唐玄宗，公元712—756年在位，晚年爆发安史之乱。

〔四〕趋过：苟且度过。

〔五〕劫束：艰险窘迫。

〔六〕比屋：家家户户。

〔七〕晏然：安然。

〔八〕至大器：最大的宝器。

〔九〕询考：询问考查。

〔一○〕享国日久：宋仁宗公元1023年即位，至王安石上此奏疏时，已在位三十八年。

〔一一〕高居深拱：高居帝位，垂拱而治。指无所作为。

〔一二〕逸豫：安乐。

〔一三〕灾稔（rěn）：积久的灾祸。稔，积久。

〔一四〕汲汲：急切努力貌。

〔一五〕瞑眩：眼花头晕。

〔一六〕瘳（chōu）：病愈。

〔一七〕狼疾：指致命之疾。

465

〔一八〕采擢：录用提拔。

〔一九〕从官：侍从官。王安石时任知制诰，为皇帝起草诏诰。

〔二〇〕进越：超越职位权限。

《上时政疏》作于宋仁宗嘉祐六年（1061），当时王安石任知制诰，职责是替皇帝起草诏诰，是皇帝的近臣。文中针对仁宗在位日久，因循苟且，缺乏危机感的心理，援引晋武帝、梁武帝、唐玄宗享国日久，逸豫无为，终于酿成祸乱的历史教训，指出趋过目前，不计久远，旷日持久，必酿祸乱。要求仁宗有为思变，抓紧时机进行变法。可以说是一篇援古警今的预警书。

文章的第一段主要论述晋武帝、梁武帝、唐玄宗统治的历史教训。这三位皇帝都具有以下几个共同特点：一是"皆聪明智略有功之主"，晋武、梁武为开国之主，唐玄宗则致开元之治。二是享国日久，内外无患。三是因循苟且，缺乏危机感。这和第一、二两点有密切联系。第四是生前或身后爆发巨大变乱，给国家、人民造成灾难。第四点是前三点特别是第三点导致的严重后果。在前面这三点上，宋仁宗跟这三位君主都有明显的相似之处。王安石援引他们统治的历史教训，正是为了警戒宋仁宗切勿重犯他们的错误，重蹈他们的覆辙。因此一开头就明确指出："自古人主享国日久，无至诚恻怛忧天下之心，虽无暴政虐刑加于百姓，而天下未尝不乱。"这一段的最后又语重心长地提醒："然而晋、梁、唐之三帝，以晏然致此者，自以为其祸灾可以不至于此，而不自知忽然已至也。"开头的明确论断，意在强调，这是带规律性的历史现象；结尾的提醒，重在说明这种祸乱的发生，往往不为当事的君主所自知，因而尤其值得警惕。

第二段承上对以晏然致乱的原因进行分析。指出天下乃至大之器，治理这样庞大的国家机器，必须"大明法度""众建贤才"；如果统治者缺乏忧念天下的心意，就不可能询考贤才，讲求法度，"贤才不用，法度不修"而又苟且偷安、旷日持久，则"未尝不终于大乱"。论证环环相扣，层层进逼，非常具有说服力。

在援引历史教训，进行理论分析的基础上，三、四两段就进而联系仁宗在位的实际进行阐说。先指出其"享国日久"，以说明"此诚当恻怛忧天下，而以晋、梁、唐三帝为戒之时"；继又针对当前的政治现实，指出朝廷之位未可谓能得贤才；政事所施，未可谓能合法度。从而造成"官乱于上，民贫于下，风俗日以薄，财力日以困穷"的政治经济社会危机；危机如此严重，而仁宗仍高居深拱，未尝有询考贤才、讲求法度之意，这才是更大的危险，因而作者语重心长地说："此臣所以窃为陛下计而不能无慨然者也。"

第五段是全文的重心，也是对以上各段内容的综合与总结。先重提晋、梁、唐三帝的历史教训，指出不能等灾祸已经发生时再求自救。然后指出"以古推今，则天下安危治乱，尚可以有为；有为之时，莫急于今日。过今日，则臣恐亦有无所及之悔矣"。步步紧逼，突出进行变革的紧迫性。同时，引经据典，强调统治者应"以终身之狼疾为忧，而不以一日之瞑眩为苦"，痛下改革的决心。

末段结合自己备位从官、实预朝廷治乱安危与荣辱，表明不避进越之罪、尽规谏之义的态度，是对上疏原因的一种说明，也表现了作者的政治责任感。

本篇与《上仁宗皇帝言事书》之全面论述变法的必要性与方针原则、主要关键不同，也与《本朝百年无事札子》以揭示现实政治危机为主有别。它以历史教训为切入点，主要论述因循苟且必致祸乱的道理，以强调主政者必须有忧患感、危机感。也就是说，它主要是从思想意识层面提高对危机的认识，克服因循苟安思想，认识到进行变革的紧迫性。对具体的现实政治弊端并不展开论述。文章说理透辟剀切，虽尽言极论而无危言耸听、张大其词之感，充分表现出作者的远见卓识和正直敢言的政治家品格。

王安石

本朝百年〔一〕无事札子〔二〕

臣前蒙陛下问及本朝所以享国百年，天下无事之故。臣以浅陋，误承圣问，迫于日暮〔三〕，不敢久留，语不及悉，遂辞而退。窃惟念圣问及此，天下之福，而臣遂无一言之献，非近臣〔四〕所以事君之义，故敢昧冒而粗有所陈。

伏惟太祖躬上智独见之明，而周知人物之情伪。指挥付托，必尽其材；变置施设，必当其务。故能驾驭将帅，训齐〔五〕士卒，外以捍夷狄，内以平中国。于是除苛赋，止虐刑，废强横之藩镇，诛

467

贪残之官吏。躬以简俭为天下先，其于出政发令之间，一以安利元元为事。太宗承之以聪武，真宗守之以谦仁，以至仁宗、英宗，无有逸德〔六〕。此所以享国百年，而天下无事也。

仁宗在位，历年最久，臣于时实备从官〔七〕，施为本末〔八〕，臣所亲见。尝试为陛下陈其一二，而陛下详择其可，亦足以申鉴于方今。伏惟仁宗之为君也，仰畏天，俯畏人，宽仁恭俭，出于自然，而忠恕诚悫，终始如一。未尝妄兴一役，未尝妄杀一人。断狱务在生之，而特恶吏之残扰。宁屈己弃财于夷狄，而终不忍加兵〔九〕。刑平而公，赏重而信；纳用谏官御史，公听并观〔一〇〕，而不蔽于偏至之谗；因任〔一一〕众人耳目，拔举疏远，而随之以相坐之法〔一二〕。盖监司〔一三〕之吏以至州县，无敢暴虐残酷，擅有调发以伤百姓。自夏人顺服，蛮夷遂无大变，边人父子夫妇，得免于兵死，而中国之人，安逸蕃息，以至今日者，未尝妄兴一役，未尝妄杀一人，断狱务在生之，而特恶吏之残扰，宁屈己弃财于夷狄，而不忍加兵之效也。大臣贵戚，左右近习〔一四〕，莫敢强横犯法，其自重慎，或甚于闾巷之人，此刑平而公之效也。募天下骁雄横猾以为兵，几至百万，非有良将以御之，而谋变者辄败；聚天下财物，虽有文籍，委之府史，非有能吏以钩考，而断盗者辄发；凶年饥岁，流者填道，死者相枕，而寇攘者辄得，此赏重而信之效也。大臣贵戚，左右近习，莫能大擅威福，广私货赂，一有奸慝〔一五〕，随辄上闻；贪邪横猾，虽间或见用，未尝得久，此纳用谏官御史，公听并观，而不蔽于偏至之谗之效也。自县令京官以至监司台阁〔一六〕，升擢之任，虽不皆得人，然一时之所谓才士，亦罕蔽塞而不见收举者，此因任众人之耳目，拔举疏远，而随之以相坐之法之效也。升遐之日，天下号恸，如丧考妣，此宽仁恭俭，出于自然，忠恕诚悫，终始如一之效也。

然本朝累世因循末俗之弊，而无亲友群臣之议。人君朝夕与处，不过宦官女子出而视事，又不过有司之细故，未尝如古大有为

468

之君，与学士大夫讨论先王之法，以措之天下也。一切因任自然之理势，而精神之运，有所不加，名实之间，有所不察。君子非不见贵，然小人亦得厕其间；正论非不见容，然邪说亦有时而用。以诗赋记诵求天下之士，而无学校养成之法。以科名资历叙朝廷之位，而无官司课试之方。监司无检察之人，守将非选择之吏。转徙之亟，既难于考绩，而游谈之众，因得以乱真。交私养望[一七]者，多得显官，独立营职者，或见排沮。故上下偷惰取容而已，虽有能者在职，亦无以异于庸人。农民坏于徭役，而未尝特见救恤，又不为之设官，以修其水土之利。兵士杂于疲老，而未尝申敕训练，又不为之择将，而久其疆场[一八]之权。宿卫则聚卒伍无赖之人，而未有以变五代姑息羁縻之俗。宗室则无教训选举之实，而未有以合先王亲疏隆杀[一九]之宜。其于理财，大抵无法，故虽俭约而民不富，虽忧勤而国不强。赖非夷狄昌炽之时，又无尧、汤水旱之灾，故天下无事，过于百年。虽曰人事，亦天助也。盖累圣相继，仰畏天，俯畏人，宽仁恭俭，忠恕诚悫，此其所以获天助也。

　　伏惟陛下躬上圣之质，承无穷之绪，知天助之不可常恃，知人事之不可怠终，则大有为之时，正在今日。臣不敢辄废将明[二〇]之义，而苟逃讳忌之诛，伏惟陛下幸赦而留神，则天下之福也。取进止[二一]。

〔一〕百年：自宋太祖建国（960）到写这通奏章的熙宁元年（1068），共百余年。

〔二〕札子：奏章。欧阳修《归田录》卷二："凡群臣百司上殿奏事，两制以上，非时有所奏陈，皆用札子。"

〔三〕迫于日晷（guǐ）：限于时间。日晷，日影，指时间。

〔四〕近臣：作者时任翰林学士，故自称"近臣"。

〔五〕训齐：训练使其整齐划一。

〔六〕逸德：失德。

〔七〕备从官：备位侍从之官。指任知制诰。

〔八〕施为本末：政治措施的始终。

〔九〕"宁屈己"二句：仁宗庆历二年（1042），辽国屯兵边境，声言南侵，仁宗派使臣求和，增加给辽岁币银十万两，绢十万匹。四年，封赵元昊为夏王，岁给银、绢二十五万五千。

〔一○〕公听并观：听取多方面意见、全面考察。

〔一一〕因任：依靠。

〔一二〕相坐之法：牵连犯罪的法律。此指被举荐者犯罪，举荐者也连带犯罪。

〔一三〕监司：宋代各路分设安抚、转运、提点刑狱、提举常平四司，其中转运使、提点刑狱有监察本路官吏之责，称监司。

〔一四〕左右近习：指宦官。

〔一五〕慝（tè）：邪恶。

〔一六〕台阁：指中央政府机构。

〔一七〕交私养望：结交私党以抬高声望。

〔一八〕疆埸（yì）：边界。

〔一九〕隆杀：增减。此指待遇而言。

〔二○〕将明：奉行职责，阐明事理。语本《诗·大雅·烝民》："肃肃王命，仲山甫将之；邦国若否，仲山甫明之。"

〔二一〕取进止：听候（皇帝）裁决。进止，犹可否。

⊙品⊙读

本篇是宋神宗熙宁元年（1068）四月作者任翰林学士时所上的奏章。神宗即位后，锐意改革，对曾上万言书的王安石非常倚重，特将其从江宁召至汴京，任为翰林学士兼侍讲。一次召见，神宗向他询问"祖宗守天下，能百年无大变，粗致太平，以何道也"（《通鉴长编纪事本末》卷五十九），王安石因此上奏章阐述自己对这一问题的看法，并顺势提出变法有为的主张。

客观地说，"本朝百年无事"之道这样一个问题，很容易被思想保守的人做成一篇歌颂祖宗功德、主张遵循祖宗旧法的文章。对于王安石这种一贯主张改革变法的人来说，回答这个问题可以说颇费踌躇：既不能避开皇帝问的问题不作正面回答，又不能将奏章的内容限制在"百年无事"之因这个范围内，特别是不能限制在"无事"这一表象上。否则，就很难将奏章真正的重点落到揭露时弊、倡言改革上来。应该说，题目和作者要着重表达的题旨之间存在着矛盾。作者正是通过巧妙的构思很好地解决了这个矛盾：既正面回应"百年无事"之因这个问题，又透过"无事"的表象揭露积弊，倡言改革，表达了自己的一贯主张。

开头一段是个引子，说明承召入对时因时间匆促，未能详言，故作此奏章上陈。"迫于日暮"云云，恐非托辞，其中正透露作者需要时间来构思这篇奏章，做到既回答皇帝所问，又表达自己的政见。强调近臣臣君之义，正表明奏章的内容不是粉饰太平之词，而是揭露时弊、呼吁改革之词，表现了鲜明的政治责任感。

第二段正面回答"本朝百年无事"之因。历叙太祖、太宗、真宗、仁宗、英宗五朝。其中太祖是开国皇帝，许多重要制度措施均在他统治期间创建并一直沿袭，故作为重点详加论述分析，其余诸帝则一带而过（仁宗朝留待三、四两段详加论析）。对太祖的颂扬，涉及其知人善任及除苛赋、止虐刑、废藩镇、诛贪吏等政治措施，"出政发令之间，一以安利元元为事"的施政原则。这些方面，实际上也反映了王安石自己的政见。这种借总结"百年无事"经验以表达自己政见的做法，相当巧妙。太宗、真宗，仅以"聪武""谦仁"一语带过；仁宗、英宗，则径曰"无有逸德"，为下一段专论仁宗朝预留地步。

整个第三段，专论仁宗。这不单是因为"仁宗在位，历年最久"，占了百年中的四十余年，更由于仁宗在位的这段时间，正是宋王朝表面上繁荣太平，实际上积弊丛生、危机日深的转折期，而王安石又亲历了仁宗朝的"施为本末"，对情况的了解相当全面透彻，因而通过对仁宗朝"无事"表象的深入剖析，正可揭示出其潜藏的危机，从而提出变革的主张。整个第三段是从正面论述仁宗朝各种政治措施成效，以回答"无事"之由的。先总提，后分论"刑平而公之效"，"赏重而信之效"，"纳用谏官御史，公听并观，而不蔽于偏至之馋之效"，"因任众人之耳目，拔举疏远，而随之以相坐之法之效"，"宽仁恭俭，出于自然，忠恕诚悫，终始如一之效"。这些论述中，有一点值得注意：即突出强调仁宗"宽仁"的性格，将他在位期间所实行的政治措施与这种性格联系起来，如说他"断狱务在生之，而特恶吏之残扰。宁屈己弃财于夷狄，而终不忍加兵"，"未尝妄兴一役，未尝妄杀一人"。这里既有肯定和颂扬，也寓含委婉的批评。如说他"宁屈己弃财于夷狄，而终不忍加兵"，就对仁宗的对外妥协求和政策不无微词。因此对仁宗的颂扬之词如"自夏人顺服，蛮夷遂无大变，边人父子夫妇，得免于兵死，而中国之人，安逸蕃息，以至今日"也不免要大打折扣，因为这种"安逸蕃息"是以"屈己弃财于夷狄"的代价换来的。这实际上也揭示了"百年无事"表象下的可悲真实。除此之外，这段论述中有的颂扬之词是褒中有贬，如说仁宗"仰畏天，俯畏人"，这跟王安石倡言的不畏天命、不恤人言显然不同，细加体味，不无委婉批评之意；有的则是在褒扬的同时又有批评，如"募天下骁雄横猾以为兵，几至百万，非有良将以御之，而谋变者辄败"；"凶年饥岁，流者填道，死者相枕，而寇攘者辄得"；"贪邪横猾，虽间或见用，未尝得久"，就揭示了仁宗在任用将帅官吏方面的失误和太平繁荣表象下的危机。但总的来说，第三段主要还是对仁宗在位期间施政的颂扬，揭露与批评是次要的。

第四段掉转笔锋，来纵论"本朝累世因循末俗之弊"。看似离题，实则在第三段对仁宗朝情况的论述中，已在一定程度上揭示出"无事"表象下的"有事"，"安逸蕃息"表象下的积弱，太平繁荣表象下的危机。因此这一段顺势对"累世因循末俗之弊"作集中的揭露，正是顺理成章。所揭示的流弊有以下十个方面：一是皇帝平常很少与学士大夫讨论"先王之法"，以求变法图强，所接触的多为宦官女子及有司的具体政事，缺乏战略远见。二是因循旧法，听任自然，缺乏"精神之运"即主观能动性。三是君子小人杂厕，正论邪论并用。四是科举制度以诗赋、记诵取士，无学校培养有用人材之法。五是以科名资历叙官位，而无考察官吏绩能的有效办法。六是各地监司及守将所择非人，官吏迁转太频，难以考绩。七是农民困于徭役，水利失修。八是军队兵士疲老缺乏训练，将领不能久其疆场之权，京师宿卫多无赖子弟。九是宗室的教育选拔制度缺乏。十是理财无法。以上所揭露的累世积弊，实际上大部分是他后来变法的内容，可见在上这道奏疏时对变法的问题已经思考得相当成熟。在历举累世积弊之后，王安石意味深长地将话题又转回到"本朝百年无事"之因上来，作出总结性的回答："赖非夷狄昌炽之时，又无尧、汤水旱之灾，故天下无事，过于百年。虽曰人事，亦天助也。"这实际上是说，累朝之弊已十分严重，之所以未出大乱子，是由于外无强敌压境，内无水旱大灾。"天助"云云，实为侥幸、天幸之代名词。"虽曰人事"云云，对历朝正确的措施虽仍有所肯定，但已是近乎虚晃一枪了。这一段集中揭示的积弊，虽是百年来渐进形成的，但在位时间最长的仁宗朝，却是上述弊端加深加重的关键时期。因此这一段也可以看成对仁宗朝积弊的深入揭露。

最后一段，顺着以上的答案，指出"天助之不可常恃"，"人事之不可怠终"，"大有为之时，正在今日"，呼吁立即进行改革。显得水到渠成，顺理成章。

与《上仁宗皇帝言事书》之规模宏大，详尽反复有所不同，本篇以言简意赅、深刻尖锐、组织严密、笔意巧妙为主要特色。从中不但可以看出作者透辟的分析能力和卓越的识见，而且可以窥见其善于辞令的一面。上此奏章的第二年，王安石即被任命为参知政事，实行变法。可见这通奏章对神宗的震撼力。

伯　夷 〔一〕

事有出于千世之前，圣贤辩之甚详而明，然后世不深考之，因以偏见独识〔二〕，遂以为说，既失其本，而学士大夫共守之不为变者，盖有之矣，伯夷是已。

夫伯夷，古之论有孔子、孟子焉，以孔、孟之可信，而又辩之反复不一，是愈益可信也。孔子曰："不念旧恶，求仁而得仁，饿于首阳之下，逸民也。"孟子曰："伯夷非其君不事，不立恶人之朝，避纣居北海之滨，目不视恶色，不事不肖，百世之师也。"〔三〕故孔、孟皆以伯夷遭纣之恶，不念以怨，不忍事之，以求其仁，饿而避，不自降辱，以待天下之清，而号为圣人耳。然则司马迁以为武王伐纣，伯夷叩马而谏，天下宗周，而耻之，义不食周粟，而为《采薇之歌》，韩子〔四〕因之，亦为之颂，以为微二子，乱臣贼子接迹于后世，是大不然也。

夫商衰而纣以不仁残天下，天下孰不病纣？而尤者，伯夷也。尝与太公〔五〕闻西伯善养老，则往归焉。当是之时，欲夷纣者，二人之心岂有异邪？及武王一奋，太公相之，遂出元元于涂炭之中，

473

伯夷乃不与，何哉？盖二老，所谓天下之大老，行年八十馀，而春秋固已高矣。自海滨而趋文王之都，计亦数千里之远，文王之兴以至武王之世，岁亦不下十数，岂伯夷欲归西伯而志不遂，乃死于北海邪？抑来而死于道路邪？抑其至文王之都而不足以及武王之世而死邪？如是而言伯夷，其亦理有不存者也。

且武王倡大义于天下，太公相而成之，而独以为非，岂伯夷乎？天下之道二，仁与不仁也〔六〕。纣之为君，不仁也；武王之为君，仁也。伯夷固不事不仁之纣，以待仁而后出。武王之仁焉，又不事之，则伯夷何处乎？余故曰圣贤辩之甚明，而后世偏见独识者之失其本也。呜呼，使伯夷之不死，以及武王之时，其烈〔七〕岂减太公哉！

注

〔一〕伯夷：商末孤竹君长子。孤竹君欲立次子叔齐为继承人，他死后，叔齐让位给伯夷，伯夷不受。二人先后投奔到周国。周武王伐纣，伯夷、叔齐劝阻。武王灭商后，二人耻食周粟，逃到首阳山采薇而食，饿死山中。事见《史记·伯夷列传》。

〔二〕独识：个人的见解。

〔三〕"孔子曰"十二句：孔、孟有关伯夷的议论，分见《论语·公冶长》《述而》《季氏》《微子》及《孟子·万章下》《公孙丑上》。

〔四〕韩子：指韩愈，作《伯夷颂》，称之为"信道笃而自知明"，"举世非之，力行而不惑者"，"微二子，乱臣贼子接迹于后世"。

〔五〕太公：即太公望，姜姓，吕氏，名望。传其钓于渭滨，文王出猎遇之，与语大悦，载归，曰："吾太公望子久矣。"因号太公望。后佐武王灭商。文中所引述投归西伯（即周文王）养老之说，见《孟子·离娄上》。

〔六〕"天下"二句：见《孟子·离娄上》引孔子语。

〔七〕烈：功绩。

长期以来，受司马迁《史记·伯夷列传》的影响，伯夷一直被视为不事新朝的遗老与高士的典型。韩愈作《伯夷颂》，虽系借以自抒其"举世非之，力行而不惑"的精神品格及对"乱臣贼子"的痛恨，但在史实的叙述上，仍本《史记·伯夷列传》"武王……东伐纣，伯夷、叔齐叩马而谏……武王已平殷乱、天下宗周，而伯夷、叔齐耻之，义不食周粟，隐于首阳山，采薇而食之……遂饿死于首阳山"之说。王安石这篇文章，则一反传统看法，提出了自己对伯夷为人的独特见解。

文章一开头用一个突兀而来的超长句提出问题：有的事发生在千年之前，圣贤原已讲得很清楚，但后世不加深考，以一己之偏见立说，使事情失其本来面目；其后的学士大夫又守偏见而不变，伯夷的事就是典型。其中提到的"后世不深考"者，指司马迁的《史记·伯夷列传》；而"学士大夫"则指韩愈一类人。一开头就树起了批判的靶子。这个长句，既曲折盘旋，又一气灌注，具有一股浩大的气势。

第二段承"圣贤辩之甚详而明"，主要是引述孔、孟有关伯夷的议论作为自己立论的依据。引孔子之论，主要着眼于"求仁而得仁"，而对"饿于首阳之下，逸民也"之论则不加置评；引孟子之说，则主要着眼于"非其君不事，不立恶人之朝，避纣居北海之滨"，并将孔、孟的上述评论联系起来，加以综合，从而得出如下结论："故孔、孟皆以伯夷遭纣之恶，不念以怨，不忍事之，以求其仁，饿而避，不自降辱，以待天下之清，而号为圣人耳。"这个结论，有符合孔、孟原意之处，也有王安石自己对孔、孟评论含意的推测（如说伯夷避纣是"待天下之清"）。接下来，就据此对司马迁、韩愈之说作指名道姓的严厉批评。以时代更早、更权威的圣贤之论来批驳后世的"偏见独识"，理足气盛，故直斥之为"大不然"。

第三段进一步正面申述自己对伯夷的看法。主要依据孔孟的"求仁""避纣"之论进行推论。先指出纣不仁，伯夷避纣，与吕望皆闻西伯善养老而往归之，从而得出伯夷"欲夷纣"的心愿与吕望无异。既然如此，他就不可能在武王伐纣时叩马而谏，认为这是"以臣弑君""以暴易暴"，义不食周粟而饿死。从而否定司马迁的上述记载，也否定韩愈的"乱臣贼子"之说。将伯夷与佐周灭商的吕望绑在一起，相提并论，是颇为巧妙的论证方法。但伯夷最终饿死于首阳之下，未参加灭纣兴周之举，是历史事实，故作者又提

王安石

475

出自己的推论，共三层：一是因年事已高，路途遥远，历时又长，欲归西伯而志不遂，死于北海；二是已动身前来而死于道路；三是已至文王之都而未赶上武王伐纣之时。这三种推论都没有任何事实依据，仅仅是作者根据自己对伯夷的理解所作的推测猜想，故段末说："如是而言伯夷，其亦理有不存者也。"口气比较灵活。

最后一段，又反过来推论：武王倡伐纣之大义，太公辅佐而成就大业，"夷纣"之心与吕望无异的伯夷不可能以之为非而加以劝阻反对。原因在于：天下之道惟仁与不仁；纣之为君不仁，武王之为君仁。伯夷当然不事不仁之纣，以等待仁君而后出仕；武王是仁君，又不服事之，则伯夷何以自处？这段推论，完全是抓住仁与不仁作文章，辩驳振振有词，同样显得理盛气足。然后回应篇首，重申自己的观点："圣贤辩之甚明，而后世偏见独识者之失其本。"并感慨系之，补上一句自己的推想："使伯夷之不死，以及武王之时，其烈岂减太公哉！"为自己心目中积极用世的伯夷形象添上重彩浓墨的最后一笔。

总之，作者按照自己的人生态度和政治观点，引述孔孟有关言论，为己所用，论证了伯夷和吕望一样，都是痛恨暴君虐政，拥护仁君善政，希图积极用世，建功立业的人物。他之所以未能像吕望一样，建立佐周灭商的功勋，只不过是因为先武王之世而死的缘故。从而树立了与遗老高士相对立的伯夷形象。所论虽多推想之辞，却表现了不拘于传统成见的精神和热情用世的态度。这种别具一格的历史人物论，和王安石许多关于翻案的咏史诗在精神上一脉相通，带有借题抒怀的性质。它不是以论证的严密著称，而是以见解的新颖取胜。

读孟尝君传〔一〕

世皆称孟尝君能得士，士以故归之，而卒赖其力以脱于虎豹之秦〔二〕。嗟乎！孟尝君特鸡鸣狗盗之雄〔三〕耳，岂足以言得士？不然，擅〔四〕齐之强，得一士焉，宜可以南面而制秦〔五〕，尚何取鸡鸣狗盗之力哉？夫鸡鸣狗盗之出其门，此士之所以不至也。

注

〔一〕《孟尝君传》：指《史记·孟尝君列传》。"孟尝君在薛，招致诸侯宾客……舍业厚遇之，以故倾天下之士，食客数千人，无贵贱一与文等。"孟尝君，姓田名文，战国时齐之公子，以好客养士著称。

〔二〕虎豹之秦：像虎豹一样凶残的秦国。《史记·屈原贾生列传》："秦，虎狼之国。"据《史记·孟尝君列传》，秦昭王囚孟尝君，欲杀之。孟尝君门客有能为狗盗者窃狐白裘献昭王幸宠姬，孟尝君乃得而驰去。秦昭王悔，使人追之。至函谷关，门客有能为鸡鸣者学鸡鸣，遂出关。

〔三〕雄：雄长，首领。

〔四〕擅：据有。

〔五〕南面而制秦：南面称王，制服秦国。

品读

王安石的文章，有气势磅礴、洋洋洒洒如《上仁宗皇帝言事书》这样的煌煌大文，也有不少短小精悍、强劲峭拔的短篇，如《书刺客传后》《读孟尝君传》《与司马谏议书》等。这篇被评家誉为"千秋绝调"的文章，就是王安石短文中的代表作。

这篇短论，是一篇翻案文章。它所要翻的，就是孟尝君能得士的传统看法。一开头就用三句话非常简括地点出了传统看法的主要内容，作为翻案的靶子。这三句话是相互关连有因果关系的。第一句"世皆称孟尝君能得士"是一个总案，也是全文批驳的靶心。"士以故归之"，是从"能得士"来的，二者之间存在因果关系。"卒赖其力以脱于虎豹之秦"又是"能得士""士归之"的结果。三句话把《孟尝君列传》中一大段记叙文字的内容都概括进去了，每一句都相互勾连，写得非常简练、紧凑。三句话中的"得士""士归""脱秦"在后面都有照应，都是批驳的对象，可谓语无虚设，甚至连"虎豹"这样的形容性词语，后面也自有照应。

提出了要翻的旧案以后，紧接着用"嗟乎"这个感叹语作转折，马上提出了一个与"孟尝君能得士"完全针锋相对的论断："孟尝君特鸡鸣狗盗之雄耳，岂足以言得士？"这是直接破"孟尝君能得士"的。确实如评家所说："将上文一笔折到，辞气极为骏快。"（转引自高步瀛《唐宋文举要》甲编卷七）堂堂战国四公子之首，号称最能得士的孟尝君突然被戴上一顶"鸡鸣狗盗之雄"的帽子，仿佛极为荒唐，不可思议。但正是这石破天惊的论断中隐含着作者的一个基本前提，即孟尝君所得的根本不是士，而仅仅是"鸡鸣狗盗之徒"而已，只不过没有点破，为下文留出地步而已。这个针锋相对的论断由于跟传统看法完全对立，本身就给读者一种惊奇感、新鲜感，使读者急于看个究竟。

但王安石并不从正面去论证自己提出的这个论断。因为费力地论证孟尝君是鸡鸣狗盗之雄，并不能证明他没有得士，反驳者可以指出孟尝君不只是搜罗了鸡鸣狗盗之徒，也网罗了像冯谖这样的人才；文章的本意是要证明孟尝君不足以言得士，如果仅指出其为鸡鸣狗盗之雄，并不能合乎逻辑地证明他未得士，二者之间无必然关联。王安石紧紧抓住"不足以言得士"这个中心论题，巧妙地用反推法进行论证，即从反面加以推论："不然，擅齐之强，得一士焉，宜可以南面而制秦，尚何取鸡鸣狗盗之力哉？"这是直接破上文的"卒赖其力以脱于虎豹之秦"。在作者心目中，所谓"士"，绝非"鸡鸣狗盗之徒"，而是"国士"，是有大智大谋能为帝王师的高级人才，是像兴商的伊尹、兴周的吕望、兴汉的张良这种兴邦定国之材。有了这样的人才，再加上齐国据有的强大国力，就可以南面称王，制服虎豹之秦，哪里还用得着鸡鸣狗盗之徒的力量呢？如果你承认一个国家的兴盛富强，除了国力这个基础外，最重要的是要有具备战略眼光与杰出才能的国士，就不能不承认这个推论的正确性。齐国与秦国，在战国七雄中，国力最强，但齐最终并未南面而制秦，反为秦所灭。这个历史事实正可以从反面证明孟尝君并未得士，并未得到像管仲那样佐桓公成霸业的士，更不用说佐武王成王业的吕望那样的士了。"鸡""狗"与"虎豹"的对照，颇含深意：靠"鸡鸣狗盗之徒"又怎能对付得了"虎豹之秦"呢？"尚何取鸡鸣狗盗之力哉"还包含另一层意思，即得一士就足以制强秦、取天下，那就根本不会发生孟尝君被困于秦的事，当然也用不着鸡鸣狗盗之徒了。这已经近乎釜底抽薪，连困秦遇险之事也给否定了。

478　　行文至此，已将孟尝君"岂足以言得士"的论断论证得很有力了，但作者意犹未尽，抓住孟尝君用鸡鸣狗盗之徒之力这件事又翻进一层："夫鸡鸣狗盗之出其门，此士之所以不至也。"这更是发聋振聩之论，是直接破"士以故归之"的。因为在前面的翻案文章中还留下了一点疑问：鸡鸣狗盗之徒尽管无大用，但缓急之际或许能发挥其作用，大智大谋的国士与用鸡鸣狗盗之徒不妨兼收并蓄，使两种人各自发挥所长。王安石仿佛预知有此一疑，针对这种"有用""并收"的想法，作了斩钉截铁的回答，指出这两种人是根本不能兼收并用的。你收了鸡鸣狗盗之徒，真正的国士就会认为你根本不重士。他们之所以不至，不仅是羞于与此辈为伍，更是因为他们从搜罗任用鸡鸣狗盗之徒这件事上，看到了主人之不能成大事。这不仅破了上文的"士以故归之"之说，而且指出了两种人的绝不相容，说明孟尝君之所以不得真正的国士，恰恰是由于他搜罗了鸡鸣狗盗之徒。通过这翻进一层的论证，孟尝君"岂足以言得士"的论断才真正得到最充分的证明。

这篇短论，全文仅九十个字，却有四层，层层转折，而且都是硬转直接，每层之间没有任何缓冲、过渡，读来倍感其风格的强劲峭拔。沈德潜评曰："语语转，笔笔紧，千秋绝调。"（《唐宋八家古文读本》卷三十）可谓确评。但如果只看到这一点，就容易误认为文章的好处只在转接的技巧和文笔的简洁上。其实更本质的东西是作者识见之高，即对人才有自己的独特见解。在作者看来，并不是所有有一技之长的人都可以称为士。他心目中的士，实际上是安邦定国的大政治家。作为一个统治者，所首先要努力搜罗并加以重用的，应该是这样的士。王安石自己，就是以这样的士自命的。从战略上看，王安石的这种见解自有其正确性深刻性。由于从这样的思想高度给"士"定位，全文翻传统看法的旧案方能高屋建瓴，势如破竹，一语中的，一锤定音。

与马运判〔一〕书

运判阁下：比奉书，即蒙宠答，以感以作〔二〕。且承访〔三〕以所闻，何阁下逮下〔四〕之周也。

尝以谓方今之所以穷空，不独费出之无节，又失所以生财之道故也。富其家者资之国，富其国者资之天下，欲富天下则资之天地。盖为家者，不为其子生财，有父之严而子富焉，则何求而不得？今阖门而与其子市〔五〕，而门之外莫入焉，虽尽得子之财，犹不富也。盖近世之言利虽善矣，皆有国者〔六〕资天下〔七〕之术耳，直相市于门之内而已，此其所以困与？在阁下之明，宜已尽知，当患不得为耳。不得为，则尚何赖于不尚者之言耶！

今岁东南饥馑如此〔八〕，汴水〔九〕又绝，其经画固劳心。私窃度之，京师兵食宜窘，薪刍〔一〇〕百谷之价亦必踊，以谓宜料〔一一〕畿兵之孥怯者，就食诸郡，可以舒漕挽〔一二〕之急。古人论天下之兵，以为犹人之血脉，不及则枯，聚则疽。分使就食，亦血脉流通之势也。傥可上闻行之否？

（注）

〔一〕马运判：名遵，字仲涂，饶州（治所在今江西波阳）人，时任江淮荆湖两浙制置发运判官。

〔二〕怍：惭愧。

〔三〕访：询问、咨询。

〔四〕逮下：指恩惠及于下人。

〔五〕市：做买卖。

〔六〕有国者：统治国家的皇帝。

〔七〕资天下：取资于天下之民，指压榨天下百姓。

〔八〕"今岁"句：庆历七年，东南地区大旱，饥荒严重。

〔九〕汴水：指从扬州通向汴京（今河南开封）的运河。

〔一〇〕薪刍：柴火草料。

〔一一〕料：挑拣。

〔一二〕漕挽：水陆运输。漕，漕运。挽，挽车。

（品读）

这封信写于庆历七年（1047），当时王安石任鄞县知县。在任上，他通过自己的政治实践，积累了一些发展生产、试行新法方面的经验。《宋史》本传载："调知鄞县，起堤堰，决陂塘，为水陆之利。贷谷与民，立息以偿，俾新陈相易，邑人便之。"其时马运判在回信中向他询问有关财政方面的问题，王安石根据几年前即已形成的理财主张——"因天下之力，以生天下之财；取天下之财，以供天下之费"（《上仁宗皇帝言事书》），结合近年的政治实践在这封信中再次明确提出了自己的理财主张。他一针见血地指出，当今国家财政的困难，不仅在于各项开支费用毫无节制，更在于缺乏正确的生财之道。他认为，要使家富有赖于国富，要使国富有赖于天下人之富，而要使天下人富必须有赖于利用自然，发展生产。先提出论断，然后连用三个排比句，层层推进，直逼出最后的结论。为了说明问题，他用了一个非常生动恰切、贴近生活实际的比喻：当家的人从不向自己的儿子敛财。父亲严格管教而儿子富裕，父亲的任何需求都可以获得。如今关起门来跟儿子做买卖，门外的财富进不来，即使把儿子的钱全弄过来，家庭的财富也一点都不会增加。他不无讽刺地下结论说："盖近世之言利者虽善矣，皆有国者资天下之术耳。"这跟"阖门而与其子市"的行径没有不同。这是对当时理财思路、原则的本质——压榨敛取百姓财富最深刻的揭露。在揭露的同时，也表明了自己的理财思路与原则：在开源与节流二者之中，开源是最根本的。只有发展生产，繁荣经济，才能增加税源，增加财政收入。不发展生产，一味想办法在百姓身上榨取，只能形成民穷财匮的恶性循环。十一世纪的改革家这一理财思想，至今仍有启示借鉴作用。

　　第二段谈到当年东南饥馑，汴水断航，马运判当为粮草运输的事费神劳心，因此为其献上一计：疏散一部分守卫京城的老弱士兵到下边州郡就食，以减轻水陆运输的压力。为此，作者又打了一个比喻："古人论天下之兵，以为犹人之血脉，不及则枯，聚则疽。分使就食，亦血脉流通之势也。"与上一段论理财的思路、原则，虽有大小之别，却都表现了青年王安石心忧天下的胸襟与关心民瘼的品格，巧设比喻，也使这一段的行文风格与上一段保持一致。

　　因为是书信，行文比较自由洒脱；又因巧用比喻说明事理，更增添文章的生动活泼。

上人〔一〕书

　　尝谓文者，礼教治政〔二〕云尔。其书诸策〔三〕而传之人，大体归然〔四〕而已。而曰"言之不文，行之不远"〔五〕云者，徒谓辞之不可以已〔六〕也，非圣人作文之本意也。

　　自孔子之死久，韩子作〔七〕，望圣人于百千年中，卓然也。独子厚名与韩并，子厚非韩比也，然其文卒配韩以传，亦豪杰可畏者也。韩子尝语人以文矣，曰云云，子厚亦曰云云。疑二人者，徒语人以其辞耳。作文之本意，不如是其已也。孟子曰："君子欲其自得之也。自得之则居之安，居之安则资之深，资之深则取诸左右逢其原〔八〕。"孟子之云尔，非直施于文而已，然亦可托〔九〕以为作文之本意。

且所谓文者，务为有补于世而已矣；所谓辞者，犹器之有刻镂〔一〇〕绘画也。诚使巧且华，不必适用；诚使适用，亦不必巧且华。要之以适用为本，以刻镂绘画为之容〔一一〕而已。不适用，非所以为器也；不为之容，其亦若是乎？否也。然容亦未可已也，勿先之〔一二〕其可也。

某学文久，数挟此说以自治〔一三〕。始欲书之策而传之人，其试于事〔一四〕者，则有待矣。其为是非邪〔一五〕？未能自定也。执事〔一六〕，正人也，不阿〔一七〕其所好者。书杂文十篇献左右，愿赐之教，使之是非有定焉。

注

〔一〕上人：呈献给人。

〔二〕治政：治理政事。

〔三〕书诸策：写在简策（书籍）上。

〔四〕大体归然：大致归结为这样。

〔五〕言之不文，行之不远：文章缺乏文采，流传不会广远。《左传·襄公二十五年》引孔子语作"言之无文，行而不远"。

〔六〕已：废止。

〔七〕作：起。

〔八〕"孟子曰"四句：见《孟子·离娄下》，大意谓君子钻研学问要有自己的心得，有心得就能安居于道之内，取资于道就会深，运用起来也会左右逢源。

〔九〕托：借。

〔一〇〕镂：雕刻。

〔一一〕容：外表。

〔一二〕勿先之：不要把它放在第一位。

〔一三〕自治：指导自己治学为文。

〔一四〕试于事：指付诸实践，使为文有补于世。

〔一五〕其为是非邪：即"其为是邪非邪"之省。

〔一六〕执事：指上书的对象。不直言对方，而请其左右执事之人转达。

〔一七〕阿：曲从。

王
安
石

（品）（读）

　　这是王安石青年时代呈给人的一封信，内容是谈自己对文章的内容、社会作用及内容与形式的关系的看法。

　　开门见山，作者就旗帜鲜明地提出对文章内容的看法："尝谓文者，礼教治政云尔。"这是一个带有定义性质的判断。同样的意思，他在《与祖择之书》中也表述过："治教政令，圣人之所谓文也。"也就是说，除了有关礼教政治内容的文章外，在王安石看来，都不属于"文"的范围。为了证明这个论断，他进而指出历来书于简策流传至今者，大体上都可归结为"礼教治政"。然而，他给"文"下的这个定义性判断，首先便会遇到一个必须作出解释的问题，这就是孔子所说的"言之无文，行而不远"。他认为孔子所说的"文"，只不过是说文辞的表达不可以废止，并不是圣人作文的本意。圣人作文的本意仍然是宣扬阐明礼教政治，这是两个不同的概念。

　　接下来一段，通过对唐代两位杰出的古文家有关文章写作的言论的评论，说明他们所说的为文之道，同样是文辞表达方面的道理，而非作文的本意。那么，究竟什么才是作文的本意呢？作者引用了孟子的一段话："君子欲其自得之也。自得之则居之安，居之安则资之深，资之深则取诸左右逢其原。"孟子这段话的本意在强调研究学问必须"自得"，王安石认为它不仅可施之于文，还可借来说明作文的本意，意思是一个人如对儒家之道确有自己的心得，写起文章来自然会得心应手，左右逢源，有点类似韩愈所说的"仁义之人，其言霭如"，欧阳修所说的"道胜者文不难而自至"。总之，是强调对道的自得，而不是首先着眼于文辞的表达。

　　接下来，作者将论述的重点放到文章的内容与形式的关系上来，这也是

483

本文的重心。"且所谓文者，务为有补于世而已矣"，这是作者给文下的另一个定义性判断，是从它的社会作用方面着眼的。指出文章必须对社会政治、国计民生有所裨益，这和他从内容方面给文章下的定义性判断是密切相关的。只有内容是阐扬、反映"礼教治政"的文章，才能"有补于世"。然后他举器物为例，说明文章的内容与形式的关系。文章的文辞表达，就像器物上的雕镂绘画，有的器物，虽然雕饰精巧华美，但不一定适用；有的器物，非常适用，也不一定要雕饰精巧华美。总之，是要以适用为本，以雕镂绘画作为它的外表。不适用，根本就不成其为器；没有精巧华美的外表，是不是也不成其为器了呢？显然不是的。然而外表也不能不要，只不过不要把它放在首位罢了。从这段话中，可以看出王安石的关于文章内容与形式关系的观点，是以"适用""有补于世"的文章功能观为前提，并受它制约的。正因为文章要有补于世，适用为本，内容自然是第一位的，形式虽不能不要，但"不必巧且华"。没有华美精巧形式的文章，只要它的内容是阐扬反映礼教治政，有补于世的，仍然是文章；但反过来，光有精巧华美的形式而无礼教治政的内容，就根本不成其为文章，因为它"无补于世"，不"适用"。

最后一段，说自己为文已久，屡次用上述观点指导自己的文章写作，但能否达到"有补于世"的效果，还有所待。对自己上述观点的是与非也未能自定，希望对方赐教。

王安石所阐述的文学观，强调文章的内容应该阐扬反映"礼教治政"的大事，文章的功能应该"有补于世"，强调在内容与形式的关系上应将内容放在第一位，有它的积极意义与正确的一面。他的一系列为变法服务的诗文，便是这种主张的实践。但今天看来，他对文章内容的规定未免偏狭，对文章形式的作用更明显估计不足。文学批评史家认为他的文学观实质上是一种实用主义的文学观，有一定的道理。不过，应该看到，作为文学家的王安石，在创作实践中并非全部贯彻这种实用主义文学观，而是有许多突破，特别是他晚年写的不少抒情意味浓郁的优秀诗歌，就完全不受这种主张的约束。应该说，在实际创作中体现的文学思想，比他在这篇文章中宣扬的文学思想要开放得多，也更接近文学的多样性。

跟"适用"为本的主张一样，这篇文章也具有朴实无华的特点，但论述自己的主张，自有其内在的严密逻辑，第三段尤为突出。

度支副使[一]厅壁题名记

王安石

　　三司副使，不书前人名姓。嘉祐五年，尚书户部员外郎[二]吕君冲之[三]始稽之众史[四]。而自李纮[五]已上至查道[六]，得其名；自杨偕[七]已上，得其官；自郭劝[八]已下，又得其在事之岁时。于是书石而镵[九]之东壁。

　　夫合天下之众者财，理天下之财者法，守天下之法者吏也。吏不良，则有法而莫守；法不善，则有财而莫理。有财而莫理，则阡陌闾巷之贱人[一〇]，皆能私取予之势，擅万物之利，以与人主争黔首，而放[一一]其无穷之欲，非必贵强桀大而后能。如是而天子犹为不失其民者，盖特号而已耳。虽欲食蔬衣敝，憔悴其身，愁思其心，以幸天下之给足，而安吾政，吾知其犹不得也。然则善吾法，而择吏以守之，以理天下之财，虽上古尧、舜犹不能毋以此为先急，而况于后世之纷纷乎？

　　三司副使，方今之大吏，朝廷所以尊宠之甚备。盖今理财之法，有不善者，其势皆得以议于上而改为之。非特当守成法，吝出入，以从有司之事而已。其职事如此，则其人之贤不肖，利害施于天下如何也！观其人，以其在事之岁时，以求其政事之见于今者，而考其所以佐上理财之方，则其人之贤不肖，与世之治否，吾可以坐而得矣。此盖吕君之志也。

　　[一]度支副使：三司副使之一。宋沿五代制度，置三司使，总管国家财政。三司分盐铁、户部、度支三部，以三司使一人总领，各部设副使一人。度支部门"掌天下财赋之数，每岁均其有无，制其出入，以计邦国之用"（《宋史·职官志》）。

　　[二]尚书户部员外郎：从六品，系一种资格、品秩，非实际任职之官。

485

〔三〕吕君冲之：吕冲之，名景初，嘉祐五年以尚书户部员外郎之官衔被任命为度支副使。

〔四〕稽之众史：指查考宋代开国以来有关三司副使的文书档案史料。

〔五〕李纮：字仲刚，宋仁宗明道年间任度支副使。

〔六〕查道：字湛然，宋真宗咸平六年三司分部置副使时，为首任度支副使。

〔七〕杨偕：字次公，约仁宗景祐初以尚书户部员外郎任度支副使。

〔八〕郭劝：字仲褒，约继杨偕任度支副使。

〔九〕镵（chán）：刻石。

〔一〇〕阡陌闾巷之贱人：民间没有官爵的人，此指富商豪民。

〔一一〕放：肆、纵。

品读

壁记是嵌在壁间的碑记。唐代官署盛行壁记。《封氏闻见记》云："朝廷百司诸厅皆有壁记，叙官秩创置及迁授始末。"州县官署亦有壁记，韩愈的《蓝田县丞厅壁记》为壁记之名作。王安石的这篇《度支副使厅壁题名记》，也同样是一篇别开生面之作。

本篇作于仁宗嘉祐五年，当时王安石任三司度支判官。度支副使吕景初从文书档案中查考出历任度支副使的姓名、官衔、任职时间，题名刻石于壁，王安石为之作记。

记文在简单交代吕景初刻石题名之事，以说明作记的缘起之后，却撇开题名而纵论理财之吏的重要性。先从正面论述财、法、吏三者之间的关系："夫合天下之众者财，理天下之财者法，守天下之法者吏也。"三个并列的句子，意思却层层递进，紧密勾连，从财的重要逼出法的重要，又从法的重要最后逼出吏的重要。然后又从反面论证"吏不良""法不善""财不理"之间的必然联系，揭示"吏不良"所导致的严重后果。王安石在这里所说的富商豪民"私取予之势，擅万物之利，以与人主争黔首"的现象，实际上是指当时愈演愈烈的兼并之风。这也是他日后实行变法的重要内容之一——青苗法所要解决的问题，且在作此文两年后的鄞县知县任上就开始了这方面的试验。富商豪民大肆兼并，与人主争百姓的结果，万民之主的天子就成了一个空名号，即使生活再俭朴，内心再忧愁，想使天下富足、政局安定也必不可能。在这里，作者将理财之吏的重要性提高到关系国家安危的高度，显示出其识见的高远深刻。因此他得出结论说："然则善吾法，而择吏以守之，以理天下之财，虽上古尧、舜犹不能毋以此为先急，而况于后世之纷纷乎？"

在精辟地论述了三司副使的人选对理财安邦的重要性后，作者又从"善法"的角度进一步指出：三司副使作为朝廷大吏，地位崇高，其职责不止是单纯的"守法"，还应"善法"，即所谓"理财之法，有不善者"，"皆得以议于上而改为之"。正因为三司副使还担负着改革旧法、创制新法的任务，"其人之贤不肖，利害施于天下"的影响就更不言而喻。最后，就势将话题归结到吕冲之刻石题名的本意上来："观其人，以其在事之岁时，以求其政事之见于今者，而考其所以佐上理财之方，则其人之贤不肖，与世之治否，吾可以坐而得矣。"认为可以通过壁记题名，因人及时，因人及事，考见其人之贤否与世之治乱。这实际上也是作此记的深层用意。

壁记一类文章，贵在立意高远，识见超卓，既不离题目本身，又要借题发挥，表达深刻的主题。王安石这篇壁记从度支副使厅壁题名这件具体事情出发，站在国家安危治乱的高度，纵论三司副使职责、作用的重要性，强调其不仅要守善法，而且要创善法。这不但是作者对自己的期许，也是对后来者的殷切希望。文章放得开，收得拢，论述层层递进，反复周详，富有逻辑力量。

祭欧阳文忠公[一]文

夫事有人力之可致[二]，犹不可期；况乎天理[三]之溟漠[四]，又安可得而推[五]？惟公生有闻于当时，死有传于后世，苟能如此足矣，而亦又何悲！

如公器质之深厚，智识之高远，而辅学术之精微，故充于文章，见于议论，豪健俊伟，怪巧瑰琦[六]。其积于中者[七]，浩如江河之停蓄[八]；其发于外者[九]，烂如日星之光辉。其清音幽韵，凄如飘风急雨之骤至；其雄辞闳辩[一○]，快如轻车骏马之奔驰。世之学者，无问乎识与不识，而读其文则其人可知。

呜呼！自公仕宦四十年，上下往复，感世路之崎岖，虽屯遭〔一〕困踬〔二〕，窜斥流离，而终不可掩者，以其公议之是非〔三〕。既压复起，遂显于世。果敢之气，刚正之节，至晚而不衰。

方仁宗皇帝临朝之末年，顾念〔一四〕后事，谓如公者可寄以社稷之安危〔一五〕。及夫发谋决策，从容指顾〔一六〕，立定大计，谓千载而一时。功名成就，不居〔一七〕而去，其出处进退，又庶乎〔一八〕英魄灵气，不随异物腐散，而长在乎箕山〔一九〕之侧与颍水之湄〔二〇〕。

然天下之无贤不肖，且犹为涕泣而歔欷〔二一〕，而况朝士大夫，平昔游从〔二二〕，又予心之所向慕而瞻依〔二三〕？

呜呼！盛衰兴废之理自古如此，而临风想望不能忘情者，念公之不可复见，而其谁与归〔二四〕！

注

〔一〕欧阳文忠公：指欧阳修，宋代杰出的政治家、文学家。卒谥"文忠"。

〔二〕致：达到。

〔三〕天理：天道。

〔四〕溟漠：幽晦。

〔五〕推：推测。

〔六〕瑰琦：瑰丽奇伟。

〔七〕积于中者：蓄积于内心者。

〔八〕停蓄：汇聚蓄积。

〔九〕发于外者：指发为文章者。

〔一〇〕闳辩：宏伟的议论。

〔一一〕屯邅（zhūn zhān）：艰难困顿。

〔一二〕困踬（zhì）：困窘挫跌。

〔一三〕以其公议之是非：因为是非终有公论。

〔一四〕顾念：眷念。

〔一五〕寄以社稷之安危：把国家的安危托付给他。

〔一六〕指顾：手指目顾，指点顾盼，形容气度之从容果断。

〔一七〕不居：不居功。

〔一八〕庶乎：庶几乎。

〔一九〕箕山：相传尧时巢父、许由隐居于此。在今河南登封东南。

〔二〇〕颍水：源出今登封西南。湄：边。晋皇甫谧《高士传》："（许）由于是遁而耕于中岳，颍水之阳，箕山之下。"欧阳修死后葬于此。

〔二一〕歔欷：悲叹。

〔二二〕游从：指与长辈交往。

〔二三〕瞻依：敬仰依恋。

〔二四〕其谁与归：该追随谁。归，归附，趋向。

⊙品⊙读

　　欧阳修在北宋政坛、文坛上是一位地位崇高、影响很大的杰出人物。《宋史·欧阳修传》说他"奖引后进，如恐不及，赏识之下，率为闻人。曾巩、王安石、苏洵、洵子轼、辙，布衣屏处，未为人知，修即游（揄扬）其声誉，谓必显于世"。王安石在文学上、政治上均得到欧阳修的延誉和推荐。《宋史·王安石传》："属文动笔如飞……见者皆服其精妙。友生曾巩携以示欧阳修，修为之延誉。擢进士上第……寻召试馆职不就，修荐为谏官，以祖母年高辞。修以其须禄养，言于朝，用为群牧判官，请知常州，移提点江东刑狱，入为度支判官，时嘉祐三年也。"至和年间，欧阳修上《荐王安石吕公著札子》，称安石"德行文学，为众所推。守道安贫，刚而不屈……久更吏事，兼有时才"。可以说，对王安石，欧阳修是有知遇之恩的。但欧阳修晚年，其温和的改革主张与王安石激进的改革措施却不免产生分歧，"守青州时，又以请止散青苗钱，为安石所诋"。这样一种原为恩知，后来政治上有歧见的关系，无形中增添了写作祭文的难度。但王安石这篇祭文，却处理得非常成功，既充分表达了对欧阳修文章、品格、功业的由衷景仰，又避开了因晚年政见分歧而引起的嫌隙，表现了一位卓越政治家的气度。

　　祭文开头，先从生死祸福、天道幽晦难以预测着笔，以抒发对欧阳修逝世的悲痛与无奈，这本是祭文习用的格式套路，但作者却马上掉转笔锋，说"公生有闻于当时，死有传于后世"，生前既闻名于当世，死后又有文章政绩流传后世，则虽死犹生，也就无所遗憾，无用悲伤了，将开头的悲痛与无奈推开。这个发端，显得起势突兀，转折奇峭，气度恢弘，境界高远，显示了一个大政治家对生死的超凡态度。而"生有闻于当时，死有传于后世"这两句盖棺论定的话，又引出以下三段对欧阳修文章、气节、功业的热情赞颂。

先赞其文章，却不直接赞其文章的成就，而是从人与文的关系上落笔，认为正是由于欧阳修"器质之深厚，智识之高远，而辅学术之精微"，形成内在的深厚修养，发之为文，才能达到"豪健俊伟，怪巧瑰琦"的境界。为了说明积于中者深广，发于外者灿烂的道理，作者用了"浩如江河之停蓄""烂如日星之光辉"两个形象的比喻，前者见其浩瀚深广，后见其光辉灿烂。然意犹未足，又连下两个比喻，赞其文章的清音幽韵，凄清如同飘风急雨骤然而至；雄词宏辩，快捷如同轻车骏马之急速奔驰。前者赞其音韵之美，后者赞其辞锋之利。四个连贯而下的博喻和整齐的排比句式，将欧文的内蕴外美、思想内涵、艺术风貌形容得淋漓尽致。最后归结到"世之学者，无问乎识与不识，而读其文则其人可知"这一段论赞，一是强调欧阳修的器质才性、学问修养、学术造诣对其文章的决定性影响，强调积于中者深方能形于外者伟；二是强调人与文的统一。这可以说是抓住了欧文成就的根本。

次赞其气节。以深情赞叹起，从大处落笔。概括地指出在欧阳修四十年的仕宦生涯中，上上下下，升降迁徙，深感世路崎岖，命运多艰，然尽管遭遇多次窜斥流离，却始终不能掩其正气，原因在于是非自有公议，故"既压复起，遂显于世"。这里略去了其仕宦生活中一系列具体的"上下往复"之事，特别是贬饶州、贬夷陵、贬滁州等"窜斥流离"之事，因为这些事件同时代的人都是熟知的。略去之后文章更显省净含蓄，也更富于抒情气氛。最后，用"果敢之气，刚正之节，至晚而不衰"对其一生的气节作出总结。从中可见其与宰相吕夷简及高若讷等人的斗争中所表现出来的政治品格。

再赞其功业。欧阳修一生政绩，可书者多。这里特意选取他在仁宗晚年与韩琦一起"协定大议"，立赵曙为太子之事为典型事例，赞美其"发谋决策，从容指顾，立定大计"的政治家气度与"功名成就，不居而去"的高尚品格。认为其"出处进退"不计个人得失，完全从国家利益着眼，故就其卒后归葬之地赞其"英魄灵气"当长留天地之间。

最后两小段，先由天下人为欧阳修之逝世而涕泣悲叹落到身为"平昔游从"的自己，表达向慕敬仰依恋之情；再抒"念公之不可复见，而其谁与归"的怅惘。余波荡漾，深情无限。

全篇感情真挚深沉，气势充沛，具有感人的艺术力量。尤为可贵的是，作者既不因欧阳修对自己的恩遇而加以谀颂，更不因其晚年和自己政见上有分歧而影响到对其一生的评价。"果敢之气，刚正之节，至晚而不衰"，"至晚"二字，颇可玩味，看来，王安石是把欧阳修晚年对青苗法实施过程中显示的弊病所提的意见归结为"刚正之节"的表现而给予理解了。这显示了作者的大政治家气度。

苏 轼

答秦太虚〔一〕书

轼启：五月末，舍弟〔二〕来，得手书劳问〔三〕甚厚。日欲裁谢〔四〕，因循〔五〕至今。递〔六〕中复辱教，感愧益甚。比日履兹初寒，起居何如？轼寓居粗遣〔七〕，但舍弟初到筠州〔八〕，即丧一女子，而轼亦丧一老乳母〔九〕，悼念未衰，又得乡信，堂兄中舍〔一○〕九月中逝去。异乡衰病，触目凄感，念人命脆弱如此。又承见喻，中间得疾不轻，且喜复健。

吾侪〔一一〕渐衰，不可复作少年调度〔一二〕，当速用道书方士之言，厚自养炼〔一三〕。谪居无事，颇窥其一二。已借得本州天庆观道堂三间，冬至后，当入此室，四十九日乃出，自非废放，安得就此。太虚他日一为仕宦所縻〔一四〕，欲求四十九日闲，岂可复得耶？当及今为之。但择平时所谓简要易行者，日夜为之，寝食之外，不及他事，但满此期，根本立矣。此后纵复出从人事，事已则心返，自不能废矣。此书到日，恐已不及〔一五〕，然亦不须用冬至也。

寄示诗文，皆超然胜绝，亹亹〔一六〕焉来逼人矣。如我辈，亦不劳逼也。太虚未免求禄仕，方应举求之，应举不可必〔一七〕。窃为君谋，宜多著书，如所示论兵及盗贼等数篇，但以此得数十首，皆卓然有可用之实者，不须及时事也。但旋作此书，亦不可废应举，此书若成，聊复相示，当有知君者，想喻此意也。

公择〔一八〕近过此，相聚数日，说太虚不离口。莘老〔一九〕未尝得书，知未暇通问。程公辟〔二○〕须其子履中哀词，轼本自求作，今岂可食言。但得罪以来，不复作文字，自持颇严，若复一作，则决坏藩墙〔二一〕，今后仍复衮衮〔二二〕多言矣。

初到黄，廪入〔二三〕既绝，人口不少，私甚忧之。但痛自节俭，日用不得过百五十。每月朔〔二四〕便取四千五百钱，断为三十块，挂屋梁上，平旦用画叉挑取一块，即藏去叉。仍以大竹筒别贮用不尽者，以待宾客。此贾耘老〔二五〕法也。度囊中尚可支一岁有馀，至时别作经画〔二六〕，水到渠成，不须预虑，以此，胸中都无一事。

所居对岸武昌〔二七〕，山水佳绝，有蜀人王生〔二八〕在邑中。往往为风涛所隔，不能即归，则王生能为杀鸡炊黍，至数日不厌。又有潘生〔二九〕者，作酒店樊口〔三〇〕，棹小舟径至店下，村酒亦自醇酽。柑橘椑〔三一〕柿极多，大芋长尺馀，不减蜀中。外县米斗二十，有水路可致。羊肉如北方，猪牛獐鹿如土，鱼蟹不论钱。岐亭〔三二〕监酒胡定之〔三三〕，载书万卷随行，喜借人看。黄州曹官〔三四〕数人，皆家善庖膳，喜作会。太虚视此数事，吾事岂不既济〔三五〕矣乎？欲与太虚言者无穷，但纸尽耳。展读至此，想见掀髯一笑也。

子骏〔三六〕固吾所畏，其子亦可喜，曾与相见否？此中有黄冈少府张舜臣〔三七〕者，其兄尧臣，皆云与太虚相熟，儿子〔三八〕每蒙批问〔三九〕。适会葬老乳母，今勾当〔四〇〕作坟，未暇拜书。岁晚苦寒，惟万万自重。李端叔〔四一〕一书，托为达之。夜中微被酒，书不成字，不罪，不罪。不宣。轼再拜。

注

〔一〕秦太虚：即北宋杰出词人秦观，字太虚，后改字少游。高邮（今属江苏）人。元丰元年谒苏轼于徐州。元丰七年，苏轼作书荐秦观于王安石。八年登进士第。元祐五年因苏轼之荐任太学博士，为"苏门四学士"中最受苏轼器重者。此信作于元丰三年（1080）仲冬苏轼贬居黄州时，其时秦观尚未登第。

〔二〕舍弟：指苏辙。元丰三年五月末，苏辙护送苏轼家属至黄州。

〔三〕手书劳问：手书，指秦观的来信，系托苏辙带交。劳问，慰问。

〔四〕裁谢：写信作答。

〔五〕因循：拖延。

〔六〕递：指驿车，古代用来传递文书、信件。

〔七〕粗遣：大体上还过得去。

〔八〕筠州：今江西高安县。因受“乌台诗案”牵连，苏辙亦由签书南京（今河南商丘，北宋时为陪都）判官贬为监筠州盐酒税。元丰三年六月九日，苏辙离黄州赴筠州。

〔九〕老乳母：苏轼的乳母任采莲。元丰三年八月卒于黄州临皋亭寓所。

〔一〇〕堂兄中舍：指苏轼堂兄苏不疑，曾官太子中舍，九月卒于成都。

〔一一〕侪（chái）：辈。

〔一二〕调度：安排。

〔一三〕养炼：养生修炼。

〔一四〕縻：束缚。

〔一五〕不及：赶不上（冬至日入室修炼）。

〔一六〕亹（wěi）亹：形容说话或文章娓娓道来，具有感人的力量。《晋书·谢安传》：“弱冠诣王濛，清言良久，既去，濛子修曰：‘向客何如大人？’濛曰：‘北客亹亹为来逼人。’”

〔一七〕应举不可必：应科举考试不一定成功。此前秦观已数次应举未第。

〔一八〕公择：即李公择，名常，字公择，黄庭坚之舅。元丰三年十月，李公择由舒州至黄州探望苏轼。

〔一九〕莘老：即孙莘志，名孙觉，苏轼友人。时任徐州知州。

〔二〇〕程公辟：程师孟，宗公辟，时任越州知州，苏轼友人。程公辟请苏轼为其子履中写哀词。

〔二一〕决坏藩墙：喻冲破不再作文章的自我约束。藩，篱笆。

〔二二〕衮（gǔn）衮：形容说话连续不断。

〔二三〕廪入：俸禄。

〔二四〕月朔：每月初一。

〔二五〕贾耘老：即贾政，苏轼之友，家贫。

〔二六〕经画：经营筹画。

〔二七〕武昌：今湖北鄂城，与黄州隔江相对。

〔二八〕王生：指蜀人王文甫，名齐愈。其弟子辩，名齐万。时居武昌东湖。

〔二九〕潘生：潘大临，字邠志，从苏轼游，诗人。

〔三〇〕樊口：在今鄂城西北，因位于樊山脚下，为樊港入长江之口，故称。

〔三一〕椑（bēi）：柿的一种，今称油柿。

〔三二〕岐亭：镇名，在黄州之北，今湖北麻城境内。

〔三三〕胡定之：黄州人。时任岐亭监酒。

〔三四〕曹官：州的属官，分曹管理一州之事务。

〔三五〕既济：本《易经》卦名，此借指事情均已得到圆满解决，生活过得很惬意。

〔三六〕子骏：鲜于子骏，四川阆中人，苏轼之友。

〔三七〕张舜臣：黄冈县尉。少府是唐、宋时对县尉的称呼。

〔三八〕儿子：指自己的长子苏迈。

〔三九〕蒙批问：承舜臣叩问。

〔四〇〕勾当：料理。

〔四一〕李端叔：李之仪，字端叔，扬州人，著名词人，苏轼之友。苏轼托秦观将自己写给李之仪的书信转交给他，故云："李端叔一书，托为达之。"

苏
轼

品读

这是苏轼回复后辈友人秦观的书信。元丰二年十二月二十九，苏轼因"乌台诗案"被贬为黄州团练副使。因属严谴，元丰三年的正月初一便被迫匆忙上路，于二月初一抵达贬所。五月末，其弟苏辙自南京（今河南商丘）护送其妻王润之及子迈、过等到黄州，顺便捎来了秦观问候苏轼的书信。此后，秦观又由驿递寄给苏轼另一封信。这封信便是对秦观两次来信的答复。

开头一段，就从秦观的来信说起，对自己因循拖延，迟未作复深感惶愧，对秦观情意殷切、"劳问甚厚"表示感谢。接着就讲到自抵黄州后，自己与亲人所遭到的不幸：先是弟弟苏辙刚到筠州贬所，便遭遇丧女之痛，继则相随自己多年、视同家人的老乳母又在黄州去世，接着，堂兄又卒于成都。前两件事，都和"乌台诗案"所引起的政治迫害有着间接的关系。特别是乳母任氏，不仅哺育过苏轼，还带大了他的三个儿子，早已成为家庭中的亲密成员和长辈，失去这样一位老人，悲痛之情可想。这接二连三的家庭变

495

故，使苏轼在精神上身体上都受到沉重的打击。因此他深有感慨地说："异乡衰病，触目凄感，念人命脆弱如此。"严谴加上多起家庭变故，无疑是雪上加霜。一向乐观旷达的苏轼也深感寄身异乡，一身衰病的凄凉和生命的脆弱。这个开头，充满了沉重的人生悲慨，面对友人的问候，便情不自禁地流露出来。这实际上也是对自己"日欲裁谢，因循至今"的一种解释。

秦观在来信中，曾提及他"得疾不轻"之事，并希望苏轼保养身体，"亲近药饵方书"，故第二段紧接以上的话头，去谈自己"用道书方士之言，厚自养炼"的情况，既是对秦观的建议的答复，也是反过来向体弱的秦观介绍自己的"养炼"方法与经验心得，表示对他的关切。介绍"养炼"之事，具体而周详，看得出来苏轼对此事的认真态度，说明苏轼虽身遭废弃，却并不颓丧沉沦；虽"念人命脆弱如此"，却更珍惜生命，热爱生活。其中两次提到谪居"无事""太虚他日一为仕宦所靡，欲求四十九日闲，岂可复得耶"，强调"养炼"之事须有闲方可实行，其中既含有因谪居无事而得"厚自养炼"的意外良机，表现了苏轼的幽默感，又暗透出对"谪居无事"的不满和对已往仕宦经历的厌倦。其感情内涵颇为复杂矛盾，不可草草看过。

第三段是对秦观寄示诗文的称许和对秦观提出"宜多著书"的建议。用"超然胜绝，蚤蚤焉来逼人"形容秦观的诗文，是对其诗文超凡脱俗境界和感人艺术力量的高度评价。但这一段的重点却不在评诗文，而是劝其"多著书"。其时秦观屡试未第，为谋政治与生活出路，自不得不应举而求禄仕，但"应举不可必"，而著书既符合当时试进士重策论的时尚，又可传之后世，故劝其"多著书"，并特别标举寄来的文章中"论兵及盗贼等数篇"均为"卓然有可用之实者"，即识见超卓，切合实际需要者。但此类文章很容易涉及时事，一不小心就会触犯当局的忌讳，因文字得祸，因此又紧接着告诫其"不须及时事也"。在强调"宜多著书"的同时，又交代"不可废应举"。最后希望书成后寄示，"当有知君者，想喻此意也"，暗示将把秦观的新著向"知君"者推荐，其后苏轼也果真向王安石推荐了秦观。这一段写得比较曲折婉转，有的地方还比较含蓄，但劝其多"著书"的主要意思和对秦观的关切之情，还是非常清楚的。

第四段由秦观谈到彼此相熟的几位友人的近况。其中提到为程公辟的儿子履中写哀词一事时，特别表明自己自从因"乌台诗案"获罪以来，"不复作文字"，而且自我约束颇严，但此次写哀词"本自求作"，不能食言，很担心此例一开，就如同冲决藩篱墙垣，又重犯"衮衮多言"的老毛病。其中有因文字得祸之后忧谗畏讥之情，更有对自己刚直倔强个性难以改变的自我认识。

秦观与友朋之事叙完，第五段转写自己在黄州如何过穷日子之法。此次严谴黄州团练副使，不得签书公事，带有明显的看管监视性质，形同罪人，"廪入既绝，人口不少"，经济十分拮据。故"痛自节俭"，规定每天用钱的最高限额为一百五十文钱。每月初一取四千五百钱，分成三十块，挂屋梁上，每天用画叉取一块，用不完的积贮起来作为待客之用。生活困窘到如此地步，对于一个当过多任州郡长官、收入颇丰，过惯了富日子的苏轼来说，实在是莫大的悲哀。但苏轼介绍这一切时，都似乎毫不在意，表情轻松，兴会淋漓，仿佛这是一大发明，末了还自抖包袱，交代出这一妙法的发明权属于穷朋友贾耘老。妙在后面又添上几句："度囊中尚可支一岁有馀，至时别作经画，水到渠成，不须预虑，以此，胸中都无一事。"即使一天一百五十文钱，在廪入既绝的情况下，也总有囊中空空的时候，东坡却焉有自信地说，到时另作打算，船到桥头自会直，不必预先忧虑一年后的事。如果说，挂钱屋梁按日叉取还是过穷日子的具体办法，这几句话却越出方法的范畴，升华为一种乐观自信的人生态度。有此态度，才能达到"胸中都无一事"的人生境界和心灵境界。

第六段承上叙述自己在黄州的惬意生活。一是与众多新朋过往的乐趣：与蜀人王生游，为风涛所隔，不能即归，则对方"杀鸡炊黍，至数日不厌"，真挚淳厚的人情味，令人联想起孟浩然《过故人庄》的意境；与潘生的交往，则乘小舟直至樊口他所开的小酒店下，一起享用醇酽的村酿美酒，不但情味淳厚，更兼风光如画；借书与人，或谓之痴，而岐亭酒监胡定之却"载书万卷随行，喜借人看"，想见此公豪爽个性；而黄州曹官数人，皆善庖厨，喜作会，则东坡当常为座上客……叙到此处，不免露出东坡的美食家本色。二是物产丰饶，价格便宜，甚至到了"猪牛獐鹿如土，鱼蟹不论钱"的程度，则地虽荒僻，生活都很好过。苏轼历数当地物产之丰美便宜时，亦兴会淋漓，如数家珍，洋溢着一股对生活的热爱之情。三是所居对岸武昌，山水佳绝。总之是山美水美物美而人情更美。因此他幽默地说："太虚视此数事，吾事岂不既济矣乎"；"展读至此，想见掀髯一笑也"。读到这里，读者当亦发出会心的微笑。

末段是对彼此相熟的几位朋友情况的问候，并托秦观转交给李之仪的信。"岁晚苦寒"，"夜中微被酒，书不成字"，恍见作者悄然灯前，纸短情长，一时情景如画。

　　在苏轼大量的书信中，本篇篇幅较长，提到的内容和人事也比较多。书信作为一种文体，本身又是最自由随便，不拘一格的。苏轼写来，自是如行云流水，信笔挥洒，极为洒脱自如。但却散而不乱，多而不杂。大体说来，前三段主要是对秦观书信的答复和对秦观修炼身体、写作文章的建议。第四段叙及三位友人的情况，均为双方熟悉者，可以看作上三段的自然延续。第五、六段叙写自己在黄州的生活。末段以问候友人、托致书信作结。脉络条理清晰。从感情发展上看，首段提到自己连遭家庭变故，"异乡衰病，触目凄感"，感情悲凉，感慨深沉。从第二段起，感情转为平静，至五、六两段，则旷达自适，兴会淋漓，转为乐观愉悦。这也大体上符合苏轼到黄州以来十余月间心理、感情的自我调适过程。黄震《黄氏日钞》卷六二评："《与秦太虚书》说在黄州挂钱梁上，日用百五十钱之法，武昌山水佳绝，食物多贱、人情相与之乐，善处困者也。"这封信虽然讲了很多内容，但贯带其中的主线则是苏轼如何在困境、逆境中旷达自适的人生态度和乐观自信的情怀，无论是"厚自养炼"的养生之道，"宜多著书"的积极建议，以及挂钱梁上按日叉取的节俭之法，与新知交往过从的自得之乐，对武昌山水佳胜、黄州丰饶物产的热爱，无不贯注着这种情怀。正是这种旷达乐观情怀，使他不为目前困境所压倒，不为将来而忧虑，善于苦中觅乐，发现并充分享受山水佳胜和人情深厚之美。这种"胸中都无一事"的境界，古往今来的文学家中，也许只有陶潜和苏轼才能达到。政治上的挫折，生活上的贫困，精神上的孤寂，在这种旷达自适的人生态度面前，都无形中消解了。

　　与这种人生态度，心灵境界相称的是，书信的文笔极为自由洒脱、亲切自然，充满了浓郁的人情味和生活气息，显现出苏轼特有的幽默风趣。这在第五、六两段中更有淋漓尽致的表现。

答谢民师〔一〕书

　　近奉违亟辱问讯〔二〕，具审起居佳胜，感慰深矣。轼受性刚简〔三〕，学迂材下，坐废累年〔四〕，不敢复齿缙绅〔五〕，自还海北〔六〕，见平生亲旧，惘然〔七〕如隔世人，况与左右无一日之雅〔八〕，而敢求交乎？数赐见临，倾盖如故〔九〕，幸甚过望，不可言也。

所示书教〔一○〕及诗赋杂文，观之熟矣。大略如行云流水，初无定质〔一一〕，但常行于所当行，常止于所不可不止，文理自然，姿态横生。孔子曰："言之不文，行而不远〔一二〕。"又曰："辞达而已矣〔一三〕。"夫言止于达意，即疑若不文，是大不然。求物之妙，如系风捕影〔一四〕，能使是物〔一五〕了然于心者，盖千万人而不一遇也。而况能使了然于口与手〔一六〕者乎？是之谓辞达。辞至于能达，则文不可胜用矣。

扬雄〔一七〕好为艰深之词，以文〔一八〕浅易之说，若正言〔一九〕之，则人人知之矣，此正所谓雕虫篆刻〔二○〕者。其《太玄》《法言》〔二一〕皆是类也，而独悔于赋，何哉？终身雕篆，而独变其音节〔二二〕，便谓之经，可乎？屈原作《离骚经》〔二三〕，盖《风》《雅》之再变者，虽与日月争光可也〔二四〕。可以其似赋，而谓之雕虫乎？使贾谊见孔子，升堂有馀矣，而乃以赋鄙之，至与司马相如同科〔二五〕。雄之陋，如此比者甚众。可与知者道，难与俗人言也。因论文，偶及之耳。欧阳文忠公言，文章如精金美玉，市有定价〔二六〕，非人所能以口舌定贵贱也。纷纷多言，岂能有益于左右，愧悚不已。

所须惠力法雨堂两字〔二七〕，轼本不善作大字，强作终不佳，又舟中局迫〔二八〕难写，未能如教。然轼方过临江，当往游焉。或僧欲有所记录〔二九〕，当为作数句留院中，慰左右亲念〔三○〕之意。今日已至峡山寺〔三一〕，少留即去愈远，惟万万以时自爱。

苏轼

注

〔一〕谢民师：谢举廉字民师，新淦（今江西新干县）人，元丰八年（1085）进士。苏轼写这封信时，谢正在广州作推官。

〔二〕"近奉"句：奉，谦词。违，分别。亟，屡。辱，谦词。

〔三〕"轼受性"句：受性，禀性、天赋之性。刚，刚直。简，简易、疏略。

〔四〕坐废累年：苏轼绍圣元年（1094）被贬惠州（今属广东），四年又

499

谪儋州（今属海南），元符三年（1100）方自海南内调，故云"坐废累年"。坐废，因罪被贬。

〔五〕"不敢"句：齿，列。缙绅，指士大夫。

〔六〕还海北：指自儋州渡海北还。

〔七〕惘然：恍惚迷惘貌。

〔八〕"况与"句：左右，指对方（谢民师）。雅，平素的交谊。

〔九〕倾盖如故：犹一见如故。倾盖，双方道中相遇，停车交谈，两车车盖向前倾斜。

〔一〇〕书教：指对方书信。

〔一一〕初无定质：本无一定的体式。

〔一二〕"言之"二句：见《左传·襄公二十五年》引孔子语。

〔一三〕"辞达"句：见《论语·卫灵公》。

〔一四〕系风捕影：拴住风捉住影。

〔一五〕是物：指文学作品所要表现、反映的对象。

〔一六〕了然于口与手：指形象生动地将所要表现的事物用语言、文字表达出来。

〔一七〕扬雄：西汉末文学家，生平见《汉书·扬雄传》。

〔一八〕文：文饰、掩饰。

〔一九〕正言：直截了当地说。

〔二〇〕雕虫篆刻：语本扬雄《法言·吾子》："或问：'吾子少而好赋？'曰：'然，童子雕虫篆刻。'俄而曰：'壮夫不为也。'"虫，指虫书。刻，指刻符。均为书体。雕虫篆刻，喻从事不足道的小技艺。扬雄用以称辞赋的写作技巧。

〔二一〕《太玄》《法言》：扬雄模仿《易经》《论语》的两部著作。

〔二二〕独变其音节：指《太玄》《法言》只是改变了辞赋用韵的音节而已，其实质仍是雕虫篆刻。

〔二三〕《离骚经》：王逸《楚辞章句》将屈原的《离骚》题为《离骚经》。

〔二四〕"盖《风》《雅》"二句：《史记·屈原列传》："《国风》好色而不淫，《小雅》怨悱而不乱，若《离骚》者，可谓兼之矣……虽与日月争光可也。"此实本刘安《离骚传》。

〔二五〕"使贾谊"四句：扬雄《法言·吾子》："如孔氏之门用赋也，则贾谊升堂，相如入室矣。"认为贾谊辞赋的成就不如司马相如，苏轼反对这种看法。

〔二六〕"欧阳"三句：欧阳修《苏氏文集序》："斯文，金玉也，弃掷埋没粪土，不能消蚀。其见遗于一时，必有收而宝之于后世者。"

〔二七〕"所须"句：惠力，寺名，一作"慧力"，在临江（今江西樟树市西南）县南。临江靠近谢民师家乡新淦，故代惠力寺向苏轼求书寺中法雨堂之"法雨"二字。

〔二八〕局迫：局促狭窄。

〔二九〕有所记录：指请苏轼题咏作诗。

〔三〇〕亲念：亲近想念。

〔三一〕峡山寺：在清远峡（今广东清远东）。

这是苏轼一封以谈论文学创作为主要内容的书信，作于宋哲宗元符三年（1100）。这年五月，苏轼从海南儋州遇赦北归。九月路经广州，时为推官的谢民师曾多次携诗文登门求教。苏轼离广州北上途中，两人继续有书信往来，这是苏轼答谢民师的第二封信。

信的开头，从两人交谊叙起：自己禀性刚直疏略，学迂材下，贬谪多年，不敢再忝居士大夫之列。自从渡海北归，见到平生亲知故旧，恍如隔世。君与我并无素交，却多次见访，一见如故，别后又承蒙多次问讯，甚感欣喜过望。这些话，亲切平淡，富于含蕴，自谦之中含有对自己刚直不阿性格的自矜，感慨怅惘之中更流露出贬谪生涯的不堪回首。正是由于"坐废累年"的生活体验，才对谢民师的热情相待深为感慰。这个开头，将苏轼晚年那种历经磨难弥重真情的人生感触抒写得非常自然真切，全文就在这种新知胜似旧友的亲切随便的气氛中展开。

接下来，进入信的正题，就谢民师的来信及文章谈自己对于文学创作的见解。先称赞谢的文章"大略如行云流水，初无定质，但常行于所当行，常止于所不可不止，文理自然，姿态横生"，具有高度的自然美。这实际上也是苏轼的夫子自道。他在《文说》中自评其文道："吾文如万斛泉源，不择地而出，在平地滔滔汩汩，虽一日千里无难。及其与山石曲折，随物赋形，而不可知也。所可知者，常行于所当行，常止于所不可不止，如是而已矣。"将这两段话加以联系对照，可以看出，他所赞赏推崇的这种高度自然的文章风貌，其核心在于"随物赋形"，即按照事物本身的特点与发展变化而自然真切地加以表现。按照这样的创作原则进行创作，才能达到如"行云流水"一般，"常行于所当行，常止于所不可不止，文理自然，姿态横生"的境界。这里所说的"行云流水"，并非脱离了客观事物特点和变化发展的主观任意的自由，细味"所当行""所不可不止"，其意自见。"初无定质"，也是由于客观事物的多样性使然。接着，他引了孔子两句著名的论文名言作为自己的论点，并加以创造性的阐释与发挥。"言之不文，行而不远"，一般理解为说话作文要有文采；"辞达"，通常也理解为"文从字顺"。但苏轼所说的"文"和"达"，却是一种高艺术标准的"文"和"达"。他针对通常对"达"的低层次理解，批评说："夫言止于达意，即疑若不文，是大不然。"认为把"达意"看成质朴无文是极端错误的。在他看来，所谓"达"，首先要做到"求物之妙，如系风捕影，能使是物了然于心"，也就是说，"随物赋形"并不仅仅是能生动准确地描绘出物的外在形貌，而且要深入把握物的精神实质、内在底蕴。而这种内在的奥妙，就像"系风捕影"一样，是极其困难的，能做到这点的"盖千万人而不一遇也"。这里苏轼实际上指出了文艺创作需要特殊的才能，即用艺术的方式"求物之妙"的本领。所谓"能使是物了然于心"，也就是他在《文与可画筼筜谷偃竹记》中所说的"画竹必先得成竹于胸中"。但光是"了然于心"还不够，还必须使"了然于心"的客观事物"了然于口与手"，即通过生动形象的语言与文字将它成功地表现出来。他认为这才是真正的"辞达"，才是"笔力曲折无不尽意""得心应手"的辞达。"了然于心"与"了然于口与手"，实际上包含了创作者对客观事物的深入观察、体验、认识与艺术把握，并将这种艺术把握化为鲜明的艺术形象的创作过程。这样的辞达，自然是创作中难以企及的高境界，因此他最后总结道："辞至于能达，则文不可胜用矣。"短短一段话，对传统的"辞达"说作了极富创造性的发挥，将它提高到艺术创作规律的高度，而表述得却如此形象生动、概括精练、轻松灵妙，这本身便是"辞达"的高级样本。

接下来一段，就扬雄的创作和有关言论发表自己的见解，从批评反面现象与意见中进一步阐述"辞达"的艺术标准。先一针见血地指出"扬雄好为艰深之词，以文浅易之说"，认为这正是雕虫篆刻的文章末技；并认为他追摹《易经》《论语》而作的《太玄》《法言》便是雕虫篆刻的典型。他自悔早年作赋是雕虫篆刻，其实《太玄》《法言》只不过是改变了辞赋的音节，不押韵而已，并不能改变其单纯模仿，雕虫篆刻，以艰深文浅陋的实质。接着，进一步对扬雄将辞赋一律作为雕虫篆刻的看法进行批驳，举屈原《离骚》为例，认为它是《风》《雅》之变，可与日月争光，不能因为它是辞赋而斥之为雕虫；又对扬雄将贾谊在辞赋方面的成就置于司马相如之下进行批驳，认为屈、贾相继，贾谊的成就高于同属雕虫篆刻、以艰深文浅陋的司马相如。这一段，从对扬雄文章、言论的批评引出屈原，又引出贾谊，辗转相引，而中心则在批评创作中"以艰深文浅陋"的倾向，从中正可看出他所主张的是深入与浅出的统一，"以艰深文浅陋"正是与"辞达"相反对的。他感慨地说，上述看法，"可与知者道，难与俗人言"，言外既含视谢民师为自己的知音之意，也慨叹现实中少人会心。最后引欧阳修的话，强调文章如精金秀玉，自有定价，并不以俗人的口舌定贵贱。言外即含真正的"辞达"之文、深入浅出之文方能传之广远之意。

最后一段是对谢民师为惠力寺求字一事的答复，并顺告自己的行程。

古代文论，常有以书信形式表达者。这种形式，比较自由随意，少所拘束，对表现作者"行云流水，初无定质"的文艺观更有其天然的适应性。这封信不但本身便是"行云流水"风格的完美体现，而且还具有书信体特有的浓郁抒情气氛和亲切情趣；既给人以思想启迪，又给人以美的享受。

李君山房记 〔一〕

象犀〔二〕珠玉，怪珍之物，有悦于人之耳目，而不适于用。金石草木丝麻，五谷六材〔三〕，有适于用，而用之则弊，取之则竭。悦于人之耳目而适于用，用之而不弊，取之而不竭，贤不肖之所得各因其才，仁智之所见各随其分〔四〕，才分不同，而求无不获者，惟书乎？

自孔子圣人，其学必始于观书。当是时，惟周之柱下史老聃〔五〕为多书。韩宣子〔六〕适鲁，然后见《易象》与《鲁春秋》。季札〔七〕聘于上国〔八〕，然后得闻《诗》之风、雅、颂。而楚独有左史〔九〕倚相〔一〇〕，能读《三坟》《五典》《八索》《九丘》。士之生于是时，得见《六经》〔一一〕者盖无几，其学可谓难矣。而皆习于礼乐，深于道德，非后世君子所及。

自秦汉已来,作者益众,纸与字画〔一二〕,日趋于简便,而书益多,世莫不有。然学者益以苟简〔一三〕,何哉?余犹及见老儒先生,自言其少时,欲求《史记》《汉书》而不可得,幸而得之,皆手自书,日夜诵读,惟恐不及。近岁市人转相摹刻诸子百家之书,日传万纸,学者之于书,多且易致如此。其文词学术,当倍蓰〔一四〕于昔人,而后生〔一五〕科举之士,皆束书不观,游谈无根,此又何也?

余友李公择,少时读书于庐山五老峰下白石庵之僧舍。公择既去,而山中之人思之,指其所居为李氏山房,藏书凡九千馀卷。公择既已涉其流,探其源,采剥其华实,而咀嚼其膏味〔一六〕,以为己有,发于文词,见于行事,以闻名于当世矣。而书固自如〔一七〕也,未尝少损。将以遗来者,供其无穷之求,而各足其才分之所当得。是以不藏于家,而藏于其故所居之僧舍,此仁者之心也。

余既衰且病,无所用于世,惟得数年之闲,尽读其所未见之书,而庐山固有所愿游而不得者,盖将老焉。尽发〔一八〕公择之藏,拾其馀弃〔一九〕,以自补,庶有益乎?而公择求余文以为记,乃为一言,使来者知昔之君子见书之难,而今之学者有书而不读为可惜也。

注

〔一〕李君山房记:一作《李氏山房藏书记》。李君,指李常,字公择,黄庭坚之舅。秦观有《故龙图阁直学士中大夫知成都府李公行状》,《宋史》卷三四四有传。

〔二〕象犀:象牙犀角,均珍奇之物。

〔三〕六材:泛指各种用材。《后汉书·舆服志》:"是故具物以时,六材皆良。"

〔四〕分:天分、素质。

〔五〕柱下史老聃(dān):指老子,曾为周柱下史。

〔六〕韩宣子:春秋晋大夫。《左传·昭公二年》:"春,晋侯使韩宣子来聘，且告为政。而未见礼也，观书于太史氏……曰：'周礼尽在鲁矣。'"

〔七〕季札：春秋吴公子。鲁襄公二十九年，季札历聘鲁、齐、郑、卫、晋诸国。

〔八〕上国：春秋时称中原诸侯国为上国。此特指鲁国。季札观周乐于鲁，鲁使乐工为之歌《诗》之十五国风、大小雅与颂。

〔九〕左史：周代史官分左、右史。

〔一〇〕倚相：楚人，官左史。《左传·昭公十二年》载，楚王与子革语，左史倚相趋过，王曰："是良史也，子善视之。是能读《三坟》《五典》《八索》《九丘》（均为传说中古代典籍名）。"

〔一一〕《六经》：指《诗》《书》《礼》《乐》《易》《春秋》。《庄子·天运》："孔子谓老聃曰：'丘治《诗》《书》《礼》《乐》《易》《春秋》六经，自以为久矣，孰知其故矣。'"

〔一二〕字画：字的笔画。

〔一三〕苟简：随便草率、疏简不学。

〔一四〕蓰（xǐ）：五倍。

〔一五〕后生：后辈少年。

〔一六〕膏味：美味。

〔一七〕自如：依然如故。

〔一八〕发：开启。

〔一九〕馀弃：指公择所遗留下来的书籍。

品读

宋代文化较之前代，普及程度明显提高。特别是科举制度的进一步发展和印刷术的繁荣，使读书的人越来越多，书籍的刻印流传也更为简便，藏书之风因之渐趋兴盛。这篇记文借称扬李公择读书、藏书及遗书供来者之事，强调读书的重要性和遗书供来者的"仁者之心"，是一篇思想见解卓越，至今仍有启示意义的文章。

开头一段，以象犀珠玉等珍异之物，虽悦目而不适用，金石草木丝麻五谷六材等日用之物，虽适用而用之则弊，取之则竭作为比衬，引出既悦目又适用，且用之不弊、取之不竭，使贤者与不肖者，仁者与智者各因其才分而均有所获的精神文化产品——书籍，充分揭示了书籍作为承载人类知识经验

苏轼

505

结晶和思想文化精华的产品对所有人的重要性。论证层层转进，而又一气呵成，非常周密细致，有说服力。

接下来一段，专门记述古代圣贤对读书的重视："自孔子圣人，其学必始于观书。"《论语》中就有许多孔子自己勤于读书以及教育其子其门人读书的记述。圣人犹且如此，其他人更不必说。以下列举老聃、韩宣子、季礼、倚相等人藏书、观书、读书的事例，说明古圣先贤"其学必始于观书"的道理。"始"字精确，说明观书是治学的始基，但学并不止于单纯接受前人的知识经验。然后由古圣贤之重视观书谈到其时士人读书的条件很困难，但却都"习于礼乐""深于道德"，非后世君子所及。这一方面从对比中更突出了古圣先贤勤于读书的品质，另一方面又引出下文对后世士人"束书不观"陋习的批评。

第三段由溯古而论今。中心是强调秦汉以来，书写工具和文字本身，日趋简便易得，著书的人和书籍也越来越多，但学者却越来越苟且空疏。亦结合自己亲历，说明前辈士人因为求书不易，故勤于读书，甚至"手自书，日夜诵读，惟恐不及"；而近岁以来印刷术发达，书籍多而易得，然而"后生科举之士，皆束书不观，游谈无根"，对当世士人的空疏不学的陋习进行了尖锐的批评，前后用了"何哉""此又何也"的发问对书多反而不读的怪现象表示莫大的困惑不解。当然，答案是有的，重要原因之一还是没有认识到读书的重要性，即第一段所阐述的道理。

第四段方落到题目，记述李公择读书，藏书、遗书于来者之事。先写公择少时读书于庐山僧舍，公择去后，山中人指其所居为"李氏山房"，"藏书凡九千馀卷"，缴清"李君山房"的题目。然后指出李公择读书万卷之所获——涉流探源，采其华实，咀其膏味，且发于文词，见于行事，闻名于当世。实际上是以李公择为典型，再次强调读书的重要性。然后笔锋一转，指出"书固自如也，未尝少损"，回应首段"用之而不弊"；进又指出这近万卷藏书"将以遗来者，供其无穷之求，而各足其才分之所当得"，回应首段的"取之而不竭""贤不肖之所得各因其才，仁智之所见各随其分"。正因为其丰富的藏书对后来的士人有这样重要的作用，故李公择"不藏于家，而藏于其故所居之僧舍"，并对他这样做的用心给予崇高评价："此仁者之心也。"仁者爱人，遗书于众人后世，是最深刻意义上的爱人之举。

末段将自己作为"来者"的一员，表示将以"数年之闲，尽读其所未见之书"，"尽发公择所藏，拾其馀弃以自补"。最后交代作记的缘由——应公择所求和目的——"使来者知昔之君子见书之难，而今之学者有书而不读为可惜也。"

在苏轼的记文中，这篇文章是写得比较中规中矩，严谨细密的。与他的许多文章的"如行云流水""姿态横生""超逸飘忽"有别。它的特点主要表现在思想内容，特别是思想见解的卓越上。

首先是读书的目的。自古以来，学而优则仕就是读书人牢不可破的传统观念，读书的目的就是为了做官，科举制建立后，这一观念更深入人心。唐代韩愈的《示儿》《符读书城南》，宣扬的就是赤裸裸的读书做官论："始我来京师，止携一束书。辛勤三千年，以有此屋庐"；"两家各生子，提孩巧相如……一为马前卒，鞭背生虫蛆；一为公与相，潭潭府中居。问之何因尔？学与不学欤？"杜牧的《冬至日寄小侄阿宜诗》也同样未能免俗："愿尔一祝后，读书日日忙。一日读十纸，一月读一箱。朝廷用文治，大开官职场。愿尔出门去，取官如驱羊！"但在苏轼这篇强调读书的重要性，劝人读书的文章中，却始终没有这类论调。它强调的是"涉其流，探其源，采剥其华实，而咀嚼其膏味，以为己有，发于文词，见于行事"，即弄清学术本身的源流，取其精华，品其美味，提高自己的文化修养，并表现在文章写作中，体现在行为实践上。总之，是通过读书来提高自身的素质和精神、文化素养，而且读书本身在咀嚼其膏味的过程中也自有乐趣。这对传统的以个人利禄为终极目的的读书观无疑是一种突破，见解独到而卓越。

其次是藏书的目的。古代有不少著名的藏书家，他们对于保存古代典籍和优秀传统文化功不可没。但不少人往往将藏书视为私产，秘不示人，使珍贵的典籍不能为更多的人阅读、利用，失去其流播的作用。这篇记特意标举李公择将自己的藏书"不藏于家，而藏于其故所居之僧舍"，以便使这些书为更多的人所阅读，"供其无穷之求，而各足其才分之所当得"，并赞美这是"仁者之心"。这里所反映出来的观念，已经多少带有近代意义的图书馆观念，在当时也是一种比较超前的意识。总之，藏书的目的不是单纯的"藏"，而是为了供更多的人阅读，这是一种观念上的进步。

苏轼

韩文公庙碑〔一〕

匹夫而为百世师〔二〕，一言而为天下法〔三〕。是皆有以参天地之化〔四〕，关盛衰之运。其生也有自来，其逝也有所为。故申、吕自岳降〔五〕，傅说为列星〔六〕。古今所传，不可诬也。孟子曰："吾善养吾浩然之气。是气也，寓于寻常之中，而塞乎天地之间〔七〕。"卒〔八〕然遇之，则王公失其贵，晋、楚失其富〔九〕，良、平〔一〇〕失其智，贲、育〔一一〕失其勇，仪、秦〔一二〕失其辩，是孰使之然哉？其必有不以形而立，不恃力而行，不待生而存，不随死而亡者矣。故在天为星辰，在地为河岳；幽则为鬼神，而明则复为人。此理之常，无足怪者。

自东汉已来，道丧之弊，异端〔一三〕并起，历唐贞观、开元之盛，辅以房、杜、姚、宋〔一四〕而不能救。独韩文公起布衣，谈笑而麾〔一五〕之，天下靡然从公，复归于正，盖三百年于此矣。文起八代〔一六〕之衰，而道济天下之溺，忠犯人主之怒〔一七〕，而勇夺三军之帅〔一八〕。岂非参天地，关盛衰，浩然而独存者乎！盖尝论天人之辨，以谓人无所不至，惟天不容伪〔一九〕；智可以欺王公，不可以欺豚鱼〔二〇〕；力可以得天下，不可以得匹夫匹妇之心。故公之精诚，能开衡山之云〔二一〕，而不能回宪宗之惑；能驯鳄鱼之暴〔二二〕，而不能弭〔二三〕皇甫镈〔二四〕、李逢吉〔二五〕之谤；能信于南海之民，庙食百世，而不能使其身一日安于朝廷之上。盖公之所能者，天也；所不能者，人也。

始潮人未知学，公命进士赵德为之师〔二六〕。自是潮之士皆笃于文行，延及齐民，至于今，号称易治。信乎孔子之言："君子学道则爱人，小人学道则易使也〔二七〕。"潮人之事公也，饮食必祭，水旱疾疫，凡有求必祷焉。而庙在刺史公堂之后，民以出入为艰，前守欲请诸朝作新庙，不果。元祐五年，朝散郎王君涤来守是邦，凡所以养士治民者，一以公为师。民既悦服，则出令曰："愿新公庙者听。"民欢趋之。卜地于州城之南七里，期年而庙成。

或曰："公去国万里而谪于潮，不能一岁而归〔二八〕，没而有知，岂不眷恋于潮也审矣。"轼曰："不然。公之神在天下者，如水之在地中，无所往而不在也。而潮人独信之深，思之至，焄蒿〔二九〕凄怆，若或见之。譬如凿井得泉，而曰水专在是，岂理也哉！"元丰七年，诏封公昌黎伯，故榜曰"昌黎伯韩文公之庙"。潮人请书其事于右，因作诗以遗之，使歌以祀公。其词曰：

公昔骑龙白云乡，手抉云汉〔三〇〕分天章〔三一〕，天孙〔三二〕为织云锦裳。飘然乘风来帝旁，下与浊世扫秕糠〔三三〕，西游咸池〔三四〕略扶桑〔三五〕。草木衣被〔三六〕昭回〔三七〕光，追逐李、杜参翱翔〔三八〕，汗流籍、湜〔三九〕走且僵。灭没〔四〇〕倒景〔四一〕不可望，作书诋佛讥君王，要观南海窥衡湘。历舜九疑〔四二〕吊英、皇〔四三〕，祝融〔四四〕先驱海若〔四五〕藏，约束蛟鳄如驱羊。钧天〔四六〕无人帝悲伤，讴吟下招遣巫阳〔四七〕，犦牲〔四八〕鸡卜〔四九〕羞我觞〔五〇〕。于粲〔五一〕荔丹与蕉黄，公不少留我涕滂，翩然披发下大荒〔五二〕。

注

〔一〕韩文公庙碑：一作《潮州韩文公庙碑》。韩文公，韩愈，谥"文"。唐宪宗元和十四年，韩愈因谏迎佛骨，贬潮州刺史。

〔二〕百世师：《孟子·尽心下》："圣人，百世之师也。"

〔三〕天下法：天下人遵循的法则。《礼记·中庸》："行而世为天下法，言而世为天下则。"

〔四〕参天地之化：赞助天地的化育。《礼记·中庸》："可以赞天地之化育。"

〔五〕申、吕自岳降：《诗·大雅·崧高》："维岳降神，生甫及申。"传说周宣王、穆王时大臣申侯、吕侯（也称甫侯）诞生时有山岳降神之吉兆。此句申说"其生也有自来"。

509

〔六〕傅说（yuè）为列星：傅说为殷高宗武丁时贤相，传其死后为天上星宿，见《庄子·大宗师》。此句申说"其逝也有所为"。

〔七〕"孟子曰"五句：见《孟子·公孙丑上》："浩然之气，一种至大至刚，充塞于天地之间的正气。寻常，八尺为寻，一丈六尺为常。喻短小，犹尺寸之地。

〔八〕卒：同"猝"，突然。

〔九〕晋、楚失其富：《孟子·公孙丑下》："曾子曰：'晋、楚之富，不可及也。'"

〔一〇〕良、平：张良、陈平。汉高祖刘邦的杰出谋士。

〔一一〕贲（bēn）、育：战国时勇士孟贲、夏育。

〔一二〕仪、秦：张仪、苏秦，战国时著名纵横家，以能言善辩著称。

〔一三〕异端：指佛、老子学。

〔一四〕房、杜：房玄龄、杜如晦，唐太宗时名相。姚、宋：姚崇、宋璟，唐玄宗开元时名相。

〔一五〕麾：挥斥。

〔一六〕八代：指东汉、魏、晋、宋、齐、梁、陈、隋。

〔一七〕"忠犯"句：指韩愈因谏迎佛骨，触怒宪宗，被贬为潮州刺史之事。

〔一八〕"而勇夺"句：指镇州兵乱，军将王廷凑杀节度使田弘正自立，韩愈奉命前往宣抚，王廷凑陈甲兵列待，韩愈陈大义说服之，平息兵乱。《论语·子罕》："三军可夺帅也，匹夫不可夺志也。"

〔一九〕惟天不容伪：只有天是不容欺诈的。

〔二〇〕豚鱼：猪和鱼，喻微贱之物。《易·中孚》："豚鱼，吉，信及豚鱼也。"

〔二一〕开衡山之云：韩愈贬阳山令，途经衡山遇天气阴晦，潜心默祷，果云开日出。见其《谒衡岳庙遂宿岳寺题门楼》诗。

〔二二〕驯鳄鱼之暴：韩愈任潮州刺史时，闻恶溪有鳄鱼扰民，乃作《祭鳄鱼文》，令其迁走，鳄鱼果离去。

〔二三〕弭：止。

〔二四〕皇甫镈（bó）：宪宗时宰相。宪宗见韩愈《潮州谢上表》，曾想复用，"皇甫镈恶愈狷直，恐其复用，率先对曰：'愈终太狂疏，且可量移一郡。'乃授袁州刺史"（《旧唐书·韩愈传》）。

〔二五〕李逢吉：穆宗时宰相，曾制造李绅与韩愈的矛盾，借口二人不和，罢韩愈兵部侍郎之职。

〔二六〕"公命"句：韩愈《潮州请置乡校牒》："赵德秀才，沈雅专静，颇通经，有文章，能知先王之道，论说且排异端而宗孔氏，可以为师矣。请摄海阳县尉，为衙推官，专勾当州学，以督生徒，兴恺悌之风。"进士，即牒称秀才。

〔二七〕"君子"二句：见《论语·阳货》。

〔二八〕不能一岁而归：韩愈元和十四年正月贬潮，十月量移袁州刺史。归，指北归。

〔二九〕焄（xūn）蒿：祭品香气蒸腾。《礼记·祭义》："其气发扬于上，为昭明，焄蒿凄怆。"

〔三〇〕云汉：银河。

〔三一〕天章：天上的文采。

〔三二〕天孙：织女星。

〔三三〕扫秕糠：指扫荡佛道异端。

〔三四〕咸池：神话中太阳沐浴处。

〔三五〕扶桑：神话中太阳升起处的神木。

〔三六〕衣被：蒙受。

〔三七〕昭回：普照。

〔三八〕参翱翔：犹比翼齐飞。

〔三九〕籍、湜：张籍、皇甫湜。均游于韩门，湜为韩愈弟子。此言张籍、皇甫湜虽努力追赶亦未能及。

〔四〇〕灭没：形容马跑得极快。《列子·说符》："天下之马者，若灭若没，若亡若失。"此言韩愈如千里马迅疾飞驰，其倒影亦不可望。

〔四一〕景："影"的本字。

〔四二〕九疑：山名，在今湖南宁远县南。相传舜南巡不返，葬于九疑。

〔四三〕英、皇：娥皇、女英，舜的两个妃子。舜南巡，二妃从之，舜死，二妃悲啼，泪洒竹尽斑。后为湘水之神。韩愈有《祭湘君夫人文》，"吊英、皇"指此。

511

〔四四〕祝融：此指南海之神。视下"海若"可知。

〔四五〕海若：海神。

〔四六〕钧天：天之中央。此指朝廷。

〔四七〕巫阳：古代神话中的神巫，名阳。《楚辞·招魂》："帝告巫阳曰：'有人在下，我欲辅之。魂魄离散，汝筮予之。'"

〔四八〕爆（bó）牲：供祭礼用的犅牛。

〔四九〕鸡卜：用鸡骨占卜。

〔五○〕羞我觞：献酒。

〔五一〕于粲：颜色鲜明貌。

〔五二〕大荒：神话中山名。此借指仙境。韩愈《杂诗》："翩然下大荒，披发骑麒麟。"

 品读

这是苏轼一篇脍炙人口的碑志文，作于宋哲宗元祐七年（1092）。

韩愈其人其学其文，后世常有不同的评价与议论。苏轼此文，可谓历代对韩愈的评论中极尽赞颂之能事的代表作。它在内容上的一个突出特点，就是将韩愈极力神圣化。开头一段，便是神圣化的标本。劈头两句，凌空起势，用高度概括的语言和整饬的对偶揭示出韩愈崇高的历史地位和对后世的深远影响：身为一介匹夫，却成为百世景仰的宗师；只言片语，却是为天下人遵循的法则。如果不看题目，很可能认为这是一篇孔子赞的开头。实际上，苏轼的本意正是要通过这样的历史定位将韩愈塑造成和孔子一样的百世宗师和圣人。朱熹说："向谓东坡作《韩公文庙碑》，一日思得颇久（饶录云：'不能得一起头，起行百十遭。'），忽得两句云：'匹夫而为百世师，一言而为天下法。'遂扫将去。"（《朱子语类》卷一三九）可见这个开头，是作者反复琢磨，精心构思的结果。有这两句高度概括而又极富气势的开头作为全文立论的基础，下面便如高屋建瓴，倾泻而下了。

这样一位足为百世师表的圣人，其历史作用，其生其死固不同于常人。以下便顺着这一思路进一步渲染其赞天地之化育万物，关系时世之盛衰气运的伟大作用，说他生时有申侯、甫侯那样山岳降神的吉兆，死后则如傅说之化为天上星宿。这就不仅是圣化，而且神化了。接着引孟子的话，强调韩愈乃是浩然之气的化身。它能使王公之贵，晋、楚之富，良、平之智，贲、育之勇，仪、秦之辩尽皆披靡失色。它不必有形而立，不必恃力而行，不待生而存，不随死而亡。在天则为星辰，在地则为江河，在幽处则为鬼神，在阳间则复为人。这一连串夸张的形容渲染，将韩愈从大处、高处、虚处彻底神圣化了。文思既如泉涌，文笔更显恣肆。

从大处高处虚处着笔，固然可以制造惊动性的效果，但一味如此，却易使文章蹈空，使人读后不着边际，不认为这是韩愈的庙碑。因此第二段便结合韩愈的生平行事，论赞其文章道德功业。但并不是一开头便落到韩愈本身，而是刻意从远处起势，将对韩愈历史功绩的论赞放在一个宏远的历史文化背景上。作者认为，从东汉以来，儒道沦丧，文章道弊，佛道异端之说并起。其间虽历贞观、开元盛世，有房、杜、姚、宋等贤相为辅，但对佛道异端，却始终不能制止。只有韩愈出来，才挥斥异端，使天下相从，复归于儒家正道。宏远的背景成为韩愈"复归于正"的历史功绩的有力反衬，水到渠成地引出了对韩愈功业品德的概括性论赞，而"文起八代之衰，而道济天下之溺"二语，尤为对韩愈一生历史功绩的经典性论赞。此后对韩愈的评论虽有高低起伏，但苏轼对韩愈的"道"与"文"的评论始终成为后代多数人的共识。"忠犯"二语，虽本于韩愈谏迎佛骨、奉使镇州之事，重点则在凸显其忠于朝廷的政治道德品质。有此功业道德文章，当然可以"参天地，关盛衰，浩然而独存"了。行文至此，作一小束，以与上段作呼应，使上段带有夸张色彩的歌颂落到实处。自"盖尝论"以下，以"天人之辨"为中心，结合韩愈生平遭遇，论述韩愈之"所能"与"不能"，以前者反托后者，揭示其精诚可以通天地、驯鳄鱼、感百姓，却不能回昏主之惑、止奸邪之谤，使己身安于朝廷，说明受之于天的韩愈虽能建不朽之功绩，却无法改变自己所处的人事政治环境，这是许多圣贤豪杰共同的悲剧。说韩愈"不能使其身一日安于朝廷之上"诚然有些夸张，但这句话似非单指其贬潮以后的宦历，而是概指其一生的坎坷困顿经历。或谓这是苏轼借以浇自己块垒，情或有之。

第三段才落到"潮州韩文公庙"的题目上来。先写其刺潮重视文化教育事业，兴办州学，选择良师；继写其所取得的深远的绩效，民称易治。从而引出潮民对韩公的敬仰，奉若神明，水旱疾疫，有求必祷。水到渠成，引出"庙"字。再接叙王君泽守此邦，以公为师，民既悦服，乃新其庙。由兴办州学而民称易治，由民敬韩公到守新其庙，一路写来，叙次清晰。"或曰"一段，由韩公刺潮不足一年的事实引出其忠魂"不眷恋于潮"的设疑，使文势作一顿宕，然后又以"水之在地中，无所往而不在"作巧譬，说明韩公之神明德泽，广被中国，而潮人独信之深、思之至，故有新庙之举。最后交代作碑之由、作诗之故。诗既赞韩愈一生的功绩，又用游仙诗的笔法塑造韩愈骑龙乘风，披锦裳抉云汉的神仙形象。前以神圣论起，后以神仙论结，首尾呼应。

本篇除内容上竭力将韩愈神圣化以外，在表现上的突出特点是吸取了纵横家纵横恣肆的议论和夸张渲染的手法，多用骈句、对偶、排比，以造成一种一往无前的气势。这在一、二两段中尤为突出。作为一篇论赞性的文章，它的文学性可能更超过它的学术性。

方山子〔一〕传

　　方山子，光、黄〔二〕间隐人也。少时慕朱家、郭解〔三〕为人，闾里之侠皆宗之。稍壮，折节〔四〕读书，欲以此驰骋当世，然终不遇。晚乃遁于光、黄间，曰岐亭〔五〕。庵居蔬食，不与世相闻。弃车马，毁冠服，徒步往来山中，人莫识也。见其所著帽，方屋〔六〕而高，曰："此岂古方山冠〔七〕之遗像乎？"因谓之方山子。

　　余谪居于黄，过岐亭，适见焉。曰："呜呼！此吾故人陈慥季常也，何为而在此？方山子亦矍然〔八〕问余所以至此者。余告之故，俯而不答，仰而笑，呼余宿其家。环堵萧然〔九〕，而妻子奴婢皆有自得之意。余既耸然〔一○〕异之，独念方山子少时使酒〔一一〕好剑，用财如粪土。前十有九年〔一二〕，余在岐下〔一三〕，见方山子从两骑〔一四〕，挟二矢，游西山。鹊起〔一五〕于前，使骑逐而射之，不获。方山子怒马独出，一发得之。因与余马上论用兵及古今成败，自谓一世豪士。今几日耳，精悍之色，犹见于眉间，而岂山中之人哉？

　　然方山子世有勋阀〔一六〕，当得官，使从事于其间，今已显闻。而其家在洛阳，园宅壮丽，与公侯等。河北有田，岁得帛千匹，亦足以富乐。皆弃不取，独来穷山中，此岂无得而然哉？余闻光、黄间多异人，往往阳狂〔一七〕垢污，不可得而见，方山子傥〔一八〕见之与！

514

〔一〕方山子：即陈慥（cào），字季常，方山子是人们称他的外号，见本篇第一段。苏轼在任签书凤翔府节度判官期间（仁宗嘉祐六年至英宗治平元年，1061—1064）与其结识。贬黄州期间，与之常有过往并有多首诗文酬赠记述。

〔二〕光、黄：光，光州，治所在今河南潢川。黄、黄州，治所在今湖北黄州市。

〔三〕朱家、郭解：西汉著名游侠，事详《史记·游侠列传》。

〔四〕折节：强自克制，改变平素志行。

〔五〕岐亭：镇名，在今湖北麻城县境。

〔六〕方屋：方顶。此指帽子顶部高耸的部分。

〔七〕方山冠：汉代祭宗庙时乐舞人所戴之冠。唐、宋时隐士喜戴这种形状的帽子。

〔八〕矍（jué）然：惊视貌。

〔九〕环堵萧然：形容居室的狭小、简陋。环堵，房子四周环绕每面一丈的土墙。萧然，空寂萧条的样子。陶渊明《五柳先生传》："环堵萧然，不蔽风日。"

〔一〇〕耸然：惊异貌。耸，通"悚"。

〔一一〕使酒：因酒使性。

〔一二〕前十有九年：指仁宗嘉祐八年（1063）。

〔一三〕岐下：指凤翔府，其地有岐山，唐时称岐州。

〔一四〕从两骑：后面跟着两个骑马的人。

〔一五〕鹊起：喜鹊突起于前，非乘时崛起之意。

〔一六〕世有勋阀：指其先世为有功勋的显宦勋门。据《宋史》卷二九八《陈希亮传》，陈慥父希亮，官京西、京东转运使，知凤翔府，迁太常少卿。

〔一七〕阳狂：佯狂。

〔一八〕傥：或。

唐宋古文家的作品中，常有一些人物传记，如韩愈的《圬者王承福传》、柳宗元的《童区寄传》、苏辙的《孟德传》等。这类人物传记，与正史中的人物传记往往叙其一生主要仕历有别，多为记叙现实中一些有奇才异行的人物；其写法也与一般正史人物传记多为按其行年作线性叙述不同，往往抓住人物某些方面的特点作特写式的描绘，叙事前后错杂，夹叙夹议，自由挥洒，不拘一格，实际上是写人的小品文。

苏轼的这篇《方山子传》，作于贬谪黄州期间。传文的第一段，借交代方山子这个外号的来历先对其人作概括的介绍，开头点出他目前的身份是"光、黄间隐人"，为下文叙写二人在黄州重遇伏脉。然后概述其少时至晚岁的大致经历："少时慕朱家、郭解为人"，当指其歆慕朱家、郭解仗义疏财、排难解纷、急人之难的品格，因而乡里之侠"皆宗之"；"稍壮，折节读书，欲以此驰骋当世，然终不遇"，说明他在青壮年时期颇有经世的抱负，并为此一变少之所为，折节读书，但却始终怀才不遇；"晚乃遁于光、黄间"，不与世相闻。作者对他晚年隐于光、黄间的生活、行为、装扮作了比较具体的描写，生活俭朴、行为奇异、装扮奇特，连当地人都不知道他的来历和姓名，只看他所戴的帽子像古代方山冠的式样而给他取了一个"方山子"的外号。这些描写，主要是为了突出其晚年隐于光、黄间时"不与世相闻"的程度。这一段对方山子的概括叙写，可以看出他所走的是一条少而侠、壮而儒、晚而隐的生活道路。

第二段先叙与方山子在黄州猝然相遇的情景。由于事前双方都不知道对方就在黄州，故岐亭适然相遇使双方都感到惊异。苏轼的惊异是少慕游侠、壮怀经世之志的"故人"何以以这副装扮、这种形象出现在眼前，方山子大概也有同样的疑问，何以当年"有笔头千字，胸中万卷"，坚信"致君尧舜，此事何难"（《沁园春》）的苏轼也竟沦落至此。妙在苏轼答以贬黄之故以后，方山子的反应却是"俯而不答，仰而笑"，七个字中颇含深意，但不明白道出，让读者自己去想象。大约两人都有相似的壮岁抱负成虚的人生经历，不必明言，亦自能意会。然后写夜宿其家所见："环堵萧然，而妻子奴婢皆有自得之意。"生活如此清苦，精神意气却如此昂扬自得；妻子奴婢尚且如此，主人更不必说。侧面着笔，虚处传神。

写到"余既耸然异之"，作者却突然撇开眼前相遇的情景，转笔追叙方山子少时"使酒好剑，用财如粪土"的侠少风貌和十九年前在凤翔所见到的壮岁方山子形象。"方山子从两骑，挟二矢，游西山。鹊起于前，使骑逐而射之，不获。方山子怒马独出。一发得之。因与余马上论用兵及古今成败，自谓一世豪士。"这一节人物形象的特写，将方山子壮岁时的文韬武略、意气抱负描绘得栩栩如生、神情毕现。

　　更妙的是，写到当年岐下相遇情景至兴会淋漓处，却又一笔折回目前。但眼前的方山子仍然隐约可见当年的壮采豪情："精悍之色，犹见于眉间，而岂山中之人哉！"是则方山子虽隐而不沦，虽晚而不衰，仍然透露出一股固有的豪气。这是苏轼十九年后岐亭重遇对方山子的深刻印象。

　　写到这里，方山子的生活道路与作者跟他的两度相遇都已叙过，但作者又从他的家世和产业翻出另一层疑问。指出其"世有勋阀"，得官显闻，是轻而易举之事；"家在洛阳，园宅壮丽，与公侯等。河北有田，岁得帛千匹"，家境如此富裕，即使不做官"亦足以富乐"。但他对如贵显的家世和富裕的家业"皆弃不取，独来穷山中"，究竟是出于什么原因呢？苏轼用"此岂无得而然哉"的反问表达了自己对方山子"晚乃遁于光、黄间"的推断，认为他之隐当有所得于心。但究竟所得为何，却并不正面回答。而是虚晃一枪，顾左右而言他："余闻光、黄间多异人，往往阳狂垢污，不可得而见，方山子傥见之与！"言下之意是，方山子或许是在这里遇见了"阳狂"避世的"异人"，寻觅到了志同道合的知音。此或即方山子之所得乎？

　　这篇人物传记写方山子，通篇主要突出一个"异"字。生活道路曲折起伏，有异常人，由任侠而求仕而隐遁，每一转折都出乎常情，这是一异；文韬武略，意气纵横，有异常人，这是二异；行为奇异，穿戴奇特，这是三异；弃贵显富足而不取，独隐于山中，这是四异；环境萧然，而意气自得，这是五异。集五异于一身，方山子的异人形象便跃然纸上了。

　　方山子虽走过了一条由少慕游侠、壮欲经世、晚隐光、黄的生活道路，但他身上又自始至终体现出侠的豪纵不羁之气。岐下与苏轼相遇，正值其壮岁"折节读书，欲以此驰骋当世"的时期，但他身上却没有一般士人的那种儒雅温文之气，而是英气勃勃，驰骋骑射，"马上论用兵及古今成败"，大有豪侠风采。直至晚隐光、黄，岐亭相遇，"精悍之色，犹见于眉间"。他身上固有的这种豪侠之气，正与其奇才异行相互表里。

　　在写法上，这篇人物传记完全摒弃了平铺直叙其家世、经历的线型叙述方式，采用了曲折起伏、纵横跌宕、夹叙夹议的方式。按时间顺序，写家世、产业应在前，写岐下相遇应在其后，而岐亭重见应在最后。而传文的二、三两段，却完全颠倒这一时间顺序，先写岐亭相遇，由相遇时"耸然异之"的印象折回到十九年前的岐下相遇，以突出其壮岁的文才武略，英雄豪气，然后又转回目前，以"精悍之色，犹见于眉间"作照应，波澜迭起，跌宕曲折，淋漓尽致。第三段更出人意料追叙其家世、家境，以突出其晚隐光、黄必有所得而然。篇末又故作荡漾不尽之笔，越显出烟波浩渺，意蕴深远。这种打破叙事常规的写法，与人物的异行侠气也正相契合。

祭欧阳文忠公〔一〕文

呜呼哀哉！公之生于世，六十有六年。民有父母〔二〕，国有蓍龟〔三〕，斯文有传〔四〕，学者有师〔五〕，君子有所恃而不恐，小人有所畏而不为〔六〕。譬如大川乔岳〔七〕，不见其运动，而功利之及于物者，盖不可以数计而周知。今公之没也，赤子无所仰庇，朝廷无所稽疑〔八〕，斯文化为异端〔九〕，而学者至于用夷〔一〇〕。君子以为无与为善〔一一〕，而小人沛然〔一二〕自以为得时。譬如深渊大泽，龙亡而虎逝，则变怪杂出，舞鳝鲟〔一三〕而号狐狸。昔公之未用也，天下以为病。而其既用也，则又以为迟。及其释位而去也，莫不冀其复用。至其请老〔一四〕而归也，莫不惆怅失望，而犹庶几于万一者，幸公之未衰。孰谓公无复有意于斯世也，奄〔一五〕一去而莫予追。岂厌世溷浊，洁身而逝乎？将民之无禄〔一六〕，而天莫之遗？昔我先君〔一七〕，怀宝〔一八〕遁世，非公则莫能致〔一九〕。而不肖〔二〇〕无状，因缘〔二一〕出人，受教于门下者，十有六年〔二二〕于兹。闻公之丧，义当匍匐〔二三〕往救，而怀禄不去，愧古人以忸怩〔二四〕。缄词千里，以寓一哀而已矣。盖上以为天下恸，而下以哭吾私。呜呼哀哉！

注

〔一〕欧阳文忠公：欧阳修，谥文忠。参王安石《祭欧阳文忠公文》

注〔一〕。

〔二〕民有父母：称颂欧阳修为官仁惠爱民。《诗·小雅·南山有台》："乐只君子，民之父母。"

〔三〕国有蓍（shī）龟：称颂欧阳修有政治预见，能决政事之疑难。蓍，蓍草。龟，龟甲。古代用蓍草的茎和龟甲占卜吉凶。

〔四〕斯文有传：称扬欧阳修对宋代古文运动作出杰出贡献，使载儒家之道的文章传统得以传承。斯文，原指典章制度，见《论语·子罕》。此指文章。

〔五〕学者有师：韩愈《师说》："古之学者必有师。"

〔六〕不为：指不敢为非作歹。

〔七〕乔岳：高山。

〔八〕稽疑：询问疑难。稽，卜问。

〔九〕异端：指佛、道二教的学说。

〔一〇〕用夷：用异族的文化来改变华夏文化。《孟子·滕文公上》："吾闻用夏变夷者，未闻变于夷者也。"此反用之。

〔一一〕"君子"句：谓君子认为无人与己一起为善。

〔一二〕沛然：气盛貌。

〔一三〕鳅鳝（qiū shàn）：泥鳅与鳝鱼。

〔一四〕请老：以年老请求辞官退休。欧阳修曾多次请求辞官退休，至熙宁四年（1071）始退居颍州（今安徽阜阳）。

〔一五〕奄：忽然。指其忽然逝世。

〔一六〕"将民"句：将，或。无禄，无福。《左传·哀公十六年》载，孔子卒，鲁哀公哀诔曰："昊天不吊，憖遗一老。"

〔一七〕先君：指作者之父苏洵。

〔一八〕怀宝：怀抱经世之才。《论语·阳货》："怀其宝而迷其邦。"

〔一九〕"非公"句：指仁宗嘉祐元年（1056）五月，苏洵携苏轼、苏辙兄弟入京，献文于欧阳修，修荐洵为秘书省校书郎。致，招引，罗致。

〔二〇〕不肖：苏轼自指。

〔二一〕因缘：依凭攀附。

〔二二〕十有六年：指自欧阳修知贡举之嘉祐二年（1057）苏轼登第（苏辙亦同科及第），至欧阳修逝世之年（1072），首尾十六年。

〔二三〕匍匐：尽力。《诗·邶风·谷风》："凡民有丧，匍匐救之。"

519

〔二四〕"愧古人"句：谓因居官未能效古人奔师之丧而深感羞愧。忸怩，羞愧。

欧阳修去世后，北宋政坛、文坛上两位杰出的人物王安石和苏轼都写了情辞恳挚的祭文。王安石曾受到欧阳修的称扬和荐举，苏轼不但与弟苏辙同为欧阳修的门生，且父子两代同受修之知遇。苏轼与王安石政见不同，祭文的内容也各有侧重，但都是此体中的精品，堪称并世而出的双璧。

祭文共四节，分别以"公之生于世""公之没""公之用""哭吾私"为眼目，前三节是主体，也可以用"为天下恸"来概括。

首节赞颂欧阳修在世六十六年的杰出成就与业绩。"民有父母"，赞其为官施仁政爱百姓。欧阳修一生担任过多次地方官吏，均有惠政，以"民有父母"颂之，正是抓住了欧阳修作为一个政治家的根本。"国有蓍龟"，赞其为国家为朝廷决策解疑，具有政治预见，突出的是作为朝廷重臣的才智识见。二句一偏指地方官吏的业绩，一偏指中央政府重臣的才识，合之则得其作为政治家的全面业绩才能。"斯文有传"，颂其领导宋代古文运动，使传儒道的古文传统得以继承发展，突出的是其在儒学、文学方面的业绩与成就。《宋史·欧阳修传论》谓："唐之文，涉五季而弊，至宋欧阳修又振起之。挽百川之颓波，息千古之邪说，使斯文之正气，可以羽翼大道，扶持人心。"可以作为"斯文有传"一语的注脚。"学者有师"既指其在学术上的多方成就与崇高地位，更称其在荐拔、培养人才方面的卓越功绩。前者偏重于其文学成就及其历史地位，后者偏重于其学术成就及在当时的巨大影响。四句话是对欧阳修一生业绩的高度概括，看似虚泛，实则语皆有所指所据，并非泛泛虚誉。"君子"二语，颂其在世时政治上、道德上的巨大影响力和威慑力，使正直的人得到依靠，使小人不敢为非作歹。然后以"大川乔岳"为喻，赞颂其有功于国有利于民，是无形而无限的。这是对其一生业绩的最高评价。

第二节惋惜欧公逝世将给国家、人民、文学事业、学术事业带来巨大损失。"赤子无所仰庇"四句，分别对应上节"民有父母"四句。百姓无所庇护，朝廷无所稽疑，侧重于当下；斯文化为异端，学者至于用夷，侧重于今后，因为这种变化不可能在欧公死后立即显现。作者之所以这样说，无非是为了强调欧阳修在维护儒家道统方面的作用。"君子"二句，应上节"君子"

二句，谓正直的人士认为从此再无人与己一起为善，而小人则气势嚣张自以为得时。"譬如"四句即承"小人沛然自以为得时"而言之，说欧公逝世后，小人们就像深渊大泽中的鳅鳝跳舞、狐狸嗥叫一样，变怪杂出，得意忘形。《晚村精选八大家古文》引楼昉评云："模写小人情状，极其底蕴。介甫门下观之，能无怒乎？"按熙宁四年（欧阳修逝世的前一年），欧阳修、富弼因推行新法不力，先后退休。苏轼则屡上奏议反对新法，御史谢景温等诬奏苏轼过失，苏轼要求外放。这里所写的"舞鳅鳝而号狐狸"的情状可能是有所感而发。

第三节又从死后折回生前，围绕欧公之用与不用赞颂其以一身系天下人之望。未用时，天下以为苦；既用，则以为迟；释位，则希其复用；"请老而归"，则惆怅失望；然犹幸其未衰。层层递进，最后一句重笔折转："孰谓公无复有意于斯世也，奄一去而莫予追。"将天下人因欧公之逝世而深感悲痛绝望的心理推至极端。然意犹未尽，复作设问语，既借揣度欧公之心抒发自己对"世之溷浊"的厌弃，又表达了天丧斯文，斯民无福的沉痛。至此，"上以为天下恸"的主意已充分表达，下节乃转笔写祭者个人的特殊感情。

第四节以"先君"苏洵所受于欧公的恩遇写起，而及于身受恩遇教诲十六年的经历。两世恩谊，理应亲往吊祭，而因居官（时在杭州通判任）而未能，故倍感羞愧。"盖上以为天下恸，而下以哭吾私"二句，既点醒本节之意，也就势为全文作一总束。

跟王安石的祭文比较，苏轼的这篇祭文更侧重于对作为政治家的欧阳修的政治业绩、才能和影响力的赞颂，而王安石的祭文则着重赞颂作为文学家的欧阳修的成就。尽管从表面看，王文既赞其文章、节操，亦赞其功业，苏文既赞其政治业绩，亦赞其文学成就和学术成就，似乎都全面兼顾，并未偏废。但细加考察就不难发现，王文主要是从欧阳修的人格品质、学问修养、学术造诣等方面来赞颂其文章的高度成就。而对作为政治家的欧阳修，则主要赞颂其"果敢之气""刚正之节"，即肯定其政治节操，至于政治业绩，则仅举"协定大议"立赵曙为太子一事，而此事在欧阳修一生的政治业绩中，实非突出之事例，且系韩琦主谋，欧阳修只起"协定"的作用。这种处理，反映出王安石对欧阳修晚年政治主张偏于保守在态度上仍有所保留。而苏轼的祭文，在全面赞颂欧阳修的业绩的前提下，最看重的无疑是作为政治家的欧阳修，以一身系天下之望的巨大影响力，围绕他的任用进退，告老逝世，反复强调的就是这一点。而这又和欧阳修晚年政治主张与苏轼比较接近密切相关。政治人物写的祭文，其政治倾向无论有意无意，总是会有所透露。当然，王安石也并没有因为欧阳修晚年政见与己不合而有所褒贬，相反，还盛赞其"果敢之气，刚正之节，至晚而不衰"，这正是王安石作为一个大政治家通达大度之处。

苏、王二人都曾身受欧阳修的知遇，苏轼出于对欧公两世恩谊的感激，于祭文的最后特辟一节申述私衷，而王安石的祭文仅以"况朝士大夫，平昔游从，又予心之向慕而瞻依"数语带过。这样的处理，也多少反映了在私人友谊上欧之与苏可能更加密切一些。

与王元直〔一〕

黄州真在井底，杳不闻乡国消息，不审比日起居何如？郎娘〔二〕各安否？此中凡百粗遣，江边弄水挑菜，便过一日。每见一邸报〔三〕，须数人下狱得罪。方朝廷综核名实〔四〕，虽才者犹不堪其任，况仆顽钝如此，其废弃固宜。但犹有少望〔五〕，或圣恩许归田里，得款段〔六〕一仆，与子众〔七〕丈杨文宗〔八〕之流，往来瑞草桥，夜还何村，与君对坐庄门吃瓜子炒豆，不知当复有此日否？存道〔九〕奄忽〔一〇〕，使我至今酸辛，其家亦安在？人还，详示数字。馀惟万万保爱。

注

〔一〕王元直：王箴，字元直，小名三彦，小字惇叔。苏轼妻弟。

〔二〕郎娘：此指王箴的儿子和妻子。

〔三〕邸报：汉、唐地方长官在京师设邸，邸中传抄诏令、奏章等以报于诸藩，故称。此指朝廷官报。

〔四〕综核名实：考察官吏政绩，看其名实是否相符。《汉书·宣帝纪赞》："孝宣之治，信赏必罚，综核名实，政事文学法理之士咸精其能。"此指当时朝廷主政者借考核官吏政绩排斥异己。

〔五〕少望：微末的愿望。

〔六〕款段：原指马行迟缓貌，此借指行动迟缓的老仆。

〔七〕子众：指王庆源。初名王群，字子众，后改名淮奇，字宣义。王元直的叔父，苏轼之叔丈。曾为洪雅主簿、雅州户椽。谢官后，居于眉州青神县西之瑞草桥。

〔八〕杨文宗：一作杨宗文，字君素，苏轼的长辈。

〔九〕存道：杨从字存道，江阳（今四川彭山东）人，治平四年（1067）进士，年四十九卒。

〔一〇〕奄忽：指逝世。

品读

贬居黄州初期，是苏轼政治上受到严重打击后心情非常苦闷、生活非常困窘的时期。元丰三年（1080）九月，妻弟王箴派人从四川故乡探望苏轼在黄州贬所的情况，苏轼写了这封信交来人带回。

因为是至亲挚友，故信一开头便撇开俗套，毫无掩饰，重笔抒慨，直截了当地揭示自己在黄州的困境，"黄州真在井底，杳不闻乡国消息"，"在井底"的比喻，将自己在黄州期间那种与世隔绝、深居闭门，与外界不通消息的处境生动逼真地显现出来。人在这种困绝之境中，最怀念的就是故乡与亲友，故首先提及对远在乡国的王箴的怀念，问候对方的起居和家人的安好。将一般书信开头的问候语放在"黄州真在井底，杳不闻乡国消息"之后，因"不闻"，故"不审"，不但顺理成章，而且别具一种恍如隔世的况味。接着便向对方叙说自己在黄州的生活状况："此中凡百粗遣，江边弄水挑菜，便过一日。"与开头的重笔直抒悲慨相反，这里特用轻描淡写的笔调，仿佛将自己的生活点染得十分轻松悠闲。细味则其中自含终日无所事事，被剥夺了一切政治权利乃至言论、人身自由的愤郁苦闷。苏轼此次贬黄州，虽挂着团练副使的官衔，实则没有任何职权，只是一个交给当地看管的"闲人"，故看似轻松的淡语中自含郁闷和无奈。下面几句，便进一步对朝局发泄不满和牢骚，就朝廷邸报所载每有官吏下狱得罪之事，对当政者借"综核名实"，考察官吏之名，行排斥异己之实表示不满，说像这样考核官吏，即使是有才能的人也难以胜任，更何况是像自己这样固执坚持己见，不知灵活变通，迎合主政者旨意的人呢，其遭到废黜丢弃自是意料中事。用"顽钝"来称自己，似谦抑实自负，暗示自己是坚持正确政治主张，坚守正直政治品质的人。苏轼因"乌台诗案"被贬以来，一直告诫自己要谨言慎行，免得再因文字罹祸，但生性耿直，面对亲友，仍不免要发泄政治牢骚。

顺着"废弃固宜"的话头，苏轼向对方诉说自己这个"废弃"的"闲人"对将来生活的微末愿望："或圣恩许归田里，得款段一仆，与子众丈杨文宗之流，往来瑞草桥，夜还何村，与君对坐庄门吃瓜子炒豆……"对于一个自信"笔头千字，胸中万卷，致君尧舜，此事何难"（《沁园春》）的苏轼来说，这里描绘的生活理想简直是另一个极端，反映了贬谪黄州这场政治打击对苏轼昔日怀抱的理想的巨大冲击。但对乡居朴素平凡生活中蕴含的美的欣赏流连，确实是苏轼的本色，他在《书赠王元直》中也提到："元祐四年十月十八日夜，与王元直饮酒，掇荠菜食之，甚美。颇忆蜀中巢菜，怅然久之。"可见对故乡风物、乡居生活的热爱，苏轼无论穷达，都是一贯的。正如《苏长公合作》补卷下引凌孟昭评："眼前景致便是诗家绝妙词。观此数语，良然。"宋人往往以俗为雅，这段话无论从内容、情趣、语言，都堪称以俗为雅的典型。然而，就是这样一种微末的愿望，是否真能实现，苏轼对照现实的困境，也感到没有把握。"不知当复有此日否"，所流露的就是对自己将来的命运难以预料的情绪。

因提及与家乡亲友相往来之乐，又自然联想到已故亲友，深感酸辛，并表示对其家人的关切。

这封短简，既抒发了苏轼初贬黄州时那种与世隔绝的孤寂感、无所事事的废置感，又表现了他对当时政局的不满与牢骚，对故乡亲友的怀念、对乡居生活的向往。表达上，或重笔抒慨，或轻描淡写，或以俗为雅，亦笔法多变。

赠别王文甫〔一〕

仆以元丰三年二月一日至黄州，时家在南都〔二〕，独与儿子迈〔三〕来，郡中无一人旧识者。时时策杖至江上，望云涛渺然，亦不知有文甫兄弟在江南〔四〕也。居十馀日，有长而髯〔五〕者惠然〔六〕见过，乃文甫之弟子辩。留语半日，云："迫寒食，且归车湖〔七〕。"仆送之江上，微风细雨，叶舟横江而去。仆登夏隩〔八〕尾〔九〕高丘以望之，仿佛见舟及武昌步〔一〇〕，乃还。尔后遂相往来，及今四周岁，相过殆百数。遂欲买田而老焉，然竟不遂。近忽量移临汝〔一一〕，念将复去此而后期〔一二〕不可必，感物凄然，有不胜怀者。浮屠〔一三〕不三宿桑下〔一四〕，有以也哉！七年三月九日。

注

〔一〕赠别王文甫：题一作《别文甫子辩》。文甫，王齐愈，字文甫。子辩，王齐万，字子辩，齐愈之弟。嘉州犍为（今四川乐山市）人，与苏轼家乡眉州邻近。二人均苏轼妻族。

〔二〕南都：即南京，北宋陪都，今河南商丘市。

〔三〕迈：苏迈，苏轼长子，嘉祐四年（1059）生。

〔四〕江南：特指黄州江对面的武昌（今湖北鄂城）。

〔五〕髯：颊毛。

〔六〕惠然：对朋友的到来表示高兴、欢迎的词语。《诗·邶风·终风》："终风且霾，惠然肯来。"

〔七〕车湖：在武昌县东三十里，有车武子墓。苏轼有诗《王齐万秀才寓居武昌县刘郎洑正与伍洲相对伍子胥奔吴所从渡江也》。

〔八〕夏隩（yù）：《舆地纪胜》："夏竦守黄州，凿水入陂以藏舟，因名。"在黄冈西南二里。

〔九〕尾：后。

〔一〇〕步：船埠头。

〔一一〕量移临汝：元丰七年三月初，苏轼改授汝州（今河南临汝）团练副使，本州安置，不得签署公事。量移，得罪被远贬的官员任官一段时间后酌情迁官至离京城较近之地，亦有遇赦商量移者。

〔一二〕后期：以后的相会。

〔一三〕浮屠：此指僧人。

〔一四〕不三宿桑下：典出《后汉书·襄楷传》："浮屠不三宿桑下，不欲久生恩爱，情之至也。"

品读

　　这篇短文作于元丰七年三月七日，当时苏轼刚接到朝廷量移汝州团练副使的调令，就写了这篇情意真挚的文章与王齐愈兄弟告别。

　　值得注意的是，这篇不到二百字的短文竟用了三分之二的篇幅来追叙他与王齐万初次在黄州相遇的情景。这是因为，这次相遇有着特殊的背景。苏轼于元丰三年大年初一离京赴黄州贬所，因为是严谴，匆忙上路，来不及带上时在南都的家眷，只有长子苏迈陪同，一路上风餐露宿，凄惶之状可想。到了黄州之后，"郡中无一人旧识者"，如处井底，与外界不通信息，处于与世隔绝的境地。极端的孤寂苦闷和无所事事之中，只能毫无目的地"时时策杖至江上，望云涛渺然，亦不知有文甫兄弟在江南也"，寥寥数语，传神地表现了作者当时的孤子傍徨、茫然失落之状。正在这时，忽有"长而髯者惠然见过"，原来是大同乡兼妻族王齐愈之弟齐万。在异乡遇到故乡人，本就令人高兴，又何况是在自己初到贬所无一人旧识的孤子境遇中得见故乡人，更何况对方是特意造访，"惠然见过"，其喜出望外自不必说。这次相遇虽仅半日（寒食节例须祭奠已故亲人），齐万即归江南武昌的东湖寓所，但却给初到黄州、与世隔绝的苏轼带来了友情的温暖与生活的亮色，因而齐万别归之时，自己情意殷殷，特至江边送别："仆送之江上，微风细雨，叶舟横江而去。仆登夏隩尾高丘望之，仿佛见舟及武昌步，乃还。"这在微风细雨中依依惜别，登高目送叶舟横江而去直至武昌对岸的情景，如诗似画，引人遐想。颇似李白《送孟浩然之广陵》的意境，但李白是送朋友作"烟花三月下扬州"的快意之游，故色彩明丽，而苏轼则是在孤寂苦闷中送新遇的友人归去，惜别中更增孤子失落之感。

　　读到这里，方明白与王齐万相遇之前为什么要从贬黄州叙起，而且要强调"独与儿子迈来，郡中无一人旧识者"。因为这一特殊背景赋予了这次造访与惜别特殊的情感内涵与分量，如果削去开头数语，这种特殊的情感内涵就会消失，只是一次平常的朋友间的造访而已。

　　初遇用了如此多的笔墨来交代背景，渲染情景，以下叙四年之中"相过殆百数"却用特简之笔，一笔带过。这是因为，就苏轼与文甫、子辩的整个交往过程而言，初次相遇乃是最具感情冲击力，也最值得回味的一次高峰体验。尽管其后的过往中也有诸如"为风涛所隔，不能即归，则王生能为杀鸡炊黍，至数日不厌"的感人经历，但相对于初次相遇所特具的背景与感情内

古典文学名篇鉴赏及其他

涵而言，毕竟显得平淡一些。且作者于"相过殆百数"之后亦不忘加上一句"遂欲买田而老焉"，可见与文甫、子辩相交之深厚，以致将贬谪的伤心之地视为终老之乐地，苏轼的随遇而安的人生态度也充分显示出来了。最后点出近忽量移临汝，想到自己又将离开生活了四年的黄州和王氏兄弟这样的知交，竟不禁伤心难过，"感物凄然"，难以为怀了。并举出"浮屠不三宿桑下"的典故，抒发自己历久生恋的感情和又将离去的惆怅。表现了苏轼对患难中结交的知己情谊的看重。

苏轼对唐诗非常熟悉且有深厚造诣。他的小品文之所以耐人讽咏，一是其中颇多极具思想内涵的人生体验与感慨，二是极富诗情画意。这篇短文就兼具这两方面的优长。描绘送王生归江南的情景化用李白诗的意境已如上述，末数语又化用了刘皂《旅次朔方》"无端更渡桑乾水，却望并州是故乡"的诗意，但感情是东坡的、个性化的，可谓浑化而无痕。

苏
轼

学术论文十二篇

《长生殿》的主题思想到底是什么？

　　《长生殿》前半部所描写的主要是这两个不可分割的方面：以李杨为中心的宫廷生活以及统治阶级之间、统治阶级与人民的矛盾。"弛了朝纲，占了情场"，正概括了这两方面。

　　从"定情"到"密誓"，确实是李杨爱情逐渐趋于专一的过程，但同时更是一个痛苦和残酷的过程。整个宫廷的生活环境、人与人之间的关系、多情而又轻薄的李隆基就是这一切痛苦和残酷的根源。"六宫未见一时愁，齐立金阶偷眼望"，李杨的关系，首先就是建筑在千百个妃嫔宫女的悲剧生涯基础上的，江采苹的悲剧是突出的代表。但即使在这个基础上建筑起来的李杨关系，也不是一帆风顺地发展，而是更为痛苦与残酷的。对于李隆基来说，宫廷生活所造成的精神空虚，固然会使他产生一些对杨妃这个色艺双绝的绝代佳人的真正的爱（"妃子，不要说你娉婷绝世，只这一点灵心，有谁及得你来"）。但同时，也使他追求《春睡》《窥浴》里那种色欲。自然，从色欲出发，他也就倾倒于虢国夫人的淡淡梳妆了。这在李隆基，原是很自然的事，风流蕴藉的多情官家和轻薄佻达的浪荡天子在他身上就是这样统一起来的。这不但给杨妃带来了深沉的痛苦，也给他自己带来了折磨。——于是，在"幸恩"之后又有了"复召"，他意识到自己是离不开杨妃的。"复召"，与其说是喜剧，倒不如说是更深刻意义的悲剧。因为对于杨贵妃来说，长门宫式的悲剧并不比她复召以后所受的痛苦更不能忍受。作品在《复召》之后所描写的李杨关系发展过程里，更深刻地揭示了这一过程的悲剧性。这特别明显地体现在杨妃这一性格的塑造上。"幸恩"的事件使杨妃意识到

531

像以前对待虢国夫人那样"暗中筑座连环寨，哄结上同心罗带"的顺从上意的方法只是徒劳。在充满了倾轧的宫廷环境里，在又轻薄又多情的"官家"面前，她不得不以矫情的眼泪来"感化"君王，不得不以表面上强硬的手段来挟制君王（即使在《絮阁》一出，隐藏在她强硬外表下的也仍是战战兢兢的情绪，这只要看一看她最初听见李隆基宿翠花阁的消息时，虽然满怀怨怼，却终于隐忍的表现，以及他在李稍一表现歉疚时立即收住——"陛下诚不弃妾，妾复何言？"——的表现就可明白）。为了争宠，她甚至自觉地把自己的幸福建筑在别人的痛苦上，对梅妃施行了毒狠的手段。"江采苹，江采苹，非是我容你不得，只怕我容了你，你就容不得我也！"多么毒狠，又多么沉痛和悲哀！她是聪明的、美丽的、多才多艺的，但这一切美的东西在那个环境里却只能用来婀媚取悦、排挤和打击别人。宫廷生活和人与人之间的关系就是这样培养了一个既令人恨又令人同情的悲剧性格。——从上述对李杨关系及李杨性格的简单分析里，已经可以看出这样一个根本矛盾：统治阶级的客观地位、阶级本性以及人与人之间的残酷关系对于人们的正常生活、真正的爱情，对于美的事物的深刻矛盾。李隆基和杨玉环都在不自觉地摧残着他们所追求的合理生活和真正爱情。他们也都不理解他们在"密誓"里所建立的爱情是以多少人的悲剧为基础的。

但如果李杨的爱情只关涉到宫廷的话，"密誓"倒确实也像喜剧的收场了，问题在于帝妃爱情事件必然要和政治社会现实发生联系，当作者把李杨关系的发展和政治现实紧密地联系起来描写时，就显示了更深广的悲剧，把作品所表现的根本矛盾（统治阶级的客观地位、阶级本性、生活方式和真正爱情的矛盾）揭露得更为深刻。

从第二出开始，围绕着李杨宫廷生活，作品展开了一系列社会政治现象的侧面：政治的腐败、紊乱，人民生活的疾苦（《贿权》《禊游》《权哄》《疑谶》《进果》《合围》等出）。必须注意的是，作品并非孤立地描绘这些现象，而是紧紧联系着李杨关系的发展来描写的。这些现象的产生，一方面是李杨关系发展的直接后果，另一方面，又聚集为导致李杨悲剧的直接原因。作为一个帝皇，"寄情声色"这一事实本身就是和"不理朝纲"联系的，被声色所迷昏了的李隆基，使杨国忠这种卑污、跋扈的小人得以专权，使安禄山这种阴险、奸刁的野心家遽登高位；终于引起了统治集团内部剧烈的倾轧。而李隆基宠爱杨妃的方式也是受他的特殊阶级地位和生活方式决定的，除了像一个"风流官家"那样表现"怜香惜玉的情致"，就是"太平天子"式地用无穷无尽的物质享受来博取佳人的一笑，于是，外戚权臣的"朱甍碧瓦"和杨妃的荔枝上就溅满了人民的血！由李杨关系所引起的统治阶级内部倾轧和统治阶级与人民之间的尖锐对立，最后就不可避免地导致"安史之乱"和"马嵬事变"，这就是"埋玉"。从李杨事件和政治社会现象的辩证关联中，作品深刻地揭示出了：造成李杨爱情悲剧的最根本原因乃是统治阶级的客观地位和生活方式。（这也就是作品的主题。）而这，悲剧主角却是一点也不理解的。这一切，都是那么自然的发生，又是必然地导向悲剧的结局，这里，正表现了作者对生活惊人的熟悉和忠实于生活的现实主义精神。

对于这样一个更深刻意义的悲剧来说，杨妃的死仅仅是个开始。作品的下半部，以惊人的艺术力量塑造了李隆基这一完整的悲剧性格。在《闻铃》《见月》《哭像》《雨梦》等出里，对李的悲剧性格作了集中的描绘。在李对杨的强烈思念和沉痛欲绝情绪里，显示了这样一个生活真理：统治者的帝王只有失去了所爱者，失去了往昔的特殊地位，陷入不幸的境遇时才会强烈地感到爱情的可贵，而他对杨妃的爱也因为失去了特殊地位之后减少了那种色欲的杂质而在一定程度上净化了，但这时，爱情的实现已是绝对不可能了。这正是李的悲剧性格的重要表现。其次，作品决不单纯是描绘无穷的思念，而是细致地展示了夹杂在思念里的复杂感情。以《哭像》为例，当他想起了杨妃和当时的盟誓，感到了沉重的痛疚："是寡人昧他誓盟深，负了他恩情广"；但一想到杨妃的死，又激起了对陈玄礼和六军的强烈怨恨："猛地里爆雷般呐起一声的喊响，早子见铁桶似密围住四下里刀枪。恶噷噷单施逞着他领军元帅威

533

能大，只逼拶的俺失势官家气不长！"而这怨恨里又夹着多少胆战心惊的心情！最后，只落下了绝望的悲哀："人间天上，此恨怎偿！"李的复杂悲剧情绪，正是构成悲剧的客观矛盾不可解的反映。最后，李的悲剧还表现在他一直到死都没有认识悲剧的根源，始终是用帝王的眼光来看这个悲剧，在《雨梦》里，还梦寐不忘地想杀掉陈元礼，认为他是乱臣贼子，是悲剧的制造者。这是一个亲手制造了自己的悲剧而又至死不悟的帝王的苦痛灵魂。以上这几方面的有机结合，构成了完整动人的悲剧性格，也就更深刻、鲜明地揭示了作品的主题，这是《长生殿》后半部的最成功之处。不注意李杨关系发展过程所包含的矛盾和李杨关系与政治现实的辩证关联，不细致深入地分析李的悲剧性格，就不可能正确理解作品的主题，因而得出种种对整个作品主题、对后半部的错误结论。有的同志认为《长生殿》的主题是"表现了统治阶级的荒淫、奢侈、封建王朝灭亡前的昏愦、崩溃景象"①，有的则认为是反映了"民族矛盾和阶级矛盾"②，这正是因为没有注意李杨事件和社会政治现实的辩证关联，殊不知作品有关社会政治现象的侧面描写是服务于展示李杨悲剧的，不能孤立地加以评价。自然，从表现阶级矛盾和民族矛盾的片面结论出发，也就进一步认为下半部"抽去了阶级矛盾""放弃了对统治阶级的批判"，其实，《埋玉》以后，悲剧已经形成，作品的任务又转入对李的悲剧性格的描绘，来深刻展示作品主题。因而阶级矛盾的直接描写对于主题已是不必要的了。何况，李的悲剧性格本身也已反映了构成悲剧的直接原因（不是最后原因）是阶级矛盾。

另外一些同志认为《长生殿》的主题是歌颂真挚爱情和李杨的形象③。如果说前面一类看法是由于把社会政治现象的侧面描写与李杨关系发展割裂开来的话，那么，这种看法却是把李杨爱情与社会政治现实割裂开来，同时也把李杨关系发展过程里由不专一到专一的形式和它所含的痛苦、残酷内容割裂开来，当然，这种看法的产生也还有其客观原因，最主要的是作者在后半部对杨妃性格的抽象化、重圆的结局以及对李杨悲剧的强烈同情所引起的。这因为关系到作者复杂的主观因素，将在下面详细分析。

在《长生殿》（特别是后半部）的人物描写和情节的开展里，可以明显感到作者对李杨悲剧的强烈同情和慨叹。这种同情对作者处理人物、安排结构和结局有极重要关系。因此，有必要探索这种同情的深刻社会历史根源及其实质。

洪升在《四婵娟》（杂剧）第三折里，抒发了对历史、现实中种种爱情悲剧的深切感受，表达了对历史上爱情事件的看法和浪漫色彩的爱情理想。他认为人世的夫妻关系除了子虚乌有的"美满夫妻"（像弄玉萧史）和为数寥寥的恩爱夫妻之外，最多的是不幸的"生死夫妻""离合夫妻"和"不成夫妻"的夫妻。他在提到生死夫妻时说道：

> 都生难遂，死要偿，噙住了一点真情，历尽千魔障，纵到九地轮回也永不忘；博得个终随唱，尽占断人间天上。

这和《长生殿·传概》里的"但果有精诚不散，终成连理"同是一个意思。作者也正是把李杨悲剧首先作为历史上千千万万爱情悲剧之一来感受的。至于爱情悲剧主角本身地位的特殊性，往往是被忽略的。这种超阶级色彩的人道主义同情，在那个社会里原是很普遍的。早在江淹的《恨赋》《别赋》里，就发出了对历史上各种不同阶级、地位人们悲剧的普遍同情和慨叹，一直到《红楼梦》里，也还可以听见"千红一哭，万艳同杯""悲金悼玉"的叹息。甚至在民间传说里，也有这种情况（在笔者家乡流行的"七世夫妻"里，李杨的悲剧故事是和孟姜女、王昭君、梁祝这些故事并列的）。在前人看来，这些悲剧仿佛都为不可知的命运所支配，他们所受的历史条件限制，使他们不能真正理解悲剧的原因。再加上《长生殿》里悲剧主角之一的杨玉环，又是一个"绝代佳人"，这一美的形象的毁灭，自然更加深了作者对李杨的同情。

在这个基础上，产生了历代人们和作者的浪漫理想："但使有情终不变，定能偿凤愿""只怕无情种，何愁有断缘！"强烈的同情和浪漫的理

535

想使作者自然产生了"补恨"和"重圆",但他又不能不直感到李杨关系和人民的对立。于是,不得不苦心经营,为主角的"重圆"找寻理由,安排伏线。这,一方面要设法"消除"李杨关系和人民的对立,一方面又必须强调,突出李杨的生死深情。这是"重圆"必不可缺的主客观条件。遵循这一意图,《长生殿》后半部就贯串了两条线索:一条是让主角悔过(《献饭》《情悔》);一条是描绘主角"噙住了一点真情不放"(《冥追》《神诉》《仙忆》《寄情》及《闻铃》《见月》等出。)最后,引向"重圆"。这就是《长生殿》后半部的创作意图和结构情节的实际安排情况。

作者这种善良的主观愿望,是无可非难的。问题在于由此决定的"重圆"结局和对杨妃形象的处理,却是不符合生活真实的。从前半部和后半部对李隆基悲剧性格的描写里,已完全显示出李杨悲剧的必然性和绝对性,作为悲剧基础的矛盾(统治阶级地位、本性、生活方式和真正爱情的矛盾以及由此引起的统治集团和人民的矛盾)是无法用"悔过"的方式消除的。因此,连作者也感到了"重圆"的虚幻。在《重圆》一出里,不自觉地流露了悲剧的情调:"历愁城苦海无边,猛回头痴情笑捐""羡你死抱痴情犹太坚,笑你生守前盟几变迁,总空花幻影当前""恩与爱,总成空;跳出痴迷洞,割断相思鞓"。作者让主角那么坚持争取来的"重圆",却被轻轻地放弃了。这,说明了重圆结局的不真实和作者善良意图的徒劳。在这一点上,《长生殿》倒不如《长恨歌》《梧桐雨》那样保留"绵绵长恨"的结尾更为真实动人。

杨妃的形象,在后半部里也是缺乏生活基础的。这倒并非因为采取了非人间的生活形式,而是在于上半部中具有复杂性格的杨妃在后半部里被简单化地处理成一个痴情的理想形象。看不出他所属那一地位女性的特征以及和上卷性格特征的联系。其实,杨妃的悲剧性格,发展到"埋玉",已是十分完整,后半部没有必要再写下去(不像李隆基的悲剧性格必须在后半部里加以深刻鲜明的描绘)。即使在幻想里,也没有这个性格发展的空间。作者要强调她的"情",但又缺乏生活基础,自不免流于抽象和概念了。

但由于作品前半部的真实描写和后半部对李悲剧性格的成功塑造，已经真实地揭示出李杨悲剧的根源和必然性。因此，从形象总体上来看，基本上保持了完整真实的悲剧结构，后半部中杨妃形象和"重圆"的不真实，最多不过是作品的"赘疣"，而不是"溃疮"。

附带要谈到的是，作者对李杨的深刻同情，最主要的当然是出于对他们爱情悲剧的同情，但这并非唯一的因素。诚如很多同志指出的，作者对李杨的同情，是和他的民族意识联系的。作者生活在异族统治建立不久的清初，反抗异族统治的人民运动和爱国思潮必然会给他影响，特别作者自己的遭际也是很惨痛的。从他的诗集《稗畦集》里可以看出他的生活一直是穷愁潦倒的，他的父亲还遭到陷害，判处充军（见《除夕泊舟北郭》《一夜》二诗）。国殇、家难、漂泊艰困的生涯都很自然地会培养起他的民族意识，恰巧《长生殿》里所描写的李杨悲剧又产生在"安史之乱"这一异族入侵的时代，和明亡有某种类似。从整个国家民族的悲剧出发，对李杨悲剧寄予更深的同情，在作品里安插一些情节来寄托其家国之恨也是很自然的。但另一方面，也不应该脱离作品实际，对这一点作不适当的夸大。《长生殿》前半部中一些关于"安史之乱"的描写，在更大程度上所显示的是其统治阶级内部矛盾的性质，而且，就是这，也还是从属、服务于李杨爱情悲剧的描写，绝非独立成为作品的主要内容。后半部里民族意识流露得比较浓厚的是《骂贼》《弹词》二出。作为单独的两出戏，它们都是描写得很出色的，但从整个作品的艺术结构上来看，它们究竟是附着在李杨悲剧这一主干上的枝叶，不是主要内容。《传概·满江红》一阙所说的"情"不能说没有弦外之音，但主要还是指男女之情，不必作过多的解释，否则，就是脱离作品实际的附会了。

注：

① 《古典文学研究汇刊》第一辑袁世硕同志的《试论洪升剧作〈长

生殿〉的主题思想》。

②1954年4、5月号《文艺月报》程千帆先生的《〈长生殿〉试论》。

③1954年3月23日《青岛日报》关德栋同志的《洪升和〈长生殿〉》。

1957年2月，《文史哲》周来祥、徐文斗二同志的《〈长生殿〉的主题思想究竟是什么?》

[原载《光明日报》1957年4月7日"文学遗产"专刊，署名丁冬]

选本也应该百花齐放

　　最近读了马茂元同志新编的《唐诗选》，联想起过去所接触到的一些新旧唐诗选本和其他的古典文学选本，深感到选本也应该百花齐放。

　　生活本身是极其丰富复杂的，反映生活的文学作品也是绚烂多彩的，作为向广大人民介绍、普及古代优秀文学作品的选本，应该尽可能通过各种方式概括地反映出现实生活的丰富性和文学作品本身在创作方法、创作流派、题材、体裁、风格各个方面的多样性。唐诗的特色和成就之一也就在于这种丰富性和多样性。在为无产阶级政治服务的明确方向和坚持政治标准第一的原则这个基础上，应该使各种不同生活内容、不同题材、体裁、风格的作品，不同流派的作家都占有他们应有的地位。当然，现实矛盾和社会生活有主要的和次要的，文学发展有主流和非主流，在选择时首先应该根据政治标准第一的原则突出那些反映现实主要矛盾、揭露社会黑暗、同情人民疾苦、具有现实主义倾向的作品。这一点，无论是《唐诗选》和中华书局编的《新编唐诗三百首》等都注意到了，并且在选目中得到较为充分的表现，比起旧时代那些以掩盖社会矛盾为共同倾向的唐诗选本（无论是主张温柔敦厚、委婉陈词，反对"过甚""过露"的《唐诗别裁》和在他影响下的《唐诗三百首》，以及高唱"妙悟""超脱""神韵"的《唐贤三昧集》《唐人万首绝句选》都是如此），新选本确实是面貌一新。但在注意到这个主要方面的同时，两个新选本对于生活内容的多样性和题材、风格的多样性方面却存在着不同程度的忽视情况。《新编唐诗三百首》在这方面的缺点比较突出，以前已经有不少同志指出过了，这里不再重复。《唐诗选》对这一点有所注

539

意，但看来还是强调得不够。从各个不同时期来说，盛唐的诗歌在分量上还是选少了一些，盛唐开元、天宝时期和中唐贞元、元和时期是唐诗发展过程中两个高峰，各有其特色和成就。但对比之下，像中唐的张籍选二十三首，而盛唐的王昌龄却只选了十三首，李颀只选了三首，就不能说是很妥当的。事实上，像王昌龄这样一位被当时誉为"诗家天子"的诗人，其作品的思想艺术成就都是相当高的，而历来不为人所注意的李颀除了所选的那几首名诗之外，还有不少以描绘人物、抒写音乐见长的好诗（如《送陈章甫》《琴歌》），是一个很有特色的诗人。从题材上来看，对唐代那些写爱情、离别、山水景物、怀古之类的诗，也注意得不够。以王维的作品为例，山水田园诗是其中非常重要的部分，但只选了六首，并且能代表他山水诗主要风格、在艺术上也更为成熟的篇什（如《辋川集》）则选得更少。中唐的韦、柳，也是以写山水景物见长的，但在选目中都不能充分显示出来。刘禹锡著名的怀古诗《西塞山怀古》，许浑的《金陵怀古》也都没有入选。题材选择上的单一化倾向，在中晚唐这部分显得比较突出，"下部"里面几乎绝大部分是政治诗、社会诗。为了突出中唐以后现实主义发展的潮流，适当地多选一些这方面的诗自然是必要的，但不能把这一点绝对化。像姚合这类诗人，其主要的创作倾向是脱离现实的，形式主义的，似没有必要专选出在他集中唯一的一首《庄居野行》来作为代表。此外，像温庭筠是否要选《烧歌》也值得考虑。各个作家，在选材上都有他自己的特点，通过这来反映出生活的不同方面，如果不注意或取消了这种特点，就等于取消了作家本身，从而也就不能从总体上反映出生活的丰富复杂和文学本身的多样性。从风格上看，选编者着重选取那些调子高亢雄浑的诗，但对那些幽静闲澹的诗就有些轻视。再比如刘方平的诗，在中盛唐之交可谓别具一种细腻幽丽的风格。题材多写闺怨，有一定的艺术成就，像他的《月夜》《春怨》这一类诗也还是可以适当考虑入选的。从创作方法上来看，具有浪漫主义倾向的作品也选得少了些。陈子昂作为盛唐诗歌的前驱，他的作品就是兼有现实主义和浪漫主义这两种创作倾向的，在选《感遇诗》一类具有现实主义倾向的作品的同时，对于《燕昭王》这一类诗似乎也不应忽视。即使是像杜甫这种现实主义诗人，也未尝没有具有浪漫主义情调的好诗，像《望岳》《酒中八仙歌》等。

应该说，《唐选诗》在一定程度上还是注意到了选材的多样性的，这里提出来，只是说还可以作得更充分一些。之所以存在这种情况，恐怕也和我们对于题材、风格、创作方法以至生活的某些片面理解有关。而更重要的，是在于对广大读者的需要，以及如何使古代文学作品为无产阶级政治服务理解得过分狭隘有关。

生活和文学作品是丰富多彩的，人们的需要也是多种多样的，从而，文艺为政治服务的途径和方式也是多种多样的。揭露旧社会黑暗的作品能使人加深对新社会的热爱，对旧社会的憎恨，而那些表现了民族自信心、人民的创造力和健康向上的美学情操的作品，也同样能激励我们的斗志，培养我们积极向上的精神，并使我们得到健康的美的享受。盛唐时代那些优秀的边塞诗、山水诗难道不正是这样吗？王之涣的《登鹳雀楼》没有谈到政治，更没有暴露什么黑暗，但诗中那种登高远瞩的气势不正是启发了我们积极进取的精神吗？就是那些一般的山水诗，只要没有消极的思想感情而又有一定的艺术成就，也都可以使我们得到健康的文化休息和美的享受。就是那些写友谊、爱情、咏物、怀古的诗篇，只要在政治上无害，也都有一定的认识意义和艺术借鉴作用。王维的《送元二使安西》、高适的《别董大》、李商隐的《夜雨寄北》难道仅仅因为它们没有直接反映社会矛盾就没有意义吗？张若虚的《春江花月夜》难道仅仅因为它用了艳丽的辞藻就应该斥之为唯美主义吗？仅仅因为它有了"江畔何人初见月"一段抒写就可以称之为虚无消极吗？这种在文学批评和文学史研究中的比较片面的观点，对古代文学选本在选材上的多样化是有一定影响的。（上述这些诗，《唐诗选》中是已经选入，这说明它对此问题是有所注意的。）在选材上这种片面狭隘的作法还由于对读者太不信任。总是害怕会引起不良的效果，例如选描写思乡的作品怕人不安心工作，选反映战争的作品怕引起民族纠纷和隔阂，选表现幽静自

541

然景物的作品怕人因此脱离现实等等。当然，对读者负责，尽量考虑某些客观影响是对的，但同时应该相信读者有一定的时代观念和辨别能力。

在选材问题上这种狭隘片面的作法，不但把丰富多彩的社会生活、文化现象贫乏化，更重要的是妨碍了调动古代文化遗产中一切积极的因素为无产阶级政治服务，从而也就不能满足人民对文化遗产多方面的需要。

要使选本反映社会生活的丰富性、文学现象的多样性和符合当代人民多方面的需要，除了在选材方面扩大范围以外，还应该在编选方式方法上力求多样化。现在流行的以时代为经、以作家或体裁为纬的编选方式，由于它能够比较集中地反映某一时代、作家或体裁的作品的面貌，和文学史的发展也结合得较紧，无疑的这是一种应该提倡的方式。但是，为了适合多方面的需要，我认为也可以、而且应该创造各种方式。例如，以某种题材作为编选的原则，就是一种值得尝试的作法。编选一部《山水诗选》，就可以使读者集中地了解山水诗的成就、发展过程，丰富多彩的面貌，同时对目前正在进行的山水诗的讨论也是一部绝好的参考资料。编选一部《农民问题诗文选》，不但对研究文学史的人有必要，对研究历史的人也是重要的参考。推而广之，为了适应艺术借鉴的多种需要，编选《咏物诗选》《寓言诗选》《叙事诗选》也都是必要的。就体裁而言，不但可以分选诗歌、小说、戏剧、词曲等，就是在诗歌领域内，也可以重新选编《唐人万首绝句选》一类的选本，这对研究和继承民族诗歌的优秀传统，为新诗和新民歌创作提供有益的借鉴，这都是很有意义的事情。为了便于使读者集中地研究、欣赏某一流派的作品，也不妨把风格接近的作家合编成一个选本，如《高岑诗选》《元白诗选》等等。这样从题材、体裁、风格、流派各方面进行编选的结果，不但发掘了各种优秀的作品，满足了多方面的需要，同时经过各种侧面的发掘研究，就有可能对某一比较复杂的对象了解得比较全面、正确，从而在这个基础上选编出一部综合性的适合大多数读者需要的选本来。

为了适合不同读者的不同需要，选本还可以在整理加工的方法上力求多样化。例如，可以视读者的文化程度，作品本身的难易程度，分别采取选注、选译、译注等多种形式。（目前一般都只采用选注形式，其实，某些针对中等文化水平读者的选本，为了使读者更好地体会作品的艺术境界，可以采取今译或译注的形式。）即使是注释，也可以力求多样化。可以是解释音义为主，也可以偏于作品艺术表现的阐发，如以诗注诗、串讲等方式。某些选本（像《宋诗选注》《唐诗选》《楚辞选》等）在作品前后附以作家作品的分析评价、本事的说明，有助于读者加深对作家作品的了解，是一种值得提倡的方式。作品的编排，可以是按时代年月先后排列，也可以按不同主题或题材、体裁编排。例如，杜甫的作品可以用编年的方式，这样使读者更能看出杜诗的"诗史"性质，而李白的作品就可以有不同的编排形式。

一个好选本的出现，一种好的选编整理方式的产生不可能是一蹴而就的，需要一个试验的过程，在群众中流传考验的过程。在这个过程中，提倡各种不同的选本互相竞赛、百花齐放，就能够既满足不同读者的多种需要，并且能逐步在互相取长补短的基础上形成能符合广大群众要求的定本。《唐诗三百首》作为旧时代一个比较优秀的选本，就是在历代各种不同的唐诗选本基础上去粗取精，综合了各家之长的结果。从唐人的选本《河岳英灵集》《中兴闲气集》《国秀集》等选本开始，历经宋、元、明、清各代，每一时代的选家都根据各自的艺术观点和审美趣味来选唐诗。在这个过程里，有的选本经不住时间的考验，销声匿迹了，也有的选本在某些方面有一定的成绩，为后来的选本所继承、吸取。像某些专家的选本，他们有的对发掘唐诗某些方面的作品有过成绩，有的则在艺术鉴别上作出过一定贡献（像沈德潜的《唐诗别裁》、高棅的《唐诗品汇》以至王士禛的《唐贤三昧集》等等）。即使是《千家诗》这种选本（这是唐宋诗的合选本），虽然所选的诗在思想内容和艺术价值方面都不高，但它在选材上特别注意了群众性和通俗性，却是一个值得借鉴的优点，后来的《唐诗三百首》也吸取了这个优点。我们今天，自然更有充分的条件在百花齐放的情况下互相学习，共同提高，使高质量的选本逐渐代替质量较低的选本。

　　总之，无论是从反映生活的丰富性和文学的多样性来说，从调动古代文化中一切积极因素来说，从满足读者多种多样的需要来说，以及从选本本身的提高质量来说，都必须在选本工作中贯彻百花齐放的方针。

　　[原载《光明日报》1961年9月3日"文学遗产"专刊，署名丁一]

知人论世

岐王宅里寻常见，崔九堂前几度闻，

正是江南好风景，落花时节又逢君。

　　小时候读《唐诗三百首》，对一些诗都饶有兴味，唯独对于杜甫的这首《江南逢李龟年》，却总提不起兴趣。觉得这首诗不过是叙说在暮春时节重逢故友而已，字面上也容易懂，大概无甚深意，就此放过去了。

　　年事稍长，对于杜甫的身世遭遇和诗歌创作略略了解了一些，一边读《杜甫传》，一边读这首诗时，却猛然感到其中所寓的深沉感慨了。重逢故友，勾起的也许是对"开元全盛日"繁荣景象的回忆，对自己逝去了的生涯的追念？也许，诗人从这里联想到了十年干戈离乱、生民涂炭的情景，想起了自己"漂泊西南天地间"的流落境遇。也许，诗人还想起了直到当时还未停息的战火，暮春时节，流落江南，国家民族的灾难未已，个人的前途茫茫？总之，我似乎感到这首诗里蕴藏着那么丰富复杂的感情。简直要把对于这个时代所有的历史知识，把杜甫所有的诗填进去才能理解似的。也许，这又是我的主观偏到另一极端去了，一首七绝实际上容纳不了这么丰富的内容。但洪升的《长生殿》中《弹词》一阕，那种深沉的悲凉的时代沧桑之感，不正是从杜甫这首诗里得到启发的吗？《弹词》里抒发的时代沧桑之感，包含了多少痛定思痛，对过去的沉痛检讨，正是杜甫诗中蕴含的但未说出的东西。不管如何，至少我觉得不了解杜甫所处的时代，所经的遭遇，就无法真正理解这首诗，虽然它表面亦非常通俗。

从这里，联想到对于很多诗，如果不是努力去"知"其"人"，"论"其"世"，理解起来，就很可能是浮浮泛泛。诗，特别是抒情短诗，因其本身特点，一般很少描述具体的生活事件，不像小说、戏剧那样可以通过具体的事件、人物和生活细节来再现生活。它所抒写的是在特定环境下的思想感情，脱离了具体的环境和诗人本身，就很难从中了解所反映的社会生活内容。"就诗论诗"，正确的含义是按照诗实际上所含的思想内容来评价，而不去从外面主观地另加进一些东西；但这并不意味着，可以不管诗人所处的时代、环境，所经历的生活以及写这首诗时特定的环境，而孤立地只从字面上去理解它。那样，事实上也是办不到的。对于陈子昂的《登幽州台歌》，如果不是具体全面地了解他的政治理想、文学主张，了解他当时郁郁不得志和孤立无援的生活境遇，了解他在写作《登幽州台歌》和《蓟丘览古》等诗时的现实遭遇和对历史的感慨，那么对于"前不见古人，后不见来者，念天地之悠悠，独怆然而泪下"，这种深沉的感慨也许会理解为一种纯粹消极的虚无主义的感情（事实上，正是存在这种看法的）。但如果具体了解陈子昂所处的时代在政治、文学方面的情况，了解陈子昂的身世遭遇，就会对诗中那种由于理想的幻灭和孤立无援的处境所引起的深沉孤独感作出正确的评价。所引起的也不会是消极虚无之感，而是从中感到一种积极的战斗要求和热情的呼唤了。

从这里，又不禁联想到曹操的《短歌行》，这首激荡着英雄慷慨情怀的名诗，却颇受过一些委屈。有人认为它是抒发人生无常情绪的作品，据说根据就在于"对酒当歌，人生几何。譬如朝露，去日苦多。"当然，不能说在诗人思想感情中没有这种矛盾：一方面是雄图壮志，一方面是年寿有限，"人生几何"。但是，如果联系曹操所处的时代和他在其他诗文中所流露的那种"老骥伏枥，志在千里"的积极精神来看，联系全诗来看，那么还是很明显地可以看出诗人不是在矛盾中走向虚无、幻灭，而是归结为"周公吐哺，天下归心"的积极追求。他那种以统一天下为己任的壮怀是并未因年华有限而磨灭的。《短歌行》的这一精神，前人也是理解到了的。罗贯中在《三国演义》第四十八回中把《短歌行》的创作安排在曹操率大兵征东吴，决定统一局面战役的前夜，安排在曹操踌躇满志的心理状况下，并无史实的根据，全属小说家虚构，但却如此使人信服，这正是正确地领会了这首诗的精神，才能作出这样大胆而富于创造性的艺术处理（新编的《赤壁之战》也采用了这一安排）。这样一个创作背景，对于《短歌行》来说，实在是最适当不过的了。然而，没有对时代和曹操本人的深刻理解，就根本不可能领会这诗的精神实质而作出相应的艺术处理。

知人、论世，对于评价任何文艺作品都很重要，而对于抒情诗，尤其是如此。

[原载《光明日报》1961年11月2日"东风"文艺副刊，署名丁一]

几点有关古典文学研究的建议

作为一个普通古典文学研究工作者，我对目前的古典文学研究有如下几条小小的建议：

一、适当地注意反面现象

在文学史中，存在着很多作为遗产来说应该排斥、批判，而作为文学史研究对象来说，却不应忽视的反面现象。优秀的文学遗产自然是我们首先应该研究、介绍的对象，但优秀的文学作品，是在和落后的反动的文学作斗争的过程中成长起来的；也只有在正反面文学现象的对比研究中，才能充分显示出优秀文学遗产的历史特点、历史作用，才能显示出文学史发展的规律。研究《诗经》，忽略了颂；研究楚辞，忽略了汉以来袭貌遗神的骚体赋；研究汉乐府歌辞，忽略了郊庙歌辞和汉赋；研究南北朝的山水诗，忽略了玄言和宫体……都有碍于更好地阐明优秀文学遗产的价值。文学史上的作品，都是在一定历史环境和文学环境下产生的，脱离了这点，就很难有客观的具体的评价标准。陶渊明的诗，如果不是和前此的空虚的玄言，和稍后的浮靡的宫体，和整个南朝中充斥着的形式主义、唯美主义诗风相对照，就很难充分估价陶渊明诗的现实意义，甚至会像某些人所作的那样，因为他没有反映民族矛盾和阶级矛盾，而判定他是个反现实主义诗人。陈子昂之所以杰出，如果不揭示南朝几百年来诗坛的积弊，如果不揭示出唐初诗坛上这种柔靡的诗风仍有相当大的影响，不指出陈子昂当时几乎是在孤军作战、登高一呼而寂无反应的情况，也就很难了解"文章道弊五百年矣"这句话的分量和他那种力图扭转颓风的雄心壮志。现在不少文学史著作中，对南朝宫体在当时笼罩诗坛并深远地影响初唐诗坛的具体情况很少分析。如果不了解作为一代英主的唐太宗是个带头写宫体诗的诗人，不了解当时最吃香的人物是上官仪、沈佺期、宋之问，不了解当时所推崇的李峤是怎样一个无聊的"咏物"诗的作者，不了解甚至在四杰的创作中也存在着不少宫体的影响，总之，如果不了解陈子昂是在这种情况下独树一帜，高倡风骨，不但无法估价其理论和实践的意义，就是连他诗中那种"前不见古人，后不见来者"的深沉的孤独感也是无法理解的。"正确的东西总是在同错误的东西作斗争的过程中发展起来的。真的、善的、美的东西总是在同假的、恶的、丑的东西相比较而存在，相斗争而发展的。"①我们中国文学史的现象，又何尝不是如此？

要适当地研究反面现象，还因为文学现象和文学发展本身具有的复杂性。坏的并不一定是绝对的坏，一切皆坏。某些在总的方面来看是落后的甚至是反动的文学现象，其中也并非没有丝毫可取的地方。六朝文学，诚然是柔靡淫丽，甚至堕入恶趣，但在文学技巧方面，却积累了一些有用的经验。应该承认阶级社会中文学艺术发展的过程有这种事实：上层统治阶级是文化的垄断者，他们虽然一方面在艺术内容上反映了糜烂的生活和狭隘的阶级利益，但另一方面他们又是有文化、有时间来对艺术进行精雕细琢的人；因此就往往形成艺术内容和形式的矛盾。他们的艺术形式、技巧方面的某些收获，在我们看来有时甚至是不惜损害作品的内容而取得的。这是可悲的事实，但又不能不承认他们在这方面所作出的成绩，并看到这些成绩对后来文学的影响。

二、多研究一些规律性的现象

时常有人觉得，目前研究文章大部分是对具体作家、作品的评价（这当然是需要的），一部文学史在某种程度上更像是一本按时代的古代

---

①《毛泽东论文艺》，人民文学出版社1958年版，第95页。

作家论集。这里，重要的原因之一是忽略了对文学现象的前因后果、来龙去脉作一些概括性的规律性的研究，而这，正是文学史的主要任务之一。

缺乏这种对规律性现象的研究，往往只能使读者知其然而不知其所以然。例如，我们知道有周初的周颂，有汉初的铺张扬厉的汉赋，有晋初太康时代绮丽而缺乏社会内容的诗歌，有南朝偏安小康局面下的宫体，有唐初的宫体余波，有宋初的西昆，有明初的台阁体，有清代局面比较稳定后出现的许多脱离现实的创作理论，然而，为什么所有这些类似的文学现象都出现在一个王朝政权比较稳定的小康时期？为什么这种时期歌功颂德、粉饰现实的作品特别充斥文坛？对这样一些问题的研究，我想是可能说明一些阶级社会艺术创作的规律的。否则，我们在论述时只能作类似现象的多次重复而已。

此外，如文学史上某些体裁、题材、风格、流派、创作方法、表现手法的盛衰交替，其中也是都有线索有规律可循的。若能对这些问题展开多方面的探讨，不但给古典文学研究开辟了广大的领域，而且也直接提高了研究的学术水平，有助于更好地吸取过去的经验。

三、多注意一些特殊的文学现象

这里所指的是古典文学研究中有这种现象：用一个固定的框子去衡量一切不同时代、内容、体裁的作品。比如说，把反映阶级矛盾、表现人民疾苦作为评价古典文学的唯一标准，这样，就贬低了那些虽不合这一标准，但却仍有高度艺术价值的作品。

这里我特别要替盛唐诗歌所遭到的不公正的冷遇叫屈。我们时常提到我国古典文学的高度成就和世界意义，肯定唐诗的世界意义。但到具体评价唐诗时，却遗漏盛唐，不给它以应有的估价。因为从固定的框子出发，所以认为它没有反映阶级矛盾、人民疾苦，根本无法和中唐以来的现实主义诗歌相比。在这种思想指导下，甚至不能实事求是地去研究一下盛唐诗歌的特色，然后根据它所反映的时代对它作出应有的评价。"盛唐气象"这个反映当时诗歌特色的名词也好像无形中被取消了。然而盛唐诗歌的特色是客观存在的，它那种高昂激越的爱国热情和民族自豪感，那种对生活的积极的热情的肯定，对新鲜事物的敏感和向往，对生活、自然界中美好事物的发掘和歌唱以及高度完美的艺术技巧，都构成了盛唐诗歌统一的特色。同时，这些又是以各种题材、体裁、风格的作品百花齐放作为基础的。它不但反映我国历史上空前强大繁荣时代的精神和景象，并且一直到现在，那些意气风发的优美的诗歌还给我们以思想上的激励和美的享受。

对于封建社会的文学，我们不能不管社会发展阶段而对作品内容提出一律的标准。很明显，对于处在上升发展、繁荣阶段的和腐朽没落阶段的封建社会，应该区别对待。并不是在封建社会一切阶级上，都只有反映人民疾苦的作品才是优秀的。对于盛唐诗歌那种反映了当代生活中健康、积极、美好一面的作品，对那种在相当程度上表现了我们民族传统的审美情操的作品，为什么不能加以充分肯定呢？

对于盛唐诗歌究竟应当如何评价这个大问题，这里当然不能详谈。但我觉得，如果不从盛唐时期和盛唐诗歌的具体特点出发，就不可能得出正确的评价。

四、多注意一下目前文学创作的实际

好像无形中有这样的一种界限：古典文学研究只管客观地对作家作品进行评价，而如何批判地继承古典文学的成果、经验，则完全是创作者的事，研究者可以完全不去管它。这就形成了文学史研究和当前创作实践某些脱节的现象。自从提出厚今薄古，批判地继承古代文学的口号和方针之后，对文学遗产的批判是加强了，但在如何使文学遗产的研究积极地为当前创作提供借鉴，如何吸取前人创作的经验成果方面，注意得还是很不够。当然，不能也不必要求每篇研究文章都联系当前创作进行如何具体借鉴的探讨，但至少应该有一部分文章担当这方面的任务。

已经有人提到探讨和总结文学史上历史剧的写作经验，对目前的历史剧创作和理论探讨提供借鉴，我很同意。这方面的路子是很广阔的。例如，近年来的诗歌创作，相对于小说、戏剧创作来说，就要薄弱一些。这里，原因和促进的办法应该是多种多样的。但是否也可从文学史角度来提供一些借鉴呢？诸如诗歌的题材、内容、情调、语言等问题，都可以总结出一些有益的经验。例如，前些年关于诗歌格律问题的讨论，就是对今天创造为人民喜闻乐见的民族形式大有关系的课题，古典文学研究工作者是完全应该从文学史角度提出一些看法的。在体裁方面，像绝句这种短小的抒情诗曾经是诗歌史上占有重要地位的体裁，有鲜明的民族特色，为人民所喜闻乐见。而在目前，类似这样的抒情短诗在新诗中却不多见。如能总结和探讨一下这方面的成就和经验，对目前诗歌创作并不是没有启发意义的。语言的精炼、典型化也是我国古典诗歌鲜明的民族特色，而目前的某些诗歌却往往忽略这方面，缺乏精炼、生动的语言和强烈的感情色彩，为什么会这样？适当地探讨这些问题，我想也是有益的。在这方面，古代的文学批评有很好的传统，他们在评论古人作品的时候，从来不只是客观地孤立地评价，而是联系当时的创作进行批评，很难分清是在评价古人还是议论今人，例如《文心雕龙》就是这样。古代许多文学史研究者同时也往往是当代文学批评家和作家。今天我们当然可以有适当的分工，但这种注意联系实际的精神是值得发扬的。

上述这些方面的问题之所以研究得较少，除了上面所提到的一些具体原因外，还可能由于我们的文学史工作者、文学理论工作者、文学批评工作者把各自的工作范围划得太分明了。例如文学史只管对古代作家作品进行评论，文学理论只探讨纯粹理论性问题，文学批评只管当代作品的评价。这样太壁垒分明，就会出现一些"三不管"的研究地段，彼此都觉得这是别人的事。比如，研究文学史上一些规律性问题，文学史

552

古典文学名篇鉴赏及其他

家可能认为是文学理论工作者的事，而文学理论工作者又认为是文学史家的事。其实这应该是由两方面通力协作的事。近一个时期，已开展的例如革命现实主义和革命浪漫主义相结合的问题与山水诗的讨论，是个良好的开端，但范围还不够广泛，希望从事文学研究工作的几个部门更好地携起手来，更多地关心一下这些"三不管"地带，这无论是对提高本门科学研究的质量，还是对整个社会主义文艺事业的繁荣都将有很大的好处。

［原载《光明日报》1961年12月17日"文学遗产"专刊，署名丁山；
《文艺报》1962年第2期全文转载并加编者按。］

王昌龄七绝的艺术特色

由于篇幅短小，容量有限，一般诗人多用七绝来抒写比较单纯的思想感情，以情韵深长取胜，而把表现复杂矛盾的情绪留给七古一类适于大开大阖的体裁。王昌龄是以七绝作为自己主要创作体裁的诗人（现存王诗一百七十多首，七绝占五分之二），他往往通过七绝来表现复杂矛盾的思想感情，因而，他在创作时所碰到的内容和形式之间的矛盾就更加突出，而他的七绝独特的艺术风格，正是在克服这一矛盾的基础上充分地显示出来。

由于内容的丰富复杂，要求高度的概括和典型化，选择最精炼而又富于启发性的语言，给读者留下广阔的想象空间，贵含蓄有余韵。但另一方面，又必须明快、通俗，切忌晦涩、松散。"秦时明月汉时关，万里长征人未还"（《出塞》），展示出从今及古、从古到今的悠长的历史时代，从万里金闺到遥远的边塞广阔的空间，这里，蕴含了"黄沙百战穿金甲，不破楼兰终不还"的报国壮志，也概括了"黄尘足今古，白骨乱蓬蒿"的无数壮烈牺牲的事实，而征人的边愁，思妇的悬念，人民对和平生活的渴望也得到鲜明的表现。矛盾复杂，内容丰富，而又明白如话。在复杂的矛盾面前，诗人不是退缩回避，而是单刀直入地提出了解决矛盾的积极办法：任用李广这样的"龙城飞将"。三、四两句中这种感情的发展正是以明快有力的形式表现出来的，在这里，艺术风格的明快，是和思想感情的明确分不开的。他的另一首著名的送别诗《芙蓉楼送辛渐》也具有这个特点，"寒雨连天夜入吴，平明送客楚山孤"，在着意渲染的充满离情别意的烟雨迷蒙之中，引起读者对他们之间深挚情谊的悠远想象，对于他们不得志和孤清的生活境遇的广泛联想，三、四两句陡然一转，因极其形象的比喻揭示出诗人内心"清如玉壶冰"的高洁境界，令人猛省，令人鼓舞。即使是那些抒写宫廷妇女曲折细致心理的诗，也都在含蓄之中见明快，细致之中见洗练，原因就在于诗人选择了在特定场合下最富于表现力的典型化语言。"青海长云暗雪山""津头云雨暗湘山""金井梧桐秋叶黄""高殿秋砧响夜阑"，在读者心中引起的联想虽然是深广的，然而又是明确的。这就和后来某些绝句作者着意渲染一种连他自己也不明确的"高远玄虚"的意境不同。也唯有这样，才能把深入与浅出、含蓄与明快、丰富与单纯统一起来。前人认为王昌龄的诗"绪密而思清"，大概正是指的这种艺术特色吧。

和当时另一七绝圣手李白比较，王昌龄是明显地属于另一种艺术创作类型的。一般地说，李白的七绝，正如他的其他作品一样，以自然流丽取胜。所谓"清水出芙蓉，天然去雕饰"，仿佛脱口而出，随手而成。而王昌龄则是细密婉曲，精心结构。同是送别赠答的作品，李白是：

杨花落尽子规啼，闻道龙标过五溪。
我寄愁心与明月，随风直到夜郎西。

（《闻王昌龄左迁龙标遥此有寄》）

李白乘舟将欲行，忽闻岸上踏歌声。
桃花潭水深千尺，不及汪伦送我情。

（《赠汪伦》）

而王昌龄却是：

醉别江楼橘柚香，江风引雨入舟凉。
忆君遥在潇湘月，愁听清猿梦里长。

（《送魏二》）

摇曳巴陵洲渚分，清江传语便风闻。

山长不见秋城色，日暮兼葭空水云。

（《巴陵送李十二》）

李白的诗，如流水行云，一泻而下，而王昌龄的诗却极力渲染气氛，诗句之间跳跃性很大。他们的七绝虽然同样情致隽永，富于余韵，但艺术表现手法显然不同。李诗更接近于民歌式的天籁，所谓"无意于工而无不工"，而王诗却力求诗歌语言的启发性，"深情幽怨，意旨微茫，令人测之无端，玩之无尽，谓之唐人骚语可"（沈德潜《唐诗别裁》评语）。李诗一气呵成，读完全篇之后方感情味之深长，而王诗却往往在一开头就精心结构，着意描绘，创造出一个典型的氛围环境，把读者引入情景交融的艺术境界（一般绝句开头两句往往是平直叙起，从容款接，很少精心追琢），像下列各诗的起首：

秦时明月汉时关，万里长征人未还。（《出塞》其一）

大漠风尘日色昏，红旗半卷出辕门。（《从军行》其五）

青海长云暗雪山，孤城遥望玉门关。（《从军行》其四）

寒雨连天夜入吴，平明送客楚山孤。（《芙蓉楼送辛渐》其一）

金井梧桐秋叶黄，珠帘不卷夜来霜。（《长信秋词》其一）

边塞的雄浑悲壮，惜别的烟雨迷茫，深宫的凄清暗淡，使读者展开广阔深远的想象，感情上有了充分准备，因此，当后两句突然转入单刀直入的明快表现时，一点也不感到突兀，而是如顺流之舟了。胡应麟《诗薮》："李作故极自在，王亦和婉中浑成，尽谢炉锤之迹。""王句格舒缓，不若李之自然，然连城之璧，不以追琢减称。"细密婉曲，精心追琢而又不失自然、浑成，是不易做到的。诗人不是一味地追琢（那样会失去自然、明快，而流于纤巧），也不是一味地平直（那样会失之浅率和平淡），而是含蓄明朗，工致自然，相得益彰。这种艺术风格，固然和他的诗在思想内容方面的因素有关（既揭示多方面的矛盾和心理状态，又在明确的思想倾向的基础上得到统一），同时也和诗人掌握了上述艺术创作的辩证法分不开。

和李白比较起来，王昌龄善于用七绝来抒情，而李白则擅长用七绝写景纪胜。李白当然也有不少成功的言情七绝之作，但他那些最脍炙人口的七绝仍是像《下江陵》《望天门山》《望庐山瀑布》一类的诗。王当然也写景，但目的是为了衬托感情，制造氛围。写大漠风尘、青海长云，写秋砧银灯、金井梧桐，写津头云雨、江边明月，都是为了衬托抒情人物的内心世界，而李白的许多纪行览胜诗则多以自然景物为直接描写对象。"两岸猿声啼不住，轻舟已过万重山""两岸青山相对出，孤帆一片日边来"，这里当然也有诗人之"情"在，但主要是描写客观景物。王、李二人在七绝所歌咏抒写的题材方面，可说各有所长。而王昌龄七绝的艺术风格之所以比较细密婉曲，与他之着力抒写人物内心世界这一内容上的特点也是分不开的。

王昌龄的某些七绝也有缺点。这主要表现在有些诗结构比较松散，诗句之间跳跃性太大，内在的感情联系不明显，他的某些送别诗就有这个毛病。这说明有时他未能很好掌握含蓄、启发性与明快自然之间的分寸，过分强调了前者而使优点变成了缺点。另外，他的有些诗在语言、表现手法上有流于一般化、类型化的缺点。他的不少送别诗反复使用明月、云雨、秋江、青山等词汇，而彼此之间表达的感情也差不多，未能用不同的景物、不同的手法表现特定环境下的特定感情。不过，我们要注意王昌龄是一个以七绝为主要创作体裁的诗人，某些同一类型的诗是可以看作多次的习作的，正如唐人经常以五律为练笔的体裁是一样的。像《芙蓉楼送辛渐》，大概就是他经过多次练习，创作成功了的例子。

[原载《光明日报》1963年2月17日"文学遗产"专刊，署名冯平]

谈谈《李商隐诗歌集解》的编撰工作

　　李商隐为唐诗一大家。明、清两代学者如释道源、钱龙惕、朱鹤龄、吴乔、朱彝尊、何焯、陆昆曾、姚培谦、程梦星、屈复、纪昀、冯浩等曾分别对其诗的全体或部分做过校、注、笺、评的整理研究工作。此外自唐末至清末，文集、诗话、选本、笔记中尚有不少笺解评点的资料。近人张采田、岑仲勉、黄侃、汪辟疆等又在前人基础上作过进一步的考订疏解。"文革"后，随着拨乱反正的深入，义山诗成为唐诗研究中历久不衰的热门课题。而排印出版的义山诗注及年谱，仅冯浩《玉谿生诗集笺注》、张采田《玉谿生年谱会笺》二种，远远不能满足研究者的需要。冯注号称精审详赡，吸取了前人不少整理研究成果，但究属以述说己见为主的注本，未能反映前此整理研究义山诗的全貌，而且未收同时的屈复《玉谿生诗意》和纪昀《玉谿生诗说》两个重要的疏解评点本，更未及见后来发现的辑为《樊南文集补编》的义山文章二百余篇。且冯注行世以来的二百年中，又出现了不少疏解评点的资料。因此，为今天的研究者提供一部经过全面整理、资料比较丰富、使用比较方便的新的校注本，便成为学术界的迫切需要。但义山诗风与李白、杜甫等大家不同，多用比兴象征，深隐朦胧，意蕴多重，研究者至今对其许多重要作品的解说仍然纷歧，将来也未必能统一。在这种情况下，与其勉强去撰写一部以著者己意为主的新注，不如集合诸家整理研究成果，编撰一部包括会校、会注、会评、会笺的集解本更为切实有用。至于编撰者的意见，可以采取按语的形式，附于诸家笺评之后，等于在集解的同时，再附一部新笺。这就是我们决定采用"集解"的方式来整理研究义山诗的原因。

校勘方面，我们采用明刊汲古阁唐人八家诗李义山集为底本，参校了明嘉靖庚戌蒋氏刻中唐人集十二家李义山诗集、明姜道生刻唐三家集李商隐诗集、明胡震亨辑（康熙乙丑刊）唐音统签戊签李商隐诗集、清康熙壬午席启寓刊唐诗百名家全集李商隐诗集、清影宋抄本李商隐诗集、清蒋氏影印东涧老人（钱谦益）写校本李商隐诗集、明悟言堂抄本李商隐诗集、清朱鹤龄李义山诗集笺注等明、清刻本、抄本，并以唐、宋、元三代的主要总集、选本进行校勘。我们没有采用属于北宋本系统的清影宋抄作底本，是因为通过比勘，发现这个本子并没有明显的优于他本之处，相反在影抄过程中有不少错误；也没有采用刻本中较早的蒋本、姜本，因为它们都是从宋刻三卷本中分出的分体本，在编次上已失义山诗集原貌。明刊汲古阁本属南宋本系统，在三卷本刻本中时代较早，较好地保持了南宋本的原貌，在文字上虽间有他本均无的明显错误，但不少地方优于他本。例如《石城》"簟水将飘枕"，"水"字影宋抄、悟抄、蒋本、姜本、戊签、席本、钱本均误作"冰"；《七月二十八日夜与王郑二秀才听雨后梦作》"独背寒镫枕手眠"，"独"字影宋抄、席本、钱本、蒋本、姜本均误作"未"；《杏花》"遂到不胜繁"，"到"字影宋抄、席本、钱本、悟抄、蒋本、姜本均误作"对"；《灯》"花时随酒远，雨后背窗休"，"后"字影宋抄、席本、戊签、蒋本及才调集均误作"夜"；《离亭赋得折杨柳二首》"含烟惹雾每依依"，"每"字影宋抄、钱本、悟抄、才调、万绝均误作"悔"；《华州周大夫宴席》题下注"西铨"，"铨"字影宋抄、席本、钱本、蒋本、戊签均作"铃"；《春雨》"怅卧新春白袷衣"，"怅"字影宋抄、蒋本、姜本、戊签、才调均误作"帐"；《忆匡一师》"匡"字影宋抄、席本、钱本、蒋本、姜本、戊签、万绝均误作"住"；《所居永乐县久旱县宰祈祷得雨因赋诗》"甘膏滴滴是精诚"，"甘"字影宋抄、席本、钱本、蒋本、万绝、姜本均误作"井"；《赠司勋杜十三员外》"清秋一首杜秋诗"，"杜秋"姜本、戊签、钱本均误作"杜陵"；《过故府中武威公交城旧庄感事》"风飘大树感熊罴"，"感"字蒋本、姜本、戊签、悟抄、席本均误作"撼"；《燕台诗·夏》"夜半行郎空柘弹"，"柘"字影宋抄、钱本、席本、悟抄、蒋本、姜本、戊签均误作"拓"；等等，都是显例。但他本亦有明显优于汲古阁本者，我们本着择善而从的原则，或据以改字，或出校异文而表明我们的倾向。为了全面反映各本文字异同，除明显讹误者外，他本异文凡可通者亦出校。并视需要酌述校定理由。朱、冯注本所引旧本异文有与上述诸本不同而可备参考者，诸家校改意见可采者，一般也都采入校记，使本书的校勘真正具有会校的性质。

诗歌编年方面，冯浩、张采田已经做了大量卓有成绩的考订工作，为我们今天进一步做好诗歌系年考证奠定了基础。但冯氏首创、张氏加以发展的江乡之游、巴蜀之游说，主观臆测的成分很大，涉及的编年诗数量也很多。岑仲勉在《玉谿生年谱会笺平质》《唐史余沈》中已对这两次游历提出有力的辨正。我们曾撰写专文，对开成末的江乡之游进行再辨正，通过商隐诗（主要是赠、哭刘蕡诸诗）的内证和外证的结合，考订出《赠刘司户蕡》诗作于大中二年春初商隐自江陵返桂林途中，刘蕡卒于大中三年秋，地点当在浔阳。从而纠正了冯、张对江乡之游的考证，对有关诗歌重新进行了系年。大中二年的巴蜀之游，据我们考证，实际上只存在短期的夔峡羁留，至于冯、张所说的"往来巴蜀之程""希望杜棕"，均属无据，所系诸诗也多为东川幕府所作。这是"集解"在诗歌系年方面与冯、张明显不同之处。冯、张还将包括无题在内的许多作品都说成为令狐绹所作，而且加以编年，我们则认为这类诗的内容比较宽泛虚涵，很难征实，除个别篇章（如《无题》"八岁偷照镜"；《无题二首》"昨夜星辰""闻道阊门"）外，大部分改置不编年诗。此外，还有不少诗，经我们考证，改系了编年的时间（如《出关宿盘豆馆对丛芦有感》《玉山》《七月二十八日夜与王郑二秀才听雨后梦作》《七月二十九日崇让宅宴作》《崇让宅东亭醉后沔然有作》《临发崇让宅紫薇》等）。有的诗则由于发现新的材料而得以编年，如我们根据《全唐诗外编下》所收李郢的两首佚诗（《送李商隐侍御奉使入关》《板桥重送》），不仅可在义山年谱中补入大中四年徐幕奉使入京一节，而且可将《板桥晓别》《汴上送李郢之苏州》两诗系于奉使入京道经汴州时（《魏侯第东北楼堂郢叔言别聊用书所见成篇》当亦同时作）。整个来说，这是"集解"中用力较多的部分。不编年的诗，我们采取以题材、内容分类编次的方式，目的是使研究者使用起来比较方便。

注释方面，经过道源、朱鹤龄、程梦星、姚培谦、冯浩等注家的不断努力，绝大部分词语、典故、事件、背景方面的问题，都已解决。冯注尤为精审详赡。①但冯氏裁选其前各家注释，有失当处；有时为了避免过多袭用朱注，故意撇开朱注而他引，亦未必尽妥。冯氏以后以迄当代，也仍有一些零星而切当的注释。我们在这方面的工作，主要是鉴别旧注的正误当否，舍弃其中一些明显错误者；删削少量明显重复的征引，同时尽可能做一些补阙工作。由于对原诗词句的内涵有不同的理解，注家所征引的材料自然有所不同；有时一个词语，可能涉及好几个典故；或所引的几个典故，能从不同角度提供对词语的理解。凡属上述情况，我们就概予保留，以保持"会注"的性质，便于研究者比较选择和多方面思考。如遇注家意见纷歧时，我们也加按断表示自己的意见或倾向，但不因此而舍弃与己见相左的旧注。

笺评方面，首先是大体按时代先后排列历代对每首诗的笺解与评论，然后用按语的形式表示我们对这首诗的意见。义山诗之难解，词语典故深僻固然是一方面，但更难参透的是词语典故外壳中包含的情思。本书的"笺评"一项，汇集了自宋至近代众多学者对义山每首诗的感受、理解与评论，从中可以看到不同时代、不同文艺观、审美观的人们的眼光。有商讨切磋，也有争论辩驳。所涉及的内容从考证本事、叙述背景，到疏解诗意、阐明大旨、论文谈艺，乃至由具体诗篇的评说引发对义山其人其诗的总体看法，其中所表现的各种观点、方法、角度、时代思潮，或长篇大论，或一语破的，各呈异彩。我们在收集整理时感到如

561

---

① 冯注在冯氏生前刊行过三次，每次都有较大修改。乾隆四十五年德聚堂重刻本较之乾隆二十八年初刊本固然改动很大，如出两手；嘉庆重校本与乾隆四十五年重刻本之间，显著的差异也达六七十处。我们所用的是冯注的最后定本——嘉庆重校本。

入琼林宝肆，开扩了眼界和思路。像《锦瑟》、《无题》诸篇、《嫦娥》、《梦泽》、《齐宫词》、《韩碑》、《筹笔驿》、《碧城三首》、《夜雨寄北》、《乐游原》（五绝）的会笺会评，尤为精彩纷呈，把这些材料贯串起来，几乎就是这首诗的研究史。它不仅给欣赏、研究义山诗提供了多方面的参考，而且对研究文学史、文学批评史、诗学、美学也不无启发。即使有些在今天看来是穿凿附会、索隐猜谜式的笺解，也可以提供思想方法、研究方法的经验教训，避免研究者重蹈旧路。由于我们原已承担在《集解》之外另编一部《李商隐研究资料汇编》，因此本书的"笺评"只收比较重要的材料，一些过于零星的笺评材料和对义山诗的总评，就留待《汇编》收集了。

在会笺会评之后所附的我们自己的按语，内容亦涉及上述各个方面，而以考证作诗年代、叙述作诗背景、阐说内容旨意为主，对代表性作品，间亦谈艺论文。这里有几种情况：一是诸家笺评本身相当精彩，却又启发我们有新的想法，如《齐宫词》《梦泽》；二是诸家可能各有所得而又各有所偏，引导我们加以折衷、沟通或弥补，如《锦瑟》《嫦娥》；三是诸家笺解似均与原作不符，则又逼着我们改换思路，另觅新解，如《漫成三首》《五松驿》《次陕州先寄源从事》《和韦潘前辈七月十二日夜泊池州城下先寄上李使君》《出关宿盘豆馆对丛芦有感》《过故府中武威公交城旧庄感事》《明神》《无愁果有愁曲北齐歌》《玉山》《崇让宅东亭醉后沔然有作》《相思》《辛未七夕》《梓潼望长卿山至巴西复怀谯秀》《忆梅》《屏风》《蜂》《石榴》《拟沈下贤》《独居有怀》《闺情》《丹邱》《银河吹笙》《日日》《月》及《无题》（紫府仙人），等等。这些笺解，我们未敢自必，但或许可为读者提供一个新的（或变通的）理解作品的角度。我们的笺释工作，旨在读懂原作，为了探寻诗义，社会—历史研究法，乃至传统的"知人论世"，是不能不用的。冯、张等人在这方面做出的卓越成绩与暴露出来的缺点（主要是机械比附，割裂诗歌整体，抓住只言片语加以穿凿），值得我们继承借鉴和引以为戒，但不必因此而一律否定某些诗中实际存在的隐喻与寄托，关键是注重实证，避免臆测。如集中《白云夫旧居》，徐逢源据《新唐书·艺文志》"令狐表奏十卷"，注曰："自称《白云孺子表奏集》"，认为"此白云夫当指（令狐）楚"。近年有的研究者对此表示怀疑，认为"白云夫"指一般道流。我们根据韩愈《唐故河东节度使荥阳郑公神道碑》载郑儋曾自号白云翁，而令狐楚早年曾为太原从事，取号白云孺子乃以媚儋。这也显示出令狐氏一门恩门观念极重。出于这种微妙背景，义山在诗中以"白云夫"暗指令狐楚便比较合理可信。但传统的索隐抉微方法，有时容易把诗歌本事化、标签化，这对研究义山这样一位文心深细隐曲、作品意蕴丰厚多重的诗人，局限很大。我们注意在社会、历史与文学形象之间寻求中介，结合运用心理学、美学的理论与方法。如《井泥》一诗，冯浩附会"文宗崩，武宗立，杨嗣复远斥江湘，李德裕由淮南入相"的政治背景，完全是生拉硬扯。我们从创作心理角度考虑，结合诗人的生平遭际，认为诗中所抒发的感慨和忧虑，正是世事反常在其心理上的投影，表现了无法掌握自己命运的苦闷。《无题》一类诗，与其抓住片言只语，把它本事化，不如从整个时代心理气氛、审美趋向，特别是李商隐那种由特殊经历造成的迷惘、孤寂、感伤、幻灭的情绪与心理上去把握，更能看出它所抒写的感情深广复杂的内涵，更能领略它的丰富的诗美。我们并不反对考证"本事"，即使这种考证有时难免带有主观推测的成分，也仍有可能帮助我们理解作品的生活基础。当然不必也不应把诗还原为生活。这方面我们只是做了初步的尝试，笺释是否有可取之处，读者有旧笺对照，当会对它有更客观的认识。

[原载《书品》1989年第2期，与余恕诚合撰]

开拓心灵世界的诗人——李商隐

　　唐诗在经历了盛唐和中唐贞元、元和之际两个发展高潮以后，正面临着难以为继的局势。笔补造化的李贺频频觅诗于荒郊古墓，苦吟成癖的贾岛常常流连于幽寺古刹，便显示出原先恢宏阔大的诗国天地已露出了局狭的光景。而崛起于晚唐前期诗坛的李商隐，却以他极富独创性的诗歌为唐诗展拓出新境界。清初著名诗论家吴乔说："唐人能自辟宇宙者，唯李、杜、昌黎、义山"（《西昆发微序》）。李、杜所辟，是前所未有的恢宏的盛唐气象、广阔的时代生活和人民疾苦；韩愈所辟，是以非诗为诗、以不美为美的新境；李商隐所辟，则是人的心灵世界这一还未被前人深入表现过的领域。他的诗所特具的感伤情调、朦胧意境、象征暗示色彩，都和表现内心深隐幽微情绪密切相关。而这种诗风的形成，又和诗人所处的时代以及其独特身世经历、气质个性有着深刻联系。

　　李商隐（812—858），字义山，号玉谿生，又号樊南生，原籍怀州河内（今河南沁阳），从祖父起迁居郑州荥阳。一生经历了宪宗、穆宗、敬宗、文宗、武宗、宣宗六朝。他出生后不久，短暂的"元和中兴"局面即告结束，随之而来的是河北方镇恢复割据、宦官专权日益严重、朋党斗争不断加剧以及回鹘、党项等少数民族经常侵扰。文宗大和九年，由于文宗和宰相李训等谋诛宦官事败，还发生了一场"流血千门，僵尸万计"的甘露之变。武宗在位期间，据有腹心之地的泽潞方镇公开割据世袭。到宣宗后期，各地镇将杀逐主帅的事件层出不穷，小规模的农民起义此伏彼起。李商隐死后不久，终于爆发了浙东裘甫起义，揭开了唐末农民大起义的序幕。李商隐所处的就是唐王朝在各种矛盾的交织与深化中走向没落和矛盾总爆发的时代。"夕阳无限好，只是近黄昏"，他的著名诗句正象征性地显示了唐王朝无可挽回的没落趋势。他的一生就沉浸在这种"无可奈何花落去"的悲剧性时代氛围之中。"远去不逢青海马，力穷难拔蜀山蛇"，就是他对时代没落的典型感受。

他出身于号称大族的衰门。从曾祖父起，连续几代都是寡母孤儿，形影相吊。十岁时父亲在浙西幕府病故，他与母亲扶柩回到郑州，"四海无可归之地，九族无可倚之亲"，简直像个逃荒者。为了维持生计，只好"佣书贩舂"，艰难度日。他的一位姐姐，新婚不久就被遣回娘家，十九岁即郁郁死去。这种累世子孤、贫寒无依的家世，使他从小在心理上就积淀了许多悲剧性因子，诸如对人情冷暖的特殊敏感、强烈的孤子无依感和对前途命运的忧伤等。"十五泣春风，背面秋千下""欲问孤鸿向何处，不知身世自悠悠"，这些写于早期的诗中，就已流露出一般青少年所少有的感伤。

从文宗大和三年他初谒令狐楚于洛阳，踏入社会开始，到大中十二年去世，三十年中依人寄幕的时间竟达二十年，总共十居幕府，地域遍及东西南北、中原边徼。长期过着一种辗转漂泊、寄人篱下、与家人远离的生活，使他时时有命运不由自主和天涯羁旅的漂泊无定、孤单寂寞之感。由于他先受知于牛党官僚令狐楚，考进士时曾得到其子令狐绹的奖誉，楚死后不久，又入王茂元幕，并且娶了他的女儿，这就召致朋党积习和恩门观念很深的令狐绹及牛党中人的鄙薄与排斥，攻击他"忘家恩""诡薄无行"。不但使他在仕途上长期沉沦下僚，而且在精神上受到痛苦的折磨。特别是他在大中元年随李党的郑亚去桂林，更遭到牛党的忌恨。

悲剧性的时世、家世与身世，造就了李商隐的悲剧性格、气质与心态。对时代、人生的悲剧命运，他常具有超前的敏感。面对甘露之变，他想到的是唐王朝荆棘铜驼的衰亡命运；参加博学宏词试落选，竟发出"一年生意属流尘"的悲叹。他特别敏感，又特别执着，或作无望的追求，或发深情的哀挽。政治上明明连起码的参政条件都没有，却死死抱定"欲回天地"的宏愿；明明感到周围环境一片冰冷，"一树碧无情"，却仍然怀着一片赤诚，一往情深；明知爱情追求的无望，却仍然要作无望的追求。在仿佛无可慰藉之中寻求一丝慰藉，甚至在彻骨、弥漫的悲哀中咀嚼回味悲哀中的美。"春蚕到死丝方尽，蜡炬成灰泪始干"，不妨看成他这种悲剧性格、心态的写照。他的性格中本有刚豪的一面，这从他因为民伸抑而得罪上司时辞官而去的行动和以击鼓骂曹的祢衡自况可以看出。但环境的压抑和命运的折磨却使他变得内向、收敛，内心的矛盾痛苦无法公开宣泄，只能寄之于诗："夫君自有恨，聊借此中传。"

作为一个关心现实政治和国家命运的诗人，李商隐继承杜甫感时忧国的精神，创作了许多内容深广、风格沉郁顿挫的政治诗，像《隋师东》《有感二首》《重有感》《曲江》《寿安公主出降》《行次西郊作一百韵》《淮阳路》以及赠、哭刘蕡诸作，都是学杜而深得其神髓的佳作。内容涉及方镇跋扈、宦官乱政等政治焦点，《行次西郊作一百韵》更是从总体上反映唐代开国二百年来兴衰治乱及其根源的史诗性巨构，在晚唐诗人中，可谓无出其右。王安石甚至认为"唐人知学老杜而得其藩篱者，唯义山一人而已。"但从艺术独创性方面看，他的一系列以古鉴今、借古喻今和借题托讽的咏史诗无疑更能代表其艺术成就。他的咏史诗具有突出的讽时性、典型性和抒情性，其矛头集中指向历史上淫奢昏顽的亡国、败国之君，藉以鉴戒、借喻、托讽当时的君主，可以说是晚唐特定时代条件下以咏史形式出现的政治讽刺诗。诗人善于运用多种典型化的艺术手段突破史实拘限，使诗中所咏的人物事件更具典型性，并注重诗的深长情韵，从而达到深刻的思致、尖锐的讽刺与含蕴微婉的抒情唱叹完美结合，如《隋宫》：

　　紫泉宫殿锁烟霞，欲取芜城作帝家。玉玺不缘归日角，锦帆应是到天涯。于今腐草无萤火，终古垂杨有暮鸦。地下若逢陈后主，岂宜重问《后庭花》？

颔、尾两联，用虚拟推想之辞，在史实或传说基础上进行想象，从已然推想未然，从生前预拟死后，深刻揭示出炀帝淫奢昏顽的本性。腹联将聚萤作乐、开河巡游与隋的兴亡联系起来，让读者透过荒宫腐草、垂杨暮鸦这种饱含历史沧桑感的图景去品味其内在意蕴，亦讽亦慨，极苍凉沉郁之致。又如《齐宫词》：

永寿兵来夜不扃，金莲无复印中庭。梁台歌管三更罢，犹自风摇九子铃。

通过九子铃这一微物，不但讽南齐后主荒淫昏愦，自取灭亡，而且串连齐梁两代荒淫相继的情景，深寓无视前代亡国教训，必将重蹈覆辙的意旨，使读者仿佛在夜半风铃声中品味出亡国的苍凉与悲恨之相续。值得注意的是，他的咏史诗不仅能见讽刺对象的性格与灵魂，而且可见诗人的神采个性。对荒淫之君的揶揄嘲讽，和对历史教训、现实危机的清醒思考，往往交融在一起。他的咏史诗既是晚唐上层统治者腐败现象的曲折反映，也是诗人心灵世界的展示。

李商隐是唐代咏物诗大家。和前代因物寓志的咏物诗往往表现士大夫群体类型化的"志"不同，他的咏物诗大都表现诗人独特的境遇命运、人生体验乃至精神意绪。因此它寄寓的不是"这一群"而是"这一个"的心志情怀、心灵感受。从类型化到个性化的转变，是他对古代咏物诗托物寓志传统的重要发展。他常用特有的悲剧眼光、心态去体察感受，赋予物浓郁的悲剧色彩。他笔下一系列物象，如初出林即遭剪伐的嫩笋，为雨所败先期零落的牡丹，非时早秀不与年芳的梅花，先荣后悴的秋柳，悲嘶欲断的秋蝉，乃至五十弦的锦瑟，无不"有一义山在"，不但映现出诗人不同人生阶段的面影，而且凝聚着他这样一个"沦贱艰虞多"的寒士特有的感情、心态与气质。

由于所表现的主要是诗人的悲剧命运、人生感慨和虚泛的精神意绪，李商隐的咏物诗在艺术表现上往往更多地运用象征手段，注重物与人的

567

整体神合，而摒弃二者的简单比附；在形与神、情与理的关系上，往往离形取神，传神空际；不涉理路，极饶情韵。《回中牡丹为雨所败二首》不拘滞于牡丹的花叶色香等局部描绘并分别以之牵合比附，而是从整体着眼，写雨败的牡丹种种感觉、联想、追忆，在展现当前心伤泪迸，不胜暮雨清寒、重阴笼罩的环境之摧抑的同时，追溯往昔下苑"罗荐春香"的温馨繁华，预想将来零落成尘的凄凉，构成了牡丹命运的三部曲，使诗人遭受挫折后的情绪、心态得到层深而完整的表现。牡丹与诗人，浑融神合。评家誉为"纯乎唱叹，无一滞笔"。又如《落花》：

> 高阁客竟去，小园花乱飞。参差连曲陌，迢递送斜晖。肠断未忍扫，眼穿仍欲稀。芳心向春尽，所得是沾衣。

全诗着眼于落花与惜花的诗人"芳心"的感应契合，以曲传内涵深广的伤春意绪。这种物我浑融、离形取神、不涉理路、妙绝言诠的象征，是对咏物诗运用比兴手段的一种发展。

无题诗是李商隐独创的抒情诗体。除七律"万里风波一叶舟"是抒写怀古思乡之情以外，其他各首都以男女相思离别为题材。这些诗究竟是纯粹的爱情诗，还是另有寓托，研究者长期以来有不同看法。联系作者身世遭遇和有关诗文，可以看出其中有一部分托寓痕迹比较明显，如作于少年时期的《无题》：

> 八岁偷照镜，长眉已能画。十岁去踏青，芙蓉作裙衩。十二学弹筝，银甲不曾卸。十四藏六亲，悬知犹未嫁。十五泣春风，背面秋千下。

用年龄序数法写聪慧勤奋而早熟的少女"伤春"心绪的萌生。联系作者诗文中"五岁诵经书，七岁弄笔砚""悬头曾苦学"等自述，不难看出这位少女身上有诗人的影子。姚培谦说："迤逦写来，意注末二句。"正因为这两句作为全诗之眼，集中寓托了诗人忧虑前途的心理。循此以求，像"照梁初有情"写女子的幽怨不平，"重帷深下莫愁堂"写幽闺女子生涯如梦、居处无郎的境遇，"何处哀筝随急管"写老女无媒、自伤迟暮的心理，都不妨视为"八岁偷照镜"篇的延伸。另一部分无题，寄托痕迹似有若无，如历来传诵的"相见时难别亦难""来是空言去绝踪""飒飒东南细雨来""凤尾香罗薄儿重"诸篇就大体上属于同一类型。它们在抒写爱情生活中的离别与间阻、期待与失望、执着与缠绵、苦闷与悲愤等方面达到了很高的艺术水平，如：

> 相见时难别亦难，东风无力百花残。春蚕到死丝方尽，蜡炬成灰泪始干。晓镜但愁云鬓改，夜吟应觉月光寒。蓬山此去无多路，青鸟殷勤为探看。

在别离的伤感和别后悠长的思念中，流动着对所爱女子青春的珍惜与细意体贴。"春蚕"一联，融比兴与象征为一体，表现了一种明知无望与痛苦仍要作不已的追求的殉情精神，在极端伤感中透出热烈与执着，具有浓郁的悲剧色彩。诗中表现的是一种高纯度的感情境界，其中也可能融会了诗人更广泛的人生感受，"可以言情，可以喻道"。其他各首，也不妨作如是观。还有一类无题，因为有诗人直接出场，可以认定是无寄托的，但其中亦有精品：

> 昨夜星辰昨夜风，画楼西畔桂堂东。身无彩凤双飞翼，心有灵犀一点通。隔座送钩春酒暖，分曹射覆蜡灯红。嗟余听鼓应官去，走马兰台类转蓬。

昨夜相遇，旋成间隔。领联"身无"与"心有"相映，不仅写出心通而身不能接的苦闷，而且写出间隔中的契合，苦闷中的欣喜，寂寞中的慰藉，确实可见诗人抒写心灵世界的才力。

李商隐还写了不少爱情诗，包括忆内悼亡诗、女冠诗和抒情对象不明的诗。这些诗的共同特点是感情真挚缠绵，带有浓郁的感伤情调。悼亡诗和女冠诗还往往渗透诗人的身世之感。下面举《春雨》为例：

怅卧新春白袷衣，白门寥落意多违。红楼隔雨相望冷，珠箔飘灯独自归。远路应悲春晼晚，残宵犹得梦依稀。玉珰缄札何由达，万里云罗一雁飞。

重访旧地，所爱远去。全诗弥漫着梦一般的氛围和寂寥、怅惘、失落、迷茫之感。"红楼"一联，借助迷濛的春雨，于色彩与感觉的反常对应、雨帘与珠帘的自然联想中创造出情景浑融的境界，传达出惆怅寥落而又对往昔温馨爱情生活深情追忆的复杂深微意绪。

综观李商隐的无题诗、爱情诗、托物寓怀诗和咏史诗，可以看出这些不同题材的诗作或隐或显地贯串着共同的抒情内容，即诗人的身世之感、人生体验、人生感慨。

由于抒写概括面很广的人生感受，李商隐的一部分最优秀的诗往往意蕴宽泛、境界朦胧、歧解纷出。它们所表现的往往不是具体的人事景物，而是一种由多方面生活体验融铸成的内涵非常宽泛的感情境界。前面说到的一部分无题诗以及《嫦娥》《乐游原》五绝等都具有这个特点。《嫦娥》所表现的是一种高远澄洁而又孤寂的心灵境界：

云母屏风烛影深，长河渐落晓星沉。嫦娥应悔偷灵药，碧海青天夜夜心。

这境界属于嫦娥，抑或寂守道观的女冠、身心寂寞的诗人？原不妨认为三位一体，境类情通。在这方面，最典型的莫过于千古聚讼的《锦瑟》：

锦瑟无端五十弦，一弦一柱思华年。庄生晓梦迷蝴蝶，望

帝春心托杜鹃。沧海月明珠有泪，蓝田日暖玉生烟。此情可待
成追忆，只是当时已惘然。

闻锦瑟所奏的悲音而追忆华年，不胜惘然。中间两联用象征性图景所表
现的，既是迷幻、哀怨、清寥、虚缈的音乐境界，又是诗人所历的人生
境界、与瑟声共振的心灵境界。它超越一切具体情事，又涵盖一切具体
情事。李商隐悲剧的一生，酿就了说不清、解不了的迷惘、失落、幻
灭、虚缈、凄怨与孤寂，也铸成了集中表现这一切心灵感受的《锦瑟》。
它是诗人心灵世界的集中展示，也是他的诗艺的结晶。

[原载《古典文学知识》1994 年第 1 期]

古代诗人研究的新尝试与新探索

——评董乃斌著《李商隐的心灵世界》

李商隐研究，近十余年来渐成热门。董乃斌是较早致力于此并取得一系列成果的中年学者。新近问世的《李商隐的心灵世界》，便是他"融裁以往研究所得并进行新的尝试与探索的结果"。在众多的李商隐研究论著中，这部书确实让人感到耳目一新。

对于李商隐这样一位擅长表现深微内心世界的大诗人，近年来不少研究者已逐渐将重心移到探寻其诗心上来。但像董著这样，融汇西方文论及相关科学成果，从理论高度将探索心灵世界视为作家研究的中心，抓住古代作家的身心矛盾及其统一这个创作的动力源及外部环境折射于个人的聚焦点来进行考察，并紧紧围绕这个中心构筑全书的框架，使这种探索具有理论的自觉性和科学的整体性、系统性，却是一种明显的创新。

对于李商隐这样一位在唐代乃至在整个中国文学史上都有重要历史地位的作家，著者非常强调将他放在中国文学发展史的纵轴和他所处时代的横断面所构成的立体坐标图系上来考察，并给以科学的定位。著者认为：唐代既是中国文学的诗歌时代（或曰抒情时代）的峰巅，又是中国文学的小说时代（或曰叙事时代）的开端。中国文学发展到中晚唐，高度成熟的诗歌需要有人给它作出总结。李商隐的杰出贡献，就在于他充当了唐代诗艺乃至中国诗艺的总结者。而他的一切主客观条件，又都促使他承担起这样一个历史角色。从这样的历史高度来审视义山的诗歌创作，就能充分揭示出其艺术成就所显示的意义和他在整个中国文学史上的历史地位。范文澜曾精辟地指出："唐朝文学是盛世，到了晚唐已经不可阻止地要发生大分化。按照文学史的通例，总得出现两个代表人物，一个结束旧传统，一个发扬新趋势。在晚唐，李商隐是旧传统的结束者，温庭筠是新趋势的发扬者。"这一论断所显示的治通史者的宏远眼光，在董著中也同样有明显的体现；而董著从诗歌、小说的新旧嬗变分野着眼，较之从诗、词分野着眼，似乎更能揭示中国文学发展的大趋势。这就使单个作家的研究，带上文学史审视的意味。在横断面的剖析与横向的联系比较方面，本书上编第三章和下编第七章列专节集中加以阐述。"中晚唐文化鸟瞰下的李商隐"一节，从中晚唐时期最大的政治、社会问题——地方势力对中央政权的离心倾向，引出当时文人作家普遍的文化心态——以儒家思想为基础的对李唐王朝的向心倾向以及它的普遍表现方式——深沉郁结的忧患意识。并且指出在中晚唐诗人的作品中普遍充满感伤色彩和悲苦情调，而李商隐正是最典型地体现这种文化心态的人物。"众多参照下的审视"一节，从充分展现李商隐的文学环境出发，分不同类型简要论述了从贞元到大中七八十年间活跃在诗坛上的二十位诗人的创作特征，揭示出他们中绝大部分人创作心理的变化（自觉或不自觉地回到用诗抒写自我心灵的路子上去）和努力在前人艺术成就之上开辟新天地的共同愿望。这样广阔地展现一个作家的文学环境，在同类著作中似乎还不多见。通过这种横断面的剖析和横向的联系比较，充分说明李商隐既代表晚唐，又高于晚唐，因为他比其他诗人更全面、更典型、更深刻地反映了时代精神面貌，艺术上也更富创造性。纵向的审视和横向的解剖交叉结合，不仅高屋建瓴，视野广阔，不致局限于某一作家本身，而且起到了给所论对象科学定位的作用。

但董著的探索与创新显然不限于提供了一种作家研究较新的理论思路与论述框架，而是更多地体现于围绕着对作家心灵世界的探索这个总题目而进行的一系列颇具新意的具体探索上。其中，对诗人灵智活动的物化形式之一——李商隐诗歌语象——符号系统的示例分析便是突出的例证。著者先从纵的方面对李商隐诗歌中最常用的语象之一"蝴蝶"进行历史的考察，从中归纳出"梦蝶"与"化蝶"这两个语象——符号系统。指出"在诗歌中，'庄生梦蝶'是抒发苦闷、灰心、迷惘、失落、幻觉乃至幻灭，以及由此引致的消极、颓唐、放旷、无为等心态的习用典故，有时干脆便用作'物化'即死亡的代词"。而从韩凭妻化蝶传说起始的"化蝶"语象，则在流传过程中产生了"以蝴蝶为柔美、爱恋、寻觅、追求、无望乃至悲剧之象征的传统文化意义"。在此基础上对李商隐以蝶为题的五首诗的象征涵义作了具体分析，其中颇有一些精到的见解。如析《蝶》（叶叶复翩翩）一首时，指出："这里的蝴蝶不妨看作是诗人魂魄的物化、精神的显现或灵性的具象。蝴蝶翩飞，所谓'叶叶复翩翩'，其实是诗人在现实中不断寻觅、反复探求理想境界的痛苦体验的幻化表现。"又析《蝶》（初来小苑中）一首说："所谓'只知防浩露，不觉逆尖风'云云，则是借蝴蝶的口吻，吐露诗人忧恐、失望、懊恨以及自我解嘲相交错的复杂情绪。而这实际上乃是诗人生活中不幸遭际的曲折映射。"这种深入诗人心灵世界的精微分析，显然要比一般的粗线条的自况说或比较拘于形迹的寄托遭遇说更深刻细致。然后又从横的方面联及在义山笔下与蝶的语象结有不解之缘的蜂的语象，指出蜂、蝶的同时出现，其内涵均或显或隐地与冶游、艳情，即与男女情爱的象征和潜意识有关。并揭示出义山诗中还有一种更隐曲的表现，即诗面上并未出现蜂、蝶字样，实际上却是咏蜂或蝶，然而所咏又不限于其外形特征与生活习性，而是另有指代、隐喻、象征或寄托的意义，"这是中国古典诗词最具民族文化特色的抒情方式之一，是它在艺术思维和表达手段的一种飞跃和升华"。最后归结为："李商隐诗里的'蜂蝶'语象不仅其自身意义不断孳长增殖，而且表现出巨大的活力，常与另一些语象有机地结合起来，形成一种相对稳定的语象组合。这……对义山诗歌特征总貌的生成关系极大，当然应该成为作品研究的重点。"象征诗风是李商隐诗的重要艺术特征与其诗歌特殊艺术魅力的重要因素，同时又是使研究者和读者见仁见智、歧解纷出、感到困惑的重要原因。著者对带有李商隐个性特色的语象——符号系统的探索，就是力图用较为客观的分析、比较、归纳的方法将略可意会、难以言诠而且意会亦因人而异的象征涵义揭示出来。这种破译心灵世界"密码"的工作，诚如著者所说，是对作家灵魂的宇宙的有趣探险。李商隐诗歌的研究要做得比较深入透彻，这是一项不可或缺的既基础又尖端的工作。

除了这种饶有新意的探索以外，董著还对一些以前在李商隐研究中很少涉及的问题进行了探讨。关于李诗风格演变轨迹和李商隐文的研讨就是显例。著者注意到商隐生平遭际与其诗风演变之间既密切关联又不完全同步的情况，提出根据诗歌内容、形式之统一所构成的风格特征来确定分期标准，将商隐诗风按其发展过程分为"模拟期""愤激期""感伤期""颓废期"。这样的分期标准及具体分期应该说是比较切实合理的。因为它既充分重视诗歌创作本身的变化，又兼顾了生平遭遇这一对诗风起重要影响的方面。尽管有一部分代表作（如大多数《无题》诗）由于难以考证其写作时间甚至大体的写作时期而多少影响其作为分期之依据，可以说这样的分期是大体上揭示了李商隐诗风的演变轨迹的。李商隐的骈文与散文，现存者总数达370余篇，其骈文被范文澜称为唐代骈文中唯一值得保存的"不切实用但形式美丽"的"艺术品"，而且对其诗歌创作有重大影响，其散文也很有个性特色。但过去除零星的评点外，还没有研究者对它们作过认真的研讨，可以说是李商隐研究中的一块不应有的空白（冯浩和钱氏兄弟对樊南文的详注，功力很深，但限于校注笺订与系年考证）。董著在下编辟专章"非诗之诗"评论商隐的骈文与散文。指出"李商隐为文曾经历了一个由散入骈而最终以骈文为专业的变化过程"，分析了这种转变的原因与契机，对一些思想与艺术价值都比较高的骈文名篇作了较深入的剖析，并指出不少骈句具有诗的意境，而以骈文手法入诗又成为玉谿诗的一大特色，从而将其骈文与诗的相互影响、相互渗透的关系明晰地揭示出来。在谈到商隐的祭奠文时更将它与悼亡哭吊诗联系起来，认为它们是商隐诗文中感染力最强的部分，同具感伤色彩和内容的多层次、多寄托，表达重含蓄、重婉曲的特点。对商隐散文，则特别强调其中所显示的作者不肯蹈袭故常甚至带有离经叛道色彩的思想性格与崇实尚简的文风，这种评论，也是切中肯綮的。但本章中最有新意的论述却是问题的另一方面。著者认为，商隐以骈文为业的社会地位和大量写作代人立言的骈文不但耗费了他大量的精力，而且使他深感身心负担之沉重。这是他遭受的身心困厄的一部分。他只能把内心的积郁宣泄于诗歌之中。因此他的诗才突出显示为自己心灵而写的倾向。对樊南文与玉谿诗这种相反相成的性质及关系的发现与分析，是深入到作家心灵世界的真正有得之论，也是逆向思维、读书得间的典型例证。

总的来说，这是一部用新的理论、角度和方法来研究李商隐的具有较高理论品位的著作。著者在面对热门的老课题和熟知的材料时能采用新思路、增加新视角、形成新见解，和他在研究过程中汲取新的理论成果密切相关。这一点，对于古典文学研究者是有启发意义的。比较起来，本书所显示的理论思辨色彩似乎更浓，而对作品的精深细微的分析则稍嫌不足。如果日后再版时在后一方面有所加强，则这部专著将给读者更多的启示与裨益。

[原载《文学遗产》1994年第3期]

我和李商隐研究

一

我1952年考入北大中文系。刚经过院系调整的新北大，集中了一大批全国一流的学者。讲授"中国文学史"课程的，就有游国恩、林庚、浦江清、吴组缃诸先生。我从大二开始，就打算以后研治中国古代文学。班里让我当这门课的课代表，三年中我得以有较多机会直接向先生们求教，聆听他们的学术见解。在先生们的指引下，我开始按时代顺序阅读古代重要作家的作品，尽管经常是浮光掠影，一知半解，但日积月累，毕竟有了较多的感性认识，打下了一定基础。大四时开始学写论文，参加当时正在进行的学术讨论。我的第一篇论文《〈长生殿〉的主题思想到底是什么？》就是大学毕业前写成，后来发表在光明日报《文学遗产》专刊上的。

大学毕业后，我被免试录取为研究生，师从林庚（字静希）先生，研治魏晋南北朝隋唐五代文学。静希师治学，特别重视对作品的艺术感悟和细致入微的文本分析以及在此基础之上的整体理论把握。对研究生与助教，又特别强调系统读书，打好扎实基础。每读一书，都要认真写札记，由他批阅后面谈指点。这两方面的严格要求与训练，使我得益匪浅。如果不是1957年下半年以后，整个政治氛围和学术环境的变化，使人难以在正常气氛下静心读书治学，我的基础会比现在厚实得多。

1959年，北大中文系新建古典文献专业，我被提前分配到这个新专业任教。这对我来说是一个新领域，一切需要从头学起。凭借北大丰富的藏书，我读了不少有关古籍整理的专书，特别是清代学者的著作，并开出了"校勘学"这门课程。这段经历，对我后来主要从事文学古籍的整理与研究有重要影响。

受静希师的熏陶影响，我也特别推崇盛唐之音。如果单凭个人审美趣味，我也许会把盛唐诗作为主攻方向。实际上"文革"前我已开始了王昌龄集校注的准备工作，并在《文学遗产》专刊上发表过谈王昌龄七绝的文章。但随着工作单位的改变和其后不久发生的十年"文革"浩劫，刚开了头的王昌龄集整理研究工作未能继续下去。等到"文革"行将结束，从下放的中学回到高校，重理旧业时，已经年逾不惑，年龄、精力和学养都不允许我把摊子铺大，只能攻其一点，不及其余了。

近二十多年以来，我一直在从事唐代大诗人、大骈文家李商隐诗文集的全面整理和研究。先后和余恕诚先生撰著了《李商隐诗选》（人民文学出版社1978年初版，1986年增订再版）、《李商隐》（中华书局1980年出版）、《李商隐诗歌集解》（中华书局1988年出版，台湾洪叶文化有限公司1992年出版）、《古典文学研究资料汇编·李商隐卷》（中华书局近期出版）。此外，完成待出版的还有《中华大典·李商隐》、《增订注释全唐诗·李商隐诗注》、《新编全唐五代文·李商隐文校勘编年》（以上与余恕诚合撰）、《全唐五代诗·李商隐诗集编校》、《中国古籍总目提要·李商隐诗文集及校注评点本提要》。我自己还陆续在《文学遗产》《文学评论》《文史》《唐代文学研究》等刊物上发表了二十来篇李商隐研究系列论文，最近将其中的大部分汇集为《李商隐诗歌研究》，已由安徽大学出版社出版。目前，正在与余先生合作撰著《李商隐文编年辑注》，大约明年完稿，仍由中华书局出版。可以说，我的后半生和李商隐结下了不解之缘。

我的比较内向的性格和偏于感伤的气质虽使我对义山诗文有所偏爱，但二十多年来一直将研究集中在这样的一个点上，除了上面提到的因年龄等主观因素不能将摊子铺得太大以外，还有更重要的原因。今天回过头来看自己二十多年来的学术经历，不难发现在表面上是纯粹的个人行为、偶然选择后面，有深刻的时代原因。

中国内陆的古代文学研究，在50年代初到70年代中这二十多年间，对李商隐这样的作家，是相当冷落的，有时甚至作为批评对象。尽管他写过不少学杜而深得其神髓的忧国伤时之作，但他的感伤情调、朦胧诗境、绮艳诗风，他的抒写内心深微意绪、歌咏悲剧性爱情体验与人生体验，乃至咏史诗的强烈讽时色彩，都和那种直接的古为今用要求有距离，甚至被认为有矛盾。他的受冷落、受批评，不妨说是极左思想在古代作家研究上的一种集中反映。而最近二十年来在古代文学研究领域内形成的"李商隐热"，无疑是思想理论上拨乱反正和文学观念变化发展的体现与结果。在国家教委新编示范教材《中国文学史》中，引人注目的变化之一，就是李商隐由过去只在晚唐诗人中设一节，上升为单独立专章，与屈、陶、李、杜、苏、辛等并列。作家地位的这种升降，反映了文学观念和批评标准的深刻变化。实际上，1978年以来，对于像李商隐这样的作家的深入研究与重新评价，已是一种必然趋势，李商隐研究热的形成与持续具有时代的必然性。我在这一时期集中研究李商隐，以致欲罢不能，正是这种客观趋势推动的结果。上面提到的那些李商隐诗文整理研究工作，如果我们没有去做，肯定会有别的学人来做，而且会做得更好。

二

迄今为止，我所做的李商隐研究，主要是对玉谿诗和樊南文的校勘、注释、笺解、系年考证，商隐生平仕历考证以及研究资料的搜集汇编等基础性工作，理论研究和作品鉴赏虽也做过一些，但不占主要地位。这虽与我50年代末60年代初曾在北大古典文献专业工作过一段时间，具有一点古籍整理知识有关，但根本原因是在研究工作逐步展开的过程中越来越认识到这种基础性工作的重要性。

清代以前，李商隐诗、文集的整理，包括校勘、注释、笺解、系年考证等，基本上是空白，以致明代后期著名唐诗学者胡震亨特别提出："唐诗有两种不可不注：如老杜用意深婉者，须发明；李贺之谲诡，李商隐之深僻，及王建宫词自有当时宫禁故实者，并须作注，细与笺释……而商隐一集迄无人能下手，始知实学之难。"（《唐音癸签》卷三十二）但清代以来，情况有了很大变化。从朱鹤龄撰著《李义山诗集笺注》开始，陆续出现了徐树谷、程梦星、姚培谦、屈复、纪昀、冯浩、钱振伦等人对商隐诗文的笺注考证评点著作和一批选解、选评著作，再加上一系列诗话、选本、笔记杂著及文集中对义山诗文的评论，构成了清人义山研究的三个层次和洋洋大观。本世纪初，又出现了带总结性的张采田的《玉谿生年谱会笺》。岑仲勉先生称："唐集韩、柳、杜之外，后世治之最勤者，莫如李商隐。"（《玉谿生年谱会笺平质·导言》）岑氏自己对商隐生平仕历、诗文系年等也做了许多后出转精的考订。

在前人成果甚丰的情况下，还有没有必要对商隐诗文及生平仕历作进一步的全面整理考订呢？在做完《李商隐诗选》和小型评传《李商隐》后，我们对李诗旧本、旧注和有关研究资料作了进一步搜集整理、分析研究，发现在以下几个主要方面都还存在大量需要进一步去做的基础性工作：一是李诗的版本系统尚未在全面比勘旧本的基础上进行梳理归纳与考证，致使李诗的文字校勘未能全面反映不同系统版本的面貌并吸收其优长，如被蒋斧誉为"传世李集第一善本"的钱谦益写校本，其校定文字主要依据北宋本《李商隐诗集》，而未很好吸收其他几个系统版本之优长。二是李商隐的生平仕历交游仍留下不少悬案，诸如"占数东甸"的具体所指，"学仙玉阳"的具体时间，入泾原幕与就婚王氏的先后，移家关中及赴陈许幕的具体时间，江乡之游与巴蜀之游是否存在，王氏逝世的时间等等。特别是其中的江乡之游，冯、张先后系诗达四五十首，几成定论，关系尤为重大。三是由于多种原因，李商隐诗文的系年考证中仍存在相当数量的误系、漏系之作，需重新加以考辨订补。四是在词语典故的解释征引方面，仍有不少疏误缺失，需加补正。此外，李商隐作为一个极富艺术独创性的作家，其诗集的旧注旧笺给读者的突出印象，是对诗歌意蕴诠解的纷纭。这并非通常那种对某一作家少量作品感受、理解上的一般性差异或分歧，而是对一大批最具艺术独创性的作品人执一解，令读者眼花缭乱、无所适从的"纷歧"。这些纷歧的解说，有的可以兼采其中的合理成分或在更高层面上求得融通，有的则很难统一，甚至根本不必勉强求其统一。对于内蕴丰富，形象意境能引起多方面联想的作品，接受者完全可以见仁见智。这正是作品有魅力、耐读的表现。承认并保留这种分歧，于作品无损而有益。

一方面，李商隐行年考证及其诗文集的校注笺证还有一系列基础性工作需要进一步去做；另一方面，旧注旧笺又存在大量解说纷歧的现象。这使我们在慎重考虑的基础上，决定采用"集解"的方式来进一步全面整理、研究李商隐诗，包括会校、会注、会评、会笺，加上我们的按断、补注和对每首诗的总按。这就是中华书局于1988年出版的《李商隐诗歌集解》。

会校会注会评会笺及总按，意在全面反映总结前人整理研究成果，以便在此基础上作更进一步的研究。回顾千余年的李商隐研究史，从唐末至明末这八百年中，之所以没有出现高质量的带总体性的评论研究，关键原因是这一时期一直没有对李商隐诗文集进行过全面的整理，远不及所谓千家注杜、五百家注韩的盛大声势，因而一些零星评论往往局限于对某一具体作品或某一具体方面特点的直观感受，而缺乏在总结前人丰富成果、全面整理校注基础上的整体把握。而从清初至民初这近三百年间，李商隐研究之所以取得很大进展，关键也在于朱注、冯氏两详注、张氏会笺等著作对前人及时贤整理研究成果的不断总结提高。李商隐研究史上这几部带有里程碑性质的著作，不但自身具有很高学术价值，而且明显推进了其后的李商隐整体学术水平。每一个时代都应该有这样的总结，才能不断将研究水平波浪式地向前推进。

《李商隐诗歌集解》主要做了以下几个方面的工作：

一是广搜旧本，进行全面比勘会校。我们搜集了十种李商隐诗集的旧刻、旧抄，并在详细比勘的基础上将它们归纳为四个系统。①以清影宋抄本（所影写原刻当为宋仁宗朝所刊）为代表的《李商隐诗集》三卷本系统。席氏《唐诗百名家全集本》、钱谦益写校本（指其改定主要所据之本）属于此系统。②明毛氏汲古阁刊《唐人八家诗·李义山集》三卷本系统。③季沧苇抄本（据傅增湘过录本）为代表的《李义山诗集》三卷本系统。朱鹤龄《李义山诗集笺注》及《全唐诗》本属于此系统。④以蒋孝刊《中唐人十二家·李商隐诗集》为代表的明代分体刊本系统。姜道生刊《唐三家集》本、胡震亨辑《唐音统签》本属于此系统（明悟言堂抄本虽非分体本，但文字与这一系统各本最近，当同出一源）。并在比勘基础上选定毛氏汲古阁本为底本，以其他三个系统各本参校，并以唐宋元有关主要总集进行他校。择善而从，不主一本。明清以来诸家校改意见凡可参者亦悉入校记。从而使《集解》的校勘真正具有会校性质。选择明毛氏汲古阁本为底本，一是因为它据以翻刻的原本是北宋真宗朝刻本，在已知义山诗刻本中年代最早。二是毛氏在翻刻时比较严格地保持了原本面貌，不但保留了宋讳缺笔，而且连阙文与明显的误字均不加改补，仅于校记中注明他本一作某。因此毛本尽管有一些他本均无的明显脱误，却保留了不少很有校勘价值的异文。冯班曾说："《赤壁》至《定子》四首，北宋本不载，南宋本始有之。"（冯浩笺引）今按《李商隐诗集》三卷本系统各本均无此四首，而汲古阁本"新添集外诗"在《安平公诗》之后正好添上此四首，似此本即冯班所称南宋本（过去我也曾有这种看法），但细审此本保留的宋讳字至"怕"字止，再参以其他证据，可断定此本所据原刻系宋真宗朝刻本，冯班之说盖亦未审之论，不足为据（详拙文《李商隐诗集版本系统考略》）。

二是诗歌系年与商隐游踪考证方面，对旧说有较多辨正。对前人特别是冯浩、张采田、岑仲勉的正确考据成果悉加吸收，但对冯、张极力主张的开成五年秋至会昌元年春的"江乡之游"及系诗，则根据义山《赠刘司户蕡》诗提供的内证，结合其他旁证，详加考辨，予以否定。在纠正了冯、张这一重大误考后，对冯谱、张笺中与此游有关的一大批误系诗，均重新考定作年。冯、张所考的大中二年巴蜀之游，据现存义山诗文，也只有桂管归途短期的夔峡羁留，而绝无冯、张所说的东川之游。从而对包括《夜雨寄北》在内的一大批误系诗重新加以系年。冯、张还将包括大多数《无题》在内的一系列篇什，都说成是为令狐绹而作，为某显宦而作，并主观地加以系年，我们认为这类诗无可征信，除少数篇章（如《无题》"八岁偷照镜"篇，《无题二首》"昨夜星辰昨夜风""闻道阊门萼绿华"，《无题》"万里风波一叶舟"）外，大部分均改置于未编年诗。有些诗由于发现了新材料，而得以考定作年，如李郢三首佚诗《送李商隐侍御奉使入关》《板桥重送》《赠（？）李商隐赠佳人》的发现，使商隐《汴上送李郢之苏州》《魏侯第东北楼堂郢叔言别聊用书所见成篇》《板桥重送》三诗得以定编于大中四年，并考出是年义山有奉使入关之行。有的诗则因获得更合理的解释而改系了时间，如《出关宿盘豆馆对丛芦有感》，据诗中"此日初为关外心"之句，改系于开成四年由秘书省校书郎调补弘农尉时；《玉山》据《穆天子传》"群玉之山……先王之所谓策府"之文及诗中"玉水清流""此中兼有上天梯"等语，推断"玉山"乃秘省清资之象喻，诗当作于开成四年春义山释褐初入秘省时；《相思》据诗中"秦台吹管客"及"日西春尽到来迟"之句，当为大中五年春暮义山自徐幕返京后作，时其妻王氏已卒。此外，对商隐生平经历中"占数东甸"、"学仙玉阳"、入泾幕与成婚、王氏逝世时间等，也都作出了新的考证结论。

三是注释方面，在鉴别旧注正误当否的基础上，存其是，删其复，弃其误，补其阙。由于义山诗的特殊性，注家对词句内涵意义往往有不同理解，征引的典事出处及材料亦因之有所不同。为体现会注的性质，此类不同注释，概予保留，以便于研究者比较选择和多方面思考。如遇注家意见纷歧，亦加按断表示我们的倾向或意见，但不因此舍弃与己见相左的旧注。除对旧注失注或误注之典故、词语出处作出必要的补正外，因旧注对虚词例不加注，有时容易引起误解歧解，故亦择要作了一些补注。

四是笺评方面按时代先后汇集了自宋迄近代（少数篇章酌收当代）学者对商隐每首诗的疏解笺证与评论品鉴。把这些材料联贯起来，几乎就是对商隐每一首诗的诠释史、研究史，不仅给理解、赏鉴、研究商隐诗提供了较全面系统的材料和多方面思考的参照，而且对研治文学史、文学批评史、文学接受史及诗学亦不无启发。即使是笺解中某些明显的误读，也可留作思维失败的教训，供后起者记取。

会笺会评后面所附的编著者对每首诗的总按，内容涉及各个方面，而以考证作诗年代、揭示作诗背景、阐释内容意蕴为主，间亦谈艺评诗。我们的笺解与旧笺的关系，大体上有以下几种情况：

一是诸家笺解有不少相当精彩，启发我们从某一方面加以补充发挥，如《齐宫词》、《隋宫》七律、《贾生》、《瑶池》等诗的笺解。《齐宫词》以"九子铃"这一微物寄慨，屈复、纪昀笺语均已揭出，总按发挥此意，进一步指出九子铃串连齐梁两代荒淫相继情景，深寓梁台新主无视前代覆亡教训，重蹈覆辙之微旨，更见其构思之精妙。《隋宫》"玉玺"一联，从对偶之工巧到用笔之灵活，前人多有精到评论，总按则就此联与尾联之推想假设语加以发挥，指出诗人不拘于现成史实，而能根据讽刺对象性格进行推想，事属虚拟，情出必然，近于艺术虚构，故能更深刻揭示讽刺对象之本质与灵魂。

二是诸家笺解似均与原意不符，则改换思路，另觅新解。前面提到的《玉山》《宿盘豆馆对丛芦有感》《相思》等诗，均属于这种情况。此数诗皆因旧笺对作诗的背景不明而致。又如《漫成三首》，自钱龙惕以来，旧笺或伤于穿凿，或流于肤廓，似均未得其要领。冯浩据末章"雾夕芙蕖"之语，以为诗作于开成三年初婚王氏而应宏博试时，并以周

584

墀、李回二宏博主考官实诗中"沈范两尚书"，说亦支离。总按据《樊南甲集序》《上令狐相公状一》《安平公诗》中有关文字，证明"沈范两尚书"当指对义山有知遇之恩的令狐楚与崔戎，诗系追思前事、感激知遇之作，与新婚、应宏博试及周、李均无涉。《石榴》诗诸家笺亦均未安，关键原因在未解三四句"可羡瑶池碧桃树，碧桃红颊一千年"中"可羡"乃"岂羡"之意，诗意盖言世间妇女自有将雏之乐、丰实之美，岂羡长保"碧桃红颊"而无人生乐趣之女冠。此种思想，与义山在《嫦娥》《银河吹笙》等诗所流露之思想正相吻合。此类新解，未敢自必，但或可为读者提供一个新的或变通的理解作品的思路或角度。

　　三是诸家笺解各有所得而又各有所偏，引导我们加以折中、互补、沟通，或在更高层面上融通表面上纷歧的旧说。这里涉及义山一大批最具艺术独创性的意蕴虚泛浑涵、难以确指为某人某事而作的篇什，如《锦瑟》、《无题》诸篇、《嫦娥》、《重过圣女祠》、《乐游原》五绝、《落花》、《天涯》、《梦泽》、《楚吟》等。注家们歧解纷纷，莫衷一是，初一接触，确实令人眼花缭乱，但细加寻绎，却可发现这些纷歧的异说往往是不同读者从不同角度去感受、理解作品丰富内蕴的结果。因此，它们不但可以相容、并存，甚至可以融通。这种融通，既包括同一平面上对各种异说某些合理成分的择取与综合，但更主要的是在把握这些诗总体特征的基础上，从更高的层面来统摄、融合这些表面上歧异很大的解说。实际上，融通歧解的过程，往往就是对这类诗创作特征认识与把握的过程。以《嫦娥》为例，有以为咏嫦娥"贪长生之福，无夫妻之乐"者，有以为咏女冠之不耐孤孑者，有以为指所思之人者，亦有以为自伤自慨者。表面上看，诸种歧说似乎相距遥远，根本无法调和，实则都可以在一个基本点上统一起来，这就是诗中着意表现的高远清寂之境和永恒的寂寞感。嫦娥、女冠（或所思之人）、诗人，不妨说是境类而心通，三位而一体。咏嫦娥，即所以咏女冠，而诗人的宅心高远而又孤寂的境遇心情亦藉此以传。关键在于把握此诗所抒写的乃是一种极虚浑的心灵境界——高远寂寞心。循此思路以求，则《重过圣女祠》之咏圣女神、咏女冠、咏自身沦谪不遇诸说自亦可在"上清沦谪得归迟"的喻示和"一春梦雨常飘瓦，尽日灵风不满旗"的孤寂虚缈境界中得到融通。千古聚讼的《锦瑟》，如果紧紧抓住首尾两联明白揭示的全篇主意——因闻瑟而追思华年不胜惘然，将颔、腹二联所展现的迷幻、哀怨、凄寥、虚缈诸境，既看成锦瑟所奏出的音乐境界，又看成诗人华年所历的人生境界和回忆华年时不胜惘然的心灵境界，则举凡悼亡、怀人、咏瑟、自序其诗、自伤身世诸种最主要的异说均可包容其中。关键亦在于诗中所表现的惘然之情，乃是一种内涵极宽泛、形态极抽象的心灵境界。华年身世之悲，迷幻、哀怨、凄寥、虚缈诸境，既可包含悼亡之痛乃至其他爱情悲剧体验，又可包括其诗歌创作所抒写的诸种人生感受、心灵境界。我在《纷歧与融通——集解李义山诗的一点体会》一文中曾分别从创作起始阶段的触绪多端、百感交集，创作过程中于特定题材的歌咏中融入多方面人生感受与体验，创作完成后接受主体对同一作品丰富内涵与虚泛意蕴的多侧面感受与认识这三个方面，论述义山这类意蕴虚泛浑融之作何以有许多歧解和为什么能将它们加以融通，此处不赘。而这种把握诗的总体特征基础上更高层面上的融通，在某种意义说，是用一般来概括个别；而任何一般又不可能完全涵盖个别，因而融通只能是求大同而存小异，它但求兼该众说的合理成分，却不能也不必废弃众说。《集解》的编排形式就体现了这一意图。

"集解"的形式有利于汇总众说，供研究者比较、分析、综合、融通，以便充分吸收前人一切有用的成果。对于李商隐这种其诗作歧解纷纭的作家，更有其特殊的适应性。它不仅对我们在研究过程中拓宽思路有很大启示，更为我们在纷纭的异说中发现结合点共同点，从而在更高层面上加以融通提供了极有利的条件。总结、吸纳、创新，都可以在这种形式中实现。这里存在一个怎样看待旧说的缺陷和合理成分的问题。由于时代的进步和观念方法的更新，当我们站在今天的认识高度去审视旧说时，往往容易发现某些有影响的旧说在观念、方法上的缺陷。例如从吴乔、冯浩到张采田，他们在诠解义山那些意蕴虚浑之作时，往往牵合具体人事（如义山与令狐绹的关系）进行比附，不少说法显得非常拘凿。但即使如此，其中也仍有一定合理成分。如《无题》："紫府仙人号宝灯，云浆未饮结成冰。如何雪月交光夜，更在瑶台十二层？"吴乔解为对令狐绹"极其叹羡"，冯浩更牵合"绹为承旨，夜对禁中，烛尽，帝以乘舆金莲华炬送还"之事以类证首句，谓"时盖元夕在绹家，候其归而饮宴，故言候之久而酒已成冰"，将极虚幻的象征性境界实解为日常生活情事，固不免穿凿拘执，但诗中描绘的可望而不可即的境界和时感对方变幻莫测、难以追攀的情绪，却不排斥其中包含有与令狐之间关系的感受。义山一生政治、友谊、爱情等方面追求向往虚缈难即之情事，都是酿造这种极虚幻的艺术境界的生活基础。当诗人融合多方面人生感受铸成这种蕴涵极丰的典型性境界后，当然不宜只用某一方面的生活基础乃至某一具体情事去阐释其丰富内涵，但不排斥在这蕴涵极丰的境界中包含了某一方面的体验。又如程梦星笺《曲江》诗，谓"金舆不返倾城邑"句指文宗取李孝本二女入宫，因魏謩谏而出之之事，可谓极其牵强，但他对此诗的写作背景和整体构思却颇有见地："文宗时曲江之兴罢，与甘露之事相终始……故但题曲江，而大和间时事足以概见。"在这种地方，自应取其基本内核而弃其局部失误。总之，只有细心辨析作品诠释史上每一认识成果，并加以扬弃吸收，方能做到较为全面通达。

由于要对每一首诗进行校注笺评，并在前人研究考证的基础上发表我们的看法，这就自然不能轻易放过一字一句，而有些重大问题的发现与解决就是从这些细小处打开缺口的。如对于冯、张力主的江乡之游的辨正，就是从《赠刘司户蕡》"更惊骚客后归魂"一句中的"后归"二字找到否定冯、张之说的内证的。此诗非如冯、张所考，作于刘蕡贬柳州司户赴任途中，而是作于刘蕡自柳州贬所放还北归时，后归，即迟归。复细审冯、张恃为确据的罗衮《请褒赠刘蕡疏》，又发现冯、张所据非罗疏原文，而是《新唐书》编著者对罗疏之不准确撮述（罗疏原文为："遂遭退黜，实负冤欺。沉沦绝世，六十余年。"而《新唐书·刘蕡传》

引罗疏改为"身死异土，六十余年"）。再结合对时代政治背景，特别是对牛、李党势力消长的分析，刘蒉与牛党首领的关系，商隐大中元、二年的行踪等，证明刘蒉会昌元年贬柳后，直到宣宗即位，大中改元，方随牛党被贬诸旧相的内迁而放还北归，并于大中二年正初与奉使江陵归途之商隐相遇于洞庭湖畔之黄陵，赠蒉诗即作于其时，而非如冯、张所云在会昌元年。罗疏"沉沦绝世，六十余年"，是说刘蒉自会昌元年被贬柳州（即所谓"沉沦"）直至身死异乡（即所谓"绝世"），到上此疏时（天复三年）已六十余年。刘蒉次子刘珵墓志谓刘蒉"贬官累迁澧州司户"的记载，进一步证实了蒉自柳放还北归的推断。又如《崇让宅东亭醉后沔然有作》，冯浩因诗中有"幽兴暂江乡"一语而系于开成五年秋南游江乡前夕，并以之作为江乡之游的证据，我从诗中一处异文的校勘中发现此诗实为大中五年秋所作（诗中"交亲或未亡"一句系暗用陆机《叹逝赋序》："余年方四十，而懿亲戚属，亡多存寡；昵交密友，亦不半在。"是岁义山年正四十，妻王氏秋前已卒，故有此语。冯浩笺注本据误本作"交亲或未忘"），诗与所谓江乡之游无涉。这说明，小处不苟，方能有较重要的发现。

　　义理、辞章、考据之学，虽各分途，但又相互为用、相互促进。我的主要力量，虽在义山诗文集的校注笺解与系年考证方面，但于理论研究、作品赏鉴方面，亦并未偏废。由于长期作诗文集的整理研究，不仅对作品比较熟悉，对研究的历史与现状亦有较多了解，论文的选题或角度遂能注意出新。如论义山诗的渊源与影响，我注意到宋玉对商隐的深刻影响，以及由宋玉所开创、由李商隐突出地加以继承发展的感伤主义传统，注意到义山诗的词化特征以及它对唐宋婉约词的影响，因而写了《李商隐与宋玉——兼论中国文学史上的感伤主义传统》《李义山诗与唐宋婉约词》二文。论义山诗的成就与贡献，自然不能不谈他的咏史诗、咏物诗、无题诗，题目无法出新，但我注意结合历史的发展谈他对咏史、咏物和爱情诗所做出的新贡献。谈李诗基本特征，写了《古代诗歌中的人生感慨和李商隐诗的基本特征》，论题与角度都略有新意。论樊南文，从玉谿诗对它的渗透与影响揭示其诗情诗境诗心，也是前人与时贤少有涉及的。这些年来，还陆续写了七十多篇义山诗的鉴赏文章。这些文章的主要内容，也大都融化到《李商隐诗歌集解》的总按和增订本《李商隐诗选》的注释与说明中。后者如果还有一些特色，将鉴赏品评与注释说明融合起来也许算一点特色。

做完《李商隐文编年辑注》后，还打算再做两件事：写一本规模比较大的《李商隐评传》，编一本《李商隐辞典》，作为这二十多年来一直从事李商隐研究的理论、材料总结。如果这两件事能完成，我和李商隐的半世情缘也可以画上一个并不圆满的句号了。

［原载张世林编《学林春秋三编》（上册），朝华出版社1999年12月版］

温庭筠文笺证暨庭筠晚年事迹考辨

温庭筠诗词文兼擅。诗与李商隐并称"温李"，词为花间鼻祖，与韦庄并称"温韦"，骈文则与李商隐、段成式合称"三十六"。由于温文历来无人作过整理笺释，故研究其生平与创作者很少加以充分利用，致使这些文章中所反映的温氏生平行迹至今隐而未彰。笔者近来在撰《温庭筠全集校注》的过程中对其全部存世文（赋二首、状一首、书七首、启二十三首、榜文一首）均作了笺证注释，有不少新的发现，兹择要分别考述。

二十三首启中，除《上襄州李尚书启》系大和末开成初上山南东道节度使李翱的书信以外，其余均作于大中、咸通年间，即其晚年时期。其中涉及裴休的有四首。《上盐铁侍郎启》云："顷者萍蓬旅寄，江海羁游。达姓字于李膺，献篇章于沈约。特蒙俯开严重，不陋幽遐。至于远泛仙舟，高张妓席。识桓温之酒味，见羊祜之性情。既而哲匠司文，至公当柄。犹困龙门之浪，不逢莺谷之春。今且俯及陶甄，将裁品物。辄申丹慊，更窃清阴。倘一顾之荣，将回于咳唾；则陆沉之质，庶望于骞翔。"此盐铁侍郎先历节镇，后知贡举，继以侍郎司盐铁，上启时又将为相。检孟二冬《登科记考补正》，庭筠所历诸朝知贡举者中，宦历与此完全相符者唯裴休一人。据郁贤皓《唐刺史考全编》，会昌元年至三年，裴休任江西观察使；会昌三年至大中元年，任湖南观察使；大中二年至三年，任宣歙观察使。又据《唐才子传·曹邺》，裴休大中四年，曾以礼部侍郎知贡举。此后，"累官户部侍郎，充诸道盐铁转运使，转兵部侍郎，领使如故"（《旧唐书·裴休传》）。题称"盐铁侍郎"，启内又提及其"俯及陶甄，将裁品物"。启当上于大中六年八月稍前，即裴休以兵部侍郎领盐铁使行将为相之时。此启所透露的庭筠行迹有三点：一、裴休外任节镇时，庭筠曾往拜谒并献诗文，受到裴休款待。据庭筠现存诗文，在裴休任观察使的江西、湖南、宣歙三地中，庭筠行踪所及者唯有湖南一地。其《湘东宴曲》云："湘东夜宴金貂人，楚女含情娇翠颦。……重城漏断孤帆去，唯恐琼签报天曙。"湖南观察使治所潭州在湘水之东，故称"湘东"。诗中描写的湘东夜宴情景，当即启所谓"远泛仙舟，高张妓席"，受裴休设宴款待的情景。诗、文互证，知会昌大中间休观察湖南期间，庭筠曾谒见献诗并受款待。又据庭筠会昌四年、六年均在长安，有《车驾西游因而有作》《会昌丙寅丰岁歌》为证，以及大中元年庭筠曾两次寄诗给岳州刺史李远，可以推知其谒见裴休当在大中元年，这从启述此事后紧接"既而哲匠司文"也可看出。二、裴休大中四年以礼部侍郎知贡举时，庭筠曾应进士试未第，此即启文所谓"哲匠司文，至公当柄，犹困龙门之浪，不逢莺谷之春"。三、此次上启，是祈裴休再予垂顾荐引，"庶望于骞翔"，当与明春（大中七年春）应进士试有关（此点还可从其他上启中得到印证，详后）。

《上裴相公启》是裴休任宰相后所上。有的研究者认为此启系开成四年首春求恩裴度之作，并谓启内"至于有道之年，犹抱无辜之恨"的"有道之年"指郭有道（即郭泰）的享年四十二岁，借指上此启时庭筠自己的年岁[1]，并由此推出庭筠生于贞元十四年。但此说疑点颇多。其一，裴度为四朝元老，宪宗元和十二年即以平蔡首功封晋国公，大和八年加中书令。庭筠诗题或称裴晋公（《题裴晋公林亭》），或称中书令裴公（《中书令裴公挽歌词二首》），不应直到开成四年首春所上之启仍只称裴相公。其二，据《新唐书·裴度传》，开成三年，度"以病丐还东都。真拜中书令，卧家未克谢，有诏先给俸料。（四年）上巳宴群臣曲江，度不赴，帝赐诗曰：'注想待元老，识君恨不早。我家柱石衰，忧来学丘祷。'别诏曰：'方春慎疾为难，勉医药自持……'使者及门而

---

① 牟怀川：《温庭筠生年新证》，载《上海师范学院学报》（社会科学版）1984年第1期。

度薨。"可见自开成三年以来，度已衰病，且又年高（七十四岁）。揆之情理，庭筠也不大可能于度衰病时上启求助，且"以文赋诗各一卷率以抱献"，请其览阅揄扬。其三，"有道之年"非用郭泰卒年四十二岁之典（且以人之卒年借指己之现年，亦属不伦），而是泛称政治清明的年代。《论语·卫灵公》"邦有道，则仕"即"有道"二字所本。"至于有道之年，犹抱无辜之恨"与此启下文"康庄并轨，偏哭于穷途"意近。此裴相公亦指大中六年八月至十年十月任宰相之裴休（见《新唐书·宰相表》）。启末云"谨以文赋诗各一卷率以抱献"，则此启当是参加进士试前行卷的书信。参下《上封尚书启》《上杜舍人启》，此启当上于大中六年八月裴休任相后不久。

《上吏部韩郎中启》则是请求韩郎中在裴休前推荐自己，以求得盐铁转运使属官的书信。启云："升平相公，简翰为荣，巾箱永秘。颇垂敦奖，未至陵夷。倘蒙一话姓名，试令区处，分铁官之琐吏，厕盐酱之常僚，则亦不犯脂膏，免藏缣素。"此相公必兼领盐铁转运使者。合之"升平相公"之称，必指裴休。"休"有休平、休明之义，指天下太平。不敢称"休"之名，故以"升平相公"代指之。据《宰相表》，裴休大中六年八月为相，领使如故；八年十月罢使。故此启当上于此期间。六年八月休为相后，庭筠已上启裴休并献诗文赋，此必七年春落第后请韩郎中在休前荐举自己，以求得盐铁使之属官。韩郎中疑指韩琮。琮长庆四年登进士第。约大中五年擢户部郎中，李商隐有《为举人献韩郎中启》。大中八年任中书舍人（《东观奏记》卷中《广州节度使纥干臮贬庆王府长史分司东都制》，舍人韩琮之词。事在大中八年）。现存《郎官石柱题名》吏部郎中无韩琮，但其中既有残缺，柳仲郢以下又漫漶不能辨识，则琮或于大中五年任户中之后，八年任中舍之前曾任吏中。此启上于七年，时间正合。庭筠又有《为人上裴相公启》，系代人所拟，内容系请求裴休罢其现任县令之职，或改任虚闲散职，以便处理兄弟遭难、孀幼流离的家庭变故。启内述及"相公初缔郑栋，甫润殷林……拔于郎吏，委在弦歌"之事，并述及其人在担任县令期间的政事，此人当在大中六年八月休为相后不久即被任命为县令，至上启时已历数年。启当上于休为相之后期，约大中九年的"蜩鸣之月"（四月）。因与庭筠自身行止关系不大，不详述。

裴休之外，庭筠还分别给大中朝担任过宰相的白敏中、令狐绹乃至夏侯孜等人上启求助。其中上白敏中的两首或题目有误，或未具姓氏，须细加审辨。先看《上萧舍人启》：

> 某闻周公当国，东伐淮夷；陆抗持权，北临江汉……属者边塞失和，羌豪俶扰……相公手揽相印，腰佩兵符，威不搴旗，信惟盈缶……今者再振万机，重宣五教……四海遐瞻，共卜归还之兆；一阳初建，便当霖雨之期。

题曰"上萧舍人"，文中却无一语涉及舍人。而是称"相公"，且屡用"台庭""相印""陶熔""霖雨""周公当国"等指称宰相的词语。又云"今者再振万机，重宣五教"，显系再居相位者。庭筠另有《上萧舍人启》，系代人上萧邺（或萧寘）之启，此启或涉前题而误。细审启文，所上之对象当为大中朝两任宰相之白敏中。据两《唐书》纪、传、表及《通鉴》，白敏中于会昌六年宣宗即位后不久即拜相，至大中五年三月出为邠宁节度使。《新唐书·白敏中传》："会党项数寇边，（崔）铉言宜得大臣镇抚，天子向其言，故敏中以司空、平章事兼邠宁节度、招抚、制置使。"此即启所谓"羌豪俶扰""相公手揽相印，腰佩兵符"。"次宁州，诸将已破羌贼。敏中即说谕其众，皆愿弃兵为业"，至是年八月，平夏、南山党项悉平。此即启所谓"威不搴旗，信惟盈缶"。大中六年四月，徙剑南西川节度使。十一年正月，徙荆南节度使。懿宗即位，敏中又于大中十三年十二月丁酉守司徒兼门下侍郎、同中书门下平章事，再度入相。咸通二年卒。启文"今者再振万机，重宣五教"，即指其事。启又云"四海遐瞻，共卜归还之兆；一阳初建，便当霖雨之期"，启当上于大中十三年十二月闻敏中重新入相消息不久，敏中尚在荆南未归朝时，离冬至未远。作启时庭筠仍在襄阳徐商幕。题当作《上司徒白相公启》。《上首座相公启》亦上白敏中之启，时间在一年后。首座相公，诸宰相中居首位者，又称首相。《春明退朝录》："唐制宰相四人，首相为太清宫使，次三相皆带馆职：弘文馆大学士、监修国史、集贤殿大学士。以此为序。"此首座相公的有关情况，启内虽未涉及，但言及自己的行踪时却有这样的叙写："昨者膏壤五秋，川途万里，远违慈训，就此穷栖。将卜良期，行当杪岁。"明言自己近五年来在远离京城的膏壤之地"就此穷栖"，眼下已值岁末，行将离此他适。对照庭筠生平经历行踪，所谓"膏壤五秋"的"穷栖"，只能指大中十年至咸通元年在襄阳徐商幕为巡官之事。《旧唐书·温庭筠传》："徐商镇襄阳，往依之，署为巡官。"《唐摭言》卷一一："执政间复有恶奏庭筠搅扰场屋，黜随州县尉。时中书舍人裴坦当制。"所谓"搅扰场屋"，一云指大中九年应举时"潜救八人"之事。《唐摭言》卷一三："北山（当作"山北"）沈侍郎主文年，特召温飞卿于帘前试之，为飞卿爱救人故也。适属翌日飞卿不乐，其日晚请开门先出，仍献启千余字，或曰潜救八人矣。"《东观奏记》卷下则载是年三月试宏词，"裴谂兼上铨，主试宏、拔两科。其年，争名者众，应宏词选……谂宽豫仁厚，有试题不密之说。前进士柳翰，京兆尹柳憙之子也。故事，宏词科只三人，翰在选中。不中选者言翰于谂处先得赋题，托词人温庭筠为之。翰既中选，其声聒不止，事彻宸听"。《旧唐书·宣宗纪》：大中九年，"三月，试宏词举人，漏泄题目，为御史台所劾，侍郎裴谂改国子祭酒，郎中周敬复罚两月俸料，考试官刑部郎中唐枝出为处州刺史，监察御史冯颛罚一月俸料。其登科十人并落下"。此事或更切"搅扰场屋"。庭筠因此被贬黜，时间不会离事发太久。裴坦大中十年即以职方郎中知制诰，职司起草诏敕。唐代他官知制诰者亦可称舍人（或云权知中书舍人事），故其贬隋县尉当在大中十年。《金华子》卷上："段郎中成式……退隐于岘山。时温博士庭筠方谪尉随县，廉帅徐太师商留为从事，与成式相善。"徐商大中十年春移山南东道节度使，庭筠之贬隋县尉、为徐商留署巡官正在十年。或据

《东观奏记》卷下载庭筠贬隋县尉之"前一年，商隐以盐铁推官死"，认为庭筠之贬隋在大中十三年，此说明显与庭筠自己的上启"五秋""就此穷栖"之语不合。自大中十年至咸通元年岁杪，首尾正五秋。咸通元年，徐商征赴阙，庭筠罢幕，岁暮将谋他就，故云"将卜良期，行当杪岁"。其时宰相四人：白敏中、杜审权、蒋伸、毕諴。其中蒋伸大中十二年十二月拜相，杜审权大中十三年十二月拜相，毕諴咸通元年十月拜相，三相年资位望均远低于会昌六年即已拜相，大中十三年十二月再度入相之白敏中，故此"首座相公"当指白敏中①。与前启之仅表祝颂不同，此启明言己如"穷鸟入怀，靡及他所；羁禽绕树，更托何枝"，祈望白敏中"假一言之甄发"，表现了强烈的依投愿望。

大中朝另一长期居相位者为令狐绹，庭筠与绹及其子滈均有交往，见《北梦琐言》《旧唐书·温庭筠传》。其《上令狐相公启》透露了庭筠于咸通元年罢襄阳幕后曾在荆南节度使幕为从事的重要行迹，启云：

> 某邸第持囊，婴车执绋。旁征义故，最历星霜。三千子之声尘，预闻《诗》《礼》；十七年之铅椠，尚委泥沙。敢言蛮国参军，才得荆州从事。自顷藩床抚镜，校府招弓……藐是流离，自然飘荡。叫非独鹤，欲近商陵；啸类断猿，况邻巴峡……今者野氏辞任，宣武求才。倘令孙盛缇油，无惭素尚；蔡邕编录，偶获贞期。微回馨欬之荣，便在陶钧之列。

《新唐书·宰相表》：大中四年"十月辛未，翰林学士承旨、兵部侍郎令狐绹守本官、同中书门下平章事"。十三年十二月丁酉，"绹为检校司徒、同平章事、河中节度使"。咸通二年，改宣武节度使。三年冬，徙淮南节度副大使、知节度事。此启有"敢言蛮国参军，才得荆州从事"二语。上句用郝隆为桓温参军事。《世说新语·排调》："郝隆为桓公

595

---

① 《全唐文》卷八三兹宗《授白敏中弘文馆大学士等制》："敏中可兼充太清宫使，弘文馆大学士。"是为白敏中为首座相公之的证。

（温）参军。三月三日会作诗，不能者罚酒三升。隆初以不能受罚，既饮，揽笔便作一句云：'姆隅跃清池。'桓曰：'姆隅是何物？'答曰：'千里投公，始得蛮府参军，那得不作蛮语也。'"时桓温"为都督荆梁四州诸军事、安西将军、荆州刺史、领护南蛮校尉，假节"（《晋书》本传），驻节江陵（即荆州）。古称长江流域中部荆州一带为蛮荆。下句用王粲依刘表事。《三国志·魏书·王粲传》："诏除黄门侍郎，以西京扰乱，皆不就，乃至荆州依刘表。"两句均用古人在荆州为从事之典。顾肇仓《温飞卿传订补》云："庭筠居江陵，颇历时日，其是否以荆州从事代署襄阳巡官之事，殊不可知。若谓实指荆州，又无他书佐验。意者，自襄阳解职，即暂寄寓江陵耶？"（西南联大师院《国文月刊》第57、62期）疑其以"荆州从事"代指"署襄阳巡官"之事。庭筠以工于用典著称于时，此二句两用荆州为从事之典，借指己为荆州从事，可谓精切不移，若谓借指为襄阳从事，则泛而不切，且隔一层。庭筠另有《谢纥干相公启》亦有"间关千里，仅为蛮国参军；荏苒百龄，甘作荆州从事"之语，可资佐证①。此"蛮国参军""荆州从事"当实指在荆州为从事。联系下文"啸类断猿，况邻巴峡"，更可证作启时庭筠居于邻近巴峡的江陵（此句用《水经注·江水·三峡》"高猿长啸，属引凄异""朝发白帝，暮到江陵"之典）。《上首座相公启》明言自己在襄阳穷栖五秋之后"将卜良期，行当杪岁"，将离襄阳另谋他就。其所往之地，所就之职，证以此启，即至荆州为幕府从事。大中十三年十二月白敏中离荆南节度使任后，继任者为萧邺（大中十三年至咸通三年）。庭筠当于咸通二年初抵江陵，在萧邺幕为从事，具体职务不详。同幕有段成式、卢知猷、沈参军。《唐文拾遗》卷三三卢知猷《卢鸿草堂图后跋》云："咸通初，余为荆州从事，与柯古（段成式）同在兰陵公幕下。"庭筠有《答段柯古赠葫芦管笔状》，段成式有《寄温飞卿葫芦管笔往复书》，今人或列于居襄阳幕时，然庭筠状有"庭筠累日来……荆州夜嗽"

---

　　①此启题有误。唐无纥干姓为宰相者。庭筠同时代纥干姓之高官仅纥干臮一人，官止广州节度使。后贬官，见上文。

之语，则此二状实为温、段荆南幕酬唱之作。诗有《寄渚宫遗民弘里生》，渚宫即江陵之别称，弘里生即段成式。段文昌、成式父子世居江陵，弘里，谓其弘显故里。又有《和沈参军招友生观芙蓉池》，诗有"楚泽"字，当为在江陵作，沈参军亦荆州从事。凡此，均庭筠曾在荆南节度使幕为从事之迹。上此启时令狐绹正由河中节度使改任宣武节度使，故云"今者野氏辞任，宣武求才"。"宣武求才"既借桓宣武（桓温）广求人材以喻令狐绹，又切宣武节度使幕府，用事雅切。

《上宰相启二首》不标姓氏，但从第二启"既而放迹戎轩，遗荣画室。刘尹秣陵之柳，尚有清风；召公陕服之荣，空留美阴。窃闻谣咏，即付枢衡"等语中可以推知其人在任宰相之前曾任陕虢观察使。检《唐刺史考全编》及《旧唐书·夏侯孜传》《新唐书·宰相表》，夏侯孜大中五年至七年曾任陕虢观察使。十年，改刑部侍郎。十一年，兼御史中丞，迁尚书右丞。大中十二年"四月戊申，兵部侍郎、诸道盐铁转运使夏侯孜本官同中书门下平章事，使如故"。咸通元年"十月己亥，孜为检校尚书右仆射、同平章事，剑南西川节度使"。《文苑英华》卷四四九《玉堂遗范·夏侯孜拜相制》云："洎甘棠政成，会府征命，兼领台辖之任，再居邦宪之尊……可尚书左仆射、同中书门下平章事。"吴廷燮《唐方镇年表考证》卷上："（夏侯孜）十一年兼御史中丞，兼领台辖也；迁右丞，再居邦宪也……唐人谓棠下、甘棠，皆陕虢。"此启"召公陕服"用周、召分陕事，陕服指陕虢观察使所管辖的地区，"召公"二句谓其廉察陕虢，有惠政。故此二启当上于大中十二年四月至咸通元年十月夏侯孜任宰相期间。又据第一启"银黄之末，则青草为袍"之语，其时庭筠已为着青袍之八、九品官，当在已贬为隋县尉，为徐商留署襄阳巡官之后。启又有"加以旅途劳止，末路萧条"之语，知其时庭筠已罢襄阳幕，故二启当上于咸通元年徐商自襄阳内征之后，十月夏侯孜罢相之前。视第一启"倘或王庭辨贵，许厕九疑；京县坐曹，令悬五色"之语，庭筠盖祈夏侯孜能汲引其供职朝廷或为京县县尉。

除上启诸相外，庭筠晚年还上书侍郎、舍人、学士及方镇等内外显宦。《上封尚书启》系上山南西道节度使封敖之书启，其中反映了庭筠大中年间两次参加进士试的行迹：

> 伏遇尚书秉甄藻之权，尽搜罗之道，谁言凡拙，获预恩知。华省崇严，广庭称奖。……虽楚国求才，难陪足迹；而丘门托质，不负心期。一旦推毂贞师，渠门锡社，顾惟孤拙，频有依投。今者正在穷途，将临献岁。曾无勺水，以化穷鳞。俯念归薨，犹怜弃席。假刘公之一纸，达彼春卿……微回咳唾，即变升沉。羁旅多虞，穷愁少暇，不获亲承师席，躬拜行台。

《旧唐书·封敖传》："宣宗即位，迁礼部侍郎。大中二年典贡部，多擢文士……大中四年，出为兴元尹、御史大夫、山南西道节度使。"《新唐书·封敖传》："大中中，历……兴元节度使……蓬、果贼依阻鸡山，寇三川，敖遣副使王赞捕平之，加检校吏部尚书。"按：封敖任山南西道节度使，在大中四年至八年。出镇时带宪衔御史大夫，至大中六年二月鸡山事平后加检校吏部尚书，李商隐有《为兴元裴从事贺封尚书加官启》，即贺敖大中六年二月加检校吏部尚书。庭筠此启有"伏遇尚书秉甄藻之权，尽搜罗之道"数语，即指封敖大中二年知贡举之前，庭筠曾获其公开奖誉；虽参加了二年的进士试未获登第，然座主门生之谊自存。启又有"一旦推毂贞师，渠门锡社""不获亲承师席，躬拜行台"等语，则指敖大中四年出镇兴元，目前仍在任上。结合"尚书"之称谓及"将临献岁"之语，启当上于大中六年岁末。上启的目的是祈求封敖给明春主持进士试的"春卿"（礼部侍郎崔瑶）写信推荐自己。这说明庭筠参加了大中七年的进士试，但结果再度落第。

《上蒋侍郎启二首》系上蒋系之启。据启内"既而文圃求知，神州就选……今者商飙已扇，高壤萧衰。楚贡将来，津涂怅望"及"谨以常所为文若干首上献""谨以新诗若干首上献"等语，二启均为参加进士试前向显宦行卷以求延誉的书信。《旧唐书·蒋乂传》："子係、伸、偕、仙、佶。係大和初授昭应尉……武宗朝，李德裕用事，恶李汉，以係与汉僚婿，出为桂管都防御观察使。宣宗即位，征拜给事中，集贤殿学士判院事。转吏部侍郎，改左丞，出为兴元节度使。""伸登进士第，历佐使府。大中初入朝，右补阙、史馆修撰，转中书舍人，召入翰林为学士，自员外、郎中至户部侍郎、学士承旨，转兵部侍郎。大中末，中书侍郎平章事。"是蒋係、蒋伸兄弟均曾任侍郎。係之任山南西道节度使，在大中八年九月之前（参李商隐《剑州重阳亭铭并序》），其"转吏部侍郎"当在此前的数年内，约大中五、六年。而据丁居晦《重修承旨学士壁记》，蒋伸"大中十一年八月二十六日自权知户部侍郎充。九月二日，拜户部侍郎、知制诰。十月二日加承旨。十二月二十九日转兵部侍郎，依前充。十二年五月十三日，守本官、判户部出院"，则蒋伸任侍郎时庭筠已在襄阳徐商幕，不复参加进士试。故此二首当是上蒋係之启。参《上封尚书启》，上启的时间或在大中六年秋。

《上杜舍人启》系上杜牧之启。裴延翰《樊川文集序》："上（宣宗）五年冬，仲舅（杜牧）自吴兴守拜考功郎中、知制诰……明年（大中六年）冬，迁中书舍人。"张祜有《华清宫和杜舍人》，杜舍人亦指杜牧。按：杜牧卒于大中六年十二月，故此启即有可能作于大中六年冬。按照唐人称他官知制诰者亦可曰"舍人"的习惯，也有可能作于六年冬稍前。启云"是以陆机行止，惟系张华；孔闱文章，先投谢朓，遂得名高洛下，价重江南，惟彼归黄，同于拾芥"，盖祈杜牧借其在文坛的声望为其延誉，以求应试登第，此启亦为大中七年应进士试而上。

《上裴舍人启》系上裴坦之启。启称"舍人十一兄"，《太平广记》卷四九八引《玉泉子》，裴勋称其父坦为"十一郎"，可证此裴舍人即裴坦（《全唐文》作"舍人十六兄"，误，此依残宋本《文苑英华》）。坦大和八年登进士第。"令狐绹当国，荐为职方郎中、知制诰，而裴休持不可，不能夺"（《新唐书·裴坦传》），事当在裴休大中十年罢相之前。大中十一年四月，为中书舍人。大中十三年十月，以中书舍人裴坦权知礼部贡举，放咸通元年春榜，再进礼部侍郎。咸通二年，拜江西观察使。是大中十一年四月至咸通元年春，坦任中书舍人。而大中十一年四月之前的一段时间内，坦为职方郎中、知制诰，亦可称"舍人"。此启有"阮路兴悲，商歌结恨，牛衣夜哭，马柱晨吟。一笈徘徊，九门深阻"及"伏在庭除"等语，其时庭筠仍困居长安，似为大中十年尚未贬隋县尉时所上。启内"如挤井谷""济绝气""起僵尸""济溺"等形容自己处于困绝之境的用语，亦暗示其时"搅扰场屋"事发，已临极艰危之局面。

《为前邕府段大夫上宰相启》系为段文楚所拟。段文楚系唐德宗时著名忠臣段秀实之孙，曾两任邕管经略使。第一次约大中九年至十二年二月。第二次为咸通二年七月至三年二月，分见《旧唐书·宣宗纪》《通鉴》咸通二年及三年，御史大夫为其第二次镇邕管时所带宪衔。启内叙及其初任邕管、离任及继任者李蒙妄诛当地豪酋之事，及再任邕管、被罢任及其后"侨居乞食，蓬转萍飘"的困窘处境，希望宰相"录其勋旧，假以生成"。启内提及"今者九州征发，万里喧腾，凭贼请锋，已至城下"，指咸通五年，"康承训至邕州，蛮寇（指南诏侵扰）益炽，诏发许、滑、青、汴、兖、郓、宣、润八道兵以授之"（《通鉴》），故此启当作于咸通五年。《南楚新闻》卷二载："太常卿（应为少卿）段成式，相国文昌子也，与举子温庭筠亲善，咸通四年六月卒。庭筠闲居辇下。"说明最迟咸通四年六月，庭筠已回长安闲居，此启当为闲居长安时代段所拟。

《榜国子监》是咸通七年十月六月庭筠任国子助教主持国子监秋试后，将经过考试报送到礼部参加明春进士试者所作的诗张榜公示而写的榜文。此事胡宾王《邵谒诗序》《唐诗纪事》卷六七李涛下均有记载。此后不久，庭筠即贬方山尉，旋即辞世。

《答段成式书七首》系庭筠居襄阳徐商幕期间与段成式往返酬唱之作。《金华子》卷上谓："庭筠方谪尉随县，廉帅徐太师商留为从事，与成式甚相善。以其古学相遇，常送墨一铤，往复致谢，递搜故事者九函。"

以下数启，均存在各种疑误，从文献整理的角度略加申说。

《上崔相公启》《投宪丞启》《上萧舍人启》疑为代人所拟。上崔启云："窃仰洪钧，来窥皎镜……岂谓不遗孤拙，曲假生成。拔于泥滓之中，致在烟霄之上。遂使龙门奋发，不作穷鳞；莺谷翩翩，终陪逸翰……岂可犹希鼓铸……专门有暇，曾习政经；闭户无营，因窥吏事……倘蒙再扇薰风，仍宣厚泽，庶使晏婴精鉴，获脱于在途。"说明上启者在崔的荐拔下已登进士第，此次是祈求崔再施恩泽，助其为官。此与庭筠终身未登第不合。《投宪丞启》云"遂窃科名，才沾禄赐"，则不但科举登第，且已沾禄为官。"今者方抵下邑，又隔严扃……愿同晋室徐宁，因县僚而迁次"，系外任县僚前所上。此启亦与庭筠终身不第不合。且题称"宪丞"（指御史中丞），启又云"侍郎"，称谓不一，疑"侍郎"之称有误。《上萧舍人启》有"率尔中科，忝刘蕡之第""杨丞相铨衡，竟遗刘炫"之语，其人亦已科举登第，只是在吏部铨选官职时落选。此二节均与庭筠经历不合。启又称己"居惟岭峤"，尤与庭筠籍贯里居（郡望太原，居住吴地）不合。故可决以上三启均为代人所拟。《上萧舍人启》之"萧舍人"可能指两入翰林，并于大中五年七月至六年七月任中书舍人之萧邺。此启虽系代人作，而《上学士舍人启二首》则无代拟迹象，其所上对象可能即任中书舍人而为翰林学士之萧邺。庭筠有《投翰林萧舍人》七律，萧舍人亦指萧邺。启有"今乃受荐神州，争雄墨客。空持砚席，莫识津涂"之句，亦应进士试前投献希求汲引之作。如所上对象为萧邺，启或六年秋所上。

《上崔大夫启》疑非庭筠之作。据启内"已践埋轮，光膺弄印""诚宜便舍圭符，来调鼎鼐"及"稽山灵爽，镜水澄明""窃料已饰廉车，行离郡界"等语，崔某盖任浙东观察使，已内征为御史大夫，行将离郡而回京者。然检《唐刺史考全编》，自元和初至咸通八年，历任浙东观察使班班可考，任期承接，无一崔姓者，亦无自浙东观察使召入为御史大夫者。再前溯至大历十一年七月至十四年，崔昭任浙东观察使，且有"御史大夫崔公"之称，但系所带宪衔，非征人授御史大夫之实职。故此启据现存资料，只能存疑。如系他人之作误植，则自《文苑英华》即已然（《英华》卷六六六载庭筠杂启三首，此首已在其中）。

两篇赋，《锦鞋赋》作于襄阳，系咏物艳情小赋。《再生桧赋》内容系颂武德四年亳州老子祠枯桧复生之祥瑞，署名温岐，当是早年之作。末云"敢献赋以扬荣，遂布之于翰墨"，或亦参加科举考试前呈献行卷之赋。

最后，将上述温文可考见其晚年事迹者，以年代为序，简列于下，作为本文的结论：

大中元年，羁游湖南，谒湖南观察使裴休，受到裴休的设宴款待。见《上盐铁侍郎启》。

大中二年，参加进士试未第。是年封敖以礼部侍郎知贡举。见《上封尚书启》。

大中四年，参加进士试未第。是年裴休以礼部侍郎知贡举。见《上盐铁侍郎启》。

大中六年，为参加明春进士试，曾分别上启裴休（《上盐铁侍郎启》《上裴相公启》）、封敖（《上封尚书启》）、杜牧（《上杜舍人启》）、蒋係（《上蒋侍郎启二首》）、萧邺（《上学士舍人启二首》），并献诗文行卷。

大中七年，参加进士试未第。是年崔瑶以礼部侍郎知贡举。上启吏部郎中韩琮，祈其在宰相兼领盐铁使裴休之前推荐自己，以求得盐铁使之属官。见《上吏部韩郎中启》。

大中九年，参加进士试未第。是年沈询以礼部侍郎知贡举。在考试中"潜救八人"。三月，吏部铨试漏泄试题，庭筠为柳憙之子柳翰假手作赋。此二事载《新唐书》《唐摭言》《北梦琐言》，以及《旧唐书》《东观奏记》。

大中十年，因"搅扰场屋"罪，贬隋州隋县尉。裴坦草制。是年春，徐商镇襄阳，署庭筠为巡官。贬前有《上裴舍人启》。在襄阳首尾五年，与时居襄阳之段成式诗文酬唱颇多，有《答段成式书七首》等。在襄阳"穷栖""五秋"事，见《上首座相公启》。

大中十三年，冬十二月，白敏中自荆南再度入相。庭筠时在襄阳，有启祝贺。见《上萧舍人启》（题误，当为《上司徒白相公启》）。

咸通元年，徐商内征，庭筠罢襄阳幕，岁杪将赴荆南。先后有《上宰相启二首》《上首座相公启》，分别上宰相夏侯孜、首相白敏中，求其汲引。

咸通二年，庭筠至江陵，在荆南节度使萧邺幕为从事。有《上令狐相公启》及《谢纥干相公启》（题误），均言及其为"荆州从事"之事。在荆南幕，与同幕段成式有唱酬，庭筠有《答段柯古赠葫芦管笔状》。

咸通四年，在长安闲居，见《南楚新闻》。

咸通五年，在长安闲居，为段文楚作启上宰相，即《为前邕府段大夫上宰相启》。

咸通七年，任国子助教，主秋试，十月六日有《榜国子监》。旋贬方城尉，卒。其弟庭皓作《唐国子助教温庭筠墓志》。终年六十六（从陈尚君说）。

[原载《文学遗产》2006年第3期]

《温庭筠全集校注》撰后记

温庭筠是晚唐各种文学体裁兼擅的全能作家。诗与李商隐并称"温李",是晚唐主流诗风的代表;词为《花间》鼻祖,与韦庄并称"温韦",是词的类型风格和词体蔚为大国的奠基者,其影响及于整个词史上的主流词风;骈文与李商隐、段成式齐名,他们所创造的"三十六体"成为骈文史上一个有影响的流派;就连晚唐重要作家少有染指的小说创作,也有专集《干馔子》行世,且有像《窦乂》《华州参军》这样的优秀作品。范文澜称李商隐为旧传统的结束者,温庭筠为新趋势的发扬者,着眼于其在传统五七言诗与新兴曲子词方面各自取得的突出成就。如果将温庭筠在词体这个点上的突破性成就和他在诗歌、骈文、小说领域所取得的广泛成就结合起来考量,并充分注意到他在词史上所产生的深远影响,那么温庭筠和李商隐一样,都称得上是大家。

但前人、今人对温庭筠及其作品的研究,却远不如与他同时齐名的李商隐。清代前期至中期以及近三十年,李商隐研究兴起过两个持续的高潮,出现了一大批考订和整理研究著作,其深细的程度在中国文学史的大家研究中也显得比较突出。而对温庭筠的研究,则明显存在以下几个方面的缺陷。一是生平的考证非常疏略。直到二十世纪七十年代末、八十年代初,在陈尚君、施蛰存的文章发表以前,连他的生卒年也未弄清。其出生地则一直未有正确的考证结论。其他生平经历中的疑点与空白点更多。二是其作品已经系年的数量既少,考证又存在不少疏误。夏承焘先生的《温飞卿系年》,系诗仅二十来首,其中有确切年代可考者仅半数。三是对他的作品的校勘注释不够精详。诗注流传者仅曾益原注、顾予咸和顾嗣立补订的《温飞卿诗集笺注》一种，疏漏甚多，与义山诗有十多种各具特色的注本根本无法相比，尤其缺乏像冯浩的《玉谿生诗集笺注》这种倾数十年之力、反复修订、精益求精的精审著作。温词的研究虽胜于温诗，但温词的单独注本也到近年才出现，多数包含于《花间集》的注本中，专精之作不多。赋与骈文则一直没有人作过校注，与樊南文之有冯、钱二详注不可同日而语。四是各种体裁分割研究，治温诗与治温词基本上各自为政，互不相涉，少有联系打通的研究，更少涉及其骈文与小说。影响所及，连文学史著作也常将温诗、温词、温文的评介分置不同的章节。这就很难对温庭筠的文学创作成就作整体考察和全面评价。因此，将存世的温庭筠全部作品（包括诗、词、赋与骈文、小说）汇为一集，在广泛吸取前人、今人考订整理、评点研究成果的基础上，根据不同情况，分别对它们进行校勘、注释、疏解和系年考证，对于全面深入地研究温庭筠的文学创作成就，无疑是一项亟待进行的基础建设。笔者整理研究李商隐诗文近三十年，对晚唐的政治、文学状况有一定的了解，于研治义山诗文告一段落之后转治飞卿诗文词，也算是一种顺理成章的转移。

以下分四个方面对温集的整理情况略作介绍。

对温集进行全面整理首先涉及对温氏生平的考证。在这方面，顾学颉、夏承焘等前辈学者和当代学人陈尚君已做了很有价值的开创性工作。施蛰存先生对庭筠卒年的确凿考证，牟怀川同志关于庭筠从游庄恪太子的考证，也很值得重视。书中对此前一系列正确的考证结论，均加以采纳吸收。笔者在生平考证方面所做的工作，主要有以下各项：一、据温氏一系列诗作，考其出生地（即故乡）在吴中太湖之滨、松江之畔。这与此前谓温为太原人、"在江南日久""家居无锡"诸说均不同。二、据温氏青年时代游边塞之作犹自称"江南客""江南戍客"及"门外芙蓉老"之句，考证其直至出塞时犹家居江南，且已有妻室，说明其幼年及青少年时代均在吴中度过。这段生活经历，对他作品中鲜明的江南色彩和浓重的怀乡情结均有深刻影响。三、据《赠蜀将》及题注与其他诗作，考其游蜀的时间约在大和四年秋至五年夏。《赠蜀将》题注"蛮入成都"时间的考证虽从陈尚君说定在大和三年，但对诗的诠释、系年及入蜀时间的考证则不同于陈说。四、据《谢襄州李尚书启》"俄升于桂苑（指太子宫）"之语进一步证实从太子永游系李翱举荐，并通过对《题望苑驿》《四皓》二诗的笺释说明庭筠对杨贤妃谗害太子永持谴责态度。五、对开成四年"等第罢举"及"二年不赴乡荐试有司"的原因作进一步考索，认为除旅游淮上游狭邪受笞逐及投书地方长官受小人谗谤与当权者中伤以外，可能与从游太子事有关，"等第罢举"与文宗杀太子左右宫人时间的重合绝非偶然。并对与罢举事相关的诗《自有扈至京师已后朱樱之期》作出新的笺释。六、对会昌元年春至三年春东归吴中旧乡、漫游越中的行程、时间及系诗作出一系列新的考证。七、据《上盐铁侍郎启》《湘东宴曲》及《过洞庭南》佚句，联系寄岳州刺史李远诗，考定大中元年春庭筠曾到潭州拜谒湖南观察使裴休并献诗文，受到裴休款待。八、据庭筠大中年间上显宦诸启，考定大中二年、四年、七年、九年曾四应进士试，均告落第，并对落第原因进行考索。九、据《河中陪帅游亭》诗，考大中八年庭筠曾游河中徐商幕，时间约半年。十、对庭筠贬隋县尉及入襄阳徐商幕的时间作出当在大中十年的考证结论。认为贬尉既因大中九年"搅扰场屋"所致，贬尉时间当在此后不久，不可能迟至大中十二三年。裴坦所草贬制系大中十年其任职方郎中知制诰时所拟（唐代亦称他官知制诰者为舍人）。并举《上首座相公启》"膏壤五秋""就此穷栖"等语证明庭筠居襄幕首尾五年（大中十年至咸通元年）。十一、据《上令狐相公启》"敢言蛮国参军，才得荆州从事"之语及其他有关材料，考证咸通元年岁杪罢襄幕后即赴江陵入荆南节度使萧邺幕，时间在咸通二年至三年，同幕有段成式、卢知猷、沈参军等人，并对荆南幕所作诗文作出系年考证。十二、对两唐书所载庭筠"咸通中失意归江东，路由广陵"，狂游狭邪，久不刺谒时任淮南节度使的令狐绹，乞索于扬子院，为虞候所击，败面折齿之事提出质疑。指出此事既不见于晚唐五代笔记和其他文献材料记载，又无庭筠诗文可作佐证，情节又与大和末旅游淮上游狭邪为扬子留后姚勖笞逐之事颇为相似。且咸通三年夏秋间庭筠有《和太常段少卿东都修行里有白莲》诗，可证其时已回长安或洛阳，不可能大中四年复至江陵东归路由广陵。十三、指出《牓国子监》"前件进士所纳诗篇"系按规定须纳之省卷，所选者系士子平日所著之旧文，故有"声词激切，曲备风谣""识略精微"之赞语，此类文章方有可能触犯当权者忌讳，使榜示旧文的试官庭筠遭到贬逐。并据《唐才子传·温宪》"父以窜死"之语，证实庭筠确有方城之贬，并可能即死于贬所。以上考证，除居故乡吴中的青少年时代行止难以详考外，自大和初至咸通七年去世，其行止已大体可以考出。

诗集的整理，通过对多种旧本的比勘，选定国图藏明末冯彦渊家钞宋本为底本，冯武跋云："此是照宋刻缮写，点画无二，取较时本，迥不相同。"此本文字与钱氏述古堂钞本比较接近，与通行的顾嗣立秀野草堂刻本颇多歧异，而顾本异文实多从《才调集》《文苑英华》《乐府诗集》，大都以冯钞为优。以明弘治李熙刻本、明刊十卷本、明姜道生刻本、汲古阁刻本、席刻百家诗本、顾嗣立刻本、《全唐诗》本为校本。集外诗以顾刻本为底本。并以《又玄》《才调》《英华》《乐府》《绝句》《杂咏》《纪事》等总集参校。使温诗第一次有了不同于通行本面目的汇校本。凡经考辨可以确定为他人之作或伪作者，均从本集删去，入于存目诗，加以说明；重见诗删后录其异文。前人、今人所辑佚句有实非佚作或温作者，亦设佚句辨误一项加以说明，以免误引。注释方面，因仅存顾笺本一种，为存旧注，概不加删削；因其疏漏很多，故作了大量补正，大约总占注释总量之半。前人作注，多重词语典故出处而忽视释义，补正在这方面用力较多，对征引不切当的出处亦每加指出。又前人作注例不引当代文献材料，不免片面。从注释词义及名物典章制度方面看，有许多时候当代的文献材料往往更能说明问题，当代或同时人的诗句也往往可与被注的诗相发明。诗注在这方面比较注意，特别是引了不少李商隐诗作为参证。历代对温诗的笺解评点虽不如义山诗笺评之多，但也有相当数量。凡有这方面资料者均在笺评一项中加以引录。每首诗后均有撰者按语，对诗意与诗艺略加疏解评论，于专家虽不免班门弄斧，于初学者或可提供一点参考。对历代传诵、评点较多的一些代表作，如《商山早行》《过陈琳墓》《过五丈原》《利州南渡》《苏武庙》等，或用现代诗学观点对前人精彩的评点作进一步补充发挥，或指出前人因错误传统观念及先入为主偏见的影响而误解诗意，另立新解。对一些艺术上颇有特色的诗则侧重于诗艺的评说，如《侠客行》《瑶瑟怨》《碧涧驿晓思》等。对易生歧解的诗如《赠蜀将》《题崔公池亭旧游》《晚坐寄友人》等也较详细地阐述了自己的看法。在诗歌系年方面，较此前有了大幅度的增加，书后所附《温庭筠系年》中提到的可以确切编年或可大体考知写作年代的就近九十首，占存诗总数四分之一强。

词集的文字校勘，因曾昭岷、王兆鹏等编撰的《全唐五代词·温庭筠词》已汇集众本并吸收前人近人校勘成果作了精审的校勘，故即采用其为底本，偶有不同者，加以说明。注释在参考今人所作新注的基础上另作新注，不取集注方式。词集整理的重点放在笺评上。一是广搜前人今人有关笺评资料，按时代先后引录，以供学者参考比较。其中如浦江清先生的《〈菩萨蛮〉笺释》，发表于1944—1945年西南联大《国文月刊》，后收入人民文学出版社出版的《浦江清文录》，对十四首温氏《菩萨蛮》词作了精到详细的剖析鉴赏，因刊与书存世较少，海内外治温词者少有引用者。本书对其中直接关乎词意、词艺的讲解，悉加引录。又如台湾著名学者张以仁教授的《花间词论集》，有多篇温词的论文，其中对温词的笺释评赏，颇多精详独到之见，而大陆治温词者之新注、集评亦罕见引录，本书亦择其精义引录，以飨读者。撰者于词，本无专精研究，但在前贤与时贤的启发下也不揣谫陋，在按语中对每首词的意蕴和艺术发表自己的感受看法。其中如《菩萨蛮》"小山重叠金明灭""水精帘里颇黎枕""翠翘金缕双鸂鶒""杏花含露团香雪""满宫明月梨花白""宝函钿雀金鸂鶒"，《更漏子》"背江楼""玉炉香"，《酒泉子》"日映纱窗"，《梦江南》"梳洗罢"诸阕之疏解评赏，于斟酌取舍前人时贤笺评的同时，亦时有自己的感受与见解。温词的主体风格虽属密艳一路，但其最出色的名篇佳联，却多为疏朗空灵、清新有致之格。即使是被视为代表温词密丽风格的《菩萨蛮》《更漏子》诸阕，其佳胜处亦往往在疏朗处。词家之所好，未必即其所长。此则见仁见智之个人私见，亦于按语中偶一发之，不免贻笑于方家。温词所写多为虚拟情景，主人公多为女性，与作者的具体经历联系很不明显，故大都无法编年。谓《菩萨蛮》十四首作于大中年间令狐绹为相时，亦仅据《北梦琐言》所载约略言之，并无确切年份可考。但笔者在考证其生平行踪的基础上却发现其《更漏子》"背江楼"一阕系纪实色彩明显的羁旅行役词，词中所写情景系基于个人行旅生活体验，作于会昌三年暮春自吴中旧乡返长安途经润州即将北渡长江时。另《河渎神》"孤庙对寒潮"一阕，亦似纪实之作，疑作于会昌二年初春自吴中赴越中途经西陵时。因悟温词虽绝大多数为应歌之作，但上二阕则为个人抒情之词。又《清平乐》（洛阳愁绝）亦为有作者参与的丈夫壮别之词，非应歌之作，但无从考知其写作年代。

温文现存赋二首、骈文二十三题三十二首，除《再生桧赋》署温岐，系作于早期，《谢襄州李尚书启》作于开成元年外，其余均作于大中、咸通年间，多为投献显宦希求汲引援助的书启。温文向无人作注，用典繁富隐僻，且有"却笑遗民（指段成式）"之类别出心裁的借指，注释难度较大，本编是第一次为其文、赋作详注。其中有的典实过于隐僻，遍查未见出处，只能暂时阙疑待考。用力的重点放在对上启对象的考证和系年考证上。通过细心考辨，除个别篇章外，均已考出上启对象及写作年代。其中如《上裴相公启》，或以为系开成四年首春投献裴度之作，本编详加辨正，考明系大中六年八月后投献新任宰相裴休的书启。《上首座相公启》，或以为系投献温造之启，但温造根本没有当过宰相，更不用说是居四相之首的"首座相公"，此首座相公当指大中十三年十二月再度入相的白敏中，启上于咸通元年岁杪。《上萧舍人启》（某闻周公当国）题与文的内容不符，详审文中用典叙事，此当是上白敏中之启，作于大中十三年冬至后白敏中自荆南节度使征入为相即将启程还朝时，题有误。另一《上萧舍人启》（某闻孙登之奖嵇康）系上萧邺之启，但所叙上启者之籍贯、仕历与庭筠明显不符，当为代人所拟。《投宪丞启》及《上崔相公启》的情况相类，亦代人作。《上崔大夫启》则疑非温作，或题有误。本编均一一作了详细考辨，以免读者误以为温作而加以引证。通过对温文的笺注和系年考证，大体上弄清了庭筠自大中初至咸通七年逝世这二十来年中羁游湖湘、四应进士试不第、两次贬尉、两入幕府（襄阳徐商幕与荆南萧邺幕）的经历，这也许是笺注温文的最大收获。温文虽绝大部分载于《文苑英华》，但明本《英华》错讹甚多，故以《全唐文》为底本，以《英华》参校。

《干𦠿子》现仅存三十三篇，全从《太平广记》辑出。考虑到小说文字比较通俗易懂，不再作注，仅间作校记。

书末附传记资料，同时人寄赠诗，史志、书目著录及各本序跋、提要，与笔者所撰《温庭筠系年》。

[原载《古籍整理出版情况简报》2007年第10期总第440期]

唐诗名篇异文的三个典型案例

　　唐诗名篇在流传过程中，由于多种原因，产生了许多重要的异文。如何处理这些异文，成为唐诗编纂整理乃至阐释研究中的一个值得认真探讨的问题。本文拟就盛唐诗中三首历代传诵的名作中出现的重要异文谈一点看法。

崔颢《黄鹤楼》

　　此诗在当世即被大诗人李白所推赏且屡加模仿，如今又在新出的《唐诗排行榜》中高居榜首。不论排行所依据的原则、统计方法和统计对象是否完善合理，它属于历代流传最为广泛久远的唐诗名篇之列是毫无疑问的。但恰恰就是这首诗的头一句，便有一处重要的异文，即通常所见的唐诗选本均作"昔人已乘黄鹤去"，而自唐迄明初的选本、总集毫无例外地均作"昔人已乘白云去"。具体地说，编于天宝三载的《国秀集》卷中、编于天宝十二载的《河岳英灵集》卷下选崔颢此诗，首句均作"昔人已乘白云去"。这两个选本都编于崔颢在世时（颢卒于天宝十三载），可证同时代人见到的《黄鹤楼》的文本原始面貌。此后的唐人选唐诗，《又玄集》卷上、《才调集》卷八选崔颢此诗首句均同作"昔人已乘白云去"。北宋大型诗文总集《文苑英华》卷三一二、南宋计有功《唐诗纪事》卷二十一、元初方回《瀛奎律髓》卷一、金元好问编《唐诗鼓吹》卷四、明初高棅《唐诗品汇》卷八十三选录崔颢此诗，首句并同上。据这一系列具有代表性的文献材料，完全可以证实，从崔颢在世直至明初这长达近700年的时间中，《黄鹤楼》的首句一直是作"昔

611

人已乘白云去"的,从未见有"昔人已乘黄鹤去"的异文。

究竟是什么时候开始,《黄鹤楼》的首句变成了"昔人已乘黄鹤去"的呢?现尚未查清。但编成于万历四十三年(1615)的唐汝询《唐诗解》卷四十选录此诗时,首句已作"昔人已乘黄鹤去"。此书凡例标榜遵循《唐诗品汇》之编例,但此诗首句却与《品汇》异。如非唐氏擅改,或许有更早一些的依据。从此以后,清代的一些著名选本如《重订唐诗别裁集》《唐诗三百首》便都变成了"昔人已乘黄鹤去"。直到现在,大、中、小学教材或课外读物一律以此为准,改本成了通行的定本,原本反而不为广大读者所知,被打入另册了。

在将首句"白云"改为"黄鹤"之后,金圣叹、纪昀等人的评点对以讹传讹起了推波助澜的作用。金圣叹《贯华堂选批唐才子诗》评曰:"有本乃作'昔人已乘白云去',大缪。不知此诗正以浩浩大笔,连下三'黄鹤'为奇耳。且使昔人若乘白云,则楼何故乃名黄鹤?此亦事理之最浅显者。至于四之忽陪'白云',正妙于有意无意,有谓无谓。若起手未写黄鹤,已先写一白云,则是黄鹤、白云两两对峙,黄鹤固是楼名,白云出于何典耶?且白云既是昔人乘去,而至今尚见悠悠,世则岂有千载白云耶?"纪昀《瀛奎律髓刊误》则云:"改首句'黄鹤'为'白云',则三句'黄鹤'无根,饴山老人(赵执信)批《唐诗鼓吹》论之详矣。"纪昀所录赵氏之论,笔者未见,其观点当即纪氏所述者。

金、纪二氏所持的理由,主要是从诗艺(特别是诗与题以及诗的上下文之间的照应)着眼的,这虽不是从版本、校勘之学即文献学的角度校定异文,不能成为主要依据;但为了证明原始文本"昔人已乘白云去"在诗艺层面并不存在任何问题,仍有必要作一些说明和辨析。

问题的关键就出在他们都忽略了"昔人已乘白云去"这句诗所用的一个熟典和一种常用的修辞手段。金圣叹说:"若起手未写黄鹤,已先写一白云,则……白云出于何典乎?"其实,这"白云"恰恰是有出典的,而且是和诗的前幅缅怀昔人登仙有密切关联的典故。《庄子·天地》:"千岁厌世,去而上仙。乘彼白云,至于帝乡。"帝乡,即天帝之乡，亦即仙乡、仙界，后世用"白云乡"指仙界即缘于此。所谓"已乘白云去"，也就是已乘白云登仙而去。而"乘云"与"驾鹤"又同指登仙（"驾鹤"典出《列仙传·王子乔》）。恰巧黄鹤楼得名的原因中又有仙人子安乘黄鹄（通"鹤"）过此，或费祎登仙尝驾黄鹤返憩于此的不同传说，于是诗人在登楼览胜，面对悠悠白云时，脑际自然会引发昔人于此乘白云驾黄鹤而登仙的想象和图景。但如果把这一切压缩成"昔人乘云驾鹤去"，不仅因缺"白""黄"二字而与原典及楼名不符，诗句本身也显得比较局促平衍。正好下句"此地空余黄鹤楼"的感慨已存意中，而修辞手段中又有"探下省"一法，于是遂将首句写成"昔人已乘白云去"，而省略的"驾黄鹤"则参下句及第三句其意自见。明白了以上两点，便可明显看出这首诗前四句的构思和意蕴是：首句怀古总起，二三四句分承。首句谓昔人于此乘白云驾黄鹤而登仙。次句暗承上句隐含的驾黄鹤而去之意，说如今此地只剩下了一座黄鹤楼供人登览追缅，并点明题目。第三句仍暗承首句隐含的驾黄鹤而登仙之意，说仙人驾鹤一去之后再不复返。第四句则明承首句之"乘白云"，说眼前所见者唯悠悠飘荡的白云而已。白云千古如斯，故说"千载空悠悠"。金圣叹说："世则岂有千载白云耶"，近乎抬杠，不叫解诗。按金圣叹的逻辑，岑参的名句"君去试看汾水上，白云犹是汉时秋"也变成说胡话了。

如上所解，不但前四句一意贯串，"乘白云""驾黄鹤"总起分承，前后照应，章法严密，诗面与题面密合，而且首联与次联均意对而词不甚对，"白云""黄鹤"两见，于大体整饬中别具一气流走，回环呼应之格调。吟诵之际，明显能感受到一股浑浩流转的气势。虽非严格的律体，但大体上仍可感到这是律诗。如改本之连用三"黄鹤"，则全无律意，只能称之为古风了。总之，指出上面两点，原本较之改本，在气势格调上毫不逊色，而构思之严密则远胜改本。金、纪二氏所持的那些"理由"也就自然不能成立了。

王湾《次北固山下作》

这首诗也是在诗人生活的当世（开元天宝年间）就负有盛名，又被后世文学史家奉为体现"盛唐气象"的范型。但它的异文之多而复杂的程度却远远超出崔颢的《黄鹤楼》。

一般诗歌的异文，往往局限于个别或少数文字上的歧义。而此诗的异文却是首尾两联的文字完全不同，连题目也迥异。此外还有第三句末字的"阔""失"之异，第四句第三字的"一""数"之异。更为特殊的是，这两种不同出处的异文竟是诗人生活的当代两个著名的选本《国秀集》及《河岳英灵集》所记载。为了便于对照，将两个选本所选此诗的全文分列于下：

《国秀集》卷下载王湾《次北固山下作》：

客路青山外，行舟绿水前。潮平两岸阔，风正一帆悬。

海日生残夜，江春入旧年。乡书何处达？归雁洛阳边。

《河岳英灵集》卷下载王湾《江南意》：

南国多新意，东行伺早天。潮平两岸失，风正数帆悬。

海日生残夜，江春入旧年。从来观气象，惟向此中偏。

殷璠于王湾名下有评语云："湾词翰早著，为天下所称最者，不过一二。游吴中，作《江南意》诗云：'海日生残夜，江春入旧年。'诗人已来，少有此句。张燕公手题政事堂，每示能文，以为楷式。"

这似乎可以说明，王湾这首诗自张说手题政事堂，在社会上广泛流传之后，出现了另一个面貌殊异的题为《次北固山下作》的改本，而这个改本出现的时间，不会迟于芮挺章编选《国秀集》的天宝三载。根据楼颖《国秀集序》谓芮氏所选诗人系"见在者凡九十人"。可证其时王湾尚在世。如果说流传后世的诗有可能遭到后人的窜改，那么在作者尚在人世时流传的作品遭到如此大幅度窜改的可能性很小。因为这很容易为诗人本人或熟知此诗的同时人所发现，并加以否认和指责，编选《国秀集》的芮挺章自然更不可能在编选当代在世诗人的作品时对原作进行肆意窜改。如果单凭诗句文字的工拙来断定拙者非王湾原作，也并不科学（因为已有证据证明文字拙者亦符合王湾生平行踪，见下文）。比较合乎情理的推断是：这两种歧异很大的文本，其实均出于诗人之手，即其中一种是初稿，另一种是修改后的定稿。从文字的工拙情况看，《河岳英灵集》所载的《江南意》应是初稿，即张说所见并手书"海日"一联于政事堂者，而《国秀集》所载题为《次北固山下作》者则是定稿。下略述理由。

据傅璇琮考证，王湾先天元年（712）登进士第。今有诗在江南作者，除《江南意》外，尚有同载于《河岳英灵集》之《晚春诣苏州敬赠武员外》。此武员外即武平一。中宗时迁考功员外郎。玄宗立，贬苏州参军。王诗中云："持此功曹掾，初离华省郎。"亦与武平一之仕履相合。"平一既于玄宗初即位时贬苏州（功曹）参军，王湾又于先天元年登进士第，则其游江南及作《江南意》诗，当在进士登第后一二年内，因此后湾即参预丽正院修书，又任洛阳尉等职，无缘再至江南"（《唐才子传校笺·王湾》）。傅氏主编的《唐五代文学编年史》系《江南意》于开元二年（714）岁末。但是年六月，王湾已为高陵县簿尉（见同书508页）。则此诗更可能作于开元元年岁末。据《晚春诣苏州敬赠武员外》"苏台忆季常，飞棹历江乡"之句，王湾此行系舟行诣苏州，故《江南意》次句"东行"当即指此次吴中之游。至于张说手书其诗句于政事堂之事，当在说第三次为相（开元九年至十四年）期间。张说第一次为相在景云二年（711）正月至十月，第二次为相在开元元年九月至十二月，王湾此诗尚未创作出来。至开元九年三次为相时，张说之政坛兼文坛领袖地位始显，故有题湾诗示范之举。

《江南意》所表现的思想感情，显然是诗人游吴中途中对江南春意来早及壮阔景象的诗意感受。所谓"南国""此中"，即指江南，而所谓"新意""气象"，即指诗的颔、腹二联所描绘的壮阔景象和春早意蕴，"海日"一联，尤称警策。但从全诗来看，并未臻完美之境。不但首尾二联语言比较拙涩，颔联"失"字显得较为刻露雕琢，"数"字也不够精警。而张说题"海日"一联于政事堂后，此诗流传之广可想而知。在流传过程中，腹联与其他几联不大相称的问题便凸显出来。精益求精的诗人乃有改诗之举。将题目改成《次北固山下作》之后，不但明白标示出作诗的地点是唐代润州（今江苏镇江市）的北固山下，而且说明颔、腹二联所描绘的系泊舟北固山下时所见的从残夜到清晨这段时间内的江上景象。首联"客路青山外"系前瞻东赴吴中之水路，运河迤逦于青山之外；"行舟绿水前"写泊舟时所见长江上舟行景象，亦即"潮平"一联所展开描写者。"海日"一联则写泊舟时对海日生于残夜，江春入于旧年（冬末）的诗意感受。尾联回顾来路，遥寄乡思（王湾系洛阳人）。全篇次第井然。而首尾两联的文字则风华秀美，流畅自然，较《江南意》有明显提高。颔联改"失"为"阔"，更显得自然浑成，无刻琢之迹；改"数"为"一"，同样化平凡为精警，与潮平岸阔相映衬，愈见境界之浩阔，气势之壮盛。总的来说，改稿既保留了全篇中的警策，又使其他三联更为明晰流畅，自然浑成，全诗臻于完美，可谓范式。像这样经过作者自己修改加工而更趋完美的异文，当然应该尊重作者的修改，以定稿为准。改稿的时间可能在张说卒后（开元十八年十二月后）到天宝三载之前这一期间。至于《河岳英灵集》何以载其初稿《江南意》，大约是因为其评语中郑重提及张说手书《江南意》"海日"一联于政事堂之事，选录时自然用《江南意》，也有可能殷璠根本不知道王湾有改诗之事。

李白《静夜思》

比起崔颢的《黄鹤楼》和王湾的《次北固山下作》，李白的《静夜思》知名度更高，的确称得上是雅俗共赏，妇孺皆知。但我们现在熟知的通行本《静夜思》，即全诗作"床前明月光，疑是地上霜。举头望明月，低头思故乡"者，根本不是李白诗的原貌，而是明代李攀龙的改本

（这一点，当代学者如陈尚君等已多有指出）。

传世的李白诗文集自宋至清的各种版本，以及《乐府诗集》《万首唐人绝句》乃至明初的大型唐诗选本《唐诗品汇》，均保留了此诗的本来面貌，即四句作："床前看月光，疑是地上霜。举头望山月，低头思故乡。"但从明代嘉靖年间编选《唐诗选》的李攀龙（1514—1570）开始，却改成了"床前明月光，疑是地上霜。举头望明月，低头思故乡。"由于李攀龙为后七子首领，其《唐诗选》甚为明人推重，影响所及，此后的许多唐诗选本如王士祯的《唐人万首绝句选》、沈德潜的《重订唐诗别裁集》、孙洙的《唐诗三百首》便都将首句的"看"字改成了"明"字，《唐诗三百首》干脆连第三句的"山"字也改成了"明"字。由于《唐诗三百首》选诗注重雅俗共赏，充分考虑广大读者的可接受性，又吸收了历代唐诗选本的优长，其影响越两个半世纪而不衰，于是李白的这首名作便以"床前明月光，疑是地上霜。举头望明月，低头思故乡"的文本为广大读者所熟知并接受了。

从校勘、版本之学的原则着眼，由于李攀龙的改本并无任何版本或其他依据，完全是凭自己的意思改字，整理李白诗集自然应该根据历代版本所载此诗原貌加以校定。但李攀龙的这个改本却和他同时喜改唐诗的点金成铁手谢榛不同，他的改动从诗艺层面看确有一定优长。李白原作第一句的"看"字显得比较着实，且有点稚俗，不如"床前明月光"那样空灵而富韵味；第三句的"山"字也显得比较特殊，不像"明"字那样更具普适性。且一、三两句"明月"重见，与"举头""低头""头"字重复构成对应，使全诗别具一种回环往复的美感。李攀龙在改动时很可能也是从这方面做过考虑的。正因为这样，不但广大读者接受了这个改本，就连一些专家也从艺术层面上对这个改本有所肯定，以致虽明知历代版本所载此诗原貌，但在为一般读者编写的鉴赏性读物乃至编写为大学生用的《中国文学史》教材时都采用了这个两见"明月"的改本。

但是，当我们仔细研读品味改本时，却不难发现改本所存在的问题。

首先是一、二两句之间的连接。原本首句"床前看月光"，明显是指诗人（抒情主人公）伫立床前看室外地上的月光，因月光的皎洁与氛围的清冷寂静而自然产生"疑是地上霜"的错觉。而改成"床前明月光"后，很容易让读者理解为诗人所看到的是由窗户透入室内映在床前的明月清光，情景类似古诗"明月何皎皎，照我罗床帏。忧愁不能寐，揽衣起徘徊"。尽管这样的明月同样可以引发乡思旅愁（古诗此下接"客行虽云乐，不如早旋归"可以说明），但由于月光就在眼前室内的地面上，根据常识，是无论如何也不会产生"疑是地上霜"的错觉的。李攀龙在改首句时很可能有意无意吸取了古诗"明月何皎皎，照我罗床帏"的词语与意境，却忽略了与第二句的连接，造成了常识性的错误。正是由于改本一、二句之间不能很好连接，才有人将"床"解为"井床"以弥其缝，但这种解释显然过于牵强。

其次，第三句的"山"字改成"明"字后，固然化特殊为普遍，使诗更具普泛性，适宜于表现各种情境下的人们望月思乡的感情，但实际情况很可能有另一面，即李白用"山月"自有其原因。一种可能是，"山月"是即景描写，因为诗人见到的就是高悬山巅的月亮（有的注本甚至认为此诗是李白隐居安陆白兆山时思乡之作）。另一种可能是，这里的"山月"乃是故乡月的一种代称。李白出川时有《峨眉山月歌》云："峨眉山月半轮秋，影入平羌江水流。夜发清溪向三峡，思君不见下渝州。"晚年所作《峨眉山月歌送蜀僧晏入中京》又云："我在巴东三峡时，西看明月忆峨眉。月出峨眉照沧海，与人万里长相随。"将二诗并读，这"万里与人常相随"的"峨眉山月"，分明就是故乡月的代称，今日于异乡静夜见此"山月"，岂能不起故园情。因此，第三句的"举头望山月"与第四句的"低头思故乡"之间，正暗伏有"山月"乃是故乡月这样一条引线，它们之间的连接便更加自然。改成"明月"之后，虽也可从"隔千里兮共明月"生发乡思，但较之因见故乡月而起故乡情，总觉隔了一层。总之，改本虽在词语意境上有其优长，但无论是从文献学或从诗本身的连接看，仍以保持原貌为宜。

唐诗异文产生的原因非常复杂，校定异文的方法也必须针对具体情况作不同的处理，不能一概而论。这里所谈的只是几个比较复杂的典型案例，希望能引起对这个问题的进一步探讨。

　　　　　[原载《人民政协报》2012年12月31日"学术家园"专刊]

附　录

诗家总爱西昆好，今喜有人作郑笺

——刘学锴教授访谈录

谢 琰

刘学锴，1933年生，浙江松阳人。1952—1963年，就读、任教于北京大学中文系。现为安徽师范大学文学院教授、中国诗学研究中心顾问。曾任中国唐代文学学会常务理事、中国李商隐研究会会长。长期从事李商隐研究及唐诗研究，擅长文献整理、史实考论、诗学阐释。主要著作有《李商隐诗歌集解》《李商隐文编年校注》《李商隐传论》《温庭筠全集校注》，分别荣获首届全国高等学校人文社会科学研究优秀成果二等奖、第四届全国古籍整理优秀图书奖一等奖及第六届国家图书奖、安徽省2001—2003年社科成果奖著作一等奖及省图书奖一等奖、安徽省2007—2008年社科成果奖著作一等奖。此外，还撰有《李商隐诗歌接受史》《李商隐诗歌研究》《李商隐诗选》《李商隐》《汇评本李商隐诗》《李商隐资料汇编》《王安石文选译》《温庭筠传论》《温庭筠诗词选》《唐诗选注评鉴》等多种著述（含合著）。本刊特委托北京师范大学文学院副教授谢琰博士采访刘学锴先生，现整理出这篇访谈录，以飨读者。

一、缘结义山，心系京皖

谢琰 刘先生，您好！我受《文艺研究》杂志委托，对您做一次专访，想请您谈谈治学经验。非常感谢您能答应我们的请求。我首先想问，您是如何走上李商隐研究道路的？

刘学锴 我在高校工作将近半个世纪，但说来惭愧，研究领域太窄。1975—2004年整整三十年，除了给本科生讲课、指导研究生之外，我集中研究的领域就是李商隐，总共写了十来部有关李商隐的书、三十来篇论文。这里面，我认为稍微重要一点的，希望能为学界用上三十年的，也就是三部书：《李商隐诗歌集解》《李商隐文编年校注》《李商隐传论》。大家可能会奇怪，一个人怎么能在这么狭小的领域里孜孜不倦地劳作三十年呢？这一点，当初我自己也没有想到。现在想来，当然有诸多主、客观原因。我们这一辈人中的绝大多数，都是先天不足、后天失调。我在北大中文系读本科时，多数同学仅仅是出于对文学的兴趣才来的，极少有人从小受过系统的传统文化教育。我只在1952—1957这五年内，比较认真、系统地学了一些知识，浏览了一些重要作家的诗文集。但在1957—1976二十年里，能坐下读书研究的时间少得可怜。等到"文革"结束，想重操旧业，已经明显感到心有余而力不足，只能尽量压缩范围，不把摊子铺大。1975年，人民文学出版社约我和余恕诚合撰《李商隐诗选》，1977年中华书局又约我们写一本小册子《李商隐》，我的李商隐研究工作就这样开始了。我戏称这种研究选择是"攻其一点，不及其余"，其实是出于一种无奈的压缩战略。

谢琰 我读您的书，感觉您不仅是从严谨的学术层面解读李商隐，而且是从情感、性情上去揣摩他。您觉得自己的性情、个性是否与李商隐有相通之处呢？

刘学锴 有一些吧。我七岁的时候父亲去世，十三岁的时候母亲去世。这个因素可能让我小时候比较内向，有点感伤气质。我比较喜欢感伤类的作品。比如《诗经》里的《东山》《蒹葭》《采薇》，还有《古诗十九首》。我有一篇文章叫《李商隐与宋玉——兼论中国文学史上的感伤主义传统》。我发现李商隐总提到宋玉，所以写了这篇文章。从性情、个性来讲，我略带感伤气质，所以对感伤情调浓重的义山诗，有一种天然的契合与共鸣。

谢琰 除了主观原因，您与李商隐的结缘是否还有时代原因？

刘学锴 当然有，这是根本原因。在20世纪50—70年代，学界对李商隐是比较歧视和冷淡的，有时还把他当作贬抑的对象和批评的靶子，比如说他唯美主义、反现实主义。尽管李商隐也写过不少学杜甫的感时伤世、忧念国运之作，但他诗风的突出特征还是感伤情调、朦胧诗境、象征色彩，抒写内心幽隐情绪，歌咏悲剧性爱情体验、人生感慨。这些内容、风格特征，都和当时那种非常直接的"古为今用"的要求有距离，甚至相矛盾。而改革开放以来这几十年，古代文学领域掀起"李商隐热"，毫无疑问是思想观念和文学观念变化的自然要求和结果。1999年出版的袁行霈先生主编的《中国文学史》，在作家地位升降方面有一个引人注目的变化，就是李商隐过去只在讲晚唐诗歌时设一小节，而在这部书里却独立为专章，与屈原、司马迁、陶渊明、李白、杜甫、苏轼、辛弃疾、关汉卿、王实甫、汤显祖、蒲松龄、吴敬梓、曹雪芹等公认的第一流大作家并列。这说明，对于李商隐这种类型的作家的思想艺术成就和价值的认识，需要一个长时间的过程，需要比较宽松的学术环境和文化环境。李商隐研究热的兴起和在相当长一段时间内的延续，有它的时代必然性。所以我在这三十年里集中研究李商隐，不妨说是时代潮流的推动。如果我没有从事这方面的研究，肯定会有别的学人来做，而且会做得更好。

谢琰 学术方向的选择，既要顺应时代潮流，也要符合学者的人生境遇和个性特点。但是，好的选择只是成功的一小步。对于古典文学研究而言，学术功底极为重要。您在北大求学和任教期间遇见了哪些先生？他们对于您学术功底的养成起到了怎样的作用？

刘学锴 学术功底很难说啦！我自知短板很多。当时北大的先生们，都特别强调系统读书。我从大二到大四，一直担任文学史课程的课代表，当时的授课老师是游国恩、林庚、浦江清、吴组缃四位先生。在同学中，我读的集部书确实比较多，但是经、子、史三部读得比较少。对于先秦典籍，我有点畏难。本科毕业时，游国恩先生可能有意留我做他的助教，我最后还是选择了自己感兴趣的唐代，征得林庚先生的同意，做了他的第一届副博士研究生。除各段研究生都必须通读从《诗经》到《红楼梦》二十五部书外，林先生还要求我认真阅读自魏晋至五代的名家别集，认真撰写札记，定时送交。他会审阅批改，再让我到家面谈，指出优缺点，从观点到对诗句的理解都一一指出。这种严格要求和训练，使我受益匪浅。读研期间，林先生还让我做过一些助手性质的工作。他撰写《盛唐气象》的论文时，让我统计初、盛、中、晚唐四期诗人和各种体裁作品的数量，使我对全部唐诗作了一次通览。此外，当时受高教部委托，由林先生撰写新编《中国文学史》的隋唐五代部分。每撰一章，先生都要我先读这一章中涉及的作家诗集，并从中选出一部分代表性的作品。每章内容由他口授，我作记录，并整理成初稿。由于时代原因，这部文学史的撰写不久就无疾而终，但这段短暂的师生合作却长久保留在先生记忆中。1988年，沈天佑学友陪吴组缃先生来安徽师大参加《红楼梦》研讨会，还特意提及林先生在教研室会议上深情回忆起当年和我隔桌相对而坐、边口授边笔录的情景。我自己，当然更对这段合作经历难以忘怀。1959年北大中文系新建古典文献专业，将我提前分配到新专业任教，我师从林先生读研的经历就此正式结束。

当时古典文献专业的基础课，多由别的系的老师来上，比如中国哲学史、中国通史是由哲学系、历史系的教师来讲的，真正本专业的课，如古籍整理概论等，并没有开出来。当时吴小如先生从文学史教研室借调到文献专业，讲古文选读课，我和侯忠义担任辅导。小如先生指导我阅读《书目答问补正》《四库提要》，使我对古籍的总貌，特别是重要的经、史、子著作及其注疏有了大致的了解。他还让我仿照《四库提要》体例，为古文选读课选篇所从出的古籍用浅近的文言写提要。后来我参加《古籍整理概论》教材的编写，并开了"校勘学"这门新课，都与小如先生从目录学入手的指导分不开。我讲校勘学，一点基础也没有，都是自己找清儒和近人有关校勘学的专著和古籍校注著述来看，差不多准备了一年多才开出这门课。我和古籍整理结缘，就是因为这个原因。

我与李商隐结缘，还和陈贻焮先生有关系。他是林庚先生转入北大后的大弟子。林先生主讲魏晋、南北朝、隋唐、五代文学时，他担任助教，我常向他求教。他给我们主持过很多次课堂讨论。在我印象中，陶渊明的课堂讨论非常激烈，陈先生的总结也特别精彩。我后来从事李商隐研究，首先得益于他在20世纪60年代初写的几篇有关李商隐的论文。1992年他主编《增订注释全唐诗》，命我担任第三分册的组编工作，我责无旁贷。尽管我们私下里亲昵地称他为大师兄，但在我心目中，他始终是师长。

谢琰　您在20世纪60年代调到合肥师院中文系，从那以后一直任教于此。安徽师大有一些旧学根底深厚的老先生，如张涤华、宛敏灏、祖保泉等，您和他们是否有过交流？

刘学锴　当然有啦。我刚进合肥师院，系里给我分的课是大学四年级的"中国历代散文选"。张涤华先生当时是系主任，也亲自出马和另几位老先生各上一个大班的课，集体备课时还常问我对某篇文章有哪些看法。说起张先生，有一件很有趣的事情。1963年7月底，我到系里报到，第一次见张先生，他就询问我在北大的师承，开过什么课。我如实说了。他听说我教过校勘学，好像有些吃惊。我当时不到三十岁，可能在他的意识里，这门课年轻人是不可能开的。他让我把讲稿给他看看。我实话实说：离开北大的时候，校勘学课由陈铁民和孙钦善这两位刚毕业的研究生来上，我就把全部讲稿留给他们了。这就是我和张先生的第一次见面。过了很多年，我才知道，张先生当天回去在日记里写道："刘君学锴，年不足四十，学有根底，甚可喜也。"他说我"学有根底"，可能就是因为我开过校勘学课吧。宛老当时是副教务长，还给艺术系开"词的格律"这门课，我听他的课，并给学生作辅导。1978年我们有硕士点的时候，宛老是带头人，具体工作就由我和余恕诚来做。宛老是词学大家，我在这方面没下过工夫，但对他的《二晏及其词》和一系列词学论文都曾拜读过。祖老一直担任系行政领导，交流机会更多，而且他曾在"安徽古籍丛书"编委会中担任职务，安师大成立古籍研究所，他也是带头人，我一直都在他领导下工作。他的著作我也都拜读过。三位先生都是行政领导兼学者，又都十分重才，在当时非常难得。

二、西昆解人，飞卿知己

谢琰　您的李商隐研究呈现出丰富、全面的体系。有诗集整理、文集整理、资料汇编、传记、接受史、选集选注、普及读物，还有很多专题论文。我想请您简单梳理一下这些成果是如何一步步编著出来的？

刘学锴　学术研究总是在前人基础上进行的。清代以前，李商隐研究基本未成气候。但从清代到民国，却出现了长期的李商隐研究热，可以列出释道源、钱龙惕、吴乔、朱鹤龄、徐树谷、徐炯、徐德泓、陆鸣皋、陆昆曾、姚培谦、程梦星、纪昀、屈复、何焯、冯浩、姜炳璋、钱振伦、张采田、苏雪林、岑仲勉等一长串研究者名单。岑仲勉先生说："唐集韩、柳、杜之外，后世治之最勤者，莫如李商隐。"我的李商隐研究，就是在如此丰厚的前人研究成果基础上起步的。

1978年人民文学出版社出版的《李商隐诗选》，1980年中华书局出版的《李商隐》，主要凭借的就是朱鹤龄、冯浩的注本，何焯、朱彝尊、纪昀三家评，张采田的《会笺》，岑仲勉的《平质》，以及1949年新中国成立后报刊上发表的十来篇有关论文。这两本书，除了诗本身的疏解，在生平考证、诗文系年等方面基本上没有什么新发现。但是在撰写过程中，我逐渐形成了两个比较清晰的想法：一是义山诗旧注这么多，各家观点分歧很大，各有各的道理，很难定于一是，应该做一部"集解"式的整理本，对前人已有的考证、疏解、评点成果作一次全面的清理和总结。二是强烈地感到，这样一位"后世治之最勤"的作家，其生平行踪的考证、作品的系年、诗意的解说疏证乃至总体的评价等方面，都还存在许多问题，亟待纠正、补证，甚至彻底重新思考。特别是索隐猜谜、穿凿附会的解诗方法，从吴乔发端，到程梦星、冯浩大加发展，到张采田则登峰造极，产生了极为深远的负面影响。不走出索隐阴影，李商隐研究就会越来越陷入误区，不能自拔，甚至走火入魔。另外，冯浩等人在生平、行踪考证方面既取得了卓著成绩，也有重大失误和一系列缺失，由此导致对一大批作品的意蕴阐释发生偏差。今天再作义山诗的集解，应该尽量汲取前人这方面的教训，避免重犯类似错误。

谢琰　前人的具体观点分歧很大，方法层面又走入误区，所以既需要清理，又需要重塑。

刘学锴　对，就是在这两个想法的推动下，我从1976年10月开始继续收集资料，1979年4月正式开始撰写，至1983年竣稿，完成了一部一百五十万字的《李商隐诗歌集解》。这部书在汇校、汇注、汇评、汇笺的基础上，每首诗都附有自己或长或短的按语，对作诗背景、系年、内容意蕴、诗境诗艺进行考证、疏解。由于下了一番笨工夫，在各方面都有不少新的发现和结论。有了《集解》这个基础，1985年我又对《李商隐诗选》进行了大幅度的增补、修订，增选诗作近七十首，评、注结合，诗后的解说也作了比较彻底的改动增补，侧重诗艺，并改写了前言。这本书1986年再版，相比于1978年初版，已经判若两书。

此后一段时间，我有计划地写了一批有关义山诗的理论研究和考证文章，结集为《李商隐诗歌研究》，1998年由安徽大学出版社出版。此前1993年，与余恕诚合作的《古典文学研究资料汇编·李商隐卷》完稿交给中华书局，但迟至2001年方才出版。

从1995年开始，由恕诚提议，我又用全力对存世的三百五十二篇李商隐文进行了全面的整理、校注。李商隐是骈文大家，他的骈文本身有独立的艺术价值，而且与他的诗歌创作有密切联系与相互影响，既有以骈文为诗的一面，又有以诗为骈文的一面。而要想真正做好做细对李商隐生平的考证、诗文的系年考证，也必须熟读他的文章。他的骈文虽然不像诗那样有纷纭的解释，但典故特别多。尽管有徐、冯、钱三家的旧注、旧笺和岑仲勉《平质》作为基础，但需要进一步考辨、增补的地方还是很多的。我1995—1999年间，用了四年时间完成了全书的撰写。旧注是按体编排的，我改为按写作年月编排，又增补了七千多条注释和按语。在撰写过程中，发现了李商隐生平及诗文系年考证、诗文错简等方面的重要问题，陆续写成多篇考辨文章，分别发表在《文学遗产》《文史》《中华文史论丛》《中国古籍研究》《林庚先生95华诞纪念论文集》上。《李商隐文编年校注》总共一百三十四万字，2002年由中华书局出版。至此，"李氏三书"（诗集解、文校注、资料汇编）均已由中华书局出版。2002年，我又根据1988年以来的新研究成果，对《李商隐诗歌集解》进行了全面的增补修订，增加了十四万字，于2004年由中华书局出版了增订重排本。有关李商隐研究的三项基础建设工程总算完成了。

这三部书完成之后，我觉得应该将我二十多年整理、考订、研究李商隐生平及诗文的成果，作个总结。于是又从1999年下半年开始撰写《李商隐传论》。由于有前面的几部书和几十篇论文作基础，再加上有五六十篇义山诗文鉴赏文章打底，这部六十七万字的论著只用了两年时间就完成了，并于2002年由安徽大学出版社出版。2013年又新增五章，改由黄山书社出版增订本。《传论》写成后，我又用了近两年时间写出一部三十六万字的《李商隐诗歌接受史》，对历代李商隐诗的接受历程、阐释史、影响史作了具体的梳理论述，2004年由安徽大学出版社出版。这本书出版后，我的三十年李商隐研究历程总算画上了一个句号。总的来看，我是沿着一条由浅入深、由局部到整体、由文献考证到理论研究的路线，滚雪球式地逐步推进的。我用的方法基本上是传统方法，没有多少新花样，但自感每一步都走得比较踏实。

谢琰 您的李商隐研究之路，表面看来水到渠成，但其实暗藏着多少艰苦的思索和无穷无尽的枯燥的努力。您在李商隐生平考证和诗文系年方面有很多突破性的新发现，可以谈谈考证心得吗？

刘学锴 我先说一点总的想法。我觉得，如果真正想研究一个作家，最原始也可能最有效的一个办法，就是不怕麻烦，全面搜集前人、今人已有的校注、笺评、考证、研究成果，在此基础上，将该作家的全部作品从头到尾、逐字逐句细读，并重新校勘、注释、疏解一遍，将前人、今人所作的全部传记资料、年谱，从头到尾认真审查一遍。真正下了这个笨工夫，相信一定会有新的感受、新的发现、新的结论。整个李商隐研究史其实就说明了这一点。从唐末到明末，为什么李商隐研究一直进展缓慢、不成气候呢？为什么清初朱鹤龄的诗文笺注本出来之后，李商隐研究就形成了一个长期的热潮？这里面当然有许多深刻的时代原因，但是，从唐末到明末，一直没有学者下工夫做一部李商隐诗文全集笺注本，恐怕是一个很重要的原因。有没有这样的基础建设工程，研究的深度、广度、坚实厚重度，是很不一样的。就我个人来说，我的考证新结论，都是从反复阅读中来，从校注、笺解、考证的过程中来。我想特别强调的是，一般性的阅读和亲自校注、笺解、考证的阅读，很不一样。必须要一字一句去抠。一般的阅读很容易滑过去的地方，有时会成为解决重大考证问题的关键。

谢琰 您对"江乡之游"说的辨正，应该就是一个典型的例子吧。冯浩、张采田二人主张，李商隐在开成五年九月到会昌元年正月之间，曾有"江乡之游"。此说在学界影响很大，几乎成为定论。您是如何考辨清楚的呢？

刘学锴 岑仲勉先生首先指出，这段时间内，义山正忙于移家、调官、作贺表，根本不可能分身作江乡之游。但很多学者仍然相信冯、张之说，因为他们有两条"铁证"：一条是义山有一首七律《赠刘司户蕡》，冯、张认为是刘蕡于会昌元年正月被贬柳州途中，与义山在湘阴黄陵晤别，义山作此诗相赠，所以证明会昌元年正月义山正在江乡。另一条"铁证"，是天复三年罗衮《请褒赠刘蕡疏》，冯、张引用其中文字："身死异土，六十余年。"从天复三年上推六十余年，正好是会昌二年，也就是他们所推断的刘蕡的卒年。刘蕡在这一年卒于江乡。但是，我仔细阅读后发现，这两条"铁证"都不可靠。第一，《赠刘司户蕡》这首诗，不是作于刘蕡贬柳州的途中，而是作于他从柳州放还北归的路上。我是从哪句发现问题的呢？就是"更惊骚客后归魂"。"骚客"指遭贬的刘蕡。如果作于贬柳州的途中，如何会说他"后归"呢？"后归"，说明他此时已经离开柳州北归，只不过迟归而已。新发现的刘蕡次子刘理的墓志说，刘蕡"贬官累迁澧州员外司户"，证实了我的推断：大中二年春初，李商隐奉使江陵返回桂林，而刘蕡正要奔赴澧州，两人在洞庭湘阴黄陵相遇，又匆匆作别。第二，冯氏所引"身死异土，六十余年"，并不是罗衮疏的原文。原文是这样的："刘蕡当大和年对直言策，是时宦官方炽，朝政已侵，人谁敢言……遂遭退黜，实负冤欺。其后竟陷侵诬，终罹谴逐。沉沦绝世，六十余年。""沉沦"，是指遭贬而沉埋不遇，"绝世"才指辞世。这两句是说，刘蕡自从遭遇贬谪沉埋，直至去世，至今已经六十余年了。"六十余年"，应该从会昌元年遭贬算起。这样，冯、张的"铁证"也就不复存在了。当然，整个考证过程还会涉及很多问题，但对于两个关键性"铁证"的驳正，就是从"后归""沉沦"四个字的含义上作出突破的。我想，当代科技固然很发达，提供了很多便捷，有些考证会因此获得较快的成功，但我坚信，电脑无法代替人脑。像上面的考证，不但电脑解决不了，甚至连能否发现问题都要打一个大问号。

谢琰　您解决了一桩历史悬案。而且，"江乡之游"的有无，会牵扯到几十首诗的系年和理解。

刘学锴　你说得对。我的其他几篇考证文章，也都与阅读、注疏、系年中遇到的问题有关，而问题的解决也大都与关键性文字、诗句的正确理解有关。我还想申明一点，就是我的新发现和前人研究成果之间的关系。比如以《李商隐传论》为例。从义山生平、行踪的总体轮廓来看，我所撰写的传，似乎与冯、张的谱、笺大体相同，差别不大。这也正说明了他们在义山生平考证方面做出了重要贡献。正是由于他们的努力，加上岑仲勉先生的大量辨正，才使义山一生的经历有了较为清晰的轮廓。但如果将我撰写的传，与冯、张之谱、笺对读，便不难发现，无论是生平的许多重要节点，还是诗文系年、考证及对其意蕴的笺释，都有很多不同的结论和不少新的发现。另外，我叙述义山的每一段经历，都结合诗、文创作，尽可能细化、丰富化、切实化，所以我的义山传的许多具体内容，就与冯谱、张笺有很大不同。后人的考证、笺释，总是在前人基础上进行的，如果没有冯、张、岑所做的工作，我今天做起来会困难许多。后人的条件总体上较前人更好，理应将工作做得更细密、更精准一些。

具体的新考证结论，我作过粗略的梳理统计，大约有六七十项，涉及李商隐生平行踪、作品系年、诗文错简、版本系统等方面。关于诗文错简（主要是从《为尚书渤海公举人自代状》一文引申出来）和李商隐诗集版本系统，我都有专文考论，这里就不多说。我主要谈谈与生平、作品相关的考证。先以李商隐生年考证为例吧。过去主要有冯浩的元和八年生说、钱振伦的元和六年生说、张采田的元和七年生说。冯、钱各有所据，是因为李商隐在不同的文章中有关的记载本身有矛盾。张氏折衷冯、钱二说，但所作的解释不可信。我以为唯一的出路，是在承认双方所据材料都无误的前提下，参酌其他有关证据，作出推断。我的推断是李商隐生于元和七年初，而裴氏姊卒于元和七年末。这样就既与裴氏姊卒时李商隐"初解扶床"的叙述相合，又与会昌二年李商隐重入秘省时距裴氏姊之卒"三十一年"之记载契合，而开成二年正月所作《上崔华州书》"愚生二十五年"之语也可得到比较合理的解释。特别是李商隐《梓州道兴观碑铭并序》中提及自己大中五年赴梓幕时正值"陆平原壮室（应为强仕）之年"，即四十岁，从这一年逆推四十年，正生于元和七年。这条证据，冯氏未见，而钱、张忽略。此外，我发现同年初秋《崇让宅东亭醉后沔然有作》一诗也暗用陆机《叹逝赋序》之典，也可证明商隐大中五年确为四十岁。再说句题外话，李商隐那么善于用典，却把常用典"强仕"错成了"壮室"，这很有意思。

　　谢琰　考证真是一项系统化的工作。您对李商隐各类作品都极为熟悉，综合排比，才能得出最无窒碍的结论。您常能从一句诗文乃至一个语汇的读解中，发现前人的错误和新的线索。反过来，您的很多考证结论，又可以帮助读者重新理解诗文语句。解诗和考证，二者是相辅相成的。

　　刘学锴　是的。比如诗文系年，会直接影响诗意的把握。像李商隐名作《夜雨寄北》，很多注家都认为是寄内诗。但我发现，除了姜道生刊本《唐三家集》作"寄内"，其他旧本皆作"寄北"。而诗中的"巴山"，是义山在梓幕期间的诗文常用语，指梓州一带的山。而此时，其妻王氏已卒二年，何来"寄内"呢？其实不仅是系年了，其他有关名物、典故、人物的考证，也往往和理解诗意密切相关。比如《梓潼望长卿山至巴西复怀谯秀》诗中的"巴西"，其实指的是唐朝绵州巴西郡之巴西县，不是汉代的巴西西充，后者在唐代称果州。旧注误解"巴西"，于是有种种穿凿附会的解释。如张采田牵扯到义山至东川访杜悰，这纯属子虚乌有。再如《别智玄法师》诗，智玄即知玄，《高僧传》里有记载，和义山有交往。因为诗的首句是"云鬟无端怨别离"，所以冯、张都以为这位不是高僧，而是女道士。其实，"云鬟"是指自己妻子，首二句说自己十多年来到处漂泊，屡次更改归隐山林的日期，与妻子长期别离，以至云鬟佳人怨别。所以整首诗是别知玄时自我抒情，和女道士毫无关系。当然，穿凿附会的风气，批判起来容易，但真正自己做起来，也很难避免。比如义山名作《杜工部蜀中离席》，实际上学习江淹《杂体诗三十首》的写法，仿效杜工部体，悬拟杜甫当年在蜀中离席上的所见所感，并不是在写自己蜀中离席的情感。程梦星、冯浩都不明白这一点，而是作出各种猜测，附会时事。《李商隐诗歌集解》初版中，我引大中六年四月党项复扰边之事以解读颔联和腹联，也是误解了。到2004年增订重排时，才改正过来。

谢琰 听您举例子，我愈发感到解诗之难。我读《集解》，觉得受益最多的是每首诗集注、集评后面所附的按语。我相信很多读者都有同感。后来读您的专题论文，会觉得其中的某些重要想法、灵感，在《集解》中都有闪现。您可以谈谈这方面的写作心得吗？因为现在有些研究者的选题是本末倒置了。他们先有观念或方法，再去找材料证明或找例子演示。

刘学锴 你说得对。我在对一首一首作品进行笺解的过程中，有时会触动对某些问题的想法，然后再写成文。我有个体会：文学作品不能硬作，论文也不能硬作。如果没有对具体作品特别是代表性作品的感悟和理解，要想提炼出有意义的题目，恐怕很难。即使作起来，恐怕也不会有切实的发现。我自知短板很多。比如对佛、道二教，我基本不懂。

我的理论思维也比较差。我真正感到下了切实工夫、有点自信的研究，还是考证方面。关于理论研究，如果一定要说心得，可能有以下几点：一是在选题方面，注意选取一些前人、今人没有或很少研究而又比较重要的问题。如李商隐和宋玉的承传关系以及感伤主义文学传统、义山诗与词体的关系、义山诗抒写人生感慨的特点、玉谿诗与樊南文的关系、义山的白描诗境等等。别人探讨玉谿诗与樊南文，多注意其以骈文为诗的一面，我则侧重于谈樊南文的诗情诗境。别人多关注义山诗的沉博绝丽、用典对仗的精工等，而我对义山全部诗作了统计分类，发现白描是其创作手法与诗境的重要特征，且反映了义山本色，所以撰文专论。二是一些属于诗歌本体研究的论题，如咏史诗、咏物诗、无题诗、政治诗、七律、七绝，前人、今人多有论述。对于这些论题，我迎难而上，力求提出一些自己的见解，主要是结合这些题材、体裁历史的发展来谈义山的特点和贡献。这些讨论，我觉得对于我们全面理解李商隐、恰当评价其地位，是非常重要的。李商隐作为文学史上的大家，一定要用史的意识、发展的意识来研究他。无题诗属于自创新体，当然要研究，但作为一个大家，光有无题诗是不够的。他必须在一系列传统题材、体裁中都有一流之作和创造性贡献才行。三是我比较重视义山的个性，包括生活个性、思想性格、悲剧心态和艺术个性。比如我讨论他的咏物诗，明确提出从类型化到个性化的发展这一内容上的突出特征。还有，对他的诗的比兴象征和朦胧意境，人们注意较多，但我比较强调他的诗的那种有意无意之间的寄托，包括许多名作，如《乐游原》《嫦娥》以及一部分无题诗。其诗歌意蕴的虚泛、多重，均与此分不开。四是在研究方法上极力避免穿凿比附、索隐猜谜，主张融通。义山诗歧解纷纭，其中固然有走火入魔者，但也有很多人是从不同侧面感受、阐释义山诗的丰富内涵，从而得出不同的解释，因此不必扬此抑彼、排斥异说，而应该在把握其特点的基础上从更高层面融通众说。我对《乐游原》《嫦娥》《重过圣女祠》《锦瑟》以及一部分无题诗的解释，都力求融通众说。这会使诗歌阐释更富包容性、开放性，而不是追求定于一尊。

谢琰　进入21世纪后，您开始从事另一项新课题，就是温庭筠研究。从目前成果来看，这就像是李商隐研究的缩小版，但仍然自具体系。您先后推出了《温庭筠全集校注》《温庭筠传论》《温庭筠诗词选》三部著述。您觉得，研究温庭筠和研究李商隐有什么不同？

刘学锴　我的温庭筠研究，未成气候。原因有二：第一，我下的工夫比起三十年治李义山，远远不够。第二，前人的研究成果和现存的文献资料所能提供的新发现的可能性很有限，很难得出比较多的崭新的考证结论。他的诗，流传下来的注本仅曾益原注、顾予咸和顾嗣立补订的《温飞卿诗集笺注》一种，疏漏很多，与义山诗有十多种各具特色的注本根本无法相比，尤其缺乏像冯浩的《玉谿生诗集笺注》那种精益求精的著作。他的生平考证也非常疏略。直到20世纪70年代末、80年代初，在陈尚君、施蛰存的文章发表以前，连他的生卒年也未弄清，其他生平经历中的疑点与空白点更多。他的词，研究成果比较丰富，但温词的单独注本也到近年才出现。赋与骈文则一直没有人作过校注。我在温庭筠出生居住地、诗文系年、晚年生平事迹考证等方面做了一些工作，对其骈文也第一次全部作了注，当然还有不少疏漏，有待后贤匡正。

谢琰　高质量的作家研究会改变文学史的写作。根据您的研究，有可能抬升温庭筠的文学史地位吗？或者说，应该如何评价他的文学史地位？

刘学锴　文学史里写温庭筠，通常将诗、词安排在不同章节论述，骈文偶或一提，小说则缺位。学者研究温庭筠，也都是对各种体裁进行分割研究，这样就很难形成完整的印象。很多人只把他当作大词人来看待。现在，我把他的诗、词、文、小说合编成一部《温庭筠全集校注》，可能会有助于学界更综合、全面地去看待温庭筠，也许会提高他的文学史地位吧。温庭筠的诗，在晚唐不如小李杜，但显然超过许浑。现在管琴等学人写文章专论陆游七律的"熟"，其实这个倾向从许浑就开始有了。所以，在晚唐诗四大家里，温庭筠应该排第三。再加上他的词、骈文、小说的创作，他的地位应该比现在文学史评定的更高。比如他的小说，用现代眼光来看，能称为小说的不算多，但有些确实写得不错。像《陈义郎》《窦义》《华州参军》，置于唐代一流小说里也不逊色。尤其是《窦义》，塑造了正面的、成功的商人形象，意识很超前，写实的笔法也很高超。

三、唐音清赏，文献大观

谢琰 您在整理、研究李商隐、温庭筠之余，又不断撰写或参与编写各种诗歌鉴赏书籍。据我所知，就有《唐诗鉴赏辞典》《唐代绝句赏析》及《续编》《唐诗名篇鉴赏》《古典文学名篇鉴赏》《历代叙事诗赏析》等多种。您对鉴赏的兴趣是怎样培养起来的？

刘学锴 其实是很自然的事情。在北大，文学史课着重讲"史"。代表性作品虽然选了不少，比如《诗经》选了几十首，但课堂上最多串讲五六首。不过林庚先生不一样，他讲课神采飞扬，擅长对作品的审美感悟和诗性发挥，有时一首诗能讲两个小时，我们听了很过瘾。这方面我受了一些熏陶，但学得不好，真正得他真传的应该是袁行霈先生。我总觉得，细读文本，特别是最有代表性的作品，始终是研究的基础一步。我到安师大之后，这里的老师都是以讲作品为主，把"史"尽量压缩，因为培养对象是未来的中学老师。于是，对于名家名作的分析、鉴赏，就成为我日常教学与研究的一部分。

谢琰 最近几年，您仍笔耕不辍，发表了《读唐诗名篇零札》等札记，还在中州古籍出版社出版了两巨册《唐诗选注评鉴》，您为什么要编这样一部大书？

刘学锴 这和我自己年轻时的教学感受有关。我从"文革"前开始接手唐宋文学课程。当时我就特别希望手边有一本像《唐诗选注评鉴》这样的书，除今人的注释外，把前人的注释、评论都搜集好，又有编撰者的疏解、评鉴作参考，那我讲课就方便多了。我做完温庭筠那三本书后，实在不想总跑图书馆去做新的课题，又不能忍受闲暇无事的状态，

637

于是就写了这本书。开始时计划比较大，选了两千七百余首，基本把现存唐诗中的精品一网打尽，但精力实在不行，后来就压缩到六百多首。我觉得这本书对于中学语文老师和高校年轻教师可能有点儿用处。我对这本书的定位，就是切实有用。现在有些新的文本细读方法，我不会。我完全是采用传统方法。而且我一般不大讲"诗法"。诗法是后人总结出来的。若没有诗性诗情，光按诗法写诗，写不出好诗。我讲诗，就是一边解释，一边鉴赏，能够把诗歌意境传达出一二，就满足了。

谢琰　您的名字总是和余恕诚先生联系在一起。1997年，您在《唐诗风貌》的序言中说："这纯粹是一种纪念、一种对我们之间三十余年共事相知情谊永远不能忘却的纪念。"2014年，余先生去世了。您可不可以谈谈您和余先生合作研究的经历？

刘学锴　恕诚去世后，北大出版社出了三本纪念文集。其中《余霞成绮》这本书里，除我的《悼恕诚》外，还收了我的一篇文章《我和恕诚合作撰著有关李商隐的几部书稿的具体情况》，里面说得很详细，这是一种交代。

谢琰　您曾谦虚地说："我不敢自诩为恕诚学术上的真知音。"可在旁观者看来，只有您的学问以及您和余先生的情谊，才配得上"知音"二字。我想请您谈谈，余先生治学具有怎样的特点和魅力？

刘学锴　恕诚这个人，人如其名，既恕且诚。他擅长理论研究。他为人很谦虚，但实际上对自己要求很高。他私下里跟我说过，无论做什么都要与众不同。他的论著里，我最喜欢的是《唐诗风貌》。这本书里的文章，都是在切实感受基础上写的，文字也很漂亮，尤其是前两章。我和他不大一样，我比较侧重于融通，没有他那样事事追求独创的精神。但我们合作研究李商隐，基本上没有任何障碍。最能体现我们两人的合作精神的，应该是增订重排本《李商隐诗选》。当时《集解》已经完成交稿了，在此基础上修订这本诗选，与初版大不相同。《前言》中关于李商隐艺术特点的那部分，我让恕诚来写。他提出了"以心象熔铸物象"的观点。过去很多人都提过"心象"，提过"物象"和心物关系，但"以心象熔铸物象"的提法，过去没有。我也不是特别懂，但我知道这是他的独得之见。对于李商隐一些具体作品的解读，我们有时也有不同看法，一般都彼此尊重。《李商隐诗歌集解》的第一稿是由我完成的，然后由他用铅笔在上面做修整、增删。抄改的时候，他抄改了一部分。其中有些篇章，我把握不定，就会询问他的意见。比如《辛未七夕》，过去张采田认为是为令狐绹而作，我不同意。我主张义山妻子王氏在大中五年春夏之间就去世了。恕诚就此提出一种说法：这是因为自己妻子逝世，于是连牛女一年一度的相遇都很羡慕。我觉得很有道理，就连带着将其他两首关于七夕的诗也照此处理。还有一些诗，我们会有分歧。比如《夕阳楼》，恕诚比较赞同纪昀的看法，认为此诗"不免有做作态"。最初的稿子就依循这个观点，说伤了"浑朴之气"。后来做增订重排本，我不大同意这个说法。绝句，就是讲韵味的，不能用古诗标准来要求它。甚至五绝都可以直白点，但七绝必须讲韵味、风神。所以我又将观点改过来了。总的来讲，我对他在理论研究方面的成就，是很佩服的。他的三部书，我觉得最能传世的还是《唐诗风貌》。他有时一年就写一篇论文。他编写袁行霈先生主编的文学史教材的晚唐几章，也特别认真，全力投入。这点我自愧不如。还有他上课，投入更多，讲得太好，我没法跟他比。

谢琰　除了余先生，您和傅璇琮、陶敏、陈铁民等先生也有学术交往。您和这几位先生，都对唐代文学文献的整理做出了重大贡献，可以谈谈您与他们的交流与合作吗？

刘学锴　他们三位，我都很佩服。三位总的特点，都是偏重考证。傅先生是我们这个时代的领军人物。他20世纪80年代初期出版《唐代诗人丛考》，是开风气的，走的是文史结合、偏重考证的路子。他花费很多精力主编大型书籍和参加公共事务，还是我们学校中国诗学研究中心的学术委员会主任，对文化建设贡献很大。陶敏先生我非常佩服。我最初接触他，是1990年在西安开会讨论重编《全唐五代诗》。他的考证非常细致、扎实，《全唐诗人名考证》真是下足了工夫，很难挑出大的毛病来。他应该是我们这代人里面做唐代文学考证最有成绩的人，而且为人极好。说句不恰当的评价，他是"高级义务打工者"。他帮助别人做研究，不计较任何回报。比如岑仲勉先生校记的《元和姓纂》，郁贤皓先生请陶先生帮忙整理，他就投入很大精力。我们做《增订注释全唐诗》，陈贻焮先生让我和余恕诚主编第三卷。我们对人名考证远不如他熟悉，我就力邀他参加。他一口答应，甚至还说："我到你那去吧，我把资料都带过来。"我说："还是我把审订稿寄给你吧，你增改了直接送陈铁民就行。"所以第三卷里包含了很多他的考证成果。陈铁民先生也是偏重考证，主攻盛唐名家，成绩斐然。中国社科院文学所编的《唐代文学史》，他是主编和主力。他的《唐代文史研究丛稿》里有一篇十来万字的大文章《唐代守选制的形成与发展研究》，很见功力。最近我们一起做《增订注释全唐诗》的修订，他是总主编。原定的十个主编，白维国、彭庆生、余恕诚、陶敏四个已经去世了。现在统稿、审定都靠他一个人。我听他说，有位日本学者曾称赞《增订注释全唐诗》功德无量，他这才起意重新修订《增订注释全唐诗》，把近十几年的成果都尽量吸收进来。

谢琰 期待这部大书早日问世！和您聊了这么久，我从中获益很多，相信广大读者也能得到启迪。最后，您可以用几句话总结一下自己的治学经验吗？

刘学锴 谈不上经验，只能算个人的感受。说三点吧。第一，笨人用笨工夫，也可以做一些有用的工作。第二，前人研究成果已经很丰富的研究对象，后人照样可以做出成绩，起码可以添砖加瓦、拾遗补阙。第三，如果自知才学、识见和时间都有限，与其蜻蜓点水，到处都沾一点，不如集中力量攻其一点。当然，是有价值的一点，而不是被历史早已淘汰的东西。若有余力，再旁及其余。

我自知先天不足，悟性不高，缺乏才气、识见，后天又学养不足，短板甚多。如果说我的某种成果可以传世，那是鼓励，是不实之誉。如果说我的整理和研究多少推动了文学史相关章节的改写，也许还差不多。任继愈先生谦称自己是过渡的一代，我只能是过渡的一代中最平凡但多少做了些实事的人。

谢琰　您太谦虚了！作为后学晚辈，阅读您的著作，学习您的治学方法，体会您的人生态度，是激励，也是享受。再次感谢您！

刘学锴　不是故作谦虚，是实事求是。谢谢你！

[原载《文艺研究》2018年第1期]

诗家总爱西昆好，今喜有人作郑笺——刘学锴教授访谈录

刘学锴：唐诗的知音

常　河

2013 年，花了 4 年时间写完《唐诗选注评鉴》书稿，刘学锴教授已经 80 岁，"我原来准备选注评鉴 2700 首唐诗，手抖得厉害，只得压缩为 650 首，300 万字。"他说。

书稿从北京运抵河南中州古籍出版社时，中州古籍出版社副总编卢欣欣惊呆了："我只能用震撼来表达我见到书稿时的情绪。10 箱书稿，全部手写。刘先生的这种学术情怀让我深深感动，我在心中默默告诫自己，唯有把书做好才不辜负先生对读者的一片心意。"

事实证明，卢欣欣的眼光没错：《唐诗选注评鉴》（两卷本）自 2013 年出版以来，广受各界赞誉，5 年内 5 次印刷。中国唐代文学学会会长陈尚君教授称其为"近三十年最好的唐诗大型选本"。

2018 年，85 岁高龄的刘学锴对该书进行修订，中州古籍出版社于 2019 年 5 月将修订本改版重印为十卷本。

"从李商隐研究，到温庭筠传论，从参与《唐诗鉴赏辞典》编著，到今天的《唐诗选注评鉴》，刘学锴先生用自己的作品证明了经典之作需要经典性鉴赏，而刘先生就是唐诗知音。"复旦大学教授查屏球如此评价。

"诗家总爱西昆好"

"刘君学锴，年不足四十，学有根底，甚可喜也。"1963 年 7 月底，著名语言学家张涤华在日记中抑制不住"得遇千里马"的喜悦。这是两位学者的第一次见面。当天，张涤华作为安徽师范大学中文系主任，接待了刚刚来校报到的刘学锴。

刘学锴，1933年8月生于浙江省松阳县，1952年考入北京大学中文系。1959年，刘学锴以在读副博士研究生留校任教，独立开设了校勘学课程并参与了古籍整理概论课程的建设和讲授。1963年，刘学锴调安徽，在安徽师大中文系工作至退休。

1975年至2004年，刘学锴集中研究唐代诗人李商隐，先后出版10多部相关著作，发表30多篇相关论文。刘学锴因此被誉为"国内研究李商隐第一人"。

李商隐的部分诗歌过于隐晦迷离，给后人解读带来很大难度，故有"诗家总爱西昆好，独恨无人作郑笺"之说。

刘学锴发现，李商隐的诗旧注不少，但各家观点分歧很大，让读者莫衷一是。"这样一位'后世治之最勤'的诗人，其生平行踪的考证、作品的系年、诗意的解说疏证乃至总体的评价等方面，都存在许多问题，亟待纠正、补证，甚至彻底重新思考"。于是，做一部集解式的整理本，对前人已有的考证、疏解、评点成果作一次全面的清理和总结，成了刘学锴心底强烈的冲动。

这一想法与同一时期在安徽师范大学教授"唐诗风貌"的余恕诚先生不谋而合，两位先生从此携手合作。本着"清理"和"重塑"的初衷，刘学锴和余恕诚认为与其勉强撰写以著者己意为主的新注，不如集思广益，以集解新笺的方式来整理研究，较为实用。

就这样，两位先生积十数年之心力，孜孜矻矻，由诗选—评传—集解，滚雪球般地壮大成果，为"义山诗学"奠定了坚实基础。其中，刘学锴或与余恕诚合著，或独立写作，先后出版了10多部专著。其中，《李商隐诗歌集解》《李商隐文编年校注》《李商隐资料汇编》被学界誉为"李氏三书"，成为李商隐研究的圭臬。

"如果说我的某种成果可以传世，那是鼓励，是不实之誉。"尽管著作等身，刘学锴依然非常低调，"任继愈先生谦称自己是过渡的一代，我只能是过渡的一代中最平凡但多少做了些实事的人。"

从温庭筠到唐音清赏

在四川大学教授、刘学锴的首届研究生周啸天看来，先生"写字作文，一笔不苟，风格悉如其人。"但在生活中，一向不苟言笑的刘学锴却有着精湛的厨艺，而且能唱地道的越剧。

这种内敛的浪漫，反映到刘学锴的学术研究中，就是退休后继续研究和李商隐并称"温李"的晚唐"花间派"词人温庭筠，先后推出了《温庭筠全集校注》《温庭筠传论》《温庭筠诗词选》。

从20世纪80年代起，刘学锴还参与撰写编写各种诗歌鉴赏书籍，最著名的就是参与撰写《唐诗鉴赏辞典》条目。

从2008年开始，刘学锴开始着手一项庞大的工程，写作《唐诗选注评鉴》。"从接手唐宋文学课程开始，我就特别希望手边有一本像《唐诗选注评鉴》这样的书，除今人的注释外，把前人的注释、评论都搜集好，又有编撰者的疏解、评鉴做参考，那我讲课就方便多了。"

对于这本书，刘学锴的定位是"切实有用"。在刘学锴看来，与30余年来唐诗的整理、考订、研究成果相比，唐诗的普及工作除了《唐诗鉴赏辞典》曾产生过广泛影响外，无疑是滞后了。时至今日，各地出版社还在不断翻印孙洙的《唐诗三百首》这部两个半世纪前的选本。"我教了几十年的唐宋文学，对大学中文系的古代文学教师、喜欢读唐诗的大学生究竟需要一部怎么样的唐诗选注鉴赏入门书，有比较深切的体会。"

"披沙拣金的选目、广征博引的笺评、独有会心的鉴赏。"南京大学文学院教授、中国宋代文学学会会长莫砺锋认为，"《唐诗选注评鉴》最有价值的部分，是刘学锴先生写的鉴赏文，这是真正懂诗之人所写。"

"既适合基础阅读，又具有学术高度。专业学者不会觉得浅，普通读者不会觉得深。"南京师范大学文学院教授钟振振表示，《唐诗选注评鉴》是可以面向各层次读者的阳春白雪之作。

从"西昆解人"，到"飞卿知己"，再到"唐音清赏"，刘学锴用自己"繁华落后见真淳"的学术著作，"以一人之力，成一家之言"，从而让自己成为真正的"唐诗知音"。

［原载《光明日报》2019年8月22日第1版"光明访名家"］

刘学锴著述年表、简历、兼职、获奖情况

著述年表

1957年4月

《〈长生殿〉的主题思想到底是什么?》（署名丁冬），载《光明日报》1957年4月7日"文学遗产"专刊。又收入人民文学出版社编辑部编《元明清戏曲研究论文集·二集》（人民文学出版社1959年2月版）。

1961年9月

《选本也应该百花齐放》（署名丁一），载《光明日报》1961年9月3日"文学遗产"专刊。

1961年11月

《知人论世》（署名丁一），载《光明日报》1961年11月2日"东风"文艺副刊。

1961年12月

《几点有关古典文学研究的建议》（署名丁山），载《光明日报》1961年12月17日"文学遗产"专刊。《文艺报》1962年第2期全文转载并加编者按。

1963年2月

《王昌龄七绝的艺术特色》（署名冯平），载《光明日报》1963年2月17日"文学遗产"专刊。

1977 年 12 月

《李商隐诗选前言》（与余恕诚合撰），载《安徽师大学报》（哲学社会科学版）1977 年第 6 期。

1978 年 8 月

《李商隐诗选》（与余恕诚合撰），人民文学出版社出版，列入"中国古典文学读本丛书"。

1979 年 8 月

《李商隐的无题诗》，载《安徽师大学报》（哲学社会科学版）1979 年第 4 期。

1980 年 1 月

《李商隐》（与余恕诚合撰），中华书局出版，列入"中国文学史知识读物"丛书。

1980 年 9 月

《李商隐开成末南游江乡说再辨正》（与余恕诚合撰），载《文学遗产》1980 年第 3 期。

1981 年 1 月

《唐代绝句赏析》（与赵其钧、周啸天合撰），安徽人民出版社出版。

1983 年 8 月

《李商隐生平若干问题考辨》（与余恕诚合撰），载《安徽师大学报》（哲学社会科学版）1983 年第 4 期

1983 年 12 月

《唐诗鉴赏辞典》（撰鉴赏文 88 篇），上海辞书出版社出版。

1985 年 9 月

《唐代绝句赏析续编》（与赵其钧、周啸天合撰），安徽文艺出版社

出版。

1986 年 11 月

《李商隐诗选》（增订重排本，与余恕诚合撰），人民文学出版社再版，增选诗60余首，内容上也作了大幅度改动。

1987 年 2 月

《李商隐与宋玉——兼论中国文学史上的感伤主义传统》，载《文学遗产》1987年第1期。

1988 年 6 月

《李义山诗与唐宋婉约词》，载《安徽师大学报》（哲学社会科学版）1988年第3期。

1988 年 8 月

《唐宋词鉴赏辞典》（撰鉴赏文33篇），上海辞书出版社出版。

《李商隐无题诗研究综述》，载《唐代文学研究年鉴（1988）》，陕西师范大学出版社出版。

1988 年 12 月

《李商隐诗歌集解》（全五册，与余恕诚合撰），中华书局出版，列入"中国古典文学基本丛书"。1992年台湾洪叶文化出版公司购中华书局版权，在台湾地区出版。

1989 年 6 月

《谈谈〈李商隐诗歌集解〉的编撰工作》（与余恕诚合撰），载《书品》1989年第2期，中华书局出版。

1991 年 3 月

《李商隐的托物寓怀诗及其对古代咏物诗的发展》，载《安徽师大学报》（哲学社会科学版）1991年第1期。又载《唐代文学研究》（第三辑），广西师范大学出版社 1992 年 8 月版。

1993 年 2 月

《李商隐咏史诗的主要特征及其对古代咏史诗的发展》，载《文学遗产》1993 年第 1 期。

1993 年 3 月

《古代诗歌中的人生感慨和李商隐诗的基本特征》，载《安徽师大学报》（哲学社会科学版）1993 年第 1 期。

1994 年 1 月

《开拓心灵世界的诗人——李商隐》，载《古典文学知识》1994 年第 1 期。

1994 年 5 月

《古代诗人研究的新尝试与新探索——评董乃斌著〈李商隐的心灵世界〉》，载《文学遗产》1994 年第 3 期。

1994 年 9 月

《〈李商隐开成末南游江乡说再辨正〉补证》，载《文史》第四十辑，中华书局出版。

1994 年 10 月

《分歧与融通——集解李义山诗的一点体会》，载《唐代文学研究》（第五辑），广西师范大学出版社出版。

1996 年 9 月

《〈樊南文集〉〈樊南文集补编〉旧笺补正与佚文补遗》（与余恕诚合撰），载《唐代文学研究》（第六辑），广西师范大学出版社出版。又载《中国古籍研究》第一卷，上海古籍出版社 1996 年 11 月版。

1997年3月

《樊南文的诗情诗境》，载《文学遗产》1997年第2期。

1997年7月

《古文鉴赏辞典》撰鉴赏文19篇，上海辞书出版社出版。

1997年9月

《以白描写诗境抒至情——李商隐〈祭小侄女寄寄文〉赏析》，载《古典文学知识》1997年第5期。

1997年11月

《历代李商隐研究述略》，载《中国古典文学学术史研究》，新疆人民出版社出版。

《李商隐诗集版本系统考略》，载《安徽师大学报》（哲学社会科学版）1997年第4期。

1998年1月

《本世纪中国李商隐研究述略》，载《文学评论》1998年第1期。

《古典文学研究中的李商隐现象》，载《社会科学辑刊》1998年第1期。又收入《百年学科沉思录——二十世纪中国古代文学研究回顾与前瞻》，人民文学出版社1998年9月版。

主编《李商隐研究论文集（1949—1997）》，广西师范大学出版社出版。

1998年5月

《李商隐诗歌研究》，安徽大学出版社出版。

1999年12月

《我和李商隐研究》，载《学林春秋三编》（上册），朝华出版社出版。又收入《文化的馈赠——汉学研究国际会议论文集（语言文学卷）》，北京大学出版社2000年8月版。

2000 年 3 月

《义山七绝三题》，载《文学遗产》2000 年第 2 期。

2001 年 1 月

《历代叙事诗赏析》（与赵其钧、周啸天合撰），安徽文艺出版社出版。

2001 年 5 月

《增订注释全唐诗》（全五册），担任全书副主编、第三册主编，并撰李商隐诗第一、二卷之注释。

2001 年 8 月

《一部国内失传多年的李商隐诗选疏选评本——徐、陆合解〈李义山诗疏〉评介》，载《安徽师范大学学报》（人文社会科学版）2001 年第 3 期。

2001 年 11 月

《李商隐资料汇编》（全二册，与余恕诚、黄世中合编），中华书局出版，列入"古典文学研究资料汇编"丛书。

2002 年 1 月

《汇评本李商隐诗》，上海社会科学院出版社出版。

《李商隐的七言律诗》，载《安徽师范大学学报》（人文社会科学版）2002 年第 1 期。

2002 年 3 月

《李商隐诗文集中一种典型的脱误现象——从〈为尚书渤海公举人自代状〉题与文的脱节谈起》，载《中华文史论丛》2001 年第 3 辑，上海古籍出版社出版。

《李商隐文编年校注》（全五册，与余恕诚合撰），中华书局出版，列入"中国古典文学基本丛书"。

《李商隐开成五年九月至会昌元年正月行踪考述——对李商隐开成末

南游江乡说的续辨正》，载《文学遗产》2002年第2期。

《李商隐梓幕期间归京考》，载《文史》2002年第1辑，总第五十八辑，中华书局出版。

2002年6月

《李商隐传论》（全二册），安徽大学出版社出版。

2003年5月

《从分歧走向融通——〈锦瑟〉阐释史所显示的客观趋势》，载《安徽师范大学学报》（人文社会科学版）2003年第3期。

2003年7月

《白描胜境话玉谿》，载《文学遗产》2003年第4期。

2004年8月

《李商隐诗歌接受史》，安徽大学出版社出版。

2004年11月

《李商隐诗歌集解》（增订重排本，全五册），中华书局出版。增订重排本在生平考证、诗歌系年及阐释、资料搜集等方面，作了较大幅度的增补修订。

2005年4月

《李商隐杂考二题》，载《立雪集》（庆贺林庚先生95华诞论文集），人民文学出版社出版。

2006年5月

《温庭筠文笺证暨庭筠晚年事迹考辨》，载《文学遗产》2006年第3期。

2007年7月

《温庭筠全集校注》（全三册），中华书局出版，列入"中国古典文学基本丛书"。

2007年10月

《〈温庭筠全集校注〉撰后记》，载《古籍整理出版情况简报》2007年第10期。

2008年3月

《唐宋八大家文品读辞典》（撰文22篇），新世界出版社出版。

2008年4月

《温庭筠传论》，安徽大学出版社出版。

2008年11月

《唐诗名篇鉴赏》，黄山书社出版。

《古典文学名篇鉴赏》，黄山书社出版。

2009年7月

《中国古代诗文名著提要·汉唐五代卷》（撰李商隐诗文集提要16篇），河北教育出版社出版。

2011年10月

《李商隐诗选》（与余恕诚合撰），中州古籍出版社出版。

《温庭筠诗词选》，中州古籍出版社出版。

2012年8月

《〈过陈琳墓〉的受推崇和被误解》，载《人民政协报》2012年8月20日"学术家园"专刊。

2012年12月

《唐诗名篇异文的三个典型案例》，载《人民政协报》2012年12月31日"学术家园"专刊。

2013 年 5 月

《读唐诗名篇零札》，载《安徽师范大学学报》（人文社会科学版）2013 年第 3 期。

2013 年 7 月

《读唐诗名篇零札（续）》，载《安徽师范大学学报》（人文社会科学版）2013 年第 4 期。

2013 年 8 月

《醉眼中的洞庭秋色——李白诗"巴陵无限酒，醉杀洞庭秋"试解》，载《人民政协报》2013 年 8 月 12 日"学术家园"专刊。

《小学生必读古诗词》，教育科学出版社出版。

《李商隐传论》（增订本，全二册），黄山书社出版。

2013 年 9 月

《唐诗选注评鉴》（全二卷），中州古籍出版社出版。

2014 年 1 月

《诗的本事和文本的品读》，载《人民政协报》2014 年 1 月 27 日"学术家园"专刊。

2019 年 5 月

《李杜诗选》（全二册），中州古籍出版社出版。

《唐诗选注评鉴》（十卷本），中州古籍出版社出版。

2020 年 4 月

《刘学锴讲唐诗》（全二册），中州古籍出版社出版。

简　历

1933年

8月4日（农历6月14日）生于浙江省松阳县靖居区裕溪乡小槎村。

1937年—1940年

在小槎初级小学就读。1940年父病去世。

1941年—1942年

在靖居小学高小就读。

1943年—1945年

在松阳中学就读。

1946年

母病去世，辍学在家。

1947年—1950年

在浙江省立处州中学高中部就读。

1951年—1952年

先后在松阳项弄小学、桐溪小学、西屏镇第一完全小学任教。其间1951年9月至12月，曾在东北师范大学中文系就读。

1952年10月—1956年7月在北京大学中文系汉语言文学专业就读。

1956年9月—1959年8月

本科毕业后免试录取为北京大学中文系中国文学史副博士研究生，师从林庚先生研治魏晋南北朝隋唐五代文学。其间1958年11月至1959年6月，曾至北京门头沟区斋堂公社参加下放干部劳动锻炼。

1959年2月，与潘子秀结婚。

1959 年 9 月—1963 年 7 月

在北京大学中文系古典文献专业任教。曾为 1959 级、1960 级独立开设并讲授"校勘学"。1963 年，为与家人团聚，主动提出调离北大至安徽合肥的申请。

1961 年 8 月，长子刘燕屏（后改英卫）生。

1963 年 7 月—1969 年 8 月

在安徽省合肥师范学院中文系任教。曾为 1960 级讲授"历代散文选"，为 1962 级讲授"唐宋文学"。"文革"初被打成"牛鬼蛇神"。

1969 年 9 月—1973 年 8 月

以合肥师院教改小分队名义，于 1969 年 9 月派往合肥九中任教。1970 年初合肥师院南迁芜湖，仍留合肥九中任教。1970 年 2 月，次子刘欣生。

1973 年 9 月—2005 年 7 月

1973 年 9 月调回安徽师范大学（合肥师院与皖南大学合并后初名安徽工农大学）任教，直至 2005 年 8 月正式退休。曾先后为 1975 级、1979 级、1984 级、1989 级中文系本科讲授"唐宋文学"。1987 年起，为历届中文系语文专业学生开设"李商隐研究"。为新闻专业前三届学生讲授"唐宋散文"。1986 年晋升教授。

1978 年起，招收唐宋文学硕士研究生，宛敏灏先生领衔，具体指导工作由刘学锴、余恕诚负责。至 2005 年，共毕业 20 名，获硕士学位。

2005 年 8 月—

在北京次子家，继续著述，兼佐家务。2006 年至 2009 年，曾参与指导博士生莫山洪的博士学位论文。2014 年至 2015 年，受余恕诚之托，曾参与王树森的博士学位论文的审阅，为博士生方胜拟定学位论文题目并对论文写作进行具体指导与审阅。

长子刘英卫，1983年毕业于中国科学技术大学工程热物理系；次子刘欣，1991年、1997年先后毕业于北京大学法律系本科及研究生院。获硕士学位。

兼　职

1987年—1995年

任安徽师大古籍整理研究所所长。

1981年—1993年

任安徽师大学术委员会委员。

1993年—2002年

任安徽省高校高等职称评审委员会委员（自1986年起已任中文学科组成员），自1993年起，多次任省教育厅国务院特殊津贴及省政府特殊津贴评审会成员、文科组长；并多次参加省高校科研资助项目评审。参与省人事厅跨世纪人才选拔的评审；参与省委宣传部及省社科联的省人文社科政府奖的评审。

1983年—1992年

担任政协安徽省委员会第五届、第六届委员会委员。

1993年—2002年

担任政协安徽省委员会第七届、第八届委员会委员，并于1993年、1998年选为常务委员。

1994年—2002年

任安徽省古籍整理编审委员会主任。

2003年起

任安徽师大中国诗学研究中心顾问。

1984年—1996年

任中国唐代文学学会第二届至第四届理事会理事。

1996年—2004年

任中国唐代文学学会第五届、第六届常务理事。

1992年—1998年

任中国李商隐研究会会长。

1996年

被安徽大学聘为兼职教授。

2004年

被台湾世新大学聘为客座教授。

获 奖

1985 年

《李商隐诗选》（1978 年初版）获安徽省首届社会科学研究优秀成果二等奖。

1992 年

《李商隐诗歌集解》（1988 年初版）获首届全国优秀古籍整理图书奖三等奖。

1994 年

《李商隐诗歌集解》获安徽省教委首届人文社会科学研究优秀成果特别奖。

1995 年

《李商隐诗歌集解》获国家教委首届人文社会科学研究优秀成果二等奖。

1999 年

《李商隐诗歌研究》获安徽省出版局 1998 年优秀图书二等奖。

2003 年

《李商隐文编年校注》获第四届全国优秀古籍整理图书奖一等奖，再获第六届国家图书奖。

2003 年

《李商隐传论》（2002 年初版）获安徽省政府人文社会科学研究著作一等奖，又获省出版局 2002 年优秀图书一等奖。

2005 年

《李商隐诗歌接受史》获 2004 年安徽省优秀图书二等奖。

2009 年

《温庭筠传论》获 2008 年安徽省优秀图书二等奖。

2009 年

《唐诗名篇鉴赏》获 2008 年度全国优秀古籍整理图书奖普及读物类奖。

2009 年

《古典文学名篇鉴赏》获 2008 年度华东地区古籍优秀图书通俗读物奖。

2011 年

《温庭筠全集校注》获安徽省政府 2007—2008 年度社会科学著作一等奖,又获第六届全国优秀古籍整理图书奖二等奖。

2013 年

国家新闻出版广电总局、全国古籍整理出版规划领导小组首届向全国推荐优秀古籍整理出版图书 91 种,《李商隐诗歌集解》(2004 年增订重排本)、《李商隐文编年校注》、《温庭筠全集校注》、《李商隐诗选》(1986 年增订重排本)均入选推荐书目。

2014 年

《李商隐传论》(2013 年增订本)获 2013 年度华东地区古籍优秀图书一等奖。

2015 年

《唐诗选注评鉴》获 2012—2013 年河南省优秀图书奖一等奖。

1988年　被国家教委、人事部评为全国教育系统劳动模范，获人民教师奖章。

1992年起　享受国务院特殊津贴。

1993年　获曾宪梓教育基金会首届全国高等师范院校教师奖一等奖。

2002年　获北京大学优秀校友称号。

2016年　获安徽师范大学终身成就奖。